THE LEGEND OF
HEART AND DREAMS

一部青春的史诗
一部励世的传奇

我们那些传奇

（下）

柳晓楠 作品

北京燕山出版社
BEIJING YANSHAN PRESS

目录

8. 那一战（二）

THE LEGEND
OF HEART AND DREAMS

朝才弱冠暮而立，逐波恍恍楫舟忙。

青山又堪多弹指，一笑十年剩几春。

这是刘泽平在 2005 年他三十岁生日即将到来之际写给自己的诗。

人生的坎坷与砥砺是命运所赐予我们的最宝贵财富。这句话在不少时候都会很受冤枉地被这浮躁的社会误解为是只会适合拿去安慰那一干最为不幸的弱者们的虚情伪意之言。但是，对于某些真正会愿意以一种平和的心态去理性地看待过往与谦逊地反思得失的人们来说，这一句话中所凝汇着的内涵与意义却是足以让他们去毕生为之崇信和坦然的。就比如这一位虽然怀负着对于昨日的忧哀凄怨之感，却也正在努力地去找寻着明天的梦幻憧憬之心的刚刚步入了而立之年的文艺男人吧。

现在的他又奔劳在了这几年里已渐是成为了生活之中的最常态的一段路上。

“哎哟，这些东西我们可不敢定，还是一会儿等纪娜看吧！”后座上的雨心和另一位模特艾丽丝对刘泽平递过来的一大摞表格文件表达出了一致的意见。

“呵呵……是吧。”这一带有些堵车，但老刘的心情显然还不错。一般在别人或直接或间接地赞赏起纪娜的时候，他都会挺开心的。

北京东三环的繁忙之地国贸中心，刘泽平把车子停在了路边，不远处，大厦一层展厅里的活动已经结束，纪娜和于恬恬从场馆有些拥挤的侧门中走了出来。每当看到了那位美丽的女士行走在络绎人群中间，尤其还是沐浴在了这灿烂的阳光之下的时候，老刘便都总是会觉得在这个纷繁的世界上面就只有她一个人……

“对……没错儿……基本就是这么回事儿，跟咱们之前商量的意思一样。”纪娜把手里的纸张稍作整理后又递向了其他女孩，“如果我个人给公司接来的活儿超过了每年总营业额的 25%，那到年终我就再多提 5%。雨心也一样，如果是专门奔着她搏击那边儿名气来的客户也达到了这个标准，就也照着这么提。恬恬跟艾丝还用再看看吗？”

咖啡厅里，一男四女环桌而坐。他们正在研究探讨中的资料包括了新公司的注册手续、章程以及各股东间关于分红办法的补充协议。

这可是件大事啊，向这群年轻的创业者们表示祝贺吧。不过，在对他们的合作模式做出具体的介绍之前，我们最好还是先就国内模特行业的基础生态环境来聊上几句。

还记得纪娜对刘泽平所说起过的她要去签约一家经纪公司吗？事实上，两年的时间都已经过去了，她还是没有兑现自己在初到北京之时的那个事业计划。当然这倒也并不代表着优秀模特的发展之路出现了什么不顺畅，而只不过是，这个聪明的女人似乎早已经更加学会了该如何去竭尽实际地在这个庞杂而现实的社会当中去获得到自己想要的。

不论在这个世界上的任何地方，时尚演艺圈中与体育运动界里的等级金字塔结构都是有着颇为相似之处的，真正能够名利双收的大明星永远都只是站在了那高耸塔尖之上的最为稀有的极少数，而且，与身为一名竞技运动员毕竟还是拥有着一套可以基本做到公平合理地去客观衡量出其绝对能力的硬性成绩标准不同，在左右着演艺从业者与年轻的模特们于功名之塔阶上至最终能够攀到的顶限位置的诸多决定因素里，个人运气以及到底为了成功而甘愿去付出多少的（非传统刻苦与敬业意义上的）牺牲等这些方面的比重似乎还是要更为偏大上一些的。而在中国，这肯定也就愈加是不会例外的了。

每年，都会有大量怀揣着闪亮T台之梦的俊男美女们，满心星愿地涌入到那些著名的时尚与文化之都去找寻着他们所急切渴望的出头机会。纽约、巴黎、伦敦、米兰……当然，也包括了北京。在24个月以前，纪娜就也是这个群体当中的一员。

纪娜清楚，以自身的硬件条件，如果是按照签约模特的道路去正常发展的话，也并非就是完全没有可以跻身进国内最顶尖名模之行列的可能性。但是，她于同时却也又相当明确地认定，这样的可能性并不会太大。而如果你就此话题再去多追问她一下，这到底是因为了什么，所得到的答复便或许又会是那莫名的、略带有着淡淡惆怅的一句……

“我啊，没有这个命……”

与绝大多数模特同行们一样的是，纪娜孑然漂泊、身无长物，除了那天赐的身材与相貌。而与这些人们又不太一样的是，她负有着一段相对更加特别的、足够帮助她去比别人更快地找到最为适合自己的生存方式的个人成长经历。所以，如果单就是以来到了北京之后的人生去加以评判的话，这个女人是成功的。

因为她很快就为自己定下了一个独树一帜的努力方向，那就是她想要成为别的模特的经纪人，而且是很多位的、很优秀的模特，她想要将来成立属于自己的模特经纪公司。

既然如此，就一切都向着这个目标去努力吧。纪娜放弃了原有的签入正式模特公司的计划，因为那样在理论上自己就不能再去以个人的身份来接洽业务了，并也因此就会很不方便去继续名正言顺地积累她为了日后的长远发展所最是看重的商业资源——直接客户了。

实际上，这位来自东北的姑娘快言快语、机灵利落，天生就是一块做生意的好材料。这两年下来，不论是广告公司还是企业厂商，无一不是对她的专业水准与敬业精神感到非常的满意。于是，他们纷纷与纪娜建立起了更为稳定的长期合作关系，并也因此而会很自觉地再帮她介绍一些更多的客户。同时，在其由于档期过满而分身乏术或是一次工作需要多名模特一起配合的时候，所有那些已经成为了私人朋友的甲方人士们便自然也都会是绝对信任地去优先考虑由纪娜所推荐过来的其他人选。

于是就这样，纪娜很快便在圈子里成为了一位热门抢手且又人见人爱的当红“野模”（未签约模特经纪公司，依靠着个人关系自行接洽工作的模特）兼知名“带队”（负责帮助客户召集多名模特一起工作并赚取一定管理中介费用的资深模特）。

而在这些一直都关照与支持着纪娜工作的友人里面，当然也包括了刘泽平。

不过老刘……应该多少还是有些不一样的，因为在纪娜的眼里，这位合作伙伴绝对就是那个在这片天底下最实在、最弱势、最易使唤，同时也是最好欺负的笨男人了。

“总之就是，个人每回的出场费该付正常付，经纪收入的部分都归为公司盈利，但是谁的客户谁有提成，等到了年底算总账的时候，谁拉的业务超额了再多分呗！”艾丽丝蛮聪明的，总结得非常到位。其实雨心对于这些条款也是完全能看得明白的，因为大家之前都已是在一起深入讨论过无数遍了，只不过今天，它们最终落实到了真正具有了法律效力的文字书面上。不过当然了，如果最富有社会经验的纪娜先对文件中所表述的内容示以首肯了，那么女孩们的心里也就会更加踏实了。

“都看好没问题了，就签字。”纪娜边说边打开了自己那份果汁汽水的塑料杯盖。

而刘泽平则就像是一种早已养成了的习惯那样，把属于他的纸杯向前一递。这种碳酸饮料是模特的天敌，虽然爱喝，但纪娜每次都严格地控制自己只喝半杯。

“嗯……我想……再给小崔看一眼……”于恬恬低声嘟囔了一句，像是在自言自语，也像是满怀着忐忑地对纪娜的请示。

“给他看什么呀，关他什么事儿啊！”纪娜的出言毫不客气，看样子她对恬恬的那位男朋友印象很不好。“就是，跟他有什么关系呀……”雨心和艾丝也在附和着。

之后，五个人一起完成了签字。

事实上，最早提出了合伙成立公司的人是刘泽平，而且，这个念头在他与纪娜初次相识的那天晚上就已经产生了。那也姑且可以算作是男人为自己所定下的一个基于了多重方面诉求的短期之内的小梦想吧，反正，就是自从那一天开始以后，在心里面支撑着老刘去努力工作的精神支柱便又多上了一个了。

于是，在此后的日子里，这对称得上是志同道合的模特与摄影师便在各自的奋斗与共同的梦想之中越走越近了。至今年一上来，足以促成此事的各方面时机和条件都已经日趋成熟了。首先，是刘泽平和纪娜手中所掌握的客户资源合在一起已是相当地可观，其次，几位最为熟识的模特伙伴们也都与他俩凝聚成了亲密无间且又颇具有战斗力的稳固小集体，而且就恰在此时，还又出现了一个从天而降的特大利好，而此利好随后也便完美地成为了最终推动大家去敢于将构想付诸为了现实的绝佳资本。

就只在一夜之间，这个小圈子里的核心死党之一成名了！

“红馆合战”的烈焰让新年钟声回响之际的香港，乃至是位于它北边的更为广阔的一片大地之上，俱是立时就刮起了一股美女与搏击的极速热风。大战翌日，来自港九、内地以及海外的各路平面媒体上，抢先刊发捷报的图片新闻便已是醒目地占据上了鲜艳似火的大幅版面。在这些报道当中，出现频率最高的自当属是“搏击！”“胜利！”和“中国队！”等这些必须要去加缀上惊叹符号的巨型词条，而再有的，就是中方的主将张雨心在投入了全情战斗之时的那震撼绝美的吸睛特写了。

且在随后的几天里，之前只是由香港本地和美国的两家中型电视台进行了现场直播的本场比赛的实况录像，破天荒地登陆进了中国中央电视台体育频道的黄金时段，并且，隔日还有重播。这一下，“女子自由搏击”这项似乎从未在中国体育光谱中存在过的边缘运动，可便真算是终而迎来了自己可以放声一鸣的惊人之日！

一时间，专家点评与业内称颂纷至沓来，大众谈论和拳迷热捧遍地铺天。在那一周里，好像所有的人们都是在说道着这同一件事情，而那样的感觉几乎就是，你在一觉醒来后会惊奇地发现，身边的每一位男女老少于平日见面时在打过了招呼后的第一个话题竟全都是变成了那句：“你看了香港的比赛了吗？”

而在这一波乍起的群情关注当中，绝大部分的人们所首选的瞩目落眼点还是那一位相貌与身手俱佳的北京女孩张雨心。想想，这也是再为简单不过的人之常情了，美女站在哪里都会吸引到最多的眼球，无论是在从前的清苦日子里还是幸福突然到来的今天。

这一朝的惊艳出彩为北京什刹海女子散打/自由搏击队所带来的深刻转折我们不妨稍后再讲，现在，就只先顺着当下所正在说起的关于成立模特经纪公司的这条叙事线，来看看雨心在外面世界里的生活都发生了一些怎样的变化吧。

走出首都机场到达出口后的第一时间与早已守候在了这里的爸爸妈妈的那一个深情的紧紧拥抱，让张雨心感到她的生活真的已经是足够地美满了。“爸、妈，我打赢了！”再次喊出了这一句从小就铭记在了梦想之中的甜蜜宣告，女孩觉得自己的运动生涯至此刻一定是便已得到了所有可以得到的了。

但是，生活却马上便又告诉了雨心，你其实还可以得到得更多。

那些突然就以和过往完全不同的性质靓丽地展现在了全民视野之中的自己的影像，那个在转瞬之间就被赋予了全新的意义且排名也攀升至了各大网络搜索引擎之前列的自己的名字，还有那群仅仅只是通过他们的眼神和举止就能够被时刻地提醒着“我已经比昨天变得要被更多的人认识了”的自己身边的人们。这一切，全都大大地超出了原本只是抱着一种卸下了包袱的心态而轻松回家的运动员姑娘对于那份荣誉与回报的心理预期。

一开始，雨心还有点不太适应，不过等到了一周之后，她就欣喜地发现，这样子的新生活也还真是有着它自来的好处。

首先接到的是老刘的电话，一家去年请他们拍摄过平面广告的服装品牌客户主动提出了深化合作的建议，希望可以尽快和张雨心签订下长约并升格聘请其成为该品牌的独家代言模特，而且报价还颇为诱人。随后，更多的类似征询也都是通过各种方式迅速地传递到了雨心的面前，有产品厂商直接来电约洽的宣传广告摄制及推广活动出席，也有知名模特经纪公司许诺以了优厚条件的正式加盟邀请，而更显诚意者，手捧着大笔现钞定金直接前来什刹海专程登门拜访游说的也都是大有人在。

面对着如此突来的满城春意，雨心倒也并没觉得有太过激动。一方面，多年的模特生活已经让她见过了很多的世面，而另一方面，则可能也是这位北京女孩所特有着的平静性格与低调为人所本就使然吧。

雨心先是很有分寸地征求了一下陈光荣的意见。而这一问，可也真算是问对人了。此时身受蜂蝶围攻之燥热更胜于了女孩们十倍的陈掌门人可哪里还有精力去管理这等的小小事务，所以，便也就大可正好去送出了这个顺水人情。总经理在内部会议上宣布，队里今后对于此类问题的基本态度是，俱乐部以集体角度统一安排的商务开发工作，每名队员都有着配合的义务，当然，也都拥有着分享收益的权利，而除此以外，只要不影响到正常的训练比赛且不与官方赞助商的立场产生冲突，原则上，运动员个人的商业行为俱乐部不予干涉。

得到了这样宽松的政策，雨心挺高兴的，因为她现在可以完全按照自己的想法去自由地选择更多的事情了。自小就被父母教导要学会注重情义的女孩并没有被物质上的外来诱惑所改变俘虏，比之去自私地追逐那些纯粹的经济利益，她此刻更为真心愿意去做的是和那些最为亲爱的朋友们来一起幸福地分享这人生中初次创业的快乐，而且，这样去做也无疑能使她获取到更多的成就与安全感。

刘泽平投入自己原有的工作室及新公司的全部注册资金，占股30%，而纪娜、张雨心、于恬恬、艾丽丝四人以各自的模特经纪独家签约权和所有的业务客户资源来作为投入，分别占股25%、25%、10%、10%。

由此，北京“星触感”模特经纪有限公司便正式成立了！

“跟大家讲，关于咱们公司未来的发展，其实我已经……”落实完了签字环节，刘泽平的士气可高涨了，他卖力地拎起了座椅底下的一只大包，从里面掏出了一本很宽大的手绘画册。“……其实我已经做好了比较长远的规划，我们不能像现在市面儿上已有的经纪公司那样儿，只是单纯地去走仅仅依靠着中介模特儿劳务的简单老路子，而是应该把视角和思维都再拓宽一些，并以此来尽量增加咱们所能够提供的服务与产品的附加价值！”老刘像是要隆重地推介出一件作品那样兴奋地打开了画册，“我现在的想法是，把咱们团队中模特儿们的优越条件、雨心自由搏击选手的卖点，还有我艺术创意和摄影的强项全部都给结合起来，先推出一个能一炮打响的形象宣传项目！这样不仅能够快速地提升起新公司的市场知名度，还可以把咱们在广告原片儿制作方面的兼项实力也都完全地给展现出来，而客户儿们现在也肯定都很吃这一套。所以，我就策划了这个……”

刘泽平把画册中由自己所构思勾勒出来的拟镜头草图展向了大家。

“《女斗》！”男人神采飞扬地唱道。

《女斗》？名字挺酷，应该是一组艺术照的主题吧。女孩们有点费解地围观向了画面。

“哎呀，不就是拍照吗，到时候全听你的，现在没工夫说这些啦！”但显而现时心思并不在此的纪娜却是把老刘的画册向下一按，合在了桌上，她此刻最为惦记的还是今晚另一场的礼仪小姐工作。“就先这么着吧，晚上还有一颁奖（晚会）呢！”

“哦，那……我送你们过去。”在纪娜面前，刘泽平就像是一只温顺的猫咪。

既然这样，那就就地解散吧。“艾丝跟我走，雨心恬恬，你们怎么着？”永远都是风风火火的纪娜挎上包就站起了身。

“我……早点回家吧……”于恬恬小声地说。

“你们先走，我等人接我。”雨心则依然懒散地坐在了椅子上。

“切，还真谈上啦？”纪娜露出了坏笑。

“看看呗……”雨心故作着长腔，悠然地把吸管又送进了嘴中……

一个小时以后，张雨心和沈铭鸣面对面地坐在了一家西餐厅里。

这是两个人在雨心从香港回来之后的三个多月里面的第五次单独约会了。一般来讲，处于在这一阶段中的初识男女们往往都会面临着一次决定，如果是共同认可着当前这种交往状态可以延续下去的话，基本上就也算是建立起明确的恋人关系了。而反之，若是当目前已足够多了的接触次数使得其中的至少某一方已经判定出了对方并不适合自己的话，那么他/她所该去做的则就应是尽早友好地表明态度，而以免会再无益地浪费掉大家的时间。

所以，从这一角度上去看，在那个双方都已然默认了即将就要从朋友转变为了情侣的微妙时段里，似乎也并不一定非要去发生上一些什么特别的事情。或许，更为通常一点的过渡方式很可能就是，没有说法便是最好的说法。

“嗯，挺好的，我觉得老刘的想法很有针对性。”铭鸣听得很认真，虽然那些刚才发生的事雨心也只是在不经意地随口聊起着。“他清楚地抓住了重点，就是你作为模特和知名运动员的双重身份为个人发展所带来的独有优势，我要是你，会信任他的。”这个男人的微笑也同样会让人感到很值得信任，尤其是在他沉稳而又专注地说起着某些较为正式的话题的时候，张雨心对此早已有所体会了。

“我挺信任他的呀，要不干吗跟他们在一起共事呢，我看朋友的眼光可也不差啊。”雨心在用叉子拨弄着餐盘中的小樱桃，让它在自己的眼前滚来滚去的，“铭鸣，其实我一直还想问你呢，你对我的……这个双重的身份，又是怎么看的呢？”

还是忍不住牵起了这个话头，女孩终于率先打破了二人之间的微微默契。

自从雨心回到北京后接到了诚心追求者的第一通电话并进而开始与他相约见面，谈天说地，增进了解，建立感情，一直到今天，很自然地会掌握着话语先导权的沈铭鸣除了在首次相见之时那礼貌有节的唯一一声“你在香港的比赛打得真好”的问候以外，居然就再也没有带出过任何一句的有关于这位新近走红的美女搏击明星的祝贺词或是评论语了。也许在他的眼中，对面的这位女孩子依然还是在那个幸运的下雪天里所初次相见的小小别样清新，而并未因此后所突发的显赫时刻致产生出了丝毫的性质改变吧。照此看来，如若这名男子不是一位从来都不闻媒体网络的极尽孤陋之辈，那么，就一定是有条什么他所自认理所应该的待人之道在始终克告着自己，女性朋友于那一方面的耀目光彩在今时这样的场合之下，反倒是并没有去主动提及和过分在意的必要。

对于一些性情热络且习于畅言的人们来说，这样去刻意规避热点的做法似乎有些不可理解，但沈铭鸣却偏偏就是这样的含蓄与内敛。在他看来，一个人得到了些什么与其拥有着些什么完全就是两个不同的概念，而就自己和张雨心所即将就要形成了的真诚的恋爱关系而言，他所首先会去看重的无疑将是后者。且男人之于自我其实也是一样如此，在这段时间里面，他还没有一次去主动地聊起过自己的优点和强处，包括了家世与特长，当然，这可能同样也是因为雨心从来都没有去问过。

显然，不管是出于直觉抑或理性，这一对年轻人在与人相处之时的观念是有所接近的，这也造成了他们对彼方所油然感生而出的兴趣重点会与其身边大多数的人们并不一样。而相信这一种颇见出了静与淡的处世态度为他们所带来的认可相知之同感，也恰恰就是这两人都非常中意与期待的吧。有不少人会认为，爱情这件事实则上即是去找到性格的契合，那如此想来，不也就正是像这般样子的吗。

不过当然了，如果某日里哪一方突然来了兴致想要去谈谈相关的议题，也自然是没有什么不可以的。只要他 / 她想这样去做了。

“嗯……说心里话雨心，其实我在内心里是很佩服你的。”沈铭鸣的眼中闪过了真挚的光，“我觉得，你可以做到今天的这一切，肯定是将上天的眷顾与自身的努力进行了一番一定会很不容易但也显见是已经取得了成功的融合之后，才得以收获到的会令所有人都非常羡慕的丰硕果实。所以，能够和这样出众的你走在一起，我挺自豪的。”说完这些，男人把手臂放在桌面上，身体略向前探了探，继续言道：“可你要是想问我对这二者的关系具体是怎么看的……雨心，我倒是也有个问题一直都还想来问问你呢。那就是对于你自己而言，模特和搏击运动员的这双重的身份又究竟会是更喜欢哪一边呢？”

“呵呵……”雨心这一笑后沉静了几秒，继而说道，“跟你讲吧，要是说我最喜欢的，其实还有着一件事儿，那就是看电影儿！”

“哦，是吗？好像之前也有听你说起过，那你……都喜欢什么类型的片子呢？”对话的命题一下子就转了向，并且也变得活跃起来了。

“喜欢的类型嘛……当然也挺多的。香港的功夫片儿、好莱坞的大制作，大家都没有理由不喜欢，对吧。”雨心提起了三分满的高脚杯，闲适地摆弄着杯中的红色水平线，“不过我这个人呢，可能也是源于了自己的性格吧，从小儿就还很喜欢着另一种相对会比较小众而风格也有些独特的片子。那应该是一类画面非常宁静，节奏也不快，戏剧冲突的凝聚与施放都很平缓，而整个故事的情绪足够感人且又极为写实的抒情文艺片吧。尤其是，当那部影片还能吟唱着一曲可以去轻灵地拨动着我们的心弦，而致久久也不能被忘却的经典电影配乐的时候……无论你是否睁开着眼睛都能够欣喜地发现，那些把创作者们以怀有着真正平实和敬畏的心去思考了人生与社会之后所得来的感悟都深情地融入进了影音之美中去的艺术作品，会是多么地令人陶醉……”

“那你也在同样地爱着那些具有着它们自己的内心情感的美妙的乐曲吗？”铭鸣安详地望着雨心，轻声问道。

“当然了！”女孩回答。

听到之后，沈铭鸣会心地笑了。

几乎所有人都会认同着一个道理，起码是在表面上都认同着，那便是男女在婚恋择偶之时，都更应该去多一点地关注到对方身上那些除了相貌和财富等略显了肤浅与功利的因素以外的更为理想化一些的东西。但是，这些所谓的，或是很适合被人为地标榜得更为纯洁与高尚的东西，就于每一位正处在了人生伴侣选择之中的经历和境遇各不相同的青年人们而言，实际上又到底该是些何物，却也从来没有几人能够真的说得清楚。不过庆幸的是，今日的这位年轻男士对于这个问题倒是早已拥有了他自身的明确答案。

此一刻，沈铭鸣告诉了自己，这个女孩值得去爱，因为……她的心。

虽然，在此之前她也曾刻意地回避掉过某些貌似讳言的事情……

时候渐晚，路上的行人也已经不多了。铭鸣没有喝酒，他开车把雨心送回了宿舍，但并不是什刹海体校里面的那栋，而是在学校附近的一所公寓。

这是半个多月前，俱乐部为老队员和教练员们新租下的住处。

“我上去啦，你……回去路上慢点儿啊，要是有坏人打劫你，就赶紧给我打电话，我去……救你去！”听雨心说笑的劲头，姑娘已是微醺着了。

“行，我要是自己对付不了再找你，(小声地)我车里藏着根防身用的电击棒呢！”铭鸣将来应该能够成为一位既具有宽饶耐心，又懂得体谅让人的称职男朋友吧。

“嘿嘿……”雨心傻乐着，跑上了楼去。

老式电梯门的开合声响会比较大，这让深夜归来的雨心显得有点惹眼了。女孩很有经验地等到声控电灯灭下后才脱掉了高跟鞋，赤着足，轻手软脚地踮走在了寂静楼道的木质地板上。可谁知没出几步，就还是在昏暗之中迎面碰上了一名并不想遇到的人。不过还好，不幸中的万幸，是那个胖墩墩的小老头。

“雨心，怎么又这么晚才回来啊？”孟大海使劲压低了嗓音，黑暗中几乎没法听清，好像是比理亏者本人还要怕被别人发现了一样。

“哦，孟指导，我晚上……跟朋友出去吃了个饭。”雨心同样小声地应答着，但她知道，面对着这个人，自己的违纪行为不会有任何被追究的危险。

“赶紧回屋儿吧，待会儿要让成指导看见了，又该嚷嚷了，然后还得抻着（北京方言，意为将不满归结为了他人责任后的埋怨、怪罪）耀强管得松。小强他……唉……”孟大海看似一副心事重重的样子。

“哎，好嘞。”本已可以结束对话回房了，但雨心却是不知为何又随口而出地多问上了一句，“孟指导，您这大夜里的也要出去啊？”

“嗐……队里晚上有人头疼，我出去买点儿药。你甭管了，快回去吧，明早儿还得训练呢！”说完，孟队医向队员拨拨手，自己则转身消失在了楼道的拐角处。

回了房间，雨心把包一扔，先跑向了里屋的窗口。这里本是一居该两人合住的内外间套房，但由于另一名室友隋清近两年来已差不多都是走训的状态了，大部分时间里都不会住在队伍的宿舍中，所以，此处现在实际上已是成为了队内头号明星的单人闺房。

楼下，铭鸣还在等着雨心房间的灯光亮起，当看到姑娘探出身来向自己摆手，便用车灯也回应了一下。然后，才缓缓地踏上了归途……

第二天上午，什刹海体校“搏击一馆”。

体育馆的墙壁高处挂起了一条措辞并不新颖但意义却是非比寻常的大红横幅。“顽强拼搏，再创佳绩，全力备战 2005 年第十届全国运动会！”这意味着，对于这所学校里面或乃至是全中国的优秀运动员们而言，一个特殊的大赛之年又来临了。

尤其是像武术和散打这样的非奥项目。

而北京什刹海女子自由搏击俱乐部中的全体教练员和队员们，也都在忠实地履行着他们所依然还具有着的北京市女子散打队之体制内身份的应尽义务。脱下了自由搏击的露指拳套，重新佩上传统散打的全套护具，这支队伍再一次因时制宜地变更了在接下来半年时间里的训练与比赛的重心。实际上，这种曾经说来困难的“两线间转换作战”对于如今的他们而言，早就已是习惯适应了。

十点钟，已经完成了第一节基础能力训练课的全体队员们在执行主教练何指导的安排下，展开了一周一次的两人间分组实战对抗演练。而每当到了这个时候，女孩们就都会翘首以盼地去瞧着热闹，想要看看这个星期又会是哪一个倒霉蛋被教练发配去面对上了那位人见人憎的孤煞女魔头。结果，这一次还是隋清。

成金龙有一把专属的椅子，就在那根醒目条幅的正下方。这位人近中年的男士最近总是觉得自己魁梧的身材有点发福了，所以他非常警觉地把每天晚上那套提拉杠铃的运动又多加上了十组。现在，正牌主教练正不言不动地端坐在角落中，静静地看着他的这支队伍。

没有谁可以否认，这群曾经好似生活在了沉默世界中的平凡体育人，于这几年来已是发生了让所有的相识者们都无法去忽视的巨大改变，而且，还在继续着。

从香港回来以后，陈光荣已经很少再出现在训练场上了，甚至比他之前在全力筹备着这场比赛的那一段时间里还要少。说起来，自本周一的例会之后，成金龙已经有三四天都没有看到过他了，不过这当然也是需要大家去加以理解的，毕竟，一个人要同步管理着那么多的繁杂事务，的确是会感到有些焦头烂额的。

在“红馆合战”后扬名的初期，陈光荣和整支队伍所要面对着的忙碌主要是那些来自于了周边各方各面的充满了善意而又盛情难却的连番邀请。从校方、协会、体育局到媒体、社团、赞助商，各种官方、厂商、民间和业内的必要或是不必要的座谈、研讨、访问、活动如潮水一般澎湃袭来，实是令人应接不暇、疲于奔波。尤其是那几位主力队员，非但正常的调整恢复无法保证，就连最起码的睡眠时间都显得极为紧张了。

这种痛苦而被动的状态在持续了将近一个月以后，终于在成金龙的强硬抵制之下有所扭转了。而在陈光荣受命去对整个社会进行艰难的婉拒推脱之时，他得以摆在了身前的那面最为坚固耐用的挡箭盾牌便是，北京市女子散打队就要开始封闭式的强化集训以去备战即将要于下半年举行的全国运动会了。

于是其后，队员们的烦冗应酬便迅速地减少了，而运动队的日常训练也就逐渐地回归了正轨。但是，追求革新与前进的步伐似乎永远都不会停顿下来的陈光荣，却是随即便力主启动了又一项新的重大改变工程。

“搬出学校、换宿舍、租赁办公室！”虽然这些设想于初提起时让成金龙都有些不敢相信自己的耳朵，但细想想看却也很是合情合理的。作为自主经营的职业体育俱乐部，当具备了足够的经济实力后，首要该去考虑的事项不就正应是这些不论是对个人还是集体都绝对会带来不少益处的积极举措吗？虽然，住宿和办公地点脱离出什刹海体校，这种事不管怎么看都确实是有些刺眼的敏感了。

是以，在统一了意见之后，趁着最近正当红的东风，女散队便向体校和市体育局提交上了希望通过搬家来改善居住和办公环境的报告。而领导们也没有扫他们的兴，只是象征性地嘱咐了几句要注意安全，就痛快地批准了。

那幢距离学校西门只有五分钟步程的公寓大厦经陈光荣拍板，由俱乐部签约租下了整个十二层，十四套的多房大间，布局规划中宿舍与办公室各占了一半。成金龙一个劲儿地劝，就这么几个教练，办公区哪用得了那么大啊？可是放眼未来的决策者却是自有着他的长远打算。布置全新的独立健身房，购置先进的运动科学仪器设备，聘用高水平体能训练师、（女性）生活教练、行政文职人员甚至是专职厨师，这些超前而大胆的计划此时已是全部都出现在了陈总的跨年度构想之中了。

就这样，青年队里的年轻队员照旧住在学校宿舍，而已经与俱乐部签了约的一线队员和教练员们就全体都入驻了"十二层"。"搏击一馆"依然还是作为着自由搏击/散打队的大本营和总基地，每次全队合练时大家就都去到那里集合。

对于这一系列的变动安排，成金龙也并没有太多其他的意见，他只是温和地提出，近期队伍在经历过了这么多的变化与忙乱后非常需要去稳定及巩固一下局面，因此他很期望陈光荣可以尽量地多抽出些时间来留在队中，像是以前那样参与并协助一些教导和管理的具体工作。但是，人家日理万机的陈副主席/总经理此后却是更加的他顾无暇、行踪莫测了，甚至可以说是都有了点神龙见首而不见尾的神秘味道了。

后来，围绕着陈光荣这一段时间以来的异常动态，体育圈子里也很快就产生出了一些居心叵测的猜想与流言。有人说，他由于政绩突出，很快就要离开北京市武（术运动）管（理）中心，上调到（国家体育）总局升官发财去了。也有些人传，他跳过了相关部门的审批和授权程序，正在私下里与外国人谈判，商讨着如何组建国际自由搏击联合会的事。

当无可避免地听到了这些不知真伪的说法的时候，成金龙的心情是很复杂的，不过，他始终也没有为此去主动诘问过那位亲密的战友一句……

"哎呀！"擂台方向传来一声夸张的惨叫。"丁英雄，丁英雄！饶命，饶命啊！逍遥派秘籍真的不在我手上啊！"隋清躺倒在台面上，边一脸恐惧地叫嚷着，边假装痛苦地向后拖退着身体。不管对谁都同样敢开玩笑的女孩此时正在戏谑地模仿着《天龙八部》里面的桥段，看样子，她已经决定在夸大搞笑地表现出了建秋这一拳的进攻效果之后，便再一次地趁机在嬉吵玩闹之间去结束任务，交差收工了。

"哈哈哈！"周旁的许多队友们也都配合着哄笑了起来。对于去应付与丁建秋对练这件事，隋清可算是这支队伍之中相当擅长也比较厚道的一位了，最起码，跟完全消极抵触的其他队员相比，她还真的去和对方较量上了几个回合。

听到熟悉的笑声一起，建秋便转回身去了。冰冷的女人面无表情，既没有愤怒，也没有蔑视，她只是默默地走向了边绳。这就好像是在这个女人身边的愚蠢世界里所发生着的一切事情都在她的意料之中，但却也完全与其无关。根据以往的习惯，这会儿，孤僻离群的勤奋者又该去独自加练了。

“建秋，先别走，我跟你再练一场。”何耀强叫住了建秋，并随即提着拳套跨入了擂台里面。这位体贴的教练员有些时候也会充当起男陪练的角色，特别是在他格外照顾的山西姑娘又被大家所嘲笑冷落了的这种情况之下。

远远地观看着耀强与建秋在台上开始了踢打，成金龙的思绪也不禁又转入了另一线的曲错脉络之中，而那也算是在他的内心里面会相对易感与脆弱的一部分了吧。

唉……我的这个师弟啊……

耀强今年也三十好几了，还没有成家，也没听说过交了女朋友。相较于其他三名教练及管理层的成员，他的职位并不具有体制内的正式编制，仅仅算是受雇在俱乐部名义下的一位外聘员工而已。而这，便也使得他在很多的公开场合里都总是会表现出着某种微妙的恭谦与卑让，尤其是在面对着领导和外人的时候。可是，谁也不能去抹杀掉的是，这个男人把他自己和自己的所有全部都毫无保留地奉献给了这支正处于成长之中的队伍，而且还是在这里最为需要一位像他这样的人的关键时刻里。

前年春天，在什刹海女子散打队刚刚才转型为职业俱乐部并准备着去开始兼项练习自由搏击的白手起步之时，何耀强来到了这里。那阵子他日夜操劳，边协调沟通边查阅资料，只用了不到半个月的时间，就把陈光荣所提出来的规则修改方案给通盘转化为了非常科学到位的全新训练计划。现在回想起来，当时若是没有他，改革整个原有训练体系的过程也不可能会进展得那么顺利吧。之后，他又一心一意地扑到了主抓指导带队的繁重工作上面。他年轻、有活力，跟队员们可以打成一片，在具体教导的细节落实上也很是见效得法，有了他，队里面的训练效果事半功倍。这让成金龙轻松了很多，而孟大海也获得了空间，得以渐渐淡出了一线的教练岗位而去全精力地从事医疗后勤保障方面的事务了。同时，这两年来，耀强还一直兼顾着队员们出勤与作息管理的琐屑职责，这倒也并不是因为他最讨女孩子们的喜欢，而是，他确实是介乎在了孟大海无原则的“松”与成金龙没道理的“严”之间的那位最为适合去掌控这一环节的人了。并且，在最近的一段时间里，为了备战“十运会”，理论上并不需要他来负责的传统散打规则下的训练主持工作，他也是毫无怨言地一肩承担了过去。

这样想来，耀强他真是好能干啊。

成金龙遥望着师弟那张阳光灿烂的笑脸。

这位看上去似乎永远都是有着一副乐天向上的好心情的男青年就是这么纯天然地让人们感觉到亲近，而他的这个优点也很明显地体现在了其会很主动地去关怀建秋的这一举动上面。想想看，何耀强应该就是在这二十多人的集体当中与那颗冷冰冰的心脏距离最为接近的一个人了吧。和善的性情，妥当的言语，每每当别人需要被帮助的时候，能够最先去伸出温暖的援手的总会是他……

可是，他自己有没有也在需要和等待着能得到别人的关心与帮助呢？这个问题自何耀强回到了什刹海体校的第一天起，成金龙就很想去跟他单独聊聊，但是直到今天也依然还是没有找到可以合适去启齿开口的恰当的氛围与情境。或许，那是因为在这次回来了以后，耀强他的性格已经变得和之前太不一样，而以致是就连曾经与他最为亲密的大龙师兄也都会对其感到了某种难以言明的无从捉摸了吧。

在这十几年中，他于外面的世界里都经历过了些什么、承受过了些什么，竟是会使得其本来的性格被改变了如此之多。当初那名年少轻狂、桀骜不驯的男孩去了哪里，而眼前这位隐忍低调、心平气静的男人又是从何处走来……

小强，你……今天所做的一切，都是在为了那失去的昨天而赎着错吗……

时针就快要指向十二点了，今天上午的分组对抗训练也已经完成了最后的一组，于是何耀强在准备要去宣布队伍解散之前向成金龙投来了一个请示的眼神。

而成指导便也从椅子上站了起来："雨心这段儿时间脚底下老看着不稳，是体能有下降了吧，以后每天加五十组杠铃，拔一下儿力量。大迎儿，你干吗每次勾拳的时候儿肩膀儿上都总是慌慌地绷着劲呢，是不是还老惦记着想出肘子啊，你这根儿筋要是转不回来，到正式比赛里带出动作了，人家不判死你啊！套路干净点儿，今天之内再练五百遍。其他人，听何指导安排吧。"成金龙主教练到了这一年时已经就是那位没有了"之一"后缀的全中国最优秀，同时也是最严厉的女子散打教练员了……

又到晚上了。

经过了一天的喧嚣，现时的"搏击一馆"里变得清静了不少，白天在此训练的绝大多数人们已经散去，就只留下了五七个情愿或是不情愿地还在继续加练着器械的各队运动员们。这样清冷的场面已是持续了一两年的时间了，也不知道与那位坚决离开了什刹海的拳击男选手又到底是有着多大的关联。而此时，结束了当天工作的成金龙也来到了大迎儿的隔壁，再一次握起了属于他自己的那一副家伙。

不过，那种已经滋扰了成指导多月多日了的，总是会不由自主地陷入进深深思虑的暗沉心情却依然还是在紧紧地追随着他。尤其是，在他又一次极度失望地看到，一整座场馆里面仍旧还是只有着那两名归属为自己队伍的队员的时候。

这些孩子跟了我几年了？成金龙把黑重的举杠上下翻舞得虎虎生风。

算起来，那几个老的有八九年了吧……

成金龙有时候总是会在心底里去剖析与追问着，自己到底是不是一个统治和权力欲都很强的人。他自认为不是，因为他更加情愿把其很多保守思想与顽固行为的产生根源都去归结为是强大的责任心使然。

还记得从前刚带上了陈微她们那拨儿女孩的时候，所有的事物都是何其的简单。在那个年代里，赛场之内简单，赛场之外也简单，而那些队员们的心里就更简单。当年的成指导无疑是具有着最高的权威，他可以全不费力地便掌控着所有，不论是这支队伍还是队伍当中的人。那时的成金龙永远都可以按照自己的意志去一手把握着身边一切人与事的前进方向，而且，还能够非常自信地知道那个方向通往了哪里，以及，它是否正确。

可现在，已经完全不是这个样子了。

世事的变迁你我谁又能预料，而旧时的模样也早已是一去不复返了。

如果说陈光荣的出现和他所带来的变革已然从根本上颠覆了成指导的故有威严和所谓的“正统意识形态”的话，那么何耀强的回归则就更是在现实的层面上巨大地削弱与淡化了成金龙这个人还依然存在于这套新体系之中的不可或缺及必要性。这些，历经过风霜雪雨的老资格教练员心里清楚得很，可是，他却从来也没有站在狭隘的个体角度上去计较和保护过自己多年以来任何一点的既有利益得失，而这也应该就是让他始终都深信着，自己的忧虑在本质上是源于了强烈的责任心与神圣的使命感而绝非其他的最根本原因了吧。

成金龙所在忧虑的是，今天的这支队伍去向前迈进的速度太快了！快到都已经没有时间可以来歇一歇脚步并好好地思考一下自己和自己所要去到的那个地方了。而多年以来一直都还自诩是身为着这个大家庭的那名最为忠诚的守护者的他，此时，却竟已是落在了队伍的最后面，与大家正渐离渐远着。

就正如是刚才所感嘘到的那样吧，莫说是陈光荣与何耀强，就算是这些跟着自己已经有了八九年光景的老队员们，她们各自的心思，现今的成主教练又还能够摸着几分呢？张雨心的状态近年来似乎有些飘忽不定，总觉得她的心气儿没有从前那么高了，为什么，是因为被赛场外面的事情分散了精力吗？丁建秋的糟糕性格一直以来都没有改观，这趟去香港比赛已经吃了不小的亏，再这么任其发展下去，搞不好要出现大问题！还有隋清，就更别提了，她那边的情况最难办……

这就像是一种极易引人抑郁消沉的虚弱无力感。

坦诚来讲，针对当前的这种状况，忧患者所难以言表的隐虑是，由所有人集合而成的这个团队看似是正沿着一条计划之中且又运行通畅的轨道在飞速地向前疾驰着，但是，却显而又缺少了一种能去将大家凝聚与调和在全新状态下的整体意志当中的机制和欲望。原有的精神图腾早已经不复存在了，而新的又在哪里？每一个人，他们各自的思维与信念，此时是否还能如同以前那样在旧式集体主义的强力制衡之下达到最大限度的包容与和谐？还又或是会在环境已发生了巨大的改变之后，与主体思想以及其他的个体思想在相互的错综交叉之下产生出激烈的碰撞，并从而生成出一股随时都可能会造成团队整体的前进方向发生偏移，乃至是失控脱轨的致命的内生干扰力。

而本来正是最应该去承担起梳理与统合这种不确定性的职责的成金龙，这时，却又完全不知道该如何去做，甚至是，都不知道自己该不该去做。

诚然，在自由搏击俱乐部成立了以后，姑娘们所取得的进步与成绩是有目共睹的，可是，这位怀旧派的悲观主义者却就是怎么也无法放下他坠在了心口上的不安，一如是那些他曾经很多次产生且最终也大部分都不幸成真了的不祥的预感那样。

“咣！”杠铃片重响着被砸回到了支架底座上面。成金龙的双臂肌肉爆起，足足有膨胀了一圈，他呼喘着粗气，孤单地享受着自己在再次完成了生命中的难舍之事后的微微快意。孤灯之下，壮士胸颈部的粗糙皮肤上反出了湿漉漉的光，而连带着运动背心的宽敞领口处也都已是沉暗下了一大片的颜色。

或许，当你在迷蒙地面对着这些谁也未曾经历过的缤纷与紊乱的时候，就也只能是去无奈地惴惴等待到这结局真正来临了的那一天才能够最终知道，我们于今天所正在用力做着的种种，究竟是对……还是错吧……

……

《女斗》获得了空前的成功！

这是一组倾注了“星触感”所有主人翁诚意心血的摄影精品，其制作的主题及人物造型设定为了练习体育搏击的年轻女孩们在火热的奋勇进取当中去追逐着人生挚爱之梦的豪情与甘愿。考究的布景融入了创作者对于生活现实的认知和解读，而在更具独到的妆容设计和艺感精致的光暗灯影下，不论是那些异常晶亮的珠珠汗水，还是特效烟尘附着在了娇嫩肌体上面后所凸显出来的质感沙粒，都全部是凝为了放情投入的美丽模特们用以去抒写出了她们自己的真心故事的绝色之影。

借助张雨心在搏击运动方面的专长与机遇，将本已非常优秀了的模特实力和拍摄水准再次提升到了更佳的极致，这确确实实是一个好点子。而且，成熟的策划者在于作品意境的里层内涵上还隐喻着更为深刻的思考，那便是对于女性、青春和梦想这些宏大而又抽象的生命主题的谨慎却也积极地求索与探寻。

刘泽平把照片投给一本相熟的知名时尚杂志作为了当期的满版封面，而在刊物上架后不久，成套图片在网络上面的转载与热议就也都开始纷纷地出现了。大众从又一个角度上重新认识了张雨心，并就此也一起认识了在她身边的那些同样靓丽的朋友们。

而再接下来就是“星触感”模特经纪公司业务量增长的大爆发了……

一个忙碌且燥热的周日傍晚。

拥挤的后台化妆间里，十几位带妆的女模特正围坐在一张小茶几四周分享着简单的晚餐盒饭，这样随意地草草应付使得这屋子里本就略显浑浊的空气当中满是飘漫弥散着一股肉菜与香水的气息相混合了过后的奇怪味道。不过与此同时，或是可以让人们找回到一丝清凉的是一大捧立在了属于雨心的化妆台上的用蓝色纸张精心包扎着的纯白无瑕的百合花束，那是每逢遇有重要演出时，铭鸣都会为心爱的女朋友准点送来的浓情问候。

这是一场由“星触感”独立承接的女装品牌展示秀。

经过了一整个下午的彩排，七点半正式开场之前的就餐时段是女孩们在这趟工作当中所难得拥有的悠闲间隙。这会儿，雨心、恬恬和艾丝等人都在房间里面休息，只有纪娜在排演完后甩下了一句“开场前半小时我肯定回来”，就饭也没吃，急急地跑出去了。没有什么事吧，她这几天一直都有点魂不守舍的。

这时，外面传来了老刘的敲门声。“能进来吗？”

“等会儿啊！”一位不耐炎热的模特赶忙披上了外衣。

“刚定的，下周三，啤酒广告出外景儿！这样儿的话，周二那个活动一完，咱们就直接……”刚又接下了一单生意、带着满脸的骄傲进到了屋里的刘泽平，一口气快要说完时才发现了让前来报告好消息的他会有些失望的异样，“欸，纪娜怎么不在啊？”

“她出去一趟，一会儿就回来。”雨心站了起来，走到男人的身边，“老刘，正好儿有时间，我跟你商量点儿事儿……”

僻静的楼道里，刘泽平紧皱着眉头，很不情愿地面对着雨心。他明显有些不高兴了，但却还是在强忍着耐心，收听着来自于姑娘的连番解释。

“……所以关键就是因为全运会。现在我们平时都改成上下午一天两练了，时间也延长了不少，周六也不放假了，上午又加了一练，而且我晚上还经常得被逼着加练。我当然也想多出来几次了，可现在这样儿的情况……”雨心好一副的苦脸愁眉，这其实也是一场根本就无可避免的实话实说，毕竟，谁都知道鱼与熊掌不可兼得。

这种事刘泽平当然会很不愿意看到，但是他确实也是无可奈何的。“雨心，你的情况我们都理解，终归也认识了这么多年了……只是呢，以前你就是单帮一个人，这钱赚不赚是你自己的自由。可现在呢，咱们是五个人，好多事儿你也得多往这方面儿考虑考虑……这当模特儿和当运动员一样，都是一辈子就也只有那么几年的好时光，对自己来说，什么是能得着已经得着的了，什么是也能得着但还没得着的，你自个儿的心里也该有个数儿……反正我觉得……唉，行了，不多说了，你自己看着办吧。”看样子，坏心情和不想让朋友误会自己过于势利的顾忌，共同打断了老刘原本恐会是更为深入直白的规劝。

雨心完全听懂了老刘的意思，因为在这一刻，她有点内疚了。

“雨心，你将来要是退役了，就肯定能全心全意地在公司里做一个职业模特儿了吧？可别到时候儿又再去找上了一份儿别的什么老是让自己分不开身的事儿了啊！呵呵……”也许是自己也觉得话有些说重了，已经转身出去了几步的刘泽平回过头来，边走边半开玩笑地问道。而问完以后，本也没想着还能再得到什么答案的他便就匆匆地去往台前的方向了，带着那几声听起来有点让人同情的勉强圆场的干笑。

退役……

这两个字在张雨心的词典里倒也并不是一个有多么禁忌、可怕，而致了要必须去时刻加以回避着的敏感词目。但只不过，它应该是和其他的诸如结婚、生子甚至是死亡等那些虚幻无边的概念一样，是一件只会在极度极度遥远的未来才有可能会发生的事情。

可是，它却在今天于一次很具有现实意义的交谈里面被人所提及了。在回去化妆间的路上，雨心感到脑袋昏沉沉的，整个身体都像是在奇怪地下坠着。

它终于要来到了吗？起码，也是有了快要来到的预期了吧，在我生命中的已经不能算作是刚刚开始阶段了的这一年里。

快到门口时碰巧遇到了赶回来的纪娜，提着一只黑色的大布包，慌慌忙忙的……

当晚的演出很顺利，不到九点钟就准时结束了。

九点一刻，雨心和纪娜坐进了同一辆回家的出租车。上车时，纪娜随手把她的布包放于了前座，而自己和雨心一起坐在了后座上。

雨心本来提议，趁着现在时间还早，不如两人再去做一次美甲修形，这几周来，运动员模特对于这项半是美容半是娱乐的女性专属活动正处在了热乎痴迷的兴头上。这可能也算是戴回了整体拳套之后的一个让人意想不到的额外好处吧，反正指甲全都套在了棉包里面，攥起拳来什么也影响不到。上周，雨心才刚做了一个蓝色的花瓣图案，她喜欢蓝色，而到了这一周，她很快就又有了新的兴致，想要去尝试一下贴上那种长长尖尖的人造假指甲。

不过，可见明显是没有什么情绪的纪娜委婉地否决了同伴的这项提案，她说自己有些累了，今天想要早点回家。

车子开出没多久，纪娜就接到了刘泽平的电话。本来，一般像这种在晚上工作结束的情况，老刘是一定会尽量开车送女士们到家的，尤其是纪娜。可是今天，他还要再赶回工作室去连夜做好前几天摄制出的广告正片的电脑修图，所以活动刚一结束就自己先走了。这个男人在公司成立了以后更拼了。

从电话里传出的细微语音和纪娜的相应对答里，雨心完全能够了解到他们正在说着些什么，老刘无非是把刚才的生意喜讯向着最重要的合伙人又汇报了一遍，并连带着商量了几句明后天的行程安排，而之后，便就是一些不厌其烦的嘘寒问暖与安全嘱咐之类的话了。前半段时，纪娜听了也很高兴，欢快果断地交谈回应着，而至后半段，她的语气就安静下了许多，只是在不断轻轻地“嗯”着，并在末了也温馨地回上了一句：“你也是。”

雨心知道，这是纪娜在心情很好或是很不好的时候，对刘泽平会有的态度。

唉……纪娜和老刘的这个事啊，怎么说呢……

实际上，包括了雨心在内的这两个人的所有朋友们都能够看得出来他们之间到底是怎么回事，或最起码也能够看得出来老刘的心里是怎么回事。不过，也许是因为女方一直以来都在秉持着一种总是不想去直接面对的消极态度吧，这两年多来，那突破性的实质一步双方始终也没有能迈出去。纪娜不讨厌刘泽平，这一点是不需要怀疑的，只是她可能还确实是存在着某些比较不愿意去与人言起的担心和顾虑吧。但是，随着时间的不断积累，这层窗户纸恐怕早晚也是难免会有被捅破的一天，尤其是现在，公司也都在一块儿开了，再这么不清不楚地耗下去，谁耽误了谁，都不好。

放下电话后，纪娜就不太做声了。雨心以为她是靠在车窗上睡着了，但其实，她只是又在默然地盯着窗外了……

出租车先到了纪娜家的小区门口，她打开随身的皮包想要去掏出里面的钱夹。“不用不用，甭管了，你走吧！”雨心捂住了她的手。于是纪娜也就没有再多做无谓的客套，和姐妹告了别，推开车门便离去了。

车子继续向着地安门的方向驶去，但是不到五分钟，雨心的手机就响了起来。在看清了是纪娜来电的一瞬间，雨心便也明白了状况，那只黑色的大布包被主人落在车上了。

“要不回头再说吧，我下次见面儿给你带过去，这都开出来老远了。”说实话，雨心是真懒得再折回去了。

“哎呀不行啊，那里面东西我明天一早要寄出去的，快递都叫好啦！”纪娜很为难。

“行吧行吧！师傅，麻烦您掉个头！”没办法，原路返回吧。

回去的路上，雨心先是把布包从前座上一把拎了过来，并在此同时也对之产生出了很为自然的好奇之心。这里面装的是什么？女孩当然不会去粗鲁无礼地随便翻看，她只是从没有完全密封的袋口处有意无意地向里面瞟了进去。那好像是一些童装。这倒有意思了，是送给老刘的吗？但纪娜不是说要寄出去的吗，而且，那些看上去是年龄更小的女孩子才适合穿的衣裳也不应该是为刘翔准备的吧……

车子回到了刚才停靠过的地方，失主已经等在路边了。送还人推门下车，帮她提下了物件。接过布包，瞧着朋友那飘忽的眼神，纪娜知道，雨心已经看到了里面的东西。

“那就这样儿，我走了，你早点儿休息吧。”没多说什么，雨心准备坐回车里了。

而纪娜这时好像显出了有一些犹豫，她望着雨心，一连几番地欲言又止，似乎其此刻所正在考虑是否要去做出的言行已涉及到了一次对于她而言会非常重要的选择。不过最终，在再三地思想斗争过了之后，她还是伸手拉住了雨心的胳膊。“雨心，既然都回来了，就别急着走了，跟我回家里……坐一会儿去吧。”

“啊？到……你家里去……”这突来的邀请可真是让雨心感到够诧异的，她从没有去过纪娜的家，而且不仅是她，圈子里的所有朋友们也都是一样，在大家的印象里，那间小屋根本就是一处严格谢绝着一切访客出入的私家禁地。可今天，这是怎么了？“好啊，那就去坐坐呗……”不过既已获邀，雨心也确实没有任何的理由会去推拒掉人家的这一片盛情……

平平常常的老式小区，纪娜租住在一栋灰红色板楼的二门四层。楼道里算不得规整，一些杂物堵塞着本也并不太宽敞的步梯转角，而某一只裸露在外的满粘着一头灰土的照明灯泡也是在自始不停地于“呲呲”的微响之中忽明忽暗着。

打开防盗门，点亮吊灯，雨心走进了好朋友的一居室小家。这里是一处典型的年轻女子的独居闺房，干净、洁整，器具与饰物的色彩风格温柔可爱，而在洗手间和卧室的梳妆台上也都堆满了自然就是应该堆放在那里的众多的女性专用物品。整间房子里，唯一能让雨心感到了眼前一亮的特别之处，就是在单人床床头后面的墙壁上悬挂着一幅偌大的纪娜和一名看起来有个两三岁的小女孩的亲密合影。而若是再细去观察便还可以发现，在桌面上、床头柜上等处也都是同样摆放着很多框这个孩子的照片。

“这孩子是谁啊？你这么喜欢她。侄女儿，外甥女儿，还是妹妹？”雨心随口问道。

“是我女儿。”纪娜在厨房里给雨心倒着水，平静地回答。

什……什么？我听错了吧！

“你说什么！你女儿，你有这么大的女儿？你不就比我大三岁吗！你之前结过婚？”雨心这一下可真是彻底地震惊了。而且不光是她，相信我们中的很多人也都是。

纪娜并没有答话，她知道自己想要告诉朋友的事已经说得很清楚了，而雨心现在的剧烈反应也完全是在她的预想之中。

“她几岁了？”雨心接着问。

“三岁半，跟我的姓儿，叫纪哲。”纪娜端着茶，示意雨心和她一起坐到沙发上。

有些明白了，即使张雨心只是一名在家教严谨的单纯环境里长大的乖女孩，她也可以从现有的信息中揣测出一二了。关于某位当年十九岁的漂亮姑娘怀孕生子的几种可能性。

“她的爸爸呢，他背叛了你吗？”这是雨心以她现有的生活经验所能够想到的一个可以去帮她尽快厘清事件性质的关键判断点。

“他……也谈不上背叛我吧。他只是，曾经背叛了……自己的家庭。”黯然的纪娜。

来吧，去一同走进这个女人的秘密花园……

她，来自东北边陲的偏远小城。印象里，在整个的少女时代中，她最大的梦想就是可以推开那扇锁在了自家老巷子口的大绿铁门，去跻身进那就存在于了一门之外的光鲜而又迷人的荣华世界。这个梦是从什么时候开始做起的呢，好像就是从某一次被邻居们夸起了“这孩子，将来一定是个大美人儿”的那天晚上吧。十四岁时，她终于如愿离开了家，入读了齐齐哈尔市一所正规的模特培训学校。报到那天，当她拉着大箱行李跨进了学校大门并看到了那些被钻石与鲜花所环绕着的早已是功成名就了的名模校友们的巨幅靓照的时候，她真的感觉那个梦已经与自己离得好近，好近了。

他，不到四十岁，成熟稳重，事业有成。他不是个坏人，只是，作为一名典型的优秀且又充满了成功欲的雄性，他想要的实在是太多了。而这种欲望显然也是在某个足以促使他去重新认识和看待人生的转折点到来之前，压倒了其埋藏在了心底深处的对于家庭与承诺的责任感，也占据了他在去面对着选择和诱惑之时的思维主导。

十八岁那年，她和他在哈尔滨的一场模特大赛上相遇了。那次，她是冠军。

这一定是每一名曾经的年轻人都很有可能会遇到过的成长经历，只不过其偏差的程度与受伤的结果会或多或少、或高或低的有些不同而已。就像是这个女孩吧，在那次偶然的相遇之后，她很快就被自己的狂热和幼稚所完全说服了。去相信亲爱的他的话吧，我梦想之中的所有东西都已经就是如这般无比顺利且幸运地，在这一天之内便被对我特别恩惠宠爱的命运之神给全部赐予下来了。

但是，当她和他、当一切都至终冷静下来了以后，她才发现，自己为此所失去的竟是要比那些在梦想之中曾可能会得到的还要更多，更多……

“差不多……到怀孕五个多月的时候吧，我和他就都已经很清楚地知道了，他是永远也不可能离婚的了。”纪娜的语气和缓，心绪也很平定，没有现出一点点伤感或是悔恨的神情。这反倒是让一直都在揪着心的倾听者产生出了一些错觉，不时误感到以上这些剧情都并不是如对面这位安静的讲述人所言称的那样，是其有生以来第一次对朋友所谈起的属于她自己的过去，而是一个关于另一位已然死去了的悲伤女人的前生往事。

“后来，他说要给我和孩子钱……我没多要，也没少要，反正，在我们家那个小地方，省吃俭用地把一个小孩儿拉扯大，基本上也够了。”纪娜的回忆很快便进入了收尾阶段，她好像从一开始就没准备要说得太多，“现在，我爸我妈在老家带着孩子，我会定期寄些钱和东西回去。前一阵儿，孩子病了，不过这几天好多了，我买了些营养品和衣服玩具，正准备说明天给递回去呢，结果……自己却丢三落四的，还麻烦你也又跑回来了一趟。”

“你还爱他吗？”似乎比当事人更陷入了其中的雨心完全无视纪娜言语气氛的逐渐转变，贸然地又抛出了这样一个问题。

“呵……”纪娜听到小妹妹这般老套的提问，宽容地笑了，“据我所知，他现在和家人们很幸福地生活在一起。而我与他之间也早已无所谓是什么爱与不爱了，当然，我也并不恨他。我们以前的事就好像是生命中的一本书，有空的时候，我偶尔也会再拿出来读一读，而他，大概也是一样的吧……你知道我为什么会给孩子起名叫纪哲，就是想要去时刻提醒着自己，永远都要牢牢地记着，人生中走过的这一段路。”

心中琢磨着纪娜这一席对于自己而言好像还从来都没有听闻过的话，雨心也不再多言什么了，她慢慢地把脸浸入了手中茶杯口上的团团温腾之中……

夜，很快又深了。

雨心坚决不让纪娜再把自己送出小区了，在楼下单元口，她把朋友又推回了门里，执意便要就此作别，独自出去叫车了。

“雨心……”此时的纪娜仿佛又露出了适才在考虑着是否要请雨心回家时候的那种扭捏之态，“咱们今天聊的这些事儿……”

“嗯，我知道，你放心吧，我不会跟任何人泄露的，尤其……是对老刘。”雨心认为这样的主动表态会是纪娜想要的。

“不，其实，我的意思是……你要是哪天觉得方便的话，倒是不妨把我的事儿……找个合适的机会，让老刘……知道……”这是张雨心自相识以来，第一次从纪娜的双眼中捕捉到了此种类似于是恳求的目光。

这下子，雨心就全明白了。也包括了她今天为何会如此有幸地受邀，在朋友们中得以第一位进入到了纪娜家里面的这个问题。

此刻，年轻女孩的心情变得更复杂了。她是该为自己的这两位好朋友去高兴还是悲哀呢？面对着纪娜的请求与暗示，一时间里真是很难能思量得清楚的雨心便也只好是小心谨慎地低低回复了一声：“哦……”

……

成金龙最近受到了一个人的打扰，更确切点地说，是纠缠。

这个人为了一件对于他和他的上级而言非常重要的事情远道而来拜求北京的朋友们帮助，如果那些人能够算作是他的朋友的话。但是，他所期待能够如愿的这件事情却偏偏不啻像是，要在北京市女子散打队队内最不想去触动的那一片表层看似和谐而内底里却暗流汹涌的湖面之上，投下一块谁也不知道会激起些什么麻烦来的搅局石头。

这位不速而至的客人便是来自山西省大同市体育局的官员吴德埔同志。而他这次专程奔赴北京所来跑动的事项，就是希望在本届全运会上，丁建秋选手可以代表其原籍的山西省女子散打队来参加比赛。

想要详尽地解释清楚这项貌似略显唐突了的提案的本质原理与动机，就要从我国全国运动会的运动员参赛规则上去从头说起。

在中国的体育体制内，为了促进各省市（体育局）间运动人才的合理、有益流动，同时也充分保障到输出了人才的运动员原注册（籍贯）地（体育局）的利益和积极性，在四年一届的全国运动会上，有着一些系统而又复杂的专门针对两地“联合培养”型运动员的特殊的归属报名及成绩计分方面的规定政策。简而言之，就是像丁建秋这类原注册（籍贯）地和运动生涯的早期都属于山西省（体育局），而后期人事关系通过协议交流的方式转至了北京市（体育局）注册的个人运动员，在全运会上，是既允许代表北京队参赛，也允许代表山西队参赛的，而她所能够取得的比赛成绩也可以由上述两地的代表团所共同分享。

在本届的十运会上，女子散打只设有一枚金牌，即三人小团体项目。它是由各参赛省市代表队于 52 公斤级、60 公斤级及 70 公斤级这三个级别上各派出一名运动员组团参加，并以（各代表队）相互间个体队员的三战两胜方式来决出胜负。

按照吴德埔的构想，北京队内人才济济，即便没有了丁建秋，随意搭配三人出征也都可以毫无悬念地夺下冠军。而山西队的整体实力较弱，即使有了建秋也没有可能对北京队的最终登顶造成实质性威胁（况且也不一定会相遇到），但是，此举却绝对可以大幅度地提升起山西队在对阵其他代表团队伍时的核心竞争力，如果发挥理想，在全运会上突破性地获得到一枚奖牌也不是不可想象。

同时，这样一来给北京队也会带来不少的好处。固然，“财大气粗”的北京市代表团并不会过于在乎可能会额外再从山西队那里添来的奖牌积分，但是站在进一步有效地配置人力资源，以及可以给更多的优秀运动员们都带来宝贵的上场参赛机会的角度上去看，这项提议也未尝就不是一种更为双赢且具有着人情味的良性变通。

实际上，这些显而易见的益处用不着吴德埔大老远地跑过来强调，北京队的教练组也早就已是心知肚明。因为依照本届全运会女子散打比赛赛制的名额限制，如果建秋出战则就势必要挤占掉隋清与张欢迎中一人的位置，而这无疑是很难让人做下的决定。

正是由于这些确也存在的道理，北京官方首当其冲的决策人陈光荣才在一开始并未明确地拒绝吴德埔，而是答复要去征求和听取一下运动队中的相关意见。但实际上，用官腔来搪塞拖延着请求者的陈副主任和他所言之中要去征求意见的“队里”根本就是一回事，而他们现在对于这一问题的决断也都是还在格外一致地另有所虑着。

这件事最大的风险就是它会不会给建秋与队友们那本已就紧绷且还布满了裂隙

的脆弱共存现状再带来些什么新的变数，甚至是，成为了引爆出意外事端的一条导火索。

就在北京队方面还在对这个取舍两难的选择进行着细致评估的时候，一件令人讨厌的事情又发生了，吴德埔通过其他渠道，越过了运动队，擅自把他此次北京之行的目的透露给了丁建秋本人。这么一来，情况就更为复杂了，北京队的管理层一下子变得非常被动，现在不管他们其后对这件事情到底是同意或不同意，已经都无法规避掉建秋因此而可能会产生出来的异常情绪，以及进而由此所必将带来的与队里面关系的新的未知负面影响了。

所以一气之下，陈光荣不再理睬吴德埔了，他把这道难题的最终定夺权抛给了成主教练。而结果就是，一个甩也甩不掉、推也推不回的大包袱就此又粘上了成金龙。

原本，陈光荣的真实想法是，干脆就借用成金龙那副著名的谁家账都不买的“黑脸”倔脾气，去翻了这张自己不好翻的台面，痛快点，把吴德埔赶走就完了。但是他没有想到，在成指导的内心之中竟然也是会有着那样一处充满了仁慈与怜悯的柔软之地。

成金龙被死磨硬泡者击中了心软要害的那番话是这样的……

那天下午，吴德埔又像是前几次一样，拎着礼品独自等在了“十二层”主教练办公室的门前，而在再一次受到了成指导更甚的回绝乃至是斥责之后，他委屈地向对方说道：“成指导，说句实在话，我自己也觉得自己挺烦的，我也四十多岁了，在我们那边，我也好歹是位领导，我也要脸……我们阳高县是个小地方、穷地方，能出一名在全国大赛上拿到成绩的尖子，不容易啊。县里的各级运动队有半年多没发补助了，衣服和装备也都是好几年没有换过了，而一块全运会奖牌所能够带来的东西，太多了……对，我是想要政绩，但这政绩的好处也不是我一个人落的啊！成指导，咱们都是吃体育这碗饭的，您命好，生在了首都，而我当年要不是豁出了命去在亚运会上跑了个第三，到今天，不也一样还是在家里面挖煤种地呢吗……就当是我求您了，也当是，我们县里的那些孩子们求您了……”

听完了吴德埔的这段言语，成金龙一时惚然，竟呆住了。在他心里，那道本来已经合上了的口子在这一刻又被重新地扯开了。

当晚，为了这个事，成金龙特意又召集了同事们开会。陈光荣在电话里再次重申一切全权由老成做主，他照决定配合便是。孟大海原先一直是不赞成的，但是看到成金龙重又把事情拿出来商量的意思，就不愿再明确表态了，只是反复地说：你们定吧。而到最后，何耀强的一句话终是给这项久拖不决的议题做下了一个了断：“要不就让她去吧，往乐观的方面想想，也没准会是件好事。”

结果，这件事情就这么定了……

丁建秋像是铁榔头一样的硬拳一记记地打在了何耀强的手靶掌心里，发出了“砰砰”的巨响。而在每一下的重击过后，某一股尤胜于往日的怨恨之力就都会尖锐地刺透那块薄得可怜的海绵隔层，阴冷冷地扎进到陪练者的骨缝和脑仁里面。

“停，停！建秋，行了，今天先到这儿吧！”是因为击打者用上了更大的力气吗，今日的何耀强竟感到了阵阵的麻木与眩晕，他无奈地叫停了练习。

“谢谢何指导。”建秋稍稍躬了下腰，就转过了身去。

“建秋，等会儿……没事的话，咱俩聊聊……”何耀强叫住了他的队员。

全运会借调回山西省参赛的安排队里面已经正式通知了建秋，但对其他队员们还在暂时的保密当中。这段时间里，忙碌的何指导又增添了一项新的任务，就是要去时刻地留意和疏导着建秋有可能会因此而产生的不良情绪。

“建秋，为什么你的动作永远都是带着那么重的杀气啊，就连在平时练习的时候也一样，震得我头都疼了。”何耀强笑呵呵地开启了话题，这是精于言谈的他在仔细思考过本次对话所想要去表达与交流的主旨之后，结合现下的环境而选择好的一个理想切入点。不过，这句话中的最后一部分倒也有可能是确有其事的，因为交谈的对象看到了呼吸有点散乱的何指导此刻正在下意识地去摸扶围绳。

“杀气……这不是应该的吗，要不怎么打赢啊。”建秋冷冷清清地回答着教练，说完便弯腰跨出了擂台，“下去说吧，拳击队还等着用台子呢。”

这会儿已是晚间，“搏击一馆”里也算清静，何耀强与建秋坐到了场边的长椅上。略远处，只剩下了独自加练着杠铃的成金龙和男子拳击队里的一些人。

“建秋，你知道我是怎么看待练习搏击这件事的吗？”何耀强心平气和地跟建秋聊起了天，“要说啊，从事搏击运动也确实很像是去经历起落的人生，在其中会有敌人，也会有输赢。不过呢，这两者之间还是有着一个最大的区别，我也是直到……三十岁上下的时候才真正领悟到的。那就是，在擂台上时你不是胜利就是失败，但是，如果你可以在生活之中做到永远都忠诚于自己的心，那么在你的整个生命当中就将会是只有胜利而没有失败。建秋，我想说的是，人生非常漫长，一时的胜负根本就微不足道，而且，我们在玩的也不是什么零和游戏，并不一定是非要去击败了别人才能够获得自己的胜利。你的胜利其实就在你身边。”

“何指导，您讲的道理太大了，我听不懂。”丁建秋的反应冰冷得让人寒战，尤其是她幽幽地飘向了何耀强双眼的那副目光，“我只懂得，站在我的位置上，我没的选择。我知道您想跟我说些什么，我现在就可以明确地答复您，我到底是怎么想的。”建秋的视线重又转向了远处，而这短短的几秒钟相望竟是让何耀强的脊背上渗出了粒粒冷汗，并不得不去用双手紧紧扣住了木椅的边缘以勉强维持着身体的平衡。

“从当年把我一个人扔到北京来，到现在让我再回去替他们卖命，我没的选择。你们让谁上，不让谁上，给谁机会，不给谁机会，我也没的选择。我唯一还有权利去进行选择的就只剩下了当站在了擂台之上的时候是让自己去死，还是，让她们去死。所以……”建秋抬起了握紧的拳头，直勾勾地盯着，“我也就只能是去靠它来说话了。它必须要足够地狠，足够地硬，像是铁一样的硬。因为只有那样，我才能寻找回一点尊严，寻找回一点对于自己的人生还保留下了最后一丝选择权的仅存的尊严。”

建秋吐出了真言，这是她近几年来最为掏心的一次坦白，而有幸聆听到了这些心声的何耀强，却只是感觉到一波波的激灵悚然自腰椎间起像是针扎一般地一路蹿上了后脑，而眼前便是“呼”的一下化作了全黑。这个女孩的心里竟已是阴暗到这步凶险了吗？何指导甚是惊愕焦忧。“建秋，你听我说，你的想法……是不对的，我以前……也跟你一样……”发生了什么情况？这个男人的言语为何显得有些吃力？“……跟你……一个样……但是，我要告诉你……像铁一样的硬，是……是……”

没等到何耀强费力地把话说完，建秋就站了起来，她已无意再多去和教练探讨些什么其本已就寒冷无望的人生了。“也许是我，也许是她们，到时候看吧。”说完便扭头走开了。或许，让那终极失控的恶果来得再痛快一些、再猛烈一些，这便就是一名早已生不如死了的姑娘所已欣然做好了的，去直面迎接自己的生命之焚毁时刻的心理准备了吧。

“等……等等，建秋，你……你相信我，像铁……一样……是……”再往后，建秋就听不到身后面说话的声音了。这不会有些奇怪吗？何指导他怎么了……但还未及女孩回头，竟已又是传来了一声“扑通”的大响！

建秋忙转身一看！何耀强摔倒在了地上，在惊厥地抽搐着身体！

心知轻重的姑娘赶紧跑了回去，抱起了昏迷者的头。“何指导，何指导！你怎么了！……来人啊，快来人啊！队医，队医！有人晕倒啦！”

听到嚷声，远端的成金龙急忙扔下了杠铃，而刚巧在馆里又离得近了一点的拳击队孙队医也即刻便赶到了事发之处。医生把何耀强翻转到侧卧位，扯开了领口拉链，并用两手拇指死死地抠住了他的牙齿。“打 120，叫救护车！”急救者冲着飞奔而来的老成喊道，然后又一把抢过了建秋手里的毛巾，艰难地塞进了发病者的嘴中……

三个小时以后，北大医院的急诊大夫办公室里。

医师放下了脑电图，把核磁共振的片子插在了灯箱上，向着他对面的成金龙与孟大海阐明了意见。“看这儿……下边这儿，这片阴影，不小啊。是头部受过创吗？如果是，这伤受了可也不是一年两年了……现在只能是先用药，保守治疗，然后……”写着病历，医生继续说道，“想要进一步确诊根治的话，建议去天坛医院，神经外科。”

同一时间的急诊留观室中。

何耀强慢慢睁开了眼睛，看到守在床前的建秋，他腼腆地笑了。然后，他努力地说完了自己想要去对这个姑娘说出的话：“你相信我，像铁一样的硬，是没有用的……”

是时候了，讲述这个男人和他的故事。让我们一起去穿越……

“铁骨耀强”的前世今生……

1970 年 4 月 24 日，中国自主设计制造的第一颗人造地球卫星“东方红一号”成功发射了，消息公布的那一天，好像全中国的人们都在欢呼与流泪。月余之后，福建莆田一座名为“青荔”的小渔村里，在村革委会的高音喇叭和那些来自城里的热血知识青年们连续数周的高亢口号的感召之下，并没有太多文化的何家夫妇从“振华”与“耀强”之中选择后者作为了他们第五个孩子的名字。

童年的岁月在小耀强的记忆里并没有留下多少可以用“美好”来加以形容的东西。当然，我们也并不该去过分地苛责这户养育了六个孩子的渔民之家疏忽了对于幺子的管教，因为在那个年代里，为了生计而操劳得精疲力竭的人们的生活本就是这个样子的。

有生以来第一次把拳脚砸向了别人的印象早已经模糊了，只记得那是为了争抢在潮滩上拾取蚌壳的权利。而到后来，这样的所为竟已是变作了一种活着的习惯。

长大点之后，耀强渐渐成为了与邻村孩子们殴斗之时的本村童党首领，就连他的兄长们也甘愿听从他的喝令。这一方面可能是由于他的骨头也确实够硬，而再有，便是因为这个男孩似乎是打一天生来就绝不服输，也从不怕死。那些年中的耀强有一个最大的心愿，就是可以凭借着一双拳头去打垮所有敢于前来争夺渔场的外村人，一如他们身边的成年人们所多年以来一直都在做着的那样。在他看来，或许这样妹妹就可以吃到她所经常会梦见的那盒在合作社商店柜台里面摆着的香甜桃酥了。

如果小伙伴们问起耀强，等我们打服了“涌泉村”，接下来该怎么办，他一定会说，那就去打“双鸭村”，而若是再去重复相同的问题，他便还会继续回答，那就再去打“前湾头村”、“后湾头村”……在这个少年人的心里想必是已然生成了这样的认知，只要是去无限度地使用对抗与暴力就也同样可以无限度地来达成自己的欲望和梦想了……

直到，一身劣迹的打架王何耀强被学校开除了。

八十年代中期的东南沿海地区，改革开放的春风已经拂面而来，人心思变，曾经僵化的制度与风气日渐开通，而在这面向着海峡对岸的最是前沿的村子里面就也更为如此了。先是听说台湾人在镇上开了工厂，待遇优厚地大量招工，后又有远房的表叔带着伪劣金表跑过来大谈，“我们闽南人天生就该是出门去做生意的”。

当时，中断了学业的何家强仔可以选择的出路有很多，而且看起来也都还算不错，可最终，让家人和邻里们都难以想通的却是，他竟然自作主张，找泉州的一位民间武术家拜师学艺去了。而且在很多年后，耀强回家探亲时还对父母这样忆起过当初的心态：“其实那时候我已经很理性了，否则就直接投奔南少林去出家当和尚了，我不是没有考虑过。”

如果真是照他所言，这是一条在经过了冷静细致的思考之后才为自己所选定的路，那么在当时支撑其做出了如此离经叛道的决定的根本原因又究竟是什么？就用如今每年在春节团聚之时耀强都总是会为之带回精制桃酥的何氏小妹的话来说吧：“我五哥做事啊，心里最有数了，他想要什么自己清楚得很，不论是当年还是现在。”

在泉州给人家当徒弟的生活清苦而无味，这一点倒也不是耀强所没有估计到的，他有他的抱负，也有他的去将其加以实现的计划与耐心。机灵、刻苦、孝顺、长进，两年之后，人生转折的机会便如约来到了这名年轻的草根武者面前。

1986 年冬天，一位卑微地来自于小城市井的无名武舍，却也坚定地胸藏着尤胜鸿鹄凌云之志的十六岁的福建省男子业余散打选手，怀揣着师父用两坛龙岩沉缸酒换来的体委介绍信，激动得颤抖着跨进了北京市什刹海体育运动学校的大门。而在那之前，他先从北京火车站步行去到了天安门广场，在那里饱含热泪地有生以来第一次真实地领略到了那幼时曾一度以为是坐落在了天空之上的祖国首都的风采。

据说那天，北京市男子散打队招收新学员的测试场上挤进了来自全国各地的上百名习武少年，但是江涧却只一眼就看中了何耀强。总教练在事后所给出的评价是，这个小伙子，筋骨间散发着一股子别人都没有的刚硬气！

泰山北斗的眼光总不会有错，而何耀强也绝对没有让破格选中了他的伯乐失望。因为这个由于带有着一身山野乡土的江湖味道，而与那些自幼便严格地生存在了规制之内的队友们显得有些格格不入的新来者，确是一名像铁一样硬的男子。

进入到北京青年队后，耀强所展现出来的技术风格蹊径独辟、极具个性。他在招法的运用上灵活务实、不拘一格，非常热衷于去试验实践那些在传统的技法体系中并不鼓励但却绝对是有效实用的“非正规”技术战术。在临场的比赛气质上，他大胆、果敢，捕捉战机与一招制敌的能力极强，常常是对手才刚要规规矩矩地起势相接，他便已然是出其不意地杀出胜负手了。而在对待战斗的意志品质上他就更是高人一筹了，不论是敢问天下的好胜之心还是千军不惧的胆识魄力，再或就是，那一种对于疼痛感与威压性根本就不会产生出任何反应的勇者颜色，全部都是极为的令人钦佩。

何耀强之所以会拥有到这些优异特长的本质原因虽有可能也是缘由了其相对复杂的成长经历，但在更深层处的根本源头恐怕还是，他的欲望。他的那一种强烈的、为求成功而愿意去比别人做得更多，或者说是敢于冒险去尝试更多的坚硬的欲望。

于是，在八十年代的末期，北京什刹海的上空便就这样冉冉地升起了一颗即将可以在不远的将来去照亮整个中国武坛的天才散打超新星。

虽然大多数守旧的领导与行家们都并不欣赏何耀强，但是恩师江涧却对他悉心栽培、呵护备至。虽然同样大多数的同门队友们也都并不喜欢这个锋芒太锐且孤傲狂妄的小强，但是在队内威信与地位都极高的成金龙师兄却是和他走得很近。其实关于这后一件事，就是连耀强本人也都颇为纳闷的，因为要是说起性格，大龙师兄他很可能就是在这支队伍当中行为思想最为循规蹈矩与恪守礼度的那个人了，可为什么却偏偏正是这个男人最终会成为了那位最肯包容也最能理解自己的真兄弟?

反正不管怎么说，还不到二十岁的何耀强已经是大跨步地奔跑在了通往这个体制之内的金字塔顶端的康庄大路上了。如果不出现意外伤病情况的话，一两年内建功立业，登极本级别之全国大位已是势在必成!

但是，这名年轻人在大时代之下的命运转折却终而还是无可避免地发生在了那次既像偶然，也属必然的小小相遇上面了。

距离跨入进二十世纪九十年代还有着一小段时间的某天，耀强的二哥刚巧来到北京出差，于是两人便相约聚在一起吃饭。何家二子这些年来追随着表叔学做生意，辛辛苦苦地走南闯北，倒也是混出了些名堂。席间，耀强被介绍认识了一位前来作陪的朋友，是一名叫作子杰的美籍华人，听说他是二哥现在手头上一桩大买卖的合作伙伴。

而也正是这个子杰，在不经意间改变了何耀强那原本简明而又单纯的生活轨道。

子杰在美国旧金山的唐人街上长大，小时候也在自家附近的武馆中课余习练过几年，而他与友人弟弟之间的话题便也很自然地落在了散打或者说是搏击运动的上面。那一个中午的谈话时间，何耀强有选择性地过滤掉了很多无关重要的琐碎部分，至今也只就对于他所总结提炼出来的与自己存在着实际关联性的三点内容保留着记忆。

第一点，据说美国是天堂。第二点，据说美国现在兴起的自由搏击运动完全没有规则的限制，可以让参赛者随心所欲地去战斗。第三点，据说目前中国很多的二三流武师到了美国后全被老外当作是宝，统统都成了名也赚了大钱。

这天晚上，何耀强有生以来第一次体会到了失眠的滋味，而到了天色已经微微亮起的时候，他终是下定了一个常人并不容易能够就此便下定的决心。他要去美国！

人性中的欲望成分在怎样的生活际遇之下就会被更加明显地催生并放大了呢？在对何耀强这一典型个案的讨论之中，我们起码可以在这个问题的诸多可选答案里面同时发现到两点最富有代表性的常见诱因。

首先是，当一个人依靠着自己所深信的理念异常顺利而又幸运地取得了大量的成功，而失败与挫折却迟迟没有前来尽到它们所应尽的责任，并因此而导致了这个人产生出了过于膨胀的自信甚至是偏执的时候，此人的欲望就会被放大。因为，上述的这种情况会让他去永远地迷信着，只要自己还是照着先前的那个样子去做了，就必定能够永无止境地获得到更多更多的他所想要的东西，而直至是整个世界。

其次，无疑就是羊群效应的从众心理表现了。事物的发展总是由一波又一波浮躁与反思的交替轮回所彼此接力地推进而行着，人如此，社会也如是。身处于那个所有中国人的欲火都在尽情燃烧着的“出国热”的年代里面，万事争先的何耀强一旦看到了机会又岂肯会落于人后。抢在绝大多数人的前面去用更大的赌注为自己搏上一把，这才会是那个从不安分的年轻人曾百试不爽的一贯思路。

相信自己真的是比一干凡人们都更加具有硬度的像铁一样的男人也同样坚信着，自己一定可以凭借着这种硬度去换来今后更为显贵的人生。他就要开始去展开新的冒险了。

平心而论，子杰是个值得信赖的家伙，因为他在何耀强确也足够真材实料的比赛录像的辅助之下，很快就办成了这位新任“中国功夫教练”的专业人才赴美手续。而也正是因为如此，当他问起耀强是否要把二哥赞助的资金全部都换成美元的时候，所得到的答复会是那样地决绝：“没错，一分也不留！”这一段听起来还真是有些耳熟呢。

一切都在秘密地进行着，城府颇深的何耀强把什刹海里的所有人都蒙在了鼓里。一直到了他静静动身离去的那一天，成金龙在无意间提前发现了师弟所留下来的向大家告别与道歉的书信后，满腔愤怒地追出了校门……

很多鲜红染在了那段白色的记忆里，而从警车上下来被分开带进问询室前的无意一瞥，也就从此成了这两个男人于彼此间的最后相视……

美国！美国！

唐人街里的路巷虽远没有新商业区中的摩天大楼那样宏伟现代，但却会让每一名初次来到了这里的中国人都能够找到回家的味道。刚才在出租车驶过壮丽的金门大桥的时候，来接机的华书豪就是这样对何耀强介绍的。而现在，何耀强自己也是这么觉得的。

“华氏”武馆的规模在唐人街中并不算大，馆主华冠英是早年来美的第一代台湾（外省籍）移民，今年五十岁。他的一对儿女，哥哥书豪与妹妹书香，也都在自家的馆中帮忙教练着。这里的学员主要分为两大类，成年的多是些美国本地的白人、黑人，他们一般全是按点上课，按时缴费，学的只是一种业余的兴趣和娱乐。而另一类的学员一般会比较年少，基本上都是附近街区华人家庭中的子弟，强身健体、体验与延承传统的中国文化是父母送他们来到了这里的最大目的。当然了，这其中也确是有一小部分的孩子是真的抱有着立志投身武学的理想前来正式入门求师的，不过听华馆主说，这样的孩子近年里愈来愈少了，即使是电视上播出了再多的功夫片也一样。

这里的整体环境并没有子杰所描绘的以及何耀强期待之中的那样好，包括了美国人对于中国武者的态度和“华氏”武馆可以提供给新雇员的薪酬待遇。不过现在再去计较这些已经没有什么意义了，耀强爽快地扛起行李，搬进了东家为他所安排的位于了地下室里的狭小卧房。爱拼的小伙儿并不在意起步时的艰辛，他所看重的是未来的机会。

武馆中的工作聊胜于无，每日和那些玩闹似的愚笨老外们打着交道虽然令人厌倦，但好歹也算是解决了落脚初期的食宿问题。但至于其他的所有追求，就都只能是靠着何耀强他自己去以加倍的努力来一点点地实现了。不多久以后，耀强在街口的一家中餐馆里又找到了一份兼职差事，利用休息的时间去做服务生加洗盘子，这多少为其补贴了一下实是寒苦的微薄收入。而除此以外，他就把所有的精力和开销都全部投入在了学习英语和通过资料与录像去钻研自由搏击这项迷人的运动上面了。

耀强的勤奋让华冠英对他产生了些好感，事实上，中年武术家也是大致了解他的这位新聘教练在国内的科班出身与成长经历的。故而某日，华馆主不知是出于什么想法，突然来了心情，他建议何耀强与自己的儿子书豪过上两招，而且，不要留情。

说实话，耀强的手这几个月来也早已是痒了，于是他没有推脱，欣然上阵了。

“英雄书豪”在旧金山的武术圈里可也绝不是泛泛之辈，二人以自由搏击的开放性技法相斗，大战了数个回合而未分高下。至最后，求胜心切的何耀强凶猛地发出了一记非常狠毒的搏命招式，因为只是自己人切磋，所以书豪见状就主动收势示弱了。结果，耀强也没有真的发力，他乘机一个擒抱，把对手轻轻地制服了。

华冠英在一旁沉稳地看着，一直也没有发声，末了，见定了胜负，才向耀强赠出了一句略感淡薄却又意味深隐的点评：“你师门的路数是至刚至正的，但你的心，有够野的。”

何耀强当时并没有完全听懂这句话的意思，而这其中一部分的原因可能也是来自于，他发现了站在练功房另一端观战的华书香注视着自己的眼神是那样地温柔。

清秀的书香与耀强同岁，梳着用红线绳绑起来的长长的辫子。这位姑娘一开始留给别人的印象不像是个习武的女孩，因为她喜欢刺绣，说话时也总是轻声细气的。

异国的生活一时也就是这样，谈不上有多好，但也不坏。虽然梦想中的机会并没有很快出现，但是等待者倒也并未去着急。该来时它自然会来，而在那之前，自己只要去安然地等待着便好。但万一，它若是怎么也不肯来的话……雄心满满的耀强相信，即便真是到了那个时候，他也一定还可以找到办法去把它给创造出来的。

不知不觉间，何耀强来到美国后的第一年就这样匆匆地过去了。就在他急待于成功的那份忍耐力才刚刚开始受到了一小点考验的时候，一件突然而至的事情发生了。虽然在那一天里，当事人还并未能察觉到，这一件事竟然就是他所一直都在极力盼望着可以尽快地出现在自己面前的那个所谓的机会。

何耀强打工的那家中餐馆名叫“梁记茶粥”，老板梁伯祖籍广东，是一名典型的吝啬却又善良的小生意人。他会永无休止地责骂着伙计们的差错与懒散，也会常对招牌烧卖中馅料的含肉量加以斤斤算计，不过，他没有故意克扣过员工的薪水，也没有卑鄙地偷偷给移民局打去过举报电话。耀强虽并不是很喜欢这个人，但于心里却也知道，人在他乡，梁伯算得上是一位可以给自己带来些帮助的同胞了。

这天的午后。

那个喜欢穿黑夹克的人又来吃卤面了。他应该是名中国人，三十多岁，脸色阴阴的，两条法令纹像是用美工刀刻出来的一样。这个人在每月初的几天就会来，一般都是坐在最靠近墙角的那张桌子上，每回，梁伯都会亲自给他做上一碗加了海蛎的蛋丝卤面。

不过今天的情况似乎和往常有些不太一样。梁伯把面端来之后就一直坐在这个人的对面不停地说着什么，从远处看过去，他的表情既像是抱怨，又像是哀求。而那个男人却是非常的平静，只顾着低头吃面，偶尔回上一句也就只是寥寥的数字而已。后来，面吃完了，梁伯还在唠叨，男人便有些不耐烦了，他示意对方和自己去后厨再谈。

耀强这天本该是在前厅招呼客人的，但见这两人怪怪地向后面走去，不知是从哪里来的好奇心，抱起了一摞脏盘子，就也鬼使神差地跟了过去。

想要偷听的谈话内容夹杂在清洗碗筷的水流声中断断续续地传了过来，很快，耀强便搞明白了就里。原来这个男人是唐人街上的黑社会成员，来这里是为收保护费的，而这个月的数额似乎又要涨价，所以梁伯很是为难。不过到最后，听样子餐馆的经营者还是无奈地选择了妥协，黑衣男人拿了钱，从后门走了出去。

在合门声响起的一瞬间，耀强刷洗碟子的麻利动作也于同一时间戛然而止，血气方刚的练家子有些难以按捺住自己了。这或许是出于习武者与生俱来的自负与正义感，又或许是源于了这一年多来所积累下的急切梦想着能够去表现出自我的饥渴火焰所相应带来的好斗之心，总之，何耀强已认定了此刻必须要去做上点什么。之前的事情是他不知道，而现在知道了，那如童话故事里一般的身怀绝技却又隐姓埋名的小伙计去狠狠地教训了来店里捣乱滋事的流氓恶霸的经典戏码，不就正是到了该要去再一次上演的天赐良机了吗！

想到这儿，耀强一把甩下了橡胶手套，拉平袖管，向着门外追了出去。

最后的一点犹豫发生在了手指触碰到餐厅后门把手时的那一刻里。何耀强去过几次后巷，知道那里肮脏而阴暗，似乎横行着各种危险与罪恶，和明亮、热闹、充满了熟人与说笑声的爱好着和平的人们所身处的经常可以望见到阳光的地方相比起来，完全就是两个黑白对立的世界。不过，年轻人是不会去惧怕这些的，他告诉自己，只要做完了要做的事情便马上回来，也许总共就只需要五分钟。

门，就这样被推开了……

“先生！”黑衣男人并没有走远，耀强只三两步便追了上去，“先生，请等一下！”

听到背后有人呼喊，那个男人停下了脚步，转回身来，冷冷地看着何耀强。他并没有说话，只是用恶狼一样的眼睛发射着阴森森的光。巷子里再没有其他人，这几秒间静得让人心慌，墙边锈蚀的排水管口在不断垂落着的水珠掉进了地上的褐色污水坑中，滴答答地响，而就立在它们旁边的大垃圾桶也在散出着阵阵腐变而霉烂的腥臭。

“先生，你好像从我们店里拿走了你不该拿走的东西。”何耀强才不怕这种货色，嗜勇斗狠的凶徒他不是没有见过。

“那么，你要怎样？”黑衣男人开口说话了，同时也在警惕而狡诈地扫视着周边。

“请你把它还给我们，并且以后也不要再来了。”如此义正词严的凛然，定是会让每一名幻想着能成为英雄的男性都产生出荷尔蒙超量爆发的极致快感。

对面的男人又不再说话了。他是怕了吗？还是对于何耀强的气势有些估计不足？

“砰！”一声枪响！

这是何耀强在自己的人生当中第二次亲耳听到枪声。他来到旧金山后的第四个月，在某天的深夜中唐人街上曾响起过这样的声音，那动静很大，持续了一段时间，即使是躺在了地下室的床上也都能听得非常清晰。第二天一早，有邻居们讲，昨晚是华人黑帮在与越南人争夺地盘，双方一共开了十几枪，死了两个人。可就算是这样，耀强也依然还是感觉那种事情离得自己很远很远。但是现在呢？

这颗在脑海中留下了长久嗡鸣声的子弹从距离何耀强的耳廓只有不到一公分的地方飞过，打进了他身后面的砖墙里，而随之被炸溅起来的横飞碎石又击中了遭恐吓者的后背与脖子。耀强并没有伸手去试探伤处，但他知道，自己应该流血了。

让人不敢直视的枪口还在黑衣男人的手中飘散着丝丝白烟，这是一种威力超级巨大的武器，大到了，可以把它面前的某件像铁一样硬的东西给击得粉碎。

对于一名怀揣着天真而炙热的美国梦的中国武术青年来说，要他去彻底地接受永远也不可能摸到那张印有着李小龙或是李连杰画像的头奖彩票的现实，会是一件多么困难而又残忍的事情。不过，这一粒呼啸而过的暴戾枪弹显然已是远胜过了那些饱含着衷情善意的千言万语，在此刻，何耀强完全明白了，在这绝对真实的生活之中他谁也成为不了，也包括了那个只存在于了录像厅里的虚幻世界当中的，总是挥洒着似是为痴迷于此的自己所量身定造出一般的威武神采的叫作唐龙的人。

注：唐龙，电影中痛击骚扰中国餐厅的流氓的男主角，出自经典功夫电影《猛龙过江》。中国香港，1972 年出品，编剧、导演、主演：李小龙。

那件不可战胜的热兵器依旧瞄准着目标人的脑袋，而掌握着是否击发之决定意愿的黑衣男人就站在两米以外。何耀强知道，如果自己愿意殊死一搏的话，这应该是一个可以去发动出具有 50% 成功概率的突然袭击的有效范围。但是很显然，不管是从哪个角度去看，敌人对自身所构成威胁的程度都还不值得让其这样去做。当然，支撑他得出了这种结论的主观思维当中也还掺杂了一项讳言且又隐秘的要素，那就是胆怯。

“后生仔，这里还轮不到你逞威风！”在说出这句话的之前与之后，黑衣男人就这样举着枪让空气分别凝结了两三分钟。而后，他收起武器，向自己的身后瞟了一眼后，又转回头再次盯住了呆立不动的何耀强。

“现在我收起了枪，你可以过来揍我。”黑衣男人仿佛是在讥讽着战败者，又或者是想要去在心理层面上继续扩大他的胜果，“可是你不敢打死我，而一旦你打不死我，到不了明天天亮，这家餐馆里的所有人就都要死，而且还会有一把很大的火……死的人里面可能不包括你，但你的下场会是永远也不敢再踏进旧金山。”

“我们一样，你杀人放火后的下场同样会是永远也不敢再踏进旧金山，在警察抓住你之前。”即便是处在了一定限度的胆怯之中，坚硬的何耀强也不会去全无抵抗地任人欺凌。

而恰恰就是耀强这句有力的回击，似乎把当下整个事态的性质与气氛都扭转向了另一个方向。面前这位饭馆小弟的过人胆色想必是令黑衣男人也有些惊讶，他沉默了一会儿，语气平和地问道：“你是福建人？”

如此讲来，何耀强也有所察觉了，这个男人说话的口音确是有几分相熟。于是他也同样缓和了口吻，答道：“是，莆田。”

黑衣男人点了点头，上下打量着何耀强。“我认出你了，你是商店街华氏武馆的人。”随后他又向身后看了一眼，接着问道，“你是……练武的？”

“在国内练散打，来这里以后练的自由搏击。”没有必要隐瞒，耀强如实回答。

“哦……”黑衣男人若有所思，在何耀强的观察中，他那对笔直的法令纹好像是轻微地弯曲了一下。“我是五龙帮的庄森（Johnson），你叫什么？”

“何耀强。”什么意思？这番对话已经让人感觉不到是从枪声中开始的了。

“听着阿强，我们现在该赶紧离开这里了。”庄森说着，边第三次回头张望，边从怀里掏出了一叠灰绿色的钞票。“老梁以前每月给两千块，从这个月起他要给两千五百块。而今天，这五百块归你，拿着，这是你应得的！”

这可真是太有戏剧性了，何耀强的眼前竟突然出现了五张百元美钞！他该如何是好，五百美元对其来说不是个小数，但这钱……

“拿着！这不就是你追出来的目的吗，现在你做到了！”慷慨的老乡把钱塞进了耀强的手里，“但是你对谁都不要讲，老梁不要，华氏那边也不要，明白吗？”之后，庄森就拉紧了黑夹克，把双手插进衣服的口袋里快步地离去了。在走远了十几步后，他还并没有回头地对着新朋友喊出了一句：“我会再来找你的！”

何耀强因这一系列的惊奇变化而愣住了，他必须承认此时自己真的是有点搞不清楚状况了，虽然这样的茫然感受对于他来说非常少见。刚才到底发生了怎样的事情，为什么我的手里平白多出了五百块，而脖子上还在流着血……

世事的幻变就是这般地冒昧与突兀，尤其是当很多已知或未知的利益绞缠在了一起的时候。说来有点奇怪，这段刺激的经历所留给何耀强的最深刻印象，既不是那声因太过猝然而致了记忆忽烁的耳畔枪响，也不是此刻虽就在手中却又看似无比虚无的鲜血与金钱，而是那一条幽深、昏暗且又完全福祸难料的神秘巷子。在当晚回到了地下室中的床上之后，他又一次不知第多少遍地把事件完整地回忆了一番，所得出的结论依然还是这样……

庄森没有让满怀疑虑的耀强等上太久，三天之后他就出现了。当被这个人拉着要再次穿过那扇门而进入到后巷中去的片刻之间，何耀强的内心里曾是有些抗拒的，但随即，他便顺从了朋友的邀请，因为庄森在他的耳边讲道："走，我带你去看看真正的自由搏击！"

这条小巷没想到竟是会有这么长。耀强跟在庄森的后面，脚步逐渐是由被动的追随转为了主动的探索，到后来，他俩几乎是肩并肩地跑了起来！闪过了阻碍，迈过了泥泞，向深处去，向更深处去……真正的自由搏击会是个什么样子……

这里，混沌迷乱，光怪陆离。

一群携带着汗臭、文身、随时都会在别人脑袋上破碎的啤酒瓶和于腰间裸露在外的上了膛的左轮手枪的各国男人们，正在群体式地歇斯底里地怒骂与吼叫着。从他们的指间和嘴里不断大肆融入了空气的烟雾，让这间还并不算太小的房子变得就像是一只刚刚才熄了火的铁皮焚化炉，糅合着昏黄色的灯影，所有的景物看起来都如同是被烧焦过了一般。这让猛然进入了其内的耀强每去呼吸一次便都能感到喉咙处会火辣辣的干痛，而他的眼睛也是一样。

在令人头皮发紧的巨大噪声之中，庄森冒着可能会引发一场暴乱的风险，拉着朋友奋力地挤进到了人丛的中央。而这样，擂台就能完整地呈现在他们眼前了。

这块场地与其说是擂台，倒不如定义为是"擂池"更加贴切。在整体下凹的一块长方形地板的四周密密麻麻地围满了站立着的观赛者，而他们与内场的唯一阻隔就是一圈普通的圆木酒桌和坐在了桌边的那些貌似是地位更高了一点的人。不过，这些独属于派头十足的贵宾们的位置似乎也并没有多么地完美，因为就在何耀强来到了其中一张桌子附近的几秒钟后，一柱鲜热的红色液体便惨厉地从战场上喷射了出来，染在了对面某位端坐在头排的亚裔中年男士的白色高档西装上。

在擂池的中心正发生着什么？

这绝然不会是可定性为任何一项人类体育运动的行为，说得再直白点，那根本就不是两名人类，而是两头野兽在进行着最没有技术含量的垂死撕咬，就好像是它们自己也非常的清楚，失败者将会毫无疑问地成为另一方的食物。

没有规则，也没有护具，甚至没有了人性，这令人发指的原始角斗就是真正的自由搏击吗？切，才不是！何耀强心里清醒得很，在这家隐僻的酒吧里正在上演着的低级搏斗不过就是一场非法的聚众赌博而已，俗称“黑拳”。

即使是作为着这项运动的主要发源地，在九十年代初期的美国，自由搏击也依然还是一种极度小众且处在了边缘线上的体育项目。那时，一切还都只是在散乱之中的艰难摸索，谁也说不清楚那些动作与判罚的正式或是规范与否的到底区别，所有的比赛也都是来自于民间爱好者们所自发进行的初级尝试和小规模交流。何耀强在华氏武馆就接触过多次的同好比试，但每一次的场面和打法以及参与者们自身对其的理解与认知竟是全都不太一样。还有那些他曾经想当然地认为可以去报名参加的成熟权威的全美自由搏击大赛，事实上也根本就还没有诞生，而这一点也正是怀才不遇者总是深感到出头无门的最大原因之一了。

在现实中，最接近于本书前述标准的真正现代意义上的自由搏击或综合格斗（MMA）比赛 UFC（The ultimate fighting championship，极限格斗冠军赛），始创自 1993 年的美国丹佛。

其实不可否认的是，自由搏击的前身或起码是一部分的前身本就是脱胎于了那种血腥暴虐的街头私斗之中，这就像是人类社会里所有的体育和游戏全部都是来源自最为基本的生产和生活需求一样，客观存在是内容升华的土壤，而规则完善又是升华质变的必要。

不过话又说回来了，在很多时候，事物越是可以表现出一种毫无限制的原生态模样，就也越是能够让人们找回到一种真心与畅快的本性之释放，就像是现在双拳已经不自觉地握紧了起来的何耀强所感受到的蠢蠢冲动那样。

眼看间，池中那两名相斗者中身型较小的一个已是再难招架、无力回天了。此时，这人的大块头白人对手所打出的一大通歪斜错乱却也足够蛮力的连续重拳，已经大部分都实实地中在了他的头脑与脸面之上，这让被攻击者很快就陷入进了昏迷失衡的状态。于是，在一阵喷雾状的血光与陡起的疯叫声中，这名小个子面朝着地板栽了下去。而那大块头则是紧跟着便也毫无犹疑地扑到了这个已经完全失去了意识的敌人身上，又极尽歹毒地向着其最为要害的部位痛击了几拳、猛踩了几脚，并直至确认了躺在地上的失败者与一具尸体已是全无区别了之后，方才起身高举着手臂，狂呼了开来。

“好吧，好吧，让我来宣布结果！获胜的是……大铁匠斯蒂芬！”这处地下擂台里居然还有着一位专职的赛事主持人，现在，轮到了这名拿着话筒的一口爱尔兰腔的大胡子男人来潇洒地出场表演了。“我说得没错吧，斯蒂芬就是信得过，看看这头公牛，谁要是想跟他作对那可真是疯了！所以，二赔三先生们，你们的选择完全没有问题！……然后呢，哦，天哪，你们知道我想起了什么，有一次，我和我的女朋友一起去苏门答腊……”

主持人开始东拉西扯地要弄起他的脱口秀了，何耀强猜想，这个时段应该是留给上一场买对了胜者的观众们前去结算赌资的。这时，他看到庄森在和那位刚才被血溅到了西服的白衣男士说着什么，并且还朝着这边指指点点的，而白衣男人的目光也一直都停留在了自己的身上。稍后，庄森又挤了回来，他搭住耀强的肩膀，满脸兴奋地喊道：“阿强，你的机会来了，我老板 TG 愿意坐庄，派你去和那个获胜的光头佬打。怎么样，想不想去？我了解这个大铁匠，他就是比别人壮了一点，仅此而已，但你受过专业的训练，不是吗？上吧兄弟！你懂的，这是有多好赚钱的一条财路，只要你打赢了他……”

庄森用热情而期盼的语调不停地说出了许多，这让何耀强感到这名本是涂画着阴险冷漠的固定脸谱的黑帮分子都有点不像他自己了，或许，这就是当巨大的利益出现在了眼前之时所会给任何一个人都能够立即带来的奇妙变化吧。鼓动怂恿者的后半段话语耀强听得并不很清楚，因为这里实在是太喧杂了，不过他也明白，以现在的状况，自己如果再去扭捏地推让或是虚伪地保留则必定都已是没有了丝毫的意义，而且，也绝对不会给正在对话着的这两个男人带来半点的好处。所以，他现在所该要去做的就是立刻给出一个痛快的回答，一个发自由心间的足够真实的回答。

他的回答是：“好，我去！”

“……那可真是个大家伙，它钢筋铁骨、横冲直撞，你真以为它仅仅就是一头野生的大猩猩吗？不对，它就是那个传说中的，金刚！……哦，哦，怎么了，庄森？”故事讲得正欢时，庄森来到了主持人的身边，尽力地一番耳语后，爱尔兰男人便也很快就心领神会了。“听着朋友们，一个特大的好消息！今晚，尊敬的 TG 先生又给我们带来了一位新人，一位年轻的、充满了斗志的新战士！嗨，兄弟，你叫什么？……哦，耀强是吧，你是中国人？你肯定很能打对吧，因为中国人都很能打不是吗！你是李小龙的表弟吗？啊哈，天哪，长得还真他妈有点像！好吧，大铁匠斯蒂芬四赔五！新人耀强一赔二！来吧，下注吧！”……

一个小时后，唐人街东街的一家私人诊所里。

何耀强默默地坐在治疗床边上，换上了朋友为他新买来的背心，原先的那件他随手扔进了废物筐，和那些同样沾满了血迹的纱布与棉团堆在了一起。

55分钟前，何耀强把那个体重超过了110公斤的壮汉大铁匠斯蒂芬打倒了。他还记得制胜的最后一招是用右肘的骨尖处痛砸中了对手的头顶，并且，使出了全力。那人的颅骨会因此而凹陷进去吗，还是会造成严重的脑震荡，这些都已经不是有幸活了下来的胜利者再有必要去关心的问题了，耀强现在需要解决的是自己左肋侧的红肿疼痛以及眼眶上那道被医生缝了四针的开放性伤口。

站在一旁的庄森斜靠着墙，那副阴诡冷酷的面孔又回到了他的脸上。“阿强，你有够带种！”看着换洗整齐的耀强，他说道，“那天，你要是这么打我，我铁定没命的。”

何耀强没有接话，但坦白讲，他喜欢这种致命的傲慢与成就感，因为他此生以来第一次品尝到了凭着自己的意志去决定别人生死的滋味。

“阿强，这是你的。”庄森又一次把现钞送进了耀强的手中。后者点了一下，三千块。

三千美元，这对于一名一直妄想着无限美好的成功富贵梦，却至今还仍然依靠着洗盘子来补贴生活的外国打工青年来说意味着什么？何耀强把这些钱塞进了一只医用塑胶袋，然后通过反复的卷压将里面的空气逼得尽量干净了之后，插入了上衣的口袋。或许，会是意味着一股足以使他去建立起某种全新的价值观的强大的力量吧。

从这天以后，耀强就再也没有去“梁记茶粥”上过班了……

“我的妈呀，当时我就在想，金刚这种东西还真是现实存在的吗？它刀枪不入，还会中国功夫，就是它掳走了我的女朋友，我该怎么办！见鬼，那个女人的保险公司理赔部经理会相信我说的话才怪！哈哈哈……这很好笑，没错吧，我知道就是这样……好吧，好吧，故事可以等到下回再接着讲，现在，让我来看看，下一对要登场的是……哦，老天，猜我看到了谁的名字？你们都还记得吗，就在两周前，把大铁匠斯蒂芬送进了急救室的了不起的中国小子！是的，他又来了，那个铁骨头的……耀强！”……

何耀强知道自己已肯定没法在华氏武馆里再混下去了，就在他第二次从地下搏斗场上凯旋而归后的翌日上午。这一回，鼻梁断掉了的角斗士既没有可能也没有兴趣再去编造出什么可笑的负伤理由了，况且，关于他私下里去打黑拳的消息也早已是经由圈中的各路熟人们传到了华氏父子的耳中。于是，已决定便要就此离去的男人给自己喜欢过的女孩送上了一对纯金的雕花手镯，然后整理好个人物品，扬起那高傲的头颅，大跨步地走出了这处他曾经安全的倚靠过的粗饭蜗居之地。

临上出租车之前，书香还是追了出来。虽然耀强的意思是，那副金镯已经足够对之前的感情做上一个了断了，但很显然，痴心的姑娘并没有这么想。她把一只亲手缝制的护身符掖进了男人的胸膛里，并恳求他，以后每一次出场时都一定要把它带在身上……

庄森在北面一点的街区里给耀强租下了一套崭新的公寓。这里简直是棒极了，有电话、冰箱、跑步机和舒适的按摩浴缸，还有楼下那很多总是在游荡着的一记口哨就可以立刻招上来提供服务的金发女郎们。而且，当晚 TG 先生还特意请客，殷勤地陪同着新进蹿红的搏击明星去全旧金山最高档的法国餐厅里享用了一顿丰盛的红酒与龙虾大餐。

感谢妈祖，这才叫生活！这才是美国！

“没有问题！获胜的是……铁骨头（Hard bone）耀强！幸运的家伙们，去收你们的二赔三吧！好啦，赶紧把这个血肉模糊的兄弟抬下去……嗯，是的，嗯，上回说到哪了？哦，对啦，说到我们抓住了那只大怪物，然后把它给运回了纽约。可你们知道吗，所有的电影里都没有告诉过我们，究竟是怎么带着它漂洋过海的，它吃什么、喝什么，它不拉屎吗？天晓得，那些科幻片导演从来都当观众们是白痴的！反正，它就是来了……”

向前冲吧，永远不回头！人生得意的地下搏击手，铁骨耀强！

跃起身体，用霸道的膝撞去居高临下地砸向对手的眼睛，这就像是捏爆了一只鼓囊囊的绵软水球，很多不明出处的液体霎时间便喷溅了出来，有一些还飞到了自己的嘴里，味道咸咸的。胜利！对方的左手好像已经断掉了，但是搏斗却依然没有终止，那么，就去继续攻击吧，擒获他的另一只手臂，顺势施展铁钳十字固，这里可没有什么裁判会来喊停，所以，就让那骇人的“咔嚓”声再响起一次好了。胜利！重拳、重拳、肘击、再重拳，即使鲜活的生命变作了腐烂的走肉，即使恐怖的暗红污染了迷失的良心，都不要停手，因为你来到这里的目的只有一个，就是获得活下去的胜利！

这样的日子，何耀强很满足，他甚至还为此产生出了一些感恩之心。他感激上天一步步地赐予了自己所有想要得到的机会，而终是让一个贫穷顽劣的渔家孩子通过自身的努力找到了那生命之中的真正喜乐。

耀强和庄森在一起的时候越来越多了，每次打完比赛后，治伤、分钱，然后再去喝酒庆祝，两个人都是形影不离。这倒也是顺理成章的，黑社会是搏击手的经纪人和保护者，而搏击手又是黑社会的炫耀物与摇钱树，他们谁也离不开谁。而且渐渐地，耀强也还真的对庄森生出了一些质朴的友情，就在后者拔枪帮他逼退了找上门来为残废师弟寻仇的一众强敌，还有在某次酒醉时说起自己很想回漳州老家去看看的这两件事发生过了以后。

耀强似乎已经忘记和庄森是怎么认识的了，但他却很清楚地记得每一位通过庄森又认识到的江湖朋友，以及与他们初次见面时所一起去过的地方，不论是开怀畅饮的夜总会还是风流快活的按摩房。而所有这些或许也正是在说明着，这个不断放纵着青春的年轻人已然变得和那些自己曾极度地痛恨与鄙视过的败类们没有什么区别了。

就好像是在那个漆黑的夜里所发生的事情吧。那晚，喝得烂醉的何耀强被拉到了一条小巷子的深处，因为同样也已是酩酊欲倒的庄森忽然想起了自己还有一件工作要去干。等了一会儿后，庄森带来了一个人，并对耀强嚷道："这个老东西欠着咱们的钱不给，赏他点颜色看看！"于是，职业黑拳手便随随意意地送出了三拳两脚，而在悲惨的嚎叫声过后，黑帮分子又是一脚踏在了被痛殴伏地者的脸上，继续不依不饶地大喊道："三千块，没得商量，以后每个月三千块，一个子儿也不能少！"到这时，耀强才发现，躺在地上痛苦地捂着多半是已经断掉了的肋骨的那个人是梁伯。

这件错事让耀强很是后悔了一阵子，他从自己藏在公寓木地板下的很多现金当中拿出了一些，托人送去给梁伯做了医药费。不过很快，在周末的又一次浴血大胜到来之后，他就把这点微不足道的不愉快给彻底地忘掉了。

青葱的光华就像是那不停在翻舞着的拳头，一下下地闪得飞快。就只在一晃眼间，这样的生活便又是过去了两年。

"它怒吼着，它暴跳着，它要让所有掏钱买了票的观众们都知道，它曾经并且现在也依然还是一只爱好吃人的凶残怪兽！但是，它也只能就做到这样了，因为它这会儿被关在了笼子里，而且还被大粗铁链牢牢地拴着。严格点来说，它只不过是一个低级的演员，职责也无非就是供人们去找点乐子而已，就像是多年以来一直在讲着这个故事的我一样。另外，知道吗，我们还有着一个共同点，那就是都有着一位负责来发出惊恐尖叫的美女搭档，但不同的是，它的那位是在舞台上，而我的那位，是在家里的床上！哈哈哈……噢，噢，天哪，我的眼泪都要流出来了，还是快说点正经事吧……不要怀疑，还是他，铁骨头耀强！这小子的命可真他妈够长的，杀人不眨眼的剃刀手弗兰克今天可以干掉他吗？你们自己来决定吧，祝大家都有好运气。铁骨头五赔六！剃刀手一赔二！抓紧下注啦！"……

何耀强第一次被身体的异样影响到了日常的起居是在其黑拳生涯的第一年刚刚

过去的时候。那天早上，正在刮胡子的他猛然感到了一阵莫名的天旋地转，随后，便跌倒在了洗手间的地上。一个月前，自己曾在比赛里被人袭中过后脑，这会和那有关吗？当时不愿去多想的壮小伙儿自行爬起来后又觉得并无什么大碍，也就没有再去介意了。

可是，在之后的日子里，这种始终在搅扰着正常生活的会让人觉得非常不安的危险迹象所出现的频率却是越来越高了，且强度也在不断地递增升级当中。这显然是个会令到任何一位稍有点医学常识的成年人都能够紧迫地意识到自己的健康出现了麻烦的大问题。于是，耀强背着庄森，自己去医院做了全面的身体检查。

结果，不太乐观。

地下搏击比赛之所以会是非法的，除去赌博的因素以外，最大的原因恐怕就是它在对于参与者的生命安全保障方面存在着严重的缺失。

没有了规则与裁判的制约，不论是什么性质的格斗比赛都必将会是在攻防技法的对抗烈度上完全的失去了控制。想想看，那些原先只可能是出现在冷兵器战争时代里的徒手搏命当中的极易致死致残的全无顾忌的杀伤性行为，是多么地会给参与拳赛的双方都带来终生难以康复的巨大身体伤害，尤其还是在失去了本应所佩戴着的护具的有效缓冲的情况之下。而另一方面，出于了去操控赌盘赔率的巨资利惑，无良的庄家们也常会要求那些能力出众但却级别较小的选手去无原则、无底线地迎战更大体重的敌人，同时，因为缺乏专业及时的医疗恢复支持，拳手们在受伤后也往往只能是自己去进行简单粗放的被动式休养，而这也经常会导致了积小伤为大伤的状况发生……是以，所有的这些问题都统统累加起来后就会造成了一个从不曾例外过的残酷现实，那就是但凡是去打了地下黑拳比赛的人，他的肉体便都将会是在极其短暂的时间之内就不可逆转地滑向崩溃。

医生为何耀强所给出的建议是立刻停止所有的训练与比赛，因为剧烈的运动和情绪失调都会进一步地诱发出不明成因脑部损伤的临床症状，他必须要马上住院静养并接受后续一系列的检查与治疗。但是，这对于一个搏斗已经成为了生活全部命脉的男人来说，根本就是不可能的。且不讲庄森会不会同意，就算此时的耀强真的可以停下一切而去全心就医，只凭着他那几万块存在了地板下面的薄薄积蓄也是远远不够应付如此巨额的自费花销的，一名外国人如果没有任何形式的医疗保险，像这种严重的大伤病在美国肯定是医治不起的。

最后，耀强做出了一个略带有点自我逃避意味的决定。他要去继续努力地打拳赚钱，等到哪一天攒够了十万美元再彻底地休息，回去中国国内好好地养伤看病。

但是，命运留给他的时间还够吗？

“叭！”刷牙的杯子为何会无缘无故地脱手，掉落在了地上摔得粉碎。耀强赶忙蹲下去整理，却忽感眼前一花，朦影之中被玻璃尖碴刺破了手指。血，点点地滴了下来。

耀强怅怅地叹了一口气，缓缓站起了身。或许男人知道这是怎么回事，但他现在也已经顾不上再为自己去忧心些什么了，因为今晚的比赛马上就要开场了……

剃刀手弗兰克？那应该并不是一名值得去忌惮些什么的角色，参照以往的经验看，何耀强多半在五分钟之内就能让他趴下。

可……为什么会是这样！现在，趴在了地上的竟是铁骨耀强！

耀强一个紧急的翻滚，闪开了剃刀手的对地攻击，并随即飞速起身，趁着对手慢悠悠地回收攻势的间隙连续挥出了反击重拳。若是论灵敏与速度，耀强占据着绝对优势。

但怎想这几拳居然是如同刚才的一样，全部都是划空而过、无一中的！买了耀强获胜的赌徒们立马一阵骚动，躁亢与不满的怒骂声哄然而起。弗兰克明明是在左边，为什么铁骨头却在愚蠢地向右面出拳？难道这头正在跟鬣狗厮杀的狮子眼睛瞎了吗！

“嘭！嘭！”两记并无亮色但却足够直接的重拳毫无格挡地击在了梦游者的左右太阳穴上，而且，是来自于身后。再次受到了夺命重创的何耀强本能地在剧痛之下用双手去捂住了脑袋，这是在他的整个搏击生涯当中还从所未有过的耻辱行为，但在此刻，衰弱的完全无力抵抗者又还能再去做上一些别的什么吗？

这种要命的晕眩还有失明不本该是在短促的来袭之后便迅速消退掉的吗？可为什么今天，偏偏是在今天，它始终都在时断时续地间歇性发作着，从早上直到了现在。

剃刀手抓住了机会！他用膝盖狠狠地攻击了对手的面门！

骨肉的痛觉已逐渐麻木了，感知也正在变得蒙沌，耀强知道，这便是他即将就要失去自我意识的前兆了。而如此的终局会是因由那自身脑疾的使然，还是被对手残忍地殴打过后的结果，这些也已都是不再重要了。来自中国的像铁一样硬的男人在这一秒中突然感到世界极端地安静，静到就连自己的呼吸和心跳声也一点都听不见了，而且，还是那样扎心地冷。这就是生命正在悄悄离开之时的体验吗？垂死者真的很想能去再最后回忆起一点什么他此生曾铭记过的东西，但是……

这是一场弥漫着同类相残之野蛮兽性的单方面宰杀。敌人的拳脚没有丝毫要停下来的意思，因为剃刀手弗兰克绝对不会放过能去把这位蹊跷溃败的明星强敌给痛打得更加稀烂的大好机会，即使那个可怜的人此时已经是一摊烂泥了。于是，一记记早已毫无了任何意义的摧残便在围观者们那已近乎于是疯癫了的沸腾之中继续在何耀强的脸上猖狂地肆虐着。这已经有点让人恶心了，只要是离得稍近一点的观众就都可以清晰地看到，受刑者那面目全非的首级浸泡在了污浊的血浆里面，而每再被击打中一次，天花板上或是刽子手的身上就又会再多粘上了一两块飞溅而出的浆糊样的皮肉组织。

直到，那只畜生打累了，用尽了最后一点臂力把腥红淋漓的双手高高地举起，并发出了一声宣告着胜利的无耻怪叫。

就坐在几米之外的庄森几乎就是眼对眼地目睹了他的好朋友这般一步步走向了末日覆灭的全部过程。让人颇感到意外的是，黑拳手经纪人的面色出奇地镇定，在这一整场的杀戮演出当中，他灰暗而又静固的眼瞳没有因一刻的不忍直视而错失掉毫厘的精彩。现在，他在一片吵乱中低调地起身，来到了何耀强的身边。在检查过躺地者的状况之后，他那对笔直的法令纹又一次轻微地弯曲了一下，那表情是无关痛痒的象征性哀悼，也是高高在上的得意与自恋，就好像他早已经预料到并且也一直都在盼望着这终场一幕的来临一般。

随后，庄森返回到了与他同桌的老板 TG 那边，向其如实地汇报道："他不行了，呼吸停了，心跳也没有了。"

TG 先生一口饮下了杯中剩余的红酒，站起来整理了一下自己的白色西装，然后在转身离去之前以淡淡的口气甩出了一句："处理掉。"

"嘿，嘿，这的确是个意外的结局，不过，这一天早晚要来，我们也都知道的，难道不是吗？好吧，获胜的是剃刀手弗兰克！顺便说一句，愿赌服输！……嗨，听着，知道吗，我在每回看到了这种事发生的时候，就都会再一次想起我常讲的那个金刚故事的结尾部分。是的，没错，它从帝国大厦上摔下来了，死了。那没有办法，这就是它的命，因为它永远都只是一头大猩猩，它的生死完全掌握在了它根本就不可能战胜的另一个物种的手里。它总是自以为很强大，但其实……哦，好啦，不说这些了，这让老爱尔兰人有点伤感了……那么，期待下周吧！下周，听说还会有新人出场，看看吧，天知道又会冒出个哪国来的厉害人物。而我呢，毫无疑问，也该给大家再编个新的故事了，你们最近都不大笑了……"

注：金刚的故事，出自经典奇幻电影《金刚》。美国，1933 年及 2005 年出品。

雷电交加的子夜，一阵阵爆闪着强光的轰鸣滚动在了旧金山的上空。风雨张狂，暗无星月，等到了来日天明，这座城市中又会有多少由邪恶所遗下的痕迹在善良生活着的人们全然不觉的情况之下被冲刷得干干净净，就像是那些事情从来也没有发生过一样。

恢复知觉后的第一丝体感得自于暴露在了这个凄冷雨夜之中的彻骨冰寒，之后，便是即使淹没在了积水当中也还依然可以被灌入进鼻腔的那些酸腐与恶臭的气味。渐渐苏醒过来的何耀强发现自己被人扔在了一条阴僻巷子的垃圾堆里，可以想见，那些鲁莽而草率的抛尸者们甚至没有耐心去找来一条麻袋，或是把车给开到最近的桥边。

耀强花去了几分钟的时间才在恍惚的思忆之中艰难地确认了这里仍旧是现实的世界。那么，这说明命大的自己又幸运地活过来了。

拨弄开阻挡在眼前的鱼骨与蛋壳，幸存者一寸寸地爬出了污物的包围，大雨无情地浇打着他的背，还有几只老鼠在蹿上蹿下地探查着这位满是异味的家园入侵者。何耀强的头依旧在剧烈地疼痛着，且口喉之间也是极度干渴，这很可能是因失血过多而引起的，于是他把嘴凑到了墙根的排水管前，狼吞虎咽地饮下了大量苦浊的雨水。然后，向着生还的奢望缓慢而又低贱地蠕动了起来。

其实男人已经感觉到了自己现时是在哪里，但是，他却并没有去拍响就在其身后不远处的那扇似曾相识的门。

前方的光始终在时明时暗着，耀强就这样爬行了不知有多久，直到最终听到了值守在通宵便利店中的大婶那惊恐万状的尖呼。

“求你……给这个号码……打电话……”铁骨耀强从胸前掏出了他此刻唯一还拥有着的财产，一只用红线绣上了佩戴者姓名、血型以及紧急联系家人电话的护身符……

爸爸、妈妈，哥哥、妹妹，师父、师兄，对手、朋友……

一些人在笑，一些人……在哭……

等再次醒来时，何耀强被告知，他已是在医院里面昏睡了一周了。

又过了几天，从重症监护室里转回了普通病房的何耀强终于见到了救助自己来到这里的华氏兄妹。虽然印有着泪痕，但书香那张清灵秀气的面庞看起来更美了，在那一刻，复活的男人感到在黑暗中已不知沉睡了多久的自己终于又回到了光明的人间。

隔日，书豪去了耀强的公寓查看，那里早已经是空空如也，而包括了藏在木地板下的那些秘密在内的所有前主人的私人财产也都已是可想而知地不明去向了。此后不久，主治医生又与耀强进行了一次坦诚的长谈，他告知了脑部深藏着血块的病人，当前的诊疗只可以标治外伤，而若要彻底去根除内在的发病隐患则终究还是难免要去进行极具风险的开颅手术。

书香的精心照料让耀强奢享到了人生之中最难以忘却的一段美好光阴。不过他也知道，这样的日子是不会长久的，因为现在的自己已经根本不配再去拥有这些了。

在一个有点阴郁的夜晚，何耀强收拾了简单的随身物品，在没有让任何人察觉到的情况下，独自一人走出了医院。

懦弱的逃离者根本不敢去设想当明早书香发现了自己不见之后所必定要再去承忍下的凄苦与哀伤。这个可恨的汉子此生已是第二次辜负了今世或再难相遇的心爱之人，但是，身为一个男人的良心与尊严却又告诉了他，如果今晚不这样去做，那么日后自己的生命就将一定会是更加撕心痛绝地生不如死。

可是未来，又该往何处而去……

何耀强考虑过几种随后的打算，他或可拿出以卵击石的赴死气概而孤身去找庄森与五龙帮讨回个公道，亦或可就此便以这般落魄狼狈的完败残躯挥别伤心之地，即刻返乡回国，还或可让自己尽快地忘记掉这段不堪回首的失败过去，并重拾起那种曾经无比骄傲过的坚信着一定可以再次创造出奇迹的积极心态，去抖擞精神，从新开始……但是，遗憾的是，此时的耀强在自我的身体里面已经再也寻找不到不管是相对于做出以上的哪一项人生选择都必然不可缺少的那样东西了。这就是勇气。

在这个世间之上，似乎已是再也没有了何耀强还可以去行走的路，或是推开的门。美国虽大，但哪里才是还可接纳下这个已跌入了尘埃之底的卑微男人的容身之隅。那一天的夜里，耀强就是这样漫无目的地向前走着，走着，一直走到了天明时分，偶然看见了街边为无家可归者们发放食物的慈善推车。

结果，这位昨昔还在踌躇意气着的青年拳王就这样于异乡的繁光荣华脚下，变成了一名万念俱灰的街头流浪汉……

这种不问世事也无所事事的日子也不知是一眨眼便度过了多久，总之，当毫无愧意地接受下来自于陌生人的零钱施舍和在大庭广众之下去公然翻捡着路边的垃圾桶等这样往时从不敢去想象自己能做出的不耻行为，都已经成为了一种司空见惯的生活方式了的时候，这名年轻人的生命或许也就只能是用“死去”这两个字来加以形容了。

直到突然有那么一天，何耀强在商店橱窗的反光之中注意到了自己。天啊，那个衣衫褴褛、蓬头垢面的乞丐是谁？我这是在干什么！

第二天的破晓时刻，何耀强面对着大海倚坐在了金门大桥中段的防护栏杆外。

饮完了手中的最后一瓶啤酒，在日出晨光就要接触到了自己身体之前的那个刹那，自感到活着已是再无希冀的可悲男人在他当初来到美国的第一天曾途经过的地方，绝望地闭上了眼睛。

“喂，孩子，有什么事让你不开心了？……想和我们一起去爬山吗？”……

老式的五座小皮卡行驶在了美国西海岸的高速公路上，一对友善又慈祥的白人老年夫妇在轮流开着车，而被他们临时邀请来的同行者何耀强则独自坐在了后排。

这一路，老夫妻俩在不停地说笑着，有时是在追忆着于过往之中所偶遇过的如箴言一般在发散着哲理光芒的生活小故事，有时则是欢快地调侃与自嘲着现今社会里那种种的不如意与如意的人和事。他们仿佛是完美地沉浸在了自我品味与欣赏的思绪境地之间，而以至全然也没有在乎或关注到何耀强有没有在听着，就好像是已经愉悦地遗忘掉了那名就坐在身后并始终都在宁静地收看着沿途风景的搭车男孩。

如此被冷落的体验倒反是使得正在努力从悲观与厌世的糟糕情绪中挣扎出来的中国青年产生出了两点素朴的感触。一是，自己从没有看到过的世界真的很美。二是，这两位老人一定是已经经历过了生命之中所能够去经历的一切……

“看，孩子，那就是惠特尼峰！”

游客们攀登惠特尼峰是要提前预约的，所以在露营了一夜之后，耀强没有和老夫妇一起前往主峰，而是自己一个人顺着一条荒僻而险峻的无人峡谷摸索了进去。

无礼的荆棘刺透了本就残破的薄衣，尖利的硬石也在折磨着不幸外露的肌体，但是这些仅在肤肉之上的小小痛楚比起这个男人的身心所正在深切地承受着的东西又算得了什么。紧贴着天空，孤立在悬崖峭壁的边沿之上，伸手就可以去抚摸到头上的云朵，而若俯视向下的话，那些自己还在活着的真实就如一条丝线那样被轻轻地踏于了脚底。在这一刻，一阵搅动的狂风恰好袭过，此时，如去纵身地一跃，于这山峦之间他又会否还能再次找到那曾当空展翼飞翔的醉意？于是，何耀强迎着空旷的幽谷，用尽通身之力，吐出了长长的一声倾泻下了所有的深重与逼压的诀别痛吼……

何耀强按时回到了车子的旁边，这是他和老人们约好的，他一定会遵守这个承诺。

人生的奇妙之处往往就是在于，当你去用不同的心态来看待它时，它所展现和留念给你的就也会是相应的很多种不同的样子。这天黄昏，当在停车场边的咖啡店里与老夫妻俩共进晚餐的时候，何耀强无意间看到了一份报纸，而那上面的体育版上刊登着一幅很是显眼的宣传广告：首届 AFC（全美自由搏击锦标赛），开战在即！

怪了，怎么之前用废报纸裹着身体睡觉的那些天里就一直都没有发现到这条消息呢？何耀强死死地盯住了出现在广告画面上的那一对正在交着手的运动员的赛场图像，研究了很久，之后，终于无比坚定地做下了一个想要再次前去拼上一拼的重大决定。

或许，我还能行！

告别了善心的老夫妇，何耀强清点了一下自己的全部家当，零零碎碎的票子与硬币，凑起来总共有一百多美元。与刚到美国时相比确实是少了很多，不过，作为再度全新起航之日的原始资本，也总是较没有要强了。

计划东行者从纪念品商店里领取了一件印有着惠特尼峰的免费 T 恤衫换在了身上，又去公共卫生间里梳洗了自己，之后便踏上州际公路，开启了他的搭车远征之旅。

下一站，去芝加哥！

风城芝加哥，美国第三大城市，著名的体育之都，首届全美自由搏击锦标赛的举办地。

仅是刚刚来到了郊区，公路沿线上那些无处不见的硕大广告牌就已经很直白地告诉了所有准备进入这座城市的人们，在未来的几个月里这里将会发生些什么。自由搏击的伟大战场正在发出着使命的召唤，而意欲一试身手的各路豪杰们想必也早已就是蜂拥而至、云集于此了，当然，与他们如影随形着的也肯定不会少了那许多的拥有着点石成金的神奇能力且永远都在求贤若渴地观察着新人们表现的顶级知名教练员，以及饥肠辘辘地寻觅着明日之星和由他们所带来的幸运商机的职业“拳探”与投资推广人们。

今时的何耀强已不想也没有压力再去急于求成了，他先是在城东的密歇根湖畔找到了一处为驾车旅游者们开放的公共宿营地，租了一顶旧帐篷，暂时安顿了下来。即将复出的搏击名将已打好了盘算，去用上两周的时间应该就可以把自己的状态恢复到一个较为理想的程度了。于是，在接下来的十四天里，他每天清晨五点钟便会起床去跑步，同时通过举抱石木和负重游泳在刻苦地磨练修复着全身的肌肉力量，并且还会去连续地击撞踢打那棵裹上了厚重衣物的大红橡树直到深夜。

两周之后，已经完全拿回了自信的铁骨耀强整装出征了！

首先，去找一家足够分量的搏击团队毛遂自荐吧。在芝加哥市区里，各门各派的武校、道馆和俱乐部数量确实不少，一站公交车下来，迎面就是一处泰拳培训中心，招牌上的代言人物系着金腰带，看楼面整体规模也还不小。就这家啦！在跨进大门之前，耀强甚至考虑到了对方会因自己的水平过于高强而不敢轻易接纳的可能性。

但是，十多分钟后，何耀强毫无悬念地完败给了一名系统练习泰拳才不过半年有余的瘦弱的十七岁高中生。

羞愧的上门挑战者无言地匍匐在了地上，虽然他的心中依旧翻腾着火红的斗志，但是他的拳头不再迅猛，动作也不再凌厉了，而那一副他生平最为自傲与倚仗的强悍身骨也已是再无可能像铁一样的硬了。常年的地下搏斗早已让何耀强的身体形同残骸，那压迫着多重神经的头部血块无时无刻不在搅乱着大脑对于周身的协调控制，现在的他一旦肢体发力过猛，或者仅仅只是由于情绪的波动而造成了精神紧张，就都有极大的几率会随时诱发出那种可倏然便导致了失明与昏厥的无药顽症。就像是那位诚实的医生对他所言的那样，在如此严重的伤病彻底治愈之前，任何人都再也不会还有力量和条件去从事对抗激烈的职业体育运动了，而且这一定论也绝对不会因为当事人的坚强意志而产生丝毫的转移。

这种学术性的婉转表达其实也不妨可去换作一句更为残酷露骨的不讳直言，那便是，这位从十几岁起就在擂台上叱咤风云的常胜战士从此以后都只能是一名无用的废人了！

又过了几分钟，何耀强默然地自己爬了起来，尽力站稳后，他向着对手和其身旁的所有人深深鞠下了一躬："实在对不起，耽误你们的时间了。"然后便转身走出了门去。

或许，这样的结局对于很多遭遇过类似经历的人们来说，真的是非常适合作为一个可以再次选择去自暴自弃的绝佳借口与心理安慰了。但是，今天的何耀强却严厉地告诉自己，他此生再也、再也不要那样去做了。

在接下来的两天里，耀强咬紧牙关，走遍了芝加哥的每一家搏击社团，一刻不停地去介绍和推销着自己。而他所谋求的职位也由最初的正式队员降格为了陪练、助教，甚至是工作人员或后勤管理。直到最后，在关门的铁闸即将就要落下之前，他终于在一间并不算大的空手道馆里找到了一份工作。他成为了这里的守夜人兼勤杂工……

三个多月后，首届 AFC 冠亚军总决赛进行的那天晚上，何耀强是与道馆里面的全体同仁们一起聚在电视机前热闹地度过的。这支团队派出了两名选手去参加大赛的角逐，但在预选阶段就全都被淘汰了，而身为一名打杂的临时工的耀强也显然是承受不起那被热炒到了动辄上千美元一张的现场门票的，况且，他今夜也还要值班。直播中，两位正在书写着传奇的自由搏击超级明星为这项新兴起步的运动以及热爱着它的所有人们献上了一场可以永载史册的开山经典。而在那些为了层出不穷的精彩镜头而不断地激动欢腾、呼嚎雀跃着的大家身后，立于了人丛最末一位的中国男人也是习惯性地拄着一只长杆的拖把、挂着他那最近会经常浮现出来的小小微笑，与这群朋友同事们一起开心地共同分享了这一段也曾是一直存在于了自己的梦想之中的忘情时刻。

深夜，观赏完赛事转播的人们都已然散去，只剩下了何耀强独自一人在昏灰而孤凄的灯影之下卖力地擦洗着馆舍的地板。在芝加哥生活的这几个月来，他就是用这样的方式在维持着自己的生存，同时，也是以竭尽所能的更为贴近的距离去享受着那些搏击比赛还可以给他所带来的快乐。虽然，他有时甚至已不敢再确定，那种复杂而又矛盾的总是会让胸膛在不停地颤动着的感受还能否称之为是快乐。

就在前几天，耀强还偶然看到过一期有关搏击运动的电视节目，那上面播出了对他的老熟人华书豪的独家采访。华裔选手“英雄书豪”参加了本次的 AFC 大赛，而且发挥非常出色，打进了最终的八强，为中国功夫在实战中赢得了声誉。而在其后与记者的问答中，他所谈到的两处内容让看到了此处的故人心底深触、如扼如绞。首先是，书豪直言自己曾坚拒过一场不论输赢都能够立即获得两万美元现金酬劳的地下拳赛的邀请，而之后，他又是颇现出了感叹神伤地惘然自语道：“其实按照本次赛会的规则，每家团体都可以享有两个报名参赛的名额的，但是我们华氏武馆……唉，可惜了……”

也正是从人生中的这一时期起，何耀强开始不知不觉地产生出了一些去重新审视与反思自己的念头。也许，可以堂堂正正地站上那块处于了千万观众的注目之下的能够真正被唤作是擂台的地方上面去尽情地战斗着的那个人应该是我……但又也许，这本就不该。而该与不该，又到底是取决于了什么？

思考者的直觉告诉自己，他得以找到这个问题答案的那一天一定已经并不遥远了，而在此之前，生命中的一切……就都暂且由它们随心而去吧……

于是，在往后数年的光景里，何耀强游历于北美各地，开启了一番宛如是自我放逐一般的去追随着心中的自由搏击之脚步的迁徙漂泊的生活。

他以极尽谦卑的身份去聆听观摩各个流派名家大师们的讲学与示范，甚至还经常冒充作一名一无所知的初学爱好者来举手争取去体验被一招制服的机会。他买来栖身的那辆就快要报废的二手房车成为了堆放各类专业资料、书刊与录像带的拥挤仓库，就连自己收集摘抄下的研究数据和笔记心得叠摞起来也足已有了一人多高。哪里有举办自由搏击的重大赛事，他就会追赶着去到哪里，而为了最大限度地融入其中，他应聘去做过裁判席上的计分员、场地内检票以及维护秩序的保安，乃至是随行在参赛选手们身后的负责在出场之时去耀武扬威并连带着摘戴披风腰带和递送毛巾水瓶的龙套跟班。

很多颠沛流离的日子就如此一天天地在中国小伙子的旅途奔走之间无声无息地溜散而去了。这样的生活方式对于何耀强来说已经慢慢地成为了某种类似于是本能的行为惯性，以及是其还能得以保证了在每天清早醒来之后仍有动力去再次站立起来的那根脆弱但却也是唯一的精神支柱。或许，当一次次地从远方注视着那些振奋的冠军捧起金杯之时，在这个苦难男人的心里，无尽的悲哀才是他那刻所真正获得到的东西，但是，想必也就只有是如这样去做，才可以使他还能依旧感受得到那一点点的残存在了伤痛的身体里边的，自己曾经拥有和享用过的青春与生命的颜色了吧。

耀强有时候也想过，自己的归宿会是在哪里，而未来，他又该去往何处……难道，他的一生真的就要以孤苦伶仃地客死他乡来作为写定的结局了吗……

不会的……

在一个鸟儿不断鸣唱着的上午，何耀强房车的铁门被人敲响了，而就在把它打开的那一瞬之间，浪迹天涯的孩子就已经明白，自己，该回家了。

门外，站着两名已几乎是记不起来相貌了的男人，但耀强却依然能很清楚地知道他们是谁，因为在这个国度里面，没有人会用那样深情的眼神来望着自己。

那是，我的两个哥哥……

紧紧地拥抱吧，失去了音信多年的兄弟们！

这一刻，自耀强离开中国已经相隔了整整八年……

夜航的班机逐渐攀上了高空，地面上的灯火变得朦胧而暗淡了。何耀强努力地从舷窗中向下望去，他想要最后再看一眼这个陪伴着自己走过了二十多岁的爱恨交织的地方。该去留恋些什么吗，还是应把在这里发生的所有都全部忘却？就让那颗还在顽强地跳动着的最为真实的心去自由地做出选择吧。

耀强合好窗板，向后仰了仰身子，不久，便倦倦地闭上了眼睛。

这一去之后，何耀强就再也没有了书豪与书香兄妹俩的任何消息，一直到了很多年之后的曼谷世锦赛上……

家乡的样子改变了很多。

那些往时还只是零星地散布在了海岸线上的小小渔村，现在已经被崭新的沿海公路和永不停歇的扩建工程连接成了一片片繁华的现代化市镇群，而耀强的家也早已是变成了好几栋宽敞豪华的海景别墅，当然，这些也都是得益于了几位兄长们的勤劳与智慧。

“青荔”原先所在的土地上面兴建起了气派的休闲广场，中心位置是一座接引上了海水的圆池喷泉，与内陆城市中很多类似的场所不同，在这里，时常会落下来啄食的飞鸟不是鸽子，而是海鸥。在广场的四周还坐落着另一些凸显出了这一带人们生活水准的全新建筑物，它们包括了酒店、购物中心、剧院以及图书馆。

图书馆，呵呵，那里可是赋闲在家休养的何耀强最为喜欢去光临走动的地方了。或许是因为村里面那些占了大多数的特别热爱经商创业的人们都太过于忙碌而抽不出精力去静下心来读读书的原因吧，这一座溢满了纸张和油墨芳香之气的圣洁殿堂，几乎就成为了可以把自己的全部时间都用来去找寻心灵之寄托的男人的一个人的梦中乐园。

那种迷人的于翻动书页之时所发出的“沙沙”轻响，就像是在用羽毛的尖绒柔滑地撩动着你的耳朵眼儿。当这般美妙的音符在早已醉入了其中的品读者的身边出现的时候，它或是伴着于空旷厅堂的大理石地面上偶尔被鞋跟踢踏起来的幽邃节拍，又或是和着身边那浩瀚的汪洋将浪头一波波地卷上了滩岸之时的阵阵涛鸣，再或便是恬美地飘浮在了万籁清寂的静夜之中，去与那些蟋蟀和萤火虫们的歌儿混在了一起。

耀强他不断地读着，读着……

男人觉得，这里仿佛便是自己于之前从来也未有涉足过的其实在生命之中本就一直都存在着的另一个不同维度的空间。在这里，你的所有思想都已经不可能再是像原来的那样以自我为中心式的封闭性运转，而是，可以去幸福地汲取到许多那些走过了如你同样艰辛的历程，但却或许又比你更加聪明了一些的人们所留下来给你的无私馈赠。

就这样，又是三年。

何耀强没有仔细地计算过在这三年之中他到底读完了多少本书，满载而归者只是特别真切地体会到了阅读的生活是惬意舒适且使人乐观的，它让自己的身体和内心好像全都变得比较柔软了，而且，也想通了很多曾一度令其迷惘过的难解问题的答案。

2002年的除夕，何家老小聚在一起吃年夜饭，席上，耀强向亲人们宣布了一件事。他说自己的身体通过这几年来的修身养性已经稳定了很多，而今后的日子还长，他不想就这样永远憋屈地活下去，就算是会有一定的危险，他也要去自食其力地生存。所以，他已经决定了，要再去北京，去继续努力地追求那于年少之时所未竟的梦想……

北京，天安门广场。

寒冷刺骨的清晨，五星红旗迎风招展。在观看升旗仪式的人群中，何耀强与身旁的人们一样，用右手紧紧地按住了自己驿动着的炙热心口。

十六年，一道漫长的轮回，那一载的青涩少年今天又站回到了这里，这个他心目中曾经的天空之城的宏伟入口。

要重新开始吗？其实从来没有人可以重新开始。未来会是怎样？我们又何必去在乎未来会是怎样。只要恒远地坚守住那颗真正属于自己的心，就够了。

远天渐起的朝日把红色的光芒映在了耀强那写满着希望的脸上，他深深地吸入了一口这晨早里生机勃发的新鲜空气，迎向着骄阳，尽是……笑颜……

……

距离即将在十月份开幕的 2005 年第十届全国运动会还有不到一百天的时间。

丁建秋脚下的跑步机在飞快地运转着，四五条贴在她身上的信号导线将这名钢铁战士的确切体能数值实时传递回了监控仪器的显示屏幕上面。女运动员的汗水已经打湿了大半件衣衫，而其大声急促的呼喘和已近乎变形的勉强动作也都在共同的证明着，她正在又一次去试图挑战着自己本已超高了的身体极限。

建秋的身旁，孟大海带领两位技术人员在整理记录着被测试者的相关数据，而半掩的健身房门外，其他准备参测的主力队员们还在等待。

隋清撇了撇嘴，无趣地坐回到了过道的椅子上。偷看者知道，面对着建秋如此认真的全力表现，自己和队友们即便是再去拼尽了生死，恐怕也只能是又要既羡又恨地去品味到那相形见绌的自愧不如了。雨心坐在了另一边，她斜着身子搭靠于椅背上，满脸都是些难以遮掩的疲惫与困倦，且还在时不时地吞吐着长长的哈欠。一看就知道，这个女孩昨晚肯定又是外出到了深更半夜才偷偷回来的。

连带这一套在内的很多先进的运动训练辅助设备以及新近任用的专业工作人员，都是在陈光荣那宏远的俱乐部建设计划之中所业已率先实现了的一小部分。而现在，承受着全运会迫在眉睫之紧张压力的北京市女子散打队教练组所首先想到的，就是尽快让这些能够准确地监测出选手们的身体状况和特训成果的新型仪器们都赶紧地派上用场……

“啪！”成金龙把资料夹用力地摔在了办公桌上，盛怒地吼道：“张雨心！你今天给我个痛快话儿，你到底是还想练不想练！”

“走，走，咱们先出去。”孟大海见状忙招呼着无关人等退出了办公室。之后，屋里便只剩下了成主教练和张雨心两个人。

“成指导，瞧您说的，我这就抓紧加练去，都照您定的计划练，下回测试保证达标，还不行吗……”雨心对于主教练的愤怒已经再也找不到任何可以辩解的借口了，毕竟，她这次交出的体能答卷实在是有些惨不忍睹。

“你这是加练不加练的事儿吗！你一身的劲儿都使哪儿去了？你昨儿晚上又是几点才回来的啊？”既然已经发出了脾气，成指导索性就来他个不依不饶、追根究底。

“我……大概……九点半左右吧……”

“九点半？三点半！你怎么现在编起瞎话来一点儿都不脸红啊，你是不是觉得我们最近都忙得没工夫儿管你了，告诉你，全给你记着呢！昨天、前天、大前天，你哪天夜里十二点以前回过宿舍啊？”

“……”话已经说到了这个份上，雨心心想，自己还是闭嘴为妙吧。

“跟你讲张雨心，你也就是赶上咱们……现在这个队了。人家柔道队、跆拳道队、拳击队，哪一个不是封闭化管理的啊，谁家能让你们出去这么自由啊？但是你自由也得有个限度吧，你的本职身份到底是个运动员，还是个……干什么的啊？”很明显，话里有话的成金龙还在捎带发泄着对于某些制度现状的不满，同时，从他那略有点磕绊的措辞当中似乎也可以发现，此人之前迟迟未与违纪队员摊牌的一项重要原因，很可能也是出自于其本身非常的不习惯去跟一名年轻的女孩子大肆地掰扯人家业余时间里的私人生活。“……你说你都干什么去了？……你不就是又当模特儿拍照挣钱去了吗！你以为我们都看不见呢，那些杂志跟广告牌儿上全是你的照片儿！还有啊，你那个……指甲，成个什么样子呀，又尖又长还……你就看看全什刹海里面儿有一个女孩儿是像你这样儿的吗！”

被抢白得都有些脸红了的张雨心完全无话可说，唯有是继续低着头沉默以对。

“呼……”成金龙深深地吐出了一口在刚才的连番发炮中已经顶满了胸腔的怒气，然后坐回到了自己的位子上，拧开保温杯，喝下了几口息躁去火的茶水。“坐那儿吧……”他尽量缓了缓态度，指了一下自己办公桌前会客用的沙发，示意雨心也坐下来说话。

“雨心，这两年队里确实是经历了很多的变化，有不少是积极的，也有一些是不太积极的。前一段儿，何指导的身体不太好，住了几天院，出院回来以后可能对你们日常作息管理这方面儿抓得就比以前更松了。这些也不能怪他，咱们谁也都看得见，他已经是非常的辛苦了。所以，越是这样儿，你们也就越应该自觉，对吧。

可能你们也都知道了，建秋儿全运会的时候儿要回去代表山西队打，还有，就是隋清她妈最近也老是往这边儿跑，全是为了隋清要去考研的那些事儿……雨心，你是个老队员，一直都挺懂事儿的，成绩也好，这么多年来就数你最让教练们省心。

现在，到了这种关键的时刻，大赛临头，队里边儿牵扯精力的事儿又那么多，你真是应该好好儿地做出个领头儿的表率来，小雯儿大迎儿她们都在看着呢，那帮小的们也都在看着呢，你说是不是。

雨心，我知道你打小儿心里面儿想要的是什么，全运会四年一届，你还没拿过，这跟全国锦标赛的分量不一样！你不可能在香港打赢了个美国人就知足了吧，这全运会冠军你这辈子要是不拿一回，对得起你从小儿到大这流血流汗的十好几年吗？”

成指导的一番忠劝出自肺腑，也确是合情在理，雨心听着有些动容了。

是啊，这几年来，有很多很多的我明明知道该怎么去做也曾经一直是如那样在做着的事情，都已经在自己无限度地放任与颓惰之间被改变了模样。而造成了如此现状的根源又在哪里呢？是由于俱乐部改制的影响和自身意外成名的误导吗，还是模特事业那边的快速发展所带来的身不由己，又或者是因为爱情的滋润所反而导致了的进取心松懈？如果说在这些或多或少都是真实地存在着的问题里面并没有一个理应去独力地承担下那所有的罪责，那么，我又到底该去揪出一条怎样的核心症结，才可以给自己和身边的人们都送上一个还能说得过去的交代呢？难道，还仅仅只能是继续依赖着那一句在此刻实则上早已经变得是如此地苍白与空洞了的……“因为我长大了”吗？

还有，就是教练刚刚所说起的知道我“打小儿心里面儿想要的是什么”的这个问题。关于这一点，我相信您是真的知道的，可是，您知不知道现在的我心里面儿想要的又到底是什么呢？如果也知道的话，那麻烦您受累告诉我呗，因为就连我自己都不知道。

至于全运会冠军，这东西要是放在三年以前，不用别人来说，我自然是会拼出了性命去争的。但是现在……我当然也还是想要得到的，只不过……

“成指导，您说的……我全都听明白了。的确是我的错误，我……一定接受批评，按照您的要求尽快改正。”尽管内心中多少受到了些触动，但在雨心的嘴上用以应付着对面这位强势说教者的依然还是此一套圆圆妥妥的唯唯诺诺。

张雨心这样的态度与反应倒也完全是在成金龙的预期之中，终归是多年的师徒了，双方的心思禀性早已都是己彼熟知。不过，也正是因为如此，成指导在心里就也会越发清醒地认识到，今天的这顿教育痛批对于自己这名队员的思想觉悟是根本不会起到什么本质性的扭转作用的。想想吧，如果真是区区一次短暂的谈话就可以达成那样的效果，那么也就根本不会需要有这次谈话了，起码在成主教练的处世哲学里是这样的。

“唉……雨心，全运会就还有三个月了，我相信你自己掂量得清楚孰轻孰重。下午我给你做个计划，最后阶段咬咬牙，再冲一冲，把体力给拉回来，好不好……行了，去力量房训练去吧。”如今的成金龙又还能再去怎样呢，他无奈地终止了对话。

目送着雨心离开了房间，成金龙起身到饮水机前给保温杯中加满了热水，然后又回到座位上，向后一仰，无神地看向了白白的天花板，在方向不明的若有所思中放空了自己。

无可救药的悲观主义者对于今后的担忧日甚一日，特别是在近来没有一件事情能够被归为是一个好的兆头的情况之下。不胜寒意的男人竟似感觉自己好像已是踏上了峰顶断崖之前的那一级最高但同时也是最后的台阶，若再往前一步，则就必将会要跌下那万劫不复的死海深渊。可这一步却又是不得不迈，因为在他身后的那些蜂拥前进着的人们此时都还根本就没有意识到在这幅全盛美境之中的岌岌危殆。

全运会，这三个字所带给成金龙的沉重压迫感，就像是一名肩扛着一整担贵重易碎品的既不可停步亦不得绕行的赶路之人，正远盯着一道其心里始终也没底并一直都在生怕着自己会跨不过去，但却就是于眼睁睁的面前在一点一点地渐近而来着的命中之坎。

这支跟了自己十多年的队伍虽谈不上穿越过多少的大风大浪，却也总还算是承下过一些阴阴晴晴的冷暖雨雪。可这一次……

成金龙心事重重地端起茶杯，正见着一枚扁叶在水面上漂零惶乱地浮起沉落着。

……也只能是，听天由命了……

……

2005年10月20日，江苏，连云港，淮海工学院体育馆。中华人民共和国第十届全国运动会，女子散打比赛小组赛，山西对阵北京，第三场。

丁建秋(山西)VS. 张雨心(北京)

这一拳猛然擦过了受攻击者急起防护的手臂，带着传统包手大拳套在突破空气阻力之时所发出的特有的“嗖嗖”声响，直击向了张雨心的左侧面颊。势危之下，自我坚信还足够灵敏的被动防御方赶忙施出了其赖以安身立命的精致步法，飘然闪退之间，运劲于腰，含胸收颈，以图能够快速地回避掉头部所面临到的重大凶险。

“砰!”建秋的刺拳完全从正面穿透了被追击者所苦心经营的安全空间，干脆利落地中在了张雨心散打头套的左边外廓之上。有效，计一分!

羽毛步？那名疲累而迟钝的女运动员所使出的无效身法还是否配得上再继续享有这个美丽的称呼，当她曾经的轻盈与灵气都已是丢失掉了大半的时候。

和刚才已经承受过的那几下拳脚差不多，张雨心短时地迷混了一下，随后便是下意识地双臂护头，潜身收缩，得退且退。在如此往复的战斗过程中，北京籍选手尽处下风。不过即使是这样，现下的状况也已可算是相当幸运的处境了，蓬厚的传统散打护具最大幅度地削弱了攻击动作所造成的疼痛与伤害，如若是站在了自由搏击的赛场之上，想必这位频频中招的连续受创者早已就被无情地击倒多回了。

忽冷忽热的汗水不断从张雨心体表的每一只毛孔中滴渗了出来，这让她感觉自己就像是一个即将要在春天里融化掉了的雪人。不仅如此，在那很多种同样也是从未在比赛当中体尝到过的异常知觉里面，还包括了已把气管揪扯到近乎干裂了的剧烈喘息和因急速的乳酸堆积而使肌肉关节在渐而面临着的僵化与强直。

雨心知道，如果仅仅只是这些由于体能的下降而导致了的形体失位和动作迟缓，她或可还能通过纯粹的技术与经验来加以弥补，并尽量地将当前这种勉强周旋的态势坚持拖延到比赛结束。因为就在前两节的较量之中，两人的战斗还完全是个不分伯仲的对开局面，甚至于自己在点数上面还可能略微地占优。但是，目前最大的难点却是，张雨心诡异地陷入进了一种持续在干扰与制约着其能发挥出应有水平的奇怪而又痛苦的情绪当中，且此种挥之不去的情绪还并不是在第三节里她受到了体力问题的影响致逐渐被对手压制了之后才产生的，而是竟始自于了在刚才比赛开始之前她遇到了建秋时的那短短的一面。

张雨心已经不敢再去直视丁建秋的眼睛了，原因是，她恐惧。

恐惧，那又是一件什么样子的东西？雨心需要用一点时间来熟悉一下这种直到了此刻才与自己初次相识了的陌生情感，因为在她的生命记忆当中，至今也都还只是拥有着很多与之截然相反的心情体验而已，比如在对阵陈微或是费奥娜·哈德森时所曾感受到过的那样。

但是，这种罕有而稀奇的感觉却又最终还是在这一天的这一战中令人不解却又实属必然地发生在了这个人的身上。这个一起共度了三年多的青春时光，几乎在每一个小时的每一分钟里都会见到，而且还在相遇的第一天就被自己彻彻底底地击败过的一队之友的身上。

丁建秋，难道这个女人的强大已然上升到了这般恐怖的高度吗？是我退步了，还是她的前行与成长的步伐已经远远地把我甩在了身后。

这就是一名心猿意马的软弱散漫者，对一位以吞食着自己的血肉为生并时刻都准备着用她那已冷却为了钢铁的身和心去决断下对其而言早已并无二致了的生或死的黑暗斗士，所会发自理所当然之中的卑贱颤抖吗？在前者直至今时才被残酷的事实所告知了，那日复一日的此消彼长到底是有多么地可怕了之后。

为了摆脱困境，雨心奋力地一挣，试图用出一套看家的组合拳路去掀起反击。可就在她正欲抬头起势的刹时之间，一切，却又都僵固地停住了……

这是一片把她的整个身躯都给冰冻住了的邪恶的亮光……

每个人这一辈子里都会或大或小地碰上过几回这样的倒霉事，那就是你不想要什么、怕遇见什么，生活就会偏偏把什么给送到你的面前。

一个月之前，成金龙在刚拿到了本届全运会女子散打比赛预赛分组表的时候，恨得差点没一拳头把办公桌上那块厚厚的玻璃板给砸个粉碎。

全部十六支的参赛队伍通过随机抽签的方式分成四个小组进行单循环预赛，之后每组按照成绩排位再取前两名进入到八强复赛。由于并未设种子队，北京队和山西队会被分入同一小组的概率在理论上只有 20%，可就是这 20%……

想到这儿，成金龙再也压不住急火，终是难忍激愤地抡出了这一拳，到底还是把那块半寸厚的强化玻璃板给砸了个粉碎。

而北京市女子散打队的十运会之旅便也就是这样相伴着那一桌一地的粉屑狼藉的闪亮碎渣，很不顺心地开始了……

开赛前一周，北京队全员提前抵达了连云港市。

不过，令大家稍感到失望的是，在接下来的五六天中，无论是出入住宿酒店还是去体育馆里进行场地适应及赛前训练，也不知是事出有因还是纯属巧合，同处在一个小组里面的山西队一直都没有碰到。后来，挂职领队的陈光荣前去收风打探，带回了一个虽是未经证实但也一听便能知道绝非是无根无据的坊间传言，说是山西女队这次定位黑马、力争突破，取消了所有的公开露面，就是为了要隐藏实力、一鸣惊人。

“由他去吧……”赛前的队内准备会上，成金龙抛出了这四个字。事已至此，则多想无益，我们北京队的终极目标是夺取全运会冠军，来到这里又不是单只为了去针对他一个本也没有什么大不了的山西队的。

可说是这么说，大家的心里面却多少还都是有点放不下。毕竟，自建秋离队去了太原以后，已经有八十多天的时间没有得到过她的任何消息了。

10 月 19 日，北京队和山西队分别在上下午迎战了同组的另外两个对手，湖北队与火车头体协代表队。北京队派出了由张雨心、隋清、张欢迎三人组合的最强主力阵容，兵不血刃地以两个三比零轻松战胜了对手。而山西队的发挥也果然是初见成色、可圈可点，同样是以两个二比一全部获得了胜利，其中丁建秋以绝对的压倒优势连续拿下了两场决胜局比赛，为自家队伍的小组出线立下了汗马功劳。

当晚，北京队的四人教练组进一步研究了明日的赛程。目前，北京与山西两队都已经在小组赛中取得了两战全胜，已是完全确立了积分的领先，所以不论它们在最后一战中相互间的胜负结果如何，两队都将会是毫无悬念地携手晋级八强。因此，考虑到这个局面，孟大海提出了一条个人建议，他认为鉴于队员们当前的身体状态，不如干脆就在明天上午对阵山西队的比赛中放水，派上替补的年轻运动员出战，好以此让主力选手们充分节省体能并也防止受伤，把队伍的整体战略重心直接就跳跃到即将要在下午开始的淘汰赛阶段上面去。

这个主意在现代竞技体育运动交锋的派兵布阵中是个很常见的战术，而且，所有人也都听得出来，孟队医这样提议的真正意图是在于什么。

但结果，这位好心的勇于开口者却遭到了另外三人的一致反对。陈光荣直言，如果此前没有和山西队搞这次的交流队员归队，这样的做法尚且还可偶尔一用，但现在上至大赛组委会，下至各省市区代表团，全都在紧盯侧目着默契比赛这种事，此时再这么不避嫌疑地去顶风招摇，岂不就更是瓜田李下、授人以柄。而成金龙与何耀强对此不加赞同的理由则就更为直接，他们的原话是："咱们北京什刹海没这先例，向来夺冠都是以全胜战绩完成的！"

虽然对于运势的不济曾有介怀，也的确背负着面向未知的忡忡忧心，但既然这道坎儿已是无可更改地成为了我们必须要去迎接的挑战，那么，就也绝不该再找出丝毫的借口来恇懦地纵容自己去可耻地退缩与逃避了。

这，一定就是很大一部分的习武（或从事体育）之人所皆在傲气清高地恪有着的一种"士人自风"式的人生处世之道了吧。

见人家都是这样的态度，老好人孟大海轻叹了一声，不再说什么了……

张雨心就像是一根惊慌失据的木头那样直挺挺地立在擂台上，眼看着砍伐者的利斧已经举过了头顶，却无法做出半点保命的应对之策。哪怕是逃跑。

"喔！……"看台上传出了一波惊呼的轰响。

这是在传统散打的女子比赛当中极为罕见的重拳击倒！今天，来自山西省女子散打队的丁建秋在全运会的舞台上完成了这一几无前例的创举！

而倒在了地上的是她在北京队时的队友，一位在人们的印象之中无论是名气还是实力都要显著地强过于她的超一流运动员——张雨心。

那是一记典型而又简单的抢进身短直拳，这样的大陆招式，往常在整个的中国女子散打界中，谁若是能逼得张雨心去抬起手来格挡一下都已经算是达到超出预期的绝佳效果了。但是今天，它撕破了连同着保护头套在列的美丽大明星的所有防御阵线，直捣在了其（属于可被记失点范围之内的）裸露面部的正中眉心。

于是，这个女人便猝然地倒下去了。

不过好在这记重击与皮肉之间还隔有着厚重拳套的大团棉层，这使得张雨心被因此而夺去了平衡感的时间还并不算太长。此时，听着裁判慢悠悠地读秒，坐在了台面上的她的第一反应竟是想要先去看看建秋在这一刻里的态度与神情。

但是雨心什么也没有看到，因为丁建秋在用后背朝向着自己。

没有一点的喜悦与兴奋，也感受不到完成了击倒之后的昂扬和满足，就只是一副那样笔直地站立着的孤单背影。

她是故意不想让我看到她的脸吗，还是就连她自己也不知道该去用怎样的神态来面对眼前的这一切。她的心去了哪里，又正在想着什么……

半个小时前，隋清和张欢迎分别击败了山西队前两名出场的选手，如此一来，北京队三战皆胜以小组头名出线，而山西队两胜一负排名小组第二出线，已是定局。

“我……刚才又仔细看了看，雨心的腰部有拉伤，虽然不太严重，但是……而且她还有点儿感冒，所以……要不咱们还是弃权吧！”孟大海又在老调重弹了，不过在那之前，他最好还是先去学会如何撒谎。

听到惊惊乍乍地把自己叫出来就是为了说这事，成指导可着实是有些不耐烦了，他话也没应，拉着脸，转头就朝着内场方向往回走去了。

“大龙，大龙！你听我说，你听我说……”孟大海这时也顾不上再去编造伪装了，他死命地拉住了成金龙的手臂，“这场……啧，唉……我怎么都觉得还是不打为好啊！你再考虑考虑……再考虑考虑行吗？”

成金龙皱起了硬硬的眉头，目不转睛地瞅着这位老同事，足足有一分多钟，那种不胜烦恼的艰难也不知是对人还是对己，到末了，他还是不得不推开了苦苦劝阻者的手。“这会儿说什么都晚了，（国家体育）总局和（武术运动管理）中心的领导们都过来了，还来了那么多的媒体和观众，央视还是全国直播，就都是为了看这一场精彩的重头儿戏。现在这场比赛打不打，您说了不算，我说了也不算……”

检录口处的裁判员示意两位等待入场的参赛选手配合检查装备与号码布，并听候最后的广播指令行事。于是，北京队的张雨心和山西队的丁建秋便获得了一个短暂的在清冷的进场通道中自由相处的机会。

雨心好想去跟队友说说话啊，但是她张望了许久，背身冲着自己的建秋就是一直都在自顾自地双手抓合着，没有一点想要与她目光相接的意思。没办法，雨心只好主动地去大声问候道："建秋儿，回了山西队……伙食还顺口儿吗？"说完这句，她自己就扑哧一声笑了出来。"嘿嘿，瞧我这傻得，回了老家怎么可能伙食倒不顺口儿了呢！"

丁建秋就像是没有听见一样，毫无反应。

雨心讨了个老大没趣，不过倒也不会介意，如此尴尬的状况这几年来她也早都已经习惯适应了。总是对别人充满着善意的姑娘甚至还已是由此而养成了一种用以来自我安慰的惯性思维，即每当遇上了这般场景的时候，就都会在自己的心里替建秋去人为地臆造出来一个不想理人的合情解释，就比如说现在吧，她一定是……太紧张了。

既然这样，雨心就也不再多嘴了，她转回身，面向着出场的方向，深吸宁神，准备要进入到自己的比赛状态中去了。但就在这时……

"张雨心……"

是建秋的声音，她在叫我！雨心有些惊喜地扭过了头去，可是，她却看到了……

那……那是什么！那绝不是建秋，那是一个……魔鬼！

丁建秋，她此刻的眼睛仿佛可以吞摄掉人世间所有的美好与温暖，而只留下了那些来自于绝情的苦寒地狱之中的冰冷和杀戮。她怎么了！

"张雨心，今天……是你，还是我？"建秋盯着雨心，没头没脑地问出了这样一句。

"2143号运动员，山西队，丁建秋。2113号运动员，北京队，张雨心。请入场。"场馆里的广播指令偏偏在这个时候响起了。

丁建秋在视线离开对手前的最后一刹留下了一个似笑非笑的奇怪表情，然后，便大步流星地跨进了赛场。而张雨心则是噩噩地被定在了原地，她的腿已经无法动弹了。

什么意思？什么是你还是我？建秋她想要说的是什么！按照语言逻辑的常理，不是应该有一个类似于"怎样怎样"的词汇出现在句子的中间吗？就好比是……

张雨心突然不敢再设想下去了，因为她的直觉和对建秋的了解已经告诉了自己，那个被出言者故意隐去的词组很可能是……"会死的"。

可是……可是……建秋的眼睛却又不是她平日在发狠时的那副样子，那种样子我们见多了，不是这样，绝对不是这样的！今天的她……难道，是想要把一切都给结束掉……

也包括了，她自己……

羸弱的被击倒者茫然地收听着场上裁判的读数声，然后，在她认为还算合适的一秒，机械地站了起来。事到如今，一味地严防死守已经起不到一丝的效用了，自感无路可走的张雨心尽力沉了沉混乱的心境，在极度的迟疑与矛盾之间做下了一个最后的决定。

这一场的胜负说白了也没有什么太多的意义，现在，与其去自讨畏惧地继续纠结于建秋的心理，让自己越打越累，还不如就趁着歇了这一下以后，当机立断地去跟她拼上个鱼死网破。赢就赢，输就输了，管他的呢！总之，赶快了结了这场难熬的比赛吧！

张雨心这样想。

而在几米以外的地方，擂台下的成金龙、何耀强与孟大海又是怎么想的呢?

孟大海已经又一次习惯性地把准备去表示缴械投降用的白毛巾紧紧地抓在了手里，虽然他也知道在国内传统散打的比赛场上根本就没有这么一条代表着一方示意主动认输的惯例之规。而在他的身后，巨大地反差于这时依然还在不懈地为雨心大声鼓劲并始终都还抱有着一份意欲明知不可为而为之的决心血性的何耀强的是，成金龙现在的晦暗脸色看上去就像是一位刚刚被迫吞下了整株苦涩黄连的落魄帝王。

其实，成主教练此时内心中的真实想法竟是相比那位动辄就急于想去抛出认输毛巾的孟队医还要更为消极的。他甚至希望，雨心在这一次倒下了之后就再也不要站起来了。

因为或许那样，我们今天所输掉的还能仅仅就只是一场这样无关大局的比赛，而不至会是还要再被追加上哪些你完全预想不到亦承当不起的更为重要的东西。但是，以这个男人固执的性情和敏感的自尊，此刻又是绝不会允许自己再去做上哪怕是一丁点的除了故作坚韧地坐在那里以外的任一件别的什么事情了。所以，几乎可以断定的是，当下的他是会比正在台上又愧又怕地挣扎着的张雨心还要更加痛苦与无助的。

近些年来，这种优柔与缠乱的两难已是第几次用这条剪扯不断且又挣脱不开的绳索来束缚住自己的心了？我为什么会变作了这般令人厌恶的模样！

我，总自诩是一名顶天立地、坦荡磊落的七尺男儿，但是在我人生中的前四十多年的时间里面，还从不曾有过一回会像是今朝这样，竟然让自己为自己的可悲而羞愤得这般无地自容。那些年里，无论是在生活中遇到了多大的变故，也无论是明天的日子还注定要去面对着多少的困苦，我的心都总是可以无比清楚地告诉给我，大龙，你应该怎样去做，以及，你的路在哪里！但是，如今的我呢……

穿过擂台上流动的人影，成金龙注意到了对面与自己拥有着同一种身份的另一名中年男人——山西省女子散打队的主教练。那是一位从鸣锣到现在都始终没有停止过激情叫喊的极为尽职的教练员，他的眼神虎视眈眈的，里边挤满了急不可耐的欲望。欲望着一名叫作丁建秋的，很可能是他在此生之中就只有这一次机会有资格去驾驭的，在今天这场举国关注的两强对决当中表现得游刃有余且志在必得的优秀运动员，去尽快地以无论大小的优势为她自己，也为他和站在了他身后面的更多的人们去历史性地击败北京队的张雨心——这一位状态堪忧到足以要令他们去惊喜相庆了的中国女子散打搏击界的标杆性人物。

这就是他所以会来到了这里的坚定、明确，并且在全心渴求着的目标。

但我呢？我已变得不再像是他那样了，或者更确切点地说，是变得不再像是从前的我那样了的这件事情，是发生在了自己在队伍的体制改革当中找不到了自我应有的位置之后，还是于整个社会的巨大变化之下失去了生命前行的方向以来呢……

电视转播信号中的镜头画面忽而不自然地摇晃了一下。

那是张雨心寻死一搏的极速启动！

羽毛步，突击模式！最佳进攻发起点，瞬息就位！拳腿连心，心化梦雨，张雨心斗神传散，直通任督，全身的感应神经倏时间激素增盈、量能冲溢！

雨梦拳心，强行发动！

“嘭！”

张雨心的身子飞向了半空……这是一招贴身时机拿捏得极尽精准果断且根本未留下一步退路的近体抱摔。而那也正是丁建秋在与此位命中独一的强大对手作战之时所必定想要去施展出来的克敌之术。这一次，她成功了。

张雨心，你的第一拳太慢、太软也太偏了！那甚至都无法可以被定义为是完整的一拳，因为就在它才仅是刚被挥动到了一半的时候，便已经被无畏抢上者的那一身精钢炼造的强悍肌肉给像是弹开了一只轻绵的网球那样地硬顶了回去。

这就是绝对实力并不逊于国内第一人的散打女将丁建秋，在无人理睬中夜以继日地艰磨苦修和静默寡言里卧薪尝胆地冥思推想了之后，所为自己制定下来的去直面并破解张雨心之超凡能力的最是勇敢而自信的朴实战法。

在你每一晚都享受着灯红酒绿与歌舞升平的日子里，我却是无时无刻不在坚毅地钻研砺练着该如何能去把你击败，就算是在梦中也一样。所以今天，即使是那个一直以来都对我最不公平的上苍，也已经没有办法再给出任何一条的牵强借口，去继续偏袒着你还可以从我的手中侥幸逃生了。尤其是，当你已经因自己的堕落而感受到了前所未有的恐惧，而我……也注定了要因此一战而一起死去的时候……

丁建秋力压“雨梦拳心”！

太完美了，这就是我们所有人都一直期待着能够看到的经典时刻！一时间，于这座并不太大的体育馆里和更多的通过电视收看到了这场比赛的观众们中间，已是会有多少人皆感发出了这样的满足？反正，包括了领导们端坐着的主席台在内的广大看台上已经应时地爆开了大片欢腾之响，而在摄影记者席上，快门与闪光灯的声光也又是掀起了一阵高潮。

那么，接下来又会是什么？

被举摔上天的张雨心还会残存有觅得绝地转机的微弱可能吗？比如，她或许可以采用某种腿部的绞缠技法把自己的身躯与对方锁合在一起，以争取达成会共同倒地的（在传统散打规则下的）无效局面，又或者，她至少应该释放出足够的腰力，尽量地去扭动一下坠落时的姿势和方向，以力保其率先着地的部位不会是致伤概率最高的头颈地带。

但令人痛惜的是，这些当处于在如此的险境之中时本该是就像条件反射一样被职业搏击运动员自动触发出来的基本技巧，此刻的张雨心已然是全都无法再回想起来了。因为，她早已经失去了所有还能让肢体再去行动一下的力量、意愿和信心。

丁建秋的身体就像是一只在不断吸食着光明能量的无底黑洞，而和她接触在了一起的张雨心在这一刻里只感到体内原有的温度和气力已经被迅速而不可逆流地吞噬掠夺殆尽，并且还可能永远都不会再复生了。

就如同是，当火热的梦想与希望触到了足够冷酷的现实。

只是一声比较平常的闷响，也并未感到有多么地疼痛。已经遭到过一次重拳击倒并且也显见是无力再做出丝毫抵抗了的北京队选手张雨心，在全运会焦点大战的擂台正中央被她的对手干净漂亮地摔翻在地了。

“认输！认输了！”白毛巾终于飞进了场地，还伴随着孟大海的急迫呼喊。

而坐在他后面的成金龙则也是在不自觉间轻舒了一口气……总算是结束了。

当后背碰撞到了地板的时候，北京女孩的那颗心便也是在同一时间里轻松地落了地。对于一名极尽卑屈而怯懦地自愿接受了这一最终结局的彻底失败者来说，这甚至已算得上是一次体面且舒适的安全着陆了。此时的张雨心很想就这么安静地去躺上一会儿，谁也不理，谁也不看。就让裁判尽管去读他的秒吧，反正那已经不关我的事了，现在的我……只想要好好地休息一下了……但！

怎么回事！这是干吗！丁建秋，她想要做什么！！！

就在台上台下的人们都以为这场强弱已分的比赛即将会以卧地一方的主动认负

而收官定论了的时候，丁建秋却突然又做出了一件令所有人皆始料未及，并且，也让我们的整个故事都急转直下了的事情。

击倒续攻！

流畅的进攻动作连接！在敌方被抛摔倒地后快速近前，俘获其防护全失的右腿，弯曲后将脚腕关节部位夹在己方的两只小臂之间，同时本方下肢钳制对方躯干，形成双方身体的平行贴合之势！如此，受技一方虽上肢可动，但敌人头部却不在其可攻的范围之内，而施技方则可兼顾固缚对手和对之脚踝突出处的全力卡死与绞压！

此为，独门技！铁臂断头铡·踝缄一字固！

"啊！"那突来的钻心烈痛让毫无防备的雨心惨叫了出来。为什么会这样！这不明明是在施行着传统规则的散打比赛擂台上吗！

"犯规，犯规！停！分开！"裁判员竟也是有些乱了阵脚，他在大喊之余忙不迭地伸手去拉建秋，却又哪里还拉得动。

凶狠而到位的强力固技！丁建秋用上了全部的能量！

但是，她为什么要这么做……

在这场大事件发生了之后的一段时间里，各类媒体上关于丁建秋此次行为之动机的分析似乎是分成了两大派。一派认为建秋当时是无意的，她完全是处在了一种自由搏击与散打间不同的动作转换习惯套路的肌肉记忆错乱当中。万众聚焦之下，高度紧张之中，拼得性起时眼见空当，头脑一热，照着平常训练的熟悉套路就随手攻过去了。而另一派则认为丁建秋是有意的，原因是她嫉妒张雨心，并且也一直在为自己于什刹海队内的实力和地位的严重不相符而耿耿于怀着，这一次借着全运会的机会，就是成心要让北京人难看。同时，她也一定是在强烈地渴望着能够把张雨心给彻底地击败，然后，再狠狠地踩在脚下。因为只有打出了那样一场足以全面摧毁前女王的身体和意志的必将永载于史册的大胜，方才可以去最好地证明，唯有自己才是中国女子搏击界中的，新的、真正的王者。

以上这两派的说法当然都有些道理，不过若要去仔细地分析，显然其各自也都是有着很多的不合情理之处的。首先，如果建秋当时真的是在无意之间的错手为之，那为什么在裁判反复地喝令与拉阻之下仍然还会去拒不收力地伤人到底？而那些认为她是有意下手甚至还可能会是早有预谋的论调似乎就更加缺乏最为基本的逻辑与常识了。难道建秋那天是疯了还是傻了吗，或者她竟是误以为自己从此以后都再也不会回到北京队中去了吗……

江苏连云港市的淮海工学院体育馆内，错愕与慌乱的气氛令人窒息地交混在了一起。主席台上，陪同着贵宾们观赛的陈光荣不知所措地站了起来，他眼看着雨心和建秋继续在擂台上拼命地翻滚挣扭着，一时的第一反应竟是掏出了手机，却又在拇指不停地僵硬抖动之中一连两次拨错了成金龙的号码。而随后，在身边领导们都予以了强烈质疑的提醒声中，他马上又意识到了自己的做法是有多么地愚蠢，赶忙扔下电话，径直地跑下了看台，直向着赛会裁判席火急火燎地狂奔了过去。

“建秋儿，你干什么！放开雨心，赶紧放开！”场边的成金龙在惊诧之中一下子跳了起来，他双手狠力地拉拽住围绳，紧张地大吼着。而山西队的主教练亦是同样焦急，他也在对面不停地大声喊道：“住手！建秋，快住手！”

但在擂台之上，杀伤性固技技成的丁建秋无视了所有人的呵斥，依然在向她的死敌持续输出着将生生折断其脚踝筋骨作为了招式唯一目的的惊人伤害力。

理论上，在统一佩戴着包手拳套的传统散打比赛中，运动员由于无法使用上手指的抓握力，是很难能去临场施展出（当然也不被许可）可以一举锁死对方四肢（之一）的反关节技术的。但丁建秋是一个特例，因为她能够在这个世界上独一无二地借助其自身极端强硬的肌肉能量，仅仅是依靠着一双小臂间的挤夹之力就足以完成对敌人肢体的擒俘、卡扣与施压等一系列的高超且又实用的进攻技法。

关于这一点，张雨心自然也是有所了解的，只不过，她万万都没有想到，在其很可能也已是并不会太长久了的运动生涯里面居然还就真的赶上了一场这样的战斗，让她有机会去用自己的身体来如此真切地品尝上了一下自家队友这一招的厉害了得。而且，还是发生在了按理说根本就不允许上演出这一幕的全运会的赛场之上。

不论自己如何去挣挺都无济于事，拍打地面和对方身体的认输示意也都全然不被理睬，唯有右脚踝处被碾夹扳折着的欲绝剧痛却是越来越强了。再这样下去两三秒钟的话，后果不堪设想！张雨心自感她的生命已是陷入进了一种空前的绝境当中。

难道建秋今天真是要把我的脚给弄断才肯罢休吗！

张雨心出尽全力用拳头去击打建秋的面部，但是目标在自己身体的下端，距离过远，仅仅是可以被拳套的表面似有似无地擦到而已。她又想强行去掰开施技者紧缠在她身上的双腿，可是戴着圆厚拳套的两手也根本都找不到可以下力的地方。

疼死了，怎么办！难道我就要这样任由她宰割了吗！

雨心把双拳支在台面上，奋力地俯撑起身体并反复往左右拼命扭转着腰腿，她想要尝试以这样去让双方同时向任一侧进行滚动，但是却依然没有成功。而就在这时，她又一次从正面看到了丁建秋的脸，以及她的那一双眼睛。

这，这……我在开赛之前没有看错，这个东西，它就是一只赤裸着一颗杀心，还正在咀嚼着满嘴人肉的魔鬼！

完全无法忍受了，女孩的右脚随时会断！已经恐惧到了极点的张雨心这时也丝毫没有必要再去克有任何的理智了，她一口咬住自己右手的拳套，使劲一拔，纤细的手掌便立时抽脱了出来。而随即，这位奋起求生的自卫者就以她那副秘密深藏于此的血肉兵器——尖利的指甲，不顾一切地抓向了另一个女人。

“赶紧拉开她们呀，你还等什么呢！”成金龙还正在怒斥着场上裁判的无能，却又赫然看到了雨心这个极其危险的举动。“不要啊！雨心，别这样儿！”主教练边喊边当即一个纵身的飞跃，以最快的速度穿过了围绳，跨上擂台，直向着两名弟子而去……

“你相信我，像铁一样的硬，是没有用的……因为终有一天你将发现，那所会带来给你的只能是无尽的伤害与破灭，而真正可以使你幸福地走向明天的……是柔软的宽容和装满了梦想的心。”在何耀强上次发病被送进了医院急救的那个晚上，醒来之后，他对守在了床前的建秋说出了这样的话。

何耀强从没有跟别人谈起过他在美国时的往事，比如都具体去做过些什么以及因为什么而受下的伤，包括了所有的家人和在什刹海里面的那些老朋友们。即使是在面对着江涧与陈光荣当初欲托付重任之时的关切询问，依旧保持着微笑的男人也仅仅就是轻描淡写地回应了一句：“真的很惭愧，我只不过是在美国的自由搏击圈里沉浮虚度了几年，并没有带回什么足够显赫的成绩与资历……而如果您两位愿意给我这个可以重新回来的机会的话，就还是请来信任并考验我的真正的见识和能力吧。”

并非是对过去的刻意隐瞒或羞于启齿，这其实只是一名在经历过了涅槃重生之后的普通年轻人的最为自己的沉稳和释然而已。

何耀强甚至确信，那些曾经发生过在他身上的事情都是幸运的，即便是游荡在了地狱大门口前的那个雨夜也一样。有时，他会去回顾着这一切，并很想从中找出一个确切的时间来设为自己在滑向黑暗的错误道路之上得以了彻底幡然回头的那个根本的转折点。但是，他却总也做不到。因为，那段岁月本来就是由各种事出有因的微妙情感所相互交织而成的，你完全无法用过后的道德理性来定义和评断的复杂且又现实的生活，而不是一部简单到可以去纯粹地划分出绝对的好与坏的警匪类型片。

在芝加哥工作的时候，耀强看到过一则电视上的新闻报道，内容是讲旧金山警方一举摧毁了一个涉嫌敲诈勒索与操控地下搏击赌博的华人犯罪团伙，而案发的起因是一名已经被捕了的名叫庄森的华裔黑帮成员，枪杀了一位不愿意再听从他控制了的所经纪黑拳手。

当一颗并不成熟的心灵局限于受教育程度和周边不尽理想的客观环境，而困顿与挣扎在了充斥着含混的是非观和过多的未知性的迷茫世界里，并且还又颇不走运地正沿着一条直通向了灭亡的高速铁轨在不知、无助且又积重难返地痛苦前行着的时候，一次意外的濒死经历打断了在原有的命运轨道上所注定将要降临的一切，而且还额外地又送给了你一个可以去再一次重新来过的机会。对此，你该怎样去看呢?

那无疑是值得庆幸的,当然,这种感受很可能要等到很多年后才能被你体会得到。

而何耀强顿悟到了这一点的时刻，是在某个金黄色的凉爽傍晚于海边读完了一本著名却又饱受争议的日本小说后。

不！这不是生而为人该有的结局，即便是，我也要去让它改变！

其实改变早已经发生了，只不过它最终释义的方向是要取决于你今天正站在了什么样子的立场上看待着自己的人生。

因此，现在的何耀强诚挚而宽厚地感激着人生之路上曾发生过的所有事。无论那让人喜乐还是忧伤，也无论那在传统的意义上对生活而言该算作是积极还是消极，真正成熟起来后的男人都会一视同仁地去把它们当作是冥冥之中上天恩赐给了自己的最好礼物，一如是上天恩赐给了自己生命本身一样。同时，他也很乐于尽到最大的努力去以一位过来人的身份来相助一些此刻依然还不幸地被囚禁在了迷途之中的孩子们，帮他们少绕一点无谓的弯路，尤其是，不要真的像他这样要经受过了如此惨痛的教训才能够走出过去。

好吧，或许我们现下所在谈论的这个主题有些过于宏大了，因为那蕴含于此中的深刻道理近乎是在教导着你我该如何去更好地面对“活着”这件事中的十之八九。但事实上，在这部传奇的故事里，谁也无意亦无权去教导任何人，我们只是想来平静地聊一聊每个人都曾经或者正在苦恼着的那些麻烦与心事，并再顺带着探讨一下该如何把它们送走，仅此而已。

即使是凄惨的身世、不公的社会、漠视的人情等这些所有的对于人生而言都已经是坏到了不能再坏的境遇，再叠加上了与之彼此因果且还恶性循环着的青春的叛逆、性情的偏执乃至是人格的病化等一切一切的罪因，而所终于致造成了的一次完全脱离出了生而为人的本性的离奇失控与自我毁灭……就像是那名预感到了这一切将会发生，却又不想也无力去加以任何抵抗的可怜的山西女孩那样……

也仍然没有什么大不了的。

因为心和梦想会宽恕你，而且还能为你指明未来的路……

这绝不会是一次能让人感到舒适的比喻。一根细嫩的树枝被从当中暴力折断，而与此同时，一块光滑的缎面也被利器划开了一条长长的裂口。

成金龙呆呆地站在了擂台上。

当你终于想起该去做上些什么的时候，却已是来得太晚，太晚了……

哀号的雨心抱着自己的右脚，在地板上绝望地滚动、扭曲着。而靠在成金龙怀里的建秋，此刻没有发出一点声响，只有那些从她捂住了脸庞的手掌缝间不断涌出的鲜血，在像是一串连上了线的珠子那般一滴接一滴地洒在了地上。

尘沙飞起处，寸断柔肝肠，凄风又洗泪，天涯总无情……

这一刻，成金龙深切地体验到了死去时的味道。在电视转播的特写镜头之下，他看看雨心、建秋，又看了看惊魂不定地围拢过来的北京队其他队员们，以及何耀强、孟大海和依旧还在抖动着的陈光荣，心想……

这下，我们全完了……

9. 那一战（三）

THE LEGEND
OF HEART AND DREAMS

海上吹来的狂风夹带着阴湿而腥咸的苦味，打在女孩的身上时就像是一根根冰寒的钢针在扎刺着稚嫩娇柔的肌肤。而头顶上的天空里，那包裹着似隐似现的光电并闷喝着轰隆隆的震响的乌沉浓云也正不断地往下压了来。

张雨心又是独自一人站在了这里。

这已经是她第几次来到这片熟悉而又畏惧的海滩之上了？

一浪高过一浪的惊涛在不停地扑涌向滩头，雨心生怕它们会拖走了自己，忙着退后，却不想已是晚了半步，一条白花花的水线只瞬间便盖过了她的双脚。

好冷，好痛……

雨心真的很不喜欢这个地方，她想要离开这里，她想要回……

此时此地，面对着眼前那遥无尽头的汪洋沧海与大限即至的暴雨疾风，脆弱而又犹豫的姑娘仍然还是无法为自己做下最后的决定。

回头之后，我又该去往哪里……

风越来越大，这让雨心的长发在呼啸之中渐而变得凌乱不堪，就连眼睛也有些睁不开了。但是浪借风势，波波紧逼，她又不得不去深一脚浅一脚地极力闪躲避让着。结果忽然在一个不小心中，右脚下踏空一软，便陷入了如膏流沙。

又是一阵钻心的疼痛袭来，小腿以下已几乎失去了知觉。雨心赶忙坐下，想要把脚从咬人的沙坑中拔起，可就在这时……

一记贯透耳膜的巨响霹雳传至，而随即，骤雨急落、漫天水冰。恐慑至极的女孩也不知神灵们怒从何起，惊慌里再看一眼正前，在那远方大洋的中心竟然是掀起了一道如同天幕之高的黑色巨浪，朝着岸边狂哮着奔卷而来！

天啊，这可怎么办！

雨心拼了命地想要重新站起，可是那只惨遭流沙漩涡擒获的右脚就犹是被钳牢卡死了一般，纵然痛感有增无减，却是怎样挣扎也依旧纹丝难动。而此刻，天海间滔天的恶浪已近在身前，那一张将一切温暖都吸入了深渊的血盆大口就要把自己残忍地吞食掉了！

“雨心……雨心……”

谁，是谁！是谁于这样绝望的时候还在叫着我的名字？

“雨心……我们回家吧……”

是那个声音，是那个来自于身后的像是一名女孩的声音。她是来救我的吗？她是来带我离开这寒冷无助的梦魇，而重回到那曾经的充满了光明与希望的美好世界的吗？

是的，她说的没错，我要……我要回家……

我要回家！

张雨心用尽全身的力气不顾一切地向后回过了头去！

“呵！呵……呵……”喘着惊悚的粗气，雨心醒了。

微弱而宁静的月光下，打着石膏的右脚还是被床尾的固定支架半高地吊着，而陪伴着女儿的黄雅英熟睡在一旁的行军床上，并没有发现雨心的醒来。

这里是在医院的住院病房中。

黑暗里，雨心把手轻轻地搭在了妈妈的被角上。那一点点亲人的体温与心跳让她立时便得到了很多于生命中最为熟悉的绝对安全感。她不再害怕了。

也许是局部麻药的效力已经过去了吧，脚腕上的伤处这会儿又有些隐隐作痛了。今天白天，雨心的右侧踝关节韧带修复手术进行得非常顺利，主治医生说，术后会留下有可能造成运动失能的严重后遗症的概率很小，制动休息一两个月后就可以恢复行走了，这让张家父母和北京市体育局的领导们都松了一口气。

本来官方的意思是在住院期间请一名护工去全程照料雨心，但是黄雅英却坚持要求自己请假后来亲自陪床。现在看来，女儿真的很感谢妈妈的这个决定。

雨心把一只手放在了可以感受到母亲温存的呼吸气流的位置上，然后，安心而甜美地再次合上了眼睛。爸爸，妈妈……

我好想，跟你们一起回家啊……

……

北京市体育局的办公大楼前，陈光荣与成金龙各提着一只公文包，满脸凝重地走向着停车场。算上今天，这已经是他俩在二十天之内的第三次来到这里开会了。

十运会结束之后的一个多月时间里，北京市体育局和（国家体育）总局武（术运动）管（理）中心的一项共同的重要工作，就是要去彻底地调查与处理发生在了本届全运会女子散打比赛赛场上的那次震惊了中国体坛的意外事件。“意外事件”，这是到目前为止总局高层对于此事所做出的极尽淡化与刻意低调的谨慎表述了，而在民间和媒体上，类似于“丑闻”“恶行”等种种的严词声讨则早都已是屡见不鲜、频现人言了。

想想也确实如此，在举国瞩目的现场直播中却偏偏出了这样的事情，而且还正是在各路领导嘉宾、圈内同仁与专项记者的眼皮底下，可也真算得上是众目睽睽、影响极坏了。

“老成，你觉得这个事儿……到了这儿……能完吗？”走在后面的陈光荣突然停下了脚步，向他前边的成金龙问道。

成金龙也站了下来，低头静默了几秒后缓缓转回了身子，看着自己的朋友没有说话。他知道陈光荣想说些什么，也知道是为了什么而说。

事实上，在北京市女子散打队教练组就本次事件第一次提交上了书面说明材料后的一周，也就是陈、成二人首次来到市局开会的那一天，上头（总局）便已经快速下达了一个初步的处理意见。现在这份文件就夹在陈光荣的包里，那上面主要内容的原文是这样的：

“2005 年 10 月 20 日，在本届全运会女子散打比赛小组赛山西队对阵北京队的第三场比赛中，发生了双方运动员使用违反竞赛规则及体育道德的错误动作并致相互造成了身体伤害的意外事件。该事件传播面广，性质恶劣，给中国体育事业及武术散打运动的发展均带来了难以弥补的消极影响……依照相关规定并经具体研究，现公布处罚决定如下：对山西队运动员丁建秋（本届全运会后应回归北京队）通报批评，暂停训练及禁止参加国内外各类比赛六个月；对北京队运动员张雨心通报批评，暂停训练及禁止参加国内外各类比赛六个月；对两队主管教练员蒋戍军、成金龙同志通报批评，各暂停带队及禁止参加国内外各类比赛三个月……希望两省市相关体育管理部门接受教训，认真整改。同时也希望其他地区及行业体协的相关负责同志们引以为戒，防患未然，进一步做好年轻运动员的思想教育及管理工作，坚决杜绝此类事件再次发生……”

单单是看这份处罚决定的纸面意思，陈光荣和成金龙当时还感到挺庆幸的，毕竟禁赛半年对于本就需要养伤的雨心和建秋来说并不算是什么太过严厉的惩罚，且但凡是稍有点行政处事经验的下级，就也都能够从此意见出台的速度以及其典型行文格式下的措辞慎重的字里行间中感觉得到，高层方面不想把该次事件联系扩大化，而是希望就事论事、冷却处理、由大化小、尽快了结的息事心态。

可是谁知，就在这份处理决定下发到了各地方之后，整个事情的风向却再次发生了令北京市女子散打队、北京市体育局，甚至是总局上层领导都未及想到的突转升级。

一些外省市体育机构的人士们纷纷通过内部渠道反馈或是在公开场合放出了风声，认为在本次事件的处理中对于当事运动员和主教练的处罚倒还在其次，问题的核心重点首先是应该在力求更为深入的制度与模式的层面上，去对事情的成因背景和主管责任进行足够明确的定性与划分。而同一时间，多位在中国武术散打界中讲话很具分量的长辈名人也是在报刊媒体上著文推波，不仅翻出了当年什刹海校内打架事件的旧账，并且还站在了道德的制高点上大声地追问：到底是什么让这些丑陋的事情在这几年来不断地发生！

显然，他们把攻击与诟病的首要矛头直接指向了北京市武术运动管理中心常务副主任陈光荣，以及由他所大力推动的传统武术散打的市场及自由搏击化改革。而在这股风刮起来了之后，“十二层”所要面对的压力和麻烦可就大了。

在被意外地通知还要去市体育局开第二次会，并且需要尽快向总局武管中心再提交上一份“具体一点”的书面整改计划之后，陈光荣就明白这一切没有那么简单了。曾经一度春风得意、骄傲乐观地自认为理想大业已经唾手功成的“什刹海模式”缔造者至此时才是幡然惊觉，原来自己和朋友们所在走着的这条路竟是如此地细若悬丝、如履薄冰。

开第二次会时，总局武管中心的苏主任也来了，这位当年曾力挺陈光荣担负改革重任并还在成金龙消极抵制之时出言点拨过北京女队主教练的大领导，会后找到他们两人单独谈了话。“上面的意思很明确，能保还是尽量保，但现在很多大事都是民主决策，如果到时候真是多数人的意见占了上风……你们也要提前做好相应的心理准备。”同时，在这次会议上还确定了中国武术协会在稍后还会再召开一次类似于是座谈形式的主题讨论会，邀请一些国内武术散打界中的资深委员们就此事前来抒发己见、指正探讨。届时，如果光荣同志认为不太方便的话，由金龙同志代表发言。

听到这些消息，成金龙的心里一下子揪得紧紧的，这可是他最不愿意去应付的场面，但现在自己还是无可避免地被推到这个风口浪尖、择舍两难的焦点位置上来了。

于是，就到了今天的这第三次会议。

一进会议室，看到了那一位位肃颜以待的“叔父辈”们，成金龙就知道今日的这场批斗会恐是绝难轻松过关的了。按说，往常在这种场合之下都是一定会请来江涧老先生上座一言的，但这段时间非常的不巧，江老的身体又转差了，还住进了医院，所以各方面就也都不好意思（或是正合心意）再去惊动劳烦他老人家了。

会议的调子一如之前所料，与会者们明显也都是有备而来，他们众口一词、如喝同声地指出：“激进而缺乏监管的盲目市场化、自由搏击化路线是完全违背了中华传统武术道德和体育精神的错误行为，它严重侵蚀了年轻运动员们的追求与信仰，也动摇了长久以来为国家培养了大量优秀武术体育人才之成熟体制的运转根基！”其实，他们也大可再说得更为直白露骨一点，那就是北京队这样独占风头的出位搞法于本质上就是打破了中国武术界中的旧有利益格局，威胁到了某些人视若命根的权威及垄断地位。

到了最后，什刹海俱乐部已然是完全处在了马上就要被全盘否定并彻底打倒的危急境地之中了，就在这个时候，主持会议的苏主席提议：“让金龙同志说两句吧。”而此刻，所有人也都意识到了，照着当前的局面，这个男人的态度立场应该便已是成为了“什刹海模式”能否还可保留住一线生机的最终关键了。

实际上这些天以来，成金龙接到了好多个电话，试探、旁敲者有之，规劝、拉拢者亦有之，而在此些致电之人中也大不乏就有着今日列座的道貌诸君们。在很多人的眼里，北京女队的成指导在国内精英散打人的中生代群体中无疑就是可以被归类为铁杆保守派的。想当初，陈光荣空降北京推行双轨制改革，最大的阻力就是来自于这位自恃根深门正而不化时务的成主教练。而如今，若是得以一举扳倒陈氏，让一切都恢复原状，那么最应该高兴和为之获益的不就也正还是他吗？所以，此时绝大多数不满陈光荣的守旧势力都已经很自然地把成金龙划作为是他们的同一阵线了。

那么，现实的情况又如何呢？

“这次全运会上，在北京自己的队员们之间发生了这样的事情，我个人认为最主要的责任还是在于主教练，也就是说在于我本人。光荣同志在平时工作中对这支队伍的日常训练、管理方面的一线事务参与的不多，那本来也不属于他的职责范围。”成金龙以不亢不卑而沉稳镇定的语气开始了他的脱稿发言，虽然在手里也握有着一张小卡片，但看得出来，那上面不过是一些随笔记下的简明提示词而已。

“我们承认，北京什刹海女子自由搏击俱乐部对于传统武术散打运动的市场化、自由搏击化改革的一系列尝试，在这近三年以来的确是出现了很多令人痛心的问题，有些已经比较突出，也带来了严重的后果。对此，我们难辞其咎，深表歉意，也深感内疚。是我们自身的工作没有做好，对不起。”讲完这段，成金龙在现场所有人的一片默然相觑之中起身向大家深鞠了一躬。然后坐回椅上，继续所言。

“但是，与此同时，我们也在始终坚定并且客观地相信着，这些新问题、新课题之所以会产生并逐步发展、失控的根源，是在于作为着具体执行者的我们的相关处置经验与专业能力的欠缺，以及思想观念和理论认识转变的滞后，而并非是体制改革这项重大的决策其本身所可能会带有着的原则性错误或先天性缺陷。

实事求是地讲，我自己也曾经长时间地怀疑和困惑过，我们现时所在做着的这些事情到底是对，还是不对。但是这两年多来，我身边的很多人，包括了广大的体育爱好者们、新闻评论界的朋友们，还有绝大部分的队员、家长和同事们，很多很多的人，他们一直都在真诚而公正地支持、鼓励并陪伴着我们。于是，这便让我和我的心逐渐更加自信地找到了这个问题的初步答案，那就是，我们现在所正在走着的这条被那么多的人们都认可了的道路，它有极大的可能性就是正确的！

诸位领导、诸位前辈，我今天只是想在这里说出我的心里话、我的真话，如果它不幸是错的，我愿意虚心接受大家的批评与指教。同时，作为本次意外事件的主要责任人，我也一定会不做任何保留地去无条件地接受协会和组织上所决定给予我个人的一切处罚。

谢谢大家。”

成金龙的这番话一说完，整个座谈会的走势与气氛顿时便是出现了一个小小的转向，少数几位本就抱着对受批判者理解与同情心态的参会人也适时打破了沉默，抓住时机讲出了几句委婉的公道话。而刚才那些声色俱厉、恨不得一口生吞下了陈光荣的武坛大佬们，见着“大龙”这颗远近闻名的倔脑壳竟然临阵倒戈，而且还又甩出了他那一套多年来惯用的视死如归加宁折不弯的强硬姿态，似乎也都是在准备不足的被动之下，一时间里没了脾气。

最后，会议也并未达成什么一致性意见就草草地结束收场了。末了的说法是，中国武术协会还将就此事择日继续展开研究和讨论，并且会尽快地拿出一套稳妥的整体建议，以供北京市体育局（武术运动管理中心）在严格监督北京市女子散打队（即北京什刹海女子自由搏击俱乐部）执行全面整改要求之时作为参考……

“反正我觉得他们是肯定不会就此善罢甘休的……”北京市体育局大楼前的停车场上，陈光荣向成金龙走近了几步，“我想了想，要不……我还是辞职吧。”

“光荣，这……”很显然，这是一句成金龙很害怕听到，但是也早已就有所预感到自己终将会听到的绝念之言。

“老成，你听我说！”陈光荣伸出手，按住了战友的劝解，“我已经都想好了，只要俱乐部儿能保住，咱们两个留下一个就是胜利。你是冠军运动员出身，师门后台又硬，他们不敢随便动你。我呢，说白了就是给上边儿办事儿的人，先暂时从（北京市武术运动管理）中心副主任的位子上退下来，苏主任过一段儿会给我安排后路的。”

“那以后‘十二层’怎么办，如果市（体育）局让先暂停，自由搏击还练不练了？”成指导是个逻辑思维缜密且政治预判能力很强的人，心知大势已去、木即成舟，他现在所关心的已经是非常现实的以后该去怎么办的问题了。

“租房合同是签了两年的，现在手头儿上的品牌代言和冠名赞助项目，有一年的也有两年的，而且大部分的钱都已经收到账面儿上了。我算过了，如果精简一下儿工作人员，在停止了所有商业比赛进项的情况下，资金勉强还可以维持一年。老成，这一年里，你和耀强一定要带着队员们坚持自由搏击训练，千万不能让外人认为咱们会半途而废、朝令夕改。只要我们自己不放弃，好不容易培养起来的拳迷群体和社会关注度就不会流失得太多。”陈光荣言辞恳切，就像是于临终前在交代着未竟的后事一般，这让成金龙的鼻子不免一酸。

光荣接着说：“至于我的话，当然就更不会离开我们的事业了，即使被调整了（武管）中心的公职，我也依然还是公开选举产生的（北京市武术）协会副主席。那些外国人跟我谈的事儿，还有国际组织方面的渠道我都肯定不会放下……老成，在这一年中，我们要总结得失、以退为进，我相信，也保证，根本用不了一年，咱们就一定可以东山再起！”

骄阳底下，陈光荣动情地把右手抬起在了两个人的中间。成金龙迟疑了一小下，他从不喜欢这样矫作而煽情的仪式，但是在这一刻，他最终还是同样也挥出了自己的手，和对方坚实地攥在一起，聚成为了一只昂扬的拳头，完成了他与这位真正钦佩也真正信任的好兄弟于此生中最为鼓舞的一次互道珍重……

果然，在陈光荣的辞呈递上去后没几天，市体育局的追加处罚决定就也紧跟着传达下来了：陈光荣同志从即日起赴市委党校离岗培训，其北京市武术运动管理中心常务副主任之职务由其他同志代理，相关的后续人事安排待组织研究决定后另行通知……责成北京什刹海女子自由搏击俱乐部自本决定下达之日起，自行整顿改善其在训练、管理等环节上所存在的多方面弊端，并于整改期间暂停参加国内外各类自由搏击赛事及出席与该项目有关的所有商业活动……同时，为在工作中切实做到政企分离、责任明晰，现特别强调，今后市体育局武管中心的相关负责同志一律不得再（挂名）兼任此类俱乐部中的具体职务，也不得再以任何形式参与到其日常经营、管理的企业行为当中……

……

虽然就快要入冬了，但是这个上午的太阳还是那样暖洋洋的，像一团红红的小火球。多好的天气啊，让人们身心舒畅，今天，雨心要出院了。

由于病人的脚上还打着坚固的石膏，所以暂时尚无法行走，爸爸从亲戚家里借来了一辆轮椅，一路稳稳地推着女儿。妈妈把所有的医材药品及病历光片什么的全都装进了一只大布口袋，小心翼翼地抱在胸前。而跟在后面一起帮忙拎着大件小件的，是沈铭鸣和代表官方与队里前来打理相关手续的孟大海。

说到铭鸣与张家父母间的初次见面，其实竟是在双方就连一点准备，甚至是一点心情都没有的情况之下所“强行”发生的。

那天，在得到了女儿于全运会的比赛中受伤（之前在电视上就已经看到了）并且马上就要被转回到北京北医三院进行手术的消息之后，张国柱和黄雅英夫妇便马上焦急万分地赶往了医院。当救护车停稳、雨心被从车下推下来的时候，两人发现，带着与他们一样极度关切的神情迎上前去的还有一位衣装整齐、举止得体的青年男士，而这位男士亦随即便也是向他俩投来了同样代表着已显见是察知了对方身份的有礼且恭谨的目光。然后，在与父母的一番心痛相拥过后，雨心便为大家相互介绍道：“爸，妈，这就是铭鸣……”

事出紧急，情况特殊，结果一场本该是相见两边都费尽思量、拘束不安的郑重会面就这样以一种简单得不能再简单了的方式突而到来了。

雨心单脚踩地，把身体轻盈地移上了自家两厢旅行车的后座，而其他人也在一阵拼拼挤挤的尝试之后，将十几件的大小箱包都统统塞进了车里。随后，女孩跟她的男朋友商量道：“把轮椅放你车上吧。”于是，铭鸣把轮椅折叠，立在了跑车敞开篷之后的露天轿厢中，为了防止摇动，又找来几根塑料绳给横七竖八地绑了个结实。

“雨心，回家后好好儿休养，定时联系，争取……尽快恢复，早日归队啊！”车子开动前，孟大海在窗边和队员叮咛着。“嗯……”雨心轻轻应了一声，还以了一个微笑……

西二环复兴门桥边，本地工薪阶层聚居的小区大院里。

和预想中的一样，两边都停满了轿车的楼间道路今天还是被占压得异常狭窄，费力寻找车位的铭鸣穿梭在其中转悠了好一会儿，总算是在拐角处发现了一点可以利用的空间，仗着车身小，勉勉强强地斜插了进去。而说起来，这辆车平日所都会停靠的专属车位，其实就在距这里不到一千米远的北京金融街投资广场写字楼的地下车库中。

知道女儿的朋友隔日会一起回来家里，张国柱昨天就早早备好了各种材料，今天一进家门，他便一头扎进了厨房，其他人刚把雨心的房间整理好，坐在客厅里还没说上几句话的工夫，一席家常但也丰盛的中饭就已经被男主人摆上了餐桌。

吃饭时，铭鸣很有礼貌，每次都要将口中的食物吞咽干净才肯开口讲话，而同时也一定会把筷子暂时放下到碗边。事实上通过这十几天来的接触，张家父母对他的整体印象也是相当不错，在长者们的眼中，可以认同这是一名懂事明理且富于家教的优秀年轻人。

“铭鸣，很感谢你这些天来对雨心的照顾，当然，也包括了在这之前，我和她妈妈可能还并不知道的你同样也为她做过的很多事。”张国柱把手收回到了桌面以下，虽然一脸暖意但也略带正式地向客人说道。

“哦，叔叔阿姨，这是我应该做的，雨心她对我也很好，为我也同样付出了许多。”铭鸣感到女孩的父亲将会有话要对自己说，便赶忙也放低了双手并向后靠了靠身体。

“铭鸣啊，如你所见，这里是一个普通的家庭，雨心是我们唯一的女儿。她从小练习体育，并没有什么太高的学历，认识和熟悉社会的机会也不多。这几年来，她运动成绩比较理想，又做模特儿，所以也结识了不少新的朋友。我和她妈妈从来都不会去过多地干涉她自己喜欢的事，或者人，我们只是希望，她所有的朋友对她都是真诚的。”张国柱友善地看着铭鸣，和缓地做完了可能是他近五年以来都一直在预备着的一段发言。

这位已是人到中年的老爸也曾无数次地设想过，当自己在这段话的出口那时又可能会是一种什么样的情绪与感受。是不信任的质疑，勉强下的客套，还是在极度失望之中的无味过场。不过幸运的是，这些想象中可怕的人生失意他的宝贝乖女儿都没有让他遇到，姑娘为父母带回到家里面的好心情是合意的认可与欣慰的祝福。

沈铭鸣当然也听得出来女友父亲这番言语的重要意义，他凝思了片刻后，真挚而坦率地回应道：“叔叔阿姨，我理解你们的关心，也完全明白你们的意思。我的父亲在从商之前和我母亲一样，都是在大学之中任教。从很小，他们就非常严格地教导我应该怎么做人，尤其是，该如何去对待自己所爱的人。”

此言一出，所有的人相视而笑……

饭后，铭鸣进入了雨心的闺房，参观中，他对那只陈列得满满当当且被黄雅英擦拭得光洁明亮的特制荣誉柜表现出了浓厚的兴趣。

“在我沈阳的家里，也有一只和这一样的柜子。”铭鸣抚摸着那些记录着一个年轻人成长回忆的金色纪念物，动情地说。

“哦？是吗？放的也都是些奖杯奖牌？”雨心问道。

“嗯，以前我弹钢琴得的。”铭鸣关上柜门，回过了身。

“噢……怪不得！”雨心似有所悟，她忽然感到自己对于男朋友的了解依然还是非常的有限，“也是，你家里条件好，能支持你。”

铭鸣端起他的茶杯，走到雨心轮椅旁的凳子上坐下，看着女孩美丽的脸庞含笑沉静了几秒，然后娓娓地言道：“在十二岁以前，我和爸妈一块儿住在大学宿舍的筒子楼里，家里买不起也放不下真正的钢琴。你知道，在那个年代，大学老师的收入并不高，而且我奶奶的身体也一直不好。那会儿，我爸用硬纸板给我画了一幅钢琴键盘的图样，当时很多家里没琴的孩子都是这么办的，我们白天在学校里几个人跟老师学一架琴，晚上回家后就自己用硬纸板再背谱温习。后来，父母攒钱给我买了一架二手琴，那是我拥有的第一架琴，立式的，老款深棕色，带点儿木纹的那种。自己的家里摆不下，就放在了奶奶家，我每天下学后都会自己去那里练，路不近，东北的冬天又特别冷……但我还是每天都会去。那里，是我童年里最喜欢的地方，有钢琴，还有奶奶做的熬白菜豆腐。喝上一碗热汤，我就开始练，练啊练，一练就练到了十二点，邻居们就又找上门来了。呵呵……”

倾听着面前这个男人所讲述的儿时往事，入戏的雨心不禁有些情思恍惚了，对她而言，这些似曾相识的记忆是那样地熟悉。“那如今呢，你还在弹琴吗？”

“偶尔吧，在我自己的办公室里放着一架白色的琴，是进入大学那年爸爸送给我的生日礼物，来北京时我把它带过来了。”说着说着，铭鸣好似也泛起了淡淡的怅然，“你知道的，我平时的工作并不轻松，公司同事们每天也都在很紧张地忙碌着，我还能找到机会去摸摸琴的时间大概也就只有在周末或者夜里一个人独自加班的时候了。而且……或许现在的我，也已经没有了从前那种殷切渴望着去追逐与呼吸音乐之美的热情和精力了吧。”

“这是为什么呢？是由于那些巨大的压力吗？”雨心之所以会这么问，是因为她已经从与男友过往的交流当中获得了很多可以让自己产生出这种感觉的信息。

沈铭鸣的父亲名叫沈红阳，经济学人出身，曾是东北大学金融系的教授，而那也正是他的儿子后来就读的科系。上世纪九十年代中后期，中国的金融投资市场飞速发展，沈红阳为了实现自己的抱负，放弃了教师生涯，与朋友合伙成立了一家私募基金管理公司。

私募基金的主要运作模式是：基金管理公司通过订立回报合约或协议共同出资

的方式向特定的单位与个人私下募集到不定数额的现金资产，然后由其所指定的基金经理代为负责进行市场投资，并力求去获得及分取到可能会由此而产生的资金收益与管理佣酬。

以沈红阳早期的创业之路为例，当年，以他专业金融学家的名气和社会关系，基金开始招募之后，很多有实力的企业家和金融界同行都纷纷慕名参与了进来，首期（信托项目）产品只一个月时间便募集到了一千五百万元。随后，亲自担任基金经理的他把这些资金主要投入到了股票与期货市场当中，有赖于决策者的敏锐嗅觉和中国金融投资市场早些年里的好光景，一年内，这些资金快速增值了 73%，即收获了一千多万元的投资纯利润。而沈红阳和被募集人之间所签订的提成协议是分取年度投资总收益的 20%，也就是说，这一年的经营操作让他的基金公司于税前进账了两百多万元的佣金收入。

这也正是沈家所赚到的第一桶金。

在这个喜人开门红之后的四五年间，沈红阳的事业可谓是一帆风顺、节节攀升，基金公司的规模与知名度都在不断地扩大，而旗下（多个不同类型理财）产品的客户回报与利润提留也皆是年年水涨船高。至 2002 年，沈铭鸣大学毕业并加入了公司，同年，沈（红阳）董事长把他一手创办企业的总部由沈阳迁到了北京金融街。彼时，“卓融资产管理（北京）有限公司”麾下最著名的拳头（信托项目）产品“沈阳”系列已经发行到了第六期，当期合计募集金额高达一亿四千万元。

这是多么美好的一切，沈红阳和被他寄予了厚望的独子铭鸣，这父子俩雄心满志、摩拳擦掌，誓言还要再接再厉、更上一层。

可谁知……天有不测风云……

沈红阳是在一次觥筹交错的慈善晚宴上猝然倒下的，那一刻，他正在向行里的老朋友们介绍着自己的儿子。但还好，在经过了十多个小时的全力抢救与数天 ICU（重症加强护理病房）昏迷的生死煎熬之后，接受了紧急心脏搭桥手术的中年病人终于挺过来了。

可是他再也不能像以前那样去工作了。金融圈子本来就是一个会给从业者带来极大的操劳强度、身体消耗与心理压力的充满了快节奏和高竞争的地方，尤其是作为那些掌管着动辄上亿元资产的，在有如是天堂与地狱般极端的庞大利益和风险之间反复博弈着的私募基金掌舵人们。多年来，无息无休地分析、核算、考察、调研、谈判、应酬，还有那副永远也推卸不掉且还只增不减的业绩重担，早就让沈红阳已经再不年轻的疲惫心肌超出了极限。这次从死亡线上侥幸回归之后，医生和铭鸣妈妈的态度都非常明确，积劳成疾的（董事长兼）总经理至少要居家休养半年，公司的事情必须放手。

那么，“沈阳六号”的执掌权该由谁来接任呢？

公司里的其他股东和高管们基本上的建议都是，要么就让跟随了沈红阳多年的第一副手接棒上位，要么，就干脆大大方方地招贤引士、另聘高明。但是卧在病榻之上的深谋远虑者却力排众议，做出了一个使所有人都倍感到意外的大胆决定。

举贤不避亲！沈红阳推荐沈铭鸣继任本公司首席基金经理并提请董事会决议。

而这一年，沈家所占有的公司股份已经接近了八成……

或许是中国私募史上最年轻的一位基金经理沈铭鸣，就这样在（既是）老板的绝对赏识和超凡信任以及（又是）父亲的刻意栽培与急切托付之中临危上任了。那时的他，虽然已有过了在大学四年中颇具斩获的独立（股市）投资经验（毕业后他用此所得购买了跑车），但是距离正式的入仕机构、初阵商海才只间隔了短短半年的时间。

而他为大家呈交上来的第一份成绩单也确实是如很多人所断言的那样并不理想。“沈阳六号”至一年期满之时的总回报率只有不到10%，不仅跑输了同期（股市）大盘，就连募集之初和客户们所签订的15%的提佣起始线也没有达到。这就意味着，基金公司在这一整年里的辛苦劳作全都白搭了。

可也真是啊，汹涌莫测、危机四伏的投资江湖又有什么理由会去特别地善待这位初出茅庐、青衿书气的虎父之子呢。

不出所料，此时几乎所有周边的利益相关人们都对沈红阳一意孤行的人事安排提出了强烈质疑。这其中，既有多年以来的忠诚投资者，也有公司内部的管理层与普通员工，甚至还包括了几位常在一起合作对敲操盘的其他投资机构中的业内朋友。

一夜之间，沈家陷入了前所未有的艰难处境。

于是，沈红阳在患病离职之后第一次回到了那间现在已经属于沈铭鸣了的偌大的总经理办公室，和接任者一起工作了一周的时间。在这一周内，他会见了大量的投资人与同行，解释并承诺了很多他们所关心的重大问题。对内明确了公司的年终业绩奖金按照去年的标准发放，基本安抚下了对企业而言最为珍贵的核心团队。同时，还落实执行了一项常人断难所及的英明对策，即用个人身家的资产补充进基金池中以保证来年资金募集额度的基础规模，并借此增强了投资者们的收益预期和入资信心。

一周之后，沈红阳结束了工作，回家了。

那一刻，挽救了危局的父亲对于未来的一切叮嘱就只是在家中的书房里单独对爱子所说出的这样一句话：“他们都愿意相信我，而我愿意相信我的儿子。去吧，铭鸣，用你的心把自己打造成为一个值得别人来信任的真正的男人。”

一个多月后，“沈阳七号”的总募集金额算上一千万自营本金的加入统共达到了五千八百万元。又一年过后，励精图治、兢业求进的铭鸣在险恶的（下跌）熊市中让这期的投资资金累计增值了12%。虽然依然没有越过15%的赢利红线，但却也让饱受了市道低迷之苦的投资客们看到了些许希望。并且，在沈红阳稳谋深算的投注之下，那自家资金的一百二十万元收益总算还是平安入袋了，而依靠着这笔如雪中之炭般宝贵的救命进项，“卓融募投”当年的经营收支也终于是没有再度出现赤字。

今日的沈铭鸣在继续打理着总金额七千多万元的“沈阳八号”，以及与之同步间已经开始募集了的拥有着更加宏大、进取的投资计划的“沈阳九号”，在经受了职业金融募投领域三年多来的洗礼磨砺之后，年轻的私募基金公司总经理已经学到了很多的东西。在父辈的希冀、旁人的眼光与市场的凶险所共同交织而成的并不平坦的事业与人生道路上，他，正在勤奋而坚实地向前迈进着步子……

“压力……呵，也不完全是，谁的生活中又没有一点麻烦和压力呢。可能，现在的我只是更清楚地认识到了自己所该去做的最重要的事情到底是什么了而已吧。”一些炙亮的午后阳光从窗口中漫进了雨心的房间，也照在了铭鸣平和的笑脸上。都说了今天的天气特别好，这会儿整间屋子里面的气息就像是生起了温馨的壁炉那样暖和。

“别光说我的事儿了，雨心，不如我也……向你提出一个问题吧。我很想知道，你为什么会一直把一只普通的小钥匙当作是心爱的饰物给佩戴在身上呢？”铭鸣对他女朋友的观察与阅读也可说是足够地细致了。

“哦，你说它吗？”抚着自己胸口前的挂坠，雨心有些小小的意外，因为她从来也没有预备过该为朋友们讲述出一个怎样感人的生命故事，才好去向发现了秘密的他们足够传情达意地介绍出这只看似毫不起眼的幸运小物件的身世由来。

“嗯……要从哪里说起呢？”雨心的思绪好似渐渐飘回了那些早已如箭飞逝了的青涩往日当中，她慢慢地转动着轮椅，让自己来到了窗边。“我上小学的时候儿，爸妈经常都会在同一天上晚班儿，而每到了这样的日子，我训练结束回家后就都要自己去开门，自己吃饭刷碗，自己读书写作业……把钥匙挂在脖子上就是怕弄丢了呗，那会儿我有好几个同学也都是像这个样子的……后来，我进了什刹海，按说就用不着再戴着它了，可是，却又变得不知为什么就总也舍不得再把它给摘下来了。没错儿，它陪着我长大，也陪着我迎来了运动生涯中最初的胜利，它当然配得上去成为一件会给主人带来一辈子好运气的珍藏纪念品……但是这些却又还远远不是我会希望能把它给永远都留在身边的全部意义。”

雨心无限神往地趴在窗台上，遥望着天空中的徙鸟与落叶，任由那深秋的清爽微凉吹拂着自己的长发。“我想是爱，是一种爱！期望、挂念与爱，这些美好的情感寄托和凝聚在了它的身上。我永生都不会忘记妈妈初次把它挂在了我颈上的那个夜晚，就好像是妈妈已经给予了我她所有能够给予女儿的一切。而也就是从那一刻开始，当这枚小钥匙陪伴着我行走在了青春的路上，不论是出去还是回家，感觉就都好像是有爸爸和妈妈的爱在相随与保护着我一样……一直到了今天。”

这是一段充满了浓浓爱意的亲情告白，感同身受的铭鸣就只觉得自己的心也都要被共同融化掉了一样。两个年轻人的世界沉浸在了一片被深深触动过后的寂静当中。

就这样过去了有大概几十秒吧，铭鸣轻声地问出了一声：“那以后……可以把我对你的那一份爱也算在里面吗？”

“好啊！”雨心回过了头，幸福的小脸蛋红扑扑的……

关于爱情，其实每个人都会有着他自己不同的标准，而且这种标准在大多数的时候里差别会很大。比如说，当有些人在尽情地高呼：这就是伟大的爱情！而另一些人却会在冷冷地旁观过之后去不屑地挖苦道：这根本就算不上是爱情，最起码，也算不上是成熟的爱情。

是从什么时候起，爱情被人为地包装成了一件适合以“伟大”这类令人精神亢奋的词藻去作为审美取向的事物？又是从什么时候开始，爱情的涵义和价值被过于理性地加载上了需要去用“成熟”与否来进行衡量的社会学延伸？

事实上，爱情很平凡，也本就很幼稚，它就如同是我们每个人自身一样，从无可选择的命运安排中来，往追求梦想的人生归宿中去。而在这一路上，你，和陪着你一起行走的那个人，你们依偎在一起的意义或许从来也不是建立在可以彼此得到与付出些什么的基础之上的。就像是在旅行吧，更多的时候，旅伴之间找得到共同喜欢的风景才是最重要的。

来听听铭鸣对此是怎么理解的吧。自从他把雨心的照片放上了办公桌后，包括朋友、同事还有父母在内的很多人几乎每天都会在他的耳边不厌其烦地问起：你跟那个女孩到底在相互喜欢着对方什么？是女方的美貌和名气，还是男方的才干与富有？而每到了这个时候，沈铭鸣就都会用一句极为简练的回答来表达出了他们两人的如一心声。

我们，会常常感动于一些能够让我们共同感动的事……

一个月后，雨心拆掉了石膏，受伤的部位恢复良好，暂时拄上一支拐杖就可以自己行走了。那么，在接下来的一段时间里，除了继续养伤，还可以……去做点什么呢？

哇，这一串也太大了吧！严冬里的隆福寺（老北京小吃一条街）依旧是火热的，因为在街两边那些用各种金黄与大红所装点而成的（店）铺头上，永远沸腾着的开水滚汤以及随着“新出锅儿”的吆喝声又被只只掀开来了的大竹笼屉，都总是会不断地用一团团浓香的高温蒸汽把你的身体和口鼻给统统裹绕在了它们的势力范围之内。这让必须要用双手来举着为女朋友刚买来的据说是她最爱吃的经典美味的沈铭鸣都有些看不清楚路了。而雨心就开心地挽着他的臂膀，两人边走，边你一口、我一口地轮番分享着这串每一枚果球都有如是橙子一般大小的超级水果冰糖葫芦。

电影院里，新一代的功夫巨星甄子丹拳脚如电，可真真是让观众们瞧了个眼花缭乱、交口称绝。影片散场，显而意犹未尽的铭鸣浑身都是劲，一路走过，他时不时地就要抢到女朋友面前去搞笑地耍弄几下拳头，向真正的专业人士不停地欠着招儿（北京方言，意为善意的挑衅、主动的玩笑），而嘴里还在有节奏地反复喝喊着：“嘿，嘿，杀破狼！雨梦拳心！”可是招惹得雨心好一番的娇呼讨厌。

注：《杀破狼》，中国香港，2005 年出品，编剧、导演：叶伟信，主演：甄子丹。

白色的三角 Bosendorfer（贝森朵夫牌钢琴），手指按动这琴键，榔棰敲击着音弦，曼妙而清澈的乐声在空气中绵绵飘逸，像是甘甜的泉水，像是爱人的亲昵。

雨心第一次来到了铭鸣的办公室，也是平生以来第一次如此零距离地拥抱到了一件纯粹的艺术品。此一刻，两个相爱的人并排坐在了演奏者的位置上，年轻的钢琴家轻舒纤指、写画情意，让那醉人的旋律丝丝萦绕，而用心的初学者则在他的身畔眷眷相依、随调点睛，使得这曲默契的和鸣更似是琴瑟鸾凤、珠联璧合。

如果这就是爱，那一切正当好时节……

浪漫的爱琴海！

经过了十几个小时的飞行转机，雨心和铭鸣顺利抵达了雅典，在休息了一晚之后，他们于第二天的一大早乘上了这班出航此片爱情之海的甜蜜游轮。

在这有如远古神话中的记载一般纯净无瑕的天地里面似乎只存在着两种当然的颜色，那便是延绵在了放眼无尽的苍穹和荡漾之间的蓝与白。

这里的大海是湛蓝的，天空也同样是湛蓝的，它们洁净并清透，深远且无垠。

遨游在此之时，请不要试图想用视力去穿越过任一边的纯色限界，因为那只会让你更加沉醉地溶解于了这幅海天至美画卷的颜料油彩当中。而这里的礁岩是洁白的，云朵是洁白的，海鸟是洁白的，甚至于岸边所有的房屋建筑也一律都是洁白的。那些白色在安抚着你的心灵，也在洗涤着你的魂魄，有的时候，你会把它们与海平面上的那些由太阳所映出的驿动光影混淆在了一起，而原因也或许就是缘于这些亮彩所共生共有着的高雅和圣洁吧。

这些宛若天堂之色的蓝与白其实也恰是雨心所最为崇尚的美感境界，以中国姑娘的感受而言，这好似就是一派为她所量身造设的理想而又极致的安静和简单。可能，那也正是希腊这个善于思考与创作的民族在绘就自家国旗的时候所想要表达出来的情感意境吧。

雨心紧紧依靠着铭鸣，两个人拥立在船舷栏边，直面着地中海上吹来的风。男士温柔地为他钟情的女子佩上了精心定制的项坠，一把由白色纯金和淡蓝宝石所共同打造而成的珍美小钥匙。作为一件出现得恰到其时的定情信物，这一定是非常贵重的吧，不是指它貌似奢侈的物质价值，而是所蕴含着的那颗献上了至真感情的爱人之心。

这一刻，二十岁的女孩子成功地体会到了一份于人生当中还从未相识过的喜乐，一份略带着生涩与朦胧的，衍生并建立在了某种可能是全新的生活选择之上的希望和满足……

伊兹拉岛（Hydra Island），爱琴海上的明珠，无数艺术家与思想者们隐居的世外桃源。临近中午时分，满载着登岛游客的轮渡抵靠到了港口码头。

这座孤岛上没有一辆汽车，去往酒店的路上可以选用的代步工具居然是毛驴，这让来自中国的一对情侣异常兴奋。雨心还从没有骑过毛驴，铭鸣也是。

粗糙的灰白岩石所铺就的巷间小路崎岖狭窄、细若羊肠，走上去的感觉仿佛永远是在上着或下着一级级陡峭的台阶。而路径两边的房子依旧是那样别无二致的白墙蓝窗，兴许是因为离得过近的缘故吧，它们显得又高又大，在与之擦肩而过的时候，雨心总是会被人家摆放在窗台上的盆花绿叶触摸到额头。

此地，游逛着癫疯的诗人，伫立着忧伤的作曲家，行走着严肃的修道士，也闲坐着慵懒的皮鞋匠跟他的咖啡和猫咪。这里的安宁悠然与典雅气质就像是还停留在了文艺复兴运动逐渐兴起之后但大航海时代还尚未揭开序幕之前的十五世纪初，那个欧洲最为美好的年代之中。而像这般的令人安然及陶醉的怀旧复古风情在雨心小姐那无忧无虑的童真回忆里面或也是并不陌生，走着走着，她便已不知不觉地闭上了眼睛……

雨心他们入住的酒店在岛上有些名气，规模虽并不算大，却是在客房庭院的美化与布局上面别具一格、独有匠心。铭鸣开好了早已预订过的房间之后，神秘地向身边的女伴暗暗提示到：这里的美妙风景一定会给你带来一个特别的惊喜。

走进自己位于一楼的套房，首先引起雨心注意的是阵阵悦耳的海浪之声。这是一间海景房吧，女客人随声望去，果见到了窗外远方的澎白波涛，原来这房间就建在了面海方向的悬崖峭壁之上。雨心当然很想去看看崖下的大海，但转眼中却又发现，在窗子那一壁的墙上还有着一扇门。这就有点怪了，难道屋外还别有着什么洞天不成？女孩没有迟疑太多，好奇心让她径直地走到了这扇未知的门前，并且推开了它。

啊！……这里……是梦幻的仙境吗……

举目之地，鲜花盛开。

Sea & Flowers（海之花）酒店的著名美景，爱琴海边的芬香花田。

桃红的郁金香、明黄的风信子、油绿的橄榄花，还有素白的雪银莲，一起成长在了这片清冷崖边的丘陵斜坡之上。许是缘于日夜海潮所送来的滋养和润泽吧，这些平日里娇艳欲滴的靡靡尤物们在此处都出落得茂郁挺拔，更是多见了几分勃勃之傲然与生意的灵性。

海风拂过，千枝招展，先好似这七色之汪荡起了芳菲波纹，又恰如那碧蓝边缘围上了霞彩虹晕。真就是个天海一色，花海一景，人间尽头，正在梦中。

面对着花与海，雨心没有回头去拿相机，也没有急着寻找或呼唤铭鸣，她只是柔弱而又平静地缓步来到了花丛中间，在一处略有空隙的锦簇之旁席地坐了下来。然后，姑娘将头轻轻地贴在了膝盖上面，用嗅和听，放自己飞向了一个尽善尽美的世界……

我们每个人在这风风雨雨的一辈子里都总是会毫无例外地经历上几次或大或小的人生道路的改变与转折，不论你是富庶、贫穷、幸福、悲哀，功成名就、风光无限，还是庸庸碌碌、一事无成，全都一样。那或许是由于包括了自我否定在内的对于生命认知的主动重新定位，也可能是因为生活的突然巨变而不得不去为之的无奈被动迁就。可以说，这件事本来就注定是只要在活着即无可避免的必然际遇，且它的本身也并不存在着什么绝对意义上的褒贬与对错，究其本质，其实也就仅仅只是从前几年、十几年中的不可知又走向了后几年、十几年中的同样不可知那般而已。

一个凡人，穷其一生的所有行为及决定，无非就是在追逐着他于梦想之中所想要得到的那些东西，或者说就是希望用他自己喜欢的方式让生活变得更好。而所谓的人生道路的改变与转折显然也正是包含在了这个范畴之中的。只不过，现在唯一的问题就是，你到底该用一个什么样子的办法和标准才能更好地去加以明确并有效地维护到，自我在面临着这类问题之时的那份生而为人的根本利益！

虽然并没有这么地系统与深刻，就只是在模糊之中有了一点浅薄的触及，但是当雨心的心神于花海间忘情畅游的时候，她确实是在这么感想着的。

这或许该算作是一件好事吧，因为看上去，她离自己一直都在苦苦寻找着的那个生命之问的终极答案已经越来越近了……

……

从欧洲旅行回来没有几天，雨心忽然接到了一个电话，来电者是一位她非常熟悉但却也永远都琢磨不清其葫芦里到底卖的是什么药的好朋友。

隋清跟雨心说，今天想要到她家里来借宿一晚……

“怎么了，出什么事儿了？”从车站接到了只斜挎着随身背袋的好友，雨心关切的询问当中还带有着不少担心与焦急。

“呦，脚好了？看着走道儿还挺利索的啊。”可隋清那张笑嘻嘻的嘴脸还是这一副其每每都在惯用着的顾左右而言他。

雨心房间里的卧床够大，足可睡下两个女孩，添上了一床枕头被子，借住人就也不用委屈到客厅的沙发上去了。黄雅英看到隋清来了后倒是比自己的女儿还要更高兴上一些：“哎呀，小清啊，有三四年都没见啦！还没吃晚饭呢吧，阿姨给你煮饺子去呀……”……

“啊？那你不等于是离家出走了吗，你爸妈不急死啦！”熄灯后，隋清终于还是在同床密友的追问之下道出了今日的实情，而雨心则也是不出意外地为之吃上了一惊。

“也算不太上吧，就一宿……再说，我也给他们留条儿了，就当是象征性地意思一下儿呗。”隋清说得倒是轻松自在。

“这种事儿也有意思一下儿的呀？”隋清同学的世界雨心实在不懂，“那为什么吵的架啊，还是为了上学的那些事儿？”

“……不说这些了，这么多年，你也听烦了吧……”隋清的语调有点消沉了……

今夜的天空并不晴朗，蒙蒙的薄雾中压着一层湿潮的阴霾，看样子快要下雪了。

“雨心，建秋儿把你脚掰折的时候儿，你疼吗？”沉默了一会儿，隋清奇怪地发问。

在去对这个问题作答之前，雨心沉默了更长的时间，足足消磨了一分多钟后，她才幽幽黯黯地回道：“疼啊，能不疼吗……”

隋清望着天花板，轻轻地叹了一口气："雨心，你还记得小时候儿我也曾经问过你类似的话吗？就是在……咱俩已经通过了什刹海的试训，但还继续留在柳荫街坚持着训练的那段儿时间里，有一次我问你挨了微姐的那一拳疼不疼，有印象吧？"

隋清怎么突然提起了往事，这不像是她的风格啊，雨心倒是有些意外。"有，我那会儿还反问你，那你挨了大迎儿的那一拳疼不疼啊，然后你就说是你先问我的……后来，我跟你讲的好像是，疼确实疼，但是是让人高兴的疼……"

"那时候儿，谁能想得到今天的事儿啊……"隋清这句话接得让雨心真是有些无言以对了，大伤初愈的姑娘知道，老朋友的这一番感慨应该不会只是漫无目的的闲聊叙旧，后面她一定还有别的什么接着要说。

"知道我为什么会选择练散打吗？"反正也是睡不着，既然已经开启了话题，隋清索性披衣下地，摸着黑来到窗前拉开了丝帘。向外望去，路灯光影之下那闪闪点点的微量晶莹似已开始飘飘而落了。"那一年，我决定进什刹海的原因其实很简单，就是因为上专业体校需要住校，可以离开家……"

坐回床边，隋清如是往昔思忆泉涌心头，就且听她细细地道来吧。

"我从小儿练了两样儿东西，除了散打还有中提琴，这你们应该也都知道的。当年，在那么多的乐器里边儿我怎么单单就选上了中提琴呢，呵，其实也是我妈帮我挑的，理由儿就是那玩意儿够冷门儿。要知道在管弦乐队的体系里，小提琴和大提琴都是可以用来去领衔儿独奏的，而唯有中提琴是鲜见有独奏曲目，其存在的目的更多地就是为了去给集体演出进行和音与伴奏的。也就是说，它是永远都成为不了主角儿的天生配角儿，但却又是在每一支乐队里面都确实不可或缺的重要一环。我妈当时也正是看上了这一点，愿意学它的人少，但只要是正经去学了，将来能够被选拔进入正式乐队的机会就很大。不图在专业领域里的大红大紫，只求到升学加分儿时的稳定实用，嘿嘿，我妈最聪明了！

等到了小学六年级的时候儿，我学习成绩不错，散打和中提琴也都练得挺好的。我妈当时的意思是，首选当然是去上重点中学，之后可以只保留下一项的特长训练，等到了升高中的阶段再继续去用来加分儿。要是按照这样子规划的话，那保留下来的就一定会是中提琴那边儿了，因为那时如果想要坚持练体育就必须得进入正式的体校，上普通初中是肯定没法儿兼顾那么系统的专业训练的。可是……我就是想去练散打，我想要自己选一回，也想要离开家住了校以后，能够获得到更多的可以自己去选择的机会。

秦老师推荐咱俩去什刹海试训的事儿，我家里一开始是没兴趣的，是我给他们来了个欺上瞒下。我跟秦勇说，我家里完全同意我上体校，然后又跟家里讲，教练说了，去什刹海体校试训的话，选上了可以上也可以不上，但只要是收到了录取信，很多重点中学就都会免试招收啦。就这么着，到了试训那天我爸就陪着我去了。现在想想，幸亏我不是在柳荫街上小学，加上那会儿的通信也不发达，我爷爷也不太懂得这些事儿，要不然早就露馅儿了。

后来，看见录取信寄到家里来了，我的心里就也有底了。可是我妈随后把相关的情况也全都给打听清楚了，所以她也就根本没把这封信给当回事儿，还是照着原计划要让我去考重点初中。那我呢，呵呵，现在回想起来那会儿也真是够胆儿大的，我故意在升学考试的时候儿把所有选择题的答案都给填串了一行！结果，分数儿不够，重点学校进不了，一般的学校又不愿去，最后，靠着我爸支持我，就进了什刹海了。

再后来的事儿你就都知道了。我妈托人走后门儿给我找了一所私立中学挂了个学籍，而我跟我妈达成了一个协议，每年参加人家的两场期末考试，如果总成绩进不了年级前十就立马儿离开什刹海，转回到那所普通中学去踏实上学。

唉……这么多年，初中、高中、大学，都是这么过来的，每到一次升学的坎儿，家里边儿就都得闹上个一半年。我妈永远是想逼着让我退役，好回去正经地上学，而我也永远是想先坚持练着散打，然后再跟她商量出一个折中的办法能去同时保证延续着学业。到现在，又涉及到了考研或是就业的问题了，更复杂了，尤其是目前队里还是这样儿的情况……

雨心啊，你说，我累不累……”

“累，的确累，要是我，早累死了……不过，你刚讲的那段儿进什刹海经过的内幕还真是头一次听说啊，够机密。要换了我，给十个胆儿也不敢这么干，而且，也绝对想不出像你这么阴险毒辣的诡计。”雨心在某些方面对隋清是心悦诚服的，这么多年来都是这样。

“哎呀，跑题了，还说不讲我这些事儿了呢，又絮叨一遍，成祥林嫂了。”隋清又摆出了她那副标志性的鬼脸，讪讪地言道，“我只是想说啊……时光不回头，世事难预料，一眨眼就已经走过了千山万水，却又好像已然忘记了自己是为什么会来到这里的了……”

这话是说给我听的吗？雨心暗自思量，但并没有吱声。

于是，房间里宁静了好一会儿。

“我……是爱着散打的，还有自由搏击，它们值得我去受那些累。”在雨心都已经有些迷糊而就快要睡去的时候，隋清又开口了。

“一个人愿意长时间地去坚持做着一件事情，并且为之不断地付出与牺牲，可以是有所图，也可以是因为爱。升中学时，我选择进什刹海去练散打，其实最大的目的就是为了可以离开家、离开我妈，这在本质上和我妈最开始为了上学加分儿而让我去练体育也没有什么区别。比不上你啊，纯粹就是因为自己喜欢。

不过到后来，练着练着感觉就不一样了。可能这就是人吧，人都有感情，和一件事物在一起共同生活的日子长了，就会把它也当成是自己生命中的一部分了，再也离不开了。对它生出了爱，也生出了梦，而心也就都溶在那里边儿了。

就像中提琴也是一样的。初中的时候儿，我每周末还会再去找老师练习，但到了高中以后，器乐方面就已经不是重点了。不过，我在家里只要一有了空儿，就还是会把琴拿出来拉一会儿，不为任何事，也不为任何人，只为了……拉给自己听。”

隋清说到这里时，雨心想起了铭鸣。

隋清接着说道：“雨心，其实我自己也有自知之明，除了脑子好使点儿，我在体育天赋这方面可真是差远了。不论是你、建秋儿还是大迎儿，你们天生就都是当运动员的料儿，而我却不是。这一点，我在进什刹海之前就已经明白了。但是呢，我这个人好就好在观察与把握生活还算挺清醒的，我了解自我的定位，也耐心地去照着那个方向努力了。或许，对于咱们的队伍来说，我……也就正是那一把负责粘粘补补的中提琴了吧……”

“这只能说明你还是有那个动力和余量啊。”此话怎讲？有点昏昏欲睡的雨心似乎也是随性而言，此时，她对好朋友道出了自己心底的真实看法：“这么说吧，你要是学习效率没有那么高，成绩也没那么好，散打跟上学只能顾一样儿，你挑哪边儿？”

这一问完全是来自一种不同的角度，隋清听后沉思了片刻。

“我之前也确实有设想过这样儿的情况，说实话，我想我还是会优先去顾及学业的。但是呢，也存在着例外，在我的生命之中有那样一个时刻，如果你刚好在那时向我问起了这个问题，我将毫不犹豫地告诉你，我会选择搏击。那就是在我击败了诗梅丽的那一晚。”稍有些不同于以往的语气，隋清略带感怀地答道。

“不过还好了，我觉得这种会让人做出完全不同选择的行为逻辑于实质上倒也并不是什么不可调和的矛盾悖论。人的一生本来就是一个于自我的理智与情感之间在不断游走和平衡着的动态过程，而且，每一个人也都会根据着自身幸福观的不断变化，去在内心之中把‘喜欢什么’和‘什么会让你的生活变得更好’这两样认识或恍然大悟，或润物无声地持续地相互转化并统一着。普世之间，概不出此道理。”

又出现啦，隋清的哲学家大变身！虽然在这几年以来已是难得一见了，但只要是一出口，就还是那么地让人感觉到莫名其妙的厉害。而每当到了这种时候，听得云雾缭绕的雨心就都会静静地先去等待上一会儿，因为高论者在接下来的补充说明里是会对自己的深奥谈吐去自行做出讲解和翻译的。

“来举个简单的例子吧，比如说你喜欢着一件事情 A，但是另一件事情 B 却才是实际上你最应该去做的，那么可供你选择的解决办法都会有哪些呢？一，是去把你喜欢的这件事情 A 变成你更加应该去做的。二，则是说服自己同样去真心地喜欢上那件你最应该去做的事情 B。放眼当前的中国，愿意选择第二种方式的人们会多一点。”隋清聊天的兴致越来越高了，状态也是出奇地好，“当然了，事实上这两种方式本身也没有什么绝对意义上的高低上下的分别，它们在现实生活里所占到比例的消长也无非是受到了当时社会上主流意识形态中唯心与唯物倾向的左右而已。但只不过，在某些极端的情况下，前一种方式的偏爱者会去痴迷于炫耀着专属于殉道士的华丽勋章并亢奋地大谈着诸如是‘信仰’‘无价’等这类永不褪色且沾满了能量的超级褒义词，然后把一些实则上急需要改进完善的年轻人们都塑造成了一味固守着偶然先入信念而拒绝前行的自我中心主义者。而后一种方式的践行人则会是在急不可耐地给自己贴上了类似于‘改变’或‘革新’这样说起来时髦儿但实则上却是再为古老不过的闪闪发光的新品标签之后，便很快就沦落为了如同是被凶猛的推销员们所包围着的优柔寡断的购物主妇一样的可怜而又迷惘的失重漂浮物。

唉，怎么办呢？感性里面怕有盲目，而理性之中似乎也同样逃不出局限。

呵呵……其实呀，人生不也就是短短几十年，又有什么可去烦恼为难的呢？当你不知道该要怎么办的时候，用真实的感受去思想一下，然后大胆地忠实于内心里面的那个自我就足够了。大地之上的万事和万物，阴阳互补、因果循环，走路时不管是左还是右，先迈出哪一只腿又能错到哪里去呢，反正你马上就还要接着再迈出另一只了。只要，我们都能够明白，自己一定要沿着梦想所指明的那条道路一直坚定地走下去就行了。

所以说到底啊，最重要的还是心和梦想这两样东西。有了梦想，咱们在谈论当中所设定的 AB 标的以及那所谓的两种选择方式才会有着存在的意义。而也唯有真正用到了心，你在……自信和坚强之中……所做的……永远不会失败……幸福……明天……”

好个绝顶聪明的思考者，见隋清语若悬河、尽吐觉悟，不相熟的可真要误以为是碰到了一位通透哲理、洞悉宇宙的圣人先贤级别的高师大家了呢。不过对于张雨心来讲，发小儿（北京方言，意为从幼年时起即要好的朋友）闺蜜的特异才华她却早已是见惯不惊、习之如常了，而且于大多数的时候，女孩子们在怎么听也听不懂的玄奥道理面前，可去做的往往便也只好就是不能自觉的充耳未闻和心不在焉了。

就好比说是现在的雨心吧，隋清的声音在她的大脑中正慢慢地减弱、迷蒙，并最终于断断续续之间彻底地消失了。因为，她已经睡着了。

一个很有趣的数据，在张雨心的生命过程当中，其实有四分之一的睡眠时间都是和隋清同处于一间寝室内的，而如这样在临睡之前的交流谈天也可能早已就是她们两人之间最最稀松平常的小小随意了吧。但或许也正是因为如此，心思还完全留在了那片大海和花丛之中的待客女孩在这一晚里令人惋惜地忽略掉了本次倾谈出现的时点敏感性与起因诡异性，并且，也错过了很多对其而言实是极为珍贵的劝引开导和金玉良言。

当然，我们也可以这样去理解，在这个所以被称之为是传奇的长篇故事里面，那一终极答案的掘取与获得，本就也不该是如这般快捷而轻易地一点即破。

命时未至，天机岂可先谙？你听不懂，就意味着你还不懂……

前半夜的小雪加上后半夜的大风，数九天里的北京城露出了酷寒降温的狰狞。至清早，柏油地面上就像是结起了一层薄薄的浮冰，踏上去滑滑的，而每位痛苦的路人也都不得不把自己包裹成了一团团喷吐着白色烟气的厚重棉绒球。

吃过早饭，雨心陪着隋清去公交站等车。

“你知道建秋儿她妈来北京了吗？”伸头去看，公交车已是徐徐驶来，隋清忽然扒开了捂住口脸的毛线围脖，又一次出其不意地抛出了话题。

“啊？建秋儿她妈？”天知道雨心该怎么回应。

“听说是来北京看病的，还动了个手术，现在跟建秋儿俩人租了间房，一块儿住着呢。给你……”隋清向雨心递过来一张纸条，看样子是她提前就抄好的，“地址，电话。”

“这……给我干吗呀？我……”嘴上这么说，但雨心还是接过了纸条。

“哎呀还有座儿呢，走了啊！”再看隋清，已经……

攥着还带有余温的纸条，再追望着渐行而远去的公交车，雨心可真是有了点想在隋清的大腿上去狠狠掐上一把的冲动。她现在才有些明白了这个家伙为何昨晚会跟自己东拉西扯了那么许久，还有，其实压根就是为了什么目的而来……

两个小时以后，“十二层”的主教练办公室里。

看看成金龙那张极不情愿且又苦恼难堪的脸，所有人就都知道他一定又是被人绑架在了某场令其烦乱而压抑的谈话当中了。昨晚，俱乐部就已经接到电话，说是隋清失踪了。坦白讲，大家对这件事情本身其实并不怎么担心，不过何耀强的一句话却是让整个教练组都陷入进了空前的紧张与恐慌之中。他说："看吧，明天上午就是决战的时刻了。"

果不其然，今天刚一上班，贵客就登门了。那便是什刹海女子散打/自由搏击队里最为知名，同时也是最为难缠的队员家长——隋夫人，以及她初次露面的丈夫。

久违了，蓉蓉姐！

叶蓉蓉和十几年前相比消瘦了许多。她还是留着蓬松的齐耳短发，但在额角和鬓根的深处已经毫不意外地染上了一丝丝难以隐藏的银亮灰白。她的口唇依旧红艳，脸上也扑遍了浓重的水粉，可是，如若向其黑框眼镜的边角之下望去，那些写满了操劳与憔悴的岁月痕迹却也早已是在这里结成了太多如同鱼尾一般形状的皱褶纹路。

她此时正牢牢地掌握着这场足够开诚布公但却绝不融洽友好的谈判争斗的攻击主动权："成指导、何指导，咱们现在还去谈什么瓜甜不甜的根本就是一点儿意义都没有，我们家想要的就是生活，正常的生活！你们或者其他人愿意怎么去过自己的一辈子跟我们家没有关系，我个人也没有资格去干涉，但是清清她不行，她的正常生活已经被剥夺了这么多年了，作为她的母亲，我此刻的天然义务就是要让她立即、无条件地回到正确的选择和轨道上来！想说服我是不可能的了，你们也别白费口舌了，明摆着的事儿，再多打两年对她有什么好处，推迟考研对她有什么坏处，咱们都别揣着明白装糊涂。我话说得直一点儿，她跟你们这队里其他的队员天生就是不一样的，她拿不着赛场上的顶级战绩，但是可以拿到职场上的顶级高薪，她当不了什么耀眼的明星模特儿，但是可以成为一名精英的律政高管！她的未来绝对不可能是个职业运动员，她最终一定还是要去继续求学深造，然后开创属于自己的成功事业的。再耽误上她两年，你们队里无非就是多一个替补，可是我们家呢，可是她呢！你们为我们家考虑过没有，为她的青春和前途考虑过没有！"

叶蓉蓉连珠发难、炮火凶猛，但平心而论，确也不失有五分的道理。见对手一时语塞，似有怯势，她便更是一通尽出了全力的穷追狠打、不依不饶。"两位没有孩子，是不了解一位做母亲的女人的心情的。十几年了，从清清懂事儿、上学开始，我就没有一天不是为她的成长、为她的未来在倾注心血，在吃苦受累。没有节假日，也没有个人的空间，她需要什么我就去给她找什么，她去学什么我就也跟着学什么，我不是在为自己活着，我就是为了她，为了她这个我们全家最大的也是唯一的梦想在活着！可是，自从她练上了散打，我们家又换回来了什么？是提心吊胆、骨肉分离？还是每学期去中学校长家里送礼时赔的笑脸儿？退一万步讲，这些都不算什么，但是现在她已经二十岁了，马上就要大学毕业了，她的人生也必须要去进入到一个新的阶段了，可你们还是拒不放手，还是舍不得还给她自由，就是为了要榨干她的最后一滴光阴，让她接着给什刹海打比赛、拿金牌？你们这是想毁了她的一辈子，还是想废了我们全家的念想儿，要了我们全家的命！”

隋妈妈的这一顿血泪控诉若放在常人听了，定是会被斥得心惊肉跳、羞愧难当，意志稍薄弱点的可真是就得立马拉开抽屉打报告，直送上报北京市体育局给人家女儿调档案办退役去了。但是，对于此时就坐在了茶几另一边的正在承受着这新一轮悲愤讨伐的成金龙与何耀强来说，他们却已是早就对此领教久矣、近乎免疫了。

只见耀强礼貌有加，笑呵呵地应道：“叶大姐，您别激动，别激动……您强调的这些情况我们都清楚，也都理解，而您站在一位母亲的立场上的所有的盼望与要求我们也是一定会去予以尽量地满足，尽量地满足……但是首先呢，咱们还是要明确一点，那就是作为隋清从事专业体育训练的教练员们，我们为她的成长也同样是付出了不少，而且毫无疑问的，运动队和家长这两方面对于孩子的培养和爱护的共同愿望与利益也肯定是一致的，您说对吧。当然了，决定是否继续运动生涯的最终选择权在于包括了其家庭意见在内的运动员自身的原则，这在我国体育系统的现有人事制度下从来且永远也都不会被改变。就于这一点呢，您大可放心，谁也没有权利更没有能力去强行做出违背别人意志的工作安排，那是违法的，是不是。所以说，我们散打队以及俱乐部现在建议，是建议啊，隋清再坚持多打两年的出发点呢，也请您一定相信，肯定也是充分地考虑到了这么做确实是对她自己也非常的有好处的这项根本的因素。您看啊，近些年来，职业自由搏击运动的整体发展速度很快，国家也相当地重视，政策啊投入啊各个方面都有保证。国际上呢，形势也不错，听说目前包括了中国在内的不少国家就正在一起商讨着，要……”

“哎哟我的何指导欸，您可别跟我再唱这些啦，您当我们都不看电视不上网哪！”叶蓉蓉粗鲁地打断了何耀强的话，紧跟着便又是一番出言不逊，“全运会上那一出儿闹得还不够大啊？据我所知，之前跟我谈过几回的那位陈主任不都因为这事儿背了黑锅给调走了吗！国家重视？国家重视能罚你们无限期停赛？本来我都不想提这一壶儿……还对清清有好处？说句不中听的，待在这种地方儿对她能有什么好处！”

“咚！”成金龙重重地把大茶杯蹾在了桌面上，显然，这个女人的话深深刺痛了他某根正值敏感且一直紧绷着的神经。“隋清母亲，我听您这话说的，好像总是觉得我们运动队欠了你们家的，我就不明白了，这到底欠在哪儿了？当年进什刹海、入体工队，谁也不是被逼着来的吧，不都是家儿家儿自愿送孩子来的吗？哦，你们家闺女吃着国家的运动员贴补，自己的学习还一年都没耽误，这么好的事儿就想着给人家中学校长送礼赔笑脸儿呢，我们这儿开特例，批给隋清各种事假去听课考试，允许她不住宿舍搞走训，还需要什么证明什么文件的拿过来二话不说就给盖章，这不也都是独一份儿的特殊待遇吗，可怎么就没见着您给我们这儿也送点儿礼，留个好脸儿啊？还有您那儿一口一个怕耽误了她的青春前途一辈子，可真逗了，大前年就跟您说了，整个儿北京市体育局就俩名额，北京体育大学武术学院现代搏击运动理论与管理专业本硕连读保送，抢破了头给她挣了一个回来，有什么不好的呀？您刚提那陈主任就这门儿毕业的啊，三十五岁不到（时就成为了）副处级干部儿，对不对？是您自己看不上，下定了雄心壮志，让您家高材生就得非北大清华不考，除法律经管不学的啊，怎么现在考研遇着了点儿压力，就又竟然一嘴赖回到我们头上了呢？咱最后再说一个，您刚讲了句不中听的，那我就也讲句不中听的，您家隋清姓什么啊，姓隋，她不姓什刹海！您也说了，她今年二十了，已经二十岁的成年人，脑子又那么明白，什么人对她好，什么事儿对她好，她自个儿分辨不出来吗？您身为一个母亲，把二十岁的大姑娘骂跑了一宿没回家，现在反过头到这儿找我们这帮外人算账来，您觉得合适吗！”

再度爆发了，平素里少言寡语的成金龙主教练鲜为人知的隐藏实力！话说起那年在处理与柔道队的打架事件时，郭雯雯曾跟着成指导去过一次校长办公室开会作证，而在晚上回来后，她并没有急着去向队友们描述校领导的意见和态度，倒是首先在依旧的激奋难平当中对大家惊叹地赞颂道：“这回我可算是见识着了，什么叫作真人不露相，就咱们家成老大要真是发起了脾气较起了真儿来，那可实在是太能吵了！”

站在旁观者的角度上，我们也完全可以理解这样的局面。不管叶蓉蓉女士的率先失礼是出自其傲慢性格当中那固有的自私与偏见，还是缘于了一位万般焦急下的母亲所无可避免的慌不择言，总之她无疑是尖锐地触碰到了成金龙心中那块最为忌讳的痛处。而由此所引发回来的这个性情极端自尊且刚硬的男人的以牙还牙，也就正是所有人都可想而知的必然结果了。此刻，没有丝毫的必要去质疑这两名成年人的自我修养度与处事容忍力，他们只是在非常真实地争论着一件各自都特别在乎的事。

不过显而易见的是，就今天矛盾的双方都正在承受着的即时心理压力来看，貌似强大的女人所具备的抗讽刺挖苦能力比之她的男性敌人可是要脆弱得多的。这边成金龙的话音一落地，屋子里的氛围便随即转入了一种僵持与尴尬的凝滞状态，而在十几秒后，重又打破了这一僵局的是叶蓉蓉的抽泣之声。

没错，她哭了。

“都有理，你们都有理！生女儿养女儿，一切都是为了她好，我有什么错儿吗！如果有一天要让其他人拿自己的命去换清清的命，你们有谁会去，全天底下会去的还不是也就只有我这当妈的一个儿！……几句话说不对付扭脸儿就跑了，一天一宿也不回点儿音信……外面的天儿那么冷……”

叶蓉蓉已经无法在潸然之中继续说下去了，她现在想要去做的唯一事情就是痛快地哇哇大哭一场，身边有没有别人看着都无所谓。

眼见着这般从未想象到过的突发状况，对此毫无准备的成金龙与何耀强也立时便失去了方才的侃侃大气，他们甚至在这一瞬里体会到了某种于此生之中还绝无仅有过的自恨负罪感。而这种感受也同时告诉了二人，所谓清官难断家务事，或许此刻发生在了这对很具有代表性的中国母女身上的问题的复杂与难解程度，本已就是远远地超出了实与旁观者无异的他们所能够去掌控及参与的范围。

于是，何耀强就也只好是在有些自责与难堪之中很无奈地向队员母亲礼节性地劝解安慰道：“叶大姐，您千万别着急，隋清她是个心里有数的孩子，她……”

“蓉蓉，不要这样。”

这是一声柔和的、淡定的，更有些随性的声音，而伴着话语，一只宽厚且温暖的手也适时地抚上了女人颤抖的背，就像是将一股足以平复心灵的力量注入了悲伤者的体内。请不要忘记了这位男士的存在，叶蓉蓉的丈夫、隋清的父亲——隋峰先生，在旁听了这场明显缺乏建设性的争吵多时之后，终于开口了。

“两位指导，内子有些失态了，家家都有本儿难念的经，她不过是爱女心切，还请不要见怪。”隋峰的微笑让人觉得亲切而踏实，加上其充满着善意的口气和语速，不禁会使人产生出了这样一种心理印象，即他是一个不太会为生活中的绝大多数烦恼而去忧心的男人，并且，也根本就没把眼前的这番吵闹当成是什么大事。“清清的事儿呢，确实是挺让我们家里操心的，而造成了目前这种情况的原因是来自于多方面的，其中一些症结的部分也绝对不是通过咱们几人间的协商就能够去有所改变的。因此我想，既然大家都很不容易，而且也都是真心的为了孩子好，那么，如果还想要妥善地解决好当前的这些现实问题的话，能否做到去尽量地换位思考与相互体谅就变得非常重要了。”

愿闻其详！成金龙环起了手臂，向椅背上靠稳了身体，并充满了期待地注视着这位少有的能够在初次见面之时就使他产生出了好感的谈话对象。主教练还依稀记得队员与自己曾聊起过，她的父亲是一位自学成才的报社总编，平时很爱跟女儿探讨些政经时事、典故道理什么的。今天，如是把破解难题的最后希望寄托在这位头发花白的男性家长身上，会不会要比去继续艰难地面对他的公务员妻子将更加可行一些呢？

接下来，隋峰不紧不慢、字字妥帖地摆明了自己的见解：“其实在我看来呢，现在最需要去加以研究的核心课题早已不是在搏击与学业之间到底该要谁取谁舍的忍痛决断了，而是究竟如何才能做到让它们在新的阶段里还依然可以同生共存，并且也能够把相互会对彼方所造成的消极影响给降到最低。年轻人嘛，多一条路可走总不是什么坏事儿，左右确有两难的时候儿也很常见，手心手背都是肉，非要逼着他们立刻去把选择都给做绝了也未必就好。咱们都是过来人了，这种痛苦的经验……或许也都还没有忘记吧。现实地说，清清她现在已经完全认死了要去继续从事搏击运动的这个理儿，想要强行地再将其给扭转回来，需要付出的代价乃至风险的成本都太高了，不值当。所以，还不如就在已经确定把握住了大方向的前提之下暂且一切照旧、顺其自然，留给她足够的信任及空间去试着实现自己那个总也抛舍不掉的青春之梦。而至于这个大方向原则的具体内涵嘛，在我理解的，应该就是要非常清晰地确认到，清清她是否已经完全具有了足以支撑着她去独立地思考人生与未来的，一个有能力那样去做的人所必须具备着的文化知识、逻辑条理和社会经验，以及，是不是也真的用心去理智地、负责任地充分思考过了。

在我们前天于家里的交流当中，她讲的一些话我很赞赏。她说，她从来也不怀疑搏击运动同样可以带给她一定的成功，但也承认，就于自己的人生而言，这种成功的获取效率是要显著地低于求学或其他一些她更为适合的成长规划的。不过，她又说，既然上天已然不可更改地安排她爱上了搏击运动这件事，并也恩赐给了她那个童年不变的美丽梦想，那么，她就也必须要去尽到自己对于自己的生命所理应要去尽到的，就像是一条永远也无法拔起的根那样的深深的职责了，一如是因为爱，而对妈妈和家也注定了要同样去背负着的不论是喜欢或不喜欢的天予责任一样。而当我接着问到，你所认可的在感性的梦想和理性的规划这二者之间去加以平衡与选择的节点到底在哪里时，她笑着对我说，她会去听从自己的心。

从女儿以上的这些所言当中，身为一名父亲的我骄傲地感受到了一股富含着蓬勃青春朝气的热忱睿智与颇显出了少年冷静老成的自信自强。所以就在那一刻，我再次笃定了于自己心中的既有判断，就像是我在长久以来所一直坚信着的那样，那个大方向在清清的身上是完全正确且也令人放心的。而这，便也是我愿意支持她个人的决定，倾向于接受让搏击和学业在今后的几年时间里去继续在她的生活之中平行发展的最大原因了。”

果然是通情识理、语出不凡，隋峰的话一经入耳就立马给人们带来了一阵仿佛是在转瞬之间便梳清了混乱头绪的畅意舒坦。而且最让人感到安心的是，首次表态的他在顺利缓和了气氛的同时，还大胆而明确地阐述出了与他的妻子截然相反但却全然同盟于隋清和这支队伍之立场的高明见地。听了他的话语，成金龙与何耀强的心里一下子松快了许多，就像是豁然扯掉了一根始终都在紧缚着手脚的钢丝麻绳。

何耀强不由得颇有些惊喜地主动附和道：“没错隋大哥，您说得太对了！只要您家里能统一了这样的意见，在具体操作的层面上什么都好商量！”

而刚才还有点气哼哼的成指导这时的心情也转好了许多，他还趁机偷偷瞄了一眼已经背过了脸去的叶蓉蓉。看样子，她还在不时抹着泪，不过整体情绪上也应该是处于渐趋平稳当中了。这也是很正常的，在自家老公如此强大的气场笼罩之下，这个很值得被同情的外强中干的单纯女人其实是非常幸福的。

“气场”？一个我们颇为熟稔的名词，它于今日被用来赞美了这位在九年前带着隋清到什刹海体校初次试训的那天下午，还曾和张国柱坐在树荫下垫着报纸的花坛边上闲聊过那么几句家常的，此刻仅仅只是在平静地说着话的儒雅男人。

“在具体操作的层面上，如果运动队方面可以再多做出一点让步的话，当然就最好了。”隋峰话锋一转，切入了协商的深水区，“首先我们希望能够让隋清获得更为灵活与随意的跟队训练自主权。比如说，可否让她在前一个月底时就提前拿到下个月的训练计划，然后根据自己的判断和日程安排去决定哪天来而哪天不来参加整支队伍的统一日常训练。而与之配套的第二点就是，希望教练员们能再多为她开开小灶儿，即是在其有限的来队参训时间里能够更加具有针对性并量身化地为她提供专门的指导，并且也能给她制定好适用于自我训练的功课方案，以备她在不来队里之时亦可以自行加练、保持状态。再有，则就是建议运动队在今后出赛时的人员选配上适当有所保留，说得直接一点儿，就是一些不太重要且取得预期成绩的难度也并不大的比赛，能不能就不再派或是尽量少派隋清去出战了。”

“呃，这些……”何耀强恐怕很快就有些后悔方才自己那大气满口的乐观应承了，他瞅了一眼身旁的成金龙，欲言又止。而成主教练也是眉头一皱，并没有马上去接茬做声。他俩都听出来了，此刻的隋峰是在有准备地去触及着一条红线，一条依靠国家供养的体制内专业运动员以及签约供职于俱乐部的职业运动员和完全是出于个人爱好而自费从事练习比赛的纯业余选手之间的，权利与义务归属的分界红线。

敏锐地捕捉到了对方犹疑为难眼神的隋峰紧跟着便抛出了更多的筹码。“成指导、何指导，什刹海散打队栽培了隋清这么多年，为她的长大成材哺育营养、助力铺路，我们家自始至终都是心怀感恩之情的。毋庸讳言，队伍现今可能是遇到了一点暂时的困难，但越是这样我们就也越不可以只顾一己、脱身而去。凭良心讲，我个人对于女儿将来发展方向的选择问题其实在之前一直都是保持中立的，不过就在昨天，我倒是劝了她妈妈一句，我说就算是真的要走也绝对不能在这个时候儿走！另外呢，我也想过了，大学那边儿我们肯定也还要争取再去多做一些工作，例如说像这种特殊的情况，在课时和学分儿的计算上校方能不能给些额外的照顾啊，一部分比较标准的课程有没有可以通过函授来完成的方式或渠道啊，还有，如果实在不成，办理休学是否也是一个……”

“行了隋清父亲，我们明白您的意思了。”成金龙已嗅出了端倪也掂过了轻重，事既至此，爽爽快快才是他的作风，“不必多说了，隋清在（体制内）运动队不退役、俱乐部儿合同续约两年，保证了以上两点，您所提出的要求我们会认真考虑！”……

临近午间，当空里日高天晴，风力也小了许多，何耀强把隋家夫妇送出公寓楼大门的时候，室外的气温已经回暖了不少。看来，这个今冬以来最冷的一天终于是要被熬过去了。

隋峰的脸上依旧保持着温文而从容的微笑，不过在那其间你倒并不能感察出来某些理应会属于一名谈判胜利者的欢欣与得意，即使今天的他确是一位尽掌通盘、后发制人的最大赢家。这个男人此时的淡然神色看上去竟是与其初来之时全无差别，就仿佛是他在两个小时以前便已然知晓了今日商谈的最终结果一样。而与松弛的丈夫形成了鲜明对比的则就是他身边那位沮丧且又落寞的妻子了，只见叶蓉蓉低着头、咬着嘴，出门后不道一言便径直坐回了自家的车里，这位悲情的失败者肯定不想于此地再多停留上一分一秒了。

目送着轿车消失远去，耀强忽而苦笑着对自己摇了摇头，似感又似叹。

这可真是有其父必有其女啊。离家出走？保不齐就是一台早有预谋的双簧吧！可也真够难为他们爷俩的了，世事艰辛，再聪明的人也不能例外啊……

而此时正在盥洗室里刷洗着客人们用过的杯子的成金龙在这一环上也是隐隐约约地产生出了和师弟一致的感觉。不过对于这一位在俱乐部和队伍都处于了谷底的时期中仍苦苦支撑着它们的任重领导者而言，无尽的劳心与牵挂早已经让他没有什么余力再去分开心思多细想这类主线之外的庞杂琐碎了。

被人家算计了一点就退让一点吧，也没有什么了不得的，反正不管怎么讲，隋清这边的警报好歹是先给压下来了，就权且是当作……为去完成那接下来的更为艰巨的工程而开的一个还算是不错的好头儿吧……

在中国传统的体育体制里有着一项颇具特色及习惯性的不成文规矩，优秀运动员们决定退役的时机一般都不是在世锦赛、奥运会等重要的国际大赛之后，而多是会选择在全运会结束之后。这也自然便成为了很多教练员与行政官员们心头上的一件大事。

日子过得真快啊，当年雨心隋清她们初进队时的情景感觉还就像是在昨天，但只一转眼的工夫，1984、1985 年这拨儿的姑娘们就都已经二十出头了。隋清她妈说得一点没错，这个岁数的女孩子也是到了该为自己的将来去筹划筹划的时候了……成金龙想得朦然入神，刺冷的凉水不断冲浇在手上也是浑然未觉。

俱乐部 2003 年夏天跟老队员们签的第一份两年合同在全运会前就已经到期了，原本的计划是（2005 年）年底之前要再统一续签，可现在……唉，陷入了漫无尽头的停赛整顿之中的北京什刹海女子自由搏击俱乐部，就连自己本身的生死存亡都还是个未知数……

而在这些所有的不确定当中，最让人放心不下的还是那两个人。

雨心在出院时答应过要跟队里定时联系，但到现在一个电话也没有主动打来过，这边打过去找她还不是不接就是关机，偶尔几次接通，说话应答也只是不冷不热的寥寥几句，真不知道她对以后究竟是个什么打算。而建秋方面则就已是完全断了音信，听山西队那边的讲法，说是全运会后回了太原没几天她就收拾东西自己走了，至今也没有人再见到过她。不过，北京俱乐部这边每月给队员们发工资补助的个人银行卡，孟大海有查询密码，经过查账，建秋倒还是有在从卡里按时取钱的，而且最近这两次还没有被扣除异地支取的手续费，这也让大家对她的回归似乎又增添了些许的希望。

在如此重要的全运会比赛上，于大庭广众之下发生了那样的事，双双负伤，之后又一起被禁赛，这一定便是那两个女孩在各自的运动生涯当中所经历过的最大挫折了。她们到底还能不能挺过来，而什刹海女子散打队 / 自由搏击队又是否还能够看到在坚韧地穿过了这段灰暗阴沉之后的下一缕阳光。

光荣已经离去了，耀强的身体也出现了问题，会不会还将再有下一个？这支队伍，这个家庭……我，若竭尽所有，则又还可残存下多少的机会，不至让它去破落得分崩瓦解、失散离析……成金龙关上了水龙头，用已有些麻木了的冰凉之手掐了掐自己昏胀的头颅。

雨心、建秋，这一刻的你们……在哪里啊……

……

这里，陈破的砖泥路面坑洼不平，乱如蛛网的各类电线盘拧在并不很高的头顶上，巷子两旁，私下搭建的简易棚户比比相对，卡得行路通道竟容不下三两人并立。一处被改成了小食店的民房门里，辛劳的大姐在为预订者打包着锅槽当中的串签煮物，这或许就是附近某位清苦住客所惯常的一晚之餐了，而站在一旁的雨心正在向她问着路。

的确也是啊，北京郊区城乡结合之地的密集群租屋村，从没有来过的生人进了去又岂是仅凭着一张手写的纸条就能辨清了这片毛细拐转的连绵迷宫的。自打下了出租车以后，雨心已经在这座如同是蚁巢般杂错的巨大城寨里面迷迷瞪瞪地转悠了四十分钟了。

刚刚康复的脚踝似是耐不住这疲劳，已然有了一些微微的酸痛，而大袋水果的沉重也坠得女孩的双手被勒出了深红的条印。不过还好，这下的询问终于得到了确定的指点：左拐第三座的浅灰小楼，院门是墨绿色的铁栅……

锈迹斑驳的室外铁梯踏上去吱呀晃动，雨心真的有些累了，她几乎像是在训练中去冲拉极限体能那样紧叼着下唇强攀了上去，并终于在气喘声还未落下之时，相对顺利地锁定了一扇被旧报纸糊住了窗户的塑钢屋门。

应该就是这里了，虽然心里尚有些紧张，但也没什么再去顾虑的意义了。探访者暂且放下了一边的提物，腾出手来敲响了门。

来之前雨心已和建秋通过了电话，后者乍一接起时还感到了有些意外，但听得出来，她也早已经做好了把行踪透露给隋清之后将必然要去面对着可能会由此而带来的一切状况的心理准备。话筒里没有什么可多说的，山西女孩就只是冷冷地一句：想来就来吧……

门打开了。

“啊！”张雨心发出了一声无以自控的呼叫，倒吸了整口十足的冷气，随后更是下意识地就像是受到了残酷景象的惨烈惊吓般地捂住了嘴。

建秋的脸……在她那原本光洁而平滑的面容之上，竟平添了一道因结痂才刚脱落不久，而致还呈现出着与旁有别之肉嫩颜色的深长疤痕！

这是我亲手造成的吗！雨心似是觉得一阵天旋地转样的晕眩与恶心骤然袭来，她有点站立不稳了，另一只手里的东西也随之掉落在了地上，因为在这个刹那，呼吸突然停滞住了的姑娘急需要去扶住门框，才能够勉强不让那阵由其惊愕的心脏所造出的剧痛在瞬时之内便把自己脆弱的身体给凭空击倒。

建秋直直地盯着雨心的眼睛，这种生来习性般的冷漠和从前没有什么两样，而当对方刻意把视线闪避开了以后，她也有意地降下目光，看向了更低一些的方向。她去留意的是洒落在地的苹果，还是来客那只正在颤动着的脚？

“进来吧。”谈不上有什么迎宾之礼，建秋应付了一声，便转返回了屋里而去。

雨心蹲下身来，闭上双眼，努力调整了一下惊乱的心绪，让自己稍许镇静了些后，拣起滚散的水果，跟着主人迈进了房门。

这个房间真可以被称之为是陋室。

白灰脱落的墙壁，开裂拱起的地板，还有那区区几件残旧不堪的显然是房东留弃在此的老式家当，这些就是雨心在初入厅堂之后所映入眼帘的全部事物了。而这些事物却是实实在在地构成了一个可以满足着人们最低限度栖身所求的遮风挡雨的窝。

“妈，这是张雨心，我北京的队友。”女儿冲着床的方向说道。

建秋是在和谁说话？啊，天哪，那是……她的母亲！

如果不是这话音的提醒，雨心几乎就要极为彻底地忽视掉那位安详地躺在床上的中年妇女了。她是如此地瘦小，如此地戚静，就好像是深深地浸在了一种绝对无声无息的抑止状态之中，而因此也使得这个世界完全都注意不到她的存在，或者说是也根本没有什么值得一提的理由会去在乎一下她的存在。

“哎呀，是雨心啊，建秋常提起你的，快坐吧……”吃力的吐声到末尾时已是渐细渐无，建秋的妈妈动了动虚弱的身体，笑了。

她的肌肤被风霜打染得苍白暗淡，稀疏的软发轻飘得便像是浮在了空气当中，而于其那糙瘪的手背上，正缓慢流动着生命余温的紫青管络似已是濒近了枯萎干涸，就如是那一块她曾用半生的血汗去劳苦地耕作过的贫瘠土地那样。一个在凄苦无助的命运面前依然坚强地活着的农村女人，李桂芝。

“噢，阿姨，我……”雨心立定在原地，一时却不知该怎么去遵从这句招呼，室内仅有的一张木椅看样子在被当作床头柜使用着，而房间里其他可以一坐的，好像也就只剩下那些是因无处可容而才只能浮搁堆放在屋角地面上的行李大包了。

“坐吧。”此时建秋从隔壁的小厨房里又搬出来一张圆凳，放在了雨心身边，同时也接过了客人手中的水果，然后一扭头，就又回去了。在这整个的过程中，她的眼光始终有意无意地投向着地面，并没有与队友产生任何的直接碰触。

于是，雨心在李桂芝的床前坐了下来。

“雨心啊，你可真好看啊，往前建秋给我写信，就老说你是全队里边最漂亮的，还有隋清，是全队里边最聪明的，又说你们两个都对她很好……”病人的声音低缓，但笑容却写满了真诚与感恩，而这也让她话中的每一条词句都深度地嵌进了恭听者的心。

这时，坐在屋子中央蜂窝煤炉子上的水壶响了起来，水开了。只见建秋从厨房里又走了出来，一手端着一只刚刚洗过的杯子，一手捧着大碗，碗里面是几块已经削好切开的苹果和一把小叉子。她把这两样东西都放在了妈妈和雨心伸手可及的“床头椅”上，之后提起了暖壶，把壶里存着的热水依次倒在了碗杯之中。“妈，吃水果吧。”

雨心明白，碗里的热水是为了给冰凉的苹果加温，以使其可以适合体弱者的肠胃，那这杯中的水呢，应该……是倒给自己喝的吧。

而建秋则在旁边继续操持着那些忙碌的家务活儿。她接着先是用烧水壶灌满了手中的暖壶，随后又出门夹来了一块新煤，下在了铁炉的火膛之中，再用钩子钩起炉盖铺好，把烧水壶又放回到了炉面上，以此让剩下的小半壶开水可以持续地保着温。

这一套麻利而又干练的路数，其实雨心小姐也是非常熟悉的。记得住在胡同平房里的小时候，每到了生火的冬天，她一项相当喜爱的玩乐就是缠着妈妈去要那把小铲子，然后拉开炉子下面的活门儿，去掏炉灰。

李桂芝还在和雨心聊着：“你们队里的成指导、何指导、孟指导，还有陈主任，建秋也总是和我谈起他们，说领导们对她也都一直是特别的好。这次，她在全运会上代表我们山西队，可比得并不顺利，又受了伤，县里面还有点怨她给拖了后腿的意思。可是咱们北京队的领导不仅不怪罪嫌弃她，还给她带薪放假，让她安心休养……本来啊，我是真的想要借着这趟到北京来去亲自登门赔礼道谢的，也好顺便见见这些位照顾了女儿这么多年的好领导们，可是我这不争气的身子……唉，这下，反而又成了你们的累赘了……”

“阿姨，其实这次全运会，我和建秋儿……我们……”雨心实未想到建秋妈妈会用如此温恭的立场来表达和定义那件事，是出于对实际情况了解的确实有限，还是她真的是在面对着如此般坎坷失意之生活的时候，竟也还依然能秉有着这等至善无怨的宽厚心地与洒脱之度。如果她们现时在说起的是同一件事情的话。

也许，在往昔岁月中曾经历过的某一些长期贯之的逆来顺受与夹缝求生，是会让一名卑微的人在无察无觉之间自然而然地养成了这种遇凡事总是会先把自己置于到尘埃中去的习惯性思维模式的重要原因，不过，此刻的张雨心却是颇为真切地感受到了一种至洁无垢的纯美光辉。而往往，当人们立于在如此极致圣洁的力量面前之时，在良心上，总是会不由自主地产生出一点点不适的。

“张雨心。”背后的建秋用一声及时的呼唤扑灭了另一位当事人或许会在愧疚的支吾当中说出些错话的可能性。雨心回头一看，勤劳的女孩拎起了那半壶热水，还抱着一只盛满了衣物被单的大塑料盆。“让我妈歇会儿吧，走，陪我洗衣服去。”……

公共水房的半锈铁管在“哗哗”地响，建秋看着一盆水将满便拧紧了管喉阀门，将洗衣盆放回到地上，兑上了一点热水，然后自己坐在水泥台阶上又用力地搓揉了起来。而这样的枯燥周期，默默站在一边的雨心已是干干地旁观了好几个来回了。

雨心知道，建秋不想让知情者跟她妈妈说得太多，洗衣服根本不用人陪，把自己叫出来的目的和作用其实也就仅仅是空站在这里无事地看看而已。

所以，就这么看着呗……

“我十一岁那年的阳历十月十四号，农历八月二十，是个礼拜六。我爸他有说有笑地站着下了井，却再也没有站着上来。”啊？这一句无来由的话语起得突然，雨心一时竟反应不及建秋这是在说着些什么。

她……是在讲……自己的故事吗……

“我的家在大黄土山的脚下，邻近几个乡所有村子里人们的基本活法都是男人去下井挖煤，女人在家种地看孩子。我爸以前当过兵，身体好、人也好，退伍回来以后直接就进了县上直管的国有大矿了。那可是让远近四邻都羡慕的事儿，正经八百的煤炭产业工人，要比村上那些在私人小矿井里干活儿的散工们强太多了。

那些年，我们家里的条件还是挺不错的，我爸工资稳定，我妈种地也下功夫，她跟人家学种芝麻，一年下来也能挣到不少钱。我上的小学离家有五里路，班主任是我们一村的，对我可好了，他也姓丁，是咱本家，平常见了，我爸让我喊他老爹。他老是跟我讲，你爹娘是见过世面的，家里供得起又只有你一个，孩子你一定要好好念书，将来，咱们老丁家的小女儿也要考高中、考大学，住城里、去北京。

就在那年国庆节的时候，我们一家三口还去县城里玩了一趟。先是去逛公园，又看了场电影，我爸给我妈还买了身新衣裳，是件紫红色的呢子大衣，而给我买了一块会自动报时的电子表。那一天，我们可高兴，可高兴了……

如果没有那场事故，这是……多好的日子啊……

记得出事那天，我正在屋里写作业，我妈在院子里面晾芝麻。晌午刚过，村支书带着几个干部急冲冲地就来了我家，也没听清他们是怎么讲的，反正我妈瞧着又惊又怕，拽着我就跟他们走了。到村口时，矿上的车已经在等着了，直接把我们拉到了镇上的宾馆，送进一间房，安排好了吃喝，还有一个男的没日没夜地在门口守着。而之前从楼道里过的时候，我还至少看见了有七八个男人也都是像这样守在了一处房门口前面的。就这样，过了两天多，我妈水米不进，老是去找那个守门人急问着什么，不过看样子也一直都没有问回个结果来。直到了第三天的晚上，门外面的动静忽然变得很大，好像是一下子来了好多人，而且，我们也已经先听到了隔壁屋乍起的哭声。又过了一会儿，几个领导模样的人进了我们的房间，只说了不到两句话，我妈就晕过去了。

到后来，我就全知道了。是矿难，透水了，组织抢救了四五天，被困后让救援队抬上来的总共有十三个，全死了。里边儿，有我爸……

再之后的半个多月时间里，我们依旧是吃住在了那家宾馆，一大堆的各级领导像是走马灯似的轮流进来慰问我们，有送钱的、赠物的、嘘寒的、问暖的，我妈跟他们也没说上几句话，就只顾着自己躺在床上抹眼泪了。到末了，善后工作组拿出了几张纸让我妈签字，说是矿上给十万，县里再给五万，总共是十五万，就把这事儿给了结了。但是拿了钱还有一个条件，就是不许再去见记者，也不许闹上访。我妈本来也没想去见什么记者，或者是上哪门子的访，她说，人都没了，还搞那些东西又有啥用。签了字，我们就回家了。

到家的时候，院子里的芝麻已经让狗给舔没了，而我的作业本则还是停留在了那天离开家时的那一页，那道题……一个好端端的家，突然之间男人就没了，女人自个儿带着个还小的娃，在农村，这对孤儿寡母的日子往后可怎么过……

自从我爸走了以后，我妈的身体就也一天不如一天了。她身上原本就有病，是肺病，我们家那边的空气不好，天上飘着的全是煤灰，得这种病的人特别多，我爷爷就是因为这，早早地就不在了。我妈她刚开始的时候就是咳嗽，加上有些胸闷，到后来，慢慢地就有点喘不上来气了，尤其是夜里，她还老是偷偷地哭，一哭就会憋气，有好几次，哭着哭着就直接把自己给憋晕过去了。到医院去看病，大夫说这要靠调养，不能干重活儿，而且还要长期吃很贵的药，那会儿我们都还没有农合医保，我妈又说死了也不愿意去动那十五万的抚恤金，结果，就把这病给耽误了……弄到今天再要治，也只能是去做手术，肺切除了。

而在经济上，我家也完全就是走上了下坡路，这都不用想的，顶梁柱一倒了，谁家不得垮。一方面是自己的病情加重，一方面可能也是没了心气儿了吧，出事儿第二年的春节，我妈把咱家的那四亩多水浇地就给租出去了。当姑娘的时候，她跟我姥姥学过些扎花篮、编草帽的手艺，照现在的身子，她也只能就是带着我在家里干点这类的小营生，以去尽量地补贴下穿用了。就是从这一年开始，我们母女俩就一直都是靠吃着这点微薄的地租收入，再加守着那笔永远也不敢去花的银行积蓄来过活的。

照理说，我爷我爸虽然死了，但是村里面丁家门的亲戚们都还在，他们不也总该是能给我家送来点帮扶、加上个照应的吗？哼……可现实里是，除了我的那个班主任丁老师，其他的人都把我家给当成了瘟神，别说是主动上门，就算是平日里在路上碰见了，都得赶紧地低下头去快走几步，就怕是躲得不够远、避着来不及呢。这到底是为什么，就因为我家里出过的那件不吉利的事儿？就因为我是个女娃、我妈是个别村嫁来的外姓媳妇？还是就因为那个该死的烂嘴婆娘给我家编造下的谣传、散播出的疯话！

那个烂婆娘住在村东头，据说还是我的远房表姑，她平日里碎嘴唠叨、装神弄鬼，到处骗吃骗喝，尤其是还好给人家保个媒、拉个线啥的。矿难事故处理完还没三个月，我爸尸骨未寒，她就不请自来地跑到我家里，说是要给我妈再介绍个对象，我妈没搭理她，客客气气地把她给送走了。可谁想她不知廉耻，没过几天就觍着脸又来了，这次更可恨，居然说是要给我也找个婆家，我那时还不到十二岁！而且，她竟敢劝我妈说，这样子虚度光阴地再多耗下去也没什么奔头，还不如趁早就把这只拖油瓶给打发了，先顺便赚上一笔，完了就也好再做自己今后的打算了！换了谁，谁能忍下这种贱人，我妈当时也恼了，把她劈头盖脸地臭骂了一顿，操起扫帚，轰出了家门。

可是这一下，我们就算是把这个坏女人给得罪透了，打那天以后，她就一口咬住了我们娘儿俩，开始三天两头、村里村外地去给我家搬弄祸乱、造谣生事。她先是说，看见我妈腰上缠着一根狐狸尾巴，天生就是个妖星祸水克夫的命，谁挨近了，谁准遭殃。接着，又说我一到了每个月初一的夜里就会变成副白骨脸儿，是一只专门吸人气运的小鬼儿转世。就她这些妖魔鬼怪、乌七八糟的胡话，居然也真会有人去听、有人去信！而我们村里面那些个没文化、没见识的俗妇闲汉们还唯恐天下不乱，争着抢着地去帮她添油加醋、嚼来传去，结果到最后，竟然搞成了绝大部分的人都觉得是宁可信其有，不可信其无了。

就这样，自此以后我们母女俩生活的困苦艰难就更是雪上加霜了。所有的人都觉得我家好欺负，也该被欺负，也许他们就是成心盼着能有一天可以把我们给彻底地挤兑走了，那这个村子就也从此平安干净了吧。所以，会有人故意把自家伙房柴炉的烟囱冲着我家的院子里头吹，还有人在大年三十的晚上把屎尿垃圾都泼在了我家的门上……

就是从那个阶段起，我学会了什么是恨。我恨那些人，恨那些事，我恨一切，一切让我和我妈感到了痛苦、寒冷与绝望的东西。甚至，有些时候也包括了我爸和我自己。

在这么苦、这么难的岁月里，唯一还愿意给我送来一度温暖和一抹希望的人就是我那相依为命的妈妈了。她老是对我说：‘秋儿啊，咱家的命虽然不好，但是你今后的路还长，你一定要去向前看，眼前暂时的委屈总都可以忍过去的，将来，你终归也必定还是要像一个正常人家的孩子那样，去幸福地走过你的一生的。’可是，这时的我早已不愿再去相信那些用来安慰人的假话了，我知道，我的这一生已经永远都不可能再像是一个正常人家的孩子那样去走过了，想要继续在这个世界上生存，就唯有去靠自己！

转眼，就到了我小学毕业，不过我不想去镇上读中学了，我跟我妈讲，我想要直接出去打工，赚钱养家。我妈和丁老师当然是不同意的，可是我那时的决心已经下定了，不管能挣回来多少钱，也不管要出去得有多远，只要是可以离开这个可恶的村子，去到一处再没有歧视、没有欺侮的能够让人有尊严地活着的地方，就行。

那段时间的我对于人生已经失去了最底线的忍耐力和信任感。我心里清楚得很，一个小学刚毕业就出去打工了的农村女孩子，这一辈子基本上也就不会再有什么出息了。可是我又完全没有别的选择，因为如果留在了家里，不管是去继续上学还是做其他任何的事情，只要是周遭那种令人窒息与痛恨的恶劣环境还在，我就一定是会被它生生地折磨致死的。而为了活，弱势的人们所能够做的就也只剩下去挣扎着逃脱离开了。

我妈心疼我，可又哪里舍得放我出去流浪。她也知道，再这么熬下去，生活对我的伤害会一天比一天更大，但是她却又找不到半点的办法能够帮我摆脱掉这命中注定的困境。在这一刻，我们娘儿俩真的是陷入进了那种丝毫也看不到明天的山穷水尽之中。

而正是在这个时候，那个男人出现了。

初次见到他是在一个炎热的下午，我妈叫我去村口接个叔叔，我就去了。那天的太阳特别毒，晒得地面上冒起了一阵阵的热气，远处的人和树都是晃晃悠悠的。不一会儿，我就只看见打从车站那边一跛一跛地过来了个瘸子……

王劲松也是名退伍军人，和我爸做过三年多的战友，我妈说那时他们的关系非常铁，就像是对亲兄弟一样。他们在部队时隶属于侦察连，那可是要求战士们个个都得身怀绝技的地方，而王劲松的特长就是擒拿格斗。据说，他由于在这方面的突出表现，还一度要被选调到军区体工大队的男子散打队去接受专业训练。但是后来，一次在实战演习中不慎滚下了山崖的意外受伤不仅废掉了他的腿，也从此断送了他的散打梦。

王劲松的老家也是我们阳高县的，因为他是伤残军人，所以办理的算是转业，比我爸要早回了地方半年，落户进了县城。他跟我们家一直都保持着来往走动，我爸骨灰盒入土的那天他也来过，但是我对他并没有什么印象。而他这次再来，是为了我。他现在正带着县里面新成立的青少年散打队，队伍里面有男孩儿也有女孩儿，兴许也是听说了我家现有的一些难处吧，他想让我也去加入。

我那会儿根本不懂什么叫作散打，但是听他一说要去县城里面训练，就一口答应了。之后我妈咬了咬牙，也同意了。现今再想起来，我还是很感激王教练的，因为当时要是没有他给我所带来的这条出路，我这一辈子估计也就完了。

收拾好行李准备离开家的那一天，刮起了大风，满天上都是沙尘。我不想让我妈送我出村子了，就在家门口的黄土路上告别吧。我只记得我妈给我捋了捋头发，就又哭了。而我的心里虽然也很难受，但是我知道，这就是我唯一还可以去走的一条生路了。于是，我一下松开了我妈，猛地一转身，叼着嘴唇、控着眼睛，死命地不让眼泪掉下来，踩着那一地浮腾的黄土，一次头也不敢回地就向着前方跑出去了……

阳高县青年散打队挂了块县体委下属专业运动队的牌子，可实际上，压根就是一支自筹资金组建的民办队伍。王劲松教练一个人训练、管事儿一把抓，还兼教文化课，说白了，这就是他自己为了继续追寻当年的梦而开办的一家带有着一点官方虚名的小武术学校。

我们女孩子住的那间房，七八个人挤着一张大通铺，夏天睡觉的时候给枕头边儿上放一团子发面，一宿下来都能给蒸熟成个馒头。而等到了冬天，早上起床时门口外的水管子总是会被冻上，要先去生起一把火把它给烧化开了，才能接得出里面的水来。

到了训练的时候，在小院里的水泥地面上随便拼几块棉包垫子，再戴上副开着线的破拳套，就算是装备齐全了。队里面也根本就没有几件拿得出手的设备器材，我们要练体能，就是一招儿爬山跑步，要练力量，你就自己去举那些大铁疙瘩，想要练习技术战术，那则更是废话不说，相互捉着个对儿就开打。

这样的条件你说苦不苦，反正总比留在家里面要苦吧，可是我还真就练出来了。

说实话，王劲松教练对我很看重，也很照顾，不夸张地说，就是把我当成了自家的亲闺女一样……起码，在那几年里是这样的……而且，在他的用心指导之下，我也确实是显出了那么一点的与众不同。其实我在进散打队之前从来也没怎么觉得过自己的力气是有多么地大，或者说是如他们所惊叹的那样，能够如何勇猛地经摔又抗打，还特别的不怕疼。但是，在开始进行了训练以后也就大概一个月左右吧，王教练居然有一次偷偷把我拉到了一边，小声地对我说道：建秋，你知道吗，你很有可能就是一个万里挑一的天才啊！

天才？呵呵，我还真是不敢奢望自己能有那么好的命。反正教练怎么教，我就怎么练，教练教我的就比别人多，那我练得就比别人更多。说起来，像我们这种土练法也有土练法自然的好处，队员们见的东西少，分的心就也少。因此我们啊，一天到晚、一年到头，就是一个闷头吃苦、死心塌地的练、练、练！

一练，就是三年。

2000 年夏天，大同市举办了一次散打比赛，有女子组，我们的队伍也报名了。这是我第一次参加这种正式的、高规格的赛会制比赛，正赛那天，是在我从来也没有进去过的大同市体育馆，四面的观众席上也都坐满了人。我一上来先连赢了两场，第三场决赛，对手比我大了好几岁，但我还是占着上风，可到最后，因为动作不规范又加上没经验，被判犯规扣了不少的分数，很可惜地输掉了。不过即使这样，对于我们这种来自基层小地方的杂牌部队来说，能取得这样的成绩也已经是非常的满意了。王教练很高兴，他还不忘跟我讲，在那些楼上的观众们中间，说不定就有坐着从大城市的专业队伍里面来的，专门负责在全国各地观察选拔苗子的高水平教练员们正在看着我呢。

那届比赛是设有选手胜场奖金的，不多，一场一千块，我总共赢下来两场，就得了两千块。王教练说队里留下一千，算是抵了这次出门比赛的花费开销，而那剩下的一千就全部都奖励给我个人了。这也算是我在那几年里所能够碰上的一件少有的开心事了吧。回到县里以后，我跟教练报了两天假，自己一个人坐上车就回家去了。我是想着要把这些钱给高高兴兴地当面交到我妈的手里边去呢。

可是谁知道，就是因为这一趟回家，惹出了一件天大的祸事……

这之前，我一年是回三趟家，分别在五一、十一和春节。每次回去，我妈都是乐呵呵地给我做饭、陪我说话，还总是不停地讲着，家里的一切都好，她自己也一切都好，并嘱咐我一定要安心训练，什么也都不用惦记着……那时候我太小，也不懂事，还就真的以为她一个人在村子里面活得挺好的。

那天回去，我提前也没说，自个儿到站下了车就往家里走。可走到了还隔着好几户人家的地方就听见前面有人在大声地叫骂着，骂得可脏了，等走近了再听，竟发现那是从我家前院儿的方向传过来的。我赶紧跑到了大门口一看，就见了个男的，正光着大膀子，跟我家的院子里撒着欢儿地闹腾着呢！

见到这，我的脑袋里一下子冲起了一团火！

那个男的叫丁建明，熟人都喊二明子，是村里有名的泼皮无赖、臭流氓！后来我才知道，这家伙纠缠上我妈早就不是一天两天的事儿了，我家的大黄狗就是被他下药给毒死的。那一天他喝多了酒，就又窜过来踹寡妇门了。当时，我妈在屋里死死地顶着门，那二明子就抄起了一根棒子，在院子里耍着酒疯，边骂边砸。这个畜生肯定是想来祸害我妈，而这时他回头看见了我，就坏笑着朝我逼过来了。他还想要祸害我！

愤怒！盖过了人性的愤怒！这是我有生以来第一次体会到了这样东西的猛烈，它让我在刹那之间便失去了理智，却也同时带给了一名弱者无尽的勇气和力量。那个瞬间，在我心中长久以来被积攒着的所有不公、所有压抑与所有的怨恨，似乎全部都找到了一个可以一次性去喷爆而出的突破口，而也正是它们，让我得以全然不顾性命地冲向了敌人……

具体的过程我记不清了，一个练习了散打三年的十六岁女孩子和一个身强力壮的粗野醉汉之间的殊死搏斗的过程。没有声音，也没有疼痛，我能留存下来的回忆好像只有他那张挥舞着木棍的穷凶极恶的脸，以及一片黏糊糊的红色。等到恢复了意识的时候，我在地上躺在妈妈的怀里，双手一点知觉都没有了，而二明子倒在了一边，在他的身上、头上，还有一块我家用来挡鸡窝门的大石头上面，全是血。

后来，左邻右舍的就都探出头来了，他们在那大喊着出人命啦，然后就报警了……

二明子没死，公安局鉴定说是重伤，但到底有多重我也不清楚，总之就是让我给打成残废了。我在医院和看守所里前后总共待了小半年，因为这案子始终也没有个明确的说法。我妈、丁老师还有王教练都一直在为我四处奔走求情，但据说问题的关键是，办案的警官要村子里面出个集体指证的材料，证实二明子确实是个地痞村霸，而且对我家长期图谋不轨、欺压骚扰，可是愿意签名的人数却老也凑不够。

在看守所的那段日子里，我每天除了吃饭睡觉、洗澡放风，就是独自一个人在牢房地面上不停地做着俯卧撑。我不爱和人说话，心情坏得很，即便是管教民警来了也一样不理不睬的。我当时倒并不害怕会给我判刑，事情已经做出来了，公家爱怎么处理就怎么处理吧，杀人偿命，就算是直接把我给枪毙了也没有什么所谓。

让我真正揪心的只有我妈。因为这件事，我更加痛恨我自己了，我恨我的自私，只顾着个人脱离苦海，却丢下了妈妈孤身在那里受难捱罪。我同样恨我的幼稚，竟然也还会去相信妈妈为了安慰我而编造出的她在家里一个人过得很好的那种假话。尽是悔恨与怨愤的我对天发誓、对地发誓，从今天起，我丁建秋的这一双拳头在此生之中都将只会再有一个用途，那便是去保护我的妈妈，保护她不再承受一丝一毫的危及与胁迫，我要用足够坚硬的它们去杀死那些所有的胆敢再来伤害我们的人！

半年后，我被放出来了。我不知道是那份村民请愿书最终凑够了签字的人头儿，还是因为我实在是年纪太小不好刑罚，反正，我能回家了，这场大祸也总算是被渡过去了。

但是，村里的那个家我是说什么也不想再回去了。我跟我妈说，我要靠比赛打拳去挣钱养活她，让她把老家的房子卖了，陪着我搬到县城里面去住。可其实，我这完全就是在不负责任地说大话了，就凭我练散打能赚回几个钱呢。不过最终，我妈还是答应了我的要求，或许，这其中更主要的原因还是她也同样放心不下我吧。

再回去散打队以后，我平添了强大的心理动力，练得比从前更加刻苦了，而好成绩便也是持续不断地被一拳拳地拼出来了。过完了十七岁生日后的第二个月，我经过苦战打赢了一位退役前曾经拿到过全国比赛八强的前山西省队的最轻量级男运动员。

而也正是这一场我开始还有点纳闷儿人家为什么会大老远地跑到阳高来找我一对一较量的内部教学赛，为我翻开了运动生涯往后的又一篇儿。

我这辈子第一次见到成指导就是在那场教学赛上，当时他站在场边，背着手，从始至终也没有说过一句话。我那会儿并不知道他是谁，就也没多问。等到了那天晚上，王劲松把我叫进了他的屋里，我一看我妈也在，然后教练就跟我说，你现在有个大好的机会可以加入到北京市女子散打队，并且，你妈也同意了。

去北京？我一时没太反应过来，盯着我妈，半晌也没说出话来……

那一夜，我跟我妈回到了我们新在县城里安的家。当我初步搞懂了这到底是怎么回事以后，第一反应是坚决不愿意去北京的，好不容易才一家团圆了，我绝不能再次抛下我妈。而且说实话，我此时对于‘到首都最高级别的队伍里去继续发展’这种所谓的天降好事也完全没有半点的兴趣。可我妈却是态度异常鲜明地反复劝着我一定要去，即使到了后来，她的眼睛里也滴下了无奈的泪水。我不理解，真的很不理解，除了那句虚无缥缈的‘这都是为了你好’以外，究竟还有哪一条可以真正站得住脚的理由，值得我家必须要去服从这种从来也没有人征求过我们自身意见的，更像是个粗暴的行政命令的调动安排。

终于，我妈见怎么也无法说服执拗的我，只好把心一横，和盘道出了全部的实情。原来，这次的人员流动是由（大同）市体育局所主导的，而其推动此事的最主要目的，就是为了获得北京市方面作为引进人才的酬谢，而向包括了散打队在内的一些阳高县经费困难的运动队伍所提供的一笔数额不菲的体育事业专项帮扶资金。

这下，我全明白了，他们是把我给卖了。

看着我妈那既伤心又无助的为难，我又还能再去反抗些什么呢。我上了床，背对着我妈说道：‘太晚了，赶紧睡吧……北京的事儿，他们如果已经定了……我去。’

其实那一宿谁又还能睡得着，我睁着双眼，反复在想着这几年来发生在了我家身上的种种不幸，等到快要天亮的时候，我想通了。

既然这个世界上已没有了任何一个还可信任的人，那我从此就也不再需要去信任任何一个人！既然这个天底下的所有人都在对我们作恶，那我从此就也同样没有义务再去对身边的所有人为善！你们夺去了我的温暖，那我就变冷好了，冷得让你们感觉到恐惧。你们认为我很脆弱，那我就偏要变得像铁一样的硬，硬给你们来看！

北京有什么大不了的，去……就去吧……”

北方冬天的太阳落得很早，才刚是下午四点多钟的光景，西边的天上就已经铺满了片片晚红，映射到了这间昏黑冷清的小水房里，似乎也仅仅只是换得了一点人们对一日光华在逝去之前的微末留恋。也许是由于在不断地讲着话吧，建秋显然疏怠了面前这盆本该在水温降低之前就搓洗完毕的衣裳，现在，一手再摸下去，水面上竟已是浮起了一层薄冰。

雨心始终在安静地听着建秋的话，从头至尾没有去造出过半点干扰，即使她直到此时都还不能确定，这个无尽凄苦的故事是否就是对方特意讲给自己来听的。美丽的姑娘很诚心地记下了故事中的每一段情节，甚至是每一个借以展现出了极度的悲伤与仇怨的情感用词，作为一个天生就很善于也乐于去倾听朋友们诉说的好人，这也是她从来都没有理由不去努力做到的事情。实际上，鉴于这位孤僻乖张的队友的那种显而是在承受着某些因其所经历过的特殊之过去而造成的不利影响的极端性格，她这一曲催泪的前世哀歌和雨心（与隋清）先前所曾预感到过的也没有哪些太多的相差。只不过，实然历来都是对此很感兴趣的北京女孩倒是真的没有想到，自己在终而有幸获知到了其剧情全本的时候，通篇的陈述独白竟都是出自于了这幕现实主义悲剧的女主角的亲口之中。

且同时张雨心还有感，自与建秋相识了以来，她对自己曾说过的所有的话加在一起，也都还不及于今天这短短一个多小时里面所讲出了的言语的十分之一。

“我爸给我买的那块电子表，后来换过很多次电池，一直都还在勉强走着，不过最近，再换也没有用了，表芯彻底坏了。修表的说，也没有什么再去维修的价值了，那种给小孩子戴着玩儿的东西本来就是徒有其表的样子货……”建秋用她强壮的手臂把洗好的衣物奋力拧干，然后迎着北风扬开一抖，一颗颗由水雾结成的微小冰粒便漫在了空中。

说实话，雨心真是站得有些累了，这一整个下午，除了在建秋家里那短暂的一坐，其余时间全部是在劳累着自己才刚刚复原的腿脚。而且，在逐渐吸收入了一部与自身关系如此之近的真实故事的社会意涵内质之后，她开始感到有点起因不明的心神不宁了。于是，她活动了一下发麻的右脚腕，向背对着自己的队友说道：“建秋儿，时候儿不早了，你赶紧回屋儿照顾阿姨吧，我……先回去了，咱们……回头再联系。”

这时，建秋正在往室外的铁丝上一件件地搭着衣服，好像是未曾听到雨心的话一样，没有做出任何的回应。而告别者见此情景也没再多说什么，直接便转身而去了，以她和面前这个女人的熟络，这样的分别早已是一种极其正常亦颇为习惯的定式了。

“张雨心！”雨心还未及寻到天台的下楼梯，背后的呼声就拉住了女孩的脚步，回头看去，丁建秋在端端正正地直视着自己……

“张雨心，你不是个坏人，你、隋清、成指导、何指导，咱们队里所有的人，你们都不是坏人。我丁建秋不是一条疯狗，也不是个天生的怪物，我和你们一样都是由爹娘生、父母养，人世间的是非曲直、善恶对错我分得清！但是你知道你们最大的问题出在哪儿吗？是出在了你们根本就不认识那个从未去关注与接触过的另一个世界！也更加的不懂得该怎样去面对来自于那个世界之中的人！如果，你们还把她当成是一个人的话。

不错，你们全都活得积极、乐观、洒脱，有资本去轻松幽默地笑谈着所有的不如意。但她呢，却是阴暗、暴戾、敏感、不可理喻，在自卑地敌视着一切她自认为会带来危险的人和事。可那是因为，你们自小就生在幸福里、长在幸福里，而可怜的她则是于艰难长大的每一天、每一分钟里都在被迫吸食着那些愤怒与仇恨所供给的剧毒营养。所以，你们还能指望她该长成个什么样子？告诉你们，其实像她这种命的人有很多，而那些人也都是这同一个样子的，只不过是永远都懒懒地陶醉在自我优越感之中的你们不经常遇到，才会少见多怪而已……但是，变成了这个样子，并不是他们的错！……并不是，我自己的错！”

雨心不敢闭上眼睛，即使是此时淋浴而下的热水顺着发丝淌满了整个面颊。因为只要她一旦停下了用某些强制性的思维去填充自己的内心，几个小时前建秋那些悲愤欲绝的咆哮之声就一定会再次出现，并重新占据了她那无序而又翻乱的迷混脑海。

“你们哪一个人打不出好成绩都仍然还是自己，也不会因此而失去任何的东西。可是我呢，如果不能得到冠军、拿到金牌，就什么都不是，也什么都没有。因为，我的人生本来就是一无所有！你们想让事情改变，好吧，我也想，但那能够发生的前提是，让我可以像你们一样获得生命的安全、活着的尊严，以及选择的权利！”

从傍晚时分打上了出租车回家，然后吃饭、上网、看电视，再直到现在晚间里独自一人躲进了浴室中，雨心被这种仿佛在不断切割着灵魂的呐喊声已经刺激得有些神经衰弱了。那一定不是仅仅出于单纯地对一位熟人所描述的凄凉过往的同情与悲悯，而是，她极为不情愿地感觉到，在自己本已混乱无章而又举步不定的对于未来的思考和犹豫之中，又被无情地注入了一股更加使人消极并低迷的负面能量。

“过几天我会主动跟队里联系，告诉他们等我妈恢复了生活自理能力我就归队。呵，不回去，我又还能去哪里呢？我不介意你们的笑，更不在乎你们的恨，反正我也早都已经麻木了。虽然低人一等，但却依然还能保留着一点希望地苟活着，这总要比饿死冻死在大街上强啊……至于咱俩，相互之间也没必要再多去解释什么了，队友一场，我今天说的这些话就权当也是给了你一个敞心窝子的交代了吧……”

雨心用大浴巾裹住了头，狠命地反复摩擦着，她妄想用这样的发泄就可以摆脱掉死死纠缠着自己的心事。但那当然是无效的。

算了，既然如此，还是赶紧上床睡觉吧。雨心比平日提早许多就关上了卧室的门，就连临睡前从来不会落下的敷珍珠面膜这道程序也都少有地被她给省略掉了。

只求着，今夜的我就不会再去梦到……那些什么……稀奇古怪的……场景了吧……

疼痛、寒冷、沙陷中无法自拔的右脚，以及那近在咫尺的惊天巨浪。天啊，偏偏是在这样的一个夜晚，我又一次回到了这里。

张雨心已然不知道是第几遭被可恨的黑夜投入到这番如同是无底炼狱一般的灭顶之灾跟前了。自从那一场比赛之后。

被囚禁在了浑噩之梦中的姑娘知道，人生困顿的无解钳固已让自己寸步难移，而在面向着前路未知之时的畏惧与悲观则就化身作了那只即将会把她一口吞噬的狂涛巨兽。这些的恐幻之象或许确实都已经成为了其再也没有办法可去打消移除的心梦之魔了。

但是，对于噩梦者而言，在再一次毫无办法的极痛而屈辱地于遍体冷汗当中惊醒之前，难道就真的找不到一条其他出路了吗！

不，我能找到！

就像是那个一直在呼唤着我的名字的声音所指引的那样，我应该回头，立刻回头！

可是，我却怎么也想不起来我到底有没有如此做过了，或者是，在做过之后所看到了的身后边的情景又究竟是些什么了。而造成了这种怪异的记忆状态的原因又是什么呢？是由于人类在现实层面的精神思考与梦境牵连之后所形成的反射模式本就这样，还是，其实就纯粹地、极为主观地只是因为这踯躅的我。

够了，让我马上就看到下一幕吧！难道一个人做出一次选择有这么难吗！

回头吧，张雨心！做下这个最终的决定！

并且，让自己明白而清醒地去看到那……

温暖、芬芳、耳畔的叶瓣在和风中曼曼轻舞，而远方那片艳丽的海于白云之下泛漾着与花儿们同一种颜色的微波和香气。

张雨心在一瞬之间来到了一处她同样曾经相识且印象深刻的地方。女孩依旧还坐在地上，只不过现在是在茂密的花丛当中。惊喜的年轻人缓缓地站了起来，怀着对于新世界的激动与不安，她想要去看看这里的风景。

不见一丝的瑕，直到天边的美……

这就是在回头之后，所望见的……前方……

……

北京城东鼎鼎大名的餐馆区——簋街。东内大街与南小街交叉路口，西向路南的第三家店面，“花果山·名味楼”。

这是一栋颇有些年代的建筑，据说早先是清末某位得宠的内侍重臣所建置的自家宅院中的戏楼，然而风雨百年之后，宅院已湮，此楼尚存。自二十年前作为酒楼开业至今，这里也已是经历过了两次较大的装修维护，在今日看来，好是红柱青瓦，如初墨笔，金门珠帘，饶有余辉，落于这饕客熙攘、食家川流的集美之地，正属是那当当的一眼上流品相。

“花果山”这个名号是酒楼的郭姓东主在当初创店之时亲笔提取，此人今年有五十岁出头，是中国厨界一员衣朱带紫、开山立派的大师级人物，精研京味、仿膳菜色一系。该如何来形容这位厨艺大家的知名程度呢，这么讲吧，近这七八年来，他都是以每周至少会有三天以上的频率出镜在各大电视台的美食与厨赛节目当中的。如此来说，这种业界翘楚靠着其响亮的权威名头所自营的本家生意，又哪还能有不火的道理？

君可知这“名味楼”是花果山餐饮集团旗下的第一家店，并为旗舰店，但却也是营业面积最小的一店。除此以外，北京之内还有位于大望路的“甄味楼”、位于中关村的“炫味楼”等六家直营分店，而在天津、上海、港台等多地亦有合营分号。

而在有关这位郭氏名厨的诸多说道当中，还有那么一出尤为惹人侧目。讲是，他与爱妻有一独女，自小便视若掌上明珠，可说是百般娇惯、无限溺爱。故此千金虽年至妙龄、正当花季，却甚是脾性火爆、行事泼辣，父母之命言必逆行、尊长之诲教而不善，也当真是难坏了这位没辙的老爹。听传，那位郭家公主还是个自幼痴迷习武之人，等过了年就即将要满了二十二周岁的她，不论是在继承家业还是选婿择偶的规划步调上面，没有一样能够听进家里劝上的半句，可确实是让郭府上下都伤透了那转尽的脑筋。

此时，她的红色甲壳虫座驾正停在了“名味楼”门前其专用的车位之上……

空荡荡的后厨当中，一人独炊，刀刃与砧板间的切剁之声响得正欢。现在是下午，并不在忙碌的就餐时段，店里也基本上没了客人，一干无事的小厨师和服务员们正扒在厨间的门边处，远远地张望着那位他们既是惧怕又是崇拜的天才大小姐。

郭雯雯在盯着探入了一锅清水里面的温度计，眼见温至 75（摄氏）度，一把熄了火，随即把早已刀工成片、喂酵周全的生猪腰子倒入了其中。这是中餐技法中在烹调鲜嫩动物内脏之前的精到工序，名为“紧”。随后，她翻身转台，看另一处火眼前油已大热，便将葱粒与鸡腿丁肉同碗抓粉，一齐下进了锅去。此法的妙处在于避免了葱花炝锅之时的发黑焦煳，却同时亦可保证锅内极高的炒制油温与必备的生鲜葱香。说话间三翻两铲，肉已出锅，先撂手边，容后再用。清锅、换油、放入茄子、切开蒜片先稍晾少时，同时抽空扫眼一旁，脸盆大的铁板似已被烧得通红。回看锅中，茄子变色，再掀再炒，捻小火，添入一勺高汤，落盖不理，想是香料调味早已尽在汤头之中。

扭转身，带上厚布手套，以大铁钳夹住铁板移至操作台上。蔬菜洋葱打底、海鲜主料铺上，中间一只（半熟）大梭子蟹，四周围满对虾、鱿鱼、蛏子、扇贝，另配香菇、菠萝、鲜海带辅佐。厨者手眼神速、一气呵成，摆盘拼图完毕竟是在一分钟不到。随后一抽身，揭盖看眼茄子，重燃高火，再返回，往铁板之上浇入些许橄榄明油，登时，适才的兹兹微响化作了噼啪大噪。扣上专用的罩盆，且先让它吵去。再折回到茄子锅边，汤汁刚好已然收尽，加入鸡肉共同翻炒，临出锅三秒钟前再投入经过了氧化的生蒜片，旋即关火。霎时，一股烟气腾起，葱浓蒜烈全在此中。这菜因满程未进一滴酱抽，故茄块通透、肉丁白皙，就连葱粒蒜片也都还是保持着原然未变的无色之色。

“装盘儿！”小雯儿一声大吼，一名服务员女孩忙不迭地跑过来伺候，递盘接盛之后，又是格外小心地用纸巾将盘边的菜汁擦拭干净。此道，白玉鸡丁烧茄子！

好当家，换锅再练。备齐芹菜段儿、红椒块儿、茭白片儿三样，一副大笊篱，捞起了温紧多时的腰花，沥干水分，混着花色配菜们一股脑地下进热锅，只才爆炒了七八秒，还未看清火里雾里便又是一声急令吼出。

“装盘儿！”服务员理好盘后，女主厨还不忘又撒上了几叶香菜。这猪腰，外行入口几乎都分不出生熟，可真是嫩到了含似水、吞如棉。此道，滑嫩火爆腰花！

两道菜上席，掌勺的师傅工作业已过半，开盆照了一眼铁板料理，也近完成，于是，她拿过提前削好的长长的冬瓜皮围住了圆板的边缘。这一圈的盘妆可是极为讲究的，想那铁板烧千好万好，就是上桌之时总四乱飞溅的刺烫油星不好，而用冬瓜皮做上一层的围挡就正是为了解决这个恼人的问题。这一长条冬瓜皮的上沿被用精致的刀法刻成了寓意海浪的波纹形状，而大多数时候其外廓的表面上还会再被饰以龙宫虾蟹之神话雕工，不过因今天需要款待的客人无需见外，所以小雯儿也就没有再去徒费那花架子的气力。

“起盘儿！”此道，花果山七仙菜之，神州东海有龙宫（中华大铁板海鲜）！

“嘘……别说话，快看，要来了。”挤在门外的那群观众之中，一名年纪略长的红案师傅提醒着他身边的小青年们。现在，就只剩下最后一道菜了。

“呼！”最强的炉火燃起，把一只磨盘大的炒锅完全裹在了其中，极致高热之下，油已沸滚。而看郭雯雯手捧了一碗新鲜切好的翠绿西兰花，不言不动，立在灶边。时间一秒一秒地过去，锅内的油已渐渐生出了青烟，但厨者却依旧是静观其变、按兵不发。“还在等什么呢，油都要着啦！”看客之中，一位年少的小伙计焦急地轻念道。果然，此刻似是已能见到锅里隐约蹿起了小白苗头，而也就在这时，正掐准了油焰似燃未燃之际，只听“啪”的一声炸响，小雯儿手腕一抖，蔬料尽数下锅！

顿时，空旷的厨房里撩起了持续的暴躁，油煎食材、勺敲锅底的热炒之声贯充于耳。只见这位女厨好个身手，火焰之上，翻锅舞勺、腾挪颠簸，犹似长袖在飞。等估摸着有了一口气的工夫，看她放下大锅，又是来了一声痛杀地大喝！“哈！”原是倒出了手来，抓起案上一把鲜红的野山椒，用力地摔进了锅膛。我的天，这是辣椒还是火药，倏时里竟是见着一只硕大的火球腾空喷冒而起，将那锅里锅外都统统烧成了一团！而火辣的小雯儿驾驭着火烧的家伙，这行家里手的脸上又焉能找出半点异色！我想你燃多高你便燃多高，令你烧多热你就烧多热，这团火看着就好似是全然被控在了厨家的手心之中……难不成，这个人也是正用着那一股说不清、道不明的神奇气场在操纵与引导着这一切？

“哇！”一早便聚在门口等着看热闹的小角色们这回可算是开上了眼界，一个个发出了赞叹的惊呼。在他们看来，那是一团火，但又不单单只是一团火，从这边的角度望过去，那更像是一片耀眼的光。

“装盘儿！”这收官的一声怒吼震似崩雷，可着实是把大家给吓惊了魂儿。而与此同时，郭小姐要在出锅之前给菜品再勾上一点芡，伸出炒勺去取，“咔”的一下，竟是粗暴地把盛着温水淀粉的方瓷大碗给脆脆磕掉了一角。

又一名十八九岁的年轻女服务员赶忙奔了过来，配合着小东家给装了盘。之后，郭雯雯扯掉了围裙，边用毛巾擦着手，边大步地向厨房之外走去，而在门前扎堆的人们便也马上就像是卑微的仆从遇见了尊贵的女皇，“哗”地一散，为她自觉地闪开了一条大道。

可紧跟在了小雯儿身后的那名小服务员却貌似是在承受着某些难言的痛苦。此时，见她高高端举着那盘西兰花，在尽量地让它远离开自己的嗅觉范围，而再看她的脸上，居然已是流下了两行失控的泪水。这又是怎么回事？当这盘菜在随后穿越过人丛的时候，围观者们得到了这个疑问的答案。这……这是一盘什么菜！如此至辛至辣、呛人喉咙的刺激味道简直是可以用“具有攻击性”来形容，那就像是迎面扑来的一阵狂暴怒气，灼得受者的脸上便似是被鞭子抽打着一般火燎火烤地疼……

在“名味楼”的三层上共设有十二间各具特色的包房雅阁，名字分别是“傲来”“宝象”“车迟”“西梁”“比丘”“钦法”“祭赛”“朱紫”“狮驼”“乌鸡”“天竺”，以及小雯儿现在正推门而入的坐着大小迎儿和隋清这三位客人的“雷音”。

“乓！”郭雯雯取过服务员手中的菜盘，没有好气儿地往桌面上一扔，还随口自行报出了菜名：“怒炒西兰花儿！”

怒炒西兰花？天下居然还有叫这种名字的菜品，该不会是这位心情糟糕的女厨师临时起意，独门自创的吧。若是再加上前面的火爆腰花、中华铁板海鲜和烧茄子那三道菜，今日这张菜单岂不刚好就是凑成了一桌“怒火中烧”！

“咳咳！”这道怒炒可真是厉害，方才亮相便熏得大家拧鼻皱眉，小迎儿娇气点担不住，掩口就直接咳了起来。还得看是大迎儿人实在，美味吃喝来者不拒，见她抄起了筷子，馋馋地吞着口水，笑眯眯地对那小服务员求道：“妹子，给来几碗米饭呗！”

“吃，吃，就知道吃！今儿叫你们来是为吃的吗！”小雯儿自己也入了席，不待坐稳，便虎着脸呵斥起了大迎儿来。

“那你炒了菜还不许我们吃啊……”大迎儿放低筷子，有点委屈似的小声念叨着。

“我炒菜是因为我乐意！我炒菜也不代表着你们就是来吃菜的，今天是来说正事儿的！”小雯儿好生个激动，一巴掌拍在了桌子上。

“哎？今儿这里边儿没放鲍鱼啊……”隋清一边用夹子拨弄着铁板海鲜，一边略有失望地抱怨道。算上张雨心，北京市女子散打队这几位平日里关系不错的老队友们，近九年之中已经是数不清有多少次聚齐到小雯儿家的酒楼里来大饱口福了，鬼精灵的馋妞儿对于哪道大菜里面带着硬货也早已是摸得烂熟门儿清了。

“你，你……”小雯儿指着隋清，气得眼圈儿都发红了。

“嘿嘿，嘿嘿，开个玩笑，开个玩笑，说正事儿，说正事儿！”眼看小雯儿要炸，隋清赶紧摊开双手，嬉笑着赔起了礼来。

就在这时，包间的门又被人推开了。进门者不是来送米饭的服务员，而是一位有着雍容气度、显见干练精明的中年女人。她是小雯儿的母亲。

“呦，大迎儿、小迎儿、隋清，可是有日子没见着啦！来，你们最喜欢的，阿姨我亲手做的红豆沙。”小雯儿妈妈的手里端着一盆满满的甜品。

“噢！”三个女孩忽见着了这道清爽，不禁异口同声地欢呼了起来。

等等，这是一道什么样的清爽？

红豆本身便具有着清热解亢、通络顺气的药用功效，经过了慢火熬煮碾滤，取之内沙而弃其外皮，风凉之后再镇以刨冰，就更成了如是清凉似雪、冰透若晶的甜冷妙品。而郭母所制的这一款则又是创造性地加入了其家门秘传的花浆配方与水果颗粒。花之味有四，分是雪莲、薄荷、水仙、寒梅，清心静神。果之粒亦有四，别是秋梨、杨桃、草莓、石榴，性平凉温。这四花四果与此红豆冰羹共化共融、同属同相，也真可就堪称是在混搭食配当中那命里一脉、生来一家的天作之合了。

果不然，这盆红豆沙一上了桌面就立刻散出了淡淡清香与丝丝凉意，好像是柔爽地拭着食客们的焦额一般，瞬息就为大家消弭了肝火、退去了虚汗。而那盘怒炒的西兰花在这片绵绵的清意当中竟也好似是遭其气场所服那样，被慢慢地稀释了味道、驱走了热气。

镇店真名品！花果山七仙菜之首，花果山上红豆冰！

小雯儿妈妈在放下红豆沙的同时也潦潦瞧了一眼桌上女儿所烹的那四道热菜，淡雅眉目之间露出了些许的不悦。“雯雯，你看你这几盘儿菜，不是爆炒就是板烧，你就不能静下心来去踏踏实实地蒸个竹笼、炖个砂锅儿什么的？哪怕就是拌个清润去火的凉菜也好啊。妈一直都跟你讲，‘盘中色香味，灶上厨者心’。你啊，有着足以把心意写进菜品里面的天赋和能力，可就是老也控制不了这总爱着急上火的浮躁脾气。”

一门名厨！这花果山餐饮集团的堂堂老板娘又是何许的来头？

听老一辈的人讲，二十多年前的京都厨界里曾有过一场史诗般的厨艺大赛，那时电视机才刚刚走进了寻常人家，在大赛决战的当晚，电视台破天荒地第一次采用了现场直播，引得那全城的百姓可说是争拥一睹、万人空巷。而决赛的双方则是来自了一向就明争暗斗、关系不睦的两家大字号，台基厂“京膳堂”与崇文门“仙栗坊”的一男一女两位年轻人。

决战之中，四菜一汤定胜负。前四道菜完成，来自“仙栗坊”的女厨师发挥出色，已然建立起了足够的优势，只要最后一道汤品正常施展，摘下桂冠就必是十拿九稳。可是，令谁也没有想到的是，就是这最后一道驾轻就熟的针菇蛋花汤，女厨师却是出现了一个极为诡异的严重失误，并且也最终导致她丢掉了冠军。

一位评委在汤水当中喝出了一块碎蛋壳。

一名站在了如此高级别的决赛赛场之上的职业厨师竟也会犯下这般的低级错误，可真是让人百思难得其解。而更加令人意想不到的事情还在后头，就在那场离奇的比赛结束了半年之后，这两位年轻人居然走到一起结作了伉俪，且再过了半年之后，他俩又是双双离开了师门，另起炉灶，夫唱妇随，共同创立了一代名号“花果山”。

事实上，有关于这对堪称传奇的厨艺侠侣的野史演义以至是议论微词，在这多年以来的京城餐饮界中就也从未断过。人们或是明批，或在暗讽，从女方当年为了让自己的恋人成功出头而故意放水输掉了比赛，到男方至功成利就之后便退化成了一个沽名钓誉、浪得虚尊的浮华老朽，再到家族事业的运营打理其实完全就是掌握在女人手中，而男人则实际上只是在扮演着一块滑稽可悲的活动广告牌……凡此种种，总是在不停地把各类负面的隐情内幕给独家挖掘甚至是编绘杜撰出来。

而他们的女儿郭雯雯也从小就是在这样的舆论氛围里面一天天地长大的。当然，需要承认的是，有很多事情都是一个人在其所身处的命运位置之上于获得了生命馈赠的同时也必须要去甘心承受的遗憾。但是，不言而喻的是，对于这一位在某种可能也确是如人言般微妙的家庭成员关系和父母形象定位之下任着性子成长起来的女孩来说，她的兴趣志向和人生梦想的养成与选择，或许也还是会多多少少地受到了一些很难以被消除的隐讳影响吧……

“哎呀妈，我知道了，知道了！您出去吧，出去吧！”此刻的小雯儿还哪里听得进去这番点拨，她起身急赤白脸地把老妈推出了房间，临了还探出身子，冲着楼道里大喊了一句：“没有我招呼谁也不许进来！”完后便一把撞死了门。

“你啊，急也没用。”隋清手中剥着螃蟹钳，嘴里懒懒地说道，“以现在的情况看，好歹大家整体上还都是一条心的……起码在大面儿上是吧。为今之计呢，就是一个字儿，熬！你也来碗红豆沙吧，别嚷嚷儿了，老嚷嚷儿着怎么说正经事儿啊。”

让隋清这么一说的，小雯儿也不好再多去吵叫些什么了，她坐了下来，连喘了几大口粗气，从小迎儿的手里接过了一碗冰品。

隋清啃着蟹腿，继续言道：“女杀手给队里打了电话，这事儿就算踏实一半儿了。张心子那边儿呢，反正该说的我也都说到了，最后人家自己怎么想，咱就管不了啦。”

“我老早就跟你讲，让你今天把女杀手也叫过来，你到底叫没叫啊？”小雯儿的情绪平稳了不少，开始用常规的方式与队友们交流了，“还有你自己的事儿，你们家里完全搞定了没有啊，不会再有什么变化了吧！”

“我的事儿你不用操心！”不等小雯儿话落，隋清便很快速地抢出了一句。稍顿，她放下了手中的食物，抬起头环顾着众人，接着说道：“至于建秋儿的话，其实在叫之前咱们就也都知道，她是肯定不会来的。不过呢，我还真是特诚恳地去跟她联系了，就说大家非常急切地邀请她过来得赶紧一块儿商量商量队里面的事儿。她的答复是说呢，她妈这阵儿刚做完手术需要照顾，身边儿暂时离不开人儿，所以这次确实来不了。”

“她真这么说的？没直接挂你电话啊？”小雯儿睁大了眼睛看着隋清。

“啧，你瞧……”隋清咂了一下嘴，摆出了一副对于不被信任很是无奈的样子。

“哦，那……好吧。”小雯儿真的很少会说出这么简短的一句话。

“雯儿姐，我明白你今天招我们来是什么意思！”正在说着，小迎儿冷不丁地开了腔，她的那副口气好是一派痛表决心似的慷慨激昂。“现在队里的情况不太妙，大家都是人心惶惶的，这上边儿要是有变，下边儿就也都得抓紧给自己惦记好条后路不是。不过你放心，我王迎绝对不是那种人，墙倒众人推、树倒猢狲散这种事儿，我这辈子都干不出来。我啊，就是忠心不二地跟定雯儿姐你了，你在什刹海里当一天队长，我就在这儿当一天队员，你要是去了分店做那个总厨，我也跟着你，去给你做秘书儿！”

这都什么乱七八糟的！小雯儿听着王迎的话，差点没一口把红豆沙当血给喷了出来。我的好小迎儿欸，看样子你还真是不明白我招你们来是个什么意思啊！可转息之间，雯雯脑中一闪，却又改变了看法。这段话，或许……呵呵，这个小丫头，在这种时候跟我来起这套了。唉，是该说你聪明呢，还是傻呢……而且，那个什么猢狲散的比喻也实在是太惹人讨厌了。

小迎儿就是一个这样的人。

生长自北京石景山区一个钢铁工人家庭的王迎身材娇小、体质瘦弱，而且从小不知道为什么就特别的爱哭。十岁那年，家人为了帮她强健身体，同时也为了锤炼一下她那胆小怯懦的性格，将她送进了少儿体校田径班练习短跑。可不久之后，因为缺乏才华又怕吃苦，主管教练说她没有什么培养前途，建议其停止训练或是转换一个更为适合的其他运动项目。当时王家爸妈也不懂，就问教练，那您说该换个什么项目呢？结果那位田径教练想了想，半推脱半搪塞地建议道：我看她也就起跑那下儿还挺快的，隔壁有个散打班儿，今年开始想收女孩子还没人报名，要不你们去那儿问问……

阴差阳错地练上了散打，之后又在所有人都不看好的情况下，凭着成金龙那一句“启动爆发很有特点”而幸运地搭上了进入什刹海体校的末班车。这些年来，无论是在运动成绩还是人际关系上，比雨心她们小一岁多、比小雯儿要小了两岁多的王迎似乎早就已经适应了，甚而可以说是在尽情地享受着，作为一名平庸、势弱的小人物去依附在了那些强大的领导者的庇荫之下的安全而又稳定的生活。就连以后，她也希望能够一直都是这个样子。

在这一面上，子女们也许和父母的性格会很接近吧。小迎儿与她的家庭就正是生存在这座城市的庞大根基之中的那些只求一生平安地简单活着的最为广大的群体里面的较为典型的一类人，低调、隐忍、易满足，却又带有着一些些虚伪势利的本分小市民。

郭雯雯此时显然并没有心思去计较王迎那点油滑可笑的小心眼儿，她今天其实是准备了一些非常重要也非常必要的话要对大家来说的。至少，她个人认为是这样的。

“行啦行啦，到了现在这个当口儿，咱们大家就谁也都别唱好听的了。既然今天张雨心和丁建秋儿都有事儿来不了，那就咱们四个人说吧。我的意思，甭管今儿到了几个人，有一个儿算一个儿，都给撂下一句作数儿的痛快话儿，这什刹海女子散打队，到底是谁想留，谁不留！”“啪！”小雯儿从椅子下的电脑包里掏出了一份文件，凶凶地拍在了桌面上，一脸严肃、略带威胁地说。凑近了一看，那是一份协议书。“咱们俱乐部儿的运动员工作合同本来（去年）八月底就该签的，可成老大非说是丁建秋儿回了山西人不全，要拖到全运会以后再统一一块儿签……这几天合同范本发下来了，说是让大家伙儿先拿回去考虑，春节之后给队里答复。我不用考虑，字儿我已经签了，你们几个，怎么着！”

“我签，合同我都没拿回家，就在公寓里放着呢。”隋清的回应干净、利落、脆。

“我……应该……也签吧……”小迎儿小心地借过了郭雯雯的合同，瞅了一眼末页的签名，又看了看前面的条款，发现这份协议的基本年薪那一栏根本就还是空着的。然后，她低声下气地向大姐进言道：“雯儿姐，这你都下定了决心的事儿，我当然也得紧随着呀！不过呢……我自己倒是无所谓啊，就怕雯儿姐你可别是有些情况还不完全掌握吧。我可听说，打陈大荣被调走了以后，上边儿就已经基本上达成了共识，这什刹海模式要被推倒重来，成老大的位子也不稳啊！再加上何小强脑袋里的那个什么东西，据说相当不乐观，八成儿早晚都躲不了得开颅，那孟老海呢，又转脸儿就要退休了，这一整套的教练班子恐怕都不是特别靠得住啊！前几天，我还听那拨儿 90 年的小的们议论，说是女子拳击要进奥运会，她们正合计着想趁着年轻跳槽儿奔拳击队那边儿去呢！这可不是说着玩儿的，这要……”

“王迎！”小雯儿姐一声大喝，打断了“善意提醒者”的逆耳话头，“你讲的这些我们都知道，不用再多说了。教练组和青年队的事儿咱们定不了也管不着，现在说的就是咱们六个转了职业化的一线队的问题……这话兜来兜去的，你不就是想以后有个保障吗，我今天就给你一个承诺！你比我小了两岁是吧，这么着，往后只要我在什刹海里多打一天，你就也跟着多坚持一天，而等到了将来我要退役回家干饭馆儿的时候儿，想不想一块儿退你随意，但只要是哪天你也退了，我们家花果儿山餐饮的管理层里随时保你一个满意的班儿上，成不成！”好个队长风范，以私谋公，够诚意！

“得嘞雯儿姐，有你这句话，我签！”要是再敢磨叽倒试试。

这会儿，今天在座的四位老队员里还没有明确表态的就只剩下大迎儿了，她此时正趁着大家说话，一个人偷吃得正香。

“嘿，你呢？”小雯儿腾出了空来，扒拉了一下身边的大个子。

“啊？我什么……”嘴里嚼着腰子的大迎儿一脸茫然。

“续不续签合同，留不留在什刹海俱乐部儿里继续打，问你的意思呢，你个笨鸡蛋！”小雯儿从来都是跟大迎儿这样说话的。

“嗯……我的……意思……嗯……我……嗯……没有……什么意思……”大迎儿也从来都是这么和别人说话的。

“那你说你没别的意思，就代表说是愿意一切照旧，全都还像是以前一样，对吧？”如果能这样收尾的话，小雯儿今天所做的工作也可以说是大获成功了。

“嗯……我本来是没什么意思的，不过听你这么说，我倒是刚刚……又有了一点儿意思。”大迎儿搁下碗筷，试着端出了副一本正经的模样，“你说……一切照旧，全都还像是以前一样……可现在的情况是，这已经……不可能了呀……”

大迎儿此言一出，小雯儿的脸上一下子变了颜色，她阴阴地把身体向后靠在了椅背上，冷语道：“你想说什么？”同时，被引起了注意的隋清也把她忡忡的目光投了过来。

大迎儿慢吞吞地道出了自己的想法：“我……嗯……我想说的是，这以后和以前最大的区别就是，咱们的俱乐部儿……已经被禁赛了。以前，每个人每月都会有几千块钱的工资和补助，出去打比赛还有额外奖金，可以后……就不知道还能有多少了……嗯……你们都不在乎钱，家里也不缺钱，可我……嗯……我的意思是，如果今后在俱乐部儿里挣到的收入太少了，那我……我……我想……”

“你想，你想干什么！”小雯儿实在是无法忍受到让张欢迎把她那表达起来像是挤牙膏一样费劲的心里话给说完了，火爆大姐本已经平和下了一点的坏情绪再次被一阵攻心的急火瞬间点燃，烧了个怒发冲冠。“你想造反啊！好你个大傻迎儿，合着你是只喂不饱的白眼儿狼是吧，每月少拿个几千块钱就让你起了二心了，你就那么不值钱啊！这么多年来，吃队里的喝队里的，养了你一身比谁都壮的块儿，你全国冠军哪儿来的，你第一件儿合身儿的衣裳哪儿来的！到今天你居然敢跟我们提挣钱这俩字儿！”

骂到兴起，小雯儿忽然像是想起了什么似的，又一次打开了电脑包，从里面拽出了一张花花绿绿的报纸。“想挣钱是吧，有的是好工作给你干！看看这家儿招的是……保镖！适合你吧！再看看这家儿，知名影视公司，诚聘龙虎武行、替身演员，有武术功底的青年女性优先！怎么样，去不去啊？嫌钱少？那就去这家儿呗，这家儿最好，巡回搏击展演团，演出场次固定、票房收入颇丰，参演团员待遇优厚、按场结算、吃住宾馆、保险齐全！你还等什么啊，赶紧去啊……”郭雯雯是出于了何样的复杂心境与周全准备，竟会是把这份刊有着招聘广告专栏的地摊小报《武打世界》也揣来当作了今天议事可用的一份外部参考材料。

这张报纸现时就在大迎儿的鼻尖前面来回地挥舞晃动着，而憨憨的姑娘也不知是有意为之还是大脑此刻压根就还处在了状况之外，她竟然是一伸手顺势接过了报张，而且还很感兴趣似的翻动查阅了起来。“是吗？在哪儿呢，我看看……”

在时空静止了两秒以后，隋清和王迎只觉得是烈焰火浪扑面而来！

“看……看你个死猪头啊！你还真敢看！”小雯儿狂暴地夺回了报纸，三下两下撕作碎片，然后一把扔回了大迎儿的身上。“不许看！”

随后，失去理智般大叫着的队长又用上了真劲，一双拳愤然捶向了桌面，直震得茄子和鱿鱼段都一起飞上了天。“一个都不能少！！！”

在郭雯雯上小学三年级的时候，有一次因为和男同学打架被学校老师请了家长。那一天下午，班主任头疼地看着站在办公室的角落里依然还气呼呼地噘着小嘴的小雯儿，向郭家的父母建议道：“这孩子火气太盛，这样下去对她的成长很不利，也不好施教啊。您家有没有考虑过让她从事一下儿体育训练，也好给合理地引导引导……”

过了一会儿，在学校一楼的楼道里，一位健壮的男子又追上了正在犹豫着的这家人。“雯雯家长，我是她的体育老师，昨天打架的事儿是在我课上孩子们一起争球玩儿的时候儿发生的，整个儿过程我都看见了。如果真的决定了想要去参与体育运动的话，我推荐个选择，我的一位老同学在工体（北京市朝阳区工人体育场体校）当教练，现在有一个今年才刚开始招收女孩儿的项目，可能会适合她……”

而在此之前，郭雯雯除了学校的文化课业之外所接受着的唯一专业指导，是在每个周末的下午跟随爸妈学做一道新菜。

长大以后的小雯儿和她父亲的关系好像一直都有些别扭，而在这副实也并不少见的表象之下的深层次原因其实或许竟是，这个孩子对自己的爸爸自从青春期开始后便产生出了一种说不清缘由的轻视，甚至是鄙夷。而这种乍听上去很有些奇怪的逆反心理在她十四岁那年的某天晚上，妈妈于床边对她说过了“一个女人即使再有本事，最终也还是要让自己的身前去站上一个男人”的这番话之后变得更加强烈了，并也几乎从此便成为了这名生来就特别好强的女孩子的生命之终极追求当中的核心命题。

绝不愿去依赖家庭，更不会去依靠男人，倔强的郭雯雯立志要让自己成为一名真正强大或至少是足够强势的独立且不凡的女性。而能否达成这种理想境界的评判要素也显然不会是仅仅只局限于在个人发展的一面成败与利益得失之上的，让那些只有最为坚毅的领袖才会具备着的卓越统帅力和执着责任心能够在事业与伙伴们都极为需要的时刻去闪烁出伟大的光辉，这才是此一人生梦想的真髓之内涵。

事实上，郭雯雯在这些年以来也一直都是竭尽所能地用她自己认为正确的方式在做着这样的努力。她不会忘记自身所肩负的职责以及陈微在临走之前对她嘱托过的那句话。“小雯儿，以后就看你的了，让这支队伍能永远团结地一路走下去！”

今年春节以后，花果山餐饮集团要在北京通州再开张一家新店“典味楼”，父母的意思是从总店派过去一名高管做总经理，然后让女儿去担任行政总厨，磨炼磨炼。不过，这个人事安排的初步计划在小雯儿的强硬抵制之下已经被迫搁浅了。

请谅解一下这名年轻人难以自控的暴脾气吧，因为在近期不断传来的坏消息的反复折磨之下，这位本已比别人承负了更多的二十二岁姑娘，压力太大了。

“成了成了，干吗呀！”隋清适时站起了身，扶住小雯儿，把她连推带劝地摁回到了椅子上，“你听大迎儿把话说完了，这么些年，咱们还不了解她？她是那种人吗？有朝一日队里的人都走干净了，但凡还留下一个，那就保准儿是她！你别这么神经过敏好不好啊！”

神经过敏，这句评价对于现时的小雯儿来说真是异常的贴切。

“大迎儿，你也是！你看她打一大早儿就横着说话那样儿，就知道心里又憋着气儿呢，你还招她！续签合同不是个小事儿，现在的局面本来就敏感，多余的话还是少说吧……”隋清一面安抚着小雯儿，一面又敲打了大迎儿几句。她这么做的分寸是到位的，虽说谁也不相信第一个“叛逃”的会是从来都比别人慢一拍的张欢迎，但直肚肠女孩所开口抱怨出的那些泄气话也确实没有人会爱听。即使，那是每一名队友都能够理解的无奈事实。

“我又没说不签……犯得着发那么大的火儿吗……欺负人……”在毫无准备中被痛骂了一顿的大迎儿低着头，双手揉着衣角，可怜巴巴地小声嘟囔道。

被推回了座的小雯儿一开始还在狠狠地瞪着大迎儿，待到隋清这通左右劝完了以后，她端起碗来大口大口地连喝了两碗红豆沙，然后，也不再言语了。

包间里许久没了声响。

“咱们这支队伍绝不能散！我郭雯雯今天把丑话给说在前头，这次谁要是只顾着自己，敢逃跑……我就跟她绝交，一辈子不说话！”最后，小雯儿放出了这句算是给今天的聚餐商讨进行了总结陈词的硬话。

之后，房间中又是静默了良久。

“唉……你这话……主要还得看是对张心子起不起作用啊……”至最终，隋清长吁了一声，意味深长地叹道……

……

腊月二十三，过小年儿。

“十二层”的楼道里好一片大红色的喜气洋洋，大家贴上了对联年画，挂起了灯笼纸花。对于北京什刹海女子自由搏击俱乐部来说，在即将过去的一年当中真可说是流年失利、诸事不顺，这眼看着新春佳节将至，成指导主动提出，今年咱们一起动手把家里给布置布置，也好是正借着这个难得的机会来见见彩头、讨讨吉利。

这两天，成金龙的心情还不错。一周前建秋给他打来了电话，先说明了自家的情况，又询问了队里下一步的安排。当时成主教练强忍着满心的激动，热情地回答道：什么也甭多说了，之前的事情都已经过去了，现在，队伍就盼着你赶紧回来呢！而就在昨天，小雯儿也过来向自己汇报，说老队员们相互通过气了，俱乐部下发的工作合同她们都会签。

此一连两件的顺心事让成指导颇为惊喜地感觉，这到了年根儿底下，咱们的队伍是不是就要时来运转、否极泰还了？

而且，就在今天，雨心她也会回来。

转眼之间，雨心出院也有两个多月了，听说前一阵子还去了国外旅游，看样子脚上的伤势应该已无大碍了吧。也是在前几天，趁着建秋和自己联系的由头，成金龙给已经因伤离队了三个月的头号主力队员打去了电话，告诉她另一位队友就要归队了，而俱乐部目前正在进行着老运动员们的续约工作，所以希望她也能够尽快地正式回归。

雨心答应了。从女孩的语气当中并不能感受到她对于此事的具体心情，被召唤者只是平淡地说道，正好自己也有事情要和队里面讲呢。

不管怎么样，先见着人再说吧。成金龙没有去过多地追问什么，只是赶紧和队员定好了节前回俱乐部碰面的具体日子，虽然他那时极其想知道雨心话中所提到的“事情”是关于哪一方面的。冥冥的直觉之下，男人的心里并不安稳，但他还是选择了去继续运用着侥幸心理把翻开底牌的时间延缓向了最后一刻。因为，他输不起。

下午两点多钟，雨心姗姗而来，长期的悠闲休假生活已经让习惯了熬夜晚起的她无法在中午之前的时段去安排任何事务了。特地约在了队友和其他教练员们都有最大可能不在的周末时间，戴着大框墨镜的沉默女孩低着头，就像是羞于见到熟人一般，一上楼便直径钻进了只坐着成指导一个人的主教练办公室里……

“这……雨心，这……你这是……”成金龙手里拿着一张由张雨心毕恭毕敬地呈上来的单页打印纸，而主教练只刚刚才扫了一眼标题，便顿是身僵舌结、情急汗涌，犹如化作了一具被封闭了语言能力的冰冻之人。

这是张雨心的退役申请报告。

是的，对于某些几乎缠结着自己走过了整个青春岁月的人生疑难，不胜其烦的姑娘在今天选定了如此的方式来做上一个了断。她终于迈出了这一步。

不过对于自己队员的这一次选择，也许理应是该去作为在这个世界上的一位最重要的利益攸关人的成金龙指导却显见是还没有做好相应的心理准备。当然，如若说他从来也没有考虑到过这种最坏的可能性，倒也确有失之偏颇，只不过是，当每次这个男人的脑筋运转到了这一片区域的时候，他就总是会突然自我强迫性地想起了一些足以将当前的主题给刚好覆盖掉了的别的事情而已。所以也一定正是由于那样，在此时此刻，这位曾经或曾经在很多人的印象之中是那般强悍坚毅、刚硬果敢与坦荡磊落的伟大武者，竟会是一下子变成了这副其今生从来也未有出现过的慌张怯懦、失魂落魄而又哑口无措的丢人模样。

“雨心，你……你听我说，你一定是误会了上级主管部门儿的意思了，那份儿停赛处罚决定并不是要去有意地针对你或者建秋儿个人的，那就只是公事公办、有章可循的一种……一种以保护和帮助年轻人们为目的的，必须要去走一下儿的形式而已。它本身对你们的实际影响很小，丝毫不会损害到以后的运动生涯，而且站在咱们自己队里的角度上也是完全没有人会去把那真当回事儿的。你还是你，建秋儿也还是建秋儿，你们俩回来了以后，一切都不会与之前有任何的区别！”略微回过了一点神后，成金龙开始了想通过自己的努力来挽回事态的必然尝试，就像是名愚守孤城、死马活医的垂败之将那样，他已经顾不上什么避讳与分寸了，该说与不该说的都急着抢着地全部交出了底来，就只是为了还有可能再去燃起可以留下雨心的一线希望。“至于对俱乐部儿的禁赛，那其实纯粹就是高层政治斗争的结果，你们普通队员是不用去操心这些的。等歇够了半年以后复出，自由搏击这边儿即便真就是从此都不再打了，你不一样也还是国内女子散打的最高水平运动员。不用费什么力气，再多拿几次全国冠军，等以后真到岁数儿了想要退役的时候儿，该有的谁又还能少了你哪样儿？而又有谁还会记得起来在多少年前所出过的……这么点儿早就烟消云散了的小事儿？”

“成指导，您都带我这么多年了，我是什么性格您还不清楚吗？我有可能会因为一时的挫折想不通，就拿退役这种事儿来赌气吗？……跟所有的那些东西都无关，就是我自己……不想练了，想干别的去了。”张雨心耐心地等到主教练把话说完，然后轻声细语、面带微靥地答道。她早已预料到了会面对如此的劝阻，也早已准备好了去做出这般的回应。一句简单而实在的真心表述足以胜过十句百句在强行灌输着的晓理动情，一笑之间，成指导那如焚的急切便已是被绝断了门路、化作了无形。

女孩说得没错，成金龙是非常清楚自己每一名队员的脾气与性情的，所以，他才会是那样地不敢设想当“退役”这两个字从张雨心的嘴里说出之时的那副世界末日情景。因为，如果那真的发生了，就必将会是对方在一次彻底地深思熟虑之后的不可改变。

不过，即使是在心底里面已然深深地绝望，但成金龙的嘴上却依旧还不愿放弃那些注定早已无谓了的徒劳游说。或许，这就是一种有些类似于是当很多动物即便是已处在了毫无逃脱希望的必死境地之下时，也还仍然会去奋力挣扎着求生至最后一刻的肉体本能一样的理性外行为了吧，如果那种情况确实和这个男人目前的极糟处境具有着可比性的话。

“雨心……雨心，你听我讲……”成金龙的语音有些浮乱，摆打出手势的臂膀也略带着颤抖，他这样的经验其实并不丰富，当需要在真正的极端烦躁与混乱的情绪之下去阐明一项复杂而又深刻的观点的时候。“我从来也不反对队员们为了自己的前途而去做出选择，这十几年来，我手底下因为各种原因离了队的运动员有很多。我只是……只是作为一个你们的长辈、一个教导者，我自认为有责任也有义务为了你们的好而去多做出一些工作，以免得你们会走上了弯路、走上了错路！雨心你听我一句劝，你还太年轻，在去自行权衡生活利弊得失的时候儿看得还不一定透也不一定全。也许确实像是你自己所说的那样儿，现在的你真的就是更想去干些别的事儿了，但是在你得出了这样的结论之前，你究竟有没有去仔细认真地考虑过，你以前所一直都在做着的那前一件事情，到了今年今日就真能够算得上是已经向自己的人生、自己的青春做出了一个问心无愧并且足够完整的交代了吗？雨心，没有人可以去重走自己生命之中最为宝贵的年少岁月，你明明是可以用一名成功者的姿态来完满地结束过往之后再去开始自己的全新征程的，可为什么，为什么偏偏就不愿意再去多付出那么一点点的毅力，而甘愿沦落为一名失败者，去如此般软弱而耻辱地逃走呢！而且，如果终身都带着一个这样半途而废、有始无终的梦想回忆去活着的话，你的下半辈子不管是再去做些什么，还会有好的心理状态吗，还会过得踏实安心吗！所以说到底雨心，不管你是想退役还是想要去重新选择其他的事业，现在的时机都并不成熟，你……可一定要三思而后行啊！”

一篇多么苦心尽义、语重情深的劝言啊，想来在这个世界上恐是再也没有人还能够把这番话讲得像是成金龙指导这般真挚投入且明晰透彻了吧。尤其是，还又一次看似极尽合情合理地在话语收尾阶段冠上了那句他最具有个人特征的，常被用以去拖延和抗拒某些他所不喜欢的生活改变的著名论调之后。

与适才一样，雨心依然是静静地听完了对话者的全部言论，但是等她再次开口应答的时候，脸上的微笑消失了。“成指导，谢谢您给予我的忠告，坦白讲，在您的话里面，一多半儿是我之前都思考过了的，一少半儿倒是确实还没有想到那么地远……不过现在这些全都已经不重要了。对于我，或许也包括了很多像我一样的很幸运地并不用去受困于现实生活压力的年轻人们而言，去做着、坚持着一件事情的最为根本的动力与价值其实往往非常单纯，就是缘于快乐，发自于心中的快乐。但是，当我一旦在人生中的某一时点得以确信了自己已经绝大部分地失去了这些快乐以后，去艰难地做出必须要回头的决定就也自然是自身所难以逃避的生命责任了。您刚才说，我的放弃会让青春留下无法弥补的遗憾，这个我承认，而且此前也一直都在为之做着痛苦的心理斗争……但是就在前一阵儿，我的一位朋友教了我一个他们金融投资领域里面很常用的词儿，叫作'止损'……所以很抱歉，还是请您尽量地理解我不得不去这样子决定了的情原和苦衷吧。"

"止损"的意思是指，投资者为了避免未来承受到更大的损失而主动放弃掉坚持等待形势变化即有可能收复失地的尚存机会，选定在某一时刻坚决地终止此项投资的所有相关博弈行为并忍痛清算离场，彻底认输出局。

成金龙懂得那个词的含义，并且由此也被张雨心这种显见很不恰当的比喻给立时激怒了。当然，要是没有出现这个词他应该也一样会被激怒，因为在这场绝情的交谈之中，一个像他这样的男人产生出如此的情绪本来就只是时间的问题。"张雨心，你说什么！你在怎么评价一个你怀抱了十二年的儿时梦想！止损？你损失什么了，我这人向来就最听不得这种腔调儿！队里面儿谁不知道，你的心思早就让当模特儿的那些事儿给抓走了，你现在要求退役不就是惦记着想早点儿出去当职业模特儿去吗。可你不想想，你的脸蛋儿是爹妈给的，但这身条儿是谁给的，是打小儿苦练的体育运动给的，是散打给的！那演艺圈儿里边儿的激烈竞争普通人也多少都听说过点儿，你一没受过专业培训，二没过硬的后台撑着，你凭什么就这么顺利这么快地有了今天的发展和知名度，还不是因为沾了自由搏击的光儿！你现在回过头来跟我说止损，你这叫什么，典型儿的忘恩负义！过河拆桥！"

成金龙教练，你的话说得太重了。

张雨心的脸色一下子变得青青的，很难看。在这个女孩子的心中实而是深藏着许多隐秘且又易感的，很不愿意去轻易想起也更不愿意被别人去随意提及的柔弱之处的。但是现在，她只感觉到一名极度自以为是并盛气凌人的封建大家长再一次用其一贯的苛刻与专横在毫不留情地狠狠践踏着这片脆弱的地带。而不凑巧的是，到了今天的这一时刻，已然决意了要离开这一切的姑娘认为自己也已经没有丝毫的必要再去继续忍受这种多年以来的专制与压迫了，所以，她也被激怒并且决定要彻底爆发了。

“成指导，您今天既然已经把话讲到了这个份儿上，那我就也不妨来聊聊我这几年以来心里面的疙瘩。不错，我爱过散打，也全身心地去做过这个梦，但是我从小所爱着的那样东西是美丽、自由、飞翔在天空之上的真正发自于心中的喜乐，而不是像现在这般被各种的团派利益、规章条框甚至是血泪与交易所包围着的，以碾轧着每一名参与者的青春和理想来作为运行程式的一部残酷、僵硬且看不到明天的制度机器！那跟我以前所梦想到过的不一样！站在狭隘的立场上，成指导，不管怎么着，我们都还勉强可以算是这部机器当中的获益者，正像你所说的，从表面儿上看谁也没有损失掉什么，但是，我们曾经拥有过的那颗心却早都已经被丢得无影无踪了……我所在乎的这些问题以及最终已做出了的这个抉择，与咱们队伍的自由搏击改革和在全运会上所发生的事儿有着一些或正或负的关联，但那些都并不是决定性的。真正决定了这一切的根本原因是我已经再也不想去过着这种被钳制、被摆布、被利用的痛苦日子了！成指导，你当然有权继续维护着你自己所喜欢的生活方式，但无权去指责和干涉别人的！”看雨心弯眉倒竖、杏目圆睁，那一副言中带刺、语出逼人的凶顽气势怕是就连她自己这辈子也从未曾见过。

“笑话！”在这场火药味渐浓的争论当中，成金龙又怎能会屈服于他那位从小到大连架都没有和队友们吵过一次的文静女弟子。“只顾着追逐自己的心情感受与主观好恶，却从不想着去努力地适应这个现实社会的既有秩序和游戏规则，这不是没见过世面的小屁孩儿的无知幼稚又是什么！你如果不想过这样的日子，那你在这个世界上就根本没有日子可过！遇到一丁点儿在所难免的不顺心、不如意，再加上另一丁点儿实则上自己也还都未知究竟的来自于新鲜玩意儿的刺激诱惑，就马上喜新厌旧、见异思迁，所有的人要都像是你们这样儿，那这个天底下还能干成什么事儿！一个人在这一辈子里又还能干成……”

“你别拿这些大道理来压我！”张雨心真是听不得这些说法的，因为在她的心中，这不仅仅是简单的批判，而更像是一种对其人生的侮辱。于是，嗔怒不已的姑娘不甘示弱、奋起反击了。“我从九岁开始就没过过一天像是正常女孩儿一样的生活！我练散打，尽了我的心了，当模特儿，也用了我的力了！我没有对不起任何人，更没有对不起我自己！我这一辈子里想要去干成什么样儿的事儿、能不能干成什么样儿的事儿，那都是我自己的人权，别人管不着！没有人可以来命令我、操纵我，没有人！就算是你也同样没有资格！”

“我管不着？我没有资格？”成金龙的火气也已经被拱到了危险的临界点，他忽地从办公桌后站了起来，绷直的双腿一下子把身后的座椅顶出了老远。“为了你们我一年下来统共回家三天！为了你们我累得得了胃溃疡肾结石不休病假！自打你张雨心进了什刹海体校的第一天起，我这个当教练的哪一句指点、哪一堂训练、哪一场比赛，让你耽误过一天工夫儿、浪费过一次机会、错失过一份儿成绩吗！没有我你能有今天！你敢说我没有……”

“你那么做都是为了你自己！”张雨心近乎是叫喊着也站了起来，“是你自己想要光耀师门、名留青史！是你自己想要当国家队总教练，想要进中国武术名人堂！你所做的一切的一切都是为了你自己！现在，我的脚折了，建秋儿的脸花了，我们都成了你的牺牲品！你永远想让我们都按照你的行为标准去活着，但是那根本就办不到，因为我们当中没有一个人可以变得像是你那样儿，不要家庭，不要人性，什么都不要，只要散打！”

张雨心用一把寒光朔气的利剑直刺进了成金龙的胸膛，冷铁入肉，贯穿心房。

办公室里猛然间静了下来，师徒两人似乎都在愕然地呆视着那许多许多的正不断从被刺者伤口中漫出的鲜热血水，直到……

“张雨心，你别以为你现在长大了我就不敢抽你了！”成金龙愤然抬起了剧烈抖动着的右手，指向了张雨心的鼻子。他的眼睛红得令人不忍去直视，而遍身的筋骨关节也都在无力自已的紧咬当中不停地发出着“嘎巴嘎巴”的吓人响声。

在又一段短暂的寂静过后，张雨心凄然地扬起了额头，说道：“抽我……你要是真敢抽我，我就去北京市体育局告你……”

然后，她不再理睬教练，重新戴上了墨镜，转身走出了房间。

门被雨心关上了，而成金龙仍旧是在保持着那副伸出了手去的姿势，许久许久……他没有再说什么，他又还能再说什么呢。男人最后所看到的影像，就只剩下了贴在房门里侧上的那张被这次撞合震动得摇摇欲坠了的大红福字……

柿子树的枝叶枯干秃败了，它这会儿正处在了自己生命周期里所必定要去经历的低潮之中，而回想起了它于夏秋时节里那丰茂的绿冠与满缀的红实，此刻立于了树下的观者已不禁又是心生出感怜、息叹起无常了。

春节前的什刹海体校里行人稀落，所有的运动队伍中，有假期的已经解散回家，不安排休假的也多数都已拉到南方去搞集中冬训了。张雨心孤零地站在了肃静的大道上，她感觉今天这一整座无比熟悉的校园里面，就只剩下了她一个人。

再抬头多看上一眼吧，那些几乎是占据了心中之所有的去往回忆。

太阳又快要落下了，“搏击一馆”的女子更衣室里，窗口处透进的一些朦糊的橘色光线勉强帮助雨心收拾好了自己在柜中的私人物品。在整理好这里的一切并往每一名队友的柜门缝中插入了告别时该道的话语之后，女孩把满满的大背包放在地上，独自于屋子的正中央坐了下来。她一动不动，什么也没有去做，甚至什么也没有去想。她只是在耐心地等待着那些浮在了暮光之中的微细灰尘轻轻地飘到自己的腿上……

终于到了该离去的时候。

真的就要这样结束了吗？张雨心似乎直至了此时还都对这样一次人生路上的巨大变故有些不愿相信也很难适应。但，那却已是真的就这样结束了。

唉……罢了，已然是木已成舟的事情了，再去多想又还有什么用……

雨心步到门口，回头看上了对这里的最后一眼，然后，在临去之时恋恋不舍地给这扇门留下了一道暗暗的薄隙……

大年三十，除夕之夜，万户灯火，阖家团圆。

热气腾腾的大铜火锅是老成家每岁年夜饭时都会相见的传统保留项目，今晚，用它来款待整年里也难见一面的长子大龙可真是再为暖和不过了。家中的爹妈都已经上了岁数，大龙和弟弟大虎、妹妹大凤以及弟妹、妹夫，还有小外甥和小侄女等一干晚辈们，一起给二老拜了年、敬了酒。这顿饭，大龙喝了不少。

十点多钟，大龙起身与家人告别，老人和孩子们都要早睡，他该回去了。

大街上，爆竹轰鸣、烟花绚亮。2006 年的春节是北京市区在禁放烟花爆竹多年之后的头一次解禁，这一晚的人们兴致很高，满城里都尽是那些令人兴奋的“噼噼啪啪”与红红闪闪。成金龙骑着他的自行车，一路上也停下了几回去驻足观望，这种熟识的感觉让很少会笑的不惑男人找到了一些曾于儿时的乐意。

市体育局的某处家属楼中，成金龙独自回到了那间属于他自己的房子。但事实上，男人对于此处竟还是有些陌生的，因为自从妻子去世了以后，他就极少会再回来了。这里对他而言只是一套房子，而不是一个家。

地板上有一层厚厚的浮土，但是主人并没有在乎，他扯开了盖在客厅沙发和电视机上的白布，然后打开电视，坐了下来。他想要看一眼今年春节联欢晚会上赵本山和宋丹丹合演的小品，还好，并没有错过，而再之后就是农历新年零点时刻的欢腾倒数了，这也是每一个坐在电视机前的中国人在今夜都不该落下的场面。

坚持着看完这些以后，因为懒得再去掀开卧室里面床上的苫布，早已带有些醉意了的汉子就这样在沙发之上和着衣服呼呼地睡去了。

对于成金龙主教练而言，这一年的春节便也又算是就这么过去了……

大年初六是北京市女子散打队即北京什刹海女子自由搏击俱乐部的教练和运动员们结束假期、统一归队的日子，一大早，成金龙便出现在了“十二层”自己的办公室里。事实上，多年来一直都是以队伍为家工作生活的成指导在年初一的中午就已经回来了，更确切一点地说，在这一整个的农历新年里，他总共也就短短地离开了不到一天的时间。

过完了年，往后的日子也总还是要去面对，成金龙准备着就在今天去把张雨心已经退役离队了的消息公布给大家。

可谁知道，还没来得及等到他集合开会，又一个同样令人意外且也绝对是糟糕透顶了的坏情况却已是率先让这楼层之中的所有人们都大吃上了一惊。

“成指导，成指导！不好啦！”小雯儿急迫的叫声响彻了楼道，她顾不上敲门，挥舞着一张字条跌撞地冲进了房间，“大迎儿她……她……离队出走了！”……

北京市（原）崇文区的夕照寺街。

这一栋有些破旧的老式居民楼上就是张欢迎的家，初七上午，为了大迎儿突然离队失踪的事情，成金龙和孟大海两人寻到了这里。他们需要见见女孩的父母。

在大迎儿给小雯儿留下的字条上只是潦草地写着一句：我需要出去赚点钱，可能要离开队里一段时间。勿念，勿找。

站在马路边上的成金龙正要再次拨打电话询问，却远远地望见一位中年妇女在向他们这边招着手。待走近了一看，没错，就是这一对九年前的那唯一一面曾给自己和同事们都留下过深刻印象的夫妇，一个永远是在憨笑着的高大女人和她坐在了轮椅上的瘫痪丈夫。

这夫妻二人在自家楼下经营着一个小小的报摊。

大迎儿的父亲小时患过小儿麻痹症（脊髓灰质炎），后遗症使他的下肢从此残疾，到了三十多岁才经人说合娶回了一位来自（北京市）密云（县）山区的农村姑娘。这位姑娘就是大迎儿的妈妈，她的身体同样有些不幸，因为六岁那年一次持续的高烧耽搁了治疗，她的大脑机能受到了某种损伤，从此不论喜怒哀乐都总是在笑。

成家两年以后，他们有了第一个女儿，那是张欢迎的姐姐，名叫张庆祝。小庆祝身体健康、聪明乖巧，夫妻俩对她精心照料、甚是疼爱。可是，残酷的厄运却死死地盯住了这无辜而又积弱的一家人，庆祝在上幼儿园中班的那年于一次治疗肺炎感染的过程中使用了链霉素（一种抗生素），却不想由此发生了严重的药物不良反应，导致她的双耳丧失了绝大部分的听力，变成了一名聋人。

这一年，大迎儿两岁。

为了回家与客人说话，张家夫妻把报摊拜托给了围在一旁下棋的老街坊们，领着成、孟二位来到了自家的楼门口前。旧式的六层板楼并没有电梯，不过好在轮椅不必上楼，锁在自行车棚里就成了，而那位乘坐者则需要靠着人力给背上三楼去。

“不用！不用！”大迎儿妈妈笑着推挡着成金龙意欲代劳的手，坚持要把丈夫单独驮在自己的背上。结婚二十多年来她一直都是这么做的，在老公曾经工作的街道残疾人福利工厂关闭，致他们不得已要去自谋生路了以后也没有任何的改变。

“成指导，您甭管，我们肯定没问题，天天都这样儿。您要来，还不知道该怎么转身儿呢。”大迎儿爸爸也是一样的意思。

阴黑杂乱的楼道里，健壮的妻子背着她此生的所爱，身影凝重、步步坚实，一级级地攀爬着脚下的台阶。成金龙跟在他们的身后一路看着，不由得心中暗叹：即使她远没有大多数人那样聪明，但却真的是一个很强大的女人。

一行人进了房间。

让来访者们首先注意到的是在客厅中正在画画的一个女孩，看背影有点像是大迎儿，但身高要矮了不少。对于大家的开门、讲话声，她没有做出丝毫的反应，始终就是面向窗户在专心地绘着自己的图案。

“老大现在正放寒假呢，回家住几天，等过了初十就回学校。她平时在家里不爱带助听器，一画上画儿就一点儿也听不见旁边儿的声儿了，您二位别介意啊。”大迎儿爸被放到了里屋的床上，大声地招呼道，“二位也进屋儿来呀。”

“哦，好的好的。”孟大海答应着，边和成金龙把带来的一箱鸡蛋、一箱牛奶和一桶油放在了地上，边说道，“这姑娘，跟她妹妹一看就是姐儿俩。”

这时女主人从屋里出来，走到庆祝的身侧，笑眯眯地轻拍了拍女儿的肩膀。姑娘一下子惊觉，回头一看，赶忙站起身来向来客们诚挚地鞠上了深深的一躬。然后放下画笔，急匆匆地便钻进了厨房，瞧那样子是去忙活起烧水沏茶之类的了。

眼前这套挤住着经济条件并不宽裕的四口之家的一居寒舍，显然已并不需要再单独去费上什么笔墨来详尽地描述它的局促与贫陋了。看家具摆设，父母是住在内室，而姐妹俩就睡在客厅。成金龙注意到了面前的那张双层床铺的下铺用一只掉了漆的木箱子延拼出了尺余的长度，以及，张家长女所作的那幅油画。那是一片充满了阳光的绿色树林，其中还飘散着飞翔的蒲公英，虽然并不太懂行，但即便是普通人也能看得出来，这幅画很美。

“媳妇儿，把老二让咱收着的那个文件袋儿给拿过来。”见客人坐进了里屋，大迎儿爸吆喝道。“来了！来了！”大迎儿妈咧嘴笑着，一路小跑地送来了老公要的东西。

“您看看这个……”大迎儿爸从袋中抽出了几页纸，递向了成金龙。

这是一份已经签上了张欢迎名字的什刹海俱乐部运动员工作合同。

“那照您看，她这么不声不响地就走了，到底是因为什么啊？”成金龙把合同又传给了孟大海，之后向队员父亲问道。

“年二十七运动队放了假，老二那天下午回来跟她姐还有笑有闹的，二十八白天我跟她妈一出摊儿，再回来就不见人了。随身儿的东西都是从队里拎回来又整箱提走的，这趟出去估计她是早有计划的。当时她出门儿的时候儿她姐就在旁边儿呢，这姐儿俩感情好，按说庆祝她应该知道情况啊。我们就问老大，你妹是有什么事儿能这么重要，连春节都不跟家里过了？结果老大也表达不清楚，就给大致地写下来了……您再看这个。”大迎儿爸讲着事情的前后，又向听者送上了一张大女儿手写的信纸。

上面所写的文字是：“她说她想趁着春节这十几天出去赚钱，她已经联系好了，在外地有一个合适的机会，但就是怎么也不肯说出是去哪里。我想她应该就是去打一份工吧，但什么样的工作是在春节期间还可以去做的呢？她说走之前不能跟父母告别了，因为讲出来就走不了了，没法在家里和爸妈过年她也很伤心，但是她说正月初十前就会回来，到时候就一定能把足够的钱给挣到手了。”

足够的钱……成金龙思量着这几个字，嗅到了一些端倪。“您家……”可想要关问的主语刚一出口便又顾忌到不妥，赶紧把话给含在了嘴中。他知道，像这样的一个家庭恐怕是会有着一千个难处都可能急需要用到那笔“足够的钱”的，而此时若再去提及岂不就更是平添了人家的难堪，而刚巧在这时，张庆祝端着茶水走了进来。

“您家……大闺女还在上学哪？刚听您说等过了初十要回学校……”灵机之下，成指导接出了这么一句，倒还挺是贴恰。

“噢，是啊，西安有一所大学的美术学院招收聋哑人学生，每年全国有四个名额，庆祝给考上了。她小时候儿因为身体的问题给耽误了两年，今年上大三，等明年就毕业了。”说着，父亲向女儿打起了手语，同时嘴里也在一字一句地念着，以供与之正在交流的聋人可以辨识到其发音的口型。“叔叔问你呢，初十以后就回学校啊？”

张庆祝放下两杯热茶，略带羞涩地露出了微笑，冲成金龙点了点头，然后，眼睛在客人与父亲之间游动着，也打出了一连串的哑语。

“她说是啊，已经买好车票了，回去以后要报到，准备新学期用的资料、画具，再有就是……办些手续什么的……呵呵，这孩子其实自己也能说话，但是总怕外人听不清，老也不愿意张嘴……”大迎儿爸帮大女儿做起了翻译。

成金龙礼貌地笑着，没有再接话了。他捧起茶杯试了试温度，小呷了一口，之后扭过头去对孟大海使了个眼色。

“那个……欢迎父亲，这是俱乐部儿过完了年给队员们预支的三个月生活补助，一共六千块钱，您先替她拿着吧。”孟大海收到暗示后从包里掏出了一个信封。

“啊？这……怎么还有年后发钱的呀。成指导、孟指导，这真不用，你们可别……”大迎儿爸明白是怎么回事，他在礼节性地推辞。“啊，不要！不要！”坐在一旁小板凳上的大迎儿妈见状也笑哈哈地跳了起来，用力地摇着手。

“您拿着，您拿着！统一的，统一的！都有……”成金龙诚意地劝道。

“唉……”大迎儿爸收下钱，长长地叹了一口气。“也不说什么见外的话了，二位肯定也早都知道，我们家里这日子过得确实不容易……不过话又说回来，这么些年来可也真是得特别地感谢咱们散打队里的各级领导和教练员们啊！欢迎这孩子小时候儿个儿长得太快，家里头连一件儿合身儿的衣裳都给她备不上。后来进了什刹海，发运动服、发鞋、发包儿，连手机都给配上了，还怕她个子大营养跟不上，特批她去吃冠军灶儿。而且不光是她自己吃，还整盒儿整盒儿地往家里带，那冠军灶儿的菜啊，做得可真好……”

大迎儿爸讲的这一段成指导可就有些摸不着头脑了，队里的确是有定期发过鞋服与装备，但哪来的手机啊？还有那个什么冠军灶，就更是让人一头雾水了，根本没这回事啊。所以他也只好就是“哦哦”地应着，没敢再回话了。后来在回去的路上，成金龙才从孟大海那里得到了解释。原来是大迎儿跟小雯儿的关系特别好，这么多年下来，小雯儿一直都把大迎儿当成了是亲妹妹一样，顾着她、护着她。小雯儿家里的条件不错，好多的衣服和用品都是她个人买来送给大迎儿的，手机也是，那饭菜就更不必说。不过那部手机后来因为大迎儿不好意思再要人家给的话费，仅仅是使了一阵子就扔在家里再没有用过了。而当听完了这些内情以后，咱们的成指导还很是少见地生出了一些愧疚的心情，他有感到从前自己这个主教练当得，除了训练和比赛以外，在队员们生活之中的其他方面所关心的实在是太少了。

“行吧，看这情况，目前也只能是盼着欢迎她到了初十自己回来了。”该了解的信息都已掌握，钱也送到了，成金龙站起身来准备告辞了，“那就不打扰了，我们先回去，回头家里这边儿要是有了什么消息，还请尽快地通知队里面一下儿。”

“那这合同……”孟大海征询着主教练的意思。

“先放这儿吧，等大迎儿回来了，让她自己拿回队里。”成金龙说道……

大年初七是结束了春节长假后的第一个工作日，不过在每年的这个时候，北京这座城市里真正立刻就回到了日常生活状态中的人们并不多。这会儿，成金龙和孟大海坐上了返回什刹海体校的公交车，而前后两节车厢里全是空荡荡的。

成金龙至此刻还在回想着适才执意把他们相送到了车站的大迎儿妈妈的那副永不消失的憨厚笑容。他不明白到底是什么造成了这位并不聪明的弱者竟可以用如此永恒的笑去勇敢地面对着人世间的一切困苦与艰难？是如人们一贯所言的那样，全是因自她那曾经的病痛吗，还是，这种曾经的病痛其实只是正好成为了这个女人就此便得以无所顾忌地抱持着自己所喜欢的态度去尽情享受生活了的一种福祸相依的借口。即使于大多数人们的眼中，在她的生活里面根本就不存在着任何一点可值得去享受的东西。

或许，她和她的一家很需要别人的帮助，而又或许，她其实是在这个世界上面最不需要由别人去帮助的人。

成金龙真的不知道自己最近为什么会忽然产生出了这么多看似和要去奋力解决当前那些棘手问题的这个最大当务之急都并无直接逻辑关系的旁外联想。也许，这就是人类精神思维能力的最为神奇之处吧，我们的心在有些时候会主动去为我们提示出眼前这座纷乱迷宫的出路的方向所在，于我们自己都还全无意识之间。

这两个月来，成金龙做主辞退了队伍中除他与孟、何三人以外的所有外聘人员，并卖掉了那辆还在还贷期内的新购公务车，在尽一切努力地为俱乐部节省着任一笔的财务开支。同时，在人事上他也是倾其所能，希望可以通过包括去发动感情攻势在内的一切办法来留住原散打队中主要运动员、教练员班底里的每一个人。成金龙觉得，他已经做到了他该去做到以及能够做到的全部事情了，他没有计较现今工作中必须要去亲力承担的琐杂早已经大大地超出了其执教生涯中曾为自己坚决地划定下过的职责界限，也没有去抱怨往日陈光荣在顺境之时所大肆铺开的风光场面，到了如今的逆境一刻已俱是通盘化作了要由留守到底的自己去操心费力、一肩苦撑的负担难题。从来也没有。

但是，那一切该来的都还是会来，该走的也还是会走。

成金龙甚至已经不确定，他该用何样的表情去面对这种难熬的日子了……

公交车驶过了什刹海体校的大门口，马上就要到站了，成指导对聊了一路的老同事送出了最后的一句话：“得了，也别想那么多了，现在这局面也只能是……等等再看吧。”

其实，他更想说的是：过一天……算一天了……

可是！生活却没有施舍给这个艰辛的男人一丝喘息的机会！

福无双至，祸不单行！

就在这天的夜里，成金龙接到了一个他此生最不愿意接到的，带来了又一片昏天黑地的紧急电话，就像是十三年前的那个下午一样。

恩师江涧，亡故……

三天后，北京市八宝山殡仪馆里，中国一代武学泰斗、著名的武术理论及教育家、慈善和社会活动家、北京市政协委员、民革北京市委委员江涧先生的遗体告别仪式举行了。

乌绫肃穆，长歌涕零，四海挽悼，府廷唁劳。

烽火往，少年心泱泱社稷，岭南漠北，不愧一身一技。

太平归，国士骨铮铮铁声，长江沧海，再笑十世十生。

江涧，字清流，号静水茶人，祖籍天津市静海县，生于 1929 年 12 月 22 日冬至，卒于 2006 年 2 月 4 日立春，享年七十七岁。

成金龙站在属于自己的位置上不断地向完成了吊唁的来宾们鞠着躬，而在其余的时间里，他就一直那么恍恍、呆呆地注视着师父的遗像。

多年来，师父的心脏状况就总是时好时坏的，而最近这几个月里病情明显恶化了。从去年十月份住进了医院，老人的身体就一天比一天虚弱，在病房里享度最后一次寿辰时还勉强能说出一两句话来，但等到了春节前再去探望，人就已经完全陷入昏迷了。虽然成金龙心里明白，这一天很可能不久便会到来也注定将会到来，但是他真的很不情愿，要在现时这样一个最为身憔心悴的多事之秋中再去承受上此般猝然突兀的雪上冰霜。

因为恩师的离开便仿佛是在轰然之间撤去了这个男人已极尽疲累的内心当中的那一根还唯一仅存着的精神支柱。

今天天还没亮，什刹海一脉的同仁们便第一批抵达了会场，在各自奠拜过之后，就都无言地默然静守在了灵堂客道的两旁。江老的后事是由国家体育总局和北京市政协方面牵头操办的，成金龙与孟大海虽然也在治丧委员会中挂了名，但实际的工作并没有去参与多少。此时，成金龙和昔日同门们列队送客，依序长幼他只能站在了第二排，而何耀强则是在最后边的第三排。对面，孟大海坐于了头排椅子的末尾，在江涧尚还健在人世的同辈师兄弟中，他的年纪最轻，但是这几夜熬下来后看上去也好似是老了十岁一般。

陈光荣也夹在了众多的排队吊唁者之中，行过礼，握手告退之时，他的目光也和在场的诸位老朋友们一一点过。大家都并未多说些什么，一来没有那个心情，二来在这样的场合之下，也还是不要再去多添枝节、引人注目的好。陈副主席的前景仕途目前还仍旧微妙，而有关于他的每一条传闻也从来都是最能勾起圈内人们胃口的新鲜猛料。眼看到的是他依然频繁地与外国人谈花赏月时的闲云野鹤，而看不到的则或就是中国武术界中又一轮路线与权力的激烈博弈了。据可信消息，陈氏在中国武术协会新一届的领导层选举大会之前绝地逆转、强势后发，已经获得了广大基层散打/自由搏击从业人及爱好者们的鼎力支持，同时，某一家实力雄厚的民族运动品牌巨头和不少主流的知名体育媒体也都在对他暗中相助。故若这么算来，可还真是江山之色，犹待我逐啊……

结束了一上午的仪式，逝者入土为安。中午时分，所有和江家关系较近的故人亲友们在组织方的安排之下，移师到了就近的一家饭庄共进午餐。

席间，此前较为沉重的哀悼之气逐渐散去，相熟的宾客们彼此之间也便有了机会来叙叙旧话，大家借着白事正好可以联络一下感情，也算是珍惜眼前人吧。

江家的女儿们也换了衣服出来敬酒答客了。江老夫人因为年纪较长，比丈夫还要早走了几年，夫妻俩养育了一对双胞胎女儿，姐姐江莲子与妹妹江荷子，自此，她们就是北京江氏门宗里当家的后人了。

江莲子早年被许配给了另一位武学名家段飞云的长子，现在夫妇二人都是国内知名的武术裁判及理论专家，他们有一独子段江江，年方十七，去年已在全运会的套路比赛当中夺下了个人金牌。这一家子完美地承袭了上辈的名门衣钵，真可谓是代出珺材、人人赞羡。

莲子家就在北京，和一众门内亲朋们的关系一直都处得很好，与成师弟则就更是亲情深厚，走得很近。江涧最后的日子是在莲子夫妻的陪伴照料之下安然度过的，而其溘然离世的消息便也是这位大女儿在第一时间里通知给成金龙的。

江荷子若是跟她的姐姐相比起来，命就苦了不少。在今日的这班中年故友们都还纵享着青春韶华的那个年代里，什刹海中年轻的师兄师妹们间也曾是不无例外地闹出过些情感方面的纠纠葛葛。那些于昨日里的酸涩记忆，其实和在这个世界上大多数的青年人身上都所发生过的多角恋爱故事于章节上也并无哪些太多的不同，而当事人们至如今也都早已不会再去介怀些什么了。可是，却或许正是由于当年的那次看似寻常的命中无缘让失意的荷子在随后的爱情选择当中显得有些过于负气而草率了吧，这也间接地导致了她最终婚姻的失败。

现在的荷子带着一个女儿独身生活在澳大利亚悉尼，她已经有七八年没有回过国了，也很少会和国内的朋友们联系，除了她那仅有的几位亲人们。

成金龙远远地望着荷子，心中似旧画映影，百感交集。

这一桌上坐的十来人全部是当初同一时代的什刹海男子散打队队友，相互间也都曾是无话不谈、亲如手足的一门兄弟，那些陈年的往事又有哪个不知。此刻见大龙看着荷子那边出神，众人们也纷纷是感慨油生，或是嘘唏着岁月弄人，或是喟叹起造化无情。

“不行了不行了，现在可是一口儿也不敢沾啦！”一个大腹便便的男人用手掌盖住了酒杯，委婉地推拒了身旁的老队友为其斟酒的好意。这一句话的入耳让忽而被勾起了惦念之情的成金龙回过了头来：“对了杨哥，你的身体近来怎么样了？”这位体胖的杨师兄长了成金龙三岁，记得在很多年前好像是被人们唤作“玉手擒风”的。

“呵呵，还能怎么样，等死呗！”杨师兄一脸的苦笑。而意欲劝酒的那位师弟则赶忙换上菊花茶壶，打起了圆场：“哎哟杨哥说什么呢，喝茶喝茶！”

“刚才你一直走神的时候，他已经跟我们都聊过了。”何耀强边向桌子远端的杨师兄赔出笑脸，边拽了拽身边成金龙的袖角，并以不会被人家察觉到的音量提醒着这名多嘴的冒失者。“已经是肝硬化晚期了，正等着器官源做移植呢，今天是从医院里直接来的……唉，你说这做生意赚了那么多的钱，到头来又有什么用？”

讨来了这么个老大白眼，成金龙赶紧闭上了嘴，自己闷下头吃了几口菜，他又注意到了对面另一位多年不见的老室友——“广子”。“广子”应该姓马，回族人，叫马什么广来着，成师兄实在是想不起来了，而且此人当年也有个特别响亮的武坛名号，大龙亦是已然印象模糊了。“四蹄踏雪”……还是“天马腾空”什么的？真是，年头太久，早已记不得了。

细细端详着眼前这位秃顶油光、沉默寡言的马师弟，成金龙甚至在某一时刻里对自己的人脸辨识能力产生出了质疑，这人别兴许不是“广子”，而是那个因为总是喜欢在比赛中去用头部撞击对手（违规小动作），结果在一次意外后留下了脑震荡后遗症，被迫不得不提前退役了的“铜头阿亮”吧。但是很快，成金龙便确认了他的第一判断还是对的，因为此人身穿一件印有“首都体育馆”字样的灰色运动服，而众所周知的是，“广子”退役以后在首体内馆做清洁工，一干就是十多年。

“广子”和成金龙是一拨儿的队员，他们同一天去参加试训，同一天进入了队伍，也曾经是在那个全然陌生的环境之中最早混熟了的一对好朋友。

“行嘞，你们慢慢儿聊着，我可真得先撤了，下午得给孩子开家长会去，晚上还要出夜勤，这又快到两会了，天天加不完的班儿！得，杨哥、广子、耀强，那个……大龙，先走了啊！”一位队友率先起身告退了，此人穿着一身警服。

“哦，成，全圣儿，慢点儿啊！”成金龙也礼貌地欠起了身，与他招呼告别。

这个人成金龙可就记得异常清楚了，而且恐怕永远也都不会忘却。说他是整个什刹海里给自己头脑中留下了最深印记的一名队友（当然是除了小强以外）也不为过。

“八臂猴子”孙全圣！

那是1988年的秋天，也就是耀强进入了什刹海男子散打队之后的第三年。当时，北京市公安局在全市体委系统中展开了一次小规模选聘，准备吸收一部分体格过硬、政治进步的青年运动员加入到人民警察队伍的行列之中。说实话，成为一名威风的刑警可是成金龙从小就梦想着的事情，那一年，他在全国综合性体育大赛当中已经两次取得过了傲人的成绩，功成身退，正当时机。而且以他的优秀条件，别人也根本就挑不出可以拒绝他入选的任何理由，另外更加重要的是，家人和女友也都非常的支持他这次的人生选择。

不过，师父江涧对此却并不赞成。

大龙为了这件事情和师父认真地沟通过好几次，但是效果都并不理想。江涧所抱死的个人看法是：“大龙，你不应该离开散打，也根本就离不开散打。你完全可以也担负着责任，要在这条现有的道路上去继续前进并做出更多，为自己，也为别人。而且再现实一点地说，你若就这么走了，这支队伍头上的大梁谁来顶？”对于这个问题，成金龙的观点则是：“小强啊！师父，小强他的天赋那么好，人又上进，让他来顶上我的位置肯定没问题！”但是每次一说到这里，江涧便就又是一声轻叹，言止不语了。

有过了这样的几回之后，成金龙便开始产生出了侥幸心理，他误以为师父已经被自己说服后在心中默许了，或者至少是反对得不再那么强烈了。于是，他就私下里向相关组织部门提交上了个人的退役就业申请和报名参选警员的全部材料。

随后不久，他通过内部渠道打听到了消息，说是他的条件完全合格，市（公安）局的人事指标已经下拨，而调动手续也很快就会递送至市体育局和什刹海体校。再后来，又听闻不日还会有一份正式的（本次选聘的）全体委系统入选名单即将会由校方来加以公布，幸福的大龙甚至已是兴冲冲地收拾起了东西，准备着要去和队友们分手道别了。

可最后的结果却让他惊呆了。什刹海（即北京市）男子散打队里这次唯一被选送进了警务系统工作的，是队友孙全圣。

江涧押下了成金龙的调令，并通过一系列的沟通与协调，把这个机会最终留给了颈椎曾受过重伤的另一名弟子。

这应该是成金龙这辈子里唯一的一次憎恨过自己的恩师了。但是没过了多久之后，他便又开始逐渐一点点地理解到了师父于此中的良苦用心。而时至今日，似乎是站在了同样的历史关口之上的成主教练则就是更加真切地体会到了这位严师慈父于往日对己所言当中的那些哲理与深意了。顺便再提一句，关于成金龙那个困扰了自我多年的“到底是自己更了解自己还是师父更了解自己”的疑问，也正是从经历过了这件事情以后而起始萌发出来的。

忽然间回忆起了那样许多，却又翻然梦醒，竟是坐在了此般场景的这里，成金龙不禁黯然垂首，眼鼻里阵阵酸楚湿润。

“哎，荷子，多年不见啊！”挨桌敬酒的姐妹俩终于来到了这张台子，大家见状纷纷起身相迎。江荷子向老熟人们一一送出笑容之后便直奔向了一人，单独对他举起了杯子：“大龙，八年没见了，你怎么又胖了！”

这个女人就是这样，从来不愿也不会去掩饰她心里所想的。

莲子荷子这姐妹俩一卵双生，青少年时代又都做过专业的套路武术运动员，所以不仅是相貌无别，就连身高也相差不了毫厘。不过，如果想要分辨出来她俩其实倒也不难，尤其是在经受过了这么多年的光阴雕琢之后。就拿今天来说吧，姐姐雍容丰腴、短发卷烫、套裙黑服、一抹正妆，礼节中尽显着高贵大气与明快干练。而妹妹则是秀丽清瘦、长发合髻、雅白衣裤、素颜纯真，随意里通透着淡淡忧郁和畅然洒脱。

成金龙忙也捧起了酒杯与荷子轻轻地一碰。“是啊，上次在师父家里一聚，到现在可不已经……也有七八年了吗。你倒是又瘦了……恕恕她，还好吗？”

江恕是江荷子的独生女儿，今年十一岁。

“挺好的，她在童子军的夏令营里面，这次就没一起回来。她现在练着自由搏击呢，在我们社区的中国武馆里。”荷子记得，成金龙知道她喜欢别人提起自己的女儿。

“噢，是吗？那边儿自由搏击这么普及，十岁左右的女孩儿都能练？”成金龙意外地听到了一件他非常感兴趣的事物。

但是荷子却并无意顺着交谈对象的喜好思路去延续这个话题，因为她不想。气质特立的女人沉缄了少顷后，再次抬起眼皮并往前微探了探身子：“我这次一个人回来会待上一段儿时间，主要还是想有机会能会会那些多年不见了的老朋友们。”

“哦……我知道，我知道，我……最近不巧，我……”本来，成金龙自认为在头脑中还依然留存着一些经验，有关于他曾较之旁人们会更为掌握一些的，与面前的这个女人在对话之时所该去应用到的一种略有点与别不同的方式和逻辑。但是现在，他又突然觉得自己已然把那些所长给完全忘记掉了，要不然，为何此刻竟会无端地紧张了起来。

“荷子，回那边儿去吧，苏叔叔他们要走了。”正好此时，莲子呼唤着妹妹准备要转往门口处去礼送要客了。

于是，江荷子直勾勾地盯着成金龙，把手中的多半杯白酒一口饮尽，然后忽又是面容一变，换回了刚才那样客套的笑意，并附到大龙耳边道上了一句轻声的别语：“我会去看看晴晴，或许是和莲子一块儿，或许，就我自己。”说完就走了。

这个江荷子，永远都是这副自以为是的死样子，再过上多少年也改不了！成金龙的老脸有些火红，又有些青白，他无可奈何地坐回到椅上，一时竟不知该去做些什么，而其此刻最大的希望就是这一桌子的师兄弟们都不要来注目自己。明明是在师父的丧宴上，大家都悲悲切切的也就过去了，可却偏偏又冒出了个她来！真是……

还嫌我的心里不够乱吗……

转眼到了正月十二。

张雨心退役的消息终于还是传播了开来，引起了人们不少的关注，她身上所同时兼具着的时尚明星属性给这件本来再也正常不过的小小体育事平白地附加上了好些娱乐大新闻似的花边色彩。而大迎儿那边则就仍旧还是杳无踪影、音信全失。

这天上午，成金龙在“搏击一馆”里带了队员们的早训练课，之后便像是往常一样独自先回去了“十二层”的办公室，可刚一迈出电梯门……我的天！这些是什么人？

“您就是成指导吧！我是 DoubleSTV 的记者，关于张雨心这次选择退役，人们普遍认为她就是为了可以尽快地去投身于职业模特界，对此您有什么自己的看法吗？”

“成指导，我来自《星美体坛》周刊！根据之前的官方说法，张雨心在全运会上所受的脚伤问题并不大，很快便能复出，可是三个月时间不到却又突然传出了她为之就此退役的消息。请问，运动队方面在初期对她伤情的判断是存在着失误还是刻意有所隐瞒，或者这当中还藏有着什么更深的内幕吗！”

“成指导、成指导，《秀色网》的！我们感兴趣的是，张雨心的长指甲是在有意模仿‘花蝴蝶’格里菲斯·乔伊娜吗？她把美国的传奇美女运动员当作是自己的偶像了吗？”

成指导中了埋伏！

这一群如狼似虎的娱乐记者看来又是已经在此蹲守了一整个早上，现在见到苦主终于现了身，他们便也当即是亮出武装、蜂拥而上，把捕获到的猎物给团团地围在了中间。相机和摄像机直接就顶在了脑门上，话筒与录音笔恨不得都要戳进了牙缝里。

“没什么可说的，我没有什么可说的！这里不接受采访，请离开！我们还要办公，请不要影响到我们办公！”成金龙费力地用臂膀拨开了挡在面前的人和设备，一边无用地拒绝着围攻，一边像是在挤着公共汽车一般，艰难地摸向了自己的办公室。

但是人家这干敬业尽职的强力娱记们又岂肯会轻易放过这等有可能捞到斩获的最佳机会，任凭着被访者如何逃避推脱，他们仍旧是紧咬不放、穷追不舍，各种杂乱夸张的犀利追问一刻不停地持续轰炸而来。

成金龙好不容易抢到了办公室门口，推开门一看，应该是有什么事情要和自己说吧，孟大海正坐在房间里等着呢。

“听说张雨心和包括了丁建秋在内的很多队友们都有矛盾，甚至跟教练员之间的关系也都非常紧张，她就是那种传说中的队霸吗？”

“经济问题是她离开的主要原因吗？之前她从事演艺工作的收入和俱乐部是如何进行分账的？她存在着税务方面的麻烦吗？”

提问的记者还在死磨硬缠，成金龙的身子进了房间，门却怎么也关不上，外面的追兵手脚并用卡住了空间，更是试图一冲而入。“请出去，你们这样过分了，这里是我们的工作场所，再这样就要报警了！”成金龙死命扛住了城门，无计可施地痛苦抵抗着。

“有关她和一位沈姓金融界富二代公子所传出的绯闻是否属实？对多次在什刹海附近被深夜抓拍到的二人照片您怎么看！”

“模特公司‘星触感’网站上所宣传的张雨心 177 公分的身高和惊人比例的三围数字中的水分有多少？她去国外做过局部整形手术的传闻是真的吗？她被体校改小之前的实际年龄又到底是多大！和现在差了有三岁吗，还是更多？”

“够了，都滚出去！”一声大吼！来自忍无可忍的孟大海。

“嘶……”孟大海左右开弓，向入侵者喷出了大量的医用镇痛喷雾剂！这个品牌的药剂喷出后遇固体表面便会迅速胶结，一下子就糊满了所有的机器镜头，同时对于人的眼睛和呼吸道也都具有着非常强烈的辛辣刺激作用。

这样的生化武器是致命的，也是有效的。受到了迎头痛击的侵略者们节节败退，而成金龙则就乘势奋力一顶，撞死了屋门。

接下来，楼道里的叫嚣呱噪声又继续了有五六分钟，直到很多大楼的保安闻讯抵达，记者们才纷纷无趣地散去了。而在监听着这些变化的过程之中，成金龙和孟大海就只是各自低沉着头面，相互间没有看上一眼，也未去发出一言。

听着外面终于静了，成金龙回到自己的桌子后面坐下，打开大茶杯，一口气喝下了多半杯浓浓的温吞，然后又到饮水机前续满了热水。等再回到座位上，见低着头的孟大海还是没有说话，便问道：“您有事儿？”

“哦，是……那个……有点儿事儿。”沙发上的孟大海如此答道。

“唉……”成金龙长叹了一口气。听起来又不像是什么好事，不过现在的他对于是否还要再去承受上多一件或少一件的烦心事已是真的没有什么所谓了。“您说。”

“嗯……大龙，我……我到了二月底就整满六十了。我知道干咱们这行儿的，岁数儿从来也不是卡得特别严，不过……不过我还是想着，等一到了日子……我就退了吧。我退了以后，好歹能多腾出一个编制来，小强转正的事儿肯定也就更好办了。俱乐部儿这边儿呢，你要是还想让我再帮着多盯两天也不是不成，可你也知道，我们家小闺女到四月份儿就要生了，我这个当姥爷的，大闺女家的就没给带上，这次，我想我怎么着也得……唉，小江他这一走了呀，我的心里面儿啊……我现在可就真是天天都在想着盼着，该怎么着能赶紧回到家里边儿去，跟我的老伴儿还有孩子们多待在一块儿呢，我以前欠她们的可不少啊……”孟大海头也不敢抬，充满了内疚而又不得不吐地说完了这一番话。

成金龙听过后脸上并没有什么太大的反应，事实上，就连他自己也非常的惊讶，居然可以这么平静地就在心中接受了老副手的请辞。

他最后，只是说了平平、缓缓的一句：“孟叔儿，您……这么多年，辛苦了。”……

铁杠铃的翻飞就快要失控了。

今晚，成金龙又为自己配上了不可承负之重。他的手臂肌肉纤维正在那一波波绝望的发泄似的暴力动作之中被逐条撕裂，而这种来自于肉体上面的人造剧痛，则又已是成为了这个无助的男人还可用以去暂时麻痹一下那颗在无底的下坠当中早已濒临崩溃了的垂死之心的仅有办法。这段时间以来他一直都是这样做的。

但是，他真的已经快要受不了了。

成金龙觉得自己就像是一根已经被强压到了极限的弹簧，他渴望反弹，也只能去选择反弹，除了就此便甘愿去沉默地接受覆灭以外。他并不确定若是能有一通尽吐怨气、触底爆发式的奋力争取就是否能够换来一次相关事态的积极转机，但是即便不能，他也希望可以去尽情地享受一场如此般血性豪迈的壮烈失败，而不是就像现在这样于永无止境的昏沉无力和寸步难行之间去慢性地走向死亡。

而其所以会产生出了这种渴望的原动之力，或许便也正是基于在经历过了生活的又一轮彻底洗礼之后，这位正渐觉醒着的男人对于能够重新找回自我，并以心和梦想的力量去将自己的生命再度引导向充满了希望的振作新生的隐隐欲求吧。

抛弃掉所有的犹豫不决与患得患失，让自己变回到昨日那个在快乐、自信和投入的光辉之中去梦着明天的样子。成金龙不知道对于今天的他而言，去完成这一步的时机已经成熟了没有。不过，他也并未像是以前的大多数时候那样，仅仅只是因为厌恶着可能存在于了某件事情当中的极其微量的不可预知，就轻易地向自己给出了全面否定的答案。

这就是一种最为典型的，人生态度正处在了改变之中的临界状态。

而这几年以来在成金龙身上所发生过的一切事情，或者说是他的命运，也就正是此刻这种临界状态会得以到来了的因，与果。

就让我们的故事给予他一个向前的推进力吧，哪怕，只是在事情发生了之后让其用来提醒一下自己：原来，我已经做到了……

手机在响！

成金龙撂下杠铃，把电话从包里掏出一看，是小雯儿。这大夜里的又出什么事了？主教练急急擦了把汗，接通了来电。

“成指导，我知道大迎儿在哪儿啦，她在承德！她过去加入了一个武术表演团，说好了就干到初九，可是后来老板把她的工资和身份证儿全给扣了，不让她回来！她现在借别人手机给我发了一个短信，上面儿有具体的地址！”……

正月十三，河北承德。

乘坐了四个多小时的长途大巴，一群北京游客风尘仆仆地踏上了这座城市的土地。“避暑山庄”的盛名远播中外，而此时也依旧还是处在了春节前后的旅游旺季之中，那位单身一人伴着行囊的成金龙指导乍看上去和与他同车而来的其他普通旅伴们也并无什么分别，完全就像是一位浪迹天涯的孤独背包族。

“师傅，去鹿栅子沟。”成金龙坐进了一辆待客的出租车。司机有些奇怪：“那一带都要进山了，也没有任何景点，您一个人到那儿去干什么，别是搞错了吧。”“就去那儿，我不是来玩儿的，是来办事儿的！”乘客确信地答道。

大迎儿的这个情况该怎么办呢？昨天夜里，成指导在和队员家长反复商量过之后，还是决定了由自己亲自去跑上一趟，争取通过谈判协商的方式把人给平安带回来，要是实在谈不拢再说报警的事。早上临去时，心思细密的耀强还提醒着师兄：“用不用从男队那边叫上几个人陪你一块儿去？”成金龙笑了笑：“这点儿小事儿，咱们自个儿还处理得了。”

但凡是国内知名、成熟的大型旅游景区，其内就都总是会有着来自于全国各地的许许多多的人们，以其各自的劳动与专长汇聚到了当地那条繁华的旅游产业链下的每一个岗位及环节当中。在承德，据说每天于个个景点里面，仅是穿着古装服饰为游人们扮演着清宫人物的群众演员在高峰时就有着千人之多，而其他依托于着本地旅游业的各类表演、娱乐项目等的相关从业人员自然也就同样是不会少的了。

“峨眉山武术表演团”——

市区边缘的村镇深处，一面蓝灰色的大铁门旁挂着这块有些残破陈旧的木头牌子。门并没有锁，成金龙稍一推动，它就涩响着敞开了一道缝，男人闪身进入后，第一眼便又见到了一辆涂写着同样文字的大货车停放在了院子当中。没有错，应该就是这里了。

再往前几步是一栋看上去有些年久失修的简易厂房，也不知在被出租以前是用来当作畜舍还是仓库的，一阵阵排演操练的呼喊之声正从里面传了出来。觅着这些声响，成金龙寻到了入口，卷帘门升着，于是寻人者便大大方方地走了进去。

房子的内部豁大而空旷，目测许是有个一千来平米，午间的日光从四周墙上的大窗子中暖暖洒了进来，很是亮堂。与外观的破旧相比，内里的场面倒颇是规整洁净，一边厢齐齐摆放着的都是些刀枪戏服、锣鼓大旗等舞台上耍用的家伙什，而另一边竟是还有着不少杠铃靶垫、沙包梨球等专业的搏击训练装备，瞧那层次布局还不失下过几点心思，分明就是透出了行家里手的经验与讲究。在整个空间的正中架着一座四角擂台，台柱围绳一应俱全，看那高矮尺寸也都是专业比赛里面适用的正经样式。

成金龙观察着这一切，很是有些似曾相识的感觉。

厂房里，操演练习着的是十几二十名年轻人，有男有女，岁数也都不大。他们散散落落地，或是耍着套路的刀棍花式或是进行着体能和力量的认真训练，成指导一打眼，倒都还算是有些门道。擂台上，也有两个人正在对练，不是真打，像是……在编排着什么节目，其中一人是个精壮的小伙子，而另一人是个穿着宽松的小丑演出服的高个子……

仔细再一看，那不就是大迎儿吗！

“张欢迎！你在干什么！”猛地看到爱徒这副模样，成指导的火气直蹿了上来，也顾不上什么旁的，近上几步，开口大喝，“你这是什么样子！快去换衣服，跟我回去！”

大迎儿一惊，扭头看到教练来了，先是露出喜色，但随即又不安地向擂台下的一角望了去，在几次为难的目光闪转之后，也不知道该怎么办了的姑娘无言地呆立在了原地。

在场的所有人都被这位不速之客的吼声吸引了注意，他们纷纷放下手中的器物，疑惑地看向了这边。率先出来搭腔的是一个拿着拖把的中年女人，她之前正在擦着地。“这位游客先生，如果想要来看我们演出的话就请在晚上七点去丽正门前的搏击大舞台，这里现在不提前售票，也不接待参观……”

成金龙扬起了一只张开的手掌，打断了女人的话。“我是来找人的。台上那个女孩儿张欢迎，她是北京市女子散打队的运动员，春节假期已经过完，她应该要归队了，我来接她回去。”直接的措辞，刚毅的口吻，成指导手指大迎儿，语出如铁。

“你谁啊，你要接谁走啊，你说走人就走啊！”一个刚才正在赤膊苦练的男团员扔下了拳套，将缠满绷带的双手叉在胸前，表达出了自己的不满。与此同时，其他几名男青年也都凑上前了几步，怀揣着敌意地注视向了成金龙。他们肯定于心中已是达成了共识，面前这个虎背熊腰的高大男人八成是来团里找麻烦的。

成金龙摘下背包，从里面掏出了一些文件材料。“这是张欢迎的档案首页复印件，上面有她的照片儿和北京市体育局的公章，证明她的人事关系。这是她在来这儿之前就签下了的搏击俱乐部儿工作合同，白纸黑字，她现在是受着约束的人，未经批准不得擅自在外从事劳务活动。这是我的工作证儿和其他证件，我姓成，北京市什刹海体校女子散打队教练员、中共党员、中国武术协会会员，这些证明我的身份。所以，张欢迎要立刻离开这里回北京，而我有权现在就带她走。”成指导不急不慢，一一把上述证物向前展示了一遍，在这个过程之中他看也没看那几个男孩一眼，因为他不屑。

“什么？都啥玩意儿？”一个手臂上带有纹身的青年走到了成金龙的跟前，想要对这些构成了严密逻辑关系的材料一探究竟，显然，他们有点被这名有备而来的证据提供人给镇住了。他伸出了手：“拿来，我看看。”

“要看就在我手里看。”成金龙目不斜视，把拎着纸张的手偏移了一下，躲开了来者。

“哟呵？”纹身青年似乎感觉受到了轻视与侮辱，他回头看了一眼那个之前在拖地的中年妇女，然后又转回脸来凶凶地瞪着成金龙。“什么意思？看不起我们啊！”此时其他的男团员们貌似也都来了脾气，那名适才与大迎儿对练的精壮青年也跳下擂台，步步逼了过来。这班人的见怪是有道理的，因为恐怕在他们的人生过往当中，还从来没有遇到过这种在如此的阵仗面前还依然会对人多势众的主人一方这般视若无物的嚣张硬汉。

“你拿出这些东西来没用，我们不吃这一套！张欢迎是自己愿意来的，想什么时候走是她跟团里之间商量的事儿，你无权干涉！这是我们的地方，你出去！”中年女人翻了脸，这一番胡搅蛮缠算是向要人者表明了态度。成金龙看出来了，她应该是这里的老板娘。

“既然你们不想讲理，那我也就直说了吧。”成金龙把手里的东西放回包中，然后重又背好，“不管是私了还是报警，张欢迎今天必须跟我走！你们让她走她要走，不让她走她也要走，就算是她自己不想走，也一样还是要走！”

哪里起的风，好像带来了一股强硬的压迫感，是从门外刮进来的吗？这让那群毛躁的小青年们似乎感到了一些不适，无意识间各自不同程度地都往后退了几步。

“你以为你是谁啊！你把这儿当什么地方了！”见来人起了气势，老板娘心中恼羞，发怒了。她一脚向前踢翻了拖地的水桶，污水横流，把成金龙的鞋浸在了里面。

“大迎儿，去换衣服，跟我走！”成金龙再次大喊。大迎儿闻声一脸的心焦，她想要从命，但却被几名女团员围在了中间无法行动。

“想走？我看你也别走了！”赤膊青年过来一把扣住了成金龙的肩膀！

动手了！

在上午来承德的路上，成金龙坐在车里仔细、反复地计划过他该如何去最为妥当地解决好这件事，并且也设想及制定好了在面对着有可能会遇到的各种困难、阻力和突发情况之时的应对良策。不过，到了此时此刻，他还是不得不去承认，自己有些轻敌了。

成指导原先以为，这无非就是一起拖欠了兼职者薪酬的小儿科经济纠纷，而矛盾的对方也不外乎就是那种松松垮垮、临时拼凑而成的草台班子，他们本就是为了辛苦地图财，走南闯北地混迹在江湖上，是断然不敢去轻易地惹是生非的。故自己若是一上来便大胆地示出强悍、先声夺人，之后再亮明了身份、抖出些材料，照常理，那欺软怕硬的老板还不应该赶紧是痛痛快快地放人才对，大不了也就是耍赖克扣点工资，咱们也都不会在乎。可是就在成金龙跨进了这栋训练房之后的第一分钟里，他就马上有所发觉了，之前自己关于对手实力的预估很可能出现了严重的偏差。

这帮人不简单！

这是一记必定连接着背摔擒拿或胸腹重击的前手诱敌！

成金龙的余光监视着敌方抓在自己左肩上的右手，防范着临时变招，同时用更多的关注力去快速读取了赤膊青年的劲道姿势与动作语言，电光一闪念间，便已是觅得了三条适于就势反击的可行线路，而那也正是对应着冒进之敌的三处技术破绽。

他选定了其中对敌人身体杀伤力最小的那一条。

自己此行当然不是为了打架伤人而来，可事已至此，也就只好是被迫去正当防卫，期望以武止戈了。而且，尽管确实有些低估了这处虎穴的险恶，但是我成某人今天既然已经昂着头颅走进来了，就绝不可能再缩着出去！

反向擒拿，扳指！

成金龙一个快手，右手紧紧攫住了肩头敌掌的食指和中指，逆向上扳，瞬息间就制住了对方的一条手臂，同时，己方左臂在腹前一挡，又轻松地封住了敌人后招暗拳的攻击路线。这双手一动，恰到精准、攻防兼备，赤膊青年先是一怔，等右手指头痛感袭至后便又赶忙应付，收回左下拳，转拧身体，欲想顺向往内侧甩臂，先解扭制，再图挣脱。可这一下却不想完全就在施招者的算计当中，金龙左手回撤，向对手的右肘险处强力一掐，进而借着此势放力推出。看那被擒者的上肢关节受迫，已是劲力全失、防无可防，一个向后的大步趔趄就摔滚了出去，而成金龙自己的下盘则是坚如磐石、毫厘未动。

好身手！以巧退敌、不费吹灰！那赤膊青年待要爬起，却竟又觉得手臂不支，无力地再次伏倒了下去。原是成金龙的那一掐已精准捏中了其肘上筋穴，造成了他整只右臂的酸痛麻木，不休息上个二十分钟恐是难再抬起了。

不一秒间，破招、拆招、放敌倒地，还又连带着卸下了过手者一条胳膊，废除了团内一员猛将的后续战斗力！峨眉山武术表演团里的所有人们都是登时一愣。

怎么回事，这是哪里来的高手！

成金龙指导上一次在街头实战中出手是哪年的事了？该不会就是和耀强打架的那次了吧。反正在他自己的记忆当中，自成为了教练员之后应该就再也没有过了。

你的铁拳是否已然淡忘了它曾经的霸道！

“你今天是成心来闹事儿的吧！”观此人单枪独马、孤军深入，竟还一扬手间就让己方一人吃了大亏，足见定是来者不善！在自家的地头，这群性如虎狼的团员师兄弟们又岂肯忍辱吞声，年纪大点的精壮青年一个眼神招呼，连他在内的六个人便是合围而上。

管你是何方神圣，仗着人多，拿下再说！

成金龙微一沉蹲，运气于胯，力由根起，劲藏双拳。他的左掌张弛前探做个守势，而右手则是潜在腰旁蓄谋待发。以一敌六，不容闪失！

刚才与赤膊青年的短短一接手，虽是一触即胜，但是从对方的身形力法之中，成指导已经得出了并不乐观的结论。这些人可绝对不会是只能在戏台子上去耍耍三脚猫花架子的乌合之众，他们是接受过专业训练的散打运动员！

左右各一人已入了拳程，必要先毙其一，以削敌锋！

该首先攻击哪一个呢？看样子像是头目模样的精壮青年在左翼更为适合顺手迎击的位置上，而另一名的红衣青年则在右翼。按道理并不难做出选择。

但是成金龙率先向右侧挥出了右手之刀！

打刚一进来时，成指导就留意到了精壮青年和大迎儿在擂台上的排练，此时再看其快步逼近的敏捷身法，便更是心知此人水平不低，若想一击降之，自己并无十足的把握。所以，与其冒险出手不遂反致身陷被动，还不如退而求稳，除掉一个是一个！

近乎无声，这记快准如影的手刀正中在了来敌颈间喉结的左侧！

那红衣青年只觉着脖子上“啪”地一紧，还未及再去感受更多便已是心如穿电、气力全失，两眼一翻就瘫倒在了地上。

这可是能要人性命的高招！好在成金龙熟练地控制了击打的力度，不会给中招人带来不可预期的身体损伤。他的掌切恰到要害地砍在了对手的颈动脉窦上。

颈动脉窦位于脖颈的两侧，这一器官的生理作用有点好似是身体血压的保险感应器，当测试到人体内血管中的压力过大时，它会自动开始工作，通过神经反应来扩张血管壁，并且相应地降低血压与呼吸频率。而一旦其本身受到了来自于外部的剧烈打击，则就会立即产生出应激性的器质功能紊乱，在极短的时间内造成人体的血压骤降甚至是呼吸停顿，以致迅速昏迷。攻击颈动脉窦是较为危险的杀伤性技法，普通搏击爱好者不可随意尝试！

还有五个！

倒地的红衣青年延阻了身后同伴们的进击速度。这也是成金龙所提前考虑到了的，他是故意使用让受者就地栽倒而不是摔弹开去的技术招式的，跟进的群敌为了上攻总不能直接就把躺倒在地的战友给踩在脚下吧。以寡迎众时的局面就好比是下着一盘需要险地求生的战棋，能够利用好一切的可能性为自己在时空上赢取更多回转的余地将是至关重要的。

此时于另一侧，左路精壮青年的迎面重拳已近至眼前了！成金龙有两秒左右的关键时间可用来处理与他的第一波攻防，两秒一过，敌方大军围杀掩上，到那时可就要立即启动完全不同的另一套作战方式了。

金龙腰身右倾，左肘向上一弹，刚好撩开了精壮青年的第一拳，并同步右掌回撤，在自家面门前垫了个护盾，而果如所料，人家那第二拳随即便就脆脆地打在了其上。这一击在前记手刀收招过程的体位被动之中勉强防下，凭得全是直觉经验，这让成指导心中不禁暗道惊险，且同时亦是有感，面前这个小子有些分量。

还上一招！成金龙左手轻展，虚指咽喉，右拳随后，实取眼眉！好他个精壮青年，双臂一拢，先封了虚招，再见实手，又连接着施出潜身急闪，竟皆避了过去。

这一个来回，成金龙并未讨到便宜。

两秒已过，后来的众人搬开红衣青年，纷纷落入了攻击位置。金龙抬眼一扫，在其身前半弧型地一扇排开，共是围上了四颗脑袋。

这等危局，本方已陷死地，双拳岂能敌过八手！

不容分说，四个愤怒的青年狠招齐出！各式拳打脚踢俱是直奔靶心而来！

成金龙可该怎么办！在这个武术搏击的世界里，又有哪一个人、哪一种招式才能顶得住这般的群狼撕咬、四鬼拍门！

“干死你！”红了眼的青年们凶残暴虐的嚎叫。

“成指导！”擂台上的大迎儿含着哭腔的呼喊。

一声亮喝！

使命与责任为他带来了斗志，而斗志可以让这个男人的臂膀变得无比坚硬！

心意纵贯、热血奔流！一股无尽雄浑的力量在刹那之间充满了成金龙的伟岸身躯，他本就格外粗壮的手臂肌肉瞬时内膨胀得更加巨厚凸起，便如同是那钢弹铁球一般，直把贴身衬衣的袖管都给撑裂开了条口子！

成金龙把这对超人之臂当空舞起，环身守护、左格右挡！

那臂上筋肉体积增加了以后，可挡护防御的绝对面积也随之增大，而其承受敌方击打碰撞时的韧性与弹力亦是相应地提升了更多。只见，敌群那一阵看似遮天蔽日的密集拳脚竟是记记都只中在了金龙这对围绕头身快速补防的守卫巨臂之上，且一旦击触之后，还立刻就被其强韧的冲击反弹能力给逐个逆向奉还了回去。而这样的弹返则是又将出招者原有的力道运转轨迹给彻底地打散扰乱了，令他们不得不在下一次攻击之前，要再多费上一点宝贵的战斗时间来重新去稳定和调整其发力的重心。

顶上神技！真个是铁壁铜墙、风雨难透，好似如给自己加装上了一层移动的铠甲！

这可是我辈凡人断不可能攻破的超级格挡技术，将身体天赋与刻苦修炼加以完美融合之后的独门绝学！迄今只有神州正派什刹海之嫡传名将成氏金龙所一人掌握的，中国武坛现存最强静态综合防御技术！

岿如石屹，不移不退！渺渺拳雨，其奈我何！

退役十余载的成金龙以一己之力扛住了四名青年武者的竭力狂攻，并且成功地把战斗状态拖入进了可随时伺机反扑的有利性僵持当中。

张欢迎依然还是和那些女团员们拉扯在一起，不过此时她们的目光也全部都被惊叹地吸引到了这边的战局之上。大迎儿的眼里噙着泪花，嘴上则是不断在好像哭求祈祷一般地小声呢喃自语着：成指导，成指导……

这就是……您教导给过我的那一招吗……

2002年的初夏，丁建秋加入到什刹海女子散打队的第二天。一上午的整堂训练课里，所有的人都是别别扭扭的，一方面是由于队伍里边多出了一个并不招大家喜欢的人，而另一方面则也是因为几乎全体的队员们都在昨日的那场大混战中受了点伤。

午休时间，成指导把大迎儿单独叫到了自己最爱的那副铁杠铃前。

大个子女孩经历了昨天的惨烈一战，被建秋痛击得是鼻青脸肿、口眼紫黑。

“大迎儿，你人比建秋儿要高，也比她壮，可为什么昨天就是没有拼过她，你想通了没有？”成金龙向队员提出了一个非常具有挑战性的问题。而张欢迎听过了之后，便是微张着嘴，用肿胀得只剩下了一边多半只和一边少半只的那双木木的眼睛直愣愣地盯着主教练的脸，也不知道是在思考还是发呆。

成指导也料到了大迎儿一定会是这样的反应，于是他便直接开始了长篇的讲解：“你好好儿听我跟你讲。在战斗中，关于受到进攻时的应对，也就是我们通常所说的防守，一般是可以有着上中下三种等级的战术策略可供选择的。其中的下策就是承抗，当你已经实在没有了别的办法，挡也挡不住、躲也躲不开了的时候儿，就只能是去咬紧牙关挨拳头、考验自己的皮肉够不够硬了。像建秋儿她就是在这一层次上面已然练到了极致的天才，而你昨天于本质上也就是输在了自身对所受击打的承抗能力的不如人上。

但是你要知道，在防守中除了这条儿下策以外，还有着两条更好的明路可走，而你若是能够熟练地掌握了另外两种高明的防御技术之一的话，就也是完全可以立足在技术环节更加先进的支点之上，去击败建秋儿或是其他与之类似风格的强劲对手的。

我所说的就是闪避与格挡。

闪避和格挡这两条路线到底哪一个更为实用一些呢，这恐怕也还是要因人体质而异，在我国武术界里也暂时还没有定论。不过我个人认为，闪避要消耗极大的体能，而且对于酝酿反击也有着诸多的不利，这些年来，我还真没见着过国内有谁能去把这项技术给练成一门儿绝技的（两年半以后，他见到了费奥娜·哈德森）。所以，其终归也只能算是中策，当然这也无所谓了，反正以你的既有特点也不用再去费这方面的功夫儿了。

大迎儿，你的身材高大、健壮，核心力量强、肌肉线条儿粗，这些在女子运动员里面都是非常罕见的优势。而你现在所擅长惯用并且也确实就是最为适合自己的基本战术模式，也正是定点防御、以守带攻、守则必稳、攻则必胜的后发制人的防反路子。所以，你在技术方向上所最应该去追求的还是那条儿上策。格挡！强壮化的静态格挡！

而若是想要去练好这种先进的格挡技术，尤其是在被动防卫当中还可以为自己赢得回逆转机会的那种更为坚强稳固也更好运力发力的高超的原地静态强化型综合格挡技术，你知道该去怎么做吗？很简单，就是要刻苦地磨炼自己的肌肉力量，你的下肢、上肢、腰背以及全身的绝对肌肉力量与强度，一刻不停地去练！练什么？就练我老是催着让你们去加练的那个提拉杠铃！明白了吗！

去吧，练五百遍。”

绕了一大圈，原来还是为了说这个啊。

练是没问题啦，不过今天大迎儿在像是往常一样必定会去谨遵师命的同时，似乎还又多生出了一点自己的寄望。她向师父问道：“成指导，那我……要练多久……可以有效果？”

成金龙手扶杠铃，看着大迎儿那张急欲得到答案的脸，半笑着回道：“我呢，是练了三十年，你啊，自己看着办吧。”……

战斗在继续！

有赖于强化格挡的巨大威力，四名青年尽出全力的猛攻被成金龙有效地控制在了身体外围的安全限界之内。那些划刺着空气的啸音、本可每一记都能置人于死地的拳拳腿腿，在这样的高水平防御面前竟仅仅只是化作了在骨肉相碰之时所发出的就像是声声连珠炮仗一般的无章杂乱而已。且接下来，防守者就要开始去考虑反攻的方案了。

但是……等等！那个小子又有什么企图，想要浑水摸鱼吗？

成金龙发现，一个染了黄色头发的青年藏在了正在狂攻着的四名团友身后，想要借着打斗混乱，偷偷地绕到自己的背面。这名黄发青年本是刚才一起冲上前的六人之一，红衣青年倒地之后就是他将其拖抱出前线的。现在，此人重又杀了回来，见到守方城坚难破，便欲倚着战线的掩护来上个自以为神不知鬼不觉的迂回偷袭。

施展一对多的静态定立格挡之时最忌被人抄了后路，成金龙在顷时之间便已是确定了必须要去抢先下手的首选反击目标。

尔等拙劣奸计休想得逞！金龙又是一声喝！

平地生真力，举臂攘魅魆！成金龙运起蛮劲，双臂奋力向上一开，将那合攻四人打来的拳脚连带着他们的浮软身盘齐刷刷地炸飞，震出了有个两三步远。此招成了以后，这名潜伏在后的黄发青年就一下子单单地暴露在了那具万斤重器的通红炮口之前了。

一拳让人不忍目睹的雷霆重击！成金龙不敢客气，倒是祭出了七分功力。

正中腮下！可怜的黄发青年在这场战斗当中尚是一拳未出，就被残暴强敌给一击打乱了脆弱的位听神经，还未等其感觉到痛或不痛，便在一瞬之间昏死了过去，直直地飞出好几米远，撞散了旗鼓道具，和剑戟斧叉滚成了一地。

还有四个！

最先稳住了脚步并发动起新一轮攻势的还是精壮青年。他此刻也大致看清了形势，自知对面之敌的实力确是高深，其辈料难企及。不过作为一名习武之人，人家也是身带着凛然之骨气的，今日宁可是战死沙场也决意不甘在自家门中受辱屈膝。

另外一侧，有纹身的那名青年也已是斗红了双眼，情急之下，他竟然就地一弯腰，抄起了家伙。许是他们平日里表演硬功所用的吧，一根碗口粗细的三尺圆木棍！

那四个再又杀上！不分胜负，便成仁人！

认准了敌人通身之力源自下盘，精壮青年拼死一搏，放空了自家的天灵盖给人看，一个曲蹲扫堂式，如是舍生取义一般地踢向了成金龙的小腿。

金龙倒是未舍得取其颅顶。武子可教，且莫伤他，而旁的那个则就不得不驯！

同时间两声裂响！成金龙的腿铁桥硬马，安然无恙，而那根木棍却是在他肘峰的防守侵略性之下干干地碎成了三截！这上下两端的强势镇守一出，立马就把敌营慑了个阵脚小乱，而金龙则便乐得良机，趁此空隙，又是一拳直捣黄龙！

低手冲锤！直击在了纹身青年的胸廓之下，胃囊之上。拳一到肉，这一锤中所含带着的浑厚内劲便立即轰透了敌人的腹肌隔膜，放射性地传导入了体腔之内，可是把那些平生里最受不得痛的五脏六腑给狠狠地搅和了个七荤八素乱了套。

“哇！”纹身青年一口恶心的黄浆酸液喷吐了自己一身，双手紧捂着肚子，眼前一黑、两腿一软，便是跪倒在了地上。

还有三个！

照此刻的对战情势，成金龙已是稳稳当当地占据了上风。对方无论是几人联合上前都没法攻破他的强力防守，而他却可随时抓住反攻的契机，仗着手硬，一招放倒一个，将这众继续蛮干冒攻的散兵残敌给逐一剿杀铲灭。

全歼敌阵看来只是时间的问题了！

就在这时……

“停手！一群龟儿子有眼不识泰山，可晓得站在你们面前的是哪一个！还不快退下撤！”一句带有浓厚四川口音的斥骂从擂台方向传了过来。

此声既出，围攻的年轻人们便不敢不从。精壮青年率先有了反应，见他咬牙皱眉，先又抓紧狠砸了几拳，之后就以一个半跳撤步退出了战圈，同时还不忘双手一拉，把左右两名还仅剩下的幸存战友也一并拽了出去。

旗稍偃，鼓暂息。

退开的青年们皆是剧烈喘息、汗水淋淋，其中的两人忙去扶助起被击倒的团友，而精壮青年先是仇恨地盯了成金龙一会儿，然后又把目光像是请命一般地转向了传来这句声音的那个擂台一角。刚才，大迎儿也是心情挣扎地看向过那里。

那里有一副摇椅，而摇椅上坐着一个人。从刚进门时，成金龙就注意到了他。

这个男人四十多岁，中等胖瘦，垂肩背发、面白无须，身着一套明黄色的绸缎唐衣，脚踏布鞋、手捧砂壶。刚才乱战之时，他嘬着茶悠悠地晃在椅上看了一出大武戏，倒是事外清闲。而现在，他放下茶壶，双手撑住椅子的扶手，慢吞吞地站了起来。

这人好高的身材，看着像是有个一米九五到两米左右，而且，他的四肢极为纤长，两手放直时不到膝盖也得过了大腿。

只见他迂缓地向这边走了几步，随后微笑着对成金龙抱上了合拳之礼：“百战归来再见君，别来无恙啊……披甲金龙。”

披甲金龙！

这四个字的音节组合倏一闯进大脑，成金龙的眼前当即便闪出了一片缭乱，仿佛是时光忽而倒流，于梦幻之间竟已回到了那个金戈铁柝、戎马倥偬的斗战年代。

有多少年没人这样称呼过我了。

地上的水面在连番的打斗中被踩踏得浊乱不堪，但是成金龙依然牢牢地钉立在那桶水泼向他之前的最初立足点上，此时，他也无意再向前多迈一步。被问候者站在原地，也向对面的男人还出了一个拱手礼，但却并未多说什么，因为他还没有认出此人是谁。

高个男人倒也不急着介绍自己，而是转身又训斥起了那几名青年，不难看出，他若不是老板便是师父，且更大的可能性是二者兼具。“这群傻儿，说是有眼无珠，见了前辈也不行礼，还敢动手，好得不知死活！不见人家让你们一副腿脚，立地不动、半步不退，还打得你们哭爹喊娘……”说到这儿时，他斜眼瞥了一下成金龙，“当真是如入了无人之境，要不是老子喊停，咱家这一窝子让人家翻掉端走了！”

这个人讲话川音太重，北京人听着有些费劲，不过单单是从眼神之中也能基本看懂他的意思。金龙本想要接话解释，却又一时无从插口。

那男人接着说道：“你们哪个晓得他到底是谁！老子给你们讲，披甲金龙……披甲金龙……多年之前，江湖上流传着一句话，啊……让我想想……是的，这么说的。”他故意做作地一拍脑门，又转而看向了成金龙，“生平不破金龙甲，纵取十冠不为王！”

战斗、拼搏、伤痛！激情、荣耀、功勋！这些东西在一刹那间就像是岁月的剪影映现一般于成金龙的心中飞驰而过。

那就是……昨天的我曾经的样子吗？我好像已经都记不太清了……

成金龙稳了稳情绪，对那个男人平和而坦诚地应道：“这位师傅，我此行来只是为了领走自家的队员，没有什么别的意思。刚才和几位小兄弟们切磋了一下也是互有进退，如有冒犯之处还请多多包涵。我的队员张欢迎……”

“贵人多忘事，看来你是记不得我咧！”男人打断了成金龙的话，“成金龙，想想你打过的比赛……鄙姓黄，黄佰仟，师承四川……刘二水。”

这一报师门，成金龙倒是有了一点印象。飞云流水，一山一涧……刘二水……

想起来了！黄佰仟，巴蜀名师刘二水的弟子，是和自己同一时代的四川省男子散打队中的主力队员，人称……“王锦黄”！此人曾于1987年的第六届广东全运会上，在男子散打90公斤级的半决赛中被自己点数击败过。

“噢，原来是川西黄师兄！当年一战小弟险胜，师兄威名又怎敢相忘。今日竟幸得于此地再见……也算有缘啊。既然大家都是名门同道，此下的这点小小误会又何足挂齿。不如这样，让欢迎先去收拾东西，而这里损坏的物件，还有几位师侄的……营养费，就由我这边来全部承担。黄师兄，你意下如何？”成金龙至此刻还抱有着一线幻想，如是给足了人家一个够大的台阶下，今天的事情还会有着协商解决的可能。

“啥子？营养费！哈哈哈……”黄佰仟听了此言，怪怪地大笑起来，“大城市的人活得安逸，说话也好得讲究。营养费？咋个，你看他们几人像是营养不良的样儿？”

这姓黄的老是话里有话，成金龙好是反感，自己已经放低身段、力图和解了，他却还在一味阴阳怪气地挑弄口舌。于是金龙一抿嘴，不再言语了，只待静观其变。

“其实我咧，只是个粑耳朵（四川方言，意为怕老婆的男人），平日里这一团的演出经营都是我家婆娘在管，不过今日见你都寻上了屋门儿，我就也与你来讲讲道理。你家个女娃儿是自己过来找我们要，我们出门做生意的讲求个规范制度，想来就来、想走就走，哪个有这么随便的事！再者说，这欢迎娃儿我也晓得，也是拿过全国冠军的好身手，听说最近在你家过得并不中意，与其这样，还不如就借给我家团里，要谈好了算是租那更好！总之，大家互惠互利，莫要耽误了娃娃的前程撒！”黄佰仟见成金龙不再讲话，便又是一大通的说辞出了口，这个人一定是误以为自己在辩论说理方面很有实力。

对于这样的一段话，成金龙似乎就更不方便去反驳什么了，但是，主教练相信自己的队员，于是他把求证的目光投向了大迎儿。

见到成指导如此信任地望着自己，大迎儿知道她现在该去做些什么了，委屈的女孩此刻早已抛开了一切畏惧，她双手紧抓着围绳，勇敢地向着所有人大声地喊道：“我……早就跟他们谈好了只打两周的工，是他们先答应了许我初九就离开我才来的！他们让我……扮成小丑儿给花了钱的观众们打，只准挨打不准还手儿。我不要在这里待下去，我要回家，现在就跟着成指导回家！我们队里有多少人的水平比我高、有多长的时间不能打比赛我都不在乎！我的队友们对我好，教练们对我也好，在北京市什刹海女子散打队里就算是……就算是一辈子不能出头、一辈子被停赛，我也……永远都不会离开！”

多么令人感动的朴素言语啊，成指导在这一刻里就只是觉得为自家队员所打上的这一架算是值了！而且现在，所有的情理也都站在了他们这边。

“黄师兄，欢迎她自己已经讲得足够清楚了吧。我想说的是，不论是北京市散打队还是什刹海俱乐部儿，都是负责任、有保障的正式队伍，队中运动员的前途发展我们从来都没有去漠视或压制过，所以暂时还用不着别人来替我们操心。感谢贵武术团在这段时间里对张欢迎的照顾，请把她的身份证儿拿出来，我们现在就要告辞了。”成金龙真的非常希望可以就此便了结这场无谓的纷争了，因为他感到再多耗下去的话，事态恐是也只会向下而不会转好。

“呵……”黄佰仟发出了一声带有点悲戚的冷笑，“不错，不错……你们北京队是首都队、冠军队，要人才有人才、要政策有政策……一个市场化改革，你们摇身一变就成了大明星队，赚了好多钱哟！我们一个小小的（四川省）眉山市散打队又算个啥子嘛！娃娃们要吃饭，还得背井离乡、街头卖艺！比不了，比不了啊……”这人打一开始说话时就带着的莫名酸意原是出自于此。提到了失意之处后，黄氏的语调也没有了适才的慵懒和诡狡，而是转为化作了一种幽幽的阴怨与忿恨。

听到这样的唉叹，成金龙又还能说些什么呢，他也只好是再度沉默以对了。

“唉，见笑见笑，一上了年岁就变得喳哇儿（四川方言，意为唠叨）得很。”黄佰仟吐完了胸中郁气，倒又是换回了习惯的笑脸，他正了正衣襟，再向金龙靠近了几步，“现在的情况咧也并不复杂，无非就是你要在我的弟子面前带你的弟子走嘛。我倒是要问你一个，你若是我，你会咋个办？”

完了！成金龙知道，这一场恶战终是躲不开了。

“你我两个师父辈的也不必再去拐弯抹角，想带人走，可以，打倒我！”四川省眉山市（男女）散打队总教练、峨眉山武术表演团团长黄佰仟，叫战！

整个武团的人员们这时都已聚到了一处，闻到此言声出，大家皆是诧异容动，齐崭崭地翘首相望了过来。而为首的那名精壮青年则更是于面上露出了焦忧之色，看看地上在诸人的紧急救护之下才刚刚活了回来的几位师弟，这还都是人家在以一挡百之中拿捏得当的宽大下场。由此，他为人徒子的理性在万般不愿之下告诉了自己，这一位正要成为家师对手的硬膀子男人，定是一个属于他们此生在今天之前还从未有幸去领教过的，有或曾经有资格去染指到天下第一名号之级别的绝世强手。

“你要做啥子，你有好多年没和人动过手了？你的腰不痛了！这个人这么厉害，你跟他咋个……”此时，那位有些刁蛮的中年妇女老板娘，也就是黄佰仟的老婆，见了丈夫势头不对，赶忙抢着跑过来劝阻。

“格老子的，他厉害，你家男勒全国锦标赛冠军是白给的！男人比武，瓜婆娘滚一边去撒！” 结果招来了黄佰仟一句风格突变的，异常粗暴的喝骂。或许这位老公在平时里真便是像他自己所言，就是个如同好好先生一般的“粑耳朵”，不过到了这种特殊的时刻，雄性相争的刺激还是会令世间上所有男子汉们的凶悍本色都展露无余。

没人再敢来打扰了，黄佰仟卷了卷丝绸衣袖，又向前近上了两步，立在了成金龙的三米之外。然后，慢腾腾地摆开了个单腿前探微蹲、双手掌心前后面人的武术表演式的老套起手势。“既然披甲金龙出山，那我王锦黄就也只好……斗胆献丑了！”

室外的风怎么无缘无故地又刮了进来，这让大家感到了一波气压扑过，就连那边几杆一直在静止着的彩旗都被吹起飘动了一下。

“好，恭敬不如从命！黄师兄，还望手下留情，大家点到即止。”成金龙吐纳沉息、凝收筋骨，深呼理顺了遍体之气、合力聚拢了周身劲能，弓背低首一平拳，起出了礼让后发之势。他深知如此勍敌不容小觑，一旦接上了手，生死胜败便都只在雷闪之间，自己除了尽出毕生之炼以外，没有别的选择！

龙蛇之斗！十八年后再燃烽烟……

怎么这么慢！黄佰仟的上步近敌移动得极为缓慢。见他先是将手势指向右侧，朝此斜前方挪动了一尺，而后扭曲晃动身体，脚下一转，再向左边又少少缩回了七寸，如此钟摆往复数次，过了有三四分钟时间也就只是前进了不到一米而已。

这是什么路数？现代搏击强调的是快速攻防、迅猛凌厉，可为何这个人不仅动作看似迟滞犹豫，而且身子还扭歪绵软、松垮摇晃的，竟像是只提不起精神的懒散爬虫一般。敌人就在他的身前三步之内，可为什么其总是在原地打转似的不愿出击，难不成，他根本就是无意进攻，而只是成心在这里消磨着时间？

鉴于此，在不远处观战的大迎儿都已然生出了这样的想法：那黄团主听说后腰上有着严重的老伤，平时走起路来都是慢悠悠的。会不会……他现在就只是因为在老婆和徒弟跟前挂不住面子，所以才非得要虚张声势地去比划两下意思意思的，而等过会儿只要是随便一搭上手，成指导退后说句佩服，这事儿就能和平地收场了？要真是这样，那可就太好了……

似乎是有微微“噌”的一声，也好像没有，就只是见到地面上的灰尘有些飞扬。

突然启动！黄佰仟犹如一道象征着杀戮的死光，倏然间便射向了成金龙！

怎么这么快！身高接近两米的黄衣拳师腿臂奇长，别人要跨出两步的行程他只需一步，而且，快到了极点！在全无预兆之下就地弹射，一蹴即至，且那强势直取的超前拳锋更是再快出了整体身形近乎有一倍之地！

真是用脑子去想都没有这么快！此拳已经碰着鼻尖了！

这类似于是陈微的那一招吗？震惊之中的大迎儿可是显得有些见识匮乏了，不过这也没什么办法，那些十好几年之前的传奇在今日的年轻人里又有几个能够知晓，这家武术团中的青年们不也是一样就连成金龙都不认识吗。

此乃蜀中武学之独传秘技！擒法·戕！

近身短挡！成金龙左臂急起，手腕紧贴着面颊，搪开了攻方来拳，同时右拳做摆式准备迎击。接下此招倒是有惊无险！后动方始终在紧盯着对手，未曾敢有分秒之放松，因为老江湖深深地知道，与眼前的这名敌人作战必将就是这样一种奇特的节奏。

化拳为钩！黄佰仟这第一拳划着成金龙的格挡擦过，却是正合他意，那探到了对方脑后的直拳迅疾一变手型，将攻法改为了就势往回的抠拽，就此一把搂住了金龙的脖颈！而另一边针对守方意图迎击上来的摆拳，他凭着臂长，左手抢快一拍前伸，先占下了其拳路必经的空间位置。这倒有些怪了，既已得了先机，为何还要等着人家？

移形腾挪！成金龙重心突然前倾，一弓腰卸掉了黄氏勾手擒颈的绷劲，而右手同样也是变了一招，将之前佯出的摆拳转成了扎往斜上方的指枪，用挺掌并指之猛刺去威胁向了敌方的右侧腋窝要处。这么一来，黄佰仟前招布下的左路机关尽失其用，而先手搏来的扣颈之利则也便是不得不放了。

暗出冷箭！上路攻防正酣，此刻若偷施腿法定能以巧取胜！黄佰仟撤手后仰，借着与金龙身体平行偏移之机，弹起右膝，直奔向对手的小腹以下！

早有防备！第一招格开了那记冲拳之后，成金龙的左臂就一直以蜷曲之势停在了身体前方，并未参与其后的反攻。此举原就是为了防范下路暗箭而留，此时正派用场！看那金龙再次现出了防守攻击性，他以肘为锥，直冲着敌方的下肢攻势去以了迎面的强行压制。待黄氏惊觉有异，却又哪敢以膝撞肘，忙是被动收招，一瞬慌乱之间便已失了上风。

败中求胜！好个眉山王锦黄，当真是诡谋多端，体位散乱之际，竟又涉险耍出了一招拖刀毒技！虚退半步中，两只长臂体前一架，看似退中防身，实则竟是再次布下了阴险的候敌陷阱。依据自身体型特点的技术改良！戕·竹片井栏！

双龙出海！慢……且留青山！金龙得势，正欲反守为攻，来他个双拳齐下、掏敌心窝，却突而暗下一惊，识破了狡敌之计，忙是顿住身体，强把那手猛招给硬硬地收了回来。

这也算是在格斗实战中很不多见的一幅景象了，双方相距不到半米之遥，却全都在霎时之间停下了拳脚，就好像是快进之中的电视影像一下子卡了壳，定住不动了。

两人瞳光如剑、四目交持，就这般地僵住了许久。直到黄佰仟懒懒地扭了扭脖子，又拧了拧腰身，主动撤后了两步，才再使得彼此又重拾起了回合之初时的对峙状态。

在场的年轻人们都快要看晕了。从昏昏欲睡的拖沓而至猛然掀起的急骤再到戛然静止的消停，前后就都只在一两秒内的瞬目之间。这到底是一场什么样子的对决！

还是先来介绍一下神秘的“戕”吧。

正如大迎儿的观感，所谓的“戕”确是与当年“什刹海白色闪光”那名震武林的抢攻绝技有着异曲同工之妙。这两招都是以攻敌不备的超快速启动来作为了得以有效施展的技术基础，但它们之间所存在着的差别之处，除了在发动瞬间之时其本方身体形态和择机理念上的稍有不同以外，最大的区分还是在于其招数本身的目的性!

陈微的闪光拳击目标明确、环节简单，就是一记预期出手必中、务求实效直接的单纯的击打技术。而在那招“戕”中所蕴含着的武术理论和技巧延伸可就要相对复杂深奥得多了。且听其通俗的十六字口诀：以快带打、以打带抓、打要打慌、抓就抓牢!

可见，“戕”实际上是一套运用陡然出击的冷攻去作为切入点，在迫使敌人产生了慌乱情绪之后，再通过持续多变的手（招）法转换与假动作诱捕来达成真正克敌之效果的，击擒结合、以擒为主的综合性近身短快攻击体系。

对于这些精深的门道，曾被爱徒隋清誉为过“中华武功活宝典”的成金龙指导又怎会不明。不过，在纸面上的熟悉了解是一回事，在实战当中的亲手接拆化解可就又是另外一回事了，尤其还是在距离上一次的亲眼见证已经过去了十八个年头的时候。

此刻，貌似依旧还在沉着峙敌当中的成金龙，其鬓角下方的小片汗水里面，实然已是隐隐地混进了一丝后怕的凉意。

好险啊！回想着刚才的拳来腿往，成金龙不禁要暗庆起自己的运气来了，那至少不下三处的一步走错即满盘立输的凶险，居然都被他给赌对了方向。

第一步，自己及时转化了迎击之拳为戳敌腋下，不仅躲过了对方的第一次擒拿守候，还在安全时间之内及时解除了敌人对自身的脖颈钳制。而若是当时这两点都被人家同时拿到了手里，那么等待己方的则就无疑会是一记柔道外割式的致命擒摔！第二步，自己谨慎地提前预留下了左臂，去作为了对敌方下路偷袭施以反击性格挡之用的后备防线，而不是过于急躁地从初始阶段起就将其一并投入进了全力进攻。如若不然，莫说是那招为本方赢得了风面反转的对敌肘压无从谈起，就连自家的下身要害也恐是早已叫人给踢个正着了。而那第三步就最是险恶！想也是有些年未曾遇着过像黄佰仟这般专可克制自己的高水平智慧型对手了，这人身在败退之境时居然还可如此从容到位地摆下了那般精巧隐蔽的捕兽铁夹，当刻，自家要是少了半分的专注冷静，未能立时看破这招，而是一拳伸进了他的绞臂井栏，那后果……便必定将是一场惨绝人寰的壮士断腕、骨碎筋折!

成金龙甚至都想到了自己在由此骨折惨败之后的抓狂剧痛与伏地哀嚎，在这些所有的围观者们和大迎儿的面前。而如果那样的话，会不会将比一名队员与兼职雇主之间的这点微不足道的用工纠纷给自己和队伍所带来的损失要更大!

那绝非是不可能会上演的场景，如果我没有养成这种多年以来所一贯固有的稳健保守的临场战术风格，又或者，如果我还是处在了相对更易冲动，也更易被紧张情绪所影响的青年时代，那么……这三步是幸运地走对了，可是下一个三步呢，再下一个三步呢……

或许，如果我现在就认输，黄佰仟也一样会让我带大迎儿走的吧……

成金龙，你到底在想些什么！在这等决一死战的时刻当中，竟会有了如此丢人的念头！

此为败亡之兆！

而黄佰仟也看出了这一点！

又是伴着那几乎无法察觉得到的“噌”的一响，地面上升起了些许扬腾的尘埃。

戕！

邪物侵入，毒信殷红……

“哎哎！大家静一静啊！前面的领导和长辈们都说完了，现在我们师兄弟俩也上来说两句啊！”自己跳上台抢着要发言的是队里的大师兄“玉手擒风”杨廷玉，他看起来一定是已经喝了许多酒，而被他拉着一起上来的还有“广子”马广新。

这是哪里！

成金龙发现自己坐在了一场盛宴的舞台之下，而身边的人们又都是那样地熟悉和年轻，其中也包括了两位已然离开了人世的生命至亲。

酒楼里红事大办、宾客盈堂！成金龙当然知道，这是自己当年婚礼之日上的那场欢闹的喜宴。但他不明白的是，究竟为什么自己会在梦境之中回到了这里，这个他一生之中最为重要也是最为快乐的一天。

“……问我想说点儿什么呀！当然还是要说说咱们今天的新郎官儿，大龙啊！哎呀，舒晴这么着就跟了大龙喽，往后咱什刹海里的小伙子们可就都没了盼头儿啦！哎你说我啊就一直都在琢磨着，这人家舒晴到底是看上了大龙的哪点儿好啊？人品好？这都快给说烦了。形象好？那也都人人看得见啊！运动水平高、成绩好？这就更是没挑儿啦！要一说起这方面儿啊，我这个做大师哥的那是佩服得五体投地啊，欸不光我，别人也一样服啊。小强厉害吧，脾气也横吧，人家这全天底下就服那么一个儿，就是他的这位大龙哥！”杨廷玉在台上讲得欢天喜地，见到大家从下面给他鼓掌捧场，便更是开心得近乎手舞足蹈了起来。

“杨哥，又喝多了吧，少来点儿吧，可别把您这宝贵身子都给喝坏啦，留着往后还用得着呢！哈哈哈！”“你就好喝酒，那话半天也讲不到点儿上，这说来说去的，人家舒晴到底是看上了大龙的哪点儿好啊！”也有着一帮早已亲胜兄弟，平日间嬉笑取闹惯了的青年队友们在给他欢乐地起着哄。

“嘿，我这话还没说完哪！那个……舒晴她到底是看上了大龙的哪点儿好是吧，那就是……就是呢，看上了……他的轴（北京方言，意为倔强固执、不识变通）！哎，这可不是我说的啊，是广子刚才在下边儿跟我说的，现在让广子给你们具体解释啊！”杨大师兄一撅鬼脸，撒腿就跑，把被他卖了个干净的马师弟一个人撇在了台上。

“嗨……这，你瞧……这，啧……得嘞，那我就给大伙儿讲讲，我为什么觉得舒晴她就是看上了大龙的轴！”与师兄即兴表演了一把后，马师弟半推半就地进入了角色。

马广新，他的武坛名号实则是为“烈马狂鬃”！年轻时候的他拥有着一头乌黑粗密的长发，每在赛场上奋力拼搏之时，那黑发便会张扬跃动、风中狂舞，故而得了此名。

广子说道：“所谓轴的人啊，你可以说他是顽固、较真儿、认死理儿、不听劝，但反过来呢，你也一样可以说他是执着、认真、守原则、有定性，对不对？而大龙呢，他就是这么一个把轴的优点给发扬到了极致的人。我给大家讲个往事啊，都知道我和大龙是同一天进的什刹海，可你们知道大龙在学校里边儿的第一个朋友是谁吗？就是连杰。连杰和大龙都是63年的，生日也没差着几天，他比我们早进校一年，练套路的出成绩也早，十六七岁那会儿就已经很有名儿了。80年，《少林寺》的导演来挑演员的时候儿，看好连杰，同时也看上了大龙，但是大龙却跟人家导演说他不去，就连校领导来劝了他也不听。为的是什么理由儿呢，我至今都记得特别清楚，他说人家连杰已经是好几届的全国冠军了，想要有新的发展那是人家的权利，而自己呢，家里送他来练散打，他就是来练散打的，如果练不好散打，别的事儿即便给干出了花儿来他也依然什么都不是！因此，他不会去三心二意地搀和那些别的门路，就愿意在这儿一门心思地苦练散打，这，是他的义务！诸位，你们听听，确实够轴的吧。所以说啊，这么轴的一个人，他能用情不专吗？他能始乱终弃吗？这么轴的一个人，他能不让舒晴去心甘情愿地爱上自己吗！哈哈哈！”

“说得好！”台下大片的欢呼喝彩声把婚礼气氛推向了高潮……

是什么样的力量让我忆起、看到了这些情景，而同样，又是一种什么样的力量于此刻正努力拉拽着我，在渐渐脱离着这一切……

邪物侵入，毒信殷红！近在眼前！

引领成金龙离开了那种幻境的，是他的“心”！在超界限应激后于非主观意识下的自我启动！触发！中国武坛现存最强静态综合防御技术！

盘龙披甲！

气由大地，力贯周天！雄勃的臂膀在不离不弃地守护着它们的主人！

黄佰仟这第二波的急袭之拳在防守者最后时刻的无意识格挡之下被将将地弹开了，并顺着成金龙扬起的大臂快速扎向了其的身后。

那么，立刻展开反击吧！可……

这黄氏竟似无骨游物，他以贴敌的长臂挂住了对方腰背，借手上力，柔软的身体纵向滑移，顷刻之间就构成了对敌人的绕体包抄，占上了成金龙的身后要位！看这一奇技的精熟施展，来的不是一条长蛇又是哪个！

金龙心中叫声不好，暗恨只那一时的分神就又让强敌夺去了先机。他忙是亡羊补牢，扭身挥出了背向肘击，欲以此迫使敌人去继续移动闪避而无法获得可即时发起进攻的余暇空间。这一记带着风的追身肘击可也不是谁都敢去尝试一接的，强化形态中的手臂肌肉势大劲沉、暴力充盈，见了速速回避才是对路。

黄佰仟果也如是。见此击凶猛，他便也未作立即发招的无谓冒险，而是大胆地把手搭在了成金龙的对边肩头，灵灵地再一个揉身，又是用出那相同模样的邪门身法，于转瞬里就又游到了对手身体的另一侧，而且是几乎已完全失去了防守体位的绝对弱侧！

成金龙的阵势门户洞开！而果断且又耐心的黄佰仟则是已将此战制胜的钥匙给牢牢攥在了手中！那便来看看这王锦黄的决定杀手吧！

民间沾衣擒拿的技法！黄佰仟铁手一扣，二指反拧，借着成金龙那羽绒夹克的袖口，先以己方右手一把夺住了敌方右手。这等下招本是着衣街战里的常戏，但在赤裸肩臂的散打或自由搏击的正式比赛当中绝无可能出现，故金龙突受此攻后竟是一愣！

杀招既出，又哪还容得你去怔神！如法炮制，再是一记扼腕擒衣，黄氏乘胜又以己方左手拿下了敌方左手。此刻，成金龙的一双手臂俱已是被擒获制牢了！

不过就算是被对方同时抓住了两边袖子，这披甲金龙之神功巨臂又是岂有会去惧怕此等泼赖杂技之理！待其一显……

邪物侵入，毒信殷红！魔障秽臭，心眼盲昏！

发动！擒绞一体技，戕・王锦得食！

只见黄佰仟紧紧牵住猎物的双臂，忽地凌地一跃，将身体在当空里侧转翻旋，强是把成金龙的两手卷成了一副麻花交叉形状，同时又双腿飞起，狠毒地左右剪住了仇敌之颈！

技成！若用学术一点的搏击专业语言去加以表述的话，这招也可以被唤作是：立技·侧翻双扭臂擒拿连接，舍身剪颈十字固！

在几本早年间出版的擒拿格斗教科书里，也曾似是而非地介绍过几路这种都不知是脱胎于柔道还是中国传统武术之中的类似招法变化，不过受限于其施展条件的异常苛刻，业内人士们也多没有去特别认真地深入研究探索过。直至今天，终于有一位身体四肢足够修长有力的中年武者，在一场恰巧可以借助着装来施展擒抓的街斗实战里面运用出了它。

而且，还是在自己所特有的技法架构当中的，一次深富着其天才独创性的至强发挥。

王锦蛇，又称大王蛇、臭黄蛇，其体型粗长有力、动作敏捷迅猛、性情凶暴残虐，不仅善猎鼠鸟，甚至还常以其他毒蛇或自家同类为食，是个不折不扣的具有着极高掠食攻击性的危险物种！每次猎食前，它多是先隐蔽身形、蛰伏静观，待到时机显现就会突然爆发、一蹿而上，以极快的速率将捕杀对象缠卷在怀，进而再去加以持续地施力绞杀。而它的那些得食之物们，便也多半是会在还没有被送入进蛇口之前，就已经于自身骨肉的碎裂崩折声中极为痛苦地毙命断气了。

此刻，金龙的利爪被王蛇死死地固住，而其无以为防的脖颈重地也已是深度地陷入了巨蛇之尾的绝命缠杀当中……

“哎呀，我就不说了，不说了！大家不都说过了吗！”今天新荣升为了婆婆的大龙母亲在推却着人们请她上台发言的热烈提议。“您就说两句吧！说什么都行，就聊聊他小时候儿的趣事儿也行啊，权当是让我们乐乐呗！”但是在众多来宾们盛情鼓动的压力之下，她终于还是好不为难地站上了舞台。

“呵呵，那既然这样儿，我就……从大龙他小的时候儿说起吧。”成母看看大家，又看了看儿子和媳妇，一脸福气地笑了。

“我们家大龙啊，从小儿长得就虎实，七八岁不到就有了不输给大人的劲儿了。想想那些年哪，他可真是顽劣得很啊。爬树、上房、钻烟囱，这些都不算什么啦，跟小伙伴儿们摔个跤打个架啊就跟是天天回家吃饭睡觉那样儿平常平常的，可真是愁死我跟他爸啦！不过有一样儿呢，我们倒一直都是挺欣慰的，甚至说是还带着一点儿自豪吧，那就是大龙他呀，从来也不会去欺负弱小，而且还是非常的辨得对错、懂得道理。

讲一个他和他兄弟之间的小故事吧。在他……快九岁那年，有天晚上，他跟他弟大虎儿一块儿回的家，两个人脸上都带着伤，一看就是又跟别的孩子打了架了。我就问大龙，你们怎么又出去打架啦，是跟谁啊，为什么呀？大龙就说，有一帮大孩子欺负小孩儿，他看不过去就和他们打了一架。我当时心里面儿觉着，那保准儿就是人家大孩子欺负了他弟，他才动的手儿呗。可后来再一细问，您猜怎么着，敢情是他弟大虎儿伙着一群孩子去欺负别人，让他给撞见了，结果大龙就单个儿一人把连同着自己亲弟弟在内的这帮孩子们给统统教训了一顿！您瞧瞧，这可真是少遇见吧！

不过我呀，听了还是挺高兴的，就跟大龙他说：你啊，做得对！以后要是再遇见了这种事儿，还是应该这么做！……唉，现在想想这些，一晃都快有二十年啦。

后来，我把这事儿跟大龙他爸一学，他爸也认为大龙做得对。可是呢，我们多少又增添了一些担心，您说这孩子眼看着一天天地长大了，总不能放任他就这么由着自己的性子一直打下去啊，万一要是哪天手底下没准儿打坏了人家，或是让人家给打坏了，这谁家的父母也都担待不起啊！为了这，我们一家子在好长的一段儿时间里头都是心神不宁的，每天思来想去的可就是谁也拿不出个能彻底解决问题的好主意来。到最后，还是孩子他大爷给支了个招儿，他说要不……就送去练武吧。

话说到这儿，今天我要代表我们全家，特别、特别地，向江总教练道一声谢！”

大龙母亲说着说着，忽然在所有宾客的注目之下，向在台前主桌证婚人席位上落座的江涧深深地鞠下了一躬。江涧见状，赶忙在掌声四起中立身还礼。“哎哟我的老妹妹，你可言重了，言重了，也见外啦！大龙他们就跟我自己的亲生儿子一样，谁家父母要是跟我提上个谢字，那可是不愿意把我当成一家人啊！”

一番礼节谦让之后，江涧回座，成母接着讲道：“为什么我们全家要如此真诚地感激江总教练呢……这么说吧，大龙他的生命是由我们父母给予的，但是，让他真正变成了一个男人，真正变成了一个顶天立地、堂堂正正的男子汉的那个人，却是江总教练。

74年夏天，我们收到了校方的通知，说是下放劳动了多年的江涧教练从昌平‘五七干校’回来了，要在什刹海重新组建男子散打队，挑上了我们家大龙。几天以后，我和大龙他爸一起平生里第一次见到了江总教练，那时的情景到现在早已是记忆模糊了，但有一句话，我的印象却是异常的深刻。当时大龙正在举着杠铃，而江教练站在他的身旁对我们说道：‘这孩子啊，筋骨奇魁、一身正气，是块可造之材。但是，需要有一个真心愿意走进他的生命中去懂得、了解他的人加以适当地引导，方可成器。’

而也正是自那天以后，家里人就越来越明显地感受到，大龙他真的变了。

咱们也都知道，那些年北京城里比较乱，大院儿里的、胡同儿里的，十几岁的孩子们拉帮结伙儿，打起架来动不动就抄家伙、下刀子。后来，又到了 83 年严打，我们家街坊里边儿打小儿跟大龙一块儿玩儿大的孩子们给抓走了好几个！……我说这些旧事不为表达别的，就只是想要告诉大家，大龙他这么一个从小儿就让大人们担惊受怕、没招儿没辙的倔孩子，能够顺利地走过了那样的特殊年代，能够拥有今天，能够拿到冠军、娶回媳妇儿……江总教练，您做到了，您不光是走进了他的生命，而且，更是再造了他的生命。

大龙曾经跟我讲过，他的师父是在这个世界上面无私地馈赠给了他最多东西的那名亲人。是师父，让他学会了怎样去成为一个正直的人、一个坚强的人和一个富有智慧的人。也是师父，教会了他去拼搏、去担当、去承诺，以及去坦荡地看待世上的万事与万物。还是师父，帮助他在人生里面最为重要的思考之中找到了答案，让他从此知道了自己为了什么而去习武，为了什么而去生活，为了什么而去保护那些他必须要去保护的人，还有就是，到底为了什么……而站在了这里……”

成金龙的身体已经完全无法动弹了！

现在的战况是，“盘龙披甲”在发动状态下所带来的坚稳下盘力量依然使处于了全面受制之中的被擒缚人勉强保持着站立，当然，这也意味着出招人希望通过舍身飞固致对方倒地而予以降服的战术目标暂时还没有达成。但是，此刻的黄佰仟通过反拧交叉牢固地束缚住了成金龙的双手，令其基本失去了发力挣脱的运动角度，同时，双腿也紧紧地夹缠在了受技者的脖子上，并且还在持续送出着意图锁喉夺命的钳杀绞颈之力。

主动方的招法虽然技成，但却并未得来预期的结果，这导致了他尴尬地“挂”在了被动方的身上。而被动方则是凭借着自己出众的腰腿力量以及超乎常人的顽强意志，在本已陷入了绝地的境况之下，将战斗离奇地拖入到了以一人之力承担住了两人体重，而致双方皆是进退两难、无路可走了的罕见局面当中。

成金龙的身体固然无法动弹，但是对方也差不太多！

黄佰仟此时的身体形态并不雅观，像是在做着悬空的垂吊倒立，但在如此转瞬可定生死的危急时刻中，谁又还能顾得上这些呢。他现在依靠与成金龙纠缠在一起的手臂和双腿支撑着己方全身的体重，这并不轻松，但他却是绝对不敢偷懒卸下一分的气力。因为一旦自己松脱了与对方的牵制附着而对方又趁势解放出了两只拳头的话，防护重心与根基全失的他则就无疑会是变成了一只飘浮在空中的人肉沙包。

抛开无法使用此类招数的正规散打比赛不谈，在近四十余年的武术生涯之中，眉山王锦黄还从未遇到过一次这样的事情，或者说是还从未遇到过一名这样的对手。由于保持着头部向下的姿势，所以他一直在看着成金龙的脚。这双脚就像是被粘在……不，是钉在了一地的泥水当中，而且，如果没有记错的话，它们从成氏与自己的徒弟们展开了格斗的第一秒钟开始就始终立定在了这个位置上，完全没有发生过任何的移动。这……就是那个男人可以在我的“王锦得食”之下仍能保证屹立不倒的根本原因了吗？

黄佰仟知道，自己现在有两个可行的选择。

他先是尽上周身之力去疯狂地抖甩起了自己的身体，这样做的目的很简单，就是想要打乱对手的站立平衡，把其悠倒！不过这显然毫无效果，成金龙的二字钳羊马似如铁铸，整个身躯就更像是由钢混结构打造的参天巨塔一般不斜不偏。那么，第二选项便是再度去加注腿力，紧绞敌人的脖颈，争取令其昏厥！但努力之后也同样是基本无功。进攻方这自家的一双老腿既要吊住身体还想取人性命，却又哪里来得这般如意，累得大腿几要抽筋，欲食难得者也根本就剪不动人家那副树桩粗的脖子。

在连番尝试无果之后，黄佰仟也只得无奈地静了下来。他此刻同样感得到敌人阵阵施在了臂上的挣扎之劲，心知目前自己虽是运用擒术一时别住了对方双手，但鉴于成氏那超级强健的蛮横臂力，待到己方气力耗尽之时，其再次发动强行挣脱并成功的可能性也还是存在着的。所以他清醒地认识到，当下与其再空费能量去做那些多半无用的攻击动作，还不如尽可能多地保留住珍贵的体力，以应付接下去所必将会要到来的斗力持久战。

黄佰仟的可行选择有两个，那成金龙的呢？

成金龙现在要去拼死坚守住的第一重点就是不能让自己倒下。对方腿绞的力量不轻，但在当前这样微妙的胶着之中，其强度还是多少受到了体位错乱的掣肘，因此以抵抗者的肩颈肌肉厚度暂时倒还扛得住。可一旦己方摔倒，情况则就完全不一样了，那时候，剪颈十字固将会进入到最为理想的发力状态，而自己则也就必然是扛无可扛、在劫难逃了。

所以，为了最大限度地保证此刻站立形态的安全，成金龙甚至不得不放弃了在此等固技反攻之中最为合用有效的手段——重锤摔。因为他知道，自己由于极度费力地承住了对手那两百斤上下的体重，腰上早已没有了可用于再去提拉起敌身的多余力气了。那长身黄佰仟的头部此时离地还不到一尺，以这样短的落摔行程，一击降敌是肯定无法保证实现的，而真要是这么一摔下去了之后，自己的腰还能不能再直得起来可才是最最关键的问题。

因此，只有在首先确保了不会跌倒速溃之后，一切的反击后话方才能够被再去谈起。但是，讲到反击……坦白点说，成金龙想不出丝毫的办法，除了那最为直接也是最为困难的双手强行挣脱这一条路以外。即使他号称是什么“活宝典”，也都一样。

事实上，他也一直在为之做着抗争，但只不过，对于一名早已习惯了去用方正擂台之上的权威裁判标准和传统延承里面的经久道德规范来作为人生行为之固式思维索引的搏击武者来说，这种扯死了袖角的“无赖”招数确实是把他才尽技穷地监禁在了那看似几乎是永不可能突破的肢体极限当中了。

成金龙的手臂肌群再度膨起，又一次绝命般的誓死发力！可是，依然无效。

这就像是生活已全面陷入了困顿之中的成指导所经常要去面对的那种引人消沉的虚弱无力感。你可以看到，也可以感受到，甚至是可以预言到，但却永远也无法改变其中的任何东西。起码，在你的双眼所能够极尽望到的范围之内，都是这样的。

那并不是因为你不敢去做、不会去做或是任意什么原因的没有去做，而是，在去尽全力地做过了之后，还仍旧是如此让人心死的毫无作用。

而既然是这样，那要不就……放弃吧……

成金龙的手臂不再运力了，他现时必须要更为务实地把有限的残余体能都尽量用在维持艰难的负重站立之上。男人此刻已经接受了现实，他找不到其他可行的办法了，如果不愿立刻认输，就也只能去准备迎接这场极有可能会是漫无休止的耐力消磨战了。

这可以称之为是武学的奇观吗？当然，对于那一群此时瞪大了眼睛、呆住了神情甚至连呼吸都有些不匀了的旁观者们来说，这就是！而促使了他们这样去认为的一部分重要原因则恐怕又是，这些自幼便习武的年轻男女们还从不知道自己的师父有这么厉害。

所有人的思想和知觉似乎都已是被这场奇异较量的超强大气场给魔幻般地吸附在了里面。他们近乎丧失掉了全部的自主意识，好像在天地之间除了眼前的这幅景象以外就再也没有了其他任何值得去注目的事情一样，以至于是都无暇想起也该去稍微地挪动一下自己那双站得已有些酸麻的腿脚了。

时间就这样分秒流逝，激斗如此般延宕无声……

几分钟后，率先感到了体力不支的是成金龙。

他膝盖弯曲的程度越来越大，而一度还保持着坚挺的腰背也不再像是之前那样的笔直了。实际上，打这番缠抱角力的甫一开场，他全身肌肉的每一粒细胞就都已经向大脑输送来了报警的信号，它们已然难堪重任了。

这些天来，成金龙一直没有睡好，至今日上午又累加上了长时间的旅途疲惫。这一战从动上手开始算起，他已是连续应接了六七名武士的连场夹攻，而于那些近体相搏、短兵交刃之时的硬度气力，他也是未敢做出什么太大的保留。且到了现在，又被痛苦地拖入进了与一位水平能力绝不逊于自己的顶级高手之间的下风相持。

成金龙今年已经四十三岁了。

照这样下去，看来失败已是无可避免的了。或许对方现在也同样处在了身疲力衰的边缘界线之上，但是成金龙并不确定也无意就此再去试探揣测些什么了，他唯一知道的就是自己真的太累了，累到了想要放下手中的一切。

还是那个念头，如果我现在就认输，黄佰仟也一样会让我带大迎儿走的吧……

哦，不，也许，内心之中的那个我还并不甘愿就这么早早地放弃，我该再多等等，再多坚持几秒……再多……

成金龙的感识渐次淡灭了，在极度力竭与脖颈受迫的双重作用之下，他所身处的这个世界正在慢慢地变暗……变静……变冷……

“是的，我爱他！我爱我的丈夫，我爱大龙！”美丽的新娘舒晴遮掩着自己喜乐的笑与泪，对着所有的长辈与来宾们大声地宣布道。

如此快意的宣言一出，霎时间便带来了哄堂的呼好与满场之欢腾，而这里面也当然包括了那些于前一刻还在台下吵闹煽动着的什刹海武术青年们。

“所以，我愿意嫁给他，愿意把自己的下半生托付给他，我……哎呀莲子你别闹了，快给我坐下！”舒晴本来就是既紧张又害羞，而此时江莲子竟还不断在那里坏坏地大喊着，这可是惹来了亲密师妹的好一声娇喝。

完成了静场，舒晴继续说道：“我……的确，就像是之前妈和师兄们所说的那样，大龙他勇敢、正直、守信用、重感情，千好万好。可是说句心里话，我之所以愿意选择他成为了我的爱人，图的还真并不仅仅只是这些。当然，他很好，这说明我很幸运，但是我也曾经不止一次地用心去问过我自己，如果他没有这么地好，我还会不会一样也愿意去嫁给他呢。而答案依然还是肯定的。

大龙他是上天派来到我身边的，而我也同样是如此，所以我们的结合本来就是不可更改的天意。这不是在开玩笑，也不是搞封建迷信，我真的就是这么认为的，而且深刻于心、永不犹疑。同时我相信，大龙他一定也是这样想的，他会与我一起把这份生而注定的爱，去化作一世梦想的坚定，也写成共同生命的传奇。

这就是我们会走到了一起的真正原因。我们相互成为了对方人生道路之上的引导者和像信仰归宿一般的精神寄托。只要我们还能够感受到自己的爱人仍在身边，就永远都不会迷失掉前进的方向，也永远不会去怀疑生活所给予了我们的一切，不管那是好还是坏。

说到这儿……我想要讲出一句一直以来都很想对大龙讲出的话……其实我也不知道我为什么会想对他去说这样的话，但是，我就是想说。

亲爱的，你相信我们的爱是永恒的吗？如果你相信，你就会明白我想要对你表达出的意思。我想说，人的一生太过漫长也太过波折，没有人能够知道明天将会发生的事，这是一种无奈的悲哀，但同时，却也是一种永在的幸福。答应我，无论将来发生了什么事，哪怕就是你我全都不幸地孤身落入进了一片无尽的黑暗当中，即使至那时，我们的爱，我们的生而注定的爱，也都永远可以引领着我们找到彼此，也找回……我们自己。”……

老婆，我……自从你走了以后，这些年来的我，让你失望了吗……

成金龙盲混地游滚在多维时空的交错之中，竟分辨不清自己到底是这一幕的当事人还是旁观者了。他看着身旁妻子的面庞，想要亲吻下去，却感到身体在急速地后退，他想要赶紧再抓住些什么，但是双手又怎么也抬不起来……

我们……我们的爱……舒晴，我记得……我，答应了你！

我，答应过你！！！

金甲披挂、龙鳞爆燃！霸道之气、王者之“心”！

一个名字叫作成金龙的男人，其体内的终极力量之源在时隔了很多年的沉寂之后，被他的“心”再度打开了！

厉目圆睁，仰天狂啸！成金龙得到了他所需要的，此一刻，那些在身体里面冲撞着的无限能量，澎湃如巨浪、磅礴似洪流！还有什么敢妄想禁锢住它们！

双臂强挣！

黄佰仟料想到了对手会在双方体能都即将耗尽之时再发动一次最后的殊死挣扎！但他完全无法理解的是，为什么这一次的力量竟会比之前大上了那么多！

绝不放手！大蛇王锦同样拼出了全力，他宁愿被折断、宁愿被撕开，但就是不愿在这样的决斗尽头去耻辱地放开双手！绝不！

两个武林男人的前生宿怨，两股极致力量的以死相决，此刻，俱已是冲上了峰巅！

震撼之下，气场开阖，那无头的旋子再次由心而起，这整间厂房之内竟是被搅得风起云涌、尘灰卷腾、飞沙蔽目、羲日无光！

如此，且看分明！这场旷久再起的龙蛇之斗，瞬刻即见了断！

“刺啦！”

这一响是成金龙羽绒夹克的外层尼龙布面被撕破了一点的声音。

黄佰仟闻声大惊，这……这怎么可能！无解的沾衣擒拿之下，居然……不错，那坚韧厚实得可以封裹住细密绒毛、隔防开风雨雪水的专用于户外运动服装的化纤材料，真的就是被仅凭借着此血肉人体的臂腕之力生生地扯开了！

“旁门左道，螳臂当车！”成金龙定然也已是察知到了这一极为微小却又异常关键的变化，此刻，只听他用一种好似是胸中顶住了真元气团一般的紧咬沙哑在傲气并又威武地低声念道。而黄氏受了此言，身上竟是有感如火焰燎眉、寒冰削肉之颤，因为，这无疑便是那条神龙在去引爆其终结攻杀之前的蔑敌檄文了！

那么，接下来……

“开！！！”

斩断桎梏，突出囹圄，一扫心霾，激浊扬清！

不争，故天下莫能与之争，欲争，则天下莫敢与之争！中国男子散打项目历史上最为成功的传奇运动员之一、七届全国锦标赛冠军、1983 年第五届（上海）全运会 85 公斤级及 1987 年第六届（广东）全运会 90 公斤级两枚个人金牌获得者……成金龙！霸王的怒吼！

爆震如雷、气荡环宇！在这般逼人的力场喷张之下，方圆数里之内，树木枝叶动、禽兽飞走惊，悬拉的电线荡漾摇摆、铁打的板皮嗡嗡回音！而在厂房之内，三五块玻璃脆脆崩开了裂璺，离得近了一点的围观青年们也是接连“扑通通”地坐倒了好几人。

几乎是于同时间响起的还有两记更脆的“刺啦”之声！

受擒拿者衣服袖上遭人抓死的布料被完全地撕掉下来了！内里白色羽绒的漫天飞出之际，正是成金龙的振奋一挥，双臂开扬！

挣脱了！

这下功成非技非巧、无窍无门，纯纯靠得就是那臂上经年累月所积攒下来的肌肉力量，就是那沉重的生铁杠铃所依诺馈赠的实力底气，就是那作为着生命中最为快意的难舍之事而被享受了三十多年的日夜苦练！天下武功，唯快不破！唯硬不破！唯苦练不破！

成金龙这下甩臂脱困的大力动作亦是把黄佰仟连带着抛上了半空。纵然固技失算，但大蛇也还远远没有落到必将就此功亏垂败的无望境地，虽然并没有十足的把握，但他此刻还依然享有着一个可以先发攻敌的大好机会。

都没有扔掉从对手身上扯下的碎布，黄佰仟直接捻指为拳，半高里一个王锦翻身，紧抓空当，瞅准了金龙面门，凌空中又出一拳！

这一拳也许就是这场格斗中的最后一拳了。它够冷也够狠，而且，是在成金龙的双臂远离开身体且已完全失去了防守位置的情况之下，毫无阻力地近距离打出的。

才脱困局，又临险境！这要命的一拳避无可避、挡无可挡，又该如何接招！

仍旧是源自那大半生苦修的强身积淀，“盘龙披甲”聚力之中，好似大地山峦一般的下肢劲道是时候爆发了！两臂虽远，双腿犹在，腰上拔起神力，抬脚快如旋风！

成金龙右腿正面蹬踢！这是他的脚在这一整场的鏖战之中第一次离开地面。

简单、实用，更加及时！这一腿让悬浮在空中的敌人同样是避无可避、挡无可挡，并且其还恰恰是比那记先出后至的来犯之拳快了个一丝半星！于是，抢前一霎，成金龙在终局对发之际的蹬踢先一步重重地轰在了黄佰仟的侧胯之上。

依仗臂展，黄氏在已感到了受中脚踢的最后一刻里还在倾尽全力地伸拳对攻，但无奈终是鞭长莫及，仅是在金龙的下嘴角上留下了轻轻的一点，之后，便随即就被这记重腿猛攻的强大冲力给直向踹飞了出去。

只见一团黄影带风飘过，撞翻了桌椅茶壶，摔碎了狼藉遍地。

胜负已定！

眼看着劲敌坠地、成败分明，金龙吐息镇定地收回了架势，平和心力、舒缓身形，把飞起的那一腿也正正稳稳地放了下来。地上的那些水渍本是环包着他的运动鞋围成了一圈足印，而现在这只脚踩回了原处，竟是与那副鞋底印记贴合得严丝对缝、未偏分毫。

盘龙披甲，至真之义！心身一己，不动如山！

如果你想与这位伟大的武者为敌，就千万不要去唤醒他那颗冠军的心！否则，金龙归位，江山镇鼎，九合天下，谁敢僭尊！

就在这平静的一刻里，披甲金龙终于找回了那种曾经属于过自己的无比熟悉的感觉。那种某位敢于傲视同侪、席而不群的硬汉子去摧毁俗世烦扰的畅快，那种某个勇于唯我心性、直意恩仇的真男人去追逐毕生所梦的欣然。

惨遭重创的黄佰仟扶着自己的老腰，在拥上众人的帮扶之下撑起了身来。他们（当然也包括了张欢迎）此时共同看到了一幅如是神话的幻象。

一柱金色的光辉耀着天穹，把那条赢得了胜利的巨龙裹在其中，并且也赋予了他因完成了生命的升华而所获赠拥有了的圣洁与威严。

我自真心，胜败由定，宠辱不惊，邪魔不入。

他现在可以和寻找回来的那个人一起回家了……

车站旁的小卖部前，成金龙买了两瓶矿泉水，一瓶递给大迎儿，一瓶留给了自己。回北京的最后一班长途大客十五分钟后就要发车了。

高个姑娘的情绪有些低落，视线总是怕怕地盯着脚下的地面，但腰背却是格外用力地绷得很直，因为，自己刚刚才为此又一次挨了骂。

一个多小时前，揣着要回来的身份证和全部工资，张欢迎与成金龙离开了峨眉山武术表演团。跟在挺胸阔步的主教练身后，大迎儿连呼吸都不敢大出一声，女孩没有想到自己的冒失会造成了这么惊险的麻烦，私自出走的问题还不知队里要做出怎样的处罚，这一下又把成指导也牵扯了进来……想着这些，姑娘竟是垂头丧气地小声抽咽了起来，而身体便也不自觉地又低驼了下去，本来在近些年里她已经很少会这样了。

“挺直了背走路！”成指导回头看到队员这样，不由得又发起了脾气，高声地吼道。但对于大迎儿而言，这却是一句多么朴实而又亲切的生命过往啊……

成金龙含进一口矿泉水，漱了漱，然后吐在了路边的花坛中。那些水都是粉红色的，他的嘴里在渗着血。最后时刻被敌人点中了唇角的那一下，他吃了暗亏。

看到这令人心痛的一幕，大迎儿终于再也控制不住了，她像个孩子一样呜呜地大哭了出来。“成指导……我……我没想逃跑，我就……就是想给我姐挣学费，我真的提前……提前跟他们说好了，我真的是想初十……初十就回去的……我，我……”

成金龙望着痛哭的女孩，无言地沉静了一会儿。这个男人在自己多年的教练生涯中好像还从没有面对过这样的情况。该去做些什么吗？比如严厉地呵斥，命令徒儿立刻停止这种懦弱且全然于事无益的过激行为。

成指导走近了大迎儿，伸出他宽厚温暖的手掌，扶在了弟子的肩上。

“我知道，大迎儿，我们都知道，你是个好孩子。别哭了，啊……没什么大不了的，天塌下来有成老大在呢，对吧。不怕……不怕……”成金龙微笑地安慰着他的亲人。

结果，大迎儿哭得更厉害了。

斜阳之中，留下了这一对师徒被映红了的深情笑泪……

……

春天又来了。

它与去年盛夏的烈热无关，也与昨岁严冬的极寒无关，她与你多么地盼望无关，也与你怎样的抗拒同样无关。春天永远会走也永远会来，这与我们在如何的看待着于心中所定义给它的主观意义完全无关。

它还是它，而你是否也还是你……

北京市女子散打队与什刹海女子自由搏击俱乐部里面的人们在承受住了这半年多来的剧烈动荡之后，生活也逐渐归复了原有的平淡。

陈光荣走了，张雨心也走了，但是丁建秋终于还是回来了。建秋、隋清、小雯儿、大迎儿、小迎儿等人统一和俱乐部重新签订了两年的运动员工作合同，而这也就意味着，她们所身具的专业运动队队员的体制内身份也都将随之再至少延长两年的时间。

孟大海办理好了退休手续，离开了，散打队没有调入新的人手，而只是顺势把已经争取了多年的何耀强转正问题给落实了下来。一些青年队中的小选手们要求转去训练女子拳击，成金龙尊重了队员和家长们的意见，没有强行挽留，也都由得她们去了。

“十二层”的灯依旧亮着，而“搏击一馆”里面那些训喝呐喊与杠铃撞击的熟识之声，也都还是震响如昔……

这个上午，春风送暖，蓝天骄阳。

成指导今天心情相当地明朗，早课一完，他就站在了什刹海体校的大门口前等起了一位要开车来接上自己的老朋友，而之后，他们还将要再一起去会会另一位更老的朋友。

十点不到，陈光荣如约而至……

北京市（原）崇文区的体育馆路是中国国家体育总局的所在地，在此一片区域里汇集了中国奥委会、中华全国体育基金会、总局训练局和多个单项协会（基地）等国家级别的重要体育机关，可以称得上是中国现行体育体制的心脏地带了。

在这一带还坐落有北京体育馆、天坛体育中心等多个大型的体育场馆，以及围绕着这块氛围浓厚的体育沃土而应运生出的各类规模不一、性质迥异的体育培训机构和运动商贸企业，整体上就像是一座体育之城。而这其中亦是有着一所与什刹海同样是久负盛名的官办体育学校，名为：北京市崇文区青少年业余体校。

顺便说一句，这里距离张欢迎的家很近。

“陈主任、成指导！二位贵客临门，小队蓬荜生辉啊！哈哈哈！”训练馆里，二三十名十岁出头甚至更小的孩子们正在接受着正规的搏击训练，而热情迎宾者是北京市崇文区青少年散打队主教练、原山东省男子散打队著名运动员——“拳中诸葛”孔令刚。

“哎呀老孔，可别取笑我了，以后可能就要常来走动啦！”陈光荣客气地回应道。不过在他的心里其实是有点别扭的，调离之前的行政岗位已经很久了，孔令刚却还是在大咧咧地主任主任的叫着，也不知是无意间忘了改口，还是成心地对日后有所期待。

“怎么着老成，听说咱们家迎子大春节的偷跑出去打工，还是你去外地给找回来的？哈哈哈！”山东大汉的第二句话听上去便更加像是随意的玩笑了。特别介绍一下，这位孔令刚指导就是张欢迎同学的启蒙教练。

“可不是吗，本来还想拉着你一块儿去呢，谁让你回了曲阜老家的啊！”都是多年的老熟人，成金龙对答起来也是将趣就趣。

今天这场只有两位观众的教学观摩是陈光荣主动组织张罗的，借着这个机会，他估计是有一些重要的正事准备要和成金龙来私下商议的。

就在三月份里，国内武术界中发生了一件具有着相当震动性的大事，中国武术协会的新一届委员选举尘埃落定，陈光荣同志当选为了主管散打及自由搏击项目的专项副主席。这样一个看似有些意外的结果，实际上对于包括也为其投上了神圣一票的成金龙在内的，力主继续推进传统散打运动的自由搏击化改革的业内人士们看来，倒也是再为正常不过的了。基层普遍的呼声、能量强大的外援，再加上高层领导的一贯意志，如此大势之趋、民意所向的洪厚推力，让这位所谓的黑马人物在短暂地下野归隐了数月之后，迅即又是以火箭般的蹿升速度反压逆流、强势复出了。而此等经典的政争戏码也无非就是再次验证了一条千古不变的社会真理，在程序正义且倾向于鼓励建设性的路线竞赛当中，越是那些代表了更多方面利益的选手就越有可能会成为那个笑到了最后的胜利者。

现在回过头去想想，陈光荣当初对成金龙所做出的一年之内就会东山再起的保证也确是一次不失有先见之明的成功判断了。这才半年不到的光景，整体局面上就已经出现了峰回路转、柳暗花明的大好势头，而且还是与丁建秋即将停赛期满、解禁复出的节奏是如此地默契合拍。所以，当接到了老朋友要约自己去观看孔令刚训练课的邀请电话之时，成指导的心情相当平静，因为他知道，这个电话很快会来，也一定会来。

由于陈光荣刚刚才赢得了选举，还没有立刻恢复行政公职，此时贸然就回“十二层”去商谈大计也确实还是存在着很多的不便之处，因此他便巧立名目，借道参观训练把成金龙给单独请到了外面相谈。而就成主教练自身而言，其也早就听闻了崇文体校的少儿散打教学近来被老孔搞得很具特色，现下自己手里的青年队流失了一大半，队伍也正是到了该要出去挑挑苗子、补充些新鲜血液的选秀年份了，故见光荣如此安排不仅师出有名且又一举多得，便也就欣然应约，前来赴会了。

“这个东西是我自己发明的。哈哈哈！”见到成金龙从一进来起就对小队员们练习的技术以及所佩戴的自制护具产生了惊讶之色，孔令刚拿起一只分成了上下两段式的硬质护肘套，向成、陈二人讲解了起来。“这里面衬进了两块硬塑料片，胳膊直起来的情况下，它们上下顶在一起，就在肘部外侧合成了一面能防止反角度弯曲的保护板，孩子们在练习上肢固技的过程中就可以大大地避免被伤着肘关节的风险了。而到了训练击打技术的时候，我们就把塑料片给取出来，在同样的位置里再填回去海绵隔垫，便又一下就把它给还原成传统的软质护肘了。怎么样，科学又好用吧！哈哈哈！”

“这……你们这儿这么小的孩子，上来就练关节技和肘击啊？”相比于孔指导在训练器材方面的自主创新，成金龙此时最为关心的还是那个之所以会产生出了此创新需求的内在原因。他当然早就听说过了一些关于国内外少儿传统武术格斗项目训练自由搏击化的实验案例，但是今日在隶于如此近身之地的北京老牌青少体校之中亲眼见到了这样超前的飞速变化，成指导多少还是有些吃惊的。

“哈哈，这不也都是为了顺应潮流吗。你看看门口那些民办培训机构的招生广告，现在外面随便一个教点柔道、跆拳道的少儿班，就都在打着什么综合格斗、自由搏击的金字招牌做噱头了。这年头的家长也都精明了，不跟世界接轨、没有时髦说法的东西，谁还会花钱送自家的小孩来自找苦吃？就算纯粹只是图着来锻炼个身体、打闹个玩乐，人家也都再也看不上那些狭隘、过时的老几样啦！……其实啊，在我们这里教的顶多也就是些入门的皮毛，终归还都是些没有长成的孩子，以后要去走的路也都还没有定数，现阶段就权当是让他们多增长点见识，去试试兴趣、磨磨意志，也都不会有什么坏处。等到了将来，那些有条件和意愿在这方面继续发展的尖子生，是自然会去做出他们个人的选择的，无论是散打，还是自由搏击，再或者是什么咱们这会儿还根本连想都想不到的新项目……而那，可就是这下一辈的人们他们自己的命了……哈哈哈！”或许孔令刚早就估计到了成金龙会提出类似的问题，又或许他也早就思考好了该怎样去切中要点地作答，以及，通过有限而节制的话语来表达清楚这些极有可能会与对方产生出共鸣的个中感悟。

听完老孔的话，成金龙起先也是陷入了一阵略带有感伤的叹嘘深沉，但是很快就又在朋友正与自己分享着的开明与洒脱的通畅心境之下，会心地笑了。

“拳中诸葛”孔令刚是一位怎样的人物呢？

在成金龙的眼中，他是一位拥有着超强格斗智商与神奇般战术制定能力的天才武术家；也是一位曾以其擂台之上的奇略鬼谋、算无遗策，而让全盛时期的自己吃透了苦头，以至在整个运动生涯当中都从没有能真正征服过的同时代最为出色的冠军级名将；还是一位在退役之后放弃了家乡的仕途机会，只为了质朴地爱着散打，而便甘愿去将后半生都全部奉献给清贫寂寞的基层体育事业的正人君子、大隐名士。

一时瑜亮，终生敬服！

且就在此时此刻，成金龙指导还忽又产生出了一些对于这位一直都总是喜欢在说话结束时“哈哈哈”地笑上三下的老朋友的更新认识。那便是和许多也保持着同样习惯的平凡之人一样，孔令刚教练还是一位能够用其豁达的胸怀与宽和的心态去始终带有着自我幸福感地笑看人生、静面万变的，真正的生活之强者。

而相形之下，自己则好像是刚刚才再次找回了正确的方向。

“成吧老孔，你该忙忙你的，我们在一边儿自己看着就行了，别干扰了你的正常教学。”陈光荣自然也能体会得到面前两位“老散打”在聊起了这种话题之时的万千感喟，不过见到孩子们都纷纷停下了训练张望这边，他便出言推动，向老孔这样建议道。

“好，我就按平时日常的带着他们练，你们先自己看，有什么问题咱们课后再交流。哈哈哈！”孔指导说着，还不忘又凑到金龙耳边提示了一句，“看见那个穿紫色衣服的小胖妞了吗，刚上四年级，你可以关注一下。嘿嘿！”

小队员们很快便恢复了平日训练课时的习惯秩序与应有乐趣，他们在练习场上叽叽喳喳地摔抱踢打着，就像是在快乐地游戏。这样松弛随兴的训练气氛在往时更为推崇严师当道的少体校运动队里可是并不多见的。

成金龙与陈光荣安静地坐在墙边的木长椅上，一起观察着这个崭新的世界。

“今天你约我来看这些，就是想让我更清楚地知道，咱们为什么能够这么快的翻身，是吧。”看着看着，成金龙对身边的朋友说出了这么一句。他的目光没有移动，依旧还是仔细地注视着场地之内，而声音也并不算大。

陈光荣笑了起来，略带着一点惭愧与自我解嘲，他没有去正面应答这个问题，而是轻声地回道：“老成，现在的你和与我刚认识的那会儿相比改变了很多，你发现了吗。”

“是吗，怎么变了，是变得更好说话儿了吗？”成金龙也一样是来了些淡淡的自讽，并与兄弟无需相视地同声一笑。

静了一会儿，陈光荣主动向成金龙靠近了一点，把话音压得更低，偏着头讲道：

“上边儿基本定了，我不会再回北京市（体育局）了，直接上调总局（武管）中心，理论科学与研究发展部部长，兼管外事……另外，什刹海俱乐部儿禁赛期的最终解除也已经进入议程之中了，应该就是在下个月，这些你也都听说了吧。”

“前几天被孙校长叫过去聊了几句，听说上头的意思是想把法人改成他，他还有点儿犹豫，说要再考虑考虑。”金龙应道。

“嗯，这些都是小问题，过后还可能会在系统内部竞聘一名总经理，也或者是让你们自己出去请职业经理人，我当然是倾向于后者，等真到了那个时候儿，我会想办法去帮你联系的。”话到这里，光荣又顿了顿，在准备了几秒钟后，他终于决定要抖出今日最大的惊喜新闻了。中国武术协会新任副主席自信地认为，对于始终在默默支撑着他们的共同事业的老战友而言，这一定会是一个天大的好消息。“老成，其实我这次想告诉你的最重要的一个情况是……我跟那些外国人谈的女子自由搏击世界锦标赛的事儿已经有眉目了，一切都顺利的话，年内就能落实。”说完这些，陈光荣抬眼笑嘻嘻地望着成金龙，就像是一个终于考取回了承诺中的好成绩的孩子那样，全心欢喜，意满志得。

金龙闻言似有所动，他扭过了头来，盯着光荣的笑眼思索了一会儿，却是欲言又止。然后，他把视线转回了训练场上，深叹了一口长气。“光荣，你是个有本事的人，干成了自己一直想干成的事儿，我替你高兴……为了这些，你也吃了不少苦吧。”

见老友的反应不如预期，光荣赶紧展开了进一步地解释：“老成，你听我说，有了世锦赛中国就一定会去参与，而那也就意味着要组建和派出正式的国家队。先从女子比赛搞起的话，国内真正可以拿得出手的就是咱们北京什刹海俱乐部儿这一家儿，你想想，你明白我的意思的！这事儿不用国家出一分钱，赞助商、转播商什么的我心里早就都有数儿了，这就和去香港的那次一样啊！老成，咱们一起……再干一把！”

“呵呵……”见到光荣居然还有点着急了似的，金龙笑出了声来，“你说干就干啊，我说不干，时机不成熟，干不了！”

陈光荣的脸上一僵，但随即便又在成金龙那副说明了一切的坏笑当中由铁青转作了通红。“好啊你，成心逗我啊！你可真是变了，变得比以前招人烦了，你个成大龙！”

这句说笑，真兄弟交心交意，好拍档再赴征途！

此时，一只拳套忽然甩了过来，滚到了二人的脚下。原来，正是那名孔令刚提醒成金龙可多加注意的紫衣女孩，由于手还太小，一不小心就抡飞了器具。

胖乎乎的小女孩赶忙跑了过来，而成金龙帮她捡起了手套，递还之时还不忘捎带着指教了两句:“你出摆拳的时候儿胳膊肘儿抬得太高了，丢力，也容易找不准落点，去问问你们孔指导，看是不是这个道理。”

“谢谢老师。”女孩有些惶恐地点了下头，跑回去了。

望着孩子的去影，成金龙将厚重的脊背靠回了后墙，意境悠远地对身边的朋友提出了这样一个问题。“光荣，你看这些小孩儿，八九岁、十来岁，还什么都不懂得呢……你说他们为什么会来到了这里，而他们的爹妈又为什么会把他们送到了这儿，来承受这些本是毫无必要去承受着的辛苦与伤痛。”

怎么，昔日里的刻板老顽固想和自己来谈谈人生与社会吗，光荣受此一问，倒是感觉有些突然。“我想，家长们或许认为送儿女来到这里接受训练会是一条可以帮助孩子们去追求到幸福满意的未来生活的可选择道路吧。大人们是想通过让下一代尽早地接触体育运动来增加某种机率，而使他们会更有可能在此生当中去获得到生命里面每个人都很需要的那样东西——成功。”他相当配合地答道，并且，也确信正在交谈着的对象对于“成功”这个词语的广义性理解是与自己处在了同样的思想宽度之上的。

金龙听了朋友的见解，颔首沉思了一刻，然后直起身体，朗朗言道：“你说的没有错，也很客观透彻，不过我倒是愿意用另一种更为浪漫一点的解释方式去定义他们。

他们……是来做梦的。

父母们梦想着年幼的子女在将来能够取得成功，便把他们早早地送来了这里。而孩子们呢，在一开始的最简单愿望也无非就是盼望着，可以通过在这里的努力去得到些就于现阶段的他们来说已经足够具有驱动力了的家长与教练们的喜欢和奖赏，别无其他。但是，随着时间的推移，孩子们渐渐长大了，他们总有一天会切身地体会到，父母希望他们能去获得到的那样叫作“成功”的东西对于他们的人生而言是有多么地重要，于是，这种梦想便会在岁月点滴之间悄悄地延续到了他们自己的身上。而等到再以后，当这些孩子们又有了属于他们自己的下一代时，他们就也一定还会把这种对于美好梦想之追求的朴素而又主流的生活态度也同样再给继续地循环传递下去的。

这就是生命的传承，生命的价值与意义的传承。薪尽火传，不熄不灭。你、我、普世间所有的人们，不管你有没有已经感悟到，也不管你是不是情愿这样去做，都会是一辈子身处在了这场宿命的轮回之中。没有化外，也绝不该去化外。而即便，你在其中的某一时段里因为某些人生中总有可能的原因而失去了维系住这种生存之道的根本动力，并痛苦地迷惘在了只属于着那个失败中的自己的灰暗沉沦的禁闭世界里面……你的心，你的那一颗装满了亲人、情感与生之本能的心……也会在适当的时候，去将你一把拉回来的。

耀强他也曾经跟我讲起过他个人对此的一些看法。他说：‘人，生而为人最大的幸福就是可以与他的心和梦想一起去迎接一个又一个的明天。’

说得多好啊，的确就是这么回事儿。”

这些话让光荣的神绪一度有些纷乱了，直到他很努力地把自己从不断跃涌而出的人生往忆中拉扯回来后，才勉强听清了结尾部分那句经典的生命结论。

而接下来，这位五岁孩子的父亲用手指无意识地搓了搓额面，放松了一下有点揪紧的思路，也敞开了自己的内心。这是他很多年以来的第一次。

“老成，你知道吗，再用不了多久，在全国锦标赛和全运会上，传统散打的新版规则里面很可能就会有限度地解禁，去允许适当地使用肘击了，最高层面已经准备好就此公开征求意见并进行研究讨论了。这是我一直以来都在大力推动着的事儿，也是你我曾经激烈地争辩过的一个似乎很难能找到答案的命题。那时的你总是在抱怨说，如果散打的规则始终不变，去把自由搏击的规则练得再熟又有什么用，而我则就会信誓旦旦地讲，该变的东西是总有一天会变的。呵，等到了现在再回头看过去，其实也许真的就是……世界的改变正是源自我们的改变，而世界的不变也正是因为我们的不变。

这次（中国武术）协会选举大会召开的那一天，苏主任给我打电话，他说恭喜你啊，事实证明你是对的，你的坚持和努力博得了大家的认可，也赢回了属于你自己的成功。唉……今天坐在这儿，就咱俩，老成，我跟你说句心里边儿的话吧……其实我从来也没有确定过自己就一定是对的。即使我坚信着江老师在课上所讲授过的，当代搏击运动的项目特征融合就像是人类历史上的种族与文化大融合一样，是不可抗逆且终会到来的。即使我亲眼看到了也真心地承认，那些外国人搞起来的先进模式是那么地科学、完善，同时也是那么地靓丽、诱人。即使我这一路走来，走过了沉浮起落，走过了高峰低谷，而一直走到了重新又站回了起跑线上的今天，我也依旧不敢断定，自己就真的一定是对的。

对与错，这一对永远是在相互转换着的虚幻概念，谁也没有办法也没有资格去加以绝对地界定和主观地评判。你不能，我不能，时代不能，历史同样也不能。

我讲这些并不是想要故弄玄虚，也更不是为了以此来表现出我有多么地谦恭隐让。我只是……只是想说，在这个世界上，真的没有人可以去提前预知到明天的模样，我其实也就和这个天底下的所有人们一样，仅仅只是一个执着地相信着自己的梦想可以实现，而因此愿意用心去不断地追逐着它的最最平凡的普通行路者而已……

在我刚刚准备着要走出校园的时候，我曾经问过自己，今后，我的这一生该去怎样地度过，该去做些什么？那会儿啊，可真是有着无数的选择与答案，每一种看似都是对的，但要是去和其他的一比较，就又好像都是错的了。这样的苦恼一直持续到了我考取上了公务员的几年以后。不过再后来，这一切却又都在我的孩子降生的那一刻被彻底地颠覆与改变了。那天，当我把我下半生的梦以及那颗似曾游离但却从未远去的心都轻柔地捧在了手掌之上的一个瞬间，我终于顿悟了。原来，这世间上所有的对与错或是变与不变都是那么地不重要，而真正的幸福却又总是来得如此地简单。

一个人，不本来就该是这个样子的吗。

而我们的国家与社会又何尝不是如此呢。

或许在我们中间，有的人想走得快一点，有的人想走得慢一点。有的人已经在激奋地展望着明天可见的辉煌，有的人却还在感伤地留恋着昨日遗下的情愫。有的人认为个人的理想、自由与权力应该得到更多数人的尊重，而有的人则又笃定更多数人的意志、方向和利益必须是个人所要去服从的。他们其实谁都没有错。

而中国也正是一直这样在趺趺撞撞却又从未停歇地向前行进着的，不论她是在传承还是革新。慢慢来吧，只要她也同样没有丢掉自己的心和梦想，就行了。

想象一下，会有那么一天，我们每一个人的梦都可以汇聚成为这个社会的梦，而每一个人的心也都可以凝结成为这个国家的心，那么，我们每一个人的幸福也就最终都可以合并成为了这整个的国家及社会还之所以会存在与传续着的，本源价值和意义……”

……

与陈光荣的那次倾谈已经过去有几天了，但是那些在不断撞击着心灵的言辞却始终还回响在聆听者的耳边，尤其是像现在这样一个人于昏暗中提拉着杠铃的时候。

闻君一席，如阅三秋。

是该去赞佩陈副主席过硬的政治素质吗，还是应叹服一下他那优异的语言表达能力，总之，成金龙确是觉得，能够拥有到一位这样的真朋友实在是很幸运。

最近，成指导忽然感到生活中一下子冒出了好多值得他去尊敬乃至是借以自鉴的有长之人。奇怪，他们不是一直就生活在自己的身边吗，为什么以前没有注意到过呢。

成金龙知道，人家还是和从前一样，而改变了的是自己……

今天上午，大龙去看舒晴了。

山里，或许是由于去年的冬天特别冷吧，岭间峭壁上的那条冰龙又出现了。

先妻的墓碑像是于早些时间已经被擦洗过一遍了，碑前还摆放着此前来人祭扫之时所供下的糕点干果与翠叶鲜花（的枯骸）。那些花是几朵纯白与淡红色连体的素雅之荷。

看来今年，成金龙已并不是最先来到此处寄托思忆的人了。

“晴，这一年啊，呵呵，该从何说起呢……”大龙盘腿坐下，深情地看着妻子，“雨心走了，不知道还会不会回来。光荣回来了，却不知道还会不会再走。师父走了，永远都不会回来了。但是我回来了，永远……都不会再走了……”

山谷里的风好像比早晨时暖和一些了，而且还带来了一丝正在抽芽之中的野酸枣树所发散出来的清香味道，大龙悠然地嗅着生自这山野中的纯洁与素朴，并把掌面贴合在了泥土之上，去感受着出于那丰润大地的自然滋养。这时，他发现了身旁的树坑边正拱起的点点新春嫩绿，还有夹杂在它们中间的一两朵明黄色的羞涩小花。于是男人赶紧把身子往开阔处挪了挪，并小心地检查了刚才坐过的地面，生怕是鲁莽的自己压到了这些鲜活的希望。

不过还好，他没有。

“晴，你觉得……荷子她……变了吗……”伴着西山已见昏晚的红日，大龙终还是大胆地向这一生里最是知心的人儿问出了这句他此刻唯一还在胸怀中犹疑患失着的生命未了之题。此并非是什么有关于情感与良心的自我暗示，而就只是缘于这位从未背弃过承诺的男人在忠诚地相信着，那永恒的爱一定可以指引自己找到答案。

舒晴笑了……

乌黑的杠铃第千万次地砸在了永不分离的底座之上，发出了“咣啷”的震响。成金龙胡乱地擦去汗水，然后动情地把双手抚在了那些残锈的大铁片上。

历经了岁月的摔打，它们的身体已是光秃斑驳、坑凹不平了，而常被摩擦的地方更尤是破败见里，早就辨不得原初的半分颜色了。

老朋友，你也累了吧……

成金龙披上外衣，慢步走向了馆舍大门，而场内的灯光便也逐次地暗了下去。

我们……都该歇一歇，也变一变了……

为了不会被忘记的昨日，更为了期待着幸福的明天。

自从这一晚以后，“搏击一馆”里的人们就再也没有看见过成金龙去举起那一副他所珍爱着的破旧老杠铃了……

当伟大的传奇讲述到了这里，一些心急的人们或许已经可以去认真地讨论一下就此便让这部故事去戛然结束的可能性了。因为，似乎理论上所有该被淬炼而出的思想精华都已经完整地呈现在我们面前了，也包括了那些略显深晦的生命探究与哲学论题。

但是，谁又不希望能够拥有一个看上去会更为完美一点的大结局呢？而且，大家也都知道，那位主角的最终命运不是这个样子的。

那一位本该最是值得我们期待与惦念的美丽女孩，此时，到底去往了哪里……

她还能找到回来的路吗？

让一个年轻的生命去光辉地迎来真正懂得了什么是生命的那一刻吧。

为此，你必须要在这幅大时代的浮世绘中，去坚强地走完那终而得以写就下了你自己的青春史诗的最后一步。

也许，就只差那么一点点了。

就让我们再多一些耐心，去一起等等她吧……

10. 那些传奇（一）

THE LEGEND
OF HEART AND DREAMS

10. 那些传奇(一)

击中了!

2007年11月24日;第一届世界女子自由搏击锦标赛,58公斤级决赛,第二节。

丁建秋的高劈下压踢正中在了张雨心的右侧脸颊之上。

伴随着一声传遍了全世界的骇人闷响,张雨心的头部剧烈一晃,随即便沿着受击力道的轨迹猛然向下沉了去,而双脚也在同时脱离了地面。这记攻击的强大力量让她在瞬时之内就失去了维持直立的平衡能力,好像是于突然间头重脚轻地踩上了跷板一样,身体一下子横在了半空,而随后便重重地摔落在了擂台的中央。

"发生了,发生了!击倒,击倒了!"同一时间,杨健的呼喊也与这一幕的电视直播信号一起传遍了整个中国。

"啊!"这突来的变化惊得黄雅英一阵晕眩,她下意识地双手捂嘴、一站而起。与此同时,几乎所有在关注着这场比赛的人们也全部都是或多或少地因此险情而心动猝紊、诧而色变,不论是在场内还是电视机前。在这个群体里面当然也包括了那些围挤在训练馆中的孩子们、流连在酒台餐桌前的众食客,以及人在美国的董薇和身处北京的赵亚伟。

隋清、小雯儿和大小迎儿所在的各国代表队专属看台上也是霎时便哄起了一片大愕的哗声,显然,这样急变的比赛走向超出了绝大多数国际行家们的心理预想。现今的张雨心早已不复当年之勇了吗,怎么如此稀松的一记常规压踢就竟能将她一脚放倒!

"是击倒!没错,建秋的腿攻把雨心给击倒了!但这是不是KO?应该不是,让我们看看,应该不是!不会就这么简单的,让我们看……快看,裁判员的手势!"解说席上的何耀强在这意外骤降之际还依然是在顽强地恪守着自己的本分职责,即使他那些正在向着话筒嚷出的已经去极力避免过会丧失伦次与现出慌乱的言语，听起来还是有些像是于极端焦虑之中所下意识脱口而出的自说自话。

场上裁判并未喊停，而是一双手掌摊开前探，示意比赛继续!

这说明，裁判员认定倒地的张雨心还并未失去身体知觉及抵抗的能力，而根据本届世锦赛上“击倒续攻有限应用”的全新规则，此种情况之下比赛不会被停止，丁建秋有权去向被击倒者跟进施展地面固技以延续攻势、锁定胜局!

张雨心防御了!

虽是受了重创，但雨心的确也还没有落到被这简单的一脚就给全面击溃了的地步。躺地之后，她迅即理清了神智，忍痛立刻翻转身体，快速形成了蜷缩防守!

丁建秋扑了上去!

主动方的第一选择是掰开伏地防御者的一侧胳膊，然后把自己的一只精钢手臂插入进敌人的颈下，以施展出其最为致命的那记绝招——绞技·铁臂断头铡。

不过，（如果）技成之后她是不能够去随意发力的，因为根据规则的精神，击倒续攻状态下的地面寝技施展中可以包含具有杀伤性的关节固技、绞技类的技术成分，但不允许在施用时故意给相对脆弱的被动一方再去造成额外、无谓的身体伤害，所有的进攻都一定须是有限、可控且更偏向于象征意义的。否则，攻击方就会被重点紧盯其动作分寸的现场裁判判罚违反体育道德犯规，反而获计失点。

丁建秋的第一战术意图没有达成。

张雨心太熟悉背上的这位队友了，她把自己的肩臂胸颈一线抱得严严死死的，没有给敌人留下丝毫的破拆空隙。进攻者费力地拉撬扯动了多下却左右无功，终是徒劳而返。

于是寝攻方马上转入了第二套方案，掉头开始算计起了坚守人的双腿。但无奈最好的上手时机已逝，蜷缩者这时下肢的贴身收紧程度亦是毫不亚于了其固若金汤的上半身。

最终，限定的十五秒到时，裁判员叫停了。

听到“Stop！”及“Break！”的口令，丁建秋面无表情地从对手身上站了起来。坦白来讲，在职业生涯中也遭遇过不少次如这般错失良机不利的钢铁女斗士是客观承认自己在柔道及擒拿技术掌握方面的先天缺陷的，不过今天，她倒是并没有流露出在平日比赛里偶有遇此挫感之时所常见的那种懊恼悻然之色。甚至，若是去仔细观察，此刻在这个女人注视向敌方的阴冷眼神当中，竟然还夹带着一点隐约的庆幸与顺意的满足。

“裁判！要求暂停，需要检查身体！要求确认是否出血！”雨心一角的临场执行教练孟大海用力扒住了擂台的边缘，在万分急迫地大喊大叫着。看样子，只要是裁判肯给出一个响应的手势，这位胖老头就要立马撑起身体钻进场内了。

而在技术台一边，听到了蓝方选手教练组申请的赛会医务保障人员也已经起身戴上了橡胶手套，随时准备受命登台了。

但是，他们都知道，想要进入到医疗程序，张雨心必须首先挺过强制读秒的环节。

“One（一）！ Two（二）！……”

意识到裁判已经开始读秒后，雨心无力地松开了紧缩的肢体，在一个如泄气般的翻滚中仰过了身子，平躺在了地板之上。

她很痛，也很累。

女孩的气息非常凌乱，浸湿了汗水的胸脯在无节奏地上下起伏着，额上散落出的一缕发丝粘进了嘴里也是浑然难顾。那一记压踢让她的头脑受到了猛烈震荡，虽不至于会立即昏迷过去，但是想要继续维持住心神的清醒也并不容易。而且，在如此的伤痛负累之中咬紧牙关顶住了那名臂力强劲的乘胜对手紧随而至的后续寝攻这样的防守投入，也肯定会是更为加倍地消耗掉了自己本就已谈不上充裕了的剩余体能。

“裁判员在读秒了，这说明雨心她还有机会！她也曾在之前的重大赛事中经历过这样的困境，那一次的她站起来了，并且获得了最终的胜利，我相信，今天的她也一样可以！张雨心，不要放弃，不要放弃！站起来！”何耀强说出了所有人们心中的共同祈愿。

全世界的人都在看着张雨心。

而她只是在看着体育馆穹顶之上的照明灯光……

从雨心的主观视角向上望去，裁判的面孔虽然偶尔也会进入画面，但却并没有分散开她此刻的专一注意力……那些光好亮啊，亮得有些刺眼……是因为自己急促的呼吸扰乱了稳定的视觉吗，为什么，它们像是在晃动……

“Three（三）！ Four（四）！……”

“张雨心，站起来！”看台上的观众中有人零星地喊出了这个中文名字，而在全球电视机前人们的心中，又有着多少声的类似呼唤在同时响彻。

会超过了千万吗……

不过，在无数焦急地等待着可以尽快看到答案的人们中间，还有着那样两个人，是从本场比赛的起始至今就一直都只是在全无反应地安静坐着的，即使，他们与台上的那两个女人于实则上是具有着更深的渊源与切身的利害。

成金龙插着双臂，无声地端坐在建秋的身后，这与擂台对面孟大海的持续噪嚷形成了迥然的对比。男人看得见地上的雨心以及她眼睛的方向，这一点和他面前的那位总是只留给了其冷漠的背影的，目前已经自行回到了黑色台角的本方队员是一致的。但是，这一定不会成为在开赛之前就已然许下了诺言的总教练去违背自己初衷心意的一个理由。

费奥娜·哈德森也是这样。孤傲地独坐在看台顶点上的赛会新科冠军几乎会被场内随时在捕捉着明星们动态的摄影摄像师们误以为是一尊高度仿真的替身蜡像了。她是怎么做得到能够用如此洒然而超脱的心态来平淡地欣赏着这场世所瞩目的传奇之战的呢？难道仅仅只是因为那副有效地隔绝了姑娘与外部杂乱世界的被动交流，而让一切不喜欢的人都无法来接近并去琢磨她的内心所感了的大黑墨镜吗。

“Five（五）！ Six（六）！……”

观众席上渐次掀起了逐波的骚动，而张雨心仍旧是这么一动不动地躺着。

在她的眼中，景物们正在慢慢变得模糊，而那些屋顶上的灯光则是化作了一只只浅白的六边色块，进而，又纷纷暗淡了下来……

是啊，我到底是为了什么才又回到了这里……

是想来找到些什么、证明些什么，还是……仅仅只是想要让我自己还依然是我自己。

而真正可以告诉我答案的那个人，或许……也就只有是我自己了吧……

直至，完全变黑……

2006 年，仲夏

北京市金融街投资广场大厦的门前，两辆豪华的商务轿车徐徐停稳，主车副驾驶座位上的男性助手率先下车，然后恭敬地拉开了右侧后门。

驾临的贵客是一位年轻的女士，英朗的裤装、张扬的粉黛，一头乌丝被平平地背到了脑后，扎得紧紧的。她的鞋跟高耸，香气逼人，眉眼体态中透足了犀利的女强人风范，而很显然，她自己也正是这样希望的。只不过，如此略显刻意的装扮与她那副青春萌动着的圆圆润润的大眼睛一点也不相衬。

当然，你也可以称她是个女孩。

“杜小姐，欢迎光临，沈总一早就在办公室里等您了。”负责下楼迎客的是沈铭鸣的秘书小韩，她已经在这里站了半个多小时了。

这位杜小姐微微向小韩点了下头，并用鼻腔随意地送出了一声不格外仔细便根本听不到的“嗯”，然后就一人当先、大步流星地往楼宇之内走了进去。在一连串高跟鞋底踩踏大堂地面的“哒哒”之响中，后面的众随从及接待人员们都要一路小跑着赶紧去追……

国内知名的民营企业“远程集团”，其经营领域涉及矿业、冶金、重型机械制造及房地产开发等诸多行业，资产总规模（经专业媒体估算）位列当年在中国境内注册但尚未进行 IPO（首次公开发行股票）的私营公司当中的前五位。

这位风格强势的小姐就是远程集团的创始人暨董事长杜程忆先生的独生女儿杜小鹿，听说刚从欧洲留学回来，是英国剑桥大学的金融学硕士。

“卓融募投”的会议室中。

左近的助手们正不断依据杜小姐的指示和需要，从他们事先准备好的大量表格文件之中挑选出了适用的资料及数据，来用以佐证及支持着这位海归精英的深入分析与高谈阔论。而坐在会议长桌对面的沈铭鸣总经理则就只是那样微笑着安稳地领略着客人的高调演讲，在他的身边，也仅是有着默不作声的小韩和放在了手前的一杯淡淡清茶。

“……再有，看看这家公司高得离谱的销售毛利润率是从何而来的吧。大批量的单位招标采购、首次拿到进口上市批文新药品的独家代理……恕我直言，这完全就是依赖性极高且不可持续的、很可能是建立在了非正当商业行为之上的虚假泡沫！因此沈先生，即使‘华素创生’真如这份可信度并不很高的公开报表所言，是在过去的三个财年里面，已分别将其主营的代理销售业务部分经营纯利润的 30% 以上都投入进了自有知识产权的新型药品及疫苗的研发工作当中，我也仍然不认为，它可以被称之为是其自己和某些过于乐观的 PE（私募基金股权投资人）所大肆宣扬的那种高科技类的创新型企业。”杜小鹿把财务报表的复印件往旁边一扔，盯着铭鸣道出了她的结论，“所以，投资它是具有很大的风险的！”

在杜小姐的声音停顿下来了三秒钟之后，铭鸣确认该轮到自己去发言了。他沿用着因边听取边思考而一直保持着的用两指轻扶着下巴的姿势，礼貌地应声道：“是，您说得非常有道理。不过，既然是企业创（业）投（资）嘛，风险就总是会有的。”

“讲到这一点……我个人就一贯很不赞成投资基金执掌经理的无限全权负责制。规模小些的也就罢了，但如果是已经上了亿，或者是几亿十几亿的盘子，还是再只由着一个人的性子好恶去生杀取舍、决断定夺，可就无疑是有些不够科学了。根据募集出资的权重比例，设立固定常在的、由最大股东方的派遣人担任董事长的投资策略董事会，去对基金经理的整体操作提案行使通过核准与有效监督的职权，这才应该是在这个新金融时代当中的最佳基金治理组织结构模式，尤其是对很多决策透明度严重不足的私募……沈先生？”杜小鹿发现铭鸣的视点非常偏下，像是在走神地盯着桌面。

“我在听，杜小姐，您所谈到的这些包括针对‘沈阳九号’意向 VC（对于新兴行业公司的有风险投资）‘华素创生’计划的……有益评价在内的鲜明观点，我一直都是在很认真地聆听受教着，而且，也已经基本上领悟到了您所想要表达出来的根本意思。”铭鸣正了正自己的坐姿，“是这样杜小姐，我想说的是……您的确很有自己的想法，也非常的专业，不过似乎对于国内私募行业的既有规则和运转方式还并不太熟悉。因此，请允许我冒昧地问上一句，也可以算是一个诚恳的建议吧。如果您自己对于掌控投资这么地有兴趣、有信心，那么直接利用自家资金，自行组建团队，大胆放手去做不就行了？何必还要再投入到我们这种既不透明又不受控制的私募机构里面来，化简为繁，自寻枝节呢？”在沈总经理随和大气笑容的映衬之下，杜小鹿脸上那盛气十足的严肃表情开始显得有些不大自然了。

“沈先生，我希望你能够了解，你现在是在和一位多么优质的潜在客户以及自己未来发展所急需要的强大支持者在探讨着合作的可能性。”杜小姐将身子前倾，直倚到了桌边，以尽量近的距离郑重其事地对沈铭鸣低声说道。之后，她又回复了端正的仪态。“我这次回国担任新成立的‘远程投资’的副董事长兼总经理后，已经制定好了一套创新而又严谨的通盘扩张方略。我调查过，在北京过去一年的私募产品投资回报排行的前十名当中，你们‘沈阳八号’的资金规模是第二小，而管理者的年纪是最轻的，有些潜力。‘远程投资’拥有着集团母公司近百亿现金资产的管理与调动能力，我们为了更加高效地实现资金投放的稳健与多样性，而将一些值得信任的中小投资服务机构纳入到自身所主导的综合金融运营体系当中来，这应该也不算是个什么不可接受的异类想法吧。”

这回，沈铭鸣真的笑了。不是出于无奈的客套，而就是发自内心里的。

“纳入自身所主导的综合金融运营体系”？我的天！习惯自认晚辈的铭鸣相识国内一些坐拥实业帝国、财大气粗而又位高权重的超级企业家金主，也结交过不少真正有能力操纵全球市场的跨国金融巨鳄财团中的头面人物。而在这些人里面，到目前为止还没有一个敢对他说出过这样的大话，当然，即使人家心中真的有了类似的雄伟计划，也是肯定不会对他随便讲出的。不过就在今天，眼前这位初出学府、心高气傲的二十三岁的“远程集团”财富女继承人，竟是让他有幸又再多增加上了这样一项特别的阅历。

铭鸣把笑意收回了一些，向客人委婉地道出了回绝之意：“杜小姐，您的理想或者说野心确实是很有气魄，也令人非常的敬佩。不过呢，不知道这样来解释是否恰当啊，我始终认为，任一个人、任一家公司都是有着其相对独立的固有个性的，他们会依照着自己心中的所向来做出在成长道路上的每一次选择。就比如说我吧，我选择了去投资‘华素创生’，也选择了适当地控制‘沈阳九号’的募集规模，而且，正如您所知，也选择了要继续按照自我的思路来经营打理这家公司与这支系列产品。所以……”

“在你的个性化选择里面，也包括了那凸显出了华而不实的座驾和女朋友吗？”面色有变的杜小姐竟忽而间脱口冒出了这样的话。

怎可如此口不择言！这种由于己方不达心意就对谈判对象的私生活进行无聊讥讽的幼稚行为，已经超出了在正常的商业洽谈之中所理该固守的最起码分寸。

秘书小韩有些错愕地交替瞄着自己的老板与客户，她不确定身边那位血气方刚的有为青年是否会因此而发起脾气。而杜小鹿两旁的那班一直都在对他们的董事长唯命是从着的随行人员们也都顿感到了此话的不妥，尴尬的眼神里面充满了难堪与不安。

“哦，不好意思，关于这些……我也只是从那些杂志上面看来的。”不知是自觉失礼后的蹩脚致歉还是成心想要再火上浇油，杜小鹿随后又为自己的所言补充上了这样一句注释，在现场一片战兢而又憋闷的安宁之中……

“哈哈，杜小姐，你很有幽默感。”沈铭鸣站起了身。男士没有怒下逐客令，更未有失风度地去反唇相攻，他只是心平气和地对杜小鹿说道：“是不是这间会议室中的空气不太好啊，大家的思维好像都有些急躁。不如这样，到我的办公室里去坐一会儿吧……”

宽敞明亮的总经理办公室里，透过通体的落地玻璃外墙可以鸟瞰到这一整片金融街区中大部分的恢弘宇厦和繁华车流，而那晴空上的骄阳所赠予给这些奋进着的人们的璀璨光辉，也正是借由此铺满了这间理应是属于一名真正的成功者的荣兴之地。

杜小鹿独自坐在为来宾所准备的皮质沙发上，她的一队随扈们被小韩招待在了一门之隔的外围地带，而这里的主人沈铭鸣则是悠然地端着他那杯又续过了水的清茶，站在了他心爱的白色 Bosendorfer 三角钢琴旁边。

“杜小姐，事实上关于你和你的‘远程投资’，我在之前也有做过一些必要的信息搜集。诚心而言，你的起点相当高，令人羡慕……抛开家世不谈，据我所知，你是在剑桥大学获得了硕士学位的中国女生里面有史以来最年轻的一个。没有人会怀疑那是你依靠着自己的勤奋刻苦与过人天赋而所取得了的，一份足以证明你有多么优秀和多么配得上这番自信的傲人成绩。”说这段话的时候，铭鸣背向着客人，在逸然地看着窗外。

“你不用来奉承我，那都是过去的事情了，现在我所关注的是以后。”杜小鹿依旧是一副煞有介事的模样，她低头品着咖啡，同样没有去看铭鸣。

“呵呵，过去……以后……”铭鸣回过了身，“时间这样东西总是会给人们带来这样的矛盾，它既是今天的我们的最大敌人，又是明天的我们的最好朋友。”风雅的沈公子有时很愿意用这样诗意的交流方式去点拨开眼前某些难解的麻烦。

杜小鹿没有去接这句话。沈铭鸣言中的意思她听懂了七八分，但一时又整理不出什么适当的措辞可去针对或是驳斥对方。她这会儿有些后悔来到这个房间了。

铭鸣把茶杯放下，抚摸着他的爱琴，接着言道：“听说杜小姐也是在琴艺方面颇有些造诣的同好，刚才你一进来，我就注意到你看这边的眼神了。”

“还算是懂得一点吧，小的时候也学过几年，大家都知道，在剑桥时我也是钢琴社的成员。你这架 Bosendorfer 看着倒还算讨喜，擦得很亮，摆在这儿应该是能给你在谈生意时带来不少品位印象分的。”从杜小鹿的对答中不难看出，她很可能还并未完全掌握到有关于这位年轻的沈总经理的某些爱好与特长的相关情报。

“多谢夸奖……英伦名校的音乐氛围一定会是非常浓郁的吧，而杜小姐你本人是更为偏爱古典一些还是现代呢？……我猜，是现代吧。”铭鸣坐到琴前，打开了琴键盖，见杜小鹿没有反应，便又很绅士地请问了一句：“有这个荣幸（为您演奏一曲）吗？”

“你要是有兴致，我不介意。”杜小鹿在保持着端住架子的同时，终于还是忍不住偷偷地望了一眼那名猜对了她的审美取向，并且即将要在自诩为是格调很高的一位器乐鉴赏家的自己面前露上一手的准同龄男人。

于是铭鸣按下了琴键……

这是一曲有些深沉淡泊的幽婉旋律，俊秀的琴音清灵剔透，凄柔的谱调写意融情。它时而舒缓，诉起绵绵怅然，又时而顿挫，送来滴滴感伤。乐声缠绕之下，如聆天籁精彩，恍惚梦思当中，似陷绮幻绮真……

杜小鹿来到了一处她一直都在渴望着可以去拥抱的世外仙境。绿水青山间雾中泉涌，花鸟恬静里星星月弯。这里有一架琴，是自己喜爱的琴，而除此以外便再无其他，女孩现在终于可以只独自一个人地休息一会儿了……

真挚的演奏者似乎已经又一次成功地把他所想要传递出去的心意融合于在这段悠扬的琴声里面了。而那位同样感性的倾听伊人也已是在全不经意之间便毫无保留地陶醉进了这一团旋转着华美绝伦音符的气场中心。

诚然，若是单论客观的弹奏技巧，沈铭鸣也不过就只是一名曾在早时拿到过几次国内青少年业余奖项的普通钢琴爱好者而已。但是，在这一曲中的他，却是敏锐地把握住了作为一位想要去讲上一支故事的优雅音乐家所最应该能够洞察得到的玄妙天机，并且，还用自己的心将它注入进了听者的心，而那些东西又恰好是他所长并乐于去与对方分享的。

平静，和阅读岁月的心情。

这一首动人的经典名曲：《Hana-bi》（《花火》）。

注：电影《花火》（《HANA-BI》）主题曲。日本，1997 年出品，编剧、导演：北野武，音乐：久石让。该片获得 1997 年威尼斯国际电影节最佳影片金狮奖。

大楼前，目送着杜小鹿一行的座驾缓缓驶离，沈铭鸣露出了会心的一笑。

适才的别叙之中，杜小姐的态度与初见之时判若两人，她不仅主动向小韩和亲自送到了楼下的铭鸣诚意道别，在临上车时还不忘礼数周到地邀请沈总经理在方便的时候也到“远程中心”来做客，不论在那之前是否还在考虑其所留下了的合作方案。

对于小鹿这样的转变，铭鸣也是能够意想得到的。在会面前做足了功课的他本也心中有数，这位看似青涩溢表的商海新手其实理所当然地就该是一位富有严格教养且深藏家族底蕴的名门闺秀，而她所不太正常地展现出来的某些败笔作为，想来也无非就是因为在那稚嫩的身体上所压负着的一些在所难免的紧张与浮躁而已吧。

而且，在这个女孩的性格当中，铭鸣还看到了很多他非常喜欢与赞赏的优异气质。那是一种充满了向上进取的强烈欲望和奋争拼搏的活跃动力的，热情四射的生命能量与青春亮色，和雨心相比起来刚好是两种颜彩迥异的风格。

当思绪转到这里之时，铭鸣不禁心中一跳。怪了，自己怎么会忽然无缘无故地把这两个人比较在一起了呢？嗯……也许是小鹿之前的那句贬损让他有所介怀，或者是，男人此时正好想起来了，今晚是要和他的女朋友一同吃饭的吧。

铭鸣抬手看了下表，十一点多了，雨心现在该起床了……

临近正午时分的艳阳穿透过了大槐树的繁茂枝叶，给青砖铺就的老院子里洒下了大片的花阴凉儿。在这个时间段里，该外出工作的人们都已经离家上班去了，整个宅院中除了偶有的几声雀鸟闲鸣以外，显得很是祥和清静。李奶奶家的大白猫安逸地卧在了堆满吊兰花盆的窗台一角，半眯着眼睛，在尽情地享受着它一日当中最为舒适的感受，天气不冷也不热，而青花碗中的美味猫粮也还剩有许多。

这时，一扇房门被从里面推开了，一位还穿着花格睡衣、烫染作了棕色的长发也有些蓬乱的姑娘端着水杯走了出来，在院子的中央自顾自地刷起了牙来。相熟的白猫看了她一眼，“喵呜”一声打了下招呼，便又无精打采地懒懒眯瞪回去了。

差点都没认出来，这个女孩是雨心啊。

从专业运动队退役之后的（现）职业模特张雨心小姐，目前独自一个人居住在了她家那套丰盛胡同的老房子里。

若是问起女孩所以会离开了父母身边而执意要回到老旧平房里去单身居住的具体原因，摆在了台面上的理由是雨心觉得自身模特工作的作息时间非常不规律，很怕影响到了爸妈的日常起居与休息，而且她在体校中独立生活了这么多年，也早已熟知和习惯该如何去照料自己了。但是，这其中还隐藏着的更深一层次的讳言缘由，却可能正如是黄雅英在一次和铭鸣聊天之时所小声提起的那样，雨心决定搬离新房子，是因为很不愿意再总是看到那只依然还立在了她房间里面的荣誉展示柜。

完成了洗漱，雨心回到屋里，脱掉拖鞋，站上了一台电子体重秤。在面色索然地读清了屏幕上定格的数字之后，便匆匆而下，无趣地转去向梳妆台那边了。

看来今天又没有什么好消息……

午后一点多，草草吃完从胡同口的小饭馆里叫来的外卖，雨心打车出门了。今天工作的第一站是预定在两点钟开始的平面广告拍摄……

这处摄影棚里的温度很高，徒劳的老空调看样子很不灵光，而偏偏雨心也不知道为什么，自这个夏天以来就特别的爱出汗，几组照片勉强拍完，她的妆便又花了。于是，在下一轮痛苦地补粉之前，烦躁的女孩拎起一瓶客户买来的冰镇可乐仰头一通狂饮，在换来了片刻体温降低的同时也搭上了胃中传来隐隐刺痛的代价。

这就是工作，你不能去挑剔太多，在为自己赢得了可以那样去做的资格之前。

这次广告制作是由“星触感”公司全程承接负责的，对方企业选择了张雨心作为其主打产品的平面广告单一女主角，不过虽然出马了本公司的当家名模，但操刀的摄影师却已并不是老刘自己了。今年以来，面对着模特公司越来越大的经营与管理上的工作压力，刘泽平总经理本人已经很少再亲自上阵去执机掌镜了，他物色好了两名科班出身的年轻自由摄影师，每有需要现场拍摄的业务就联系他们前来合作支援。这倒也是很为合理的安排，管理者多去打理生意，而这些具体的操劳就交给那些本也更为胜任的专业人士们去应付好了。

六点不到，拍摄工作结束了。雨心和公司派来的一名助理女孩再次一起跳上了出租车，她现在要尽快赶回公司去集合、换装了。

七点半，张雨心小姐和她的战友们光彩靓丽地出现在了某知名杂志所主办的时尚晚会之上，用最为魅惑的华服与风情在迎接着各路记者的闪光镜头。

出席这样的场合既不会赚钱也不用花钱，圈内人在帮晚会主办者站台助兴、平添风景的同时，自己图的则是可以增加曝光率和借此提升自身的档次与形象。而对于张雨心来说，这似乎就更加具有必要了。年初的退役新闻炒作过一阵后，目前有关于这位美女模特的消息渐已风平浪静，老刘和纪娜生怕大家会就此便把她给淡忘了，所以近来遇有什么捧场亮相、抛头露面的机会就都会格外叮嘱雨心，让她千万不要错过。

今晚，凭着与这家杂志社常年往来的熟络关系，刘泽平一口气和会务方约定了五个来宾席前排的显要座位。除自己带队以外，“星触感”公司重点力推的四大股东级签约模特纪娜、张雨心、于恬恬和艾丽丝也都是尽数到场，全员聚齐。

这场晚会的舞台与观众席全部搭建在了临水的园林户外，景色虽美却也多有不便。刚进场时，雨心的高跟鞋就有好几次都差点陷入了松软的草坪之中，而在落座后不久，身着性感露背晚礼服的女孩就已经发现，她这一晚上最大的敌人是那些防不胜防的蚊子。

实际上，一旦走完了入场时的红毯签到秀，如雨心这样纯粹只是前来装饰点缀的特邀嘉宾们就已经算是完成今天的任务了。所以在正式的会程及表演开始以后，他们如果不好意思提前退场的话，除了在台下跟风般地报以笑容和掌声以外，就再也没有什么其他的事情可去做了。而像女演员或模特这种还要时刻注意维护着端庄造型的美人来宾们可就更是无尽地辛苦了，因为她们谁也不知道在这一整场晚会的漫长过程之中，摄影师们会在哪一个疏于防备的恼人瞬间里刚好抓拍到了自己的脸。

说实话，雨心这个晚上过得一点都不舒服，就像是在艰难地啃着一块硕大的鸡肋。

但是，又有什么办法呢……

好不容易熬到散场，“星触感”的一众人马赶紧起身离席，撤了出来。说好的原计划是所有人一起返回公司去换衣服，但是恬恬在接到了男友的一个电话之后又急急忙忙地自己叫车先走了。她这样的情况大家也早都是习以为常了。

而待雨心他们回到公司的时候，铭鸣的车也已经等在楼下了……

张雨心和沈铭鸣已经有过多少次像这样在一起共进烛光晚餐了，有五十次了吗，还是六十次。已经进入到了相恋的第十八个月的这对稳定情侣，虽然在面对面的时候早已没有了如初见之时的那种怦然心动，但还是在心照不宣地坚持着每周至少一次的短暂相会。请原谅在这里出现了“坚持”“短暂”这类听上去毫无浪漫感可言的败兴词汇，因为这两位各自都处在了事业上升期中的年轻人实在是太忙了。

不过尽管如此，雨心她仍然还是觉得，这些能够与男朋友共同享受着二人世界的有限时间，是在自己如今的生活当中已然为数不多了的甜蜜和轻松。

可是，今天有些煞了风景的却是，由于白天对于烈性冷饮的失控贪迷，女孩的小腹现时依然还在凄惨地承受着那一阵阵痉挛式的间歇绞痛。

站在铭鸣的角度上，男人对于自己和女友当前已经进入了平稳期的恋爱现状还是比较满意的。但若是非要让他提出一点具有针对性的意见的话，倒也不是没有，比如说，他最近就总是觉得，在和雨心交谈的时候可供大家选择的话题面变得越来越窄了。

这是一个有些令人压抑的现实。雨心并不喜欢去谈起自己的模特工作，也不希望铭鸣在她面前总是念叨着那些她既不爱听也根本不懂的金融圈内幕，而姑娘在运动员生涯之中的所有往事则就更已是成为了一片绝不可以去触及的忌讳雷区。甚至到近来，就连此前最为安全的面向双方父母的礼节性问候也都显得敏感起来了。

关于这最后一点也是事出有因的。与铭鸣早已经和张国柱黄雅英夫妇相处得很熟了的情况不同，雨心到目前为止还依旧没有去拜会过男友的父母，不论是正式还是非正式的。就这个问题而言，充满期待的女孩也做出过几回适当的暗示，但是男方却总也未见到有什么积极的响应。有鉴于此，姑娘便也只好经常自我安慰式地对恋人去小小地抱怨道：你爸妈这一年里面，身在北京的时间也实在是太少了……

时钟指向了十一点，餐厅里的客人已经所剩无几，雨心和铭鸣的这顿饭也是快要接近尾声了。就在这时，女模特的手机响了起来。

来电话的是艾丽丝，她深夜找到雨心的目的是代表东主邀请好友前去参加一个欢乐的派对。那是一场演艺圈中某位大哥级的著名男主持人为自己举办的生日聚会，而对于像雨心这种层次的中小明星来说，这样结交前辈、拓展人脉的大好机会并不多得。

艾丝就是一个这样风格的女人，交游甚广、爽快豪迈，临近午夜的时分正是拉出姐妹们去娱乐交际一番的最佳时段。

坦白说，雨心是一千个不想去的……

铭鸣把车停在了豪华夜店的门口，雨心似有愧意地说了一句：“回家了给你短信！”便行色匆忙地快步进去了。这一路上，她不知接到了多少个询问催促的热情来电。

望着女友离去的身影，男人也无意再去多想或是多介意些什么了，他微叹了口气，调转车头，向高速公路的方向开了去。

铭鸣平日自己生活在金融街附近一套租住的酒店式公寓里，而沈家在北京真正意义上的家位于首都机场以南的别墅区之中……

小心地换好软底拖鞋并蹑手蹑脚地登上二楼后，低调夜归的铭鸣发现，虽已到了凌晨时分，但父亲书房里的灯还在亮着。

沈氏夫妇最近一直住在北京，所以他们的儿子也都会尽量地回来这边过夜。其实这几年里，沈红阳每年都会有半年左右的时间人在北京，而他妻子也同在的日子会是三个月。

“爸，又在看外盘呢。”铭鸣轻推开了书房的门。沈红阳此时独自坐在了书桌旁的沙发上，而对面墙壁正中挂着的大屏液晶电视连接了电脑，正在播放着美国股票和期货交易的即时行情。在深夜里关注欧美金融市场的动向是半退休状态中的老行家为自己保留下来的余兴爱好，之所以这么说，是因为他自病愈之后就再也没有对此进行过投资或是向别人发表过任何的评论意见了，也包括了那个被其寄予了全部期望的唯一爱子。

“你也是啊，又加班到这么晚。”沈红阳看了一眼铭鸣就又移回了视线。

铭鸣没有再说什么，他关上门，坐到了父亲身边，和他一起看着屏幕。

“你今天见到杜程忆的女儿了？对她印象如何？”几分钟后，沈红阳对儿子发问。

这句话给铭鸣带来了些疑惑。怎么叫“印象如何”呢？爸爸为什么会这么问。“还好吧，有追求也有能力，只是……可能还需要再多历练，我没有接受她的提案。”他答道。

沈红阳闻言沉默了一会儿，随后沉声说道：“老杜他……是一位我一直都很佩服的，中国真正的企业家……”

铭鸣偏头看向父亲，但又见他并没有急于再往下说出些什么，于是就先谨慎地应出了一声“哦”，之后便开始了等待。

摘下厚重的眼镜，捏了捏有点酸痛的鼻梁，沈红阳在停顿了一下后，平缓地转变了话语的方向：“铭鸣，爸爸曾经跟你讲过，决定让你这么快就独挑大梁是因为我认为自己的儿子是个天才……但天才这个虚名从来也不是哪个人可以去免费地跨过其成长的必经之路的直升飞机票。即使是再神奇的天才，如果不经历过那些在他生命之中所注定要去承受的挫折与苦难，也都是无法最终成为一个真正幸福的伟大成功者的……牢记我的话吧，儿子。”

铭鸣能够理解睿智的父亲在这段话中所含指的多层深意，他认真地点了点头，微笑着应承道："是，爸，您说的我记下了。"

"好了，睡觉吧。"沈红阳拿起遥控器，关闭了电视机……

在铭鸣躺到了床上即将就要关灯睡去之前，他最后看了一眼手机，已经是一点多了，还没有收到应有的短信。他本打算主动发出一个问问，但想了想，还是作罢了……

清晨四点，天色已然见亮，雨心拖着疲惫的身体和浓烈的酒气回到了家中。

也顾不上去脱衣洗澡了，头晕目眩的女孩扔掉手袋，踢飞了高跟鞋，一路踉跄地摸到床边，一扑而倒，直接便是和着衣裳昏睡了过去……

……

那件看似早晚都会到来的好事又迎来了一次可以借之突破的绝佳契机，也不知道这一回，关系依旧是悬而未决的那两个人能不能把握得住。

虽然事发之初的一些焦急与忧虑确是也给他们带来了不少的烦恼。

刘泽平的母亲住院了。

腰椎间盘突（脱）出是办公室工作者们的常见病，老刘的妈妈退休前是位会计，常年的伏案静坐本就给其留下了会时而显现的难解病根。上周，老人在与小孙子玩耍之时一不小心又再度闪到了脆弱的腰肌，之后便是连日里的腰间麻木、腿部酸痛，虽经卧床休息调养也久而未见明显的好转。至了近日，症状持续加重，于是便不得不前往了医院骨科就诊，而大夫的意见则非常明确，建议进行微创手术治疗。

这当然不会是一个好的消息。

刘泽平是家中的次子，有一个姐姐在国外工作并也已于当地建立了家庭。刘泽平离婚后的这些年来，自己的儿子刘翔一直是由爷爷奶奶在精心地照料着，而也正是因为解除了这一最大的后顾之忧，他才得以拥有了足够的时间和精力去到外面打拼创业。男人深知长久以来已是亏欠了父母很多很多，这次母亲住院手术，身为儿女的责任他义不容辞。

可是，自家公司里那些永不停歇的繁忙业务和巨细诸事，却又哪里肯会表现出来一点对这位两难孝子的体谅之心。

北京"星触感"模特经纪有限公司成立运营已经有一年多了，实事求是地讲，它的快速发展与茁壮成长大大超出了创业者们的最初预期。就拿刚刚过去的上个月来说吧，公司的模特们在各类平面及影视广告摄制中的出场（人）次数为：纪娜十二次、张雨心十次、艾丽丝十次、于恬恬八次、其他的中介经纪模特累计二十一次。

且在这当中，“四大花旦”所固定出勤的绝大多数工作都是利润丰厚的长期品牌代言的计划内任务。公司月内所承接的需要一次（有偿）出动多名模特的大小时装秀、晚会、展会、发布会等累计达到了十二场，而其中有五场单次调动的模特人数超过了二十人。同时，如上次亮相时尚活动那样不以短期获利为目的，但却为模特个人和经纪公司的长远上升都积蓄了宝贵的资源与动能的各种媒体封面拍摄、电视节目上镜以及公益行动参与等大量的相关工作安排，也都是如见缝插针般地排满了签约模特们的每日行程表格。

如此高密度的经营链条中，从商洽、策划、定案，到组织、协调、调度，哪一个环节不需要经过刘总经理的亲手操持，而且这还完全没有算上全公司里面非他一人不可胜任的工商税务和银行社保等方面的繁杂事务处置。

而他也是真情实意地乐在其中的。

“星触感”在短时间内可以取得这样的成绩，固然是有其以优质模特作为稳定得力的股东班底，并以摄影创意的附加价值带动传统中介服务的先进商业模式的不小功劳。不过，对于这样一家毫无根基的新生小企业的生存成败所真正起到了决定性作用的，可能仍旧还是其经营者们的那份吃苦耐劳的奋斗精神与追求成功的坚定欲望。

这里所谈到的经营者指的就是刘泽平和纪娜。

如果说以似乎总也无法全神投入的张雨心为首的那三名年轻的女孩，在劳动中还经常会是时不时地表现出某些本也正常的散漫和懈怠的话，那么与之形成了截然鲜明的对比的，便是身为这家私营公司里面最为核心的决策及管理者的那两个人所共同具有着的，令人既是叹服又感咋舌的超级工作狂精神了。

是出于对执着事业的热爱、金钱财富的渴求，还是去获得成功并由此重塑生活、重拾自我的急切梦想，让那两个原本还在哀伤着的天涯沦落之人重又再次找到了情愿为之去拼上性命的足够理由？没有悲观消沉的自怨自艾，没有拖累前行的矫情心结，没有甘于平庸的妄自薄菲，也没有一夜暴富的不切实际，有的，只是在每时每分的最最细微的点滴辛劳之中所全情付出着的踏实耕耘和勤勉敬业。

他们是在把这家公司当成了是自己的未来和生命一样在全力以赴地拼搏劳作着，而如此殷切的上进态度也无疑正是他们对于自己的整个下半生的希望之宣言。

而与此同时，这样的一对孤单男女也便注定了会在他们如此契合且又朝夕相处的人生之路上面自然而然地越走越近着。这，就是所谓的生来大欲、人之常情……

刘母在住院后的第二天顺利接受了腰椎微创手术，一切还算理想。

傍晚时分，术后的病人与守护者们一起回到了病房之中。

刘泽平的眼眶黑得吓人，声音也是异常的沙哑，昨晚他又是一宿没睡，独自在公司赶出了今天要向客户提交的广告摄制方案和备选模特资料，之后又从早上八点开始就一直在不断响起的手机铃声之中坚持着陪伴在了母亲的身畔。现在，他正在向准备雇用的护工交代着各种注意事项，不过看得出来，无论是暂时动弹不得的卧床老人还是她于病患护理方面并无任何经验的疲惫儿子，全都对这完全无法预知的第一夜很是放心不下。

此刻，纪娜就站在他们的身边。在中午完成了自己的工作后，她就第一时间赶来了这里帮忙，购备所需、跑腿交费，也已是尽心尽力地忙活了一整个下午。

看着这时老刘那极其乏累却又左右为难的眼睛，纪娜知道，自己已经生出了一种在平日里绝少能够感受得到的情绪，起码，是在所有与她并不具有血缘关系的人们身上还从来没有感受到过的。那种情绪就是心疼。

老刘他今晚一定要回去休息睡觉，而对于处在了这种特殊身体状况之下的刘妈妈的夜间照料也绝对不能甩给外人！

结果第二天上午当雨心她们前来探望的时候，惊讶地发现端着刚刚刷洗干净的便盆从卫生间里出来并且显而易见是在这里坚守了一整夜的那个人，是纪娜……

在随后的日子里，纪娜和刘泽平把必须要由他俩亲力而为的公司事务进行了合理的规划与分工，并以此为基础制定出了工作、陪护与休息兼顾的两人三班轮换方案。在他们的共同努力和默契配合之下，总算是把这最为紧张的一周给挺过去了。

一周之后，刘母恢复了大部分的自理能力，如期出院了。但是纪娜却并没有就此停下对老刘一家的倾力支援。鉴于刘妈妈的身体才刚刚有所恢复，还不能立刻就返回到像之前那样可以全身心地照顾小孙子的生活状态，于是纪娜便干脆好人做到底，又开始定期地去到刘泽平父母的家里继续帮忙了。结果又是半个多月下来，分担家务再加辅导刘翔功课，贤惠的“纪阿姨”俨然成为了一位在刘家老小心目中最受欢迎与感激的美丽天使。

纪娜如此高尚的举动很快便引起了身边人们的欣喜侧目，而首当其乐的就是以张雨心为代表的公司内的那几位模特密友们了。大家或是私下祝福，或是当面恭贺，再心急点的恨不得就要直接去找老刘讨喜糖吃了。在她们看来，这好事已经是明摆着的了，两个人一起经历了这么久，也终于是该要到了开花结果、瓜熟蒂落的时候了。

可是，即便是已经这样，牢牢掌握着对自己行为的最高定义权的女方却依旧还是不愿去吐露上一句能够反映出她的真实心迹的肯定性表态，一如是其在这许多年来所一直都秉持着的戒忍与克制那样。到底是什么原因造成了这个女人在每次身处于了即将就要获得幸福的只待颔首之时都总是显得那么地犹豫不定和顾虑重重，而以致最终屡次皆错失了良机。

这一点，或许除了她自己以外也就只有张雨心知道了。

面对着朋友们的热心求证，纪娜强颜淡定地给出了自己的解释：“我所做的这一切都是为了工作。”她的说法是，公司当前正处在了重要的发展机遇期，又刚刚签下了几名很有潜力的年轻模特，在这种时候如果由于管理层的私人原因而造成了不必要的业务流失，会给新人们的积极性与忠诚度都带来不小的影响。同时，公司最近才换入了高档写字楼办公，又新招收了一些行政及助理人员，日常开销很大，因此……再有……所以，为了尽量不让百忙中的老刘耽误了工作，我就去给他的家里边帮帮手呗！

其实她讲的这些没有哪个人会真的相信，因为太过牵强了。

但是，这样真戏假唱般的莫辨托辞，对于那一位相对而言更为被动地置身在了纷乱的是非中心且于情感方面亦同样是极为谨言慎行的男方当事人刘泽平来说，却无异又是再度送去了令其倍感到寻针海底与无所适从的含混立场。

唉，一纸难破。本已渐趋明朗的局面又一次平增了变数……

今晚，纪娜与刘家人围坐在客厅桌边吃着最后的一餐饭。距刘妈妈出院已经有近一个月时间了，老人的身体已是基本复原，无需再麻烦人家来提供帮助了。此时的这顿丰盛晚宴对于这个家庭和它的那位临时成员来说，既像是感谢，又像是道别。

当然，没有人喜欢道别。

最先鼓足了勇气的是刘泽平的父亲。席间，他端起酒杯敬向纪娜，同时也替大家讲出了心里面的话：“小纪，我们老刘家对你的千言万语就只想是换作一句话啊……别走了！伯伯伯母是过来人，这些年了，你跟泽平儿之间的事儿多少也都能看出点儿来……是，我们也知道，泽平儿的情况可能的确会让你有些为难。为这，我跟你伯母已经商量过了，不行以后翔翔就还是跟着我们，然后把这套大房子换给你们，等将来……”

“爸，别当着孩子说这些事儿吧！”刘泽平此刻的心情优柔而复杂，他仔细听着父亲代自己说出的这些话，然后选在了一个自认为已经足够了的位置把它打断了。

“我知道是怎么回事儿！”再开学就要上小学二年级了的刘翔大声地嚷了起来，“是我想让纪阿姨留下的，是我让爷爷要赶在今天说这些话的！”

孩子的这番童言出了口之后，刘家所有人的目光就都落在了纪娜的身上，也包括了其中最为渴望获得明确答案的刘泽平。

纪娜大气地笑了，她给刘翔夹了一筷菠菜。“翔翔真乖，阿姨知道你是最懂事儿的了，来，要多吃蔬菜啊。”然后就没有再多说什么了。

仍旧是未置可否……

纪娜又是习惯性地把头靠在车窗的玻璃上面了，每当她这个样子的时候，刘泽平就都会很自觉地暂时停下话语，因为他不确定自己喜欢的女人是不是想要安静一下了。她很累，如果需要休息就让她独自待上一会儿吧，即便男人早已知道，其实绝大多数的时候，沉默者也不过就只是在寂寥地观望着窗外那些不停擦肩流过的平淡景物而已。

自从纪娜开始更加随意地在只有她和老刘两个人的情况下去主动坐向了车前座以后，这种只存在于他俩之间的微妙平衡感就一直都是这个样子的。

欲言却常止，有心但无力。他们的生活也就是如此了。

除非，这对男女中会有一方终于产生出了那种想要去把人生里面的很多很多都给统统推倒重来的足够冲动……

车子停到了纪娜家的楼下。与往常不太一样的是，今天的刘泽平关了灯，熄了火。他没有贸然去做什么，而是静静地等候着身边人的行动。

纪娜微微直起了一点身体，她的脸还是面向着车外，女人似是想要说上点什么，又似是在思量着立即便推开车门一如往常那样就此轻松别去的可行性。这不该是一个会费上太多时间的过程，决定即刻去拥有一件东西，抑或是极有可能地将它永远放弃。

幸好，此时汽车的空调已经停止了运转，车厢内的温度正在逐渐升高，而这竟也最终成为了彻底结束这场旷日持久且使人倍受煎熬的礼让与逃避的倒计时沙漏。

“纪娜，我想问你一句话，不管你怎么回答，我保证明天的我们都还是会像今天一样在一起开心地工作。而如果你……给出了否定的答复，我这辈子就也都不会再去问第二次了……我问你，你愿不愿意……”刘泽平开口了！

“老刘！”纪娜回过头，举手阻断了男人就在嘴边了的，早已在内心中排练过了千百次的决绝告白，“车里太热了，咱们下去走走吧。”……

在纪娜家的附近流淌着一条闹市中的小河，而河沿的两边上都是些静谧悠长的步道曲径。夏日的那里芳草萋萋、绿柳荫然，正是晚间人们休闲漫步的极好去处。

下垂的柳叶尖不断擦碰着刘泽平的额头，因为他处在了偏近水边的那一侧。清清月光之下，嗡嗡蝉鸣之中，男人和他的梦肩并着肩。

走了有一百多步吧，在一处无人的树间僻荫下，纪娜站住了。她背对着同行者，语气端正地缓缓言道："老刘，如果你想问的是我愿不愿意可以在以后的直至永远的一生当中，去和一个有着共同的语言、追求与经历的男人，以及……我们的孩子在一起幸福地生活……我的回答是愿意，而且是一定愿意，在这天底下又有哪个女人会不愿意呢？……但是，在此之前，我一定要先非常明确地知道，那个男人他懂不懂得这样的一声愿意对我而言究竟是代表着什么，这句相互间的承诺到底是有多么地重要……还有就是，他能不能够真正地、完全地、此生都不会后悔地接受并且不在乎我的所有过去。"

当纪娜的话才只说到了一半的时候，难以抑制的狂喜就已经涌上了刘泽平那呼喘欲裂的胸膛，而在如这般终而收获到了梦寐以求爱情的极度兴奋当中，心上人那后半段标准的盟誓要求对其而言又还能有什么问题！

"当然，当然！我懂得，这就是对你下半辈子的承诺与誓言，而对我来说又何尝不是一样的呢。我喜欢的是在我眼中和心中的那个现在的纪娜，她以前的事儿……这么长时间了我都从来没有去主动打听过一星半点儿，以后也就更加不会去问了，还何谈有什么在乎不在乎的呀！"刘泽平快乐地转到纪娜的面前，挨得很近，他握住了爱人的双手，而她没有拒绝。

"老刘，你……你应该明白我的意思。你看，咱俩认识三年多了，你到今天才第一次正式地跟我提这件事儿，不就是因为你有刘翔，所以怕人家嫌弃你带着个拖累！这……这都是将心比心的，你也要理解我的难处！"与中意的男人手拉手，纪娜却未有丝毫的喜悦，卑懦的妈妈此刻所更多感受到的是不谙实情且又无法言明的痛楚焦虑。

"我理解，我理解！纪娜，你很伟大，你……愿意接受我，愿意接受刘翔，我知道你会为此牺牲很多，不过你放心，往后我肯定……"老刘这是要让纪娜急死啊！

"刘泽平！"纪娜终于咬死了牙关，她狠狠抓紧了男人的手，拧起眉，眼睛猛盯着对方，"我在老家有个女儿，今年快五岁了，你到底知不知道！"

刘泽平一下子愣住了……

他不知道。

如果必须要给这当前的赫然唐突寻找出一名责任承担者的话，似乎有负了重托的张雨心小姐会是一位排名相当靠前的候选人。不过这倒也是情有可原的，因为自从那个独家获知了朋友隐私的难忘夜晚之后，她本人的生活也是动荡曲折，实在是有些自顾不暇啊。

其实在全运会之前和正式退役之后，雨心也曾找机会就此问题对刘泽平送出过至少两回的暗示。其中一次是某日单独与老刘驾车赶去摄影棚的路上，男人那天随口聊起了自己的儿子，于是雨心便适时地向他问道：“老刘，你觉不觉得如果自己将来再找女朋友，要是对方也和你一样带着一个孩子的话，倒也算是挺般配的？”而刘泽平茫然地看了她一眼，“怎么突然想起了提这种事儿？”的反问还没说完，客户催促他们的电话就打过来了。还有一次是在某场没有纪娜参加的走秀活动彩排的休息时间里，当时雨心抓到了一点空闲，主动过去和总策划闲聊道：“老刘，你说纪娜和她以前的男朋友会是为了什么事儿而分手的呢？”结果得到的回复是人家一句异常严正的告诫：“你这人怎么这么无聊啊！”

好吧，看来这项特别的托付着实是难度够高，而显见并不长于此道的雨心小姐也只能承认自己对之确是屡试无功，力不能及了。

“我知道……”刘泽平回答纪娜。

望着面前这个柔弱的女人那颤抖的嘴唇和委屈的双眼，刘泽平把两人的手一起抬高，触在了自己的胸前，和声细语地说道：“我知道，比她刘翔哥哥小了两岁多嘛。”

一股润泽着身体与灵魂的暖流由一个人的心房传递到了另一个人的心房。

没有如果，这就是爱。

它足以修补所有的裂痕、弥合一切的创伤。它足以使人们在瞬间觉悟，恍然地摸到了那张一直以来就藏在了自己衣服口袋里的答案纸条。它甚至足以让拥有者曾经自认为早已逝去的生命在洗涤尽了全部的失意和悲伤之后，充满着幸福与梦想地重新开始。

而在当下的这一时刻，如此神圣与纯洁的力量正是来自于这个宽容的男人的心。一颗在蓦然知晓了真相之后，反而对于长久以来所承受到的坎坷、磨砺以及等待都看得更加安然和平静，并且得以在其人生追寻美好未来旅途中的纪念日留字本上，又再为自己铭刻下了一条必定要去恒久担当与珍惜的信誓诺言的喜乐之心。

刘泽平温存地替纪娜把秀发捋到耳后，轻捧住了这张急需要怜爱的迷人面庞，然后，迎着她那晶晶闪亮的泪光，深情地吻了下去……

……

“雨心……雨心……”

暖暖的花海里，拂来芬芳的微风不绝于面，蝴蝶在迎着彩虹翩翩飞舞，女孩和它们拥抱过之后，发丝与衣物上也都留下了清爽的香味。冠上挂满了鲜艳果实的半高树木三两成丛地缀在泥土小道的两旁，而与之相伴着的还有可爱的蘑菇和嫩绿的青草。独行间，每跨出软软的一小步，那纵享着梦中美境的快感便都会使人产生出了这样的惰性：还要再往前去做些什么呢？停在这里，只去摸一摸身边的花儿或是美美地看看云彩不就好了吗。

不过，在这个无垠完美世界的目光可见之处，似乎还有着一座比较醒目的，被各色花蔓枝叶紧紧包裹住了的大型建筑物在向自己遥遥地打着招呼。那里既像是一面墙，也像是一扇门，再或者……难道就是童话之中为公主和王子所准备好的鲜花城堡不成？

如此说来，好像也确是有一个人影刚刚自那边一闪而过。

雨心很想要过去看看。

“雨心……雨心……”

等等，是我听错了吗，那声总是缠绕于耳边的呼唤为什么还在不时地传来。

我不是明明已经按照她的意思回过头来了吗……

但愿只是我听错了吧……

可是，我真的……

……

最近“星触感”公司所接下的业务量好像又有所增加了，起码总是处在周身乏力的疲累状态之下的张雨心是这么觉得的。

老刘与纪娜终于走到了一起的消息没出三天就传遍了整个圈子，大家并不感到意外，所有人都向他们送去了诚心的祝福，这可真是一个不负众望、尽皆欢喜的大好结局。

雨心当然也是特别的高兴，不过，也就仅此而已了。

始终都对这件事情抱有着比之旁人要更加具有责任感的强烈期待的好心姑娘，也曾设想过当她终有一日听到了这个特大喜讯传来之时的可能兴奋程度。那会不会将像是自己拿到了世界冠军一样的开心呢？

不过，当事情真的发生了的时候，她让自己失望了。

那种欢愉好像也并没有什么大不了的，就像是……终而观赏完了一部情节多舛的爱情肥皂剧的大团圆完结篇一样，等看罢了半个小时以后便也自然就心平气定、情绪如常了。

这完全不是一种正常的反应，雨心了解自己，要是放在之前，她至少也该会流下几行被深深感动了的热泪才对，可现在又是什么竟会让女孩变得如此地冷漠与麻木了呢。

所以雨心才会颇为警惕地告诉自己，那一个造成了她心情黯然、兴趣缺失并最终落入了对于身边的一切事物都提不起注意力了的糟糕状态的罪魁祸首，一定就是过于繁重的工作安排所给其带来的持续劳累与巨大压力了。或许，这就是轻度抑郁症的表现了吧。

可实际上，雨心这个月以来所承担的工作量在公司里面并不算是多的，而相较于她自身的条件和知名度而言，甚至可以说是有着相当保留的宽松式档期排定了。

这和她总是轻易地放弃试镜机会和屡次推卸掉了厂商的出场邀约有着很大的关系。

而也正是因为如此，当某天雨心向纪娜再次倾诉起了自己的苦恼之时，那位最有资格说上她几句的知心大姐用这样的话来作为了回答。“雨心，要是身体真出了问题就早点去医院看看，也别耽误了。不过要我觉得呢，其实你呀，就是变懒了。”

你当然会这么说了，谁能跟你们两口子比啊！雨心受了指摘，心中却并不服气。

那么，同一时期的纪刘二人又是一种什么样子的劳动热情呢?

心逢甘霖，身沐春风，出双入对，干劲十足!

再也没有什么隐形的牵绊与难言的隔阂可以束缚住他们去一道开创天地、大展宏图的共同梦想了，沉浸在爱情滋润中的刘泽平与纪娜了却杂念、一致向前，焕发出了更为豪迈的事业激情。而“星触感”公司在这两位核心管理者的经营主导之下，也是眼见着蒸蒸日上、欣欣向荣，财源广进、生意兴隆。

不过，雨心对于这样的一幅好景象却是更愿意去做出一番她自己的解读的。在这位姑娘看来，纪娜和刘泽平会如此勤劳地工作，自然是有着他们所必然要去面对的生活压力方面的现实考量的。想想吧，以后这两个人要在一起养活两个甚至三个孩子，这得存下多少的教育金才够用，又得买下一套多大的房子才够住呢?现在的公司基本上就已经成了他们家的夫妻店了，多赚多留，还不都是为了将来的日子打算，他俩不去拼命谁去啊!

雨心可能早已忘了，她自己在公司里面所占有的股份和纪娜是一样多的。

坦白讲，雨心此时所想到的这些也并没有错，但只是稍微肤浅了一点。要按说嘛，女孩本不该是这样一个粗陋浮躁地观阅世事之人，可是，促使她之所以会在这一阶段中产生出了此种或许是略带有着自欺欺人之嫌的肤浅心态的根本原因又在哪里?

老刘和纪娜迫切地想要提升经济能力的愿望确实是客观存在的，但那无非就是人们所最为普遍地怀有着的，希望“用自己喜欢的方式去让生活变得更好”的这项追求的一种再也平常不过的质朴表现罢了。事实上，真正值得去额外称道的，其实是他们已经得以拥有到了那份在明确了对于明天的合二为一的梦想目标以及幸运地找到了可以充满快乐地去将其加以有效实现的人生道路之后的莫大幸福。

但是雨心自己呢……

总之，自打进入了八月份以后，张雨心就忽然发现自己的状态变得不太理想了。

而在这其后不久，生活里又接二连三地发生了的几件看似不大的小事，则就更是让雨心愈加昏沉地感受到了那惘然的失重与无力的浮漂。

第一件……

杜兰先生又来北京啦！

与纪娜签订了首份代言协议后的这三年来，“Odelia”在大中华地区以及整个亚洲范围内的布局发展都相当地顺利，门店增加、销量理想，知名度也是稳步地逐渐提升。在经历过了一次年度续约之后，去年奥蒂中国与新成立的“星触感”模特经纪公司经过洽谈协商，一口气签下了包括首席御用模特纪娜的行业专属代言以及其他各类模特推荐、发布走秀等业务的独家承接权在内的一揽子五年长约。这实际上已经是非常慷慨地把这家初试啼声的新生小企业升格为了国际先锋品牌的区域全面战略合作伙伴。

如此照顾老朋友，杜兰先生就是这样的大好人。

这几年来，法国老人每年都会亲自造访中国一趟，出席活动、视察工作，也顺便和他所惦记着的中国友人们交流交流艺术看法、联络一下私人感情。而这其中有一项相对固定的日程安排，就是在来到北京的时候和纪娜、老刘、雨心他们三个一起去吃顿火锅。

去年很不巧，先生来的那几天雨心正赶上了全运会之前最为紧张的临战集训，实在是没有办法分出身来，就很遗憾地缺席了一次。不过今年情况可就完全不一样了，情绪不佳的姑娘正是需要一场像这样的欢聚饭局来提提精神呢。

烟气升腾的包房里，沸滚的鸳鸯锅正“咕嘟嘟”地冒起着团团浓香，极尽诱人口舌。雨心坐在了靠近空调吹风口的位置上，一边就着欢笑谈天说地，一边尽情地受用起了那些摧刺着味蕾的香辣荤腥和她杯中的餐桌挚爱——一扎扎超级冰冷的清爽生啤。

围坐于桌边的共有六人，除了杜兰先生和雨心他们以外，还有翻译小姐以及奥蒂中国平时负责与“星触感”公司协作事务的一位副总。

今天的雨心心情很棒。

在用餐中，大家就工作方面所聊的并不算多，而于各自生活里面的怀旧趣事和别具风味的法式段子则是成为了这场欢声笑语之中的主要题目。年已六十五岁的杜兰先生依旧身板硬朗、精神矍铄，他的健谈幽默可真是让雨心应接不暇地乐开了花。

但是谁知当这顿饭吃到了一半的时候，雨心却是意外地被老先生的几句善意之言给当头泼下了一盆冷水，尽数扫去了兴致情趣。

“雨心小姐，先生问你为什么会不高兴？”事前没有任何的迹象与由头，翻译小姐突然为杜兰先生做出了这样的转述。

“啊？我……我没有不高兴啊，我很开心的呀！”雨心一时还有些摸不到头脑。

“哦，不不，我的孩子，别去否认，你的确是不高兴，非常的不高兴。”法国老人通过翻译道出了自己心中的感受，“亲爱的雨心，怎么我都快要不认识你了，这两年来你的改变太大了，十八九岁时那个美丽而又真实的姑娘去哪儿了？你现在……天啊，我想你一定是在生活中弄丢了一些什么东西，一些对你而言极为重要的东西。知道吗，你的样子看上去很糟糕，我建议你还是尽快去把那些东西给找回来吧。”

杜兰先生可也真是直言不讳啊，不过或许，这就是一位阅尽沧桑的异国智者在去对待他的朋友们时所自认为理所应当的最为真诚与友善的方式了吧。

闻了此言，雨心无以答对，不禁呆住了。

“她呀，当然烦恼了，人家是正不知道该立刻就去做少奶奶好，还是该再等一等，让自己还能去继续追求点什么已经做了小半辈子的美梦好呢！”纪娜恰时的一句中式说笑在有意无意、半真半假之间替雨心解掉了僵局。

“哈哈，原来如此！那你可真是要好好地考虑清楚了啊，这种选择与决定的机会，可是很可能在你的一生当中就都只有这一次的呦！”杜兰先生是何等的智慧，瞬息会意后，便马上配合着纪娜妙语玩笑了起来。

然后，他们就去继续分享美食了。

而雨心虽然也还是在跟大家一起说着笑着，但是在此后的下半顿饭的时间里面，就几乎没有再去动过一下筷子了……

第二件……

时尚演艺界这个圈子其实很小的。

这天，雨心和艾丽丝搭档，去做了一回电视综艺节目的特邀嘉宾。

这档在国内卫视大台中每周播出一集的明星游戏节目，其制作人兼男主持便是于前一阵子在自己的生日派对上邀请并招待过这两名模特朋友的那位前辈大哥。由他所精心打造的这款名牌节目在大陆及港台地区都颇有些影响力，收视率也很高。所以，本来并不热衷于经常如这般嬉笑打闹地出现在电视屏幕上的张雨心还是考虑到机会难得，接下了加盟本集摄制的出场“通告”（节目制作方向明星发出的工作邀约）。

上半程的录制很顺利，中午，大家一起在棚里吃着外卖。雨心她们并不能像大明星一样享有个人专用的化妆间或休息室，公共后台里人来人往，大家倒也是有说有笑。

其间，一位气质优雅、风采华丽的女士过来和雨心主动打了个招呼：“张雨心，好久不见了，还记得我吗？”

“老师，我……”雨心赶紧放下餐碟站了起来。姑娘知道面前这位成熟的美女是节目组聘请过来的艺术总监，化妆、服装、灯光、舞美等多个部门都要向她毕恭毕敬地请教专业意见。而这个女人我之前是认识的吗？“您是……”青年模特在自己这几年里摸爬娱乐圈的人物记忆当中，短时间内检索不到这张秀美的脸。

“你那个受气包似的小男朋友还好吗？”女士提示了雨心一下。

“啊！老师，您是那时的那位……”女孩想起来了！

还记得早年里张雨心和董薇、赵亚伟一块儿去参加过的那场《神奇女生》选秀吗？

诸位，可千万不要搞错了啊！这位女士并不是当年那个不幸被飞出的手靶击中了头部的“风韵老师”，而是在她旁边的那位“中性老师”……

深夜，演播厅楼下的咖啡馆里还在微亮着暗黄色的灯。结束了一天繁忙工作的电视人们大多喜欢在这个时段来这里坐坐，而雨心和“中性老师”则是选中了一处远离着门口的墙角雅座小阁，还把用来保护空间的珠帘也放了下来。

“是的，如你所见，我完成了。”老师用小勺搅拌着牛奶咖啡，温婉而欣然地和雨心叙起了旧。现在的她不仅是举止与样貌，就连骨子里也都已经是一个十足的女人了，我们该要改口称呼她为“女性老师”了。“在上海做的手术，然后又去国外进行了一些必要的调整……那的确很艰难，也很痛苦，不过，我还是做到了。”

面前的这个人给雨心带来了巨大的惊奇与折服，女孩此前也有在媒体上见闻过类似的案例报道，但是能够如此近距离亲身直观地接触到这一前卫的课题，还是令人格外激动的第一次。“老师，您现在……真的好美。”雨心此刻没有丝毫抗拒与不适的感觉，这位可亲的姐姐不该受到任何人的歧视。

“说说你吧，还在练散打吗？”“女性老师”看来并不常去关注体育新闻，而那些淹没在了娱乐宣传的大海之中的偶尔也曾接收到过的几则有关于张雨心的花边消息，亦是不足以让她清楚地掌握到眼前这位老相识的年轻人于现今的具体境况。

“我……已经退役了，目前在做职业模特儿了。”雨心拿吸管拨弄着果汁中的冰块，并故意以此依附着目光，低头浅笑着答道。

“哦，那太可惜了，我还记得你那会儿告诉我们你拿到过世界冠军的，如今也……”老师喃喃地叹道。是因为在中国拿到过世界冠军的人太多了吗，非体育迷的糟糕记性和张冠李戴让雨心一阵的不痛快。她没有接答这句话。

“你那个学跳舞的朋友呢，她还在做着舞蹈演员吗？”老师又想起了董薇。

“她出国了，去加入纽约百老汇的舞团了。”雨心的心里又蹿上了一股凉意。

“是吗，那很不错啊！你们有联系吗，她的发展怎么样？”可以看得出来，老师是在真心诚意地为那个只有过一面之缘的少女高兴着。

雨心抬起头，望着老师那充满了祝愿的眼睛，也用自己的笑容释出了谢意：“有一些联系的，她在那边的发展……还不错。”

咖啡厅里淡淡的背景音乐有了转换，一曲忧伤的蓝调靡靡回响……

“……回到国内以后我深居简出，改了艺名，也不再去从事所有会出现在幕前的工作。所以渐渐地，大家就把我给忘了……我从来也没有想过要以此去特别传达给别人些什么，也更加的不希望他们会因此而格外注意到了我。我只是……想去安安静静地过着我自己想要的生活。”两个人的聊天在继续，“女性老师”对雨心敞开了心扉，或许，这也是她近年以来很少会有机会可以一试的感受。

她也向蛮有好感的青年人谈起了自己对于人生的感悟：“雨心，你知道吗，其实我很珍惜现在所拥有着的生活，虽然得到它是那么地不容易，但我还是感到非常的快乐。而且我觉得，每一个人也都该去同样地珍惜他们在此一刻所拥有着的生活。太多时候，人们认识不到那许多的一直都存在于了他们身上的看似是天经地义的幸福会有多么地重要。比如说，一个人或是男，或是女，不是生，就是死，这种无比平凡的定义总是会让人们在无意间忽视掉了他们从生来就不曾失去过的那份珍贵的权利。而直到有一天，当人们发现原来如此简单的权利竟也还是某些不幸的人所永远都难以达成的奢望，且更加可悲的是，居然自己还就是那些不幸的人中的一员的时候……就好比我，或是某一位罹患了晚期绝症的人吧。等到了那时，人们也许才会真正地懂得，你所拥有着的生命的模样，其实本身就是一笔无价的财富……不过我可能是个特例啊，我选择了冒着很大的危险，去用一种比较极端的方法找回了自己本来的样子。就目前看起来的话，还算成功吧。”

老师讲话的调调有些像是隋清，而雨心也觉得，她应该是自己所认识的第二个很少见的会在日常闲聊之中去主动和对方探究起类似主题的人了。同时女孩还想起了一件事，记得在上次海选面试的时候，这位老师好像就总是喜欢去空空地盯向着天花板。

不过近段时间以来，张雨心似乎也正好是处在了想要借助于一些外力来梳理清楚一大团混乱纠葛的人生哲学思索的隐隐欲求当中，因此，她便也跟随着老师进入了讨论。“可是老师，你说你找回了本来的样子是因为你改变了本来的样子，而珍惜自己本来的样子却又是你之所以会这样去做的出发点和结论。道理如果是这样来讲，不就成了一个陷入了自相矛盾之中且失去了因果逻辑的死循环了吗？”

“这正是整个事情的重点！问题的核心便在于，你应该怎么去认知那个所谓的‘自己本来的样子’。”老师很愿意就此和雨心一论，“是在别人眼里的，还是自己心中的，是看似一成不变但实则上早已有了改变的，还是表面上千变万化但其实本质里却压根没变的。这必将是一个永恒动态而又无法准确定性的，极度抽象却又实而辩证贯通的纯唯心性概念。一如，你从来都只能相信自己是正确的，但犯下了错误的也从来都只能是你自己，又比如，我们都说明天总会到来，但是它却永远也没有到来。”

“那么，如果你发现你所做出的选择与改变是错的呢，又该怎么办？”张雨心的这句追问说明，她已经无限地接近这场谈话所以会产生出来的本质源头了。

“那我就再去改回来呗，也没有什么大不了的，只要我确信了，这是自己在经过了用心理性地思考之后所做下的又一次人生决定就行了。不过，要是具体到我这个情况……可就没有办法了啊！哈哈！”老师一说完，便开朗地笑出了声来。

“呵呵……”雨心听完也跟着笑了。随后，她就把嘴唇以及自己的一些心情又轻轻地浸回了冰冷的饮料当中……

第三件……

“你在家呢吧！崔民又打恬恬了，赶紧到胡同口来！”

凌晨，雨心的手机里传来了纪娜急迫的召集令，仗义主事的大姐已经决意，今次一定要为总被欺负的妹妹讨回个公道！

在这个世界上，人与人之间的性格差异，以及他们依此而为自己所选定的各种不同的生活观念与为人方式，为什么会相差得那么大呢？在赶去于恬恬家的路上，雨心始终在心里思量着这种特别奇妙的现象。

就比如是在对待婚恋问题的态度上吧……

先说恬恬。大学本科毕业，家里的条件也不错，那么漂亮的女模特想要什么样的男人找不到，可为何偏偏这么多年来就是死抱着那个叫崔民的大学同学不放？小崔这个人，没有真本事却满腹空理想，缺乏吃苦心还一身臭脾气。他毕业后找过几份临时的工作，但都没有坚持下来，后来居然干脆就窝在了家里，靠着恬恬在外面辛苦当模特来赚钱养他，而其自己则就没日没夜地做起了那依靠着“创新商业模式”去快速发财致富的黄粱美梦。

本来这些都是人家自己的家务事，外人也没有必要非得去干涉些什么，但是现在问题的关键却在于，终日饱食无事的崔民其后可能是因为如此的生活状态而产生出了某种带有着逆反性的自卑心理，并进而堕变成了一名充满了猜忌、疑心以及施虐倾向的家庭暴力者。因为恬恬接到了异性电话或是工作后回家的时间稍晚就公然做出寻衅摔砸吵闹甚至动手打人的恶劣行为，这个男人已经不是第一次了！

如果按照惯常的思维，这样一无是处的痛苦关系，受害的女方不该立即坚决地提出分手才对吗？可于恬恬却就是总也下定不了这个本应全无难度的了断决心。她一次次地心软，一次次地回头，一次次地去枉信着那不可能发生的奇迹，也一次次地又被迫承受下了这变本加厉、渐趋失控了的生活折磨和内心伤楚。

（山东）潍坊女孩是位重感情的善良姑娘，她从前深深地爱过这个迄今为止于此生中唯一的一名男朋友，或许，现在也依然还是。虽然她比谁都更加明白，如此地委曲求全是必然没有明天的，但却始终也无法破除那条将自己牢牢捆住了的情感铁链，就像是她真的很舍不得便这样绝情地彻底丢弃掉那些命运曾慷慨地馈赠给她的甘甜梦想与过往青春，即使必须要这么去做的那一天早晚也都会来。

再说艾丝。要是跟恬恬比起来，她可真就是一个潇洒的恶魔。

若一定要让艾丝去给自己的活法概括出一种信仰指引的话，她最大的可能性就是坦荡而又自信地对你宣称：“我活着就是为了我自己。”

艾丽丝是湖南人，据说十四岁那年就在家人的培养下开始从事模特职业了。她热爱自己的工作，当然也可以说她是热爱通过这份工作所赚来的钱，或者更可以说她是热爱依靠花掉这些钱而换来的生活快感。高消费的女孩不爱存钱，但也从不向别人借钱，对于已经失去了兴趣的奢侈品她会毫不吝啬地赠与他人，而对于他人意欲赠与的贵重礼品她却是概无例外地一律拒收，即便她很喜欢这件礼物或是想要送给她这件礼物的那个人。

艾丝身边从没有缺少过优秀的追求者，但却一直也未曾听她亲口承认过哪一位是她真正的男朋友，甚至是具备了这样的可能性。印象中，女孩好像私下里曾对密友们坦陈过，自己是一名不婚主义者，但另一方面，她却又特别的喜欢小孩，并且还为此发表过至少两次的令到一群朋友们都全然是难以理解的离奇言论。

其中一次是她在某回逗着刘翔玩时所说出的：“你们说这孩子要是永远都不会

长大就好了哈。”而另一句则是当她得知了原来纪娜在家里还有一个非婚生的女儿后，当众振臂高呼出来的：“纪娜你太勇敢了！你是我的偶像！”

实际上，想要理解透彻艾丝这般特立独行的生活爱情观倒也并不困难，其内中所有的关键症结，于实质上还是统统都源自着人家早就已经直白地告诉了大家的那则精悍至极了的人生信条：她活着就是为了她自己。

对于这位信奉着等价交换原则的姑娘而言，生命其实就是一场公平的交易，当你已经明确了此生会因为什么而感到快乐之后，剩下的就只是要去保证自己别在任一次的出手选择当中亏掉了本钱，或是为贪图一时的蝇头小利而被套牢了整个身家了。

于恬恬、艾丽丝，乃至纪娜、老刘，这些熟悉的同伴以及他们各自的性格与情感，构成了张雨心现在的生活环境里面最为紧密相连着的主要故事情节。而对于这个曾经是那么地善于也乐于去安静地观察着身边一切的女孩来说，在这样全新的生命状态之下，那些让她或是认同，或是不解，或是触动，再或是回避的很多很多，此刻，又究竟正于她的心中在生成着何种复杂而又莫测的化学反应……

恬恬和崔民租住的小区到了，怒气腾腾的纪娜一马当先，带领着老刘、雨心和艾丝，四个人一起冲上了楼去。

刚刚经历过灾难的房间里遍地狼藉，可以随手摔碎的大部分物品都已经化作了残片，显然受到了肢体攻击的恬恬满面泪痕，侧靠着衣柜，瘫坐在了冰冷的瓷砖地面上。作为施暴人的崔民仍旧是怒气未消，还在持续地破口大骂着，而当他一脸愤恨地打开房门后竟发现是迎来了被任意欺凌者的救援团队之时，一轮新的激烈冲突也就随即便是被点燃了引线。

纪娜和艾丝可不是吃素的，痛骂臭男人几乎就是她们与生俱来的高超本领，而雨心则是稍远地站在了后方，静观着前线这场白刃相接的火爆战事。

想也是因为带了雨心同来而有恃无恐，纪娜艾丝得理得势、步步紧逼，直指着崔民句句便是分手分家、交出存折。而小崔理亏词穷，竟是被骂得急红了眼，只见他欺人太甚，在极度的恼羞之下，居然对着地上的恬恬又是丧心病狂地飞起了一脚！

这还了得！

“雨心，揍他，揍他！打坏了公司赔钱！”纪娜见此恶行也是怒到了极点，见她边是大喊着狠话，边与艾丝冲上前去，抡起了提包手机，对着崔民就是一通打砸！

揍他？纪娜的意思是要我对崔民发动攻击吗！

在这一声突来的紧迫喝令和自己正眼见着的致人异常愤慨的场景所共同产生的

瞬时刺激作用之下，雨心体内的肾上腺素于这一刻里猛地升高了！她的拳头倏然握紧，两脚前后一碾地，拆开了预备上步进击姿态，同时在刹那之间也已经瞄定了目标人左腮斜上方半寸的位置作为了其第一击的首选拳落点！

这一切都近乎是发生在了女孩全自动的肌体运转之下，像是一种习惯，也更像是一种本能的反射，就如同在她生命此前的十多年中所经常会发生的那样。

但是突然……一股源起于心底的黑暗电流在血管中疾速地穿刺而过，麻痹了张雨心的整个躯体与精神。这种痛感犹如是被割破了心脏，又似是遭卡死了喉咙，既如同是沮丧与悲凉所带来的窒息，又好像是崩溃和绝望而导致的昏眩。

雨心失力地晃动了一下身体，待这阵异感过去后，咬住牙，还是冲了上去……

她没有挥拳打人，而只是双手猛力地一推，让崔民向后仰倒，跌坐在了床上。

“别动手儿，别动手儿！报警，打电话直接报警！”老刘抓住时机赶忙扑将上去，大喊之中，把崔民紧紧地压抱在了身下。而纪娜和艾丝既见得了偏手又怎肯就此干休，两人跟着抢上前去，直对着难以动弹的仇敌又是一通畅快淋漓的连捶带挠。

“别打了，别打了！”于恬恬还在一旁无助地哭泣着。

一团混乱中，雨心掏出手机拨打了110……

天快亮了，老刘开车带恬恬回家去收拾东西，以便暂且先搬到艾丝家里去住，而其他的几个人则还是继续滞留在了派出所里，等待着最终调解协议的达成。

纪娜也累了，她把头依在了警局楼道排椅后的墙面上，而坐在其身边的雨心这会儿枕着大姐膝盖上的软包，好像也已是闭上了眼睛。

“雨心，我当时喊你动手那句……没别的意思，我就是太生气了。”纪娜小声说道，像是在试探着身旁的朋友是否已然睡去。

“我知道……没事儿……”雨心的身子未动，柔柔地几字低吟……

……

生活依然还是会像一直以来的那个样子，你越想要去躲开什么、绕过什么，它就越是会把什么给源源不断地送到你的跟前。并且最近，它还又顺手再为你抛下了一个令人很是忧心头疼的难言愁虑，即让你开始无端地怀疑起了自己，到底是不是在很多本来极为正常的事情面前病变得极为不正常的敏感与多心了。

或许，这还真是会造成抑郁症的诸多病因之一吧。

如果你较长时间地沉陷于此而又无法摆脱，就像是这个月里的张雨心那样。

铭鸣最近的心情似乎也并不美妙，因为雨心隐约地察觉，近来男友在和自己交流的时候有数次都好像要出现了即将冷场的僵硬，只不过反应够快的他随即便都说笑着给应付过去了。而由此可以推测出来的是，大概目前是有着一些什么极为劳神费力的棘手问题，在时常让这位一般从来也不会显露出此种迟钝疲态的精干男人无意识地分着心吧。

女性的直觉很准，尤其是像张雨心这种类型的。

雨心体谅自己的爱人，她当然知道铭鸣当前所在承受着的事业压力是常人所不能想象的，而她也同样知道，一个好女人在这样的时刻应该怎么去做。

本来雨心很想提议在就快要到来的十一假期里面去见上铭鸣父母一面的，就算是专程飞去沈阳拜见也都可以。不过最后，为了不再让男朋友去过多地添事劳顿，她还是再一次默默地打消了自己腹中的这个念头。

虽然，那真是非常的让人不开心……

曾有那么一段时间，女孩一直是极其乐观地以为，重新选择了人生的自己从此便可以一劳永逸、高枕无忧地去遨游在天堂一般的幸福花海之中了，而且，还是永生永世的。

可是现在，她又该把这样的苦涩去向谁倾吐呢……

那座美丽绝伦的鲜花城堡就在前方五十米的样子。

雨心满怀期望地加快了脚步，想要早点抵达那里，但是不知为什么，这段看似并不遥远的路程却不论怎样地奋力前行都总也不见与那目的地的寸尺接近。

这是因为……我在梦中吗?

“雨心……雨心……”

我没有听错，这个声音依然还在响起，而且，就在我的身后！张雨心犹疑了一下，但还是停下步子，顺着呼唤转过了身去。

什么也没有，除了鲜花。

“雨心……雨心……”

这声音……为何还是在我的身后?

怎么回事！雨心猛然地一下又转回了身体。

鲜花之城依旧矗立，而那个曾经在记忆中闪过的依稀身廓也似是模糊不清地再次浮现。可若定睛细看，却又是踪影全无。

这个人是谁?她为何会站在了那里?我应该过去找她吗?而她也正在等着我吗?并且，这一座鲜花环抱的神秘城堡又究竟是在隐示暗喻着什么！

“雨心……”

够了！我不想再听到你的声音了！

张雨心向着城堡那边奔跑了起来。不再顾忌一切地奔跑，用尽了全身气力地奔跑！

但是……与眼前的希望却还是无奈地维持着那个初始的距离。

为什么，这到底是为什么！

脚下一绊，雨心失去了力量，沉重地摔向……

女孩醒了。

老房子里只有她一个人。从窗缝间透入的路灯微光告诉了噩梦惊醒人，若想从此时盼到天亮，还要熬上很长的一段时间。

暗夜中的孤寞与寂静使人心生恐惧，倍感凄冷。

雨心的睡衣上遍是汗水，但她还是在这个依旧闷热的夏末夜里用毛巾被把自己严严地包住，然后，委屈地蜷起了身体……

11. 那些传奇（二）

THE LEGEND
OF HEART AND DREAMS

2006 年，中国股票市场在经历了近五年来的持续下跌并于前一年的六月份创下了上证指数 998 点的极限低位之后，沪深两市相继展开了温和反弹、震荡攀升的向好行情，至当年九月末，上证指数较之前最低点时的上涨幅度已经累计超过了 70%。

近一段时间，金融投资圈里人们所谈论最多的话题也无疑就是对于中国 A 股市场之未来走势的方向判断了。一部分人认为，当前中国经济发展的提速迹象明显，而股权分置改革所带来的积极效应还并未完全释放，故此股票市场的上升势头一定还会得以延续，一两年内再见历史新高也是完全可能。另一部分人的观点则是，鉴于困扰中国经济及金融领域的诸多重大不确定性尚未尽数明朗，且股票市场的前期涨幅巨大，调整压力明显，在并未明确其趋势已然彻底反转的前提之下，目前还是获利了结、保守观望为宜，免得等哪日市场又行调头向下，岂不是此前手中多年未见的丰厚收益还是都要再倾囊吐回。

而身为少壮派业内人士的沈铭鸣对于这个问题当然也会具有着他自己的看法，不过，在这些日子里，真正让他面临到考验、陷入了危机的却还是另有其事的。

已然深度涉足进了创业投资领域的“沈阳九号”私募基金目前遭遇到了巨大的多线风险集中爆发之威胁，而这一切的根源还都要从“华素创生”这个此刻也正是处在了风口浪尖上的著名风投项目说起。

近一年以来，“沈阳九号”分三次总计向这家药业企业注资了 2500 万元人民币，分别用于了补充流动资金、进一步拓展产品销售网络，以及最为重要的扩建升级科研中心等众多方面的先期投入。投资人们的目的与期盼非常简单，就是希望这家公司通过资产注入与概念包装后可以成功上市，从而为他们这些原始股份持有人带来巨额的创投回报。

初期的进展还算理想，在证券公司保荐人的配合帮助之下，“华素创生”IPO

的申请报告顺利摆上了证监会发（行）审（议）委委员们的桌面。可在随后，一些对被审议公司极为不利的情况却是接连地发生了，先是有消息传出，一位与此企业过从甚密的药监局官员被立案调查（后经证实为谣言），之后则是又有审议委员提出，其提报材料中所反映的研发投资费用以及所持有专利的成色都有被人为夸大的嫌疑。

结果，“华素创生”的初次首发审议未获通过，几家财经媒体还对此事进行了报道。

一审不过所带来的后果便是，这个项目原先所预计的投资回报周期将会被无限期地拉长，而为了有效弥补与实质改进企业自身内在的不足之处，还急需要再行补入一笔追加的投资以继续支持其再鼓作气，冲关二审。

对于这样的局面，杜小鹿之前料到了，而沈铭鸣在更早的之前也同样料到了。为此，沈总经理在制定此投资项目的初始之时就已经在基金池中提前预留下了1000万元的现金空间，去作为了用以应对这等确有可能会遇到的意外波折的不时之需。

正如铭鸣此前所说过的那样，既然是企业创投，风险就总是会有的，当然也只有战胜了一定的风险才会斩获到更大的收益嘛。于是，基金管理人按照既定计划将1000万元的备用资金也全部投入了进去。不过这样一来，“沈阳九号”的所有可用资金便已经基本上处于了悉数投送出池的极限满仓状态了，约30%用于了“华素创生”项目，另70%买入了各种股票，还剩在手中的头寸现金已是不足总额的1%了。

实际上，这也充分表明了沈铭鸣在看待股票市场整体形势时的乐观态度。

但是，于这其后所接踵而来的却又是一件任谁也料想不到的事情。

“沈阳九号”的主要被募集人之一，从事进出口业务的聂老板要求毁约撤资！

在“沈阳九号”基金募集成立之初，由于已然确定了有意向要涉猎进创投项目，所以在与被募集人签订的资金托管协议文本中已经加入了相关的募集期弹性延续的保证条款，即本期基金产品的运营有效时限与“华素创生”项目的投资回报周期相挂钩。也就是说，只有等到与（华素创生）这笔风险投资相关的全部资产清盘套现且现金尽数回手之日，才是“沈阳九号”的资金管理期限的彻底完结之时，而也唯有是到了那一天，出资的客户才可以一次性地收回他们投入到这支基金产品当中的所有本金与应得收益。

但与此同时，为了避免这笔资金被无限期地占用，并也能够给投资管理方“卓融募投”加以相应地制约和鞭策，在这份合约中还明确地定立了一项有关于运营周期限制的对赌条款。其规定，自本基金开始运作至第12个月时（假定“华素创生”项目尚未完结），客户方有权以本金的30%作为违约金强行收回资金，而此后每过一个月，违约金比例下降1%。当基金运作至了第42个月而该项目还没有结果时，则资金管理方每再拖延一个月就要反向支付给客户方 1% 的资金占用赔偿金。这在实质上是年轻的私募基金经理与客户（及创投标的公司和各相关联方之间）所下的一盘很大的资本运作之棋，沈铭鸣承诺并相信自己可以在三年半的时间之内搞定“华素创生”项目。

下个月就是“沈阳九号”启动后的第 12 个月了，看现时的情况，“华素创生”冲击上市的一审未果，再要尝试怎么也得半年之后，如果到那时可以顺利过会，则等待其正式上市交易、限售股解禁（或先行质押及签订私间转让协议套现）甚至是二级市场上股价的第一波炒作冲高后出货的这一轮流程，起码也都还会再需要个一年以上的时间。所以这么算下来，在随后的一年以内正常结束“沈阳九号”并返还客户资金的可能性不大。而在下个月的（基金开始运营后的）第 12 个月的这个时限节点之上，某位客户只投资参与了一年就急不可待地情愿以损失掉 30% 本金的代价（还不包括这一年来投资股票那部分资金的既得收益）来强行撤资的可能性，也应该同样是小到了或可不计。

但是，在这个向来就很难以用常理去评判的金融资本的世界里，还偏偏就是有这样的疯狂特例让无奈的沈铭鸣总经理给不幸碰上了。

在放下了聂老板又一次态度坚决的提醒电话之后，铭鸣不禁想起了见多识广、阅历深厚的父亲曾与自己认真讨论过的一个话题：“资本”这样东西，其自身存不存在着某种固有的气质呢？按照沈红阳的观点是有的。金融学教授这样告诫过年轻的儿子，对于私募投资这一行来说，吸纳进一些真正优质的资本可以起到雪中送炭、崖顶清风这样的神奇效用，而若是反之的话，所要去面对的则就很有可能会是那种让人最为忌讳的釜底抽薪与火上浇油了。

现在看来，个人在“沈阳九号”中投入了 2000 万元巨资的聂老板无疑便是要被归入进后者的行列中了。纵然当初在接受他的投资委托之前，沈铭鸣也确是毫不马虎地做过了其资金背景的正当性调查，但那又能够去说明或是保障些什么呢？商海无情，契约分明，这种事放在了任何一位基金经理也都是没有办法能预料得到的。

也许，聂老板是突然遭遇到了不可承受的资金链断裂凶险，除了这招斩臂自救便是再也别无他法。也许，那看似规模超凡的巨额现金资产本就并不属他所有，而是其挪用的客商货款或是银行信贷。再也许，逼他做出了如此不计损失的极端决定的本质原因真的就是如其所言，干他们进出口业务的就是常会遇上这样急需现钱但也暴利难挡的大好商机？

算了，不去多想了……铭鸣挠着头，努力将由此所造成的沮丧和郁闷打消出了自己的大脑。总之不管怎样，事已至此，还是尽快先去着手采取与之相对的应急措施吧。

如何才能在三周之内拿出这么大的一笔数目来返还给聂老板呢……

“卓融募投”目前所身陷的最大被动之境在于，那转眼就要敞开的 1400 万（刨去 30% 违约金）现金缺口依靠其自身的力量根本就是填补不上的。“沈阳九号”所剩余的预备现金已经几乎为零了，而要在这么短的时间里面调动公司（或自家）的自有资金补缺，沈家还真不具备这样的绝对实力。“华素创生”项目中的资金肯定是抽不出来的，若实在是不行就也只能去被迫减仓手中所持有的部分股票了，但是那样去做也仍然还是个下下之策，因为如此一来，沈铭鸣将会在联合操作的投资界同行以及断不情愿因他人撤资而导致自己收益受损的其他基金参募人面前丢尽了信誉。

现今之计，也唯有是去找其他方面来寻求紧急的资金援助了……

铭鸣的清茶喝去了一杯又一杯，苦思冥想中的男人甚至已近乎丧失掉了其历来皆是赖以为傲的沉稳与从容，而让包括了女朋友在内的很多人都感受到了他近来的异样。

如果此时还尚可一求的这几个人都帮不了自己，那……

……

手机闹钟的铃声响起了，它把张雨心又一次用这种极为痛苦的方式叫醒了过来。

上午八点，这是昨晚打破了常规睡眠习惯，在午夜来临之前就强迫自己上了床的女孩在经过了艰难的思想斗争之后为她明天的开始所设下的时点。

这周以来，雨心一直在这样坚持着，力争做出一些改变并以此去打造新的生活。

或者起码也总要去证明一下，自己还拥有着如此的意愿……

又能买着胡同里早点摊上的豆腐脑和油条了，这是在重新早起了之后所获得到的最为直观的一点好处。家里的餐桌前，雨心正独自盯着还剩下的一根油条，在此之前她已经吃掉了两根。只见此刻陷入了极度为难之中的姑娘先是小心地撕下了其中半根的半根，一口吞进后静待了一会儿，随之又是躁动难耐地抓起了另外的四分之一根，就着饭盆中的豆脑残汤一道仰起脖子咽入了腹中。然后她便猛地站起，去到水龙头前刷起了餐具，而等到把它们放回了厨房、自己擦干手又回入了屋里之时，欲壑难填的女模特终于还是再一次径直地冲向了那最后剩余下的半根难拒的仇敌。

唉，如果你真是有意想要消减食量，为什么不在买的时候就干脆少要一根呢？

接下来可就是雨心小姐的拿手好戏了。晨跑！虽然现在早已不是清晨，而她也已然是把其中的心得要领给基本忘了个干净……

才跑出差不多一公里左右，雨心就已是心跳气喘、力不从心了。等咬着牙勉强完成了预定的两公里半程路线，退役还不到一年时间的前著名搏击运动员就犹是一松而垮，如同瘫倒了般地一下子跌坐在了路边的花坛石牙上。

休息间，却又有一队体育课上的中学生们身影矫健地从雨心的面前哄闹而过。

这幅不合时宜的景象怕是让曾经的女健将恼透了芳心，只听得雨心“哎呀”的一大声发泄，之后便就不顾形象地四仰躺倒在了身后的草坪之上……

模特工作的烦累依旧在周而复始地把张雨心的日常生活填充得满满当当的。这当然早就已经不是能够让人感到会有多么兴奋的一件乐事了，不过，如若是与空虚寂寞的无所事事相比起来，那显然也算不上是什么愁事。

今天的行程安排是下午两点的新品手机发布会出席，以及之后的杂志封面拍摄……

到了晚间九点，无趣地完成了又一天的工作后，疲惫而木然地游荡在了百货公司里面的雨心收到了一条短信，那是银行卡通知系统自动发送过来的，它在告知着客户，又有一笔可观的金额汇入了您的账户。

与公司里其他的模特们有着很大的不同，雨心从来也没有去真正地在乎过她个人收入的多少，老刘在月底为每个人整理出来的劳酬清单她往往只是随意地一签，对于那上面所列出的数字大小丝毫也不会介意。

王府井步行街上，虽然已快入夜却仍是灯火升平、游人熙熙，雨心拎着几只印有名牌标志的大纸袋流在其中，漫漫而行。因为适才拍照的影棚离这里很近，所以她工作结束后正好赶在商场关门之前又去选购了两件衣服和一双鞋子。这些东西都很贵，女孩也并不是特别喜欢，但也谈不上不喜欢，只是，作为在乏闷之时的惯用消遣，买下也就买下了。

路旁有人在向名模打着招呼，雨心没有理睬，戴上了墨镜，继续前行。

本来这两天该是和铭鸣见面的日子了，不过于电话中雨心得知，男朋友为了解决在公司经营上所遇到的“小小麻烦”，可能连续数日都需要亲自出面去宴请一些客户吃饭，并且在饭桌上将与他们商讨的事项会是非常的重要。

既然如此，雨心便又一次大度地支持男友去奔忙事业了，而她自己则选择了一个人去心散意惬地看一看景，逛一逛街。

一座商厦楼面外的露天大屏幕前聚集了不少临时的观众，那里正在播放着电视中实况转播的体育赛事。雨心也凑了过去，抬头一看，是一场女子举重的国际比赛

（2006 年世界举重锦标赛，多米尼加，圣多明各）。

自终结了运动员生涯之后，女孩就很少会去观看体育节目了，可是今天，或许是感染于了周边人们的紧张投入吧，她还是停了下来并加入进了注目的人群。雨心对举重运动也曾有过一点接触了解，她只记得，什刹海里练这个苦项目的女同学们个子都不太高。

轮到中国运动员的第三次挺举试举了，教练组为她要上了已打破（总成绩）世界纪录的极限重量，只要功成便可一举夺冠，但如果失败则就金牌旁失。

一名体型异常娇小的女孩子步上了举台，见她一记鼓喝，擦上镁粉，握紧杠铃，闭目深吸……而所有的电视观众们也都是随她一起凝住了身心……

她做到了！她成功举起了同级别中还从没有人举起过的（总）重量。世界冠军！

当再一次看到了这幅对于中国人来说无比熟悉的场景之后，大屏幕前的人们便也就都像是和从前所经历过的那无数个类似的时刻一样，共同迸出了一片骄傲的欢呼与痛快的掌声。

而站在人丛中间的雨心也和大家一起这么去做了……

事实上于很多种情况下，生而为人的我们都必须要去坦然地承认某些深埋在了心底的自我劣根性，尤其是当你的生活所给予你的已经比它夺去的要多得多，而你却还仍旧对它永远都不能满意的时候。可以设想一下，当你又一次烦躁地大声质问向自己“你到底还想要怎么样！”的那一刻里，你会因此而产生出何样的复杂心情。悔恨？内疚？还是一股近乎于绝望的很想要去打烂些什么的难抑冲动……

又是一个阳光明媚的上午。

雨心家的屋门玻璃上传来了与手指关节相碰而发出的“哒哒”声响。

有人来敲门？这可是件稀罕事。

正在化妆的雨心疑惑地掀开了门帘的一角，张望之下，吃了一惊。

这个人，她怎么来了？

雨心赶忙打开了房门，而随即，当她与来人相对视到第一眼时……

这……这个女人是谁？雨心可以确信，来者定然便是那名自己无比熟络的经年旧友，但是，为什么她的眼睛看上去竟会是让人感到这般地陌生。

她还是那么地冷，纵贯着疤痕的脸上也依旧没有任何表情，可是在其清澈的眼神之中却蕴含着一线生命与希望的光。

丁建秋……

建秋似乎也同样是对已长久未见了的前队友身上所产生的巨大变化感到了惊讶，

而且不难看出，那绝非是仅仅来自于张雨心包括了体型与头发颜色在内的外貌改变。

不过，今时今日的山西女孩显然对于很多事物都已经具有了更见宽怀的接纳包容性，她没有纠缠于心中的不解，而是直接大方地道明了来意：“你有空吗，咱俩找个地方聊聊。”

雨心当然很愿意接待这位久违的故人了。

在主人尽速完成着梳妆并为出门去略加整备的忙碌过程中，建秋就一直靠在身后的门框上静静地观察着雨心。到了，她终于还是忍不住问出了一句：“你胖了得有十多斤吧？”

正在收拾挎包的雨心一下子愣住了，她缓缓地回过头，看着建秋。北京女孩并没有在意这个尖锐的问题本身，她只是再次深切地感觉到，刚刚在用一种那么平和无隙的随性口吻对自己说话的这位朋友，真的好像是一个她从来也不认识的人……

街心公园的长椅上，两名女孩各持了一支糖葫芦，并肩而坐。在很多年以前，雨心常会和她的另一位好朋友隋清共处于如这般美妙的状态之中，而这一刻换成了建秋。

“我们现在还是会经常关注到你的，电视、杂志、网络，你越来越出名了，大家都还挺为你高兴的。”淡淡叙着别情的是今天言谈会更加主动一些的丁建秋，“你能走上当明星的这条路，也是你自己的本事和造化，你能想到吗，如今青年队里的好些小的看着我们都没什么感觉，倒是把你当成了人生的偶像呢。”

“你……可别拿我说笑了……”建秋讲话的方式真是让雨心有点不太适应，后者把头低垂着，夹着些唉声叹气地答道。可能也只有在这样的交谈对象面前，迷茫的女孩才会真实地显露出某些不为人知的自卑与落寞吧。“你最近和费奥娜·哈德森的那两场大战，是足以让她们或者任何人都对你充满崇拜的。”

雨心说着，还下意识地瞄了一眼建秋眉上那条尚未完全愈合的裂口。离开了搏击运动的姑娘或许一直都在有意无意地回避着某一领域的所有内容，不过，关于那两番战的持续新闻报道在社会上所覆盖的受众普及面实在是太广了。

在此先来补上一笔。自今年四月份什刹海女子自由搏击俱乐部与丁建秋个人的禁赛同步双双解除了之后，厚积待发并养精蓄锐了大半年的北京女子自由搏击运动员们就正如是浴火重生、破茧出闸，迅即便在国内外展开了全新一轮的开疆拓土与南征北战。

在这其中，领衔队伍当家主将的（中国）最强运动员丁建秋则就更是异军突起、攻无不克，几个月间，于十余场的国际比赛中摧枯拉朽、势如破竹，接连挑落了数名世界武坛顶尖的成名高手，而当中就也包括了自己曾在“红馆合战”中饮恨落败过的巴西人法比亚娜·罗萨，算是为此前的发挥失常报了一箭之仇。并直到了在全球的万众瞩目之下，与那个以更为恐怖的进步速度飞跃蹿升起来的，新世界女子自由搏击第一人头衔的另一位有力争夺者费奥娜·哈德森所进行的这两场针锋血战。

“我并没有击败她……而且，以这个女人目前的极佳状态，即便是处在了最巅峰时期中的你，也一样没有可能做到。”建秋的诚实表态倒也符合其一贯的直白风格，不过似乎显得有些沉重了，她随后便转口道，“先不说这方面的了，还是聊聊别的吧。”

“队里面儿怎么样了，成指导他……还好吗？”雨心赞同建秋的提议。和美国人的赛场对决，这个话题对于现时的模特女郎来说确实是太过遥远了，因为坦白讲，即使是她某天真的偶有想起了心中那些其实就还不到两年之前的记忆，在自己感觉起来也都早已好像是发生在上一辈子的事情一样了。

“孟指导春节过后就正式退休了，在家里看了几个月的小外孙子，可后来不知道是放心不下队里啊，还是自己压根就闲不下来，到八月份的时候，人又回来了，说是跟俱乐部和学校都谈好了，就当是返聘。何指导他去天坛医院做手术了，是开颅剥离陈旧性血块的脑部大手术，他老家的兄弟姐妹们全来了，好多的领导也都过去看了，我们也都去了。据说手术很成功，往后他总是头疼的老毛病应该至此就可以根治了。这……可是一件大好事啊，队里边所有的人都替他松了一口气。他现在回福建海边老家休养去了，算起来，再过个把月就可以回来上班了。”建秋简略讲述着队伍在这一年当中所发生的大事，看她的谈吐心情就像是在随口唠念着自家平常日子的起起落落，“成老大啊，也不知道为什么突然开始热衷起出国考察了，不到半年时间里就跑了两趟澳大利亚，又是出席当地的研讨会，又是说那边的自由搏击青训搞得如何如何的。我怎么没觉得啊，咱们有哪次碰到过澳洲的对手吗？”

“呃……没有过吧，我……没什么印象。”雨心本来不想接茬的，但她看到建秋在扭头盯着自己，于是便也只好敷衍出了一句。

见到雨心这有些窘迫的样子，建秋那常年冰冷漠然的脸上竟似是掠过了一抹暗暗的悲悯。虽然，她并不想把它给流露出来。

金秋的清风令人畅爽，带动脚边的红叶片片滚翻。建秋手中的糖葫芦已吃下了大半，而雨心的还几乎未动一口。

建秋此时向前微微俯下了点身体，肘支着膝盖，扬头望向了远天，她接下来的言语道出了内心的真情：“雨心，你知道在这次整个的禁赛期里，我有一多半的光景都是足不出户地在出租房里伺候我妈的。那一段时间，我和我妈白天黑夜地说话，不停地说话，说了好多好多……我都觉得好像自打我十三岁进城去练了散打以后，就再也没有享受过这么平安祥和的日夜了。或许，就是这样的一段感觉像是失而复得的幸福时光也让我有所改变了吧。这之后的我似乎是在忽然之间就搞懂了很多事，也想通了很多事，而且，内心之中也因此而变得非常的平静……从来也没有过的那种平静。

比方说吧，我最后终于想明白了，其实当初王教练把我送来北京，真的就是作为当时的他而言所能够做出的最为正确的选择了。因为如果不是那样的话，我可能永远也成为不了现在的我，而县里面那些收满了苦孩子的运动队伍们或许也就同样早都已经不复存在了。很多事情，当你真正脱离出了自我狭隘的心境，而是站在了更为宽阔、更加广大的角度上去看待它们的时候，所得出的答案与结论真的会是和从前完全的不一样……

哦对了，另外还有一件事我妈也告诉我了。你猜我爸的那十五万抚恤金后来我妈是怎么用的？……她一直都没让我知道，原来她拿那笔钱在我们村里建了个福利之家。我妈说，我爸的生命原本就是从这个村子里孕育出来的，现今，把他所遗下的全部再都去馈还给这个生他养他的地方，不就也算是对他的一种最好的祭奠了吗。呵，这世上的事情谁又能想得到呢，听说那个以前老是给我家造谣祸乱的婆娘大前年中了风，后来家里没人管，就被送进来了，还有那让我打傻了的二明子，也住进去了，到现在都被照顾得挺好的……”

说着说着，建秋又想起了什么，她抻高了衣袖向雨心展示道：“看，这只电子表又能走了，我把整个机芯都换成新的了。”

在这个女人的眸间甚至出现了……笑容。

而且，这还是在当事人和我们的共同印象中，丁建秋有史以来第一次称呼她这位美丽的（前）队友作“雨心”，而不是“张雨心”。

她是……像神话故事中所描写的那样，被用灵净圣洁的莲藕再造了身体，而由此脱胎换骨，泥洹重生了吗！张雨心惊异地注视着建秋，一时竟不知该去说些什么。

一年时间，只有一年的时间，是什么样的力量让这名一度把自己充满仇恨地孤悬在了普世生活之外的年轻人重又找回了生命所应有的轨道。是仅仅如她自己所言的，因终而静下了心去接受了一位伟大母亲的教诲与开导吗？还是源自那些借由梦想前行的激励所憧憬而来的，热切地期待着去迎接必定会更加美好的明天的现实希望？（据媒体报道，只在日本天王赛中，丁建秋及其团队所累计获得的出场与获胜奖金就超过了十万美元。）

又或者都不是……

这，就只是最最平凡的生而为人本来应该的样子，一个在经受过了如毁灭般顿悟的痛彻历程之后，重又找回了自己也找回了人生的女孩本来应该的样子。

“雨心，其实我今天来，最主要的目的是想告诉你一件事。”建秋坐直了身体，转头看了看雨心，但可能是为了避免给后者带去更多的压力，很快便又转了回来，“可能你还不知道吧，陈主任现在已经是中国武术协会的专项副主席了，下个月他要到泰国开会，听成指导说，是去和外国人最后敲定一年以后举办世界女子自由搏击锦标赛的事。”

世界女子自由搏击锦标赛……当这串词语传进雨心脑中的时候，她的反射神经轻微地抽缩了一下，就像是某些原已在心中被厚厚深埋的钉刺突又从泥土里扎出了铁尖。

“实际上，为这次比赛我们早就开始了准备，从今年春天起，队里就已经按照陈主任重新修订过的规则细则布置日常训练了。成指导也给主力队员们开过了通气会，一旦陈主任从泰国带回了正式文件，什刹海女子自由搏击俱乐部队便马上会就地升级组建为中国女子自由搏击国家队，而队伍的目标就是要去世锦赛上夺取世界冠军！”建秋接着说。

世界冠军……这四个字对于张雨心的人生而言曾是一种承载着何等至高之意义的重要符号？在它还并非是像今天如建秋所言的这般可能被企及的岁月里面。

“我会为之而去努力，不光是为了我自己，也是为了我的家乡和那些更多的需要去被帮助的孩子们。”远方的日头射来了火热的光，落在建秋昂起的面容上，映成了一片洁净而又明亮的纯色，“今年看我打出了知名度以后，有山西省的大企业找到了我们（大同）市体育局，表示愿意出资设立奖金并提供赞助款，包括给我个人和县里边面临着严重资金困难的基层体育事业。这次世锦赛来得正是机会，如果我在比赛中能够再次取得好成绩，就一定可以把这件事情给具体落实下来了。”

这真的是那个在整部故事的前十分之九中都被塑造得那般孤心绝情、嗜斗如命的，几乎要被所有人都归类为反派角色了的丁建秋所说出来的话吗？

张雨心，即使你有多么地不情愿也仍然无法否认，当你在卑微地凝望着丁建秋面颊的那一刻，你见到了生命中的又一位会让你在与她相对的时候产生出如此安详、舒适，乃至是全身心地景仰与崇敬之感受的天使一样的女人。

而那些属于雨心她自己的在听闻了这段话之后的相应心情，又会是怎样的呢？

出于人道主义的考虑，在此就还是不做描述了吧。

“我走了。”建秋啃下了串上的最后一只红果，然后起身把木签扔进了垃圾箱。这个女人的脸色重又回复了经典的冷峻严酷，这也是如今的她在自愿敞开心门时段以外的日常生活里所依然还保持着的习惯模样。

“哎，差点忘了！”起立欲行的建秋又转回了身，从运动服口袋中摸出了一件金光闪闪的小物件，“这个是给你的。”

“啊，真漂亮，谢谢！”雨心礼貌地把它接了过来。那是一只法国埃菲尔铁塔微缩造型样式的镀金钥匙坠，看上去像是一份旅游纪念品。

“不用谢我，这是大春儿让我带给你的。我去美国之前她刚从巴黎回来，这届柔道世锦赛她拿到冠军了。你没看电视吧，这个死肥春儿，半决赛时把脚给崴了，到了决赛那场，打了封闭上去把命都给拼上了。她在法国给学校里好多熟人都买了小礼物，咱们全队每个人都有。另外人家还特地让我转告你呢，她下一个全力冲击的目标，就是在后年本土作战之时的那块其毕生所梦想着的奥运金牌了。”说完这些，建秋掉头就走了。

只丢下雨心一个人呆呆地坐在了太阳下……

在我目送着那个女人离去之时所突然产生出来的会让自己难以控制地去把嘴唇咬得生疼的恶劣心情，就是人们经常都会说起的那所谓的嫉妒吗？我知道，这一定不是一个好的词语，因为它在绝大多数的文艺作品当中，都是被用来去当作为了某些自食恶果或是罪有应得的坏人之所以会去仇恨一切的美好事物的变态而又丑恶的深层次原因的。而若这样说来的话，难道我也……即将就要变成一名那样的人了吗……

张雨心落在身后地上的形影由长变短，并直至缩成了脚下的一点，接着，又从身前反向延长了回去……在这一整天里，女孩就是如此绝对静止地自我沉沦于了这张街边的公用木椅之上，没有吃饭喝水，也没有接听手机。身体的饥渴已经不能拉回女孩的注意力，而工作的承诺也都被毫不留情地抛开到一边，她甚至已然再也都无法确定，生命中的什么事物对于自己而言还能够被称得上为重要了。

就好像是……万念俱灰。

也许，现在我唯一还值得一做的，就是去尽快地寻找出来一些可以暂时掩盖掉这些痛感的办法，以及适当地克制一下那种很想要去打烂些什么的冲动了吧……

丢失了方向与力量，看不清道路和前方，永远无法接近的城，以及在迷离的呼唤声中飘袭而来的无尽孤寂与茫茫恐慌。

这总也甩脱不掉的噩梦依然还在不断地骚扰着雨心，而这使得那本已就让姑娘心生惧怕了的孤单黑夜又变得更加漫长了……

好不容易盼来了早上，负责叫醒主人的手机铃声再次准时地响起了。

昏沉的张雨心在极力忍受了七八秒钟以后，猛然抓起手机，狂暴地把它砸向墙角摔了个粉碎，然后，用被子蒙住头，又继续闷睡了过去……

……

这十几天来，每日都在重复着大同小异的讲解与恳请，并随之忍受着如出一辙的婉拒与失望的沈铭鸣，对于手头这个通过借助外援资金来渡过难关的纾困方案已渐是近乎完全失去了耐性。他甚至已经和地下钱庄还过了月息利率的报价，就待着在彻底宣告筹款计划失败之时去在万不得已的情况下借取高利贷来救急了。

不过，在终致不得不去触动这招显见过于疯狂且也注定会给公司形象留下永久性污点的金融禁术之前，在今天晚上，他还暂时保有着最后的一线生机。

虽然，这很可能就蕴藏着希望的一线生机本是并不应该被他保留到最后的。

晚饭后独自驾车良久，沈铭鸣来到了位于长城脚下的杜家豪宅。

其实他原本也或可不必费此舟车之劳的，在上午给杜小鹿打去的电话里，铭鸣最初的意思是前去“远程中心”的办公室里商谈就可以了，但是听似有些惊喜的“远程投资”总经理却在思考了半天之后答复道：不如还是……直接去我和爸爸在北京的家里吧……

工人大姐打开了厚重的府宅木门，沈铭鸣礼貌地踏进了这所中国顶级富豪的辉煌宫殿，前来迎客的主人并非是今日需要拜访的那个女孩，而是她的母亲——杜夫人。

杜夫人热情地把铭鸣请到了一楼空间正中的环形沙发上就座，这里是整座宅邸的阳光大厅。于此处望向西北方之上，可见到该建筑二三楼走道的扶手栏杆，通过底厅一侧宽敞曲旋的楼梯可以到达那里，而整栋大屋的东南方向则是整面透过其便可一目收尽室外那片大面积私家园林的弧形玻璃巨墙。

在这座恢弘大厅里的所有散发着艺术气息与典雅风情的家具装潢和饰品陈列当中，沈铭鸣一眼就注意到了一架完全崭新的，摆放在了最为显要的位置上的白色Bosendorfer 三角钢琴。和自己的那架基本一模一样。

杜夫人接过了工人手中的茶壶，亲自为铭鸣斟到了杯中，年轻的客人哪好意思受上这般礼遇，赶忙起身推谢，而尽显恭敬的夫人就也与他向面对着不断地鞠起了躬。

这位杜夫人是日本静冈县人，她并不是杜小鹿的亲生母亲。

小鹿的妈妈在女儿才只有一岁多大的时候就因车祸而不幸离世了，那一年，杜程忆还只是一名刚刚从国企辞职下海了的前重型机械装备工程师。后来，创业的男人在国内代理了一家并不算很大的日本工程矿山机械公司的产品销售，由此便也会经常要去到日本开展相关的工作。在那段时间里，他结识了合作方社长的女儿惠子小姐。几年以后，惠子小姐的父亲坦诚地与杜程忆谈了话，老社长希望精明强干的中国才俊在迎娶了自家幺女后能从此长留日本，并参与分割继承女方的家族事业。但是，杜程忆拒绝了，因为他的根和全部责任都在中国。再后来，上演了一幕会令所有人都被深深地感动到的跨国爱情故事，在自己购下的第一家小铝土矿场那漫天飞扬的尘灰与隆隆震响中，憔悴的亏损坚守者依稀看到远方出现了一位拉扯着大箱行李前来异乡寻人的美丽姑娘。自那天以后，杜惠子就再也没有离开过丈夫的身边，她辛勤地料理家务、照顾继女，并直到了今天的大富大贵。

以上的这些剧情，铭鸣一部分是听自父亲的叙述，一部分是自己通过参阅调查资料而得知的。开始时，他还曾对这其中某些显然过于富有文艺戏剧性了的感人桥段有些怀疑，认为那或许都是旁人故意编排传扬出来的虚假美言。不过此刻，在亲眼所见了这位温淑贤良、恪礼端庄的杜家夫人后，他已经不会再这么去想了。

“小姐。”身边的工人大姐向斜上方呼应了一声，很像是在提醒着客人，那位他正在等待的重要人物已经出现了。于是铭鸣闻声便也忙是顺着那方向望了过去。

这个女孩，她是……

自那雕栏玉砌的阶梯之上踱下了一位绝美的仙女。小鹿一身雅逸的白裙，轻纱丝带、长摆短褶，柔润的秀发披开肩上，伴着晶鞋步履，潇潇飘洒、似水乌滑。她的脸庞细嫩如冬日初雪，虽是寸妆未上，却在不施不琢之间献上了春意甘甜之笑与书香素朴之真。

她……这就是不在工作之时的她吗？褪去了浮艳的包裹，还复了本来的纯净，她原来竟是这么……冰清玉洁的美……

“又见面了，沈先生。”小鹿来到了铭鸣面前，伸出了纤纤玉手。女孩留意到了这个男人在恢复了常态的儒朗风度之前注目自己时的那种眼神。

杜夫人见女儿已经出来见客，便婉婉地退别，返回居室了。

此时的厅堂里只剩下了铭鸣与小鹿两人，很像是在那天的办公室中。

稳健的沈铭鸣在略有心逸后肯定不可能忘记今晚的自己是怀揣着明确的目的性来到这里的。“杜小姐，很感谢府上的招待，晚间叨扰，不胜愧疚。直截了当说，‘卓融募投’目前所面临的处境已经不是什么秘密，不过我想，以眼光独特的你对于当前整体状况的认知，相信‘远程投资’方面是一定还会愿意将一些足以能够彻底改变局面的解决方案在这个关键的时机点上拿出来与我分享的。所以，我今天……”

“沈先生，看到我的新钢琴了吗？”嫣然一笑中，杜小鹿岔开了铭鸣的话。

“呃……当然了，很漂亮。”男人不明其意，礼节性地应了一句。

小鹿起了身，幽幽淡淡地步至琴边，然后抚键问道：“有这个荣幸吗？”……

琴声如叙，如叙人心。不知这感触从何处而来，又将往何处而去，或许它本不该有，却又在一霎间不期而至，像是一簇光芒，又像是无助地低诉……

这一曲，正是那首《花火》。

曲毕，铭鸣犹豫了一下后还是轻轻地鼓起了手掌。他不敢说自己已经全部洞透了姑娘的旋律语言，只是不知为什么，忽觉得滋添出了一丝虽颇感荣宠却又怔然无措的复杂心情。

随后，整个世界沉静了几秒钟。

“沈先生，我非常清楚你迫切需要的是什么，而且，你所提到的那些方案，我在半个月前就已经筹划好了，还做了……好几套。不过我今天可能要对你说声抱歉了，我想我不能和你去唇枪舌剑地讨论它们了，虽然你一定知道，在我的内心中是有多么地盼望着可以那样去做。”杜小鹿从琴师的座位上转过了身，她似乎本想直视着沈铭鸣去说出这番话，但在只稍微尝试了一下之后便又放弃了，“因为我发现……有点惭愧地发现，某些很难以消除的，本不该存在于这份工作之中的主观因素在影响与干扰着我的判断力，而那或许会造成很多的我们谁都不愿意看到的重大决策失误的发生，所以……”

话既已至此，无论杜小鹿在接下来将给出何种的答案，沈铭鸣也都不会再去为之遗恨些什么了，可是其在直觉之中却又隐隐地坚信，对方大老远地把有求于己者叫到家里面来，绝不会仅仅只是为了去给他弹上一段钢琴的。

“所以……我想让爸爸代我和你谈一谈。”杜小鹿轻柔地说……

杜程忆先生的会客室在顶层四楼，铭鸣跟随着小鹿走进了这栋建筑的自设电梯。

在电梯上行之时，或是有些紧张的姑娘就那样默默地低头面向着她已经按亮了的控制电钮，没有回头再去和铭鸣多说上一句。也许她可以意识得到身后的男人此刻正在凝视着自己的背影，而且距离很近，近得发梢上都能感知到了他的呼吸。

电梯门打开了，沈红阳口中那位中国真正的企业家杜程忆就坐在那里。

“啊，小鸣啊，可上来了，快坐快坐！”热情的杜程忆放下手中的书籍，对铭鸣表示出了真诚的欢迎，大气言语之中倒是毫不见外，“果真是一表人才啊，上次见着你时才只有五六岁大，这一晃都过了二十年啦！”

“小鸣”是只有铭鸣的爸妈在向亲朋们言指自己的儿子时才偶尔会用上的一个

昵称。杜先生为何不照常理叫自己“小沈”或是“铭鸣”，而偏偏如此，被亲切招呼者在思量此问的同时扫了一眼几案上的书本，是一册中华书局1956年版的《资治通鉴》。

“杜伯伯，真没想到晚辈们的工作还要劳您费心，这次来得匆忙，就给您和阿姨带了两盒茶叶，也不知道合不合您家的口味。”沈铭鸣车里的空间虽然不大，但精于人情世故的他总会在行李箱中常备上一些通用的薄礼，比如就像今天这般初次登堂做客之时，无论是否确定会见到长辈，都总该提前预留出个心意才好去更为妥帖地讲话处事。刚才听说杜先生就在楼上等着，他心感这场会面的性质已然有了变化，便赶忙又去取来了这份伴手礼，在此前已经先向杜小鹿赠上了一张精美的钢琴唱片之后。

类似于此的成熟心智为人，就正是铭鸣总能够在不造不作间便给人们留下了个不错印象的性格优势之所在了。

杜程忆显然没有任何的理由会对此种敬意产生出什么负面的感受，即使他的成就与地位足以令到每一名如这般前来恭谦拜见的青年后生去高山仰止、如面圣明。他接过了客人的礼物，转而看看自己的女儿。而杜小鹿好像倒也未对这老少之间的几句礼数寒暄有何别样的兴致，她自己安静地来到了茶几里侧，不言不语地坐在了父亲的身边。于是，杜程忆便又把他和善的目光投回到了铭鸣的身上。

“小鸣，听说你和鹿鹿此前在洽谈着一个金融投资项目，但是一直都还没有达成共识。今天上午她突然跟我讲，说这事又有了转机，并且想要让我来帮着做出一个尽量客观的择舍决断。相关的项目资料和……你那边的具体情况我都已经掌握了，我的看法是可以考虑。不过我认为在最终拍板定案之前，我必须还要再亲眼地加以见证，或者说是需要你来更加充分地证明一下，你到底是不是一位我们真正值得去信任的优质合作者。”杜程忆的眼睛温和却又充满了威严，一字一句之中，气势不同凡响，“当然你也要了解，在商言商，我们杜家人向来习惯如此，生意场上不说情分，这也就是为什么你我今晚会在此相见的原因了。如果你误以为这场会面其实就只是给鹿鹿已经做下了的决定再多去走上一个温馨的过场，那可就是严重地低估了你杜伯伯我的宝贵时间的价值与稀缺性了。”

一股含有致命逼迫力的气流迎面而来，它有些微热，而且似乎具有着将承受者此前所有的轻松与潇洒都在分秒渐进之间给统统化解与稀释掉了的可怕作用。这让铭鸣直感到自己的手脚与口舌都有些无力的僵硬了。但是年轻的金融家知道，面对着如此级别的谈判对手，这样的异常体感恐怕也是绝大多数的商场后辈们所一定会去承接在身的必然压力。而在这一刻，为了不至因此而使自己表现出了懦弱的混乱与失态，你所最应该去做到的无疑就是顽强地坚守住于自我心中所笃定着的那份勇敢和自信了。

“‘华素创生’项目所有最准确真实的核心内部材料，我今天下午已经派人全部送给了小鹿，相信您也应该都看过了。而且据我估计，小鹿自上次洽谈以来也一定并没有中断过对于这个项目后续进展的实时监控，所以，或许以‘远程投资’研析团队的强大实力，对该标的公司上市的最终前景所做出的预测结论也不会和我所判定的相差太多。另外在股市方面，我最近得到的可靠消息是，‘远程投资’的某一主要资金托管方近日连续在二级市场上主动增持了大量的ETF（可开放性交易的）指数型基金，而这似乎也正说明了我们对于后市的整体看法是趋于一致的。我的建议是，（你方进行）2000万元的一次性现金投入，受让相应比例的创投项目全部既得及预期权益，同时股市投资的收益部分减免50%佣金，而在派驻投资方监事的这个问题上，我目前可以做出的最大让步是……”沈铭鸣刻意沉下了身体亦压低了声音，他无暇客套，也清醒地确信，唯有痛快直入地交底坦白才是自己唯一可行的前进路线。而当在这段话语中提到了“小鹿”的时候，他有两次都差点不自觉地想要斜过目光去寻视一下就坐在了谈话对象身旁的那个女孩，可是最终却又都忍住了，因为坚定的男人严厉告诫了自己，在这种特别较劲的时刻是绝对不可以去分心走神的。

“不不……小鸣，你还没有明白我的意思。”杜程忆打断了铭鸣的阐述，因为这些并不是他想要听到的东西，“有关于这些细节的部分，鹿鹿她过后会和你再具体商谈的，而我现在想要去进行的其实是一次验证，并且通过这个验证的过程来感受到你的一种态度。实话说吧，我其实并不在意你希望我们相信的到底是什么，我所真正在关心的是，你凭什么便认为我们就应该去相信你。”

这就是一位伟大的企业家去考察年轻人的特有方式吗？他要求你把自己的心掏出来，然后将其中所思想着的一切内容都毫无所留地展现在他的面前。而如果你胆敢在这个神圣的告解仪式之上不识好歹地掺入了半丝的虚伪与污秽（事实上你也根本没有这个能耐），那么等待着你的则就必将会是以诸如“让我们再考虑考虑”之类的打发敷衍去作为了本场对话的草草结束语的一次无情的唾弃。

为什么……你们就应该来相信我。这句究问本不就是我在与命运共同选择了今天的这种生活方式之后，对于自己而言甚至会比生命都还要更为凝重的一道命题吗。就像是爸爸曾经对我指点过，而我也一直都在尽力地去做着的那样……在重新开口讲话之前的将近半分钟的时间里，铭鸣想起了许多。

“如果不是我父亲的身体在那一天突然出现了意外的状况，我今天的生活就会有很大的可能是一副与现在全然不同的样子……不过，这并不会有丝毫地影响到我深爱着我的生活，以及深爱着一切由命运所恩赐给我的值得我去珍惜的事事物物的人生态度。”这个名叫沈铭鸣的男人所已经准备好并即将要说出来的话，是他在此生之中还从没有在任何人面前吐露过的心迹，即便是自己的父母和女朋友。

“我爱着我的事业，为之快乐，也愿意为之去付出很多……包括了那些在宝贵的青春当中本并不该轻易便放手失去的东西。

我深切地知道，我当前在奋斗着的这份事业，是我未来可以用自己喜欢的方式去继续生存的物质保障，也是我终而能得以实现那个在父母面前骄傲和获得他人认同的朴素自幼追求的最佳途径，当然，如果力所能及的话，以此为社会大众和国家民族做出一些贡献，也是我一直都在盼望着的乐见机遇。所以说，生为一个理所当然地要去做些事情，并且是要用心、完整、成功地去做上一些事情的男人，我有什么理由不把上天托付给我了的这份事业的进退成败，去升华为整个人生当中的喜乐与幸福的来源之泉呢？或者说，能够拥有这样的一个梦想，本来不也就是‘我在活着’这件事情之所以还会具有着意义的价值核心吗？因此，在这样的核心价值观下，那些枯燥的金融数据是否会引发我的生理快感，以及那些繁杂的市场图表能不能给我带来由衷的心情乐趣，这些曾经或是被年少的我们看得很重过的利益得失，在实质上就早已经退变得极其的微不足道与可以忍受了……

站在这样的明确立场之上，我便有资格来诚实地回答您的问题了。其实我们谁也不知道今天的自己是否正确，您问我凭什么要别人来相信自己，理由很简单，因为我自己相信我自己。而且，当我以我生命的至高真实的尊严在确信，自己已然把所有工作都尽己所能地做到了最好的时候，失败这件依然还是随时都有可能会发生的事情，就也必定将会是变成了一份真的不再值得去介意或是痛惜些什么，而反是会更加具有了正面之意义的人生财富了。”

由于是一次相对低调而私密的居家会面，所以这间占据了单层建筑一大半的宽敞会客厅中被开启了的灯光并不多。而对于此一刻沈铭鸣先生的身上所正在泛起着的那一圈耀眼光晕的合理解释，或许便也因此而可以被暂且归结为是，在逆光角度的明暗对比之下，其迎面人会难免小小产生出来的视觉幻象了吧。

不过杜程忆董事长却并不完全这么认为，因为在他二十多年来的商海沉浮中，阅人万千者也曾有幸几次遇到过这种非常奇妙但又确实是真实存在着的罕见自然现象。

“那么告诉我沈铭鸣，在什么样的条件和情况之下，你就会认为自己已然把所有工作都尽己所能地做到了最好。”杜程忆又略见严肃地追加上了一题。优秀的青年想要获得他的深度认可，仅仅是以上的表白还并不足够。

“是心，我会保证自己用上了自己的心！”铭鸣对于后续的应答显然也早已是沉着有备的，“在我的理解和感悟当中，所谓的心，其实就是每一个人在他的生活与工作之时所持有着的一种最最真实的内在态度，它真实到了就连你自己也无法去随意地改变和操纵，不管你有多么地想那样去做。心，它会在不知不觉间引导着你去选择出最为正确的道路，而让你于全不费力中就能找到那个足以去解开所有难结的最佳答案。心，它会在拼搏进取之际激发出你在身体深处的最强潜能，而使你在整个世界都无法相信的奇迹之下去获得到超越出了自我极限的伟大胜利。心，它来源于你对生命和梦想的热爱，心，它显现在你的岁月与旅途的平凡……而如果杜伯伯您希望我为这种人生之中的抽象状态与概念去总结出一套更加具象些的解读的话……我认为，三个非常简单的要素，快乐、自信、投入，它们就是心。”

快乐、自信、投入……沈铭鸣说得一点也没有错，无论你是个什么样子的人，也无论你在从事着什么样子的行业，只要能够做到了以上这三点，你就都会发光！

杜程忆的脸上露出了笑容。

企业家扭头温情地看了下自己的女儿，像是赞许，但更像是征询。见到小鹿还是低垂着头默不作声，年近六旬的成功者忽又觉得，如就此再去向其钟意赏识的后来人卖弄下一二，岂不也是一件很有趣味的乐事吗。于是，他便又对铭鸣说道：“小鸣，在你这个年纪能对人生有上如此深刻的见地，已是殊为不易了，但是你可知道，在我们的生命历程当中，还存在着其他一些同样重要的东西，而它们对我们在做出生活选择之时的决定力量，甚至还是要更高地凌驾于在你所无比推崇的心和梦想之上吗？”

还有什么在人的一生当中所起到的决定性力量，是会凌驾于在几乎是可以去作为生而为人的终极行为利益准绳的心和梦想之上的……

这……沈铭鸣的思考还从没有深入到过如此的层面，而求知欲很强的他倒也是很想就此获得点拨的。“杜伯伯，您所指的是……”

“呵呵，其实在你刚才那番话的开头就已经有了类似的认识了。不过，今天我们就不去探讨它们了，因为如果想要把那些哲理再都给说解清楚的话，恐怕就又得从头去讲上一个很长很长的传奇故事了，下次再聊吧。”杜先生以他对铭鸣（和我们）所卖出的一个大关子来作为了今日这段敞心夜谈的终场结语。随后，他由座位上端直了身，重又拿起了那册《资治通鉴》，并向女儿问道："鹿鹿还有什么要说的吗？"

站在杜程忆的角度上，他对与"卓融募投"合作一事的态度已经很明朗了。

"沈先生所给出的条件也基本符合了我们之前的预期，现在就只剩下了……关于那最后一点的派驻投资方监事的这个问题了。而我对此的想法是……"杜小鹿抬起了头，并将她的期愿用温柔的目光诉给了铭鸣，"把我在'远程投资'这边的管理工作暂时交给接任者，然后亲自进驻到'卓融募投'，在资金投入期间去担任沈总经理的副手，就也算是大家相互学习，为了提高收益而共同付出努力吧。"

原来是这样……

沈铭鸣在颇为复杂的心情之下向后松了松身体，把略微张弛开了一点的自己浅浅地倚在了沙发的柔软靠背上。或许，谈判成功后的男人本是想着可以借此去饱含有成就感地舒展一下其那已僵化了有时的疲累筋骨的，可是现在，竟反像是刚刚才又被压上了一副更重且也更具有着特殊性意味的新担子的他，也不知道是该去庆幸还是患忧了。

他望着面前这对谦卑的女儿与尽责的父亲，心中一切都明白了……

……

在连续第九次的拨打终于被接起了之后，又急又气的纪娜冲着手机中传出的巨大音乐轰响大声地叫嚷道："你到底在哪儿呢！"……

奢靡的不夜之店，快步的纪娜与刘泽平直闯而入，接待经理认得常来光顾的明星客户，忙是上前招呼。纪娜："带我们去周总的包房！"……

火热喧闹的派对房间里，一群光鲜艳丽的男女们在此推杯换盏、纵情狂欢。混于其内的张雨心小姐坐在了最靠里边的昏暗角落中，绯红的笑脸上乐享着五分醉意，正在与一位衣冠楚楚的成熟男士勾肩搭背、相谈甚欢。

纪娜一进门就嗅到了一股招人厌恶的放荡味，那个正拿着麦克风唱歌的女人也是名出过唱片的签约歌手，不过据圈内共识人品极差，"星触感"公司的人从来也没和她有过什么往来交集，而放眼整个包间，提不上正经台面但还勉强可算是表演从业者的小艺人们也还有好几个。当然，最令堂堂一线名模气愤的是，她进来后的第一眼就看到了那个猥琐地搂着自己姐妹的臭男人，仗着酒劲在说笑嬉闹之中偷偷地亲了雨心一口。

这个男人名叫周利纲，今年四十多岁，是一家珠宝公司的老板，半年前通过工作关系认识了雨心，之后便展开了疯狂地追求，也不管人家有没有男朋友。起初，雨心自然是不会去理睬他的，但是因为这个人自身还有些修养，讨好女孩子的手段也是颇为高明，并不急于求成，所以碍于他终归还是公司的客户，雨心也就始终没有和他无谓地撕破脸面。最近一段时间以来，不知是雨心自己的心情不太好还是和铭鸣的关系出现了问题，总是喜欢在深夜里一个人出去玩，结果如此的状态便让这个男人再次看到了得手的希望，立刻就又主动过来开始了大献殷勤，整日里地车接车送、请客买单，而昏了头脑的张雨心也搞不清楚究竟是怎么想的，还就真给了他这样钻空子的机会。

周利纲声称自己已经离婚恢复了单身，孩子也是随着前妻在一起生活，这样的故事鬼才信，尤其是在江湖大姐纪娜的耳朵里。

“哎呦周总，够下心思的呀，为了哄雨心开心还叫出这么多朋友来作陪啊！”纪娜大咧咧地一下子挤坐在了周利纲和雨心的中间，随手端起一杯红酒敬到了男人的嘴边。

“呦，老板娘来啦！给面子给面子，这酒一定要喝！”看样子周利纲的神智也已然是醺然不清了，为了劝诱雨心多喝酒，他自己一定喝了更多。此时只见他极尽耍弄豪迈地抄起酒瓶，斟满了一大杯，然后向纪娜一个示意，便又是仰头一饮而尽。

眼看着对方又一波烈酒下肚，纪娜把自己手中点滴未动的杯子往桌面上轻轻一放，拉起雨心的手就向外走。“哎呀不行啦，得上趟洗手间，雨心跟我一块儿去吧，老刘啊，好好陪着周总继续喝啊……”……

这家店里的洗手间隔音做得很好，是一个闹中取静的密闭小空间，而且环境布置也整洁优雅，手池边光亮的大理石台上还摆放着雕塑品和芬香的鲜花。

“你要是老这样我们可就真没法办了，定好的活儿到了时候找不着人，三天两头地短信不回电话不接的，你要是真有什么不痛快的事儿想不开了，干脆就彻底放个长假先歇一阵儿吧……”在大镜子前的纪娜洗完手后，一边无事地补着妆，一边看着镜像对身后的同事埋怨道，“现在这个样子算是怎么回事儿？……还整天跟姓周的这种人出来喝酒，你生怕自己没便宜给人家占是吧！”说到这儿，她回头不满地瞟了雨心一眼。

雨心消沉地靠在后墙的壁纸上，面无感情，垂头不语。

纪娜接着问道：“铭鸣呢，你们之间是闹别扭了还是怎么了？他知道你如今这一天一天地都是怎么过的吗？”

“我们俩没什么事儿，就是他最近太忙了，见得少。”雨心低声回答。

“唉……”纪娜长长地叹出了一口气，任何人都看得出来，她是在为一心牵挂的妹妹当真地忧愁，“走吧，我开车送你回家，等会儿老刘应付完了让他自己打车走。”……

纪娜的车开得很慢，一方面是新拿到驾照的她技术还并不纯熟，另一方面也是因为她这一路上来说给雨心听的话就一直没有停过。

“……你想出来唱歌散散心，完全就可以直接给我们打电话呀，或者是跟艾丝出去，结交到的人起码也都是规规矩矩、堂堂正正的，干吗就非得跟这帮人混在一块儿啊，这不是自贬身价吗，对自己半点好处没有不说，要是再让他们给你下了药可怎么办……我们现在也不是就真忙得腾不出一点空来，偶尔组织组织娱乐活动的时间还是有的，就算是带上刘翔一起都没问题啊，恬恬前几天还跟我这儿念叨呢，说怎么最近雨心都不跟大家一块儿出来聚餐吃饭了，她就愿意出去的时候有你，说不怕遇上流氓……还有啊，你要真是老觉得夜里一个人害怕睡不着觉，回父母那边去住不就完了吗，和爸妈多待上几天，保准你什么样的不顺心都没有了……”操心大姐的循循劝导貌似繁碎，也确是想起哪里便说到了哪里，不过雨心听得出来，此时的纪娜对于最亲密朋友在生活上遇到了严重问题的真切担忧，是要远远地大过了那些包括了因其耽搁怠慢了工作而所产生出的表面不满在内的，一切在真正的亲人面前都根本不值一提的对于自己所犯下了的过错的追究责备之意的。

又过了一会儿，见身边人不吱声了，纪娜以为是雨心喝多酒已经睡着了，便也不再继续说些什么了。但实际上，那个闭眼沉思中女孩的内心里面，此刻正在剧烈地涌动翻滚着。

她在短暂的沉寂之后，开口了：“娜娜，我……十几岁的时候儿，在体校里有个大我不少的队友，是我这辈子最好的朋友，我叫她微姐。她从小儿就护着我、帮着我，我的生活里边儿有了什么想不通的事儿，也都会第一个想到该去问她。在那些年里，她对于我的人生而言，既像是天使，也是导师。不过在我十七岁那年，她就退役了。

我小学时还有一个同学也是非常的要好，我和她亲如姐妹，一直到我们俩十八岁。她那会儿见过的世面比我多，性格也是既独立又强势，我和她在一块儿的时候儿一切都会听她的。可是后来，她去了美国……她过去后的最初一年里还偶尔有电子邮件，但不久便逐渐地彻底失去联系了，到今天……生死未知。我其实特别地担心她，现在总是能听说什么犯罪集团把女孩儿骗到外国去然后如何如何的，她当时……唉……

再有就是我的另外一个队友，其实我跟她相处的时间最长，关系也最亲近，九岁时就认识了，在一个寝室里都睡了七八年。不过她这个人吧，跟咱们普通人不大一样，太聪明，脑子里所想的东西一大部分我都理解不了。我能够切实感受得到，她真的是有过很多次都在非常努力地想要来帮助我，可是我……

娜娜，你知道我这个人性格比较内向，好清静却又心重，遇见事儿想得还特别多，这让我总是会做错一些关键的决定，也搞砸了很多事情。我近来甚至觉得，我只靠着自己根本就把握不了自己的生活，我马上就快二十二岁了，整个儿青春里面看似风光无限，但实而一事无成，真正想要的东西一样儿也没得着！我，我……”

雨心还愈说愈激动起来了，想是在适量酒精的辅助之下，女孩通过在其封闭内心的隔膜上所撕开了的那一条口子，把在里面积攒压制了许久的大量失意和愤懑，于一个看似偶然的必然时点上全部都给喷涌发泄出来了。

“雨心……”纪娜在专注地倾听了良久之后，终于拿定了为雨心进行开解与疏导的合适切入点。此时的她对于自己这位在岁月情感方面计较得无比细腻的好朋友是有一些心疼的，但同时也会觉得她真是有着一点幼稚的可笑。“……你从运动队退役转做职业模特，是你自己做出的选择吧，现在后悔了吗？”

张雨心没有回答。

纪娜接着言道：“雨心，其实自打我第一天认识你就觉得你挺幸运的，真的。这并不是源自你的身材相貌啊、运动才华啊，或是能碰到那么优秀的男朋友什么的，都不是，而仅仅就是因为你对自己的生活有得选择……没错，你有得选择，而在今天这个社会上的很多很多人们却都没有，抑或说是没有像你那么多和那么好的。你可以静下心来想想，你身边的大多数人是不是都是这样，也包括了我。

不过呢，这对于像你这样性格的一个人来说，却又未必是件好事。

你看我吧，来了北京以后就只有那么一条路可走，依靠自身唯一的才能去挣钱，养活自己再存给孩子，然后找到一个条件差不多也不嫌弃我这情况的男人结婚成家，去安稳地度过下半辈子，这就是我在当初最大的人生梦想了。而你呢，你现在的梦想是什么，或者还是该问，在突然觉得它又不合你心意了之后，准备再去换成哪一个呢？

选择多，往往也会是把双刃剑，尤其是在当你还没有学会到底该如何去进行取舍，以及依据什么来进行取舍的时候。

你刚才讲了好些身边朋友们的故事，我明白你的意思，你把我当姐，我也从来没跟你见过外，这你知道。可是有些事情，你永远借助别人是不行的，再说了，我又不是专门替人指点迷津的观音菩萨，我帮你做出的选择又凭什么就比你自己所做出的会更好呢？

雨心，这种事只能靠自己，找回心中的那个自我，然后让她……”

正说着，纪娜的手机响起来了，一定是老刘打过来的，她赶紧接通了耳机：“……

怎么样了……是吗，你真棒……是吧，好……行，那你先打车回呗，我送完雨心就回去……嗯，我知道……我知道，放心吧……我知道啦……嗯，你也是，拜。”

半个月前，纪娜已经搬到男朋友的家里去住了，听说在十一假期时，老刘也去女方老家见过了长辈和孩子，一切顺利的话，两人正式领证结婚的日子已经不会太远了。

挂断电话，纪娜笑道：“老刘把那姓周的灌趴下了，一屋子人看这架势就也都散了，他刚出来的时候，房间里就只剩下了那花钱请客的一个人瘫在沙发上睡大觉了，哈哈！”

晚秋的凌晨，马路上清冷寂静，偶有速度不快的小车驶过，还能够听到“咔咔嚓嚓”的胎面压碎了枯叶的声音。

“雨心，你知道老刘在每天晚上临睡前都会做些什么吗？……写作，不停地写作，日日如此，从不间断，散文、诗歌、时政杂评，还有一部已经写了好几年的长篇小说。他从来也没跟咱们聊起过这方面的事儿，是吧，别人谁都不知道，而他自己就是那么默默地写，写了好多。我搬过去以后发现了他的这个习惯，他就给我看他所写的东西，我对文学艺术这块儿也不怎么懂，但是我觉得，他写出的文章就和咱们平时在报纸杂志上所读到的一样，也没有什么不如人家的地方。后来我就问他，你写下了这么多是为了什么，是想要送去发表吗？他说，现在公司的生意挺好的，也很忙，这些东西就是自己写来玩的，暂时还没有想过要去正式发表的事。然后我就又问他，那如果哪天公司的生意不好了，你闲下来了，是不是就会去把更多的心思给用在写作上面了呢？结果他说，你盼着点好行不行啊，要是真不幸有了那么一天，他首先会去做的一定是全力地挽救公司，真要不成的话，接下来就也只能是再去找上一份稳当的营生，来辛苦赚钱养家糊口了，而这为自己写作的人生乐趣恐怕就又得是一放下好多年，顾不太上去享受了……”接过电话后，纪娜把车开得更慢了，嘴上说话的时候，眼睛也始终都在紧紧盯着前方的路面。

“所以说啊雨心，还是那句话，你有那么多的选择，每一样还都是自己所喜欢的，也都是可以让自己的生活变得更好的，可是到头来，这样的幸福反而成为了你痛苦的根源，你说说，这又该去赖谁呢？”雨心家到了，纪娜把车停在了老房子的院门口前，胡同很窄，夜晚里两边又都挤满了车辆，她开到这里费了好大的力气。“说到底，这种事最终还是只能靠自己……找回心中的那个自我，然后让她帮你重新做出抉择吧。”

纪娜说完了想要对朋友说的话，一路下来，不多不少刚刚好。

“娜娜，麻烦你还是再往前多开一段儿吧，今天晚上，我想回爸妈那边儿去睡了……”雨心先是把思绪稍沉了一下，然后转向纪娜略带歉意地说道。

这没问题啊，纪娜笑了笑，又开动了车子……

柜子中的金属在月光之下反着若隐若现的光，当云朵走开了，那里就会更亮一点，而当它们再回来了时，便又会暗下了许多。

在这样细致地观察了一个小时以后，雨心终于还是起床打开了柜门，把里面的奖杯奖牌统统都取了出来，摊开了一桌。先是按照重要程度的顺序来重新摆放一下吧。姑娘不需要借助任何光线，很快就完成了这样的工作，然后，又为了具体分定其中两件的谁前谁后而反复了很久。再来，按着获得时间的先后次序也摆上一遍吧。这同样没有丝毫的难度，雨心分拣着这些收藏品的速度就像是昨天才刚刚把它们带回了家里一样。

小学……青年队……成年队……职业化……

趴在桌面上的雨心把头低低地埋在了环抱着的臂弯里，只露出了两只眼睛，用平行的视线默默地回顾着在那些荣耀的金色之中所包含着的一切回忆。

并以此作为了这一晚她终而得以含笑入睡了的安眠药剂……

回到了父母身边几天以后，张雨心的心情有了一些好转，最起码，她现在已经可以重新冷静地定下心来去认真地想一想，自己今后的生活到底该以何种的方式来延续下去了。而关于这个问题，女孩在经历过了近段日子以来的起起落落之后，或许也已是在渐知渐觉当中慢慢地找回来了其人生前行之路上的本应方向。

那么，再接下来要做的事情应该就是把这个想法告诉给身边那些最亲的人，然后去听一听他们的意见会是什么样子的了。今晚，雨心便会去进行一次这样的尝试。

铭鸣似乎终于处理妥当了那件困扰了他好长时间的工作难题，这几次打电话过来时听口气已经轻松愉快了不少。而这对许久未见的思念情侣也总算是可以有机会来补上他们前一阵子因此而失去的快乐时光了。

铭鸣提议去吃日本料理，但雨心显然是期望这次久别的重逢能够变得更有新意，她知道有一家位于郊外湖畔的特色河鲜烧烤，环境僻静幽深，这个季节去客人也并不太多，女孩想要男朋友带自己去那里坐坐。

铭鸣开心地答应了。

约好的这一天，从午后开始空中便拢起了厚厚的云层，临近了太阳下山时分，又是风声骤起、云团渐黑，自东面天边还传来了轰轰的滚雷闷声。

看天色，乌云密布，冬雨将至。

黄雅英追到电梯口往雨心手里又塞进了一把雨伞，她怕铭鸣的车上没有，女儿和男友共用一把会不够。实际上在刚才出门之前，母亲就已经不厌其烦地叮嘱了半天，比如千万不要酒驾、注意交通以及人身安全、晚上尽量早些回家等等。在慈爱的妈妈眼中，这个世界永远都不够太平，尤其是在她昨晚又为法制节目中那个无辜的受害女孩唏嘘落泪过了之后。

雨心接过了妈妈的伞，然后还以了一个轻轻的拥抱。姑娘这几天来又感受到了某种她几乎已经遗忘掉了的美好，那就是和家人们在一起真的好幸福。

电梯来了，雨心告别了妈妈……

这天空还真是有些吓人呢。坐在铭鸣的车里，雨心在不断观察着头顶上方的颜色。起初在云块的边缘还有着一线线的黑白分明，但不久之后，那些滚动着的阴暗浓雾就完全吞噬掉了身边最后一丝的浅灰亮光，完全融作了一体，并直压而下，如山欲崩。同时，在数块沉重的黑团其间，还不时游动着道道骇人的电闪，惊雷隐匿、鬼没神出，就活像是哪位邪恶的大魔法师于显影现身之前在装弄炫耀着一幕极尽迫力的出场好戏。

不知为何，雨心忽然感到有些寒冷，虽然车内一直在开着热风。她不自觉地把左手伸向了铭鸣那边，而善解人意的男朋友也马上用右手将其紧紧地握住。于是，一股舒适的暖流便很快传递了过来，来自于恋人，也来自于亲人……

也许是天气不好的原因吧，今天来这家郊野之店就餐的客人还真是寥寥无几，不过雨心和铭鸣倒也并不在乎，他们选定了一张靠近室内假山溪流的桌子坐了下来。这里的菜品追求天然质朴、新鲜原味，周畔辅以山湖取静之景也自是别具一些特色，而一对爱人借此倾叙别情，亦恰是尤为应合的……

身处在如此惬意的对话环境里，雨心预感到今日的交谈或许有极大的可能会给自己带来一个久已期盼了的惊喜结果，比如说是那个想法能够获得到男朋友的全力支持。此刻的她已经暗自里组织好了有关于想要去说出的那些话的最为稳妥的措辞，就只待着一会儿在一个适当的话由之下去一诉思绪、尽吐心声。

“是吗，那个丁建秋啊，她来找过你？你们都聊什么了？”铭鸣当然没有忘记那位和雨心有着颇深渊源的女人。同时细心的男人也感到了今晚的女友与往常有些不太一样，因为她总是在提起那些和过去的运动生涯所相关着的人和事。

“也没什么，她就是找我聊了聊队里的近况，然后……带给我一个小礼物，说是我们以前的一个同学送给我的，那个女孩儿刚刚在法国拿到了柔道的世界冠军。”在说着这段话的时候，雨心听到铭鸣手机的短信提示音响了。

“哦，是吧，世界冠军……那……可得恭喜人家啊……”这声提示音让铭鸣无奈地有些兼顾不暇了，因为他知道这很有可能会是条非常重要的信息。于是，他取出了手机：“……啧，小鹿儿那边发现了个情况跟我汇报，我先回个短信……”果然……

小鹿儿……

在铭鸣今天的各类话语中已经或直接或间接地出现了七八次这个亲昵的称呼了。雨心知道，那个女孩是铭鸣的大客户及商业伙伴，也是最新结合的工作搭档，是名拥有着海外高学历的年轻富家女，而且，还会弹钢琴。

雨心并不希望自己会对这个名字产生出一种过于敏感的反应，因为她相信自己并没有去无端地联想到什么，或者说是不愿意承认自己无端地联想到了什么……

“嗯，你接着说，丁建秋帮新得到世界冠军的老同学给你带来了一件小礼物，然后呢，还跟你说起什么了？”铭鸣回完了短信，再次把目光还给了雨心。

应该是时候了，张雨心准备去敞开她的心底了。“她……确实是还送来了一个很重要的消息。据她讲，明年在国际上会举办首届的世界女子自由搏击锦标赛，到时中国也会组建国家队去出征参赛，而且很有可能就是以什刹海俱乐部里的现有人员来作为队伍班底的……铭鸣，我想要问你一件事，如果我现在告诉你，我打算重……”

就在这时，沈铭鸣的手机铃声居然又一次极端不合时宜地响了起来！

这可真是太糟糕了！

没有任何办法，铭鸣在万分歉疚的尴尬中接起了电话，但也很快便将头脑与心思都完全投入了其中。“喂，小鹿儿，嗯……嗯……是吧……全部净买入是多少？……都是哪几家营业部，有机构专用吗？……哦，深圳的是吧？……嗯……对，很可能，我觉得也差不多。这种情况不足为惧，都是些想搭车坐轿子的老油条而已，明天开盘敢拉就给他砸下来，要是大盘正好走低就直接打到跌停，然后过几天再拉高放低，压大（卖单）抄小（买单）慢慢吸干他们的货。这类游资的胆子很小，资金全是自己的血本身家，不敢跟咱们玩持久战的……没错，另外为了保险起见，你再联系一下企业的人，看看有没有什么大事是咱们不知道的，不过我想应该不会……好，可以……行，那你先这么办，有问题了再打给我……”

每次当“卓融募投”的沈总在雨心面前接答起类似来电的时候，对男友的工作不甚了解却又还对之难免存在着某种想象力的女孩就都会觉得他像是在突然之间变了一个人，如同是变成了一个满肚子里都是些阴险诡计的强悍坏蛋，而且，最近还又新收服了一位对他忠心耿耿的蛇蝎美女，来当作了其在如信手拈来般肆意为非作恶之时的爪牙帮凶。

“雨心，你刚才要问我什么，你说你想打算怎么样？”挂掉电话之后，铭鸣赶忙又把关注点移回到了女友身上。

“哦……没什么，我……也没打算要怎么样，等到时机成熟了再跟你说吧。”但是至这时，雨心却早已丢掉了去接续之前话语的兴致，“先吃饭吧……”

可显而易见的是，在此后的时间里面，沈铭鸣也已经是全然失去了再接着享用美食并和雨心继续闲娱清谈下去的兴趣与耐心了。不到十分钟后，难捱的他便终于还是坦白地向女友征询道：“小鹿儿他们现在还都在公司里边加班，我自己一个人在外面吃饭不合适，也有点不放心。要不这样，一会儿先送你回家，完后我再回去看一眼……”

“好啊，那不如现在就买单吧，东西可以打包带回去的，别耽误了工作……”在雨心的脸上，除了那标志性的淡然微笑以外，就再也看不到其他任何的表情了……

走出餐厅的时候，雨水已经疾然而至了。

抬头望去，夜空里阴黑无月，不见到一粒星辰，闷雷声出，一阵阵地地动屋摇，正似是在由远及近、步步逼临。乱卷的湿风裹挟着细密的雨点呼啸着迎面扑打了过来，粘在脸上和身上，给人体带来了彻骨的冰凉刺寒。

稍有点气象常识的人就都能感觉得到，这场雨肯定小不了，目前的这等风景怕还只是个温和的前奏，而其后必将降临的惊天狂暴想必才会是今夜真正可怕的时刻。在这个季节会遇到这样的极端天气，也还真是少见呢。

雨心捏了捏风衣的领口，伸手挎紧了铭鸣，他们将两把伞都打开后挤在了一起，快步地往停车场的方向走去。

这家饭店实际上坐落于在一处度假村式的湖野庄园的中心位置，来宾们停车之后还要再步行上一段路程，并依照着指示牌拐过几处小径岔口后才能到达。若在平常，这段满是水景山石的林荫小道一定会是雨心想要拉住朋友前去细细漫游的悠然盘桓胜地，不过今天，在四近放眼所眺无见一人的暴雨当头之际，谁也不会再有那样的轻闲心情了。

“雨心，其实我大概也能猜到你心里的那个打算，不过今天确实是有些扫你的兴了，我真的是……”回程的路上，铭鸣心中也并不痛快，他很想对雨心说上点什么。

“别说话了，看好路，先赶紧回车里再说！”这是在雨心口中极少会出现的语气，焦急而又充满着不安。或许是因为脚下湿滑的碎石小道实在难走吧，女孩觉得在来时可从未体验过这样的坑洼路面，而且在漆黑的风雨之中，他们也根本看不见路标。

又是一团险恶的阴风黑雨自背后袭来，它们直穿透了张雨心的全身衣裳，让姑娘无以防备的脊梁骨由上至下凉了个透。

怎么回事，前面是死路！

估计是前一个岔口转错了线路吧，雨心没有多说什么，拽着铭鸣便掉头折返。这截错路倒也不长，几十步里就回到了起处。雨心先是向此前的来路上索视了良久，之后与铭鸣又四下张望了一番，随后两人另换了一条岔道继续行进。这条宽点的便道许是对路，因为它的一侧设有路灯，虽然光线不强且间隔甚远，但也总是好过了适才那实足不见五指的绝对昏黑。

在行过一只路灯并又前进了十几米后，雨心忽是一下子站住，并猛然地回过了头去。这时，她和铭鸣身在暗境里，而不远处的那方灯下之地则是可以尽收眼底。铭鸣不知雨心是何意图，便也向着那边一起望了去。如粒连线的雨帘让他们的视线受到了一些折损，不过，在那些似针垂落的细丝之后却也并未见到任何的异常。

“怎么了？”铭鸣问道。“没事儿，快走！”雨心扯着男友转身复行。这时女孩的步伐比之先前那会儿又要再加快了一些。

这条路为何永无尽头！走着走着，二人又是俱已发现，他们依然没有找到正途，因为他俩此时正在顺着弯道转向，而这样只会是距离目的地越来越远。

他们迷路了，在这些混沌的雨水之中。

而张雨心此刻所感到的邪寒却又还远远不止仅像是失去了行路的方向这样简单。从小在战斗赛场上被培养起来的神经直觉，使她在今夜的这场冰冷冬雨里嗅到了大量的污秽凶煞之气。在这一点上，她强过了身为普通人的沈铭鸣很多。

当空的霹雳倏然惊现，一片电光闪过，天地霎时通明！

张雨心又一次急转身体看向了后方。她的反应好快，快到了与闪电同步，待到铭鸣也随之回过了头来，那些明亮已转瞬逝去，只留下了仍旧的暗黑与一记震耳的轰隆。

这一次，雨心没有再转回身子了，她直直地敌视着眼前那片通连着天地的乌黑，一动不动，眉睫杏目之间杀意凝重、厉气肆出。

铭鸣刚要相问，女孩却抬手顶住了男人的胸口，对他低声说道：“铭鸣，我累了，不想再这么瞎走下去了，泥水把沙子带进了鞋里，我的脚可能磨破了。这样儿好吗，我在前面的那个路灯下等你，这条路应该是可以进车的，你去找到了以后开过来接我吧。”

铭鸣本欲再言，却竟赫然发觉雨心的手上加入了暗中劲力，在强硬地推着自己。

只怪是今晚伤了女友的心，又赶上了下雨迷路这些的不顺意，就让人家姑娘发发怒气吧。铭鸣知道雨心主意已定，便也不好再去多讲些什么了。

一起走到最近的一处路灯下，嘱咐了几句后，铭鸣打着一把伞就独自先去了。雨心目送着小跑起来了的男朋友渐而远去地离开了自己，就如是万般不舍地极尽追望着，直到她挚爱的身影彻底消失在了模糊的雨墙之后。

然后，她再度回身，直视向了那股尾随已久的背后凶险。

无需一动，无需一言，正邪狭路，唯与一搏……

初冬的雨夜，一位高挑美丽的姑娘只伞形单，伫立在了漫天飞落的晶珠之间。不断重重溅打在伞篷与地面上的雨柱让她的身畔泛起了一层薄薄的雾汽，使得这幅清零的倩影好是朦如水月，胧似镜花。风近已停歇，偶尔有一点点游走的冰凉气流拂过，会把她的长风衣角和披肩发弯都许许拨动，除此，再无其他。

静于雨幕孤灯之下的她等待着战斗。

更近了，更近了……

忽一刹那，又是一道破空的光电划过，四下目及之地一时尽如白昼。

那是……一……二……三……总共三个凶残的罪恶魅影，一路追逐着鲜美猎物的味道，滴淌着腥臭的口水，贪婪地尾行而至。

张雨心从来都没有想象到过，在她的一生当中也会面临上这样的一个时刻。女孩曾经和许许多多从未经历过类似灾难的善良百姓们一样，每当在媒体新闻中接触到了某些极度耸人听闻的暴力案件报道之时，都会去咬牙切齿地诅咒着那些犯罪分子真该被千刀万剐，并且心如揪扯地痛惜着每一位悲惨的被害者都本可幸存生还，比如，他们应该大声地呼救，或是在机会还尚存的时候便果断地脱逃。

可是，当今天的自己也真真切切地坠入进了这般黑色的险地之后，她却是再也想不起来那些曾于置身事外之时所抱有过的个中看法了。在这一刻，张雨心所反复产生出来的唯一念头是一连串略带着悲哀的不解疑问。为什么在这个世界上还会存在着这样的事情，为什么最终因此而受到伤害的总会是本无任何过错的我们，为什么它会来得如此突然，之前不见一点征兆，而且，也完全没有再留下可以让你去加以选择的丝毫余地。

他们又接近了，近到进入了女孩身边那杆微弱路灯的照明范围之内。

左边的那个中等偏高的身材，灰色罩头绒衣包裹下的体格目测也足够健壮，明显一点的特征是其的右脸轮廓有着异样的变形，不知是在过往的斗殴中受过重创还是由于什么意外的事故使然。这个男人左手举伞，右手则是插在了外衣腹前的横兜之内。

右边那个削瘦矮小，头发很长且还蓬乱刺立着，几乎就要遮住了双眼，看样子是特意做出的某种自以为非常时髦的新潮发型。这人的年纪较轻，估计还到不了二十岁，右边的耳垂之下似有一点晶光闪闪。

走在了中间的那一个与两边撑伞的并行者有所不同，他披着一件通上至下全黑色的厚重雨衣，大雨之下，周身遍体上除了飞溅的亮白水珠以外见不到一丝他色。唯露出的半张蜡黄脸面，于鼻子以上的部分还都被低垂的塑衣头檐给遮了住，从这个距离上看过去，只见到了其唇上的一撇浓密小胡子。

直到这三个男人在六七米外停住了脚步，并用那如豺狼嗜血般的眼神盯住了自己的此刻，张雨心还依旧在抱存着侥幸的幻想。比如说，他们中的某一个人会佩戴着工作证，并且上前对孤单的女孩热心地问上一句：姑娘，你们是在找停车场吗？

可是谁都知道，那是根本不可能的。

三对一，默然相峙，落雨声中……

雨心的手机就握在她插于风衣口袋中的左手里，此时她用上了最后的分秒，暗暗以手指的摸识拔出了一个号码。之后，有意变换了一下自己持伞的手。她明白，以现时的情况，对面的那些人已是不会再留给她多于三秒以上的时间去呼唤警方的救助了，但她还是选择拨打出了“110”，而不是男朋友的电话。

也许接报警系统是有着信号定位功能的吧，可以在收到杂乱的搏斗声后锁定住事发现场的大致方位……反正总之，此时最不能得知这里在发生着什么的人就是铭鸣。

但愿他能在这黑暗的雨夜中多迷失一会儿吧，不管是错去到了哪里都无所谓，就是千万也不要回来。因为只有这样才不会枉费了那个女孩的一片苦心，由自己去勇敢地面对九死险境，却将生的希望留给了最亲之人的舍身相护之心。

张雨心相信，如果是换作了沈铭鸣，他也一样是会这么去做的。

这并没有多么地伟大，也谈不上是怎样地冷静，只是，对于所有真心爱着对方的人们而言，在那一个瞬间，这是一次并不需要去做出选择的选择……

最后的煽情感想与自我慨叹都可以到此结束了，那些在最最残酷的现实社会之中从来都是无情地存在着的脏东西，来了！

“歪脸”率先走上前来，并从右侧的衣兜里掏出了个什么。那是……“啪”的一响，一支银亮的利刃弹射了出来。是一把弹簧刀！他把刀子直向雨心的脖颈上架来，同时于口中嚷嚷地吐出了一声：“别动！”

一记倾注了毕生之力的直拳！正中面门！来自于张雨心的抢攻。

没必要做出多余的动作，也不用去讲求任何的规则，第一时间、第一机会，没的犹豫，只有先下手为强！因为这场以寡敌众的搏斗决定着自己的生死。

如果确定了这些人仅是图财，雨心或许还会考虑一下在保证自身安全的前提之下不去做出太过激烈的反抗。但是在对视过了逼近而来的这个家伙的淫邪眼神之后，誓不受辱的刚烈女孩决定，既然总也难逃一死，那么她宁愿是战死！

这记重拳起到了效果！“歪脸”男人被打得立时便向后翻倒栽了去，雨伞飞出，而其持有的凶器似乎也在“啪嗒”一声当中脱手掉在了石板地上。这些说明，他已经在面部的重击之下产生了昏厥与肢体失控的受创反应。

可是，他并没有因此而完全失去意识，仰面躺在地上的被KO者还在僵硬地拼命挣扎着并意图坐起，只不过，暂时被剥夺了平衡感的他数次反复的努力都失败了。

未能一招毙敌！那终归是一个体重在80公斤以上的大男人，要知道，这可是张雨心有生以来头一次在实战之中攻击男性，甚至，也还是头一次在不戴拳套的情况下出拳中的，而且，她停止训练已经有一年多了。

不过现在没有时间再去惋惜战果的损失了，另外的两名歹徒也已经冲了上来！

“黑衣”抢先杀至，却又似有忌惮地迟疑了一下，在一米开外站住不前了。想也是，惊见这位年轻的姑娘竟有着能一拳放到一名大汉的本领，任谁再上来也得加倍地小心。

这刚好给了雨心施展出简单战术的空间，她用左手中张开的雨伞刺向了敌人。

这是一把整体较长的非伸缩折叠式的传统金属伞，伞头的主杆凸出部分锋利而又坚硬。这一刺去，不仅可以直接威胁目标的身体，撑开的伞面还恰好遮挡住了对方的视线。

不出所料，“黑衣”在防御中抓住了伞布，并用力地一扯，把它给夺过并扔了出去。这没有什么，一把普通的雨伞本来也不可能成为制胜的武器，它所起到的关键作用就是为了去给攻击者的后续突袭制造掩护。

再次挥出，张雨心的右摆快拳！

这真是一种无比熟悉的感觉，虽然久已生疏，但却从未弭忘。

这一拳无论是力量、角度还是落点的准确性都与前一拳差出了很多。现今之张雨心的运动水平早已大幅度下降，仅靠着根底与决心的勉力搏杀是绝对难以稳定的。

“黑衣”的左耳部位受到了这质量并不高的一拳，但是显见，再加之上了厚厚塑料雨帽的防护阻隔以后，此击并未形成什么有效的伤害。这人只是略略地摇晃了一下，随之便也是如狼似虎地抡起了拳头，凶暴地攻打了过来。想是被雨心这种强硬的自卫拳击彻底激怒了之后，这只野兽也已经没有耐性再去顾忌任何的事情了。

雨心扬起手臂挡开了对手几拳，但随即，极为不妙的状况就发生了，她被这个人死死抓住了风衣的袖子！这是在如此模式的打斗之中一定会发生的情况，而其对于处在了弱势当中的女孩而言非常的不利，因为一旦陷入进了这样的纠缠，她的搏击技巧优势便将完全无法施展，而绝对力量与人数多寡的劣势却会马上暴露无遗。

抬眼扫到，“长发”也已进至了触手可及之地。今时须首要规避的是不可让这二人合力一处！于是张雨心停止了无用的挥拳，转而使出了近身擒拿，对敌之右臂一手钩肘、一手扣腕，同时下盘发力向后方急撤扳拉。这是一记缄臂的凶招，在后退赢得了空间之际，若一步蛮力到位的话，更可借势去一把扯脱遭擒者的肩膀关节。

第一步施力！未成！“黑衣”被拉了一个趔趄，但手臂貌似无恙。再来！第二步施力！依然未成！以张雨心现时的上肢与腰腹力量已然无法完成对一个中等身材男性的立关节技了吗？强行继续！但就在向后退出了第三步时，施技者却反被自己的动作所坑害了。

张雨心高跟皮靴的后帮撞到了路边草丛的石头牙子上！身后退路已绝！

强大冲力下的磕绊让雨心一下子失去平衡，向后仰倒了下去，而那身前拿住的敌人则也是就着力道被拽得一并前扑了而来。这可怎行！若被他压了住，岂不是束手待毙！

触地之前，雨心如是惯性反射一般迅速变招。她将错就错，半空中一个腾挪抱摔，瞬时体位颠倒，反将对方置于了身下。

着地了，“黑衣”被雨心逆转压制！还待什么，姑娘一个上蹿，当当骑在了对手腹上，瞅准敌方首级，立时拳如雨下。

可谁知刚打不几拳，雨心的头就忽被一股粗野的劲力往后边拉了去。那是……自己的头发！而卑鄙地揪扯住了女孩秀发的人正是那个“长发”！

恶毒的袭击之下，一对一的骑压得势者不得已放弃了手下之敌，被那瘦子拽着向后方退了去。而还未及女孩转身自救，“长发”的另一只手臂又已经一把搂住了她的脖子。雨心赶忙加以应对，她右手回到脑后，先制衡住了敌人紧抓其发的一手，同时左手用力一插，抵在了颈动脉与敌臂之间，以严防被勒紧后的断血窒息。

可是这样一来，她就已经成为一只半点都动弹不得的鲜美羔羊了！

被按地痛揍了几拳的“黑衣”缓过了气力，他一骨碌爬起身，向着被同伙间接困住了双手的女孩重又攻杀了过来。

无奈的雨心只有抬腿去踹他，但那基本毫无作用，凶徒瞄准无力抵抗者的头部连出了五六拳，全都重重地命中了目标。

好疼！脸蛋和眼眉的部位就像是被凿穿了皮肉后直接用钝器捶到了里面的骨头上，而随之便整片都失觉麻木了。

这是张雨心此生还绝少有体验过的一种身体感受，虽然她也曾被那些柔软的海绵偶尔这样对待过。不过，只要还没有因此而致昏或是造成了器官失能，任何类似的仅止于肌体方面的单纯性疼痛在这场血贯瞳仁的殊死打斗当中都是可以被轻松地忽略掉的，待宰者现在该要去关心的已是敌人下一波的更狠毒进攻了。

“黑衣”在连续拳击得逞之后，又把双手都直伸了过来！

他这是……无耻的色魔在抓捏着雨心的胸部！这名心痒难耐的猥亵者一定认为，在向失去了还手之力的女性猛击了数拳之后，已是终于进入到可任其大肆发泄兽欲的淫乐时段了。

急骤的雨水打在了雨心即将肿起的脸上，然后又流进了她在大声呼救着的嘴里。这种极尽屈辱的侵害将是一个女人一生都不可能忘记的悲愤与恶心，并且足以让一名无论是多么善良的受害人都被迫去举起用以自卫的滴血屠刀！

困兽虎口，决命存亡，我心所求，壮烈一死！

张雨心，你可还记得那副你在生命的垂死关头曾使用过一次的血肉兵器，鲜红而锐利的它现在就隐藏在了你的右手拇指之上。

雨心舍命松开了制约着身后“长发”抓住她头发之手的右手，并在面前的施害者已然完全放松了被反抗警惕的情况下，猛地将她这只手拇指之上的尖长指甲，极力凶狠且又近距精准地扎进了“黑衣”的左边眼睛里面！

一阵带有着明显撕裂感的，会令所有听到者都毛发倒竖起来的嘶竭哀嚎穿破了这暴雨的夜空。“黑衣”大叫着缩回了肮脏的双手，握住雨心的右手腕并本能地向外用力一拔，在又一声同样刺耳的惨呋过后，他紧捂住左眼向后退倒下去，跌坐在了地上。

就张雨心手上的感觉而言，她认为那有点像是用拇指插进了一只剥了壳的煮鸡蛋，或是更为软嫩多汁一些的什么东西。

在此，我们有必要对这一正在实施着罪行的暴力非礼者所遭受到的残忍还击送上一点最低限度的同情与怜悯之心吗？绝不！要知道，这一伙流窜惯犯在不久前所做下的上一次血案到目前为止还依然没有侦破，而那名被他们兽性摧残致死的花季少女的遗骸至今也还仍旧是死不瞑目地平躺在了法医鉴定中心那冰冷的陈尸柜中。

刺退了“黑衣”，雨心现在必须去解决背后的恶敌了。

仍对女孩保持着背向擒缚姿态的“长发”惊见形势有变，忙是在手上又加了歹毒。他一面以右手抓紧雨心的头发向前按去，一面又进一步以左臂之力卡死了她的颈部，双向用劲的同时，自己还不断连压带拖地向后撤着步。他这样做的目的或是想把雨心就此勒倒在地，又或是想直接便去折断了她的脖子。

雨心在极端受制当中不得不随着他的步伐被动地后退，数次都险些摔倒。此刻的战况非常不利，必须速速扭转。

以其人之道还治其人之身！雨心以空出的右手向脑后反复地搜捕着，意图也去抓住“长发”的头发并以此来进行反制，却一时碍于身位所困而难以如愿。但终于，她做到了，她的中指无意间钩入了一只封闭的金属环里！

那是“长发”右耳垂上晶光闪闪的耳环！

还等什么！张雨心当即猛力地一扯，直接便把右手甩回到了身前，并连带着她手指上的那只血淋淋的银质圆环。

或许是因为比较靠近自己耳朵的缘故吧，在雨心听上去，“长发”所发出的嚎叫声竟还是要更加高亢尖烈过了他的老大“黑衣”，虽然，耳郭豁裂的伤情比之被异物迎面刺破了眼珠还是要轻微上许多的。

“长发”一直在撕拽着雨心头发的右手收回了，这是其身体在剧烈的疼痛之中去下意识地捂盖并保护伤处的自然反应，而扼制着女孩脖颈的另一只胳膊也是对应地有些松懈了！

就现在！张雨心乘机双手一掰敌臂，顺利摆脱了钳制，随后她脚底一碾，拧身转向，迅疾便直面对上了那个惯使下流招式的瘦小无赖。

双方相面立势，对手因伤痛侵袭而防守破位、精神涣散，且空间距离、己方姿态与士气斗志也全部满足！所以……

接受惩罚吧恶棍，虽然你绝对不配去仰望这样的璀璨！

拳头快过了急飞的雨点，又或者说它本身就是一阵由天而降的击杀攻掠之雨！张雨心成功发动起了一轮极其凶猛的组合强攻！

这样流畅的拳脚配合，这样精到的落点控制，还有那种超快速、无间隙、饱和式攻击的忘我感受！或许，当这一切的灿烂梦幻皆还存于那曾经辉煌年代的时候都是那么地潇洒、快意而又富含美感，但在今日此时，这片黯淡的微光却仅仅只是成为了一名拼死的保卫性命者于舍生肉搏之中的血腥暴虐与激愤必杀。

“长发”的头颅就像是一只活手靶，而且还是不能移动的。仅三五秒间，他就已经在数以几十计的连续命中当中失去了大部分的思想意识与站立能力。

除恶务尽！一定要彻底地击垮这个人，绝不能够给他留下一点还可重新再爬起来的可能活路！为了达成这个必须要实现的战术目标，再有几拳就好，已下定杀心的张雨心咬牙掀起了这波追命痛击的收官猛攻！

“砰！”

这是一声什么样的闷响？它生自于女孩的脑后，而随之袭来的还有那种难以言喻且也从未尝过的裂痛与眩晕……

“砰！”“砰！”

那……是……

爱琴海上的伊兹拉岛，海之花酒店客房窗外的那片芳香花田里面，张雨心已经低曲着身体藏匿在其中好一会儿了，即便是铭鸣前来寻找她的声声呼唤也是故意地一句不应。

直到男朋友也猫着腰，突然从她的背后抱住了她……

地中海上即将落去的夕阳还漂浮在橘色的水平面上，它那温和而柔软的余光映亮了石崖上的花丛，也染红了坐在丛中的这对中国情侣。

“铭鸣，你爱我吗？”依偎在男友肩头的女孩满怀期待而又略感羞涩地郑重问道。这是她此生第一次提出这样的问题，并且也当然非常希望可以获得到那个久已存在于了梦想之中的，此生亦同样会是第一次听到的完美回答。

“是的，我爱你！”沈铭鸣大方而真挚地给出了他的答案。

没有错，就是这样，就应该……是这样……

生而为人所追寻渴求着的梦中幸福在终而如愿降临之时的那一秒。

即若是以此短短的一秒化作了今生今世的所剩全部，我也将定然会是如感透生死畅然一般地……不怨不悔……

第二天一早，雨心和铭鸣来到了小岛岸边的渔船码头，依照行程，他们今天要搭乘已预订租赁好的轻型小艇去出海垂钓。

专属于两位游客的快艇上配有一位负责领航与服务的塞浦路斯渔工，在他的热情指点之下，铭鸣很快就熟识了自助航行的操作要领。一推油门，白色的浪花便又一次把尽享着欢快的他们送进了海空纯蓝的天上人间。

兜够了海风，找到一处僻静的峡湾里落了锚，两位观光客惬意地在日光下戴上了草帽，坐在艇舷边，把光脚丫和长长的鱼竿一起伸了出去。

然后安静地等了一会儿……

哇！这片大海对远道而来的中国客人竟是如此盛情的吗？才刚十来分钟的工夫，铭鸣手里的钓竿便突然被鱼线拉扯着弯曲了下去。好重呀！这是上钩了一条多大的鱼啊！

毫无海钓经验的青年们顿时便慌了手脚，等不及专业渔民的赶上协助，铭鸣就急忙忙地握紧鱼竿，尽出全力地向上一提！结果，原来他所坐位置的船板也是很滑的，急欲收获的忙乱男人一下闪失，“噗通”一声，便连人带竿都掉下了海中！

雨心见状赶忙想去施救，不过少顷之后，玩笑的意愿便完全取代了急切的惊慌。这里靠近岸边，水并不深，同时落海者的身上也穿着非常保险的浮力救生衣，而铭鸣本身也识水性，跌落之后只几下扑打就已稳稳扒住了船边。海水温暖，女孩这时或许也真是该趁机去好好地调侃捉弄上男友一番才是难得的乐趣，就连原已是准备要上前帮忙捞人的船工大哥也很快看出端倪，暂且含笑旁观了。

“啥情况儿啊沈总儿，整天扬言着要商海搏击捉大鱼，这人家真上了你一回钩儿，自己倒先翻江倒海了，您可别是捉鱼不成，反被鱼虾所捉啊！哈哈哈！”雨心笑道。

“哎哟，凉，凉，快拉我，快拉我！”铭鸣狼狈不堪，故作惨痛样。

“这伸手也够不着呀，万一拉不好把船给搞翻了可怎么办啊，要不，先给您扔个游泳圈吧！”“不行啦，不行啦，钓上来一条大鲨鱼，它都咬我屁股啦！”“啊？鲨鱼！在哪儿呢，我拿相机去！”“还拿相机？赶紧跑吧，大白鲨都能把船底给咬漏了，你们快跑，我帮你跟这儿先按着它！”“哇塞，您这么大牺牲精神呢！那往后是不是无论遇上了什么危险情况，你都得是先最奋不顾身地来保护我的安全啊？”“那可不是嘛，有凶险当然得是男人去挡在前头啦，往后咱俩在外面走路，只要听见我突然喊出一声‘快跑’，你就什么也别问，立马掉头撒腿就跑，完全不用管我。”“呵呵，你当是耍着傻小子玩儿呢吧，那我再问你，要是哪天碰上劫道儿的了，咱俩谁先跑啊？”“一样是你先跑呗！”“那又是为什么啊？”“啊？我……我不是还有根电击棒呢吗！哎呀成了，赶紧拉我上去吧！sir，sir（先生）！”……

以心换心，相爱去爱，美梦美景，一人一生……

我愿这般情致调皮的嬉闹能够生生世世、天长地久，我望照此任性撒娇的说笑得以暮暮朝朝、日月如常……若是，它们可以的话……

“砰！”“砰！”

这是……用上了何等凶器的拍击！张雨心的脑顶受创，几欲碎裂，她在万般难耐之下只得收停了对“长发”的未尽攻势，转而回头去应敌自保。

否则，她将会被很快地打晕过去。

转回身后，雨心本能反应地扬起了右臂去格挡来击。

那是一目被废的“黑衣”！重伤之下已经身心俱癫的他正像是一只发狂的疯狗那样不顾一切地抡动起胳膊，一下下地把拳头砸向着女孩。

两相碰触，雨心的小臂又是一阵钻骨的麻痛，瞬时竟已失去了知觉。

恶徒手中抄起来打人的是路边的砖头！

怎么办！在“黑衣”的又一记残暴打砸来临之前，无策以对的雨心猛扑了过去，紧紧抱住对方，并和他一同摔倒在地，滚进了泥水里面。这是女孩此刻仅剩的一条生路了，在自己的头部遭创已致站立不稳，而所面对的敌人还握有着压倒性武装的时候。

近身缠抱，滚地缓兵！

又一刹惊悚的天地全白之后，紧跟的霹雷似是要震碎了人们的耳膜，而这场特大暴雨的倾泻高潮也终是正式地到来了！霎一时间，九天之水覆盆直下，放眼四方如沐瀑中。

急坠的雨水打在了“黑衣”的塑料雨披上，发出了“啪啦啪啦”的巨大声响，而用脸紧贴在了这层表面之上的张雨心则就是听得更加分明，似如耳畔之鼓擂捶不绝。

她现在与敌人死死地绞成了一团。

雨心以双手捉住了对方持有着砖头的那只手臂，令其受制后一时再难挥击，而她自己则也是被“黑衣”的另一只胳膊牢牢勾住后颈并搂在了怀中。这导致了双方身体的相互牵制黏合，使他们无隙再多做出一点的有效运动，还仅能剩下的活动余量就也只够去反复地实验着以腿部的乱蹬来获取到动力的基本无用的左右摇滚了。

地上的积水或是已有三四寸深了，当雨心在翻动的较劲中暂时偏于下方的时候，那些寒冷的泥浆便会在因打斗滚压而激起的波浪之中灌入到她的耳朵和鼻子里面。而与之形成了鲜明对比的又是，当其再一次又偏于上方了的时候，不少从头皮与发丝之间正不断涌出着的股股温热的液体，也会顺着前额与面颊大量地淌进了她的嘴里。雨心知道，那是自己的血。

雨心很想要尝试着先用一只手去制住敌臂而腾出另一只手来做点什么，但是她很快发现这种努力的风险很大。在目前敌我双双倒地的公平姿势下，一个女人的单手是无力控住男人的强壮右臂的，而且，即使是在短时间里勉强地做到了，被“黑衣”牢固地锁紧了头颈而不能抬动上身发力的自己又能够用那只空出来的手去干些什么呢？

与此同时，“黑衣”也在用尽全劲地拧动着腰腹，并想借此聚力将被扳住的可攻击手臂挣脱出来。可遭到了严密擒锢的他显见也是同样无法遂愿，于是，便也只能继续死命地把肘下敌人的头面一刻也不敢放松地压迫在自己的前胸上了。

痛苦的僵持……

在如此贴身近距的扭抱之中，张雨心甚至嗅到了身下这名想要夺走自己性命或是该被自己夺走性命的敌对男性的体味。那是一种混合了汗液酸气与烟草味道的呛鼻腐臭。女孩并没有试图努力着去尽快远离开这股气味的源头抑或是为此屏住气息，因为她知道那根本就不可能做到，尤其是在自己的呼吸本已非常困难了的情况之下。

每一次运力不仅会消耗掉大量的体能，同时还要去承受着己方防线因现出了疏漏而被就势攻破的危险，深陷于这样的紧张困境之中，谁还有精力再去介意些什么喜欢或是不喜欢的味道呢。而且，就目前的战局来看，与伤势更重的对手一起浸泡在这肮脏的泥泞里面并暂时保持着相互谁也不能发动攻击的现状，这种态势似乎也还算得上是一个不错的选择了。

不过渐渐地，雨心因遭砖石拍打而导致了轻微迷混的头脑在冰雨的不停冲刷之下复原了本来的敏捷，她很快便否定了自己这种在异常激烈战斗的平缓期中很容易会产生出来的危险错觉。因为她记起来了，不论是“歪脸”抑或“长发”，之前都还没有受到那本应该是最为坚决地给予他们的真正致命的终结一击。

张雨心用双腿夹住了“黑衣”的身体，然后从自家膝盖与地面的碾痛挤压当中获得了一些来之不易的额外支撑力，并以此艰难地拱起脊背，把头部的角度尽量往需要目视的方向扭动了一点。她现在必须要去观察掌握敌情。

不远处，“歪脸”已经摇晃着坐了起来！

这是极为危急的信号，几分钟后他就可以重开杀戮。自己不能趴在这里等死！

一次赌上全部的力量吧，挣开这副紧闭的枷锁，也不用去管在这之后局面是会变得更好还是更坏，因为这已是此时的孤军奋战者除了去接受慢性死亡以外的仅存选项了。

张雨心以腰腿放出了竭其所有的平生蛮力，将躯干拼死地尽量抬高，并且快速撤回了右手去扳推卡在自己颈上的敌人铁臂，同时不惜把脸部在对手的身上强行地拧动磨蹭着，只为了让其得以从那有可能被随时撬开的一线缝隙当中勉强地脱出。

如前所料，女孩剩下的单只左臂是绝对无力坚持住对敌方攻击手的固定擒制的。她刚一动作，“黑衣”那始终紧握着砖头的右手便再次获得了挥动的空间，还未等雨心的缠抱脱离行动收到成效，其无法承受的石块砸击就又是猛烈地袭打而来，虽然也受到了己方单手的极力限制，但其中的好几下还是都难以抵挡地落在了她的背上。

张雨心发出了嘶哑而悲怆的凄厉吼叫，这也是她此生头一次在沉沦于了万难自拔的战斗泥潭中时所下意识宣泄而出的内心绝望。这既是源于身受创痛的哀愤，也是来自关键时刻力所不逮的无计与自责。

她无法摆脱“黑衣”的夹颈紧勒！

这又该如何是好，本想着挣扎求生，却反是越陷越深！

濒危之中，雨心那强扭着的面部巧是豁开蹭脱了“黑衣”的衬衫领扣，贴合到了他的胸颈皮肉上面。这里也是散发出着那些腐臭体气的味源之地。

每名战士到了这样的浴血生死时刻都会变成一头灭失掉了全部人性的凶残野兽，而张雨心也不会例外！当她只能在存活下去和不这样做之间选择一个的时候。

女孩张开牙齿，一大口极凶极恶地猛咬了下去！

这不是为了使对方因受到惊痛而泄劲松手，这就是为了去直接搞断敌人的喉管！

“呃！！！”

与身体上的激烈反应相比，“黑衣”的那一声嘶叫显得太过低沉而微弱了，当然，这不是因为他不想，而是因为被一下子咬透了脖上肌肉的他不能！

而其后，雌性猛兽的尖利獠牙还在继续地深入着仇敌的肌体，没有半分想要停下来的意思。此刻的狠毒女人不取人命誓不罢休！在她这样骇人的行径之下，本场搏斗中有可能会心生畏惧的那一方的位置也终于是在顷刻之间发生了对调。

现在该去害怕的是“黑衣”了！

刺心的惊恐与疼痛令这个于此前一秒钟还掌握着多重优势的男人在倏时间里就变得手脚错乱了起来。他完全不知道在这样的境况之下是该要再坚持着对敌人的大力击打，还是急需立即转攻为守以去先行克制对方的夺命杀招。在又持续毫无目标地瞎砸了几下手中的砖头之后，少量甚至已经渗入了喉部气管的血液让被扑食者在万分惊愕间被呛了一口，而这也最终使得他马上便贪生怕死地选择了后者。

结果，“黑衣”在转瞬间就由一名本欲极力保有着擒获关系的主动维持者，变作了一个反而极力想要去脱离开接触的被动挣逃者。为了可以在慌乱中尽快地搬开对方，他甚至扔掉了那块砖头而开始改用右手去拉拽起了雨心的后衣领。

但是，在这样的时刻，想要再去甩开那只肉已入口的掠食凶兽又是谈何容易！

几乎已经完全丧失了理智的张雨心再不会给敌人留下哪怕是一丝的垂悯与仁慈！她此时不想离开，并且，这一口啃咬还是利齿紧错、越嚼越深了！那些来自身下的撕扯推拉又有什么意义，此等被叼擒之物的混乱顽抗在动物的世界里面历来便是全然无用！

畏敌的恐慌、保命的急躁以及根本不知道接下来会发生些什么的彻底失措，让“黑衣”就像是一只被树枝扎在了地面上的毛毛虫一般残弱卑贱。而且，随后的他还为解脱此种惨况而又采取上了一种最为愚蠢的蛮笨之法。

在拼命地蜷曲扭滚当中，男人突然间发现自己收回的双腿已经在一大通的乱踢乱踹之后刚好垫到了雨心的腹下。于是，他不顾一切地手腿并用，上顶下蹬，运上了通身发狠之劲，将压在身上的这只咬人厉鬼一下子向外猛推了出去！

血肉撕开！

大股极度腥酸恶臭的汁水黏液先是随着张雨心的猛一甩头如涌射似的喷溅在了她的脸面之上，随后紧接着便又像是被从含在嘴中的海绵里挤出来了一样溢满了她的整个口腔，在她把那团味道很咸的软烂异物吐出去了之前。

“黑衣”颌下颈上的一大块皮肉被生生地撕咬了下来！

而就这样，张雨心也乘势站起来了。

一边加紧唾啐着嘴里残余的腥血污物，一边在密集的雨针中辛苦地辨识着周边情况与通路方向，此刻，血温略有回落的雨心发现她在经历过了极其惨烈的拼斗之后，终于在本场交战中第一次为自己争取来了可以去试着奔跑逃生的一隙之机。

不过在那之前，还必须要将这个偏巧挡住了前进去路的男人也给一并地彻底干掉！谁让他和此刻正想要掉头奔逃且也早已是杀红了双眼的张雨心几乎撞上了一个满怀。

“歪脸”刚刚凭借着自己的不懈努力，颤颤巍巍地双手支地爬跪了起来。

张雨心冲上一大步，双手按住这人的头，之后撩起一记飞膝，当当硬硬地轰中了他的左边太阳要穴。“歪脸”就连哼声都没出一下便又旋即变回成了一摊绵软的烂泥，栽头就扑倒在了地上。这还不算完，只见雨心接着又凑近了前去，对着这昏倒者的贴地侧脸高高抬起了右脚，一记凌空狠踏，照死里地跺了下去！

虽然确实有些不便，但是雨心在这场格斗当中至此时还依然没有脱下她的高跟鞋。一来在这又冷又湿的卵石路面上光脚打斗也并不是什么太好的选择，二来就是她也还真是尚没有获得过可以蹲下去拉开鞋链的空闲时间。

这一脚下去的感受该如何来形容呢？雨心曾记得在有一次拍摄广告之时，摄影师为她找来过一只纸箱子用以垫脚，可是大模特刚一踩上去，鞋子的坚硬高跟就把纸壳的表面给扎漏了，结果那条腿便在穿破了一张软脆的薄层之后忽的一沉，差点把她给摔了过去。

而此时就和那一次于腿脚上的感觉很是相像。

可悲的“歪脸”今晚甚至还没有来得及向欲侵害的对象打出过一拳，就已经连续惨遭到了第二次的单边痛击，而且，还把自己仅剩下的那半张好脸也给搭上了。

顺便补充一句，“歪脸”的那张残面是在他某天夜里翻过村里邻居家的围墙去实施抢劫强奸的时候被院子里养的大狼狗咬伤而留下的，那次作恶让他蹲了十年监牢。

接连击溃了凶顽的“黑衣”与健壮的“歪脸”，雨心也终是为自己争得了可能去趁空逃逸的绝佳时机，于是她在恶斗过后气喘未定地环顾起了雨中的四面。

水泻天地，一派灰雾昏蒙，只剩下了那柱独悬的孤灯凄盏微亮。

应该就是那条大路了，适才铭鸣离去之时的方向！张雨心抹了一把脸上就快要迷住了眼睛的血汗和雨水，抬腿向着获救的希望迈开了全力狂奔的步子。在她把自己的高跟靴子从人脸上拔出来了之后。

上苍保佑，今日若是得以逃出生天，我一定会……

后腰上的异痛！！！

这是什么！有些凉，也有些热，先是皮肤被钻透了的刺感，而后又是肌肉和血管遭到了某样东西侵入后的内隐顶胀，虽然并不太疼，但却……

2001 年 8 月 26 日下午，（原）广东省南海市体育馆，张雨心和成金龙一起坐在了场地中央的擂台之下。这一年的全国武术散打锦标赛（暨男子九运会决赛阶段比赛）女子成年组 56 公斤级的冠亚军争夺战正在进行当中，来自劲旅北京市女子散打队的传奇名将，“什刹海白色闪光”陈微此刻就战斗在了台上。

在陈微运动生涯的整个成熟期里，除了有一年因为在训练中意外受伤而缺席了当年的多项赛事以外，她还从来没有让这块对于中国的女子散打运动员们来说每年度中最为重要的金牌有过旁落。至今届，即使她已经进入了就快要去告别散打擂台了的英雄谢幕之年，但也依然还是拥有着所有同级别对手都绝然无法撼动的压倒实力。

“闪光拳”辉芒绽放，这让在台下观战的张雨心看得如痴如醉，而下一场比赛就是年轻的她所要去参加的女子成年组 52 公斤级的决战了。

在去年的这个时候，头顶中国武坛明日巨星绚丽光环的超天才少女张雨心以十五岁的年龄初登成人赛场，虽然在全国锦标赛 48 公斤级半决赛中因稚嫩身材的力量不足而未能更进一步，但是其处子之阵的优秀表现也已然是足够地夺目与惊艳了。

到了今年，又长了一岁的女孩技术战术更为精进，而身体的成长发育也已经基本成型，直接就升级加入了高手如云的女子 52 公斤级的争夺，而且还以较大的优势一路顺利地杀入了决赛。

KO 了！陈微绝技连发，持续多向的电光突袭，普天之下谁人能挡？河南省运动员受创不敌，应声倒地，功勋老将再夺锦标！

那几拳……其实也并不是很快啊……张雨心把决胜之招看在眼里，狐疑之问也同时生在了心中。是年纪增长的微姐动作没有以前那么凌厉了，还是对面这位多年全国亚军的水平实在是不敢恭维，唉……不太明白……

“张雨心，别看了，准备上场！”身旁的成指导在催促着。而退下台来的陈微也为亲近的小师妹送上了一个适时的拥抱：“雨心，加油儿！”……

十分钟后，张雨心如愿获得了自己人生中的第一个女子散打成年组全国冠军。

没有出现什么特别的庆祝仪式，喜悦的心情也并未超出此前的想象之中，就好像这一切的到来都在大家的预料之内，而且也是完全地理所当然。

或许，这便是一个人在生命当中终于收获到了以岁月的积淀和辛勤的累加而交换得来的实则上是最为平凡与坦然的成功之时，所就本该如此的正常感受吧。你最应该感到快乐与满足的时候其实并不是真正做到了的这一天，而是，在你很努力地去做并且始终都坚信着自己一定能够做到的每一天。

雨心又坐回到了擂台边的椅子上。她并没有像陈微那样比赛一结束就立刻回去更衣室换装，而是更愿意继续留在这里，去再多享受一会儿这种迷人的氛围与空气。

成指导还顾不上和自己说话，因为他一直在技术台那里应付着前来恭贺道喜的人们。而对面那一位被自己击败了的天津队选手看上去则就有些低落沮丧，由于实力上的差距过于明显，她的比赛即便是输也输得并不漂亮，多次勾颈搂抱与袭击脑后的犯规行为不仅让她被扣掉了不少分数，现在也还正在为此接受着己方教练员的严厉批评。

看台上稀稀落落地坐着百十来位观众，女孩知道，他们中有人此时正在看着自己，并且可能还在拍着照片。而在主席台上面观赛的一定就是那些大领导了吧，或许其中还有来自电视台的记者们，他们也都同样是在关注着我吗……

并没有多么激烈的狂欢欲望，而就只是真心地想要在这里静静地坐着，因为，这样的安宁是那么地令人舒适与喜乐。

也许，这就是他们所讲的幸福了吧……

说到幸福……

2005年春末的一天，雨心和纪娜才刚结束了一场晚间的展示活动就一起急急火火地赶到了老刘的摄影室，在那里，艾丝和恬恬也都早已集合而至了。

今夜，他们要为新成立的公司拍摄那套重要的宣传图片——《女斗》。

为了今天的工作，雨心带来了自己所有的装备和运动衣，还管隋清也借了几套漂亮的比赛服，虽然室友的尺码要比她这边的模特朋友们都略微肥大了一点。老刘架起了咬牙新买回的高级相机，而纪娜则亲自负责为姐妹们设计造型与盘头上妆，就连从来都是十指不沾阳春水的艾丝，也和恬恬一起为布置场景而帮忙搬起了道具箱子。

每个人都在尽其全力地贡献着自己的所能，大家伙儿集思广益、群策群力，为了共同的事业与追求，将他们各自的智慧和心血汇聚到了一处。这一整夜的奋战辛劳虽然于表面上看也就是像往常一样在不停地按动快门与摆出着 Pose，但在所有人的内心当中却又是一种不论情绪还是感触都与之前截然不同的全新体验。这是第一次不用再拘泥于客户的所需与商业的要求，而是彻底地遵从着自我之心的艺术创作。这些人是在创造着一件可以完美地展现出自己，并且自己也真的是挚切地热爱着的心意结晶，同时，也满怀憧憬地将身为创业者的他们对于明天的无限希望全部都寄托在了里面。

在欢欢闹闹地尽情忙碌过之后，拉开了厚重的隔光窗帘才惊然发现，下一个清早的冉冉晨光竟已是这么快地便又冒出来了……

粥店的早餐美味愉悦，边吃边聊间，众人的话题也都还是沉浸在了由搏击的美感所演绎而出的映像新奇当中，尤其是在终于第一次亲眼见识过了张雨心的一身功夫以后。

“你瞅瞅，就连沙包上腾起来的灰尘瞧着都不一样，练家子就是练家子，这也多亏了只是拍照，要是录影，你们仨可一眼就能看出是外行了。”老刘用相机回放着照片并继续自言自语道，这一个多小时以来，他就没有再做过任何别的事情。

“是呀是呀，雨心那架势可真是把我给征服了，以前在电视上看的时候也没觉得是有多厉害，可怎么这真人一打起来，感觉就连风都跟着在她身边转哪！就冲这个，北京有哪家模特公司能比得上咱们啊！这套片子不火才怪呢！”艾丝很有些兴高采烈，因为她对未来已经拥有了能感到可即将获得成功的强大自信，并且，也在庆幸着自己选对了这几位如此好相处又还都独具着优势的朋友们作为了在事业起步阶段的合作伙伴。

于恬恬也不失时机地恭维着：“我早就说过，和雨心一块儿出门，不怕遇上流氓！”

“呵呵，这也算是一门生活里面的专业技能啊。”纪娜低笑着剥着咸鸭蛋，似有些耐人寻味地说道，“以后会用得上的，会用得上的……”

而雨心在大家的众口夸赞之中却是并未回话。此刻，心中无疑是充满了超级成就感的姑娘既没有去表示出虚伪的谦逊，也没有再得意地来顺路炫耀上几句其他，她就只是把自己盈盈的笑脸深埋进了香喷喷的大碗里面，然后一仰头，便把碗底那些甘之如饴的残根豆腐脑给一口吞了个汤水干净……

这种痛感，不对！

十万火急的交互电流由腰部的痛点直穿大脑，之后又通过遍布在了通体经脉当中的极速回路网络将神经中枢所发射而出的全自动反应指令，在瞬息之间回馈至了浑身上下的每一处骨骼韧带与肌肉纤维。

疾动！右手一记向后的回身肘击！

正中了那人的头！先是听到某副薄脆的脑颅骨上一声凹裂破碎的“嘎嘣”之响，待全转过了身定睛再看，原是那“长发”已似一具死透了的皮囊一般被横着崩飞了出去，而后又直拍坠地，溅起了一米多高的水浪白花。

龌龊小人，从来都只会躲在背后奸猾偷袭，刚才雨心强攻中断已是算你命大未绝，这下再被重肘爆头，倒要看尔死是不死！

女孩的反击足够快了，快到了敌人甚至还未能把这第一下的致命杀伤给彻底完成，就更加谈不上再去施展他原所打算中的连续攻杀了。如此说来，张雨心对自己的快速反应还是非常满意的，现在，她把手摸向了右侧后腰上的被袭击处，想要看看那里到底是怎么回事。

很多很多，很多很多的热热的黏水从那个有点疼的地方喷涌了出来。雨心把沾满了它们的手移回到眼前，借着昏弱的灯光看去……满掌……鲜红！

这是……血流如注！自己被捅了一刀！

原来……就是这样的感觉啊……

就在先前一拳打倒了持刀的“歪脸”之时，雨心还在心中飞快地一念闪过，要是被那柄白亮的利器刺在了身上会是一种什么样的感受呢？现在，她知道了。

“长发”已被击灭，而伤人的凶器该是也随着他没入进了积水当中，倒不晓得那是其自己本就身带的，还是捡起了落于地上的“歪脸”那把，刃面有个多长多宽，也便是不得而知了。不过，雨心似乎能感觉到，这一刀还未及被扎入得特别深重。一来，在凶手被击倒摔远后，它便也是跟着脱出飞走了，二来，自己目前的身体伤势除了有大量的出血以外，腹内的肝肾脏器倒还尚都未察大异，因为无论怎么说，受伤者此时还在站着。而这一点当然也还是要拜雨心那超绝的反弹速度所赐了。

豪雨正酣，且丝毫也没有减弱的迹象，连同着黑暗天幕的蒙蔽，两三米外的地方就已辨别不出任何的物体了。张雨心紧紧压住腰上的伤口，再次艰难地往周遭环视了一圈。什么也没有，就连那几具理应是躺在地上的躯体也全都看不到一分的踪影，也不知是它们本就处在了可见距离的范围之外，还是已经被整体都淹没到水面以下了。

鲜血在不住地向外流淌着，为了不会因此而很快晕倒在逃亡的路上，雨心现在必须要去采取一些应急的措施。她把自己的风衣脱下缠在了腰上，然后又解下皮带，于创口的高度上重新用力扎紧，接下来，再用……

一声恶兽的凶吼，与一道飞抱而来的索命黑影！

毫无防备的张雨心一下子就被仰面扑倒在了地上，并且，还让来人一双如铁钳似的尖硬利爪给死死擒住了喉咙！

是阴魂不散的“黑衣”！他怎么还能动！

就像是掉进了河里一样，雨心的后背激起了两排纷飞的巨浪，而随后便被骑上了自己身体的死敌牢牢地钉在了水底。

恰时，又是一记霹雳闪来，这一瞬，雨心清晰地看到了那头来自地狱的恶魔。

不得不承认，在北京女孩此前平安度过的这小半生当中，所有那些曾被她或是憎恶，或是愤怒，又或是恐惧地用“恶魔”这个词语来定义和形容过的人物，与此刻眼前的这个东西相比较起来全部都像是纯洁的天使！

那是一只只有在恐怖电影的特效化妆技术之下，才有可能会降临到世间的怪物僵尸！

“黑衣”的左眼眶和右前脖颈上各裸露着一个浆液模糊的血肉窟窿，上面的那个瞳破球碎、晶体垂流，而下面的那个深洞见里、管道敞开！这是一幅若在媒体上出现之时将会被强烈要求必须得去打上遮盖马赛克的令人极度作呕的限制级图像，绝不适合让处在和平年代当中的普通人们意外看到，除非，你是一名意志坚强的事故消防员、见惯不怪的现场验尸官，以及从来便都是以此为业的资深屠宰工。

当然，此时此地，张雨心自己那副头面肿胀、满口污紫、半边身子都被血迹浸红了的吓人模样也是好不到哪里去的。

“黑衣”的双手从正面掐牢了雨心的脖子，并连带着自身的体重死命地下压，两只拇指几乎已要抠进了被扼杀者的咽窝里面。而躺在下方的女孩则是四肢空空的，除去已漫过了自己两边耳朵的水波以外找不到半分能够供其施劲逆反的着力支点，现时还仅剩下可以做的也就唯有是去软绵绵地扳扯着对方的刚硬手指而已了。

雨心很想把自己的拇指插入到敌方的铁爪之下，只有这样才可能反制与抵抗住对手的夺命绞杀，但是她根本就做不到。去推拽“黑衣”的手臂与身体基本上也是徒劳无效，想要在这样倒地平仰且被体重远大于自己的敌人扼压的状态之下去翻身挣起的可能性近乎为零。再尝试着拼了命地去挥臂攻击，去抓、去挠、去用指甲刺人要害！

但已是什么……都没有用了。

此刻，除了扑腾起不少身边的寒浊泥汤，这个末路穷途的女人已然无力再去制造出对那只恶魔的任何伤害了，就算是还能勉强形成一些干扰，也都俱已是不会再被在乎了。

喉部的软骨在挤压之下移位变形，脆弱的气管也已经被外力彻底地卡断，张雨心不能呼吸，更无法出声，而就在这样静默的几十秒钟之后，她的意识也开始缓缓流逝了。

这是一定会出现的情况，不论是因为掐颈窒息还是失血过多。雨心所身负的刀扎伤不经过手术缝合是不会停止出血的，此时，或许这一汪浑乱灰暗的水潭也都已是被她那不绝的哀怆给染成了淡淡的红色。

我就要这样死去了吗……

张雨心曾对死亡这个问题有过一些思考，在她的理解，那应该是会发生在很远很远的未来，在爸爸妈妈都已是安然地离世，而自己的儿女们也都早已经长大了以后的以后。

女孩又把双手缩回向了喉咙的部位，想要再去进行撬开敌指的最后努力，但是，她突然发现自己什么也感觉不到了……

我……真的就要这样……死去……了吗……

1999年6月20日，星期日，小雨转多云

哇，全国冠军，全国冠军耶！太棒了！爸爸，妈妈，我拿到啦！

今天，我们的队伍去参加了今年全国武术散打锦标赛青少年组的比赛，是在北京体育大学，隋清、小雯儿、大迎儿小迎儿她们都去了。成老大说，这次是在北京主场作战，而且也到了我们这拨儿年轻队员们该出成绩的时候了，所以，他还特别严肃地坐在场边来亲自督战了呢。结果，哈哈，我就当着他的面打了个第一名，拿到了这个全国冠军啦！ OY！

这是我得到的第一块具有着真正分量的重大赛事金牌，今天晚上睡觉，我要把

它给藏在枕头下面。不过，我也只藏一晚，等明天放假一回了家，我就立刻把它送给爸爸妈妈。说起来今天还是父亲节呢，爸爸，祝你节日快乐，这就算是我送给你和妈妈的节日礼物了吧。你们知道吗，这可是我从小就一直梦想着能够亲手送给你们的超珍贵礼物呢！但是呢，如果你们收走了人家这么贵重的厚礼，等到三天以后我过生日的时候嘛，哼哼……

然后，等爸爸妈妈看完了，我再去把它拿给所有的亲戚朋友们看，楼上楼下的邻居们和老院子里的街坊们也都要看，哦，当然还有秦勇老师跟薇薇。嗯……大春儿也要看，没错，我明一早就先去找她显摆显摆，气死她！

哎呀，有这么多人都等着要看呢，赶紧快到明天吧，别睡觉了，急死人啦！

哦对了，另外还有一件事在这里要先记下来，免得过后给忘了。有了这一块全国冠军的金牌以后，家里之前那个给我用来放奖状奖品的柜子嘛，不好看，也太小了。我有机会得跟爸爸妈妈说说，回头还是一起再去买一个更大更漂亮的回来吧，这往后肯定是要有越来越多的大金牌、大奖杯啊什么的，都得排着队地往里边放呢！

嘿嘿……

2005 年 11 月 1 日，星期二，晴

终于再有时间打开这个本子了，有多久都没有写了呢，从全运会比赛开战前的那一晚算起，得有个十多天了吧。住在医院里面的日子真是太难熬了，今天好不容易出了院，总算是又可以去做点自己私人喜欢的事情了。

在全运会上……我和建秋都受了伤，我……也不知道以后会怎么样，上面是不是还会有些处罚决定要公布下来呢，或者学校和队里边……唉，算了，这些一想起来就很不开心的事情还是先不去写了吧。

其实，我今天还是很高兴的，全家人一起陪我出了院，铭鸣也到家里面来吃了饭，而且爸爸还对人家说了那样的话，呵呵。

那一番话该怎么去理解呢？爸爸的意思嘛，我认为就是代表他也挺喜欢铭鸣并且同意我们俩去交往的吧，然后在表达了赞许的同时又鼓励和要求了人家一下，让铭鸣以后一定要对我好一些，别欺负我。我想应该就是这样的。

老爸，你的口才不错嘛，是不是已经提前排练过了。还有妈妈，这肯定是你们俩早就一起商量好了的共同态度吧，可你怎么在这之前就一句都没有向我透露过呢。真是的，你到底是跟我好还是跟爸爸好啊！

不过，不管怎么讲，你们认可和接受了铭鸣，你们能够满意，我这心里边就也是踏实多了。谁家的儿女们不希望自己的爱情可以得到父母的认同与祝福呢，如果

你们和我一样也是这么地欣赏铭鸣，并且还会因此而感到了满足与快乐的话，那么对于我和他、对于咱们的整个家庭而言，就都将会是一件多么美满而又幸福的乐事啊！

另外，铭鸣今天的表现也很好啊，讨了爸妈的欢喜，还跟我讲了他在沈阳小时候学弹钢琴的故事，而且那句关于小钥匙的话，不就是表示他以后也一定会像爸爸妈妈一样对我特别的好吗？要是真的可以那样，我就考虑……嘻嘻……

如此看来，这就算是男孩正式拜见过了女方父母了吗？那接下去如果一切都顺利的话，我不是就也该要去见见他的家人了吗？天哪，想不到事情竟然发展得这么快啊，到那天我的脚能不能全好呢，我该穿什么样子的衣服去呢，是不是最好要朴素一点的呀！还有，万一要是人家父母不喜欢我可怎么办呢？他爸妈都是那么有文化的人，到时候会不会故意来考问我一些深奥刁钻的问题啊……

哎呀，怎么这种事也是这么复杂的啊……要不还是先不去想了吧……

我现在……好困啊……

2006 年 11 月 1 日，星期三，阴，有雾

最近回到了家里和爸妈一起住，心情多少是好了一些。

三餐的时间有了规律，也都是从小就习惯了的家常口味，每顿饭吃得不多也不少，让人很舒服。白天的时候，我会去尽量地完成一些前期差下的模特工作，而等到了晚上，一般就不会再轻易地走出家门了。当然，这倒也不是我会有多么刻意地为之，只是，我觉得可以用上晚间大量的时间去悠闲闲地和爸妈他们说说话这件事对于现在的自己而言，似乎是已经变成了一件比之什么都还要重要，并且也具有着更强大吸引力的人生乐趣了。

哦，对了，我的睡眠状况近来也好了很多，就连那些不喜欢的梦也很少再会做起了。

唉，说起来，我有多少年都没有像这样和爸妈正常地吃住在一个屋檐下了呢，有十年了吗？如果真是这样的话，那岂不是已经占到了我现有生命旅程的几乎一半了吗。

想想，自从走进什刹海体校成为了专业运动员，我就开始了只有周末才会回来一两天的离家生活，即便是逢年过节也都是只有少得可怜的几日短暂假期，而且，后来这其中的好大一部分还都被我的模特副业给瓜分去了。退役以后，我又自己回到了老平房里面去独住，繁忙的工作之余，还能想起抽出空来回家去看看爸妈的天数，怕是比起在运动员生涯当中的还要更少了吧。而如果没有记错的话，我上一次能像

现今这样安心踏实地在家里多住上一些时间，竟已还是要拜去年那段休养脚伤之时的赋闲所赐了。

说真的，有些时候我也是常在思索着这些无奈的人生现实的。

为人儿女的和自己的亲生父母在这看似漫长的一辈子当中，能有多少时间的相聚，又会有着多少日夜的别离呢？从住校上学到去外地工作，再至最终的自立门户、结婚成家，现代社会中有如此多像我这样子的独生子女，而国家的地域和人才的流动性又都是那么地大。运气好的话，大学毕业了还可以回家跟爸妈团聚上几年，要是运气不好，刚上中学时就得独自离家去出门远行，且从此便都要山高水远地漂泊在外了。所以说，平均来看，一个孩子真正能够在父母身边陪伴左右的宝贵光阴在其一生之中也就是只有十几年而已，而作为父母来讲，这段时间也便正是他们千辛万苦、殚精竭虑地把那曾经在襁褓中嗷嗷待哺的儿女们拉扯长大的操劳半生了。等到半生一过，雏鸟离巢，还能留给他们晚年的，只怕是也就只会剩下那自此便永世孤盼不绝的等待与思念了。

天啊，这些东西想起来都让人心酸，爸爸、妈妈，我一定要好好地对你们！

……我都掉眼泪了，刚擦干净。

最近我是怎么了，老是想起这些岁月啊离合的，还有那好多苦苦甜甜的陈年旧事。是因为生活中的不如意让我对未来生出了悲厌吗，还是恰恰相反，这正是我对今后的道路进行过了某些积极且又发自于心的平静思考之后所得到的暗示。

说到这儿……其实近一段时间以来，我想得最多的还不就是那件事情吗……

咳，干脆就大方地写出来吧，反正不也就只是对着自己吗。这件事就是，我现在正考虑着是不是该要正式复出，回什刹海去再做个运动员，继续从事散打和自由搏击呢。仅仅只是在考虑啊，还没有定论呢。因为，虽然我个人确实是已经有了这样的想法，不过我觉得这种事情还是该虚心地先去听听亲人们的意见为好，比如说爸妈和铭鸣。

不过爸妈呢，老实讲，我不问也都知道他们是会怎么来答复我的。从小到大，他们凡事都总是尽可能地让我去自己做主，我说想要复出，他们是肯定不会反对的。所以关键还在铭鸣吧，他的社会经验丰富，观察问题也足够深入透彻，每件事情、每次选择的是非对错与前因后果，他都能给看得清清楚楚的。这次让他帮我分析分析、拿个主意，一定不会错的。

明天晚上我就能和他见着面了，到时候找机会去谈谈这方面的问题吧。

总之无论如何，就但愿我这次还是可以在尽量短的时间之内，去把关于今后到底该怎么活着的这一大难题给诚实地梳理明白，并再次为自己做下一个坚定无悔的决案吧。像之前那样晕头晕脑、浑浑噩噩的日子，我也真的是过够了！

爸爸、妈妈，还有铭鸣，我知道，你们始终都是在我身边最亲的人，过去的长久以来，你们一直都在尽力地呵护着我，也在等待着我。放心吧，我是绝对不会让你们失望的，只要我们能在一起熬过了这一截命中难免的人生弯路，那么将来属于咱们一家人的更加美好与幸福的明天……好吧，开心点地说：

就由我重振雄风的张雨心来带给你们啦！

哈哈……写完，睡觉！

……

游弋在了生死边缘的奄奄一息的张雨心。

女孩不觉得痛，也不觉得怕，她甚至什么也不觉得。那些时有时无的暗混景象一会儿是从下往上面看去的，一会儿又换作了是从上往下边而来的，这让垂亡的雨心已然完全无法分清到底哪一个是自己肉身的主观所见，而哪一个又是她正在欲去还留着的出窍灵魂幽浮于现实世界之上的俯下视角了。

抠在敌人爪下的拇指还在微微地拨动着，这是一个即将死去的女人求生意志的仅余残存吗，还是她的神经与肌肉在终将变得彻底僵冷之前的最后抽搐。

结束了……结束了吗……也许吧……可……这……这是……

张雨心的手指在自己的颈上触到了一些金属质地的小物件。

那是两把小钥匙。一位一直都陪伴在少女身边的老朋友，和一件新的、承载着她对于未来的无限美好希望的真情之物。

那是……它们……

它们……还在。无论是我的喜或悲、成或败、近或远、去或留，乃至是生或死……它们和他们的爱都永远也不会离开我半步。可以拥有着这些忠诚的珍贵，是生而为人的我们受天地自然所初始赋予的一项绝对无法被任何事物所剥夺掉的权利，纵是生命业已逝去，他们也还都会永生永世地留守不弃……

但是，如若生命真已逝去，那这样的不弃又还会有着什么意义……

所以……

我……不，不，我不能死……爸妈，铭鸣，我不能，不能就这样……我，我……

我要……回家！！！

这是濒死者哪里来的力气，依然只是一小下指尖处的跳动，却终于在此一瞬间将敌人的紧扼扳开了一缝空隙！想来或也是“黑衣”轻心地疏忽了，因为他真的以为这名好半天都没有再动过了的女孩已经死了。

“呃！”雨心发出了倒抽式的呻吟和一声未尽的轻咳，虽然气管很快便又被敌人再次阻断了，但她还是借由着这微乎其微的一丝自由吸入了一口足够救命的空气。

这里是？……我还没有死，还有机会，不能放弃！

这下并不算深的呼吸所送来的宝贵含氧量又一次使雨心的头脑恢复了暂时的清透，她知道自己必须要把握住接下来的极短时间，去在一切的可能性中找到并实施出某个能够助其挣脱掉眼前扼制的只占了极小比例的可行办法。或许，也就是在三四秒钟的限界之内吧。

于是，雨心用一只手继续拼力抵御着死神的掐扼，而另一只手则是开始混无目的地在身畔的污水里面快速地划弄摸索起来。这或许也是人类的一种特性吧，在面对到极度危险之时总是会去本能地寻找着来自于外部的帮助。危急的女孩现在便也是在如此做着，即便明知道机会渺茫，却又真的是别无他路了。

这水下只是空荡而平坦的石子路面，就算是能从中拣出点……

有了，摸到了！那是……一块砖头！

天知道这便是刚才袭击自己的那块还是此种物件在这条路上本就藏着不少，总之……

张雨心使出了残命全力，将这块砖头砸向了“黑衣”的头。

不是用的平面，而是棱角！

从“黑衣”脖子上的破洞里传来了一声闷闷的哼鸣，音量很小，小到了还不及砖头与他的额角在相撞之时所生出的那“扑”的一震。

这一击过后，罪恶的男人并未显出什么太大的反应，但他的身躯向旁偏斜了一点，手上的力道也泄开了许多。受益于此，源源不断的氧气燃料迅即便补充进了张雨心那几乎已然停转了的心脑系统，而她的常态肌体力量也随之获得了修复。马上，绝处逢生的女人就毫不犹豫地握紧凶器，又抡出了更加势大力狠的第二下！

第三下！

第四下！

“黑衣”倒下了！他的身体静无声息地瘫向了一侧。而雨心也紧跟着翻身而起，转守为攻，反骑上了这只恶魔的身子，并且，没有中断攻击！

第五下！

第六下！

第七下……

很多液体被从身下溅起，打到了女孩的脸上，有些是凉的，有些是热的。张雨心不知道自己已经砸击了多少下，也不知道为什么就是无法让手臂停止下来。或许，她是害怕一旦产生了哪怕是丁点的手软，这只恶鬼便又会在其毫无防备之间再一次突然地站起，向她嘶吼着飞扑而来。又或许，她是真的已然被那些在反复刺激着肉体神经的惨叫、血红、咸味和腥气所完全侵蚀与迷乱了心智，以至于坠入了一种纯机械性的疯癫杀戮状态当中，并也因此而彻底失去了对自身野性的最低控制。

直到筋肉再次失力，眼前尽是盲黑，她只感到狂乱的头脑之中一片眩昏秽浊，一口酸污的浆水喷呕出去老远以后，才如是虚脱崩溃了一般地趴倒在了水里。

雨还在下，也仍旧滂沱，兴许它今天这一整晚都不会停。如发的雨线浇打在已经积满了洼地的水塘和张雨心那露出了水平面一半的躯体上面，形成了密麻麻的点阵波花与反弹晶莹，这让女孩从远处看去就像是一叶浮游在了冰水世界当中的飘零孤舟。

我做到了吗？我把他们击败了吗？

在如铅灌坠的沉昏乏力之中，张雨心渐渐恢复了一些视力，并再一次地尽力向四周望了出去。和几分钟前相比，她所能够看清的可见范围更小了。不过姑娘知道，现在的自己已经不用再去顾及任何的威胁了，她此刻唯一该去做的就是全力地奔跑起来，尽速地逃离开满目污红的这里，去回归到安全的地方。

于是雨心奋力地站了起来，但才只往前迈出了一两步，便腿上一软，在一大片的四溅浪花之中重又跌回了水坑里面。

身负严重刀伤的女孩已经因此而损失掉身体内多少的血液了，有三分之一了吗，还是已近一半？她那模糊的视觉时明时暗，凌乱的脉搏也似有似无，口喉和脏腑间又都在承忍着无比难耐的干涩与饥渴。在一生当中还从未如此难受过的张雨心只感到自己浑身上下的一切都是异常的沉重，而且很冷，非常的冷。

作为一场死囚绝命角斗的终极惨胜者，急剧的失血是目前阻挡着雨心可以如愿钻出牢笼的最大障碍。可是，于此时此境之下，存亡只于旦夕的她除了去拼力誓死向前一路以外，又还能再有着什么别的选择吗！

张雨心再度用手按紧了伤口，并使劲地做了几下很深的呼吸，然后勉起身体全部尚存之力，如是风中残烛一般地扭晃着站了起来。

面对着亲人的方向，一步……两步……

爸妈，铭鸣，就算是爬，我也要爬到你们的……

身后！一只面目全非的炼狱怪兽自深水里面陡然崛起，在扬天的暗色水花之中，用一双爆满了青筋的粗壮手臂将张雨心猛力地拦腰抱了住！

怎么回事！居然还有人，还有人可以站得起来，并且继续发起攻击！在这块血染的战场之上，经受了极其沉痛的杀伤但却仍绝不甘心伏地认命的人，不止张雨心一个！

好硬的一双胳膊！雨心让这人从后面死死地箍了住，自家手肘被贴身紧绑，半分也动弹不得。女孩还想试着再去挣扎摆脱，可此时早已是血尽力衰的她又哪里还存有可能。而且，此人的力量真的好大。

这个家伙到底是谁！

虽然头部的大量缺血已是让雨心的各种感官都不再敏锐，但她此刻还是于极近的距离之下听到了一声永远都不会被忘记的，这头伤残的畜生所正在发出的惨绝呼响。

那就像是一种往被踩破了的纸箱子里面吹风后，由于那个细小的洞口在大量漏气而会因此所产生出来的“哧哧”的哨音。

在三名歹徒里面最为强壮的“歪脸”！为了不去直面他的蛮力，张雨心曾已两次对其痛下杀手，包括了先发制人的拳击以及攻敌晕乱之中的膝撞与踩踏。本以为，以他今晚的运气该是一个最容易就被随手制服了的鱼腩龙套，可谁知偏偏在这最后的时刻……

雨心就这样被抱死着，无力相挣，而同样也已是身受重伤了的“歪脸”除去如此擒住了姑娘以外，貌似也是暂时再无气劲还可去做些别的什么了。

然而，雨幕盖顶，人影朦胧……

眼前不远处，那个踉踉跄跄地摸了过来的瘦小身影又是哪一个！

是……“长发”！被铁肘敲碎了脑壳的他竟也还能再度行走如常吗！

你们这些对头，到底是人是鬼！你们难道本不应该早就已经被那种无比正义、强大，乃至是战无不胜的光辉力量所镇压铲除、所焚化超度了吗！可为什么却又是在这明明已是非常显见地按照惯例早已该去结束掉这一章战斗段落了的时候，还如此反复地这么不合常理且又没完没了地扑杀了过来呢！

这究竟是为什么……

为什么现实的结局都是这样的不公平？我已然做到了竭尽生命之力的最好，甚至可以自信地说是于这个世界之上再也没有其他人还可以做得到的那样好。可是为什么，为什么！上天留给了遍体鳞伤的我的却依然还是不可更改的失败！我不怕失败，从也不怕，但我就是想要知道，这究竟是为什么！

张雨心，就让创造与掌握着这个故事中的一切的那个人来告诉你和所有的人们，这究竟是为什么吧：因为，这就是现实！

这就是现实，和以它作为天然准则而存在于这个世界上的全部事物所都必须要去遵循着的最为客观和真实的本来公平。也就是说，今夜，你将最终也无法依靠着个人的决心和努力去击退或是逃离这些命中的邪恶，即使，你是一位那么完美的存在于一部通篇都是充满了无可亵渎的光明能量的传奇小说当中的善良女主角。

“长发”也透过雨帘看到了目前的状况。对于此时已是令自己难以相信地战至了头裂骨折、烂命半死的他或他们来说，这样一个得以从容下手的大好局面可也真是来之不易啊。搭进了自家整副皮肉的血底老本，现时终是可以把这名极端难搞的强硬女人给一击剿灭了，虽然，此刻的犯罪者们已早就没有了任何的心情和余力，再去念及丝毫他们在决定要来下手之时的那个最初的作案目的了。

见“长发”先是近上两步，却忽看到了旁边地上的什么器件，便又转头蹒去了那里，弯腰伸手，从水中捞起了一物……

这是……雨心的妈妈在临出门前塞给她的那把带有着金属尖头的雨伞！

“长发”把这只撑开的长伞合起，双手紧紧地攥住伞身，并将那尖锐的不锈钢杆头对准了雨心的腹部。然后，就像是一个端握着钢枪刺刀的屠杀执行者一般，一步步地欺向了那名被粗铁锁链五花大绑在了受刑石柱上的无辜少女。

这把居家日用的寻常雨具，在此一刻竟是成为了这个最为阴毒卑劣的背后刺客所欣然发现到的一柄使来刚好顺手的杀人兵刃！

至了此等地步，张雨心再也拿不出半丝可以支撑起她去设法抵抗与反攻的力气了，她甚至就连继续依靠着自己的双腿直立在地上的力气都已经没有了。虚弱的女孩在这时唯一还能勉强去做到的事情，就是在悬空的勒抱捆绑当中费力地扬起头颅，用那时断时续的光感去眼睁睁地看着面前这个狰狞的杀人狂魔一步一笑地向着其逼近了而来。

那把尖利的雨伞如果戳在了肚子上又会是一种什么样的感觉呢？张雨心在她的死期降临前夕再一次产生出了如此莫名的想法。应该不会立刻就致死吧，也许，我还可以在某种从未尝过的离奇剧痛当中去亲眼见证一下自己的皮开肉穿、胃破肠流……

暴殄天物的悲剧终会无可避免地发生！“长发”在开外五米多远距离的地方突然加快了脚步……他一定是想从那个位置上便发力冲跑起来，然后借势一个大力地猛刺，好去痛快够劲儿些地一举就结果掉眼前这条待宰的生命。

没有一个人会愿意看到这一幕的发生，但是，又还有哪一个人具备能力可去阻止这一幕的发生！在我们已经被明确地告知过了这个女人已绝无可能再创造出奇迹了的情况之下。

张雨心闭上了眼睛，这样，她或许还能够让身体感到轻松一点。

我……最终……还是要死了……

虽然很不情愿也很不舍得，但我没有办法了……真的是没有……一点办法了……

在这最后的时刻，我只想哀求，神啊，或是有能力再次去用什么峰回路转的情节来改变这个故事结局的那个人，求求你们……救救我吧……

像是为了迎合同伙的全力刺杀，“歪脸”抱住雨心的双臂上再是一紧，而那手持尖枪的“长发”也已是把伞身向后蓄力一收，然后冲着……

一道强烈且耀眼的，自远天穿透了雨雾而飞射至来的白色光芒！

那是……这道光芒由远及近，愈来愈强，直至强到了让处在了其照射范围之内的还具有着行动能力的那两个男人都在不得已间条件反射式地抬手遮住了眼睛。并且，还伴有着阵阵轰鸣巨响着的……引擎咆哮！

这是一辆像疯了一样疾驰而来且直向着它的目标猛撞了过去的豪华跑车！

“砰砰！”

就只在下一个瞬间，随着两记间隔时间极短的暴烈撞击之声响过，张雨心感觉到眼皮外面的世界一下子就又暗了下来。她知道定是出现了突发之变，于是便又赶紧用尽了最后的游丝气力再一次睁开了眼睛。而其所有幸看到的则是一具或已可以被称之为是支离破碎了的瘦小残尸从天上摔落下来的后半程画面。

那两声“砰”响，一声是车头顶到了“长发”的大腿，而另一声是遭冲撞者在整个飞上天空之前，脑袋击碎了汽车的前挡风玻璃。

是有人来救我了吗……

从这时起再往后来，张雨心于这一个晚上的生死经历所留下在其脑海之中的感知和记忆，就全部都是迷糊含混而又断断续续的了。

首先，好像是有汽车又倒了回来的急刹之声，随后就是一个男人跳出了车厢。那应该是铭鸣吧，一定是，一定是他。他的手里握着一根黑色棍子似的东西，狂怒大喊地指向着这边冲了过来，并且还带着些犹如是电流火花在激碰迸散中那样的“噼啪”乱响的声音。

之后，感觉就是自己的身体被人从冷水里拖抱了出来，放进了车中，而且，还一直有着一个非常熟悉的声音在耳边不断地鼓舞呼唤着“雨心……雨心……坚持住，不要睡……看着我……医院马上就要到了！”什么之类的。

这个声音是铭鸣的吗？

按说是吧。可为何……还有点像是爸爸或妈妈……以及在梦中的那个……

再之后就仅是一张张的于头脑中散乱而忽纵地闪逝着的图像残片了。其中还能忆得起来的大概也就是有沾染着血的车门内侧扶手、像是蜘蛛网一样裂开了的玻璃和快速后退着的天花板顶灯这样几幅了吧。

哦，对了，还有就是满满一整页的红和满满一整页的白。

再再之后，张雨心就真的是什么都不记得了……

直到她重新醒过来之前……

……

12. 那些传奇（三）

THE LEGEND
OF HEART AND DREAMS

当张雨心再一次慢慢地张开眼睛，看到并开始努力地识别起围拢在她身边的人们的时候，女孩最先想要确认在列的当然就是沈铭鸣。

起初，迷蒙的搜寻者觉得自己如愿了，因为在稍远点的一角真的站着一位样貌如之端正的高个男青年正在关切地望着自己。但是很快，在爸妈的怀抱和周围一众亲属们的奔告欢慰之中，她又失望了，因为那个年轻人并不是铭鸣。

“妈，铭鸣呢？”雨心急切地问道。

“没事儿，都没事儿！铭鸣在公安局配合着警方调查情况呢！没事儿了……雨心，都没事儿了，你醒过来……就好……”黄雅英抱紧自己的女儿，已近是泣不成声。

听到了最挂念的人的安好消息，雨心也稍稍定下了心来，现在，她静静地躺回到枕头上面，开始相对细致一点地去观察起了自己周遭的一切。

不难猜到，这里自然是医院中的病房，而得到了伤者已经苏醒的喜讯后从楼道里纷纷赶来了床前的那些一直在此守候着的亲人们，也都大致被雨心逐一想起了名字。

除了低沉地独自站在了人丛外围，始终都未发一言，就只是默默地在注视着自己的那名戴眼镜的清瘦青年。他的长相和铭鸣并不像，但是温柔的眼神却一样可以使人感到暖和与安全，而且，还是有些面熟的。

“雨心，你这次重伤能够最终顺利地脱离危险，还是多亏了有亚伟啊！”张国柱注意到了女儿的目光，主动地对她提示道。

啊，这个男人是……赵亚伟……

恬静的病房里纯白洁净，一些落日的余晖透过窗栅洒在了雨心的小腿以下和床尾那边的一块地面上。自昨晚深夜被送来了这家医院接受紧急抢救，女孩在手术结束之后又已经是整整昏睡了十四个小时了。

见雨心已是完全脱离了危险，大多数家属们便都在值班护士的提醒之下陆续告辞离去了。此刻，房间里只留下了患者父母和排在了话别队伍最末一位的赵亚伟。

适才，张国柱已把从昨夜直到今天的大致经过全部告诉了雨心。那便是，铭鸣先是飞车把女友送到了距案发地最近的一家医院，但是由于伤者情况危急且必须立刻大量输血，该院在经过了力所能及的应急处理之后又派出救护车把病人转送至了北京市朝阳医院。而在这个过程中，收到了铭鸣通报的警方也快速出动，捕获了全部三名因伤未及逃离现场的抢劫伤害犯罪嫌疑人，并且在第一时间亦分队奔赴了受害者所在的朝阳医院。而张国柱和黄雅英在接到了铭鸣的电话之后，也是于万分的震惊和焦急当中火速赶来了这里。

但随后所面临到的困难问题便是，极度失血的雨心在手术抢救之时还依然急需着巨量的同型血浆来补充所缺，而院方的自身储备连带着从市血库中可特急调拨而来的全部计量加在一起也都还是远远的不够。在这样的情况之下，常用且唯一可行的办法就是发动患者的家属亲友们前来参与支援急救的临时献血了。

于是大夜里的，张家把所有联系得上的亲戚们全都找遍了，但是既符合血型又可以及时赶到的人还是寥寥无几。无奈之中，本身也在医疗系统内工作的黄雅英亦是拨通了很多同事们的电话来寻求帮助，结果最后，星夜奔至了医院并且从身体里面贡献出了最多热血的是一位好姐妹的儿子，同时也是这一家子的老熟人，赵亚伟。

依托于足量鲜血的供应保障，雨心的手术终于顺利地完成了。而在明确获悉到伤者已无生命大碍了之后，在爱人身边守护了一整夜的沈铭鸣便也在天明时分跟随着要严格依法行事的办案警官回去局里协助调查了……

“亚伟，你这些年……过得怎么样……”故人的重逢总会勾起很多往日的思忆，不论那些在于今天看来是一段纯真的美妙还是幼稚的难堪。望着坐在自己病榻前的这个在对视之时依然还会像是当年的大学时代那样因羞涩和不安而眼光游离的卑微男人，雨心在默默酝酿了良久之后也还是只说出了一句听来仍是显得如此拘谨的老套台词。

坦白讲，已长大了的姑娘对于眼前这位自那一年短短几个月的接触之后就再也没有联络过的前任家庭教师，在这么许多年来是从没有去惦记或者怀念过的。不过，一晃至今日猛然再相见了，若去细细地回想起来却也能够真心地认可，这名朋友其实也该被算作是一位足以能被称之为是个好人的命中有缘之客了。

而且，这种印象的存在和今天是否又受到了人家多大的帮助是无关的。

“挺好的，挺好的……大学毕业以后我就去银行上班了，工作很稳定，每次到了休假的时候我还会去做志愿者，到偏远一点的农村给孩子们补习功课。呵呵，我这个人就是喜欢给人家当老师……总之，现在的日子过得蛮充实的，也……比较满意。”赵亚伟的言语还是那样地有礼而谦和，他恭恭正正地端坐在椅子上，两只手掌伸平，紧贴着大腿上的笔直裤线，就像是在会见着某位来到理财柜台前咨询业务的贵宾客户。

这个人一点也没有变，除去那副稍显得成熟一点了的金丝眼镜。

会不会是因为大伤昏迷之后头脑还不太清醒呢，听着友人叙说的张雨心竟在此刻离奇地心智恍惚了，仿佛是一下子神游回了自己在懂事成人之前的那些青稚时日。亚伟语落了许久后，她才是若有心事地应回了一声：“哦，是吧……”

时过境迁，然斯人如旧……

见雨心许是有些累了，亚伟便赶紧也很自觉地站起了身来，去向她和两位长辈礼貌地告慰辞别了。临走时，他看似是铆足了勇气一般，向着姑娘投来了一个热情鼓励的微笑，并同时堂堂正正地对视了一下女孩的双眼。

这一眼过后，也许二人自此便又会是天涯遥远，两世相隔了。

目送着亚伟离去，胸中泛起了五味的雨心也真是不知该如何去评说这幅由神奇的命运所一手编制而成的莫测旋圈了。年轻时，这男人的心里曾有过自己，但被不留情面地坚拒在了千里之外，半步挨近不得。而今天，自己的身体里面却又在流淌着源自于他的血液，且一经融合，终身相伴，就算是哪日再想抽离分割也都已是绝无可能了。

这种匪夷蹊跷的际遇貌似惊奇，但实则却又是一件每日里都在世事你我之间不停上演着的芸芸道道皆无化外的人生转回。且今次，还恰好是发生在了自己和男朋友刚刚经历过了死里逃生后的这样一天……

隔日的清早，铭鸣终于回来了，而跟其一同过来看望雨心的还有他的妈妈。

是的，铭鸣的妈妈，这位姗姗迟来的母亲可能已经就快要被很多怀疑她根本就不存在于片尾角色列表之中的人们给可悲地忽视掉了。的确，作为一名本应去承担起更多的戏份与职责的重要人物，她的出场无疑是显得有些太晚了。

奔拥而泣，喜泪夺人。在这里使用上何种煽情的辞藻去形容这对生死互救、劫后余生的真情爱侣于此刻重又得以相见之后的激动与感人都是毫不为过的。

就让他俩单独待上一会儿吧。张国柱提议，三位家长不如暂且先退出病房，去找个安静点的地方坐下，也好为这初次的见面换上一处更便于说话的环境。而且，他发现铭鸣的妈妈似乎也有着同样的意思……

住院部门外，楼道尽头的排椅上，三人坐下相谈。这里少人走动，倒也幽然清静。

吕岚女士现任东北大学外国语学院德语系教授，应该是知识分子们都生育较晚的缘故吧，她看上去比之张家夫妇大概要年长了十岁左右。不过即便如此，她端庄高雅的举止与智慧沉敛的修养还是让张国柱一眼就钦佩地认定，如此气质神采，真不愧便是生养培育出了铭鸣这等青年英才的学家高知风范。

可是，在正常的礼套寒暄过后，人家于其后所言中的话里话外，却是让这两位心中满还揣着对亲家初见之小小期待的女方父母着实是感到……

“……在这一点上我们家里也是一样的，铭鸣他从小也是生活成长在了相对自主与宽松的家庭氛围里面，可以由他自己做出决定的事情，我和他的父亲也是从来都不会去过多地干预的。”吕岚讲话的时候，身体会很优雅地随着语气的节奏顿挫小幅度地前后摆动着，这或许是她在常年于讲台之上授课教学的工作环境当中所自然养成的一种来用以特别增加其言语感染力量的习惯仪态吧，“在我们看来呢，为人父母的最大任务其实并不是要去告诉儿女们该做些什么，而是需要通过严格的管教与启发性的指点相结合的方式，来尽力地培养和引导他们学会如何去自我地选择下此生所应该要去做的事情。不过当然了，在很多的时候，大人们所讲出的至理良言，孩子们因为都还太年轻，也许一时半会儿间的也还很难能够立刻就全部地去加以理解与接受吧。”

吕岚脸上的微笑很坦然，看得出来，那并不是她因于当下所理该秉守的礼数客道而在有意保持着的亲切表象，那就是一种发自于其心底的绝对绝对的自我相信。她继续说道：“就说我们家铭鸣吧，他现在的人生理想就是想要去干出一番大事业，一番属于一个真正成功的优秀男人的大事业。关于这方面，我和他爸爸都很支持，而他自己也努力得非常不错。但是……在不少细节性的问题上面，我们之间也还是会或多或少地存在着一些意见分歧。比如说吧，我呢就会经常跟他讲，决意创业之人尤忌丧志，而何以丧志，唯淫靡安逸、贪享玩乐矣。哦，两位也别误会啊，铭鸣他在个人生活上还是很注意洁身自好的，我会这么说也只不过是想去不时地提醒和鞭策他一下而已。

不过你们知道，铭鸣他真的是还很年轻，还远没有到可以去成熟地考虑和把握好那么多人生大事的岁数。想起来，当年我跟他爸爸在这个年纪时，可还都是天天浸泡在书本里面非礼不闻、非礼勿视地寒窗苦读着呢。所以说，他要是在这个阶段里不抓紧上进，将来肯定是要后悔的。可是在这一点上，他自身的认识就还是很明显地不够清晰也不够坚定。就先举一个我们做父母的最现实的忧虑吧，他的学历太低了，只是个普通的本科，这和长辈们的差距大了一些。其实，当年我们是说好的，他大学毕业后出来在社会上锻炼一年，之后就要马上出国再去进修深造的。唉，可就是因为他爸爸的身体原因，让铭鸣这么早地就独力挑起了家里公司的重担，而为此也就把该去继续求学的事儿也给耽误了。实际上，在我们家长的心里也多少还是有些觉得愧对于孩子的。所以，我现在就总是催促他，平常有了空闲的时光千万不要虚度，最起码也要再去正正经经地读上一个在职金融硕士或者 MBA（工商管理硕士）什么的，也好是有针对性地来补充一下自己的短板，您说是不是。”

言到此处，吕岚的微笑依然未变，而口吻的节调也是仍旧的平缓与淡然，即使她在接下去所要讲出的内容似乎并不适用于这样的情绪态度，而且也会令人非常的惊讶，其身为一个母亲竟是能够做到此般地承压不惊、镇定自若。“铭鸣他从小到大，作为一个男孩子来讲可以说是很乖的了，就算是接手了生意以后，那些灯红酒绿的地方也是从来都不会去，偶尔有时间了，也就是自己一个人在办公室里静下心来去弹弹琴。可是这一回，白天还在公司里边好好地上着班，到了晚上却鬼使神差地跑去了那么一个荒山野岭的地方，还遇上了这么危险的一件祸事，也的确是我们所没有想到的。他昨天在公安局里被询问了一整天，后来家里找了律师去，签了一些担保性质的文件才恢复了目前的人身自由，但还是要向警方保证随传随到。被他车撞的那个听说现在的情况不乐观，要是真的出了人命，最坏的情况，死者家属有可能会指控他防卫过当，需要赔钱倒不要紧，但万一还得因此而去承担刑事责任的话，也确实会是一件比较麻烦的事情……”

在平静地淡下了这句话音之后，吕岚老师的所表长言似终是告一段落了，她的身子暂时停止了摆动，但微笑依旧还在。现在，她将自己的挎包拿到了身前。

说实话，在张国柱极力地耐住性子去默然地听着吕岚把话直讲到了此处的整个过程当中，他真的是有好几次都差点忍不住要去出言打断对方了。不过，在今天这个大家确实都会因为遭遇到了从未经历过的突发事件而难免有些精神压力与心态失平的特殊时期下，男人最终还是在为了保全两家日后情面的礼节克制和对一名同样是儿女身陷于了意外的母亲的同情与包容的共同作用之下没有那样去做。

接下来，吕岚打开了挎包。“张先生、张太太，我们知道，雨心是个好女孩儿，可是铭鸣他在现今的这种情况之下……是真的还没有办法去把以后太多的人生变数都给全部地确定下来的，就更不必说还能再去为谁做出什么要负上一辈子责任的承诺了……您家的女儿这回受了伤，住院治疗后也肯定还需要进一步地休息与调养，要不这样，这里面有二十万，就算是我们代替铭鸣表给她的一份心意。而至于他俩以后的事儿，我看要真是为了孩子们好，就还是再从长……”说着，她竟是从那包里掏出了一张银行卡。

“吕老师，吕老师！您，先把这卡收回去！”这下，张国柱可终于是再也无法沉默下去了，他赶紧按住了吕岚的手，“然后，您听我说！”

在坚决推回了银行卡后，张国柱深深地呼出了一口长气，他并没有马上开始陈述自己的意见，而是先扭头看了看黄雅英的神情与反应，随后又静默地低头凝思了片刻，待完全理清了其准备表达的观点与立场，并且也将某些必须要含附于其中的敏感隐意的软硬分寸拿捏妥当了之后，才略带严正地开了口。

“吕老师，我想首先，咱们两家应该一定都是在共同地认可着会彼此充分地尊重两个孩子当前对其个人的事业道路和生活方式所做出的选择，以及对方家长就自家孩子的这一选择所抱有着的支持与自豪的态度的这样一项最为根本的对话基础的前提之下才会在这里坐到了一起的，对吧。起码在我的理解当中是这样的。

您刚才讲到了，对于孩子，在最大限度地给予了他们选择决定自由的同时，也绝不能够放松掉于年少之时的严格管教和现阶段的所谓的不时地提醒与鞭策。对于您的这种非常具有责任感的为人父母的理念，我们当然是完全赞同的，而且，也一直是同样在这么去做着的。只不过呢，在我们看来，对于拥有着不同的文化背景、不同的性格类型乃至是不同的子女性别的各种情况迥异的家庭而言，去用来将这种理念加以具体地贯彻实施的，或是得自于沿袭传承、或是源自于生活领悟的，那些可能每一家都会自认为是非常理所应当的千百种的方式方法，在相互间也应该还是会存有着很大的区别的。

就说我们家吧，本本分分的中产阶级，生养的也是个女孩子，又可能还带着点儿北京人性情里的不求上进吧，反正一直以来，对于孩子的未来，我们夫妻俩就还真是没有过什么太多的奢望，而一手教育出来的闺女呢，也是个典型儿的不争不抢、随遇而安的慢性子。

不过，这一切可绝对不代表着在我们的家里就没有原则！而且可能恰恰相反，在我们张家，各种可为不可为、得取不得取的硬规矩会更多、更严厉。

但是我们对于这些原则的坚守与把握的方式就只有两个字：信任！

我和雨心的母亲完全信任我们的女儿，并且同时也坚信她知道自己正在做着些什么，以及应该去做些什么。而让我们所以能够产生出了这种对女儿甚至是如此无条件地信任的原因，有些是来自于我们对她从小的了解，也有些是来自于在孩子长大成人之后的日常生活当中对她仍然还是无时无刻不在进行着的细致入微地观察。

也给您举个例子吧，就说雨心和铭鸣俩人谈恋爱这事儿。从最早雨心跟我们讲，她和铭鸣是在一次做模特儿的汽车发布会活动上偶然有了接触，然后男方就直接等在了酒店大门口儿要主动送她回家，这么认识的。当时，我们就选择信任了雨心她自己的感觉，没有保守地禁止女儿与这个男孩儿交往。

过了不到一年，铭鸣来了我们家，我们也觉得这孩子确实不错，听说父母又都是知识分子，也肯定通情达理，这样儿，他们就正式好上了，没过多久还一块儿去了国外旅游，我们也没管。咱们今天坐在这儿也聊上几句题外的，雨心她从当运动员，到做模特儿，那身边儿可也从来都是没断过像样儿的追求者的，这方面她妈妈更清楚一些，而就我这个当父亲的所知，什么世界冠军、影视明星啊这种的也都不少，跟铭鸣差不多情况或者条件更好一点儿的也有几个。那我们也在琢磨了，雨心她现在就是喜欢铭鸣，而且是那么一心一意地喜欢，到底是喜欢些什么呢？是肌肉身高，才华名气，还是财富身家啊，再又或者都不是啊？但是就这个问题，我们直到今天也没有开口去问过女儿一次。这一方面是因为铭鸣这个孩子也确实值得人喜欢，而另一方面就还是那句话，我们信任雨心！

我们信任她知道自己是为了什么而去喜欢着一个人，也支持她去用自己所选择下的爱情方式和所喜欢的人在一起，即使这样的关系从来也不可能绝对地排除掉会让她承受到某些苦恼与伤痛的危险和不值。

再接下来就到了这次发生的事儿了。昨儿晚上警察过来做笔录的时候儿，我们就在雨心身边儿听着呢，是她自己在发现了有人尾随之后，故意让铭鸣先走而甘愿孤身一个人留下去对付三个的！现在，铭鸣好好儿的毫发未损，而雨心她……她在手术室里紧急抢救了三个多小时，输进了四千多毫升的血，又昏迷了将近一天才保住了这条命！可是……可是我和她妈直到了此刻也依然没有去质疑过她的这个决定，而是为她感到骄傲，认为她是个英雄，哪怕在自己的心中痛如刀割。这……也仍旧还是因为我们信任她，无条件地信任她对于自己生命的每一次取舍和抉择……”

张国柱在此暂停了话语，一面用他宽厚温暖的手握住了已经泪如雨下的妻子，一面也缓和了一下自己的情绪。然后：“吕老师，您家的钱我们不需要。我们夫妇都有正当稳定的工作收入，雨心她在自己占股的公司里面也有些积蓄，而且还买了保险。照您说的，您是替铭鸣给的，铭鸣他那么辛苦，没日没夜地给家里操持着生意赚钱，您自己都说觉得愧对于孩子呢，那这钱我们可就更不能拿了。哦，您也千万别误会啊，我们还真不是客气或者嫌少什么的，而就是的的确确的不需要。”

说完，他便拉着黄雅英一同站起了身来……

在医院停留了一个小时左右，铭鸣和母亲就一起回去了。

走之前，两名年轻人似乎也已经感觉到了，长辈们在出门去聊过天回来后，彼此之间的交流举止就变得僵硬与冷淡了许多。不过今日今时的他俩实在也已是没有什么太多的心力再去注意与深究这样的生活细碎了，对于此刻的这对恋人而言，只要两个人都还能够平安地厮守在对方的身旁就已然足够了……

在此后的几天里，张雨心又迎来了一些在惊悉了事件之后赶到医院里来关心探望的亲朋好友们。虽然她在当前的这种状态之下可真是不太希望被他们看到。

纪娜、老刘、恬恬和艾丝都来了。

这也是自然应当的，作为现今雨心身边最为亲近的姐妹同事们，他们几乎是第一批获知到了这次重大事件发生的非族亲人士，在反复地拨打女孩的手机不通，而其男友的电话居然是在警察局里被接起的时候。在那其后，他们又经过了数日反复地关问与要求，才终是在伤者的身体和精神都趋于稳定了之后被告知了其所在医院的名字。

纪娜和老刘带了一笔现金过来，并嘱咐雨心要安心养伤，公司里的工作会先替她安排暂停或者延后，而若是有新闻报道方面的相关事宜，他们也会本着尽量客观与低调的原则去帮忙处理。艾丝说了一些乐观鼓励的话，而恬恬则又是好伤心地哭上了一鼻子。

隋清也来了。

自雨心退役了之后，隋清是她唯一还经常保持着联系的前队友，两人偶尔会随手发发短信，而通话闲聊也会是每个月里都有上一两次。不过在她们之间从来也不会去说起有关于那支曾经的共同队伍的现在或者过去的一切事情，就算是在别的话题当中偶然被带过的次数也都很少。这可能也就是最为与众不同的老朋友隋清在对待性格如此致细的张雨心之时，所从来也不会去点破的一种唯其特有着的心照灵犀之道了吧。

这个鬼灵通，拎着点心水果过来之后就只是笑笑呵呵地送上了不少宽慰开解的温情，而其他那些会习惯性地予以回避的话题类型则就仍旧是一概地闭口不谈。只身来探视者既没有讲她是怎么从雨心延后了几天的短信回复当中就断定到发生了不好的事情，也不去谈俱乐部里的其他人是否也已经从她那里得知到了这个惊人的消息，就好像她自己也同样是一个早已退役了的单个人似的。不过其实要说起来这倒也很正常，上次丁建秋忽而造访的那件事雨心主动和她提起过，而她则就至今还依然拒绝解释，人家足不出户的山西女孩是怎么就直接找到了张雨心家老房子的那扇屋门的。

那铭鸣呢？当然也会是每一天都准时捧着鲜花来到这里的。

好男人对他的女朋友仍然是一如既往地关心备至、呵护有加，只是……

在和妈妈初次一同前来看望了雨心的翌日，也就是他第二次来到医院探望的那天，其在和张家父母乍一相见的时候多少还是显出了一些不太自然，不过在感觉到两位长辈对待自己的态度并没有发生什么特别的改变之后，便也就又一切如常了。

这一点，张雨心看在了眼里……

手术半月后，雨心的伤势有了明显的好转，创口愈合的状况比较理想，也没有发生最为令人担心的外伤感染，经过与医生的协商，大家决定让她就此出院，回家去继续休养了。

而也就在那前后的几天里，警方那边也传来了消息，案件已经最终定性，三名重案在逃惯犯尾随侵害，两位当事人的英勇反击行为确系正当防卫无疑。

再过了半个月之后，生活好像就又“突然”一下子恢复平静了……

……

清早从家中醒来，雨心痒痒地伸开了一个痛快的懒腰，打开窗，那些柔和的日光、鲜新的空气都是如此地使人心晴神爽。这甚至会给女孩带来了一种错觉，就好像自己在这一个多月以来一直都是于这间美好而又明亮的幸福闺房当中安然度过的。

虽然在去上洗手间的时候，后腰肌肉里那阵微隐的酸紧和手指尖无意在肤上触到的一道凸痕都明确地告诉了雨心，事实上并不是这样。

早餐是爸爸给做的煎蛋和烤馒头片。

一周前的一个晚上，妈妈来到雨心的屋中和女儿谈起了一些事情，那当中较为主要的部分就是有关于铭鸣的家里对待他们两人恋情的态度问题。

当时，雨心关了灯，把头枕在了母亲的膝上。

黄雅英委婉地道出了她和丈夫当前的所见所感，其中自然也会不乏一些并不能使人感到愉快的忡忧与困惑。而女孩就是那么沉静且无声地埋头倾听着，没有当面去就这个异常敏感的话题坦露出只言片语。

雨心并不傻，妈妈在善意提醒着的这些事情她自己又是何尝不知、何尝不怨。只是，此时的她或他们纵是对那些太多太多的不如意都已知了怨了，又还能够怎样呢。

其实姑娘也早已暗自里无数遍地思量过了这个恼人的难题，一句话，无非就是男方的家里不太同意呗！坦白而言，到了今天的这个年代，这种困扰讲起来说大不大，但说小也确实不小，尤其是对于张雨心这种相对更加传统而性情又比较矜柔的女孩子。得不到所有亲人们祝福的爱，在她的眼中太不完整了。

不过另一方面，现时的雨心对待这样的烦恼却又已是更多出了一份平和的洒脱与淡静的耐性。这种情况虽是任一名女子皆不愿遇到，但也无外乎便是爱情这件大事当中那诸多的难免都会出现的常见麻烦之一而已，天底下既是鲜有十全十美之事，那么自己和铭鸣的这份感情又凭何可以例外呢？而如果换个角度再去看看，这起码也是让我们之间的关系显得更为有形与真实了，不是吗。

或许，把事情尽量想得开一点，时间与真情就会自然而然地把这样的阻力给逐渐化解掉了吧。而且作为处境微妙的女方来讲，此时若是凭空再为此事去给男友无谓地增加压力，应该也绝不会是什么能有助于问题得以最终解决的明智所为。因此，既然铭鸣那么地有智慧，不如就充分地信任他，让他去继续主导我们共同前行的脚步吧。

而说到铭鸣，在经历过了这次突来的生死考验和男方家庭立场已趋公开化了的形势改变之后，可以感觉得到，已经再也无法回避的他似乎也正在酝酿着要去主动地做出些什么重大的表示来呢。从这几天的电话交谈当中也可以清晰地嗅得到一点味道……

吃过早餐，雨心就要出门开始晨练了。由于创伤才刚渐痊愈，她现在还不能去做太多剧烈的跑跳运动，但是轻松地在冬日的朝阳中散一散步还是没有问题的。

一路上，雨心边用耳机听着自己下载的音乐，边给纪娜他们回了一个短信。

公司里的大家在盼望着雨心可以尽早复出工作，那些经济利益层面的考虑倒在其次，最主要的原因还是好朋友们因为太久未见，实在都已是万分的惦记与想念她了。不过雨心对此却是并不着急，谁要想了就随时过来聚聚呗，但是回去工作的事嘛……还是等等再说吧。今天，她就继续以身体状况还未复原到最佳为由，再次向殷切追问者们推后了预估自己可以回归到模特生活中去的大致时点。

其实，女孩是有些舍不得目前这种只属于着她自己一个人的静如水面的日子的。她只是想着去借由这段尽情闲余的时光来了无牵挂地做上一点曾经喜欢的事情，除此以外并无他求。而至于老刘所整日在念叨着的，其身为模特最是宝贵的知名度啊价码啊等等的都在每天不断地损失下滑什么的，她才不在乎呢……

走着走着，就又来到了每天都会回来的那处地方——老房子。

那里就像是有着什么难以言喻的魔力，这几年来总是吸引着雨心回到它的怀抱，无论是之前的独自居住还是现在的日间驻足。

当然，如果你此时是本着一副为了给清闲无味的整个白天来增添上一些消遣乐趣的悠然心态而回来的话，那么比起先前一段时间那种在重压浮躁之下的午出晨归着的烦闷日子，可以有心情、有精力去做上一做的各种事情就实在是太多了。

比如说吧，雨心她这两天就正在翻阅回顾着那许多本早年的老日记。

确切地说是一共九本，从十三岁到二十一岁，一年一本。它们的封皮依次是粉红色、明黄色、紫红色、白色、白色、淡蓝色、淡蓝色、深蓝色和淡蓝色的。

事实上，人在自己的一生当中，真正能够凭借着肉体记忆毫无缺损也不会变形地在头脑中永久留存下来的信息是少之又少的。如果你极为聪慧且所经历过的岁月的颜色也都足够鲜明深刻的话，或许可以有个实际发生过的百分之一吧，应该也就这样了。

那如此说来，人之一生最大的敌人岂不就是“遗忘”这两个字了吗……

其实张雨心始终都觉得自己是个极为平凡的女孩子，即便在很多人都争相地告诉了她情况并不是这样之后也依旧如此。可能，这也与这位北京姑娘的一些有关于生命价值的基本认知是所相关着的吧。在她认为，神明与凡人的最大区别就是在于，前者是绝对不会有着充满了错误、失败、幼稚乃至是愚恶之行为的，在今天看来都会使人在极度的羞愧当中不忍再去轻易忆起的往事与过去的，而后者则就不然。

那么，如果按照这样的理论来加以划分的话，生存于这个世界之上的所有人们不就都是凡人了吗。所以自然，这其中也就包括了张雨心她自己，以及那位曾在白色的时代到来之前都一直是被很虔诚地认定为了是一名并非凡人的神界来使的微姐了吧。

回想起来了，自己也还曾有过那样的年代啊，如此天真而坚定地相信与幻想着一些源自于梦中的东西。呵呵，如果不是翻开了老日记，还真是早已全部都忘记了呢。

不过，那样的感觉是多么地好啊，即使在如今只是这般淡淡地去回味着……

就快要到十二点了，考虑起午餐着落儿（北京方言，意为获取途径、解决方案）的雨心有着两个选择，她既可以像是此前的独居之时那样在老房子附近随便买上一顿，也可以返回到楼房去自己煮点面条或是下袋饺子。

可雨心现在还不想回去，而且对胡同里面的那几家饭馆也早已都失去了胃口……

这个老式的煤气灶火眼是不是已经因为长期不用而被油垢给彻底地堵死了。想想上一次成功地点燃它，还是于两个多月以前，在万般迫不得已的情况之下用它来烧了一壶开水去冲泡感冒姜汤，而再上一次的话……

自家狭窄的小厨房里，雨心为了打着灶火已是急得冒出了虚汗。好不容易把一切都给准备妥当了，可千万别是……啊，谢天谢地，着了！

火苗腾起，不一会儿铁锅就也热了，女孩倒了些油进去，再等上片刻之后，便将切好的青椒也全部投进了里面。而随即……哇！咳咳，咳咳！这是放了催泪瓦斯了啊！……

炒青椒丝和蒸米饭做好了。

一只盘子、一只碗和一副筷子，张雨心一个人端坐在了素食桌前，倒有点像是一位清心寡欲的世外道姑。不过在开动起来去享用自己的劳动成果之前，姑娘先要好好地来舒缓一下刚惨遭到了油熏火燎的鼻喉与肺管，而且，她身上这件时尚崭新的运动外衣也在适才出锅转身的时候被墙面给蹭脏了一大块。

这个费劲的小厨房，那么多年了一直都还是这样，好在家里现在已经不在这儿常住过日子了，要不然真是早就该把它给翻盖重建了。女孩心里想到。

吃吧，雨心满怀期待地夹起菜放入了口中。

这种味道……

二十多岁的大姑娘张雨心是掌握着一些基本的家常厨技的。记得还在很小的时候，爸爸妈妈要是赶上了同时上晚班，结束训练后先回到家的小雨心就都要自己去热饭来吃，控制火候与简单的翻炒在那些年里她就已经学会了。而搬上了楼房以后，长大一点的女儿每次周末回了家，如果有时间的话就也都会去主动协助爸妈下下厨房的。

说起了这道炒青椒丝，其实也还算是雨心比较拿手的居家小菜，一来是家里面常做，二来她也挺爱吃的，尤其是在小的时候。而今天嘛……

还是那时的小厨房，还是那时的旧锅碗，也还是自己炒好盛来自己坐在屋里面吃，没有比这再原汁原味的了吧。雨心嚼着菜丝，心中一时又似如光阴穿越了。最近她老爱这样，从出事受伤前就开始并直到现在都总是如此。

这种味道究竟怎么样呢？

反正和爸爸前几天炒的肯定不一样，不过不一样也无所谓啦，因为爸爸现在做出的口味也已经和早年差别很大了。但如是就单以这盘菜和记忆中的童年之味去相比较的话……

也许小时候，青椒多数时是和肉丝炒在一起的吧，但今天因为嫌麻烦只做了素的。又或者，是青椒本身也已经不一样了吗，是不是这些年来跟辣椒有了杂交，所以下油锅时才会那么地呛人，而且味道也就自然是和多年之前大有不同了呗。这种感觉也是常有听到老人们聊起的，就说是现在的东西，怎么吃都吃不出当年的那个味儿了。再不成，该不会是一定要装进不锈钢饭盒里面吃才会产生出某些特别的滋味吧，因为雨心突然又想起来了，自己上小学时家里所做的饭菜几乎要有一半的机会她都是那样吃法的……

其实说到底，雨心自己也不知道答案。

因为那些从前日子的味道，她早都已经忘记了……

吃完了自己做的午饭，也刷好了碗，雨心闲闲地躺在床上打起了哈欠。下午又该去干上点什么呢，要不还是先睡个午觉吧，可是就在女孩即将要合上眼睛之前，却是无意间地看到了一只高置于在柜顶之上的旧纸箱子。

这个纸箱子在往常也总是会被随时看到的，但却早已引不起小主人的丝毫兴趣了，不过今天……张雨心猛地一下坐了起来，而且睡意全消！

搬来椅子，雨心抬下了这位被束之高阁多年的老朋友。好一层厚厚的灰土啊，她又取来抹布把箱子表面精细地揩擦干净，然后……

从中取出了那台阔别已久的 VCD 机。

进入到 21 世纪以后没多久，雨心家就又是响应着影音家电领域的最新潮流，购置了一台超薄的 DVD 机，自那时起，这台被后来产品无情地更新换代了的老 VCD 机便就此退居箱底，深睡沉眠了。而时至了今日，听说就连 DVD 机也已又都算是落后过时的了，市场上各种层出不穷的最新推出的高精尖数码播放设备和近来在大肆兴起着的宽带网络视频又已然成为了人们眼中的当红焦点。唉，这个时代，科技的发展实在是太迅猛了。

再翻出床底下的另一只纸箱子。哈，都在这儿呢！那些曾经令到超爱看电影的小姑娘在整个青少年代中都无比痴迷的港台功夫片，以及悦耳地流动着某位日本音乐大师所作之经典配乐的动画片、文艺片们……一张也不少！

还有还有，就是那部《天空之城》！

还等什么，雨心赶紧把 VCD 机连上了屋里那台同样也已是老态龙钟了的旧电视……

又是一番仿佛回到了过去的原汁原味，去用这样的惬意享受来度过一个或是未来的很多个如此闲适的下午，可也真是一件再为舒坦不过的人生乐事了。

姑娘一看起喜欢的电影来就会完全忘记了时间，这一点和她小时候相比似乎也是毫无变化的。转眼天色已是全黑，这时，如果不是妈妈催促着回家吃晚饭的电话铃声响起，沉醉者都已经准备着要再去插入第四套的怀旧碟片了……

跟爸妈一同吃过晚饭后，雨心回到了自己的房间里，打开电脑，兴头上的她开始上网搜索起了那些美妙的电影音乐。还记得以前好像也陆续地下载过几首，但是后来慢慢就都给遗失掉了，这回，女孩要把那位著名作曲家的知名曲目一次集齐，全部拷进手机里面，以便今后能够随时随地地去播放欣赏。

正在忙着，男友的电话又打了过来，这会儿正是铭鸣每天都会按时来电问候的时段，雨心便用头肩夹着手机，和他聊了起来。

铭鸣约自己的女朋友五天之后一起去一家西餐厅共进晚餐。

为何直接要定到五天以后，那一天是什么特殊的日子吗？雨心边存储着音乐，边点开了电脑上的日历页面确认了一下。那一天……很普通的一个周三而已啊。

算了，既然铭鸣来约，答应他就好了，反正自己现在基本上也是无所事事，而人家则就愈加地繁忙了，想是能抽点空出来见一面吃上顿饭也都并不容易的吧。

又说了几分钟后，互道晚安，两个人便挂断了电话。雨心继续整理着她的音乐文件，偶尔间，一个并不太引人注意的小小闪念从她的大脑中一划而过。

哦，那家法国餐厅……好像，自己和铭鸣第一次约会时去的就是那里吧……

每日都陶醉在专属于自己的小乐园里，四天的时间很快便也就过去了。到了第五天的上午，雨心还又专门出去做了个头发，因为铭鸣在头天晚上的电话里又特意叮嘱了她，明天见面时可要打扮得漂亮一点啊！

在向发型师交代要求的时候，雨心决定：拉直，染回尽量自然的黑色吧……

晚上六点，铭鸣开着一辆稳重大气的黑色轿车来接雨心了。这也是两人自遇险那晚之后的第三次共同外出，而从那天以后，男人就再也没有开过他那台心爱的跑车了。

美丽的姑娘一袭宝蓝柔纱的长裙小礼服，乌亮似水的秀发于玲珑纤修的身段一侧披肩而下，纯银跟鞋，素白坤包，绝色之上混搭绝配。这般的懿韵风华让就算是已经相见过了千百次的自家男朋友也都不禁对她的全新造型惊艳瞩目、叹赞不已。且尤为特异的是，在今天的雨心身上还隐隐散发出了一丝蕴藏着成熟魅力与知性气息的清淡微香，这可是在以前的日子里面从来也未曾出现过的。

当然，这显然指的是早年的张雨心站在了那块沈铭鸣从没有去亲身领略过的、曾经被她以梦想之心纵横统治过许多年的散打搏击擂台上面以外的时候。

在路上，雨心问起了男友，今晚可是有着什么特别的安排吗？而铭鸣则就是沉稳地微笑道：一会儿你就知道了……

高雅的餐厅金碧璀璨、贵客如织，铭鸣预订了向来都是极为抢手的双人大包间，并在房间里面提前摆插了满目的粉红玫瑰。待灯光熄下，烛火燃起，浪漫的空气压强十足，几乎都要让女孩子喜爱得窒息了。而且，两位主角刚一落座，英俊的法国小提琴手就翩然而至，为情侣们的餐前红酒助上了几曲悠扬的意兴。

呵，搞得这么大场面，铭鸣，你这是要……

沈铭鸣单膝着地，跪在了雨心面前，并从怀中捧出了一只鲜红的绒盒，不用说，里面是一枚硕大而又精美的钻石戒指。之后，男人望着女友的眼睛，深情地说道……

“张雨心，嫁给我吧！”……

结婚？……

当张雨心最终略有蒙乱地从男友的行为言语中解读出了他的切实意图，并也由此搞明白了这样的一番场景对于自己和自己所爱的人而言到底是意味着什么的时候，在她的心中会是一种何样的感想呢？

这应该是会让一名早已盼望着将生命就此归宿的女人可感到欣喜若狂和幸福无边的瞬间，但也有可能是使得某个尚没有就人生下定决心及辨明方向的女人陷入进了惊讶错愕与混乱无措的时刻。而就此时的张雨心来说，或许她会是处于两者中间的吧。

可其实，就在此地此刻，这个女孩的头脑当中却是在全无道理且又不知所谓地转动着某些与当前所面对着的迫切问题还颇有点时空跨度的另一类思绪。

为什么在我的生活里面，所有那些曾被第一感觉所想而当然地划归为是一定将会于很久很久以后才会到来的事情，竟全部无一例外地都是在只随意地眨动了一下眼睛之后的下一个刹那就发生了呢？退役是如此，被求婚是如此，甚至就连死亡也几乎都是如此。

是我的运气太好或者太坏了吗，还是，那个一直都被自己主观当中的最初印象所人为停顿在了思维定式里面的“很久很久”，其实早就已然在无察无觉的光阴荏苒之中如是漏中沙砾一般地流逝殆尽了……

“雨心……”铭鸣就跪在地上，奉献信物的双手也依旧举着。

对于年轻的女友在初经这种伟大的仪式之时于羞涩的脸庞上所必然会浮现出来的些许迷人的紧张与凝滞，同样心如潮卷的男人自然是并不在意的。诚恳而恭逊的他就只盼着自己笃定的爱人可以在镇定下来以后，尽快地吐露出那一句发自真心的今生应允。

“铭鸣，我……我……”雨心扶住了男友的臂膀，那枚意义非凡的饰物就在她手畔不到几寸远的地方，女孩若是愿意就此做下决定，只要轻轻地将它接过即可。

无需讳言，沈铭鸣这样真情而又精心的编排已经使得张雨心足够地感动了，且往往这种特殊类型的感动对于一名恋爱中的女子是具有着可以巨大到无限的狂热征服力的，而以至于曾有过太多太多的女人都是在这般难以抗拒的感性激动之下，许出了那个从此便完全改变了自己余下人生的终身承诺。

那么，现在就已是到了该去做出这个最终决定的时刻了吗？

张雨心的无名指尖几乎就要触碰到那只金属圆环的边缘了……

可她……

哦，对啊，我想起来了。

那一个本该在很多令它的涵义变得更加复杂与深重的事情发生之前就早已该去做下的决定，那一个在我为自己所有意无意地营造出来的片刻安宁之中正被暂时地掩藏和回避着的尚未完成的选择……依然还摆在我的眼前。

从这一层面的意义上来讲，沈铭鸣和他此刻正在做出着的努力的确都是值得去被真挚地称颂与感谢的。他就像是一阵把某片本应无畏地前行但却一度因故而静止下来了的溪中落叶再次吹拂向了前方激流岔口的友善的风，并且这阵风还极有可能是为了那片心爱的落叶而特意改变了自己本来的方向。

“铭鸣，我……我认为我们还是都应该再去冷静周全地认真考虑清楚了以后……再做下这个决定吧……”雨心在说出这句话的时候，胸窝里正经受着一刀刀的剧痛削割，女孩是多么地舍不得让其所珍爱的男人去承遭到如此屈辱的伤害，但是她的心却又无比坚韧地告诉了自己，这是别无选择的答案……

这极有可能是张雨心在她的一生当中第一次这样切身直观地深刻体会到，一项会使得自己如此倍感到苦痛的决定却恰是对其而言所必须且也正确的作为。虽然，也是刚刚才有所开悟了的女孩还并不能够完全地确信，她的理智所要求她去做到的就一定都会是对的，但在今晚，她还是宁愿选择坚定地相信了自我，而不是再像从前那样去怯懦地寻求与接受一次或许并不需要承担上太多责任的被动依从。

诚然，张雨心并不敢妄言自己已经为今次的重大抉择彻底理顺并算清了那些密集的，绞缠做了一团乱麻且包含进了太多的现实与世故因素的周边参考变量，但是在经历过了真正的长大之后，她的心却比以往生命中的任何一刻都更加通透了一件事情。

那就是，还有着梦想真的好幸福。

其实，用自己喜欢的方式让生活变得更好，或是用自己和所爱的人都喜欢的方式让共同的生活变得更好，这些简简单单的普世之愿从来就也不是必定要用“自私”或者“牺牲”这类并不那么美好的缺憾来支撑与构筑起来的。

当在心和梦想之中又有了爱，那么，被这些伟大的力量所彼此连接在了一起的每一位个体，也就一定都会是在这圈复合式的相互因果之间化变得更为强大。

强大到足以战胜自己一时的痛苦，而为更多所爱的人求来长久的喜乐……

……

这一个冬天的气候与以往相比有些不同。不像是于此前印象中北京城里每到寒风起时的尘飞气燥，今年的十二月非常的湿润。

自深秋时几场少见的足量降雨之后，厚厚的积雪也是在入冬后隔三岔五地就会冷不丁地铺遍了窗帘之外的大街小巷和屋顶房檐。而这让已是多年难见了的“雪孩子们”也又快乐地出现在广场的一角和路边的花坛中了。

当然，会使人们的呼吸道和皮肤都感到最为舒适的日子，还是要属就如今天这样的阳光柔媚并且雪后初融着的又暖又蓝的大晴天。

所以，雨心一大清早就又换好了鞋帽，跑步上街了。

距离上周没有当场答应铭鸣求婚的那个晚上转眼已经过去了七八天，而在这些天里，雨心也正在努力地慢慢适应着这种一开始还确是有点不太习惯的，那个两年以来都从未中断过消息联络的男朋友竟已是彻底地不存在了的准独身生活。

事实上，在那场让大家都扫透了兴的烛光晚餐的最后，雨心和铭鸣是这样约定的，双方都先不要立刻便就结婚这个问题做出结论，也先暂时停下日常的会面与联系，全身心地冷却下来，去充分理性地思考一下各自与对方的未来道路和现实情况，待到沉静完一段足够长的时间以后再出来见面，至那时再去交换彼此最终的决定。

而这段时间的期限就暂且由女方来把握吧。

其实，在雨心的心中早就已经有了自己的选择，而且这个无比艰难却又是异常坚定的选择，还很有可能是在铭鸣这次带有着些赌博性质的挽救感情行动出现之前就已经做下了的，只不过那会儿，还曾有些犹豫的姑娘一时尚没有把它给完全地洞悟到或是觅得合适的机会去说出了口而已。那么，现在这段所谓的双方冷静时间呢，或许，就也只能算作是对那枚即将便要写下了的无奈休止符宁愿先去隐而不宣的这两个人，为他们自己所留下的预备着就要去孤独迎接伤痛了的心理调试期了吧……

这么好的天气，要是还去独自窝在老房子的屋里不就有些可惜了吗？而且，今天的张雨心也确实是需要去吸入一点新鲜的空气或是拾回几丝往日的情怀，来用以再度撑起自己那颗亟待于重新跃动而起的希望之心的。

所以嘛……

冬日小雪后的什刹海畔，银装微裹，素白连绵。

两岸边的老檐旧瓦上滴淌着粒粒晶莹的消融珠水，雕栏石筑旁的垂头低柳下也还积拢着未尽化去的堆堆团团。河道里，半封半开的绿流还未冻实，偶尔一两片翘起的薄冰会在那晃眼的日头之下映回些茫茫的纯净亮光。

银锭桥上，雨心流连漫步，在一等陶然的水岸悠色之中找寻着那时洁美的宁静。

这些年里，后海一带兴起了新的玩乐时尚，所有沿岸的老房院落基本上全被改建成了品色雅致的水榭酒肆。每到晚间，各种霓光溢彩的迷情声色鳞栉喧杂，总是会引得无数的年轻人们前来此处纵夜笙歌、一醉天明。

这厢便是早已远近闻名了的后海酒吧一条街了。

而每当到了那个时候，彻夜不眠的莺歌燕舞与什刹海体校这块清苦无欲的修行之地间所相隔着的，就也只有那道矮矮的一墙之高而已了。

前几年，雨心和小雯儿她们也曾结伴光顾过两回这里的店家，品品小酒、听听乐队，倒也权只当个训练比赛之余的放松随意便是。但再往后，雨心就偏爱上了那些奢华豪气的大型夜店，这边的水上小馆虽就近在楼后，却便也再是没有来过了。

实际上，别说是那后海的歌廊酒吧，就是这整条什刹海的水岸沿线，张雨心也已经是有好几年都没有踏足进来过了。

或许，在她的心中，此处地方本就不该是这般繁花似锦的吧。

不过今天上午还好，穿过了有店面排布的那一段，顺着海子南岸往野鸭岛码头的方向转去，一路上除了些许留影雪景的游人，倒也未再遇上哪些嚣杂吵闹之事。

踱着踱着，左手边忽是现出了一条似曾熟识的步道，雨心见了不禁一怔。这条小胡同不就是通往自己童年时的母校柳荫街小学的一线路径了吗。

女孩有多少年没回去看看了？秦勇老师至今还依然坚守在那里，年复一年地启蒙着一拨儿又一拨儿喜欢去做梦的孩子们。他肯定还一直在惦念着我，而我自那年从香港比赛回来和隋清一起去看过他一次以后，就早已是近乎把这个人给忘记掉了。

真是的，有时回想起来，感觉自己这些年里忘掉了的人和事实在是太多了。

雨心迟疑了一小下，还是继续向前走去了……

临近中午，空气的温度在不断上升，地上一摊摊悄融的雪水让这条青色的石板路显得有些湿漉漉的。为了不弄脏自己的鞋子，雨心踮起了脚，小心翼翼地曲蜒而行着。

然后，她遇到了一位坐在自带的马扎上，正于水畔冬钓着的老者，并且走了过去，静静地立在了他的身边。他们一起盯着鱼漂，盯了很长很长的时间……

雨心认识这位慈祥的老人，十岁时还获赠过人家刚刚钓上来的一条小金鱼。欣喜万分的女孩当时用一只塑料袋灌了河水把小鱼装着，精心看护了一天，但是在放学回家的公交车上还是一不小心被挤破了。

十余年后，老人家再添风霜，而小姑娘则已玉立成人。岁至今朝，雨心还能识得故人，但故人却早已认不出她了……

“叮当”……“叮当”……

这轻灵生脆的铃声是……抬眼望去，稍远处，一辆枣红色软篷的人力观光三轮车不急不慢地行了过来。等临得近了，雨心再去细瞧，车后座上是空着的，想是它已于哪处放下了单程的游客，正空驶在了回去的路上吧。

待到即将擦身之时，蹬车的汉子突是一个急刹，停住了车辆。这人定是已经收到了雨心好奇的眼神，所以便热络地问道：“姑娘，坐车吗？”……

旋转之中的车轮轧过了冰冷的水汪，发出了“嚓嚓”的动感声响，快跑起来的老式木三轮让后排女乘客的白嫩脸蛋被迎面而来的小凉风吹得红扑扑的。

雨心还是第一次真正地坐上了这种儿时总是能够见到的观光人力车，现在她有些谨慎地用双手握紧了座位两边的扶手，好像是生怕被飞驰的快车甩了出去一样。而那些左右近处的景观树木和游人行客们，便也都在那阵阵提示着来车的“叮当”铃声中如同是被眼光所掠过的水墨图画一般定定地留在了身后。

“姑娘，是第一次来北京吗？这一带想去哪里看看啊？”好客的三轮车夫自己也不是本地人，由于一路上雨心的话很少，所以他就也只好依照着某些常识的判断和习惯的服务言语来征询起了客人的意向。

雨心微笑了。“去恭王府那边儿转转吧……”

朱墙、绿瓦、旋子彩画，殿宇、飞檐、柱楹带金。今天看了去，经过了前两年精心整修的恭王府花园，其大门前更是显得恢弘贵气了许多。雨心在石狮子旁下了车，这里的阳光充足，游客也有很多，她结过了车钱后便又随手戴上了大墨镜。

想当年，这里的午后还经常是清清寂寂的呢……

啊，你们都还在呀！古建檐脊的棱梁之上，雨心找到了她童年时的好朋友，那些历经过了太多的风吹雨打与冷暖阴晴的屋角兽们。

“大龙，小龙……”你们居然一个也没有丢啊！

在生出了这样的感慨之后，雨心却又马上就忍不住对自己的小小犯傻哑然而笑了。

是啊，人家这些走过了几百年历史的重要文物当然是一尊也不可能丢的了，会在这区区的十几年里面走丢的……恐怕也就只有我自己了吧。

张雨心摘下了墨镜，顺着一个可以躲避开耀眼日光的角度伫立在了厚重的大墙之下，呆呆地仰头望着房顶上的屋角兽。而那些万世隽永的神兽们则也是从这高高的檐角上面一动不动地向下俯看着她。

你们就如同现在这般的样子，已是静静地于此处看遍了多少下面尘世间里的炎凉迁变和喜怒悲欢了……而如是像我这样的，眼见着从小时长大又至了长大变老的凡夫男女们，又可曾是有记下过了几人呢?

一位那时的少女……还会有些印象吗……

女孩，你的青春曾有多久? 站在只是随兴地翻过了几许故事书页的，身为着纯粹的旁观者的我们的角度上来看，那真的也就仅仅是在很短很短的须臾之间啊。而张雨心和无数个张雨心他们自己呢，或许，在有关于生命时长的这一切身体验上面，与我们的感受也并不会有着什么太大的区别吧……

春时常盼夏花草，愿红百日好。小雨叶落身却空，只怨此心梦在朝露中。

生是为人作一粟，长河又几载? 登上繁天焰火楼，那时转回与我再从头。

不用再去有丝毫的忧虑与怀疑了！又一次立在了人生岔路口上的美丽女主角张雨心，已经终于成功地蜕变为了所有人都一直在期待着的那个样子。

她坚强地迈出了这最后的一步，也幸福地找到了那终极的答案……

……

卡通乐曲式的门铃声音响过，一位年纪在二十八九岁上下，与极其典型的上班族主妇别无二致的围裙女人打开了房门。

“啊，雨心！”女人乍见到了门外的访客，似是有些意外，而随即便紧紧地抱住了来人，“我听说你的事儿了，你还好吗，受的伤怎么样了！”

“没事儿了，微姐，没事儿了……都已经过去了。”雨心在平和地安慰着这位已近是怜恤落泪了的昔日亲人……

北京市女子散打队的功勋运动员陈微在 2002 年退役以后，先是回到了学校用一年多的时间补齐了她的大专课程，待完成了学业后，又极为低调地和与自己相恋了多年的男朋友完成了婚事。婚后的第二年，两个人便迎来了他们的小宝宝，一个漂亮的女孩，现在已经有一岁半了。生完孩子后的陈微通过朋友的介绍进入了一家中等规模的民营企业，成为了一名普普通通的办公室文员，而这便也就是她的那一份想要赖以去和老公一起把女儿拉扯长大的，盼望着可以一直干到自己年老退休的理想工作了。

这是一套并不太宽敞的老式两居室，因为像是所有在抚育着孩童的城市家庭一样，客厅里堆满了各类的婴儿车和骑行玩具，同时在主卧室中又铺着一张占用到了整个房间一多半面积的爬行游戏垫，所以显得更有些拥挤局促了。而在女主人的热情引请下，进入到了大屋中与其家人们相见的雨心此时便恰好看到了孩子的父亲正盘腿坐在垫子上，陪着他的欢乐小公主摆玩着一大堆五颜六色的拼插积木。

陈微的丈夫是计算机学科出身，目前在一家互联网企业担任中层的网络软件工程师，算是一个同样比较大众化的平凡岗位吧。他的身材不高，相貌也不帅，家庭条件据说也是非常的一般，但他却就是那一个，在这个世界上唯一的那一个，陪着曾还仅仅是名体校青年学员的邻家小妹一起走过了十几年岁月光阴的忠诚男人。即便雨心至今还清晰地记得，那时候有一位极是引得少女们痴狂的职业足球运动员也曾是真心地追求过陈微好些年。

“呦，张雨心呀！老是听陈微说起你呢，你真人看起来……比在电视上还漂亮啊。来，宝贝儿，叫阿姨。”男主人忽然见到家中来了大明星，也是颇有点惊喜和兴奋的。

“阿艺（阿姨）！”还在咿呀学语中的小宝贝就这样和客人打了个招呼。

“哎！”受宠若惊的雨心也忙是蹲下了身。

然后，她发现这个孩子实在是太可爱了。

一岁半左右的小宝宝在对身边的一切都充满了极大好奇心的同时，也已经具有了一定的属于自己的智慧与个性。就拿眼前的这位小家伙来讲吧，她就会特别地喜欢说“不要”这两个字。某块积木搭得不好，她会嚷着“不要”，去把它拿下来递还给爸爸重搭。在自己走动的路线上遇到了皮球的阻碍，她会细小地嘟囔一声“不要”，随后便将皮球给一脚踢走。而若是问她要不要让这位漂亮的阿姨来抱抱，她则就会是先非常羞涩地在家人的怀抱里腻上一阵，完后再偷偷地把头探向陌生客人的这边，既像是不好意思又像是有意调逗着地对你扭捏地笑道：“不要不要！”

看样子，这位在语言学习的初期阶段里所知词汇量还很是贫乏的小宝贝，把她所想要去表达出来的包括了拒绝、不满以及搞不明白等的一系列的消极负面情绪，全部都只用这一句“不要”便给统统地囊括解决了。因此，这个“不要”也就成为了她在日常生活当中所最为惯用，同时也是最容易便会脱口而出了的小小口头禅了。

结果，当妈妈切好了水果过来要去喂给她吃的时候，玩意正浓的她又是不问红白地就随口回应了一声“不要”。但是话刚出口，便又觉得不对了，于是回过头来一看，哦，原来是自己喜欢吃的东西啊。这时，你就只见她一脸堆笑地把两手举在头顶上比作了一副大耳朵的样子，冲着妈妈像是讨好撒娇似的重新确认道：“要……”

听她爸爸讲，这是因为家里在喂她吃喝的时候总是抱来白兔玩偶哄着她说：“宝贝儿你快吃吧，你看，小白兔儿都已经吃啦！”……

“是的，这就是我现在的生活。”陈微和雨心捧着热茶坐在客厅里的小沙发上，而从大屋子中不断传出来的还是宝宝时而喊起的“不要不要”和与爸爸亲昵欢闹着的笑语声声。“家庭与孩子就是我生活的全部重心，而除此之外，似乎便已……再无其他了。”昔日的“什刹海白色闪光”这样说道。

关于这一点，此刻的张雨心是完全可以理解她的微姐的，女孩甚至还都借此想象到了自己如果也有了一个这么可人疼爱的孩子的话，也一定是会同样放下所有的牵扯，而情愿让这原本多姿多彩的繁华世界去从此变成一座只服务于着宝宝一个人的儿童乐园的。

小孩子很可爱，这雨心并不是第一天知道，只是，为什么以前的自己从来都没有像今天这样对他们产生出过如此强烈的母爱情结呢？其实，如这般在看待事物之时所发生了的感受变化，最近在姑娘的身上也还有不少，而这些她都是有感觉的。

“微姐，在我的眼里，你永远都是一部传奇。”张雨心从来也不会吝惜对于这位曾经站上过了包括她自己在内的所有后来人们都绝对难以去企及高度的什刹海前任女子散打队队长的崇敬溢美之词，不论是在当面还是人后。而且，这种榜样的定位也确实是她亦曾于自我的心中去奉为过圭臬的人生目标。

像微姐一样，成为一部传奇。

“呵呵，传奇……”

陈微有些不好意思地笑了，不过，在她接下去的话语里面却是寻不到半点类似于是若有所失或者伤怀惆怅之类的不佳心绪。“当年退役以后，是我自己选择了不留在队里做助理教练，而彻底脱离开体育圈儿去继续上学的。或许，也是得益于在早前的那个年代里会去关注女子散打项目的人非常的少吧，今天在我身边的那些同事和朋友们中，几乎没有一个人是知道我过去的运动员经历的。这可比你们现在要差远了啊，哈哈……而我呢，说实话，其实也是在很享受着这种既平凡又安静的简单日子的。这也许是因为，我早就已经不是从前的那个我了，而目前的这种生活状态能够让我去专心致志地找到并且告诉自己，我以后真正想要的东西到底是什么，然后，便可以满怀着快乐地朝着那个方向去加倍努力了。”

“是啊，如果有可能的话，我也是非常的向往能去和一家人一起平静地过上那种安定而又温馨的生活的。女人嘛，谁不想……”交谈中，雨心倒是触起了一些自己的感伤，她幽幽地望了一会儿窗外，然后又回过头来对着陈微说道，“可是微姐，我……你知道，在我的心里还是一直都留存着那么一份儿……说它是梦想也好，算作为遗憾也罢的……总之就是怎么放也都放不下的东西。我其实并没有在计较它最终会给我带来的得与失，也从来不曾奢望过它能够让我也成为一部传奇。我只是……

我就只是想要去做！特别特别地想要去做！那种完全无法被压抑的感觉，就如同是我的心在剧烈地渴望着明天早晨的太阳应该要早一点升起来一样！就是……这么地神奇……”

“雨心，你知道一个平凡的普通人怎样去做就可以使自己成为一部传奇了吗？”那些是……是的，出现了，在陈微的身上，那种像是神圣天使一样的光！“实际上在我看来，一个人，无论他是天才还是愚钝、富贵还是贫穷、福运还是不幸，只要他是一个人，一个活在了这普世之上的人，他所该去做的就都只是需要为自己选定好一个梦想，然后用他那颗最为真实的心来指引着自己去向着这个远方的目标不断地前进，一步一步，一天一天，不要停下来，就这么走，一直走下去，持之以恒，永不言弃。那么，等到了很多年以后，当某天的他偶然地想起该要回过头去看看自己所走过的路的时候，他便会在突然间发现，不管自己的梦想是否已经完全地实现，也不管那所谓的成功是否已然如愿地获得，当下那时的他其实就都已经是一部传奇了。一部只会属于自己和自己所爱着的人们的生命的传奇……雨心，真正的传奇指的并不是一个辉煌的结果，而是一场艰辛却又充满着希望的过程。”

“并且，这与你心中的那个梦想是宏大抑或渺小、是原有抑或新生都完全无关。就好比我吧……”陈微边说着，边把她无限柔情的目光投向了屋里的女儿和老公，“在我今后的人生旅途上，可以就这样幸福地陪着他们一起相依相伴着长大变老，那便是在我幸运的有生之年里面，为自己和家人所写下了的又一部伟大的传奇了。”

北方的太阳在冬日里总是会低沉一些，下午三四点钟的时候往往可以斜斜地穿透过西南方向的窗户，把它那耀眼的光辉尽情地泼洒到它能够看得到的每一个人身上。就比如此时的陈微吧。而且，这束圣洁的光线还在不断地移动、扩张着，不一会儿的工夫，就把她身旁的张雨心也一起笼罩在里面了。

“微姐，你能帮我一个忙儿吗？”光晕中，雨心握住了姐姐的手，像是在寻求着依靠，也像是在获取着力量，“帮我给成指导打个电话……”

“好啊，当然可以。”陈微的笑容和九年前的那个午后与张雨心第一次温暖对视着的时候一模一样，“雨心，我明白你的想法，你会来找我，就代表着你已经自己做出了那个从来都没有人可以代替你去做出的，最终的选择……”……

“星触感”模特经纪公司办公室里的谈话气氛有些凝重而抑制。纪娜随便找了个借口，把在经理室中工作的文员女孩支了出去，然后起身关上了内室的屋门。现在，房间中就只剩下了她和老刘、雨心三个人。

看到大家都已无意再说些什么了，有点实在没了办法的刘泽平慢吞吞地打开了档案柜顶层的格门，搜索着抽出了一只早已是落满了尘土的文件夹。打开之后，翻找了几下，从中撤出了一份首页上并列着五个签名的合同协议书。

攥着这份珍贵的协议，老刘先是试探着又看了纪娜几眼，然后百般不愿地对雨心低声说道：“这就是咱们最原始的那份儿了，你要是一定坚持非这么办不可，就跟这上面修改完签字儿就行了……但是雨心啊，这么一来，那事儿不就等于是给办绝了吗。其实大不了就还像是以前一样，我们都多迁就着你点儿不就完了吗，也用不着非得真一刀两……”

“老刘，把那给我收起来！你还真敢往出拿啊！”纪娜的责备适时拯救了处境艰难的总经理。女人接过了话头：“雨心，你也别多说了，总之还是那句话，退股不可能，其他所有的股东都不同意！你以后什么时候有空想要再接活儿了就随时回来，你永远都是这家公司的创始合伙人，别人就是想赶你也赶不走。至于年底的分红，我们就还像是之前那样先帮你存着，等你有一天可以完全地回归了，咱们……再慢慢地算……”

说话间，纪娜竟是有点悲楚鼻酸了。

“哎哟哎哟，还弄得这么伤心难过的干吗呀！”张雨心看起来倒是比她的这两位老朋友在表情上要轻松了不少，“我坚持要彻底退出也无非就是不想再给你们添麻烦了呗。这两年来，我这个情况闹得公司在经营上面也受了好多的影响，你们都在辛辛苦苦地干活儿，我却不光拖后腿还总是不劳而获的，这我早就也已经特别的愧疚了。而且，我这次一走，时间上肯定不会短，模特儿工作这一块儿以后也基本上就是准备着要暂时先完全的绝缘了。所以说……唉，不过如果你们坚决不让我退，我也就不强求了，反正公司这方面的事儿我也不太懂，一直以来也都是全由你们去帮我拿主意的。”

雨心话落后，屋中便也由此寂静了下来，一段时间里，大家又都是无人再去开口了。

末了，还是刘泽平又一次主动地去圆起了场面：“嗯……雨心，那你这一去，大概估计的话，得要多长的时间啊……”……

如此一来，就算是业已完成了对自己生活道路之方向的重新抉择了吗？貌似平淡随意的一归一弃，倒也没有之前所想象中的那般苦情悲壮或是轰轰烈烈。

现在，还有待着雨心去面对的难点，就只剩下那最后的一件事情了……

酒店大堂吧里的暖风开得有些热，雨心把她的羽绒长衣和帽子围巾全都脱了下来，搭在了椅子的靠背上。而坐在她对面的铭鸣则并不需要如此，因为男人这时就只穿着单层的西装和白衬衫，这是他在正常上班工作的日子里面一般都会保持着的习惯装束。

这个有些阴沉的下午，雨心临时把铭鸣约来了这里。关系微妙的这一对在两相隔离了十三天之后，女孩终于还是向男方发出了预备着要去让这一切都尘埃落定下来的明确信号。

此处距金融街很近，当然离雨心的家也同样不远，两个人抽空前来都不会耽误太多的时间。而当铭鸣自行抵达了之后，他看到自己的女朋友已经在一张边角的桌子上，喝着不加冰的柠檬苏打水，平心静气地恭候他多时了。

为什么要在这样的时段选在了这样的场所，并且还是各来各的？从明显有别于以往相处惯例的会面安排上，沈铭鸣于心中似乎也已是再次地印证了他早就猜到了的大致结局。而且他也清楚地记得，这家酒店就是自己和张雨心初次相遇的地方。而时间，也是。

轻描淡语的无谓闲谈总还是要有上几句的，就当是早已都明知了自己和对方心意的不舍恋人之间，去互道下别过珍重以前的最后的依依相偎吧……

而在那之后，就又是一小段黯黯的沉默了……

直到张雨心用她自己的方式，说出了那些她必须要去说出的话："铭鸣，我……在我之前所已然走过了的二十多年的生命旅程里面，我曾经爱过很多的东西。我爱看电影儿，爱听音乐，爱吃糖葫芦儿和脆硬的蔬菜，也爱收集老照片儿跟用笔和本子写日记。我爱清静，也爱干净，我最爱的数字是十八，最爱的颜色是蓝色，最爱的饰物是两把挂在了脖子上面的小钥匙。我爱散打和自由搏击，同时也爱做模特儿，但是更爱的还是可以和爸爸妈妈去安心地待在一起……而如若是有人要让我来回答，我这一辈子当中最爱的男人是谁，我将会毫不犹豫地去告诉所有的人，那就是你，沈铭鸣，而且，永远都是……但是……但是，咱们能够去美满地得到那份恒久的幸福的日子，也许真的还没有办法是在今天。这对于我或你，再或是我们各自所深爱着的家庭都一样……铭鸣，其实有些话我本来在出事儿的那天晚上就想对你说的，我觉得很多的时候儿，一个人为了某些自己和他所爱着的人们都会更加在乎的更为重要的东西，是必定要去有所割舍与放弃的。所以铭鸣，我想我们……要不还是……"

"嘘！"就在这一刻，一直在专心聆听的沈铭鸣做出了一个恰时的举动，他用手指堵住了张雨心那有些颤抖的嘴唇，"雨心，不要说了，我明白。我送你……回什刹海……"

又下雪了。

雪花纷乱地扑打在汽车玻璃上，而后融化为了滴水，再被雨刷器机械地扫到一边。一路上，雨心就是这样不言不语地注视着此番单调的景象。这一种的境况与感受又有多么地像是整整两年之前的那个难忘的雪天啊。

也许，还可借此时再去说上点什么，比如……唉，还是算了吧。雨心偏过头去，看了看那张无比熟悉的脸，并没有怀着任何的目的或是意义，就只是想再看看。

他在微笑着。

如此一对彼此心知的爱人在这样的时候，言与不言，又还会有着什么区别呢……

车停到了“十二层”的楼下。

雨心没有再去耽误时间，她最后向着铭鸣含情而又克制地一笑，便推门下了车。关于自己正式复出的意向，微姐昨天已经向她反馈回了队里的欢迎态度，此时，正好就可以直接上楼去坦诚大方地和已久别的教练与队友们先见上一面。

走出了两步，背后传来了男人的下车声。然后……

“雨心，你这一走大概要多久呢？能问问……是去哪里吗？”沈铭鸣情意相别。

美丽的张雨心，她的柔美长发傲然飞舞在了漫天的寒风冰雪之中，那是多么深刻而又分明的白，与黑。“一年左右吧，我们……是去泰国。”女孩笑着说。

曾愿人生只如初见……

到此为止，张雨心只是感到她的生活好似是兜了一个圆圆的圈。这个圈子的周长或许就是两年，又或许会是五六七年，再可能没准就是打自己懂事了以后的这整个小半辈子也说不定。不过反正，自己是又转回来了，回到了梦开始的原点。

唯一有些美中不足的应该就是那支曾有过一个相当富于诚意的开头，并且自己也打算着要用去一生的光阴来慢慢书写的浪漫故事，至此竟是如此令人心碎地便被戛然截断掉了。可能，对于一个凡人而言，生命这件事本来就也必然会是难免有所残缺的吧。因为，今时今日的姑娘也只能去这样来安慰自己了……

这是雨心最喜欢的静与暗。宝贝把头枕在了妈妈的膝上，而母亲温暖的手轻抚着她的额头与秀发。彼此需要的亲人们于这个没有开灯的飘雪之夜里，正在叙说着只有她们母女俩才会存下回忆的小秘密和悄悄话。

傍晚时分从“十二层”离开以后，雨心没有立刻回家，而是直接又奔赴了老房子。和队里面把一切事项都已经落实谈妥了，即将重新归来的女孩需要尽快地收拾整理一下自己的运动装备与随身行李，以便可以在最短的时间之内就能够再次踏上征途。

打开了房门，雨心发现，牵挂着女儿的妈妈正在这里等着她呢……

“妈，你和爸爸年轻的时候也有过自己的梦想吗？”雨心和母亲依伴在床边上交谈着，她们相互间不会看到对方的眼睛，但是每到女儿柔滑的长发不经意地散落下面颊时，黄雅英就都会去很自然地用手指再将它们给梳理上来。

“呵，人哪，谁又会没有一个梦想呢？心，不管我们还依然年轻与否，每个人在心中都是一定会有着他自己的人生梦想的。”妈妈还是有生以来第一次与她的孩子聊起了这一类的话题，“心，你知道吗，你爸小的时候儿很想要当一个飞行员，而我呢，其实本来是想去做一名军人的。不过生活嘛，能够让你完全都顺心如意的部分总是很少。到了现在，我们都快老了，最初那个遥远的梦想，你爸还算是稍稍沾上了一点儿的边儿，而我呢，则就早是已经坦然地接受了那现实的安排与注定了，在儿童医院做了这么多年的普通护士，我也一样是非常的开心和自豪的。”

张国柱身为首都民航系统中的第一代机场大巴车司机，这些年来通过勤奋的专业进修以及几次成功的升迁与调动，目前已经成为了国航集团旗下一家航空（交通）服务公司的副总经理了。这也是在他们（“文革”后没有考上大学而直接参加了工作的城市知识青年）那一代人中很常见到的一条拼搏上进之路。

“那……妈，你会在有些时候儿，悔恨或是埋怨自己没能够去实现那时的梦吗？”雨心发着问，身体一动也不动，静得像是根本没有在呼吸。

“不会啊，一点儿也不会。”黄雅英仰头望着窗外深远的天空，即使在这阴雪灰蒙的夜晚里她什么也望不见，“孩子，你要知道，人生本来就一定会是有得有失和有取有舍的，这也便是我们之所以必须要去做出一次次的选择与决定的根源所在了。实际上啊，自从有了你以后，妈妈就再也没有去想过那个曾经跟随过自己十几年的从军梦想了。因为……我有了新的。心，可以看着你一天天地长大、变美、成才，去做自己真心喜欢的事情，去爱自己真心喜欢的人，能够无论在生命中的哪一个时刻里，只要你还依然有着需要，就都可以再次把你给深情地抱进怀里……作为一个平凡的小女人，我这一生的梦就已经是足够地甜美了。”

在这时候，黑暗中的小屋子里似乎闪起了一丝光亮，并且还连带着阵阵的暖流。

雨心向着暖和的光源又挤近了一点，并把头完全地埋进了妈妈的臂弯里面，之后，又问道：“妈，我这次的做法是不是有些……太以自我为中心了？”姑娘在自己的话语当中回避开了“自私”这个用词。

话说到这儿，心疼女儿的母亲微微地叹了一口气。“时代不同了，人们的想法也都和以前不一样了，现在的年轻人们都更有远大的理想，也更有着鲜明的个性，这……当然也是件好事儿。而至于说，那个在很多对于自己而言同样都是非常重要的矛盾因素之间，到底该去如何地平衡与决断的问题，我想，可以就此给出一个相对最为正确的答案的，也就只有是你们自己了……那可能本也并无什么谁对谁错可言，而其会给你们所带来的切身感受……或许便也仅仅只会是源于着你们每个人的心中所念吧……”

“妈，铭鸣他走了，我真的……好难过好难过啊……”张雨心抱紧了妈妈，她哭了。

“心，这错不在你，你们的感情是真的，只不过各自都还有着一些没有完成的事情必须要去做而已……”母亲尽力抚慰着怀中的女儿，就像是又抱起了那时不慎摔倒在地了的学步宝贝。哭吧，女孩子哭一哭没人怪，只要你可以释放出心中的痛，妈妈会陪着你。

但是雨心很快便抹去了眼泪，在妈妈柔软的衣袖上面。

她知道，这不应是现在的自己所该去做的事情，因此她停下来了。

此刻的张雨心已经拥有了较她业已找回的还要远远更为强大的，足以支撑着她去做到如此的极致力量。一种在青春的顿悟当中喷薄而出的，能够决定性地帮助你去战胜一生中所有的恐惧、犹疑、悲伤以及迷惘或是绝望，还可使得每一名如尘埃般卑微的寻常之人都炫目地散发出那生而伟大的传奇之光芒的，心和梦想的力量。

就这样好了，请赶快翻过这一页而进入到下一幕场景吧！在我比此生之中的任何阶段都更加明晰无误地渴望着自己所真正想要得到的那些东西的时候！

等着我！泰国，曼谷，世界冠军……

“雨心……雨心……”

又出现了，迷离小路尽头的鲜花城堡与那多年以来游隐依旧的神秘呼唤。

这声音太过令人熟悉了，以至于每当它再度传入了耳中的时候，就连张雨心自己也都知道，她已经又一次地坠入梦境了。

既然自小到大曾在这里见到过的每一幅幻象在被彻底地冲破之前都从来不会自动消失，那么今天，我便也唯有是再一次地去挑战看看了。

因为，不管你是什么，都不可能困住我一辈子！

向前吧，无论这副双腿是如何地沉重，也无论那个目标会在忽远忽近与方向旋乱的故意刁难之下显得有多么地遥不可及。我只要用心去指引着自己……向前！

一步，再一步！这或许并不是什么会让人感到轻松的生活方式，也更加谈不上是一种可以被美其名为享受的生命态度，但我就是要去一步，再一步！

直到，迈出了那最后的一步！

近近地，包裹着城堡的鲜艳花叶就在面前，这距离应该还不到一臂。雨心略有好奇地左右张望了一下，但是并没有回头。这里其实不算太高，可是向着两边的延展却一眼看不到头尾，就像是一面无尽的花墙。

是的，在迈出了那至终一步之后的一瞬间，她到了。

这就是我一直在寻找着的东西吗？这究竟是什么？而唤着我的名字的声音和似乎是在发出着它的那个模糊的人影又在哪里？现在的我接下来该怎么办，要去进一步地靠近这些鲜花吗，化入其中，穿越它们，还是……

雨心尝试着抬起了手，去触摸那些芬香的花瓣，然后，就在她的中指拨起了一片……

强光！

发起自轰鸣花团之中的，使天地炫成了全白的四射强光！……

待到四下归静，白光散去，女孩的双目又能看清了眼前以后……

这里！这里是……

这里是张雨心像是熟悉着自己的名字一样熟悉的地方——丰盛胡同里的老房子。

在褪去了那层艳丽繁花的掩饰之后所完全显露出来的内心真实，为什么会是这里，为什么会……回到了这里！

雨心在这一刻竟已是迷恍得无法辨别出来自己到底是身在梦里还是现实之中了。她记得，今晚她和妈妈明明就是睡在了这间房子里的啊。

但为何，那小院大门前的青石台阶就在我的脚下，而我……也跨了进去……

欢声，笑语……院子里的所有人们看上去都是那么地喜乐与年轻。他们忙活劳碌、进进出出，有的似是看到了雨心，在向她招呼着摆手说笑，而有的则又似全然无觉，竟还会和她如是魅影一般地穿身而过。

家里呢，那我的家里会是个什么样子呢？

雨心忙是快走了几步，然后，她看到了……

爸爸在小厨房里炒着青菜，妈妈在为她缝制着可以塞进到拳套里面去的棉絮内套，而她自己……没错，张雨心看到了她自己！

年幼的小雨心正在聚精会神地看着电视，而由那台崭新的VCD机所播放出来的，就是那一部……《天空之城》。

我找到了！我明白了！原来，原来……

原来那个令我穷尽了半生时间去苦苦追索的梦之终点，那个在我穿透了云层、飞越了大海、踏过了花田之后所终于收获到了的生之真谛，那个一直都在不懈地呼唤与引导着我将旅程得以延续下来了的神启之音的真正出处和所指之向……

都是……我自己！

我终于……找到了我自己……

……

清早，红润的朝日攀着紫禁城雄浑的肩冉冉崛起，高昂而稀薄的云和在干燥的晨风中翱翔的一群群信鸽所带来的空鸣呼哨，为洒向这座城市的明媚之光平添了一份充满着希望与激励的爽朗，这会让率先开始了新一天的人们感到痛快。

《Carrying you》的美妙旋律透过音乐耳机飘逸在了空气中和心里。它会让你时刻都在相信着，自己已经又一次站在了即将要去张开翅膀的迎空起点。

地安门的红墙下，一辆公交车靠站了，背着两只大包的散打少女就在人流中。

先坐7路，然后在平安里倒上118路，北京老城区里公交车的运行路线这些年来倒也未曾改变。会让许久都没有体验过此番味道了的张雨心稍感些艰难的，只是在这车上的人们比之从前可是多上了太多了。这让就像儿时一样先是斜挎上了单肩装备包，再又背起了双肩旅行包的女孩委实是挤出了一身的热汗。

北海北门！

宽阔的平安大街对面，一眼收入的便是那座承载着自己整个青春的美丽校园和那扇已有一年不曾跨入了的庄严大门。

什刹海，我回来了！

“搏击一馆”中，幽长而略显昏暗的通道里，雨心独自前行。或许，其实此时有很多人在与她擦肩而过着，并投来了或赞许、或欣慰、或惊喜、或鼓励的目光，又或许，这里确实真的空无一人，谁知道呢。随着雨心的行进，她的身体和从窗口透入的一道道方框形的朝阳之光规律地交会着，感觉就像是许多幅的老胶片在依次地闪回。这样的脚步，这样的路，没有错，我依然还是那个走在了地安门的红墙下的……那时的少女。

一扇厚重的门是隔开了姑娘澎湃的内心与里面那个她曾已丢失了的世界的最后屏障。雨心把手放在门上，留给了自己最静的五秒。人生本来就如是这样一扇又一扇的门，它们隔开了很多截然不同的世界，而当我已经决定了要去义无反顾地重新选择回其中的这一个，那么我需要做的就该是像现在这样，去勇敢地推开它！

一眼望去，大家都在！

隋清、建秋、小雯儿、大小迎儿，一些认得或是不认得的年轻队员，以及成指导、何指导和孟指导，所有的人都在这里。

梨球和沙包被大力击打时所发出的“噼啪”巨响、对练中身体坠倒在擂台上而生起的“砰砰”大声，还有那些高亢的呐喊与腾起的尘烟，一切都没有改变，这里依然还是那一块我好像从来也未曾离开过的王国领地。

雨心把两只大包摘下，找了一处空地放好，然后面向着战友们走了过去。

“哎哟我的天！这位同学是谁啊！大家赶紧瞧瞧，张心子还真回来了嘿！”会在这种时候用如此戏谑的口吻替队友们高喊出了欢迎词的人，当然只能是隋清。

“呀，雨心！”“雨心你回来啦！”

紧追着隋清涌上前来招呼拥抱的是小迎儿和大迎儿，在她们的身后，还跟着几名曾和雨心有过交集的小队员们。何耀强热情地迎了过来，而在场馆的最远处正帮建秋做着抻拉的孟大海也是赶忙停下了手中工作，一溜小跑地挤进了圈子。

雨心先是和身前的朋友们一一相庆，随后又找向了人丛之外。远方的建秋还在继续做着腿部拉伸，于脸上露出了一丝勉强算得上是微笑之情的她抬起拳来，便权当是给出了一个致礼的示意。而成金龙那边则是对着归来的旧将不温不冷地点了一下头。

整支队伍中唯一没有对张雨心的回归表现出积极反应的就是郭雯雯了。即便是雨心主动唤起她的名字，她也是故意背过了身去未加理睬。

“雨心，这是这两天我跟成指导还有孟指导特意给你做的恢复计划。减重减脂、回复体能、重塑力量，都在上面。如果还有不清楚的地方，再来问我。”何耀强的手里还拿着几页满满密密的打印表格。

“嗯，何指导，我一定……”正说着……

“人齐了，集合！”

这一声震颤了馆顶的洪钟还不是威风的成总教练又在发号施令！

好的，没问题！既然如此，那就开始吧！……

离开了训练场一年多的时间，再加上此前受刀伤后也一直处于了休养的状态，这一整天的恢复性锻炼下来，雨心自感还真是有些吃不消。即使她在一日之内付出了的全部运动量，还不及现今的一线队员们在上下午的两堂训练课上所累积下的正常体能消耗的一半。

但是现在，咬紧了牙齿的疲惫女孩还是和她绝大多数的队友们一起，再一次站在了晚间自行加练的开放性场地上。

“搏击一馆”里不知从何时开始，又再度时兴起了这派令人倍感到亲切而又怀念的加量晚自习，张雨心可不想在复出的第一天就缺席这场会极度有助于她快速地重新融入回团队的集体活动。而且，她也总是觉得今天还缺少了一点什么。

雨心先是与建秋毗邻，练起了下肢配重蹬踹。当今什刹海俱乐部里的头号硬手在日常训练中仍旧是独来独往，个人的严酷冷峻风格也是与往前毫无差别。雨心一个劲儿地上赶着和人家搭话，可对方从始至终总共也就是面无表情地应回了“哦、还行吧、你随便”这三个短语。而且看起来，此时并没有任何闲聊兴致的女将就这也还是为了给头一天归来的老朋友一个面子，才勉为其难地耐着性子来应酬一下的。

练了一会儿，建秋起身给自己的器械再加上了一片十公斤重的铁盘，而在一旁看着的张雨心则又是好一阵的嘘叹惭愧。她真是没有想到如今队里面的训练水平已经提升到了这么高的层次，不仅仅只是几名体能出众的尖子队员，而是一整支队伍的各项基础科目平均成绩全部都产生了跨越式的巨大进步。就更别说是……眼前的这位钢铁女超人了，自己都不好意思跟人家挨着一块儿练了。

小雯儿在那边打着沙包呢，雨心和建秋说了一句后便下了器械又向着那里贴了去。结果对方还是和之前一样，就是不理人，掉头便往别处去了。

唉，小雯儿这是……算了，先不去招她了。

大迎儿，好身手！再看另一角，大块头女孩正把一副几乎就要被坠弯了的铁杠上下翻腾得虎虎生风。这会儿，摆放杠铃的区域里聚集了不少的队友，什么时候这项枯燥的训练又成了大家热捧的科目了？难道就是因为那些曾经乌黑陈旧的老古董们，如今都已是被换成了各色明目鲜艳的新器具了吗？见此刻刚好出了个红色铃片的空位，雨心便也赶紧凑了过去。

好家伙，怎么一年没见，大迎儿的胳膊粗了这么多！近看之下，张欢迎那双被背心短袖箍得紧紧的魁梧手臂真可说是青筋暴起、肌肉横凸。雨心心想，这许是要比自己的大腿还得壮上了一两圈吧，而且还是她近年来发福了以后的。

不过，要是再进一步细观察了大迎儿所配上的重量以及她每天晚上提拉动作的完成幅度与编排组数，估计也就没有人还会对其反映在了形体积淀上面的丰厚训练收获产生出丁点的惊讶了。其实雨心早也知道，她这位老实本分的队友是一名做功课极为认真刻苦的优秀运动员，即便是去和建秋相比也都全不逊色。但是，就算是这样，可以在短时间内达成如此可观的成就……或许相对合理的解释也只能是，张欢迎选手在身体素质方面本就亦同样堪称为是一位超凡的天才，而且，还在这一年的时光当中，突然领悟到了某种能够促使其天赋才华得以彻底爆发出来了的精神助力……

体能一旦被拉过了极限，时间也就仿佛走得快了很多。一转眼到九点来钟了，“搏击一馆”里晚间加练的各队人马已是散去了有八九成，至这时，那一位永远也不会缺席的老练家子才姗姗换好了衣服，慢悠悠地步了进来。

而可怜的雨心为了等他，已经累得快要虚脱了。

成金龙也注意到了雨心还在，于是便也有意无意地拎起一副明黄色的杠铃，就在女孩身边的不远处，按照老模样翻舞着练了起来。

雨心可是已然练不动了，她喘着粗气，扶住铁架，站在了成指导的一旁。在白天的训练当中，这对师徒倒也已是曾有过了几句正常的交流。

男人手中的杠铃还是那么地深沉与凌厉……

“成指导，怎么咱们馆里的老杠铃全都换成新的了？您以前常使的那副也……”看着成金龙又做完了一组，雨心首先开口了。谁都能听得出来，这也是女孩一句无甚所谓的随意闲话，为的只是尝试着去再度推开与主教练间的对话之门。

“不是换了新的，而是被重新喷过了漆。”成金龙暂时架上了重物，低着头答道，“是我自个儿动手喷的，让这些老家伙们到了新时候儿里，也都跟着时代的变化而去换换样子，不也正是应该的吗。”感怀者抚着面前的老朋友，把头转向了张雨心，“这就是我的那一副，你仔细看，铁片儿上不都还是满布着凹痕呢吗。表面儿上的颜色确实是变得好看多了，可是里面的芯儿，就是想动也动不了啦……”

“哦，是这样啊……”雨心望着这些要比自己年长了许多的老物件们，小声地应道。从成指导的这番言语里，她能够感察得到，对方也是想要和自己说上一些话的。

这之后，成金龙便又自顾自地提起了杠铃。而雨心就依然这样静立在了旁边。

成指导又做了有五组吗，还是六组？然后……

“雨心，我从前老是逼着你们来加练提拉杠铃，但你们总也没有积极性。”看样子成金龙的自我修炼进行到了中间休息的阶段，他放下器具，擦了擦汗，转而直面向了张雨心，“尤其是你，从小儿到大没少偷懒儿。可是，我从来也没有真正严格地去命令过你，必须就要百分之百地按照计划做足，你知道是为什么吗？”

啊？这……

不用雨心为难，成指导的话接下来便给出了答案。“其实是因为我一直都很清楚，以你的体质和技术特点而言，纯粹的力量强化型科目，加与不加都是两可的。

雨心，你在同级别的女子选手里拥有着非常另类的身体天赋。体态轻盈，动作敏捷，出拳快速且落点极为准确，这些全都是拜你那独特的肢体协调力和神经反应的细腻敏感程度所赐。也就是说，你是一个极其善于去控制与处理精细的微动作和微感知的纯技术类型的搏击运动员。而显然，过于极端与生硬地去盲目增加肌肉厚度和绝对力量，是会影响到你肌体组织的原有平衡，并进而会干扰和破坏掉你本身的这种天然优势的。这也是在很多相对复杂的运动项目里面，早都已经被印证过了的客观科学规律。”

噢，是吧……

张雨心可以听懂也完全赞同成指导所讲的理论，这在运动生物学里已有定论，而且，很多有经验的老运动员们也都早就于这一方面的长短轻重深有过体会了。只不过，她知道总教练此时真正想要对自己说出的应该绝不止是解释一下曾经的训导思路这么简单。

于是，她平静地等来了成金龙跟随在后面的话。

“所以，似乎可以这样来讲，对你而言，去完全听从于教练员的指导，以牺牲削弱掉一部分固有强项的代价来弥补上明显的短板，抑或是彻底地遵照你本来的样子，顺势而为，将先天所负的原始特长去升华发挥到淋漓尽致的极限，这两条貌似迥异的发展路线所能够达成的最终结果，或许都是一样的。

但是这一点，以前的我却并不愿意承认……

凡事都有着它的多面性，可以去实现到既定目标的办法也往往不会只有一种。那些硬性地认为，世间万物都必然有着永恒的不变真理和一定之规，或是武断地结论，左右相向一概非白即黑、非曲即直的老派观念，其自身也都是值得商榷的。过犹不及，不及犹过，但说到底，它们却自古以来就是你我活在了这人世之上的生而常态。当走在了那条通往着生命梦想的漫漫长路上，我们永远也不要在只有自己一个人的时候去怀疑当刻所正在坚持着的行进方向，但是同样，也不该在周边环境与同行人都产生了很多的变化以后，还一味顽固地死守着那很有可能已经不再适合自己了的前一个决定。在这趟几乎永远都不会结束的曲折征途上，本是并无成败之分，也不存在着对错之别，因为那些所谓的成败对错，实则上也从来就都是幻映在了那人生花影的无形嬗变当中的毫无标准与定论的永动之数。而其中唯一会有着分别的……或许，也就只是我们对于自己的那颗心的忠与不忠了吧。”

成金龙说完以上的话，向着雨心欣然地笑了。“雨心，这就是我在这几年来的起起落落当中所得到的东西。那么，你的呢？”

那样阳光四溢而又平易如友的笑容，是张雨心这辈子第一次在成指导脸上所感受到了的温情与暖意。是的，没有错，这真的就是这么多年以来的第一次。即便这位女孩已经追随了半生的恩师对于她而言，是一个在其生命当中仅次于生身父亲，甚至比之曾经的男朋友都还要更加的了解与熟悉的重要男人。

不用等待爱徒回答些什么，成金龙再次提起了杠铃，尽情地享受了起来。

而雨心则还是站在了原处，继续安静地看着他们。最后……

“成指导，您说咱们这次想要去夺取世界冠军，时机成熟了吗？”如此深意的一问，专心倾听过后的女孩一定不是在逗趣。

几秒钟后，成金龙把铁家什“当”的一声撂回到了支架上面，然后略压着有些急促了的呼吸，同样是饱含着深意地回复道：“这个问题，我想还是等到你们即将就要站上了世锦赛决赛擂台前的那一分钟，再由你们自己来做出回答吧……”

……

为了青春梦想的拼搏，为了心中所求的奋进！日以继夜吧，勇往直前吧！汗水在飞扬，中国女子自由搏击国家队的美丽姑娘们！

首先是张雨心的从零开始。

在每一个清早与大部队的集团晨跑结束之后，需要先行去减肥的姑娘要做的第一件事情，就是打开何指导交给她的那份恢复计划，来确认一下在这一天当中对其而言至关重要的两组数字。第一组是她必须将去完成的各项训练科目的具体要求，像是额外跑步的圈数以及强度跳绳的时长等等。而第二组则就是她在今天的一日三餐里面所允许摄入进的总卡路里的上限数值，当然，在数字的旁边也附上了一些具体的提示，比如说，在什刹海的运动员食堂里，一只大肉包子所含有的热量就要高于一份素菜再加上三两米饭。

没有人会怀疑这将是一段多么难熬的日子，但是相比于这个女孩此刻的坚毅决心和执着意志，区区月余的克己苦行又算得了什么呢。

一周、两周、一个月，计划清单中对各个阶段所定下的身体状况数据和运动机能指标，张雨心全部都超额地完成了。四十二天以后，她大获成功地减重六公斤，全身的脂肪含量降低至了 10% 以下，而且，在绝对力量、敏捷爆发、有氧耐力以及柔韧协调等多项能力测试中的综合得分也都取得了极为显著的大幅度提高。

可以这样讲，通过复出后科学有效的艰苦训练，张雨心的身体状态已经再次达到了自她发育成熟之后的最佳水平。

而也只有当个人重新拥有了这样的高水平之后，才有可能真正地融入回那个建立在了这样的高水平之上的战斗集体……

这一日有半天的休息时间，无事的雨心陪着好友隋清一起，去到了其就读硕士大学的图书馆里借阅参考书籍。

这两年的隋清很不容易，在全力坚持着自由搏击运动的同时，不仅完成了大学学业，还顺利地考取了本校法学专业的全日制研究生。而自从什刹海俱乐部进入到了全面系统备战世界锦标赛的国家队周期以来，她所需要去承担的双线作战压力就无疑是更加地巨大了。不过还好，依然总是乐呵呵的姑娘看上去，一切都还尽在掌握。

“小雯儿昨儿跟我说，这也快过春节了，叫咱们几个商量好个时间，一块儿到她那儿去吃顿饭呢。”幽静的书馆长案上，隋清戴着眼镜，把两只小眼睛眯成了一道特别细的缝，几乎整个人都要埋进了那册厚重的律法典籍当中。此时她头也没有抬，就像是忽才想起了这件事情一般，随意地对在一旁专心看着一本散文集的雨心微声说道：“本来礼拜六晚上有乐团的老熟人儿想请我去帮拉个新春音乐会，要不我就推了不去了，你那天行吗？”

什么，去吃饭？张雨心的思绪被一下子从优美的文字仙境中拽了回来。小雯儿她这是要……令小小惊讶到的女孩无可回避的一件烦忧事是，自她回归之后直到现在，那位目前在队伍里面岁数最大的多年老姐妹还是没有对其说出过一句话。

不过，那也就愈加没有任何的理由好去拒绝这次微妙的邀约了。“可以呀。”雨心笑着答道。当然，她的眼神也在询问着传话人，是否还会有些更加具体的信息。

“其他人都好说，只要是我能抽出空儿来就好办。还有就是你，小雯儿还特地让我问你呢，你现在到底能吃能喝了不能，别到时候儿人是去了，可又别别扭扭地不敢动筷子。”隋清轻柔地翻着书页，又接着带出了几言让人听来总是会那么切合时宜的清聊闲句，间或里也似是有意无意地瞄了雨心半眼。

这种感觉……为什么我们的生活每每到了此种关节，那些很多或大或小的烦事难题就都总是会在隋清的长袖小舞之间被恰到好处地微微一转呢？雨心感叹地望着这位在十三年前因为一枚红色的草莓发卡而与自己相识了的老朋友，心中自语道：小清啊小清，你可真能算是一剂在我生命之中的万能胶啊……

“隋清，你说你为人处世这么明白，除了天生脑子好以外，是不是就因为看书看得特别多啊？”雨心在这一刻真是好想问出一句这样的赞叹，也不管会不会影响到这位大研究生的伏案修习了，“我要是也可以像你这样儿，回回都能把事儿办得那么出彩儿就好了。”

听了这话，隋清扬起了头，她盯了雨心一会儿，然后眨眨眼，仍旧还是用那种永远不会改变的调侃口吻，但却又像是添入了一丝额外的珍重与深邃地回道：“其实你也是一个很明白的人啊，你爱看电影儿，一部好电影儿和一本儿好书对人所起到的作用是一样的。”

呵呵，是吗？也许真的如此吧。雨心带着点小得意地想……

“花果山・名味楼”，大厨郭雯雯又在尽显绝艺了。

偌大的后厨工间当中，温香弥漫、甘腻润泽，那是一股醇甜沁人的炖锅蒸汽正在滚腾生起，四散飘逸。这会儿正赶上了周六晚餐旺时的忙碌阶段，一排燃灶之上，十来位硬气的大师傅可是个顶个的身手了得。照说，在这急火火的煎炒烹炸里本是各样辛重热燥之气皆应喷爆而出才对，然而，妙的就在此时此刻，这厨间以内的所有人们却又真真的便是鼻中唯此一香而心里再无他味了。

这等神奇，难不成这菜与菜之间也会有着……

且问郭小姐，您做的是道什么菜！

酒缸大小的精陶砂锅慵懒地卧在绵绵的微火怀里，不时溢出熬煨水汽的锅盖之下，高汤没顶、珍材满膛。看出来了，原是一坛华夏名品“佛跳墙”。

这“佛跳墙”本是源自闽浙沿海一带的悠久菜色，其主要烹制手法就是将各种名贵稀罕的高档食材经过精致料理之后荟于一锅，再用酒汤慢火细细煨制而成。此菜于中国成名流传已久，各门各派的历代名厨亦是多有研发改良，不过归根结底，那终究的高低成败也无非就还在两点上下。其一当然还是这内中所囊括材料档次的“硬实力”，而其二则就是厨者在为此搭配调和之间所能够抒表彰显而出的“软心思”了。

就看今日这坛。

好手笔！郭氏待客，岂可轻薄！此款内先有主料十味。山珍两色：松茸、榛蘑；海味两色：鲍鱼、海参；飞禽两色：鸽蛋、雁翅；走兽四色：猪尾、牛筋、羊肝、鹿蹄。后有辅料十二味。吊汤四色：瑶柱、火腿、鸭脂、鸡脯；滋补四色：桂圆、红枣、虫草、老参；衬点再四色：冬菇、芦笋、芋粉、山药。

真可喻是十全十美，满满圆圆！

时辰已到，起锅上楼。

好个雯雯，也真是从什刹海练回了一身子足力气。见她垫上湿布，握紧砂锅两耳，双臂一振，直就自个儿端起了那三十多斤的滚烫坛子，穿过众人景仰，直奔三楼而去……

包间“雷音”之内已经冷冷热热地摆上了一桌子的菜，而围桌环坐的正是东道主人的五位多年队友：隋清、雨心、大小迎儿，还有丁建秋。说起建秋，人家可也早已不是初次光临“花果山”了，就在张雨心离去缺席的这一年里面，这名看似依旧冰冷的女孩其实早就成了队友们间快乐聚餐会上的常到之客了。

“让开让开，上大菜啦！”小雯儿嚷着拱开了房门，不用别人相帮，自己一个挺劲就将大锅举上台面，当当正正地蹾在了桌子中心的煤气炉上。之后再随手一拧开关，把炉子即时点燃，这汤锅续又吃上了火，便又接着咕嘟嘟地滚开了起来。

打这只坛子一入了门，那股子一直都在绕着它飘飘转转的诱人香气就也同时跟进了而来，只少顷，这整一间的屋子里面便已是漫开了浓浓的鲜美浑厚。而桌前坐着的那几位，则也是不出所料地在分分钟内便被这香味熏引得犹是钻进了花房糖窖里的小蜜蜂们一般，个个就都只是盼着要赶紧去好好地尝上个究竟才是。

不多说，郭大厨随即掀开了锅盖。

这一下，不得了啦！好一团馥郁绝伦的白雾仙气扑了面地直冲出来，才一瞬间里，就只觉是将这些苦难缠身的肉胎凡人们全都送上去了那天庭的瑶池、月宫的虚境，欢心美美欲飞之际，竟似是忘却了所有的尘世烦扰，就仅留得了这绵香生生不绝的喜笑与福瑞。

再请看，这锅里的顶上汤面就正恰如是一轮金黄的圆月！

今日这款“佛跳墙”，郭雯雯在选料配搭之时用上了额外新颖的主题心思。主辅料中多数品种俱是富含有大量的食物胶质，而其中尤是以并不常见于往日习惯选材之列的雁翅、猪尾、牛筋、鹿蹄这四色为甚。

昨天晚上，结束了加练的小雯儿独自一人先回了店里一趟，夜灯之下，化冻发货、剥洗刀工，水台生砧上的已是默默地亲手忙碌了大半宿。且今天中午周末常规的半天训练课刚一结束，她便又是率先抓紧着赶了回来，就只是为了去抢着钟点地填装灌浆，开火上灶。而也正是有仗于此，今时眼前的这坛心意之羹才是得以在安稳踏实而又不急不躁的慢火之上，精精细细地煨足了近乎七个小时。

故此，那诸多材料之中的胶质成分便已皆是被煮出熬透、浮聚汤头了。而郭大厨师随后又用上了其母独门秘传的花蜜黏浆，汇入进了这胶质稠汤的沸腾表面，于是最终，就形成了这一幅凝结周圆、貌似盘月的汤上甜汤了。

紧接着，小雯儿摆开碗匙，分斟汤物，亲自以勺敬客。

这东主今日精心奉上的珍奇菜肴，汤水之中胶原大补，不仅能给女孩子们带来养颜美容的讨好功效，就专业运动员而言，更尤是具有着强骨益筋、可辅助修复受到了磨损的关节软组织的保健食疗价值，真可谓是诚意周到，正经下足了功力。

而在盛过了一巡之后，再去看那锅中的景象。只见，原先漂在了汤水表层上的那一潭明月，虽先是有被羹勺的反复进出所搅混打乱，但随后却又是在沸滚的动力和其自身的黏合特质之下重再聚合，只不消几句话的工夫，便竟又是完满如初、破月还圆了！

盘中色香味，灶上厨者心！

匠心独运的作品，俊巧至极的构思！这就是自幼酷爱上了搏击运动的郭家厨艺传人应着今时之景所想请朋友们来品尝到的天上美味，以及去感受到的质朴心声。

情意创新！花果山七仙菜之，花果山下佛跳墙，特供升级版，蜜月圆满全家福！

既是已上齐了菜，忙活了一晚一天的小雯儿便也摘下围裙，归位落了座，与大家一同尽享着佳肴，有说有笑、欢欢快快地团桌畅聊了起来。

见小雯儿进了屋以后，稍感到了一点不自在的反而是张雨心。她直到了此时还是没有找到机会去捅破那层与这位个性十足的老队友间的隔阂薄膜。雨心知道，在这样的场面之下，说出第一句话的主动权一定会是掌握在对方的手里的，而人家就此到底打算选择在什么时候以及运用何种的方式，则就完全不是自己所能够控制的了。

所以她有点紧张，但是这一刻的祥和气氛却又使她感到了特别的温暖与安全。尤其是在喝下了几口碗中的甜美热汤之后。

偷偷地，雨心看了小雯儿一眼，在四目相交之时，对面倒也未再刻意地回避。于是，做客的女孩端起了杯子，她决定要……

“大伙儿，听我讲一句！”这……见到雨心欲有所动，小雯儿反是抢先着开了口。

确认到所有人都注目向了自己，郭雯雯小许酝酿了一下后，朗声地说道：“一年前，也是在这个房间里，我曾经撂下过一句狠话。当时我说，咱们这支队伍绝不能散！谁要是只顾着自己，敢逃跑，我就跟她绝交，一辈子不说话！”

完了，终于还是这样了！

小雯儿会采用如此强硬的口气讲话，倒也是雨心在此前所充分预想到了的于今晚的和好宴上有可能会出现的几种解决问题的模式当中，比较现实也更为符合对方性格特点的一个。现在看，既然人家都已经这么说了，那接下来又该是怎么样地去进行收场呢？自己主动站起来诚心道歉，自罚果汁三杯，差不多也就这样了吧。总不至于还要让我去磕头下跪，接受公众批判，然后再写份长篇检查才能过关吧。等待着领受内部处罚的女孩忐忑地想。

然而，小雯儿随后的话……“今天，也当着雨心的面儿，我为这些话向大家道个歉。对不起，我当时太冲动了。那样说话不合适，伤感情，而且，实则上也不会给事情的真正积极扭转带来半分的益处。”

天啊，这居然是从那位性如火中钢针的郭雯雯口中道出来的谦卑吗！在座的诸位老相识们可真是有点不敢相信自己的语言解读能力了。她会不会是在说反话呀？

“每一个人都有着去自行选择自己想要的生活的权利，没人有资格能够对此来指手画脚，就更别说是还想代替别人去做出什么决定了。以前的我，在这方面确实有些过分了。生活里，圆满了是运气和缘分，不圆满也没有必要去计较太多，凡事做好了自己，其实就已经足够了。这是我有一次在夜里边儿一个人做菜的时候儿突然感悟到的。”说到此处，小雯儿给自己的小酒盅里又斟满了红酒，“不过呢，人这一辈子要是真的能去干成几件无缺无憾、尽善尽美的大事儿，谁又会愿意平白地放弃掉呢。我想咱们六个今天能一块儿坐在这儿，就肯定是于心中也都同样存有着这样的盼望的。”

然后，演讲者诚挚地举起了酒杯，她的目标是……“这一个多月以来，雨心练得很苦，比以前还要苦，而成果大家也都看见了。到此，没有人再需要去怀疑些什么了，她真的就是已经回来了。所以……张心子，欢迎回家！”

同袍之情，敞心相敬！

这杯酒指向了张雨心，随后一回头，便灌进了致敬人郭雯雯自己的喉咙。

情况竟是这样的吗！荣宠若愧的雨心也赶忙站了起来，自己的杯中还剩有一半的鲜榨果汁，这么看来，我也该一口气把它给喝下去吗？这忽而转向的局面让心理准备奇缺且也从来没有经历过这种席间仪式的已戒酒女孩陡然乱了方寸。

结果，在大家的热情注视之下，她就是傻傻地那样去做了。

那么之后呢？对饮完了这份敬意后，是否还该再去说上两句呢，由当事者张雨心或是另一位愿意帮忙把此时的幸福氛围给烘抬得更为浓烈的同桌人。

内向的雨心有些语塞了。不知是出于意外还是激动，总之，看她是一时还未及组织出合宜的后续发言，但这桌上的气氛也不能就此便尴尬地凉了下去啊。

结果，小迎儿跳了出来。“好！雯儿姐好气度！雨心也是好样儿的！有雯儿姐在一天，咱们什刹海女子搏击队就绝对不会散，只会是变得越来越好！”

这……这怎么听来也都觉得好别扭啊，包括了被热情歌颂的郭雯雯自己。自从去年那次吃饭被小雯儿许了退役以后的工作保障后，王迎同学每次当众讲话时就更是会经常性地冒出很多这些越来越让人感觉到哭笑不得了的主旋律言论了。

唉，实在是伤脑筋，要是真的少了那位聪明人，你们可该怎么办！没辙了，只好还是再由人家来接出个像样的开心话茬儿吧。

只听隋清猛而地一声大喊：“哇，这里面有鲍鱼啊！这么大的个儿啊！”……

为了青春梦想的拼搏，为了心中所求的奋进！日以继夜吧，勇往直前吧！汗水在飞扬，中国女子自由搏击国家队的美丽姑娘们！

转眼就到了四月份，陈光荣又一次从曼谷开会回来了，这一趟他带回了一本薄薄的小册子，那是《第一届世界女子自由搏击锦标赛比赛规则（暂行）手册》。

这一下，一切就似乎更是被搭在了弦上了。中国女子自由搏击国家队的教练四人组马上就又是紧张地连夜研究、通宵计划，至了第二天的早训练课时便迅速地拿出了一份完善、详尽的整体备战方案，并即时予以了宣布。

第一，内部明确了国家队的六名主力队员各自所将出战的比赛级别。是为：郭雯雯、王迎，52 公斤级（轻量级）；丁建秋、张雨心，58 公斤级（次中量级）；隋清，65 公斤级（中量级）；张欢迎，65 公斤以上级（重量级）。

这样的布阵排兵虽看似只是顺势而为，但实而也是下了一番精密的算计的。没有因为张雨心的回归便转而安排丁建秋去升级参战 65 公斤级，这说明了中国队当前的战略思路非常明确，就是要在 58 公斤级这块兵家必争之地上面，通过堆积最强的好手而力保一枚关注度很可能会是最高的冠军金牌。

目前来看，以丁建秋的绝对硬实力，全球范围内次中量级别连带正三公斤左右的已知运动员里面，除了费奥娜·哈德森一人以外尚没有其他选手可以对其造成足够的威胁。但如若是贸然进入了再上一层的中量级别，则就有可能要去面对上很多陌生的体重都会比她更重的各国高手了，那样的话，与隋清联手夺取冠军的概率是要明显地低于在本来的级别当中去和张雨心搭档的。况且，鉴于雨心也才回归不久，到了正赛临战之时能否完全恢复当年的神勇身手并足以独支大局也确还尚存疑问。所以，在通盘权衡过利弊之后，以我为主、让美国人自己去掂量掂量到底敢不敢让哈德森以一己之力去在一次大赛上同时对抗于这个世界上仅有的两名曾经击败过她的外国人，才会是中国队堪称最佳的运兵策略。

第二，从即日起改造擂台、选配装备，巩固规则、适应判罚。所有的日常训练以及对抗模拟全部进入到“带妆实弹”的逼真状态。

本次国家队出征世界锦标赛的主赞助商——国内一家极为知名的体育运动用品生产厂商所派来负责相关工作的专业技师们进驻运动队了。他们不仅全面更新改造了现有的训练设施，还为每一名队员都量身供应了最为适用的专属装备，尤其是几名需要去重点包装的明星选手们，精测尺码、三维建模、任选色板、名师设计，拳套、服装、周身护具，全部都是凸显出了风格与个性的纯手工定制。

在这其间还发生了一件小小的花絮。某日，这家运动品牌的一位市场高层主管私下里找到了张雨心，所为之事：“雨心小姐，之前我们公司为了意向与您合作的事宜就和‘星触感’的刘总有过接触，但当时的协商并未达成一致。您看现今这种情况，如果咱们再直接地沟通一下，是不是会更加地方便……”而雨心的回复则就言简意赅：“感谢您的好意，但现在的我已经不是一名职业模特儿了，我目前唯一的身份是中国女子自由搏击队以及什刹海俱乐部中的一名普通运动员。您所希望的合作，我想我也只有可能是在运动队与赞助商业已签订下了的协议框架之内去尽量地加以配合。”

硬件全部到了位，接下来就是软件的系统测试了。每周两场的练习赛，其中所有的环节都已经被设定成了是务求尽量真实的大赛临场预演，而陈副主席为此还特意通过江莲子夫妇的帮忙联系，请来了北京搏击界中多位资深的国际级裁判，去以全新的竞赛规则来严格地进行了现场的执法计点工作，效果非常理想。

能有这样的练习自然也是件双赢的好事，前来参与测试的这些高水平裁判中，有好几位其后都应邀去往泰国加入了执裁首届女子自由搏击世锦赛的国际裁判员队伍。虽然，他们是肯定不会出现在有中国选手出场的比赛之中的。

第三，进一步精益求精地提升主力队员们的综合技术动作运用能力与新规则下自身既有优势特点的发挥水准，并且，下大力气去丰富和延伸传统的攻击战术套路。

这一条，绝对就是作为一名武者永远也不可能被满足的无尽追求。

成金龙、何耀强、陈光荣，这样豪华的教练及智囊班子不论是就理论基础、见识底蕴还是实战经验而言，放眼当今世界上任何一地的女子自由搏击国家级队伍都无疑已是一支超一流的顶级组合团队了。但是这还依然不够！

一日的训练场上，忽又出现了一名含笑旁观的中年壮汉，看他的体格举止似乎也是一位业内的前辈高人，而且，还和大迎儿很熟。

“拳中诸葛”孔令刚指导特别友情支援，前来“十二层”盘桓一周，协助国家队教练组去为重点选手们谋划制定可力求出奇制胜的独门战计。

这一周过后，雨心、建秋等领受了指教的队员们都是受益匪浅，而与孔指导交流了最多也密谈了最久的，还是隋清……

那么接下来，既然已经练了这么久，也该是时候敞开大门去热热身了。

盛夏时节，2007 年北京国际武术散打暨（女子）自由搏击邀请赛如约开战！

这项每年都会在北京市家门口举行的固定赛事，今届被赋予了特殊的意义。首届世界女子自由搏击锦标赛的举办事宜全面落实下来了以后，确定将要参赛的诸强各国就都陆续开始了积极而又周密的备战工作。在这一时期，原本于跨国间还会经常开展的商业比赛运作也全部变得微妙了起来，尤其是在世锦赛分级规则出台、多国都已经选拔好了各级别预备参赛的队员们了之后，保密实力、避免受伤就已基本上是成为了那些有幸入选了国家队的选手及其运营团队们的首要共同注意事项了。

所以，虽然这一届的比赛肯定是一次可以让各国的运动员教练员们都去充分适应新定的规则与场地并且连带检验前期训练成果的大好机会，但是绝大多数接到了出赛邀请函的国外大牌选手们还是都非常遗憾地选择了委婉地回避。而其中，作为女子自由搏击强国的美国和泰国则更是连一名的参与者都没有来到这个赛场之上。

不过即使如此，中国女子自由搏击队的姑娘们依旧还是抖擞精神，全员出阵。陈光荣副主席的组织协调能力确有一手，这次的比赛从赛制、场地、规则、裁判等各个方面无一不是把有可能会在曼谷发生的事情给全程演练了一个通通透透。看起来，面对这样的结果，或也可以不太谦虚地说上一句，不来参赛实是那些外国选手们的严重损失。

是役，中国运动员所展现出来的强大整体实力令远道而来的客人们只能望其项背。四大级别中，隋清与张欢迎双双轻松问鼎，而张雨心和丁建秋亦是毫无悬念地会师冠亚，但是出于保护自家队员的客观考虑，依照着（中国）主办方所提前便已定下了的赛事细则，那场决赛最终并没有无谓地继续进行。

唯一的例外来自于了轻量级别的较量当中，一位非常年轻的俄罗斯运动员在半决赛及决赛里连续力克了东道主选手王迎和郭雯雯，以足够优势的表现勇夺桂冠。这名漂亮的金发女孩子还是需要被大家记下的……

胜不足喜，重任在后。北京邀请赛结束当晚，中国队教练组便又是立即着手开始了分析录像、总结得失，并针对每一名队员在比赛中所暴露出来的或大或小的问题，启动了再新一轮的纠偏补漏与实战打磨。

由此，也就正式进入了出战世锦赛之前的最后冲刺阶段了。

所有的运、教、工作人员理论休假时间由原先的每周一天半缩短至了半天。所有的报名参赛选手不再允许在学校食堂之外擅自食用肉类，也不再允许未经孟指导批准自行服药进补。所有之前采取走训形式或是晚间偶尔外出的老队员们一律取消特权，要求按照规定在“十二层”的运动员集体公寓中严格作息！

“搏击一馆”的墙壁高处，那条意义非凡的横幅又一次被挂出来了。“顽强拼搏，勇创佳绩，全力备战 2007 年首届世界女子自由搏击锦标赛！”

对练部分在总训练量中占到的比重又有所增加了，队内实兵练习赛的次数也从每人每周的两场提升到了三场，并且，周六下午的那一场还被教练组明确要求一定要去真刀真枪地拼上一局。为了进一步推高模拟对抗赛的强度与质量，什刹海的老散打们还发挥出了他们所特有的优势，从隔壁男队当中借调来了几员轻量级的小将去担任起了主力女选手们的真打陪练。这么一搞，恶战可就是在每一个周末都会不期而至地到来了。

一个就快要进入到秋天了的这样的比赛日。

上一场，大迎儿和一名男陪练战为了平手，而雨心则是刚刚又完成了一组其所钟爱的老科目——三分钟移动靶攻击训练，使尽了足力的她微有气喘，此刻正在与负责记数的孟大海一起回看着摄像机，并力图去证明自己刚才已经又一次打破了其571中的最高纪录。

见大家各有所练，台子也正空着，建秋佩上护具登了上去。今日，又会有哪一位对实力充满了自信的男陪练愿意自告奋勇，去成为她的对手呢？

“建秋，今天跟我打一场怎么样？”擂台下面，一名声音听起来是如此亲切温和的男人向女队员发起了挑战。

有些意外，但也未尝不可。他是……何耀强……

何指导要跟丁建秋对练了，双方会用上真力吗？见是出了这般多年难遇的稀罕场面，一干惊奇的队员们忙是停下了手中的项目，纷纷聚到了擂台四周翘首围观起来。而在不断增厚的人丛里面，自然也包括了成金龙以及不少来自于同馆邻队中的热闹喜好者们。

孟大海还有些不放心地取来了一只防护头套，但是何耀强笑着谢绝了。他不紧不慢地脱下运动外套，然后，就像是一名终而从昏暗的床底翻回了幼时那只童年最爱的玩具机器人的快活少年那样，用情地戴上了一副自由搏击运动专用的露指拳套。

而丁建秋在对面望着他，面无余热，就只是在不断狠狠地抓合着自己的手指。

可以开始了吗？那就请开始吧！你们会让我们看到什么！

钢之建秋 VS. 铁骨耀强！

这真的是一场没有留下任何情面的惨烈之战。是的，虽然按照体育运动的某些基本常识，此刻在那张擂台上面所发生的打斗本不应该是这样一种过激的强度，但是，想必没有一位现时在场旁观的习武之人会认为这场搏命一般的大战配不上使用惨烈这个词。

丁建秋在凶狠地挥拳！毫无疑问，她又一次化身回了那头来自于寒冰地狱的狮子，而这已经是有一两年时间都没有发生过在训练场上的事情了。

何耀强在更加凶狠地挥拳！这真的会是那位儒雅可亲的何指导吗？这些年来，对其深存好感的女队员们也曾很多次地谈论和设想起过，当年那位传说里骁勇善战的“小强”在战士时代中的英姿到底会是何样地风度飘洒、倜傥逍遥。可现在，为什么这么多年来终于是第一次重又戴上了拳套的他，甫一出手就完全是要取人性命的毒辣套路，难道，这其实才是真正的他从那个以前曾去过的遥远地方所带回到了人世间来的战斗习惯吗！

一滴血落到了剧烈颤动着的台面上，但是却没有人能够分得清它到底属于哪一张染透了鲜红的痛杀面庞。这样的程度是否已然过分，而最该去控制一下事态的成指导又再次消失去了哪里！不，他并没有消失，他这一刻正在距离着搏杀最近的位置上忘情地看得呆了，还有那位被他拉住了手臂的好好孟叔，竟已是掩面叹嘘、老泪隐隐。

在那台甘冒了极大风险的脑部手术完成之后，何耀强接下来又对自己的身体都做了些什么？或许，那种事情就正是人们在夸耀起了某些生命中的奇迹之时，都总是会无一例外地因用以去作为了概括此努力过程的修辞技巧而会经常且普遍地将其所引用出来的，那所谓的经历过了常人难以想象也更加难以承受的艰辛与痛苦吧。只不过，对于这一位硬骨头的真男人来讲，这实而是无比幸福的。

所以，当这个男人真的做到了那样之后，他选择了去和所有爱着的人们来一起分享这幸福的一切。一名坚挺着曾经残破的躯体自行恢复训练不到一年的时间、早已不再年轻了的男子自由搏击运动员，向一名拥有着最强的身体天赋、正处于竞技水平的巅峰时期的至壮之年的女子自由搏击运动员，所发起的势均力敌的挑战。

或者说是，劫波渡后的……相庆……

最后，何耀强战胜了他的队员。

在以连续的拳肘破袭撬开了空当之后，男人施出了一招险恶的近身擒抱，他不顾自己可能会被重膝顶中头部的危险，屈身缠腰，快速制住了建秋的躯干，并把其高高举起，重摔在地，随后，又以寝技续攻之术从背后死死地绞住了对方的脖颈。

在众人的惊呼之中又坚持了十秒以上的建秋见实是挣脱无望，便在意欲昏厥的体感初一到来之际去主动地轻拍了几下何指导的手臂，示意认输了……

分开之后的两位斗士各自斜靠在了擂台一侧的边绳上，席地稍息。何耀强擦过了汗水的毛巾上满是红迹，而丁建秋的眉角也肿胀了起来，被她压上了冷冻冰包。适才，台下为他俩爆起的连天的叫好与掌声长久不落，直到成指导的高声解散令出口，命大家迅速各回各位以后，人们方才是意犹未尽地缓缓散了去。

建秋换过了气来，已无大碍，此时她注视着与自己同坐在地上的何耀强，诚心地赞出了一句："何指导，您依然还是像铁一样的硬。"

听了此言，何氏大笑了起来，痛快、满足，似如狂喜般地大笑了起来。就是这样，一个倾尽了全力的人战胜了另一个倾尽了全力的人，这当然值得去笑，去尽情地大笑。有谁会在乎此番交战的双方在名义上的差别是有多么地巨大，又有谁会在乎今天这奋战的所得若置于辉煌的昨日会是何等地不值一提，只要他们都已倾尽了全力。

从这个角度上去看，何耀强对他的弟子丁建秋一定是既信任，也感激的……

而就是在这天的晚上，紧跟着又发生了另一件多年也难遇一回的稀奇事。

成金龙与何耀强二位指导相约出去喝了酒，而且还喝得酩酊大醉。凌晨时分，他两人竟是相靠着坐在了什刹海体校大门外的一块草坪上面放声呼笑，声音传出了很远……

为了青春梦想的拼搏，为了心中所求的奋进！日以继夜吧，勇往直前吧！汗水在飞扬，中国女子自由搏击国家队的美丽姑娘们！

天气渐转凉了，算起来，距离即将要去启程出征泰国的最终时刻也就只还余下了不到两个月的时间。为了更加高效地利用好这分秒必夺的临近冲线阶段，中国女子自由搏击队决定去进行一次主力队员们的强化特训型海外拉练。

而此番拉练所选定的地点就是澳大利亚。

从还没有动身离开北京之时开始，不少队员们就已经发现了，往日里一贯沉稳镇定的成金龙指导似乎是对这趟澳洲之旅怀有着异常兴奋的莫名期待。而当坐上了飞机以后，大家又望着他那总是不断地去查看时间并且反复整理着仪表的好一副既是盼望又是紧张的样子，就更是加重了这样的共同感觉了。

直到当这些疑惑的女孩子们终于在悉尼机场外的停车场上见到了那位带队前来接机的白衣女士，所有的问号与不解才是于一瞬间便都转化为了豁然开朗的会心一笑。

传说中的荷子师伯看起来其实与那位经常见到的莲子师伯一点也不像，即使她俩的容貌的确是长得一模一样。怎样才能去解释清楚这种奇妙的感受呢，就再一次借用隋清的话来说吧：荷子师伯的笑往往是生于心中而止于面容，经常是虽有内里的喜悦但脸上却是丝毫不动声色，而她的姐姐呢，在大多数的时候则刚好相反。

装好了行李，中巴车启动了，江荷子与成金龙肩并着肩，紧挨着一起坐在了靠近车头位置的第一排双人座位上。

车子直接驶往了郊区，把客人们送入了一家朴实僻静的中档酒店。这里环境舒适，清净整洁，背靠的树林葱郁幽雅，楼顶上的天台也是花香叶绿、风爽宜人。办理好了入住并稍事安顿休整后，中国队的人员们随即便全体步行前往了位于不到一公里之外的一家私立高中的校体育馆内，去抓紧时间进行了第一次的熟悉场地与适应训练。大家对此处的条件同样是相当地满意。这所馆舍不大不小，设施一应俱全，租给中国队伍使用的区域也很是敞亮便利，供十来个人安下心来狠狠地练上一个月的话，可说是甚为就手合用的。

而且据说从明天开始，还会有六七位在本地从事自由搏击运动的高水平华人男女业余选手们，前来以交流学习者的身份为中国队义务承担起对打陪练和训练助理的工作。

成金龙松弛如意地在墙边的木箱椅上坐了下来，轻快地舒了舒筋骨。没有错，他想要为队伍去寻找到的地方就是这个样子。

实际上，自进入了秋天以来，中国女子自由搏击队的整体状态就已是不太理想地陷入进一个很难再去继续拔高的小小瓶颈期了。而造成了这样情况的原因是多层面的。从运动科学的角度上来讲，长时间的高强度训练已经让队员们的生理及心理负担都达到了极限，普遍的疲劳反应也是越来越频繁地出现在了每名运动员的身上。如此下去，一旦发生了意外的伤病状况，后果将会是非常麻烦的。

另一方面，随着本次世界锦标赛开幕日期的日益临近，社会上的各种商业宣传和新闻报道也是渐趋火热，队伍里往往是每天的正常训练还未开始，就要先去应付防范起了很多不守规矩的鲁莽记者和追星拳迷，而由此所衍生而出的大量正面负面的媒体消息，也是无孔不入地在时刻影响牵扯着多位明星级选手的精力与心情。

再有，就是今年入秋之后，北京的气温与湿度都下降得很快，如果就此在家一直练到了十一月中旬再猛然前往泰国曼谷，队员们会不会因此而产生出对当地湿热气候以及环境水土的不适应，这也是个非常令人忧心的问题。

由此种种，走出门去换换空气、选个纯静封闭一点的场所来进行最后一站的专心修炼及临赛战前的身心调整，这项工作便成为了中国队整个世锦赛备战系统工程的收官之役了。

澳大利亚本身并不是首届世界女子自由搏击锦标赛的参赛国，与中国队不存在着某些不便言表的需要去相互回避的忌讳。同时，由于其地处于南半球，十月份正是一年当中春季的开端，而与国内交通便捷且还恰好有着圈内联系人的悉尼，又是一个四季湿润多雨的国际型沿海城市，与北京和曼谷的时差也都就只在两三个小时以内。故如此说来，那里还就真是一处充分满足了中国队的所有异国拉练需求的上上首选之地呢。

当然，此时若是再看当地具体的对接安排，住宿、场馆、人员配合等方面无一不是都妥妥帖帖地掐准了成指导最为顺意的腹中心思，能有着如此周到的接应，怕是就连一向以人面广博而著称的陈光荣副主席也不敢保全能托人办到这样一般地俱到无疏吧。

而以上这用心周全的一切，自然就都是有赖于了那位此刻又率性大方地与老朋友成大龙肩并肩地坐在了一起的荷子师伯了。

为这，在当日晚间于酒店宴会厅中所举办的悉尼本地华人武术界为中国女子自由搏击队接风打气的小规模欢迎餐会上，成金龙跟何耀强在连续的答谢致辞当中一直都是在反复地声明强调着，这次能成行澳洲，可真是要特别地感谢热心的江荷子女士对祖国体育事业和母校什刹海的深情厚谊与大力支持了。

而受到了故人们的盛情赞美之后，荷子却也并未露出什么太多的喜色，她的面庞就始终还是那样，清淡得像是一朵素雅的花……

依旧是清晨列队的负重长跑，依旧是上下午两节的技战术训练课，也依旧还是每晚都无人报缺的加练自习，只不过，在如此一处更加新鲜且宁静祥和的世外园地当中，这一切的持续付出都变得愈发地富有着快感和效率了。

或许，队伍能产生出这样的向好迹象，也正是对于成金龙指导所最新秉持了的万事以人为本的运动竞训管理理念的一种颇为直观的褒奖与回报吧。

队员们身体上的疲惫不适在被逐渐地调控消解，于技术运用和战术实施层面上的软性能力也在更加耐心专注的精炼磨砺之中进一步地提升了强度及稳定性。而这样的巨大收效无疑是在大赛临战的前夕力求再上一阶的中国女子自由搏击队所最为急需着的。

并且，似乎在心理状态方面，大家也都是显得比之往前要更为平定了一些……

这又是一个在来到了澳大利亚之后几乎每天都能享受得到的静谧悠然的夜晚。

一首厚重满实却又不失灵秀明亮的弦乐之曲正从酒店三楼一间套房的窗口之中飘飘然地漫溢而出。这声色中高不低、含敛温沉，既好似惊涛骇浪当中的四平八稳，又像是冰火交烈其下的暖暖舒舒，虽是无尖无锐，但亦有劲有魂，真就一如是那位慧明的器乐奏者在这大千纷繁之世上的自得安乐与善修其身。

这是年轻的音乐家隋清小姐在拉奏着她的一生挚友——中提琴，而这首来自十九世纪的传世经典《Harold in Italy》（《哈罗德在意大利》），也正是一支专为这种甘做配角的谦逊乐器所倾心创作而出的独奏名曲。

或许就和成金龙的那副乌铁老杠铃一样吧，这把十五（英）寸的欧洲老琴也正是隋清在自己的生命当中一份从来也不曾离弃过的珍守之谊。说起来，以前的大家还真是没有太去留心过这位多才多艺的聪明队友在器乐方面也同样是根底深厚的专业造诣，直到了这段时间以来，为了迎接世锦赛而训练加紧，隋清为此也搬回了运动员公寓居住以后，这把心爱的中提琴才是跟随着它的主人一起高调地融入进了姑娘们的集体生活，甚至还一同不远万里地飞来了这块恰是应情的海外徜徉之地。

现在，每天晚上能够欣赏到隋清那优美的琴声，已经成为了这队在辛劳进取之中的中国女孩子们的一项颇具着些风情格调的小小福利了。

此时，无事的雨心独自信步在了酒店天台的灌树绿植当中。近来，每逢她那位老室友又在临睡之前架起了提琴的时候，女孩就都会是很自然地暂退出了两人共同的套间，这并非是由于嫌弃那近在耳边的曲声，也不完全是因为怕会打扰到了演奏家的专心投入，她其实就只是更愿意在稍有一点距离的状态之下去聆听着这一切。

天空，大地，树林，空气，还有……我们……

夜色凝润，旷野芬芳，在楼后林中散步的小雯儿她们一定也是会有着如此同样的神怡之感吧。不过雨心觉得，优越地站在了再高一点位置上的她与那颗美丽月亮之间的相距该是会更近一些的，而今晚的月弯又是那么地纤柔与皎洁。

而且，此刻攀上楼顶在观赏月亮的人也定是不止只有着张雨心这一位。才又往前踱了几步，一株蜡花之下便是现出了一副蹲坐着的人影。再走近点看，原来是建秋，并且，她在那里实则非蹲非坐，而是静默地跪在了地上。

合十的双掌贴在额前，虔诚的身躯安详和静，月光之下，清影淡然，好似是一位感恩天上的信徒在沉溺于着自我弥深的昔往。

无意里撞到了人家的跪拜，雨心很是不好意思，她本想立马便扭头返转，可偏偏那位平日里从不习惯与人主动招呼的山西女孩竟是又一次地忽然变换了面目。在听到了近来的脚步声也看清了就是只有雨心一人之后，丁建秋从容地放下了架势，站起来说道：“雨心，跟这儿坐一会儿吧。”……

皓月悬空，清气萦萦，赤道以南海岸线边的早春晚景实是与京晋大地上那等内陆气候的风干物燥大不一样啊……

“今天是十月十四号……我爸的祭日。”冷不丁地，建秋冒出了这样一句。这让坐下来和她一起赏月的雨心微微地心惊了一下。

是啊，北京女孩的记忆力还不算太差，她想起来了，这个日子的确是在上次建秋对自己身世的那番讲述当中有被提起过的，因为那时也是像今天这样被突然地抛出，所以反而是让接听者的印象比较深刻。雨心看了看身边的建秋，而建秋依然在看着月亮。

现在的氛围……也是和那一次好像的啊。

建秋接着说道：“十二年了，那一年是猪年，今年也是猪年，整整地过了一轮了。而且从今年开始，在我的生命里面，没有我爸的日子就要比有他的还长了。”

显然，此刻的丁建秋已是又一次进入到了她只对身边两三名特定的队友和教练们才有可能会展开的，极为珍稀宝贵的愿意打开门扉去掏出内心的“另一个自我”时间了。而这样的情况或许在此前近一两年来的每几个月里才会被赶上一次吧。这么说来，张雨心真的是非常幸运的，因为这已经是她个人所获赠到的第三次了，即使以目前的形势来看，以后大家能得以去分享到这项殊荣的机会会越来越多。

“是啊，岁月是一种多么强大的力量啊……那你今天给阿姨打过电话了吗？”雨心当然不能辜负队友的垂爱，她赶紧细声地应和道。

“没有。”建秋回答得倒也干脆，然后：“你说得真好啊，岁月……的确是一种非常强大的力量……还记得在前些年，我也是经常会像这样一个人孤独地去看着月亮，不论是在阳高县城里还是到了北京以后。那时候，我总是希望自己的生活是一场梦，等梦醒了，所有的悲伤与苦痛就也都会全部消失了。可现在呢，却正好是反过来了，我会盼望着、祈祷着，但愿那身边所发生着的一切都是真正的现实，而不是有可能在无望地睁开了眼睛的下一个刹那便会于倏然间就又再次失去掉的东西……”

建秋把握在掌中的电子表放回了胸前的上衣口袋中，继续说道：“但其实呢，在那些我于今天很害怕会失去的东西里面，有很多很多都是我在并不快乐的昨天也同样曾拥有着的，或者说是在那趟曲折坎坷的生命旅途之中始终也都没有舍我而去过的。只是，那时的我还无法去说服自己来相信与承认，能拥有着它们的日子也同样是幸福的而已……

那……最终又到底是什么让我发生了这样的改变呢？”

建秋是在向我提出问题吗，抑或仅仅只是在向我发出着又一次的被真心接纳的恳请。雨心知道，面对着这般的情景，她只需去静静地继续倾听就好了，正像是她此生非常愿意也一直都是在如此做着的那样。

果然……“这很难回答……首先，这个答案肯定不可能是那些看似会非常重要的成绩啊金钱什么的，也并不一定就是包括了你、隋清跟何指导在内的，很多位愿意看到我能逐渐变好的善良好人们所送来的帮助与情分……而如果必须要让我去就此给出一个明确的解答的话，我可能会说，那就是因为岁月。

岁月，它会使得一个人看待自己和人生的态度在沉静与不觉之间产生出最为根本的转变。而这种强大无比的力量又是此世上任何其他的事物都无法去比拟的，即使是像钢铁一样的硬……也不行……”已从远方归来的姑娘随即便动情地言道。

建秋说完便又陷入到慨叹的沉默之中了，而雨心亦是认为这样的到位解读也已经不需要自己再去附和与补充些什么了。于是，两个女孩就在子夜的星空之下悠静地无言而坐着，任由那曼妙的月光柔柔地洒在了她们的脸上。

“建秋儿……”而至此雨心似又是想起了些什么，她有点吞吐地向朋友动议道，“你知道现在……皮肤美容整形的医疗技术已经很成熟了，我之前后腰上那个刀伤的疤痕就是经过了处理以后，现在一点儿都看不出来了。我……我做模特儿时也攒了些钱，我想要不……我来负担费用，帮你把脸上的那道伤痕……给去掉吧。”

“呵呵……”建秋的反应似笑非笑，她看着雨心想了一会儿，这样答道，“都这么紧张的时候了，哪还有心思顾得上这些啊。而且陈主席不是已经跟咱俩都说好了吗，一回国就要马上给世锦赛拍宣传片了，到那时总不能脸上裹着个纱布去出镜吧。你的好意我心领了，如果真有需要的话我自己会去治疗的，但不是现在。因为在此之前，我觉得让那些欺软怕硬的外国人们在擂台上下都一眼认定，我丁建秋就是全中国最凶、最恶、最打起架来不要命的狠娘们儿，也不见得会是一件坏事。你说呢？”

“哈哈！”雨心这一下可真是忍不住大笑出来了。好一个丁建秋啊，今天的你去看待生活中的得失进退与否泰祸福的潇洒度量实在是太酷了！

于是，在异国春夜里的璨然星月之下，就是这样留下了中国女孩们的欢乐、情谊，和期望着又一个明天的清扬琴声……

为期一个月左右的澳洲拉练顺利取得了教练员们意料之中的圆满效果，带着一身的收获积累与满心的大好情绪，中国国家女子自由搏击队于十月份的最后一天意气风发地回到了他们的大本营北京。而这时距离着那个早已定下了的大赛出征之日，还剩下刚好两周的时间。

现在，可以去启动最末段倒数计时的终极刚性程序了！

每一名出阵队员的赛会证件与签证护照都被下发到了个人手中，同时，除了极少数随身携带的行李以外，所有的运动装备、训练器材、耗材补给以及药品饮食全部都打包装箱，托运发货，再见到它们就已是身在战区之时了。运动员们不再被允许从事任何存在着意外风险的行为活动了，相互对练已经全面叫停，骑车游泳也被严格控制。在进行完赛前最终一次的兴奋剂自检之后，女孩们更是被严厉地要求一律不得再外出就餐，不得再服用任何药物，甚至就连饮水也只能选择队里面统一供应的瓶装纯净水一种了。从即时起，选手个人不再接受非队内新闻官所安排的一切境内外媒体采访，日常作息的规律调整为赛时状态以提前适应每日一赛的体能恢复周期，因采用了级别压限战术而存在着轻微超重的几位选手们，则已然要开始着手准备去节食脱水降低体重了……

什刹海体校里的柿子树上又挂满红彤彤的成熟果实了，它们在秋风中任情地摇着笑着，把那些细软的枝干们压得都弯下了腰。或许，还就真是正如学校里负责修剪林木的一位老师傅所说的那样吧，今年树上的果子结得这么好，就是因为在去年冬天多受到了那些格外严峻的冰冻寒苦和雨雪风霜。

到了出发之前的最后一个休息日，很多注重形象的姑娘们都结伴出去做了头发，也有一些归家方便的队员抽空回去和父母亲人们道了别。而张雨心也正是在这一天才第一次知道了，爸妈也会去泰国看她们的比赛……

然后……

就是一架飞往泰国曼谷的班机呼啸着冲上了湛蓝的天际……

……

“可以了？……好的，信号连通……倒数吗？开始吗？……OK！……

全球的观众朋友们大家好，这里是ESPN亚洲台记者杰里米·杨在泰国曼谷素万那普国际机场为您带来的现场报道。根据信息显示，搭载着前来参加首届世界女子自由搏击锦标赛的中国队一行的航班已经于半个小时之前顺利地降落了，而我目前所身处的位置就正是在机场的国际航班出口前。我们看到……是的，这里早已是聚满了许多前来迎接中国队的各方人士，其中有赛事组委会所安排的接待工作人员、无数的媒体记者以及大量自发前来接机的本地拳迷和华人华侨们。他们很多都是手举着偶像的巨幅明星海报和大束的鲜花，再结合着这些天来曼谷当地已然是渐趋狂热了的搏击大赛的浓厚氛围，这里的场面还曾经一度有些混乱，不过现在多队的警察与安保人员都已经各就各位了，相信他们应该是拥有着足够的能力可以完全控制住这样的局面。

没有错，现在我身边的气氛比之昨天美国队抵达的时候还要热烈，而ESPN亚洲台也将为您持续带来各国代表队落地到达时刻的实况直播！

那么，在中国队出现之前我们可能还有一些时间，而今天ESPN特意在此时段为您电话连线了世界著名的搏击运动评论家、《黑带》杂志的首席撰稿人托尼·派克先生，请他来与大家一起分享他关于本次世锦赛的一些独到见地与分析预测。

好的，派克先生，您好，您在吗？”

“是的，我在线上，杰里米，你好。所有正在收看着电视节目的全球的观众朋友们，你们好，我是托尼·派克。”

“非常感谢您愿意来和我们聊上几句派克先生。而接下来，请原谅我的单刀直入，提给您的第一个问题是，就目前为止，您认为来自哪些国家的哪四个女人是最有可能获得本次世锦赛上的那四枚冠军金牌的。”

“很好杰里米，我喜欢你的干脆直接。这个问题的范围还真有些大，就请让我来逐级别地依次回答吧。但是在那之前，我首先想向大家来提示一点的是，在本次世锦赛上，美国与中国无疑是具有着最强集团优势的两支队伍，而泰国队的整体实力虽稍逊半筹却也紧随其后，同时更为重要的是，它是东道主。所以我个人认为，不出意外的话，这三个国家都是至少会有一枚金牌进账的，而这应该也就是赛前各国在经历过了为运动员们报名期间的勾心暗战与权衡周旋之后，所默认达成了的多方都可以接受的权利分配格局了。因此，在之后各个级别的具体分析当中，我所预测出来的最有可能会夺取冠军的选手名单，也就一定将会是源自且不脱离出这个大的基本框架之内的了。

首先，是各方面所公认的冠军争夺悬念相对最小的一个级别，65 公斤级（中量级）。显然，在美中间相互都想避开对方最强王牌明星的礼貌博弈当中，回旋余地要略大一些的美国人选择了更多的妥协，费奥娜·哈德森升级进入了这片本不属于她，但却也同样是能够被其轻松征服的广袤领地。而面对着这位如日方中、君临天下的‘千万美元宝贝’的御驾来袭，值得同情的绝大部分其他各国的参赛选手们已经是在一瞬之间就彻底地失去被划归入争冠行列来加以介绍的必要性了。恕我直言，在此级别中唯一可能给优雅的‘绅士’带来一点点威胁的也就只有是那位来自于中国的，我个人非常的喜欢，是的，就像是喜欢哈德森小姐一样那么喜欢的‘小狐狸’隋清了。另外，由于巴西老将法比亚娜·罗萨在赛前突然宣布因手腕伤势反复而放弃出征本次世锦赛，日本的中山加代子或有很大的机会去取得一块奖牌，但是她的综合水平与美中两国选手比较起来还是有着不小的差距的。

接着，让我们进入到群芳荟萃的 58 公斤级（次中量级）当中。这一级别冠军的归属具有着极高的不确定性，也可以说是今次世锦赛上最为惹人瞩目的有趣看点之一了。不过稍有些遗憾的是，隐含在了这个令人尤为期待的巨大看点之中的幕后故事，或许直到目前为止也还仅仅只是在很少数的老牌资深拳迷以及中国本土的部分散打项目的观众们当中才会被完整地了解与熟知到。这里的时间有限，建议有兴趣的朋友们还是自己去搜集回顾一下，有关于中国选手丁建秋和张雨心这两个人在两年之前的一场国内比赛上所发生的那次重大事件的相关资料吧。言归正传，我们不难想象，既然中国队敢于把其最强的两位超天才选手全部都投入进了这个级别的激烈竞争之中，那么相信在包括了他们自己在内的所有的比赛参与者们的心理预期当中，就都应该是已经达成了一个基本的共识，那便是这块金牌不会再旁落于别的国家了。而更为实际的情况则是，鉴于‘狮子’和‘仙女’已然分别在对阵抽签中幸运地落在了不同的上下半区，那么对于别国的运动员们来说，这次恐怕是就连去争夺一块银牌的希望也都要被现实给无情地抹杀浇灭掉了。讲到这里，我还想为此特别地就张雨心再来多说上两句。没有错，她此前的确是消失了一段时间，但这次，她还是回来了。即使，她由于过去两年中的国际赛事积分不足而未被列为本届世锦赛的种子选手。即使，她因为本次比赛的级别划分标准、前面所讲过的国家战略，以及为了保持住自身的本来技术特点而不愿去主动增重等各方各面的原因，而导致了其目前所看到的报名体重只比更轻一档的 52 公斤级的上限超出了不足两公斤。即使，据说她在停止了训练、远离开赛场的那些日子里饱受到了伤病、意外，甚至是与俱乐部产生出了矛盾等诸多负面因素的严重困扰。可她最终还是回来了。四个多月前，我在北京看过她的几场比赛，美丽的姑娘不该去受到任何人认定其早已是今非昔比了的肤浅成见，因为，她真的是已经找回了她自己。而她的队友丁建秋呢？带着点不情愿地讲，自今年以来我便一直高度地怀疑，她现在就是在这个世界上面除了费奥娜·哈德森以外的那名最强的女子自由搏击运动员了，没有之一。在这一期的《黑带》杂志专刊上，我还为她又起了个新的绰号——‘雌性格斗机器’，够炫的吧！所以说，由强势复出的张雨心和正值顶峰的丁建秋所共同统治的 58 公斤级，其被媒体所反复宣扬炒作着的焦点对抗，也就是我在前面所说到的冠军归属的极高不确定性，它在实则上也就只是存在于这两位充满着故事的本国选手内部之间的同室操戈当中的。我非常看好绝对实力不分轩轾的她们在最后的决赛场上上演出极为精彩的中国德比。而至于其他一些也具备着一定水准的知名参战者们，比如美国的‘食人花’凯蒂·莱斯利、韩国的崔孝珍，还有泰国的塔纳蓬·素拉等，我想她们集中精力去追求一枚铜牌的收获，或许才会是一个更加明智与务实的选择。

再往下，感谢上帝，终于轮到了我本人极为感兴趣的 65 公斤以上级（重量级）了，这也是放眼本次世锦赛，在真正意义的国与国之间争斗的层面上，最有可能会使人产生出观赏体育比赛中的两强对话场面之时的那种紧张和激动感的一条战线了。在对这一级别的重点选手们加以介绍的最开始，请先允许我极尽隆重地读出一个曾经显赫，但是近年来却自甘归于沉寂了的传奇名字——旺恰克·诗梅丽，泰国的‘真·美丽拳王’。是的，在一些于三四年前就已然开始关注了亚洲女子自由搏击运动的老拳迷们当中，一定会有很多人都还没有忘记这位令我们感到了无限怀念的昨日巨星。当年，在女子泰拳领域中已经取得了统治性成功的诗梅丽女士，在一支优秀的国际化运作团队的经营与包装之下，于整个亚洲范围内去率先尝试了向由欧美人所掌控着的职业女子自由搏击界的转型及进军。而且，还凭借着其惊人的身体天赋与超绝的战斗意志，在很短的时间里面便在这块初始兴起的全新舞台之上声名鹊起、大放异彩。可是随后，令人倍感无常的是，因为在 2004 年那场著名的‘香港之战’中意外地负于了隋清，她回到国内后竟是从此便闭关不出，甚至还以支付了高额违约金的代价去强行中止了尚未到期的经纪合同，而以此几乎可以说是强迫着自己去重新地回归到了一种至为洁静淳朴的乡村民间泰拳的自我修行状态之中。这三年来，她几乎没有参加过任何商业性质的比赛，也没有出过国，屈指可数的几次国内泰拳以及自由搏击业余赛事的夺冠，所可能保留下来的相关影像资料我们也是完全的难觅其踪。坦白来讲，我其实并不知晓这颗已是被埋藏了许久的‘钻石’于今时今朝的身手实力到底如何，但我却就是在异常执着地笃定着，传闻中在泰国旅游与体育部长的亲自登门拜访之下终于答应了为国出山参赛的她，绝对就是那一位有能力去为东道主队伍夺下一块金牌的最可值得信赖之人。尤其是，在我上周看到了她于赛会宣传片中所展现出来的，那副定是汲取自了她最为珍爱的纯净家乡生活当中的恬美平和的笑容以后。而她的那位对手，那位很有可能会与她联手上演出一场具有着能成为史诗一战潜力的旷世决战的强硬对手，不说自明，当然就是在那当今世界之上无人不知、无人不敬的‘美国双璧’中的另一位超级明星，永远的‘女条顿骑士’卡洛琳·琼斯了。所以，就是这样，这就是我在前面所热切憧憬过的一组真正意义上的强强对话。但不过……或许我并不该在这样的场合中来丧自家的志气吧，只是，实事求是地讲，起码就我个人觉得，下个月就要年满了三十五岁的琼斯实而是已经度过了自己的最鼎盛时期了，即便众所周知的是，在国际博彩公司当前所开出的此级别的夺冠赔率当中，她始终也依然还是那样地低低在下、一枝独秀。好了，还是让运动员们自己去决定她们比赛的胜负与成败吧。提示大家留意其他几位有能力或可打入四强的选手，同属于泰国的玛西·诺莎拉、代表德国出战的土耳其人比瑟尔·卡塔蒂佩，以及中国的张欢迎。

最后，让我们来一起看看似乎是在本次世锦赛前一直也无法引起人们足够注目的一个级别——52 公斤级（轻量级）吧。说实话，对于这一块貌似分量不重但却也无疑是占到了那份最高荣誉的四分之一的金牌的归宿，我到目前为止也仍然还是只能用一个词组来表达出心中的那份颇有些无奈的歉意，那就是‘不可预知’。事实上，造成了我们长久以来对这一部分的选手们普遍不够关注并且缺乏基本了解的原因是多方面的。一来，在职业化程度非常之高的自由搏击运动中，在本质上并不存在着去为低体重运动员们特别设立保护性分级的动机和必要。为了更好地以最为激烈有力的比赛来吸引观众，很多相当成熟的职业联盟甚至已经是广泛地适用了出战选手的无差别级规则，而这也就直接地造成了不具备身体优势的轻量级别运动员们的难有作为和被边缘化。再者，出于人体发育和训练积累的客观规律性，很多于青年时期还体重较轻的搏击选手们随着年龄的增长，体重也都是在逐步地单向增加着，并且最终全都会情愿或者不情愿地升入进了更高的级别当中作战。而这种普遍存在的情况所带来的现实问题便是，当人们才刚刚认识了一位在轻量级中表现足够出众的队员，他却是在转眼之间就已经永久性地不再属于这个级别了。所以，综上所述，首届世界女子自由搏击锦标赛组委会本次设定了 52 公斤级的初衷，是为了充分地体现出本运动项目的多元与公平性且还兼具着鼓励性质的，同时也是为了让更多的体型平凡的普通练习者和正奋斗在了成长道路上的青年运动员们，也都可以拥有到一个能够去尽情地展示自己的理想平台。不过当然，如果当她们真的已经站到了这块代表着全世界最高水平的世锦赛舞台上了以后，相信其中也是不可能会有一个人，竟然甘愿将这或是可以即刻便实现了其一生梦想的大好机会去随随便便地拱手让人的。因此，就也大致地来列数一下这些同样亦是经历过了千锤百炼而来，只是于身材方面略显得更加平民了一点的女孩子们吧。中美泰三国都有运动员会加入进本级别的角逐，她们人数众多且水平相当，在此就不一一赘述了。而相对能给人们带来某种新鲜感和惊喜的或许会是一些来自于非热门国家代表队中的年轻选手们，比如说巴西、法国、英国以及俄罗斯的几位新人。哦，想起来了，提到俄罗斯，其实我或是有一名值得大家去寄予期望的人选可以推荐给诸位的，她叫……请原谅我对她的名字还念不太准，佩尔……科奇耶娃，是的，一个很漂亮的金发小女生，据说还在读着高中。在北京邀请赛上，我看到这孩子接连战胜了几名中国的成年选手，是一位很有希望的潜力新秀，如果她能够在运动生涯的首次大赛上就迎来爆发、取得非常理想的成绩，我是不会为此感到意外的。

好啦，以上这些就是我在关于预测本次世锦赛上的四个级别的金牌归属的话题当中，所想要告诉给观众朋友们知道的全部内容了……噢，天哪，我是不是已经就此说得太久，占用了过多的直播时间？”

“呃，的确，哦……哦，当然不，派克先生，您的讲解非常详尽，花一点工夫来获得这些有用的信息，不正是每一位喜爱着自由搏击运动的观众朋友们在去欣赏火爆刺激的比赛转播之前所首先都该要去做到的事情吗。所以，让我们来抓紧时间进入到下一个问题吧。派克先生，全球的搏击爱好者们之中的很多人都在此前拜读了您发表在《黑带》杂志世锦赛专刊上面的组合文章，您当时着重介绍了五位风格与类型都各不相同的参赛运动员，并且还分别赠予了她们一个极为美妙的评价词。那其中包括了美国的‘绅士’（Gentleman）费奥娜·哈德森与‘骑士’（Knight）卡洛琳·琼斯，中国的‘狮子’（Lion）丁建秋和‘天使’（Angel）张雨心，以及泰国的‘钻石’（Diamond）旺恰克·诗梅丽。另外，在该文中还非常具有着热血煽动力地罗列排名出了持有者是以她们五个人为主的，现存于了世界女子自由搏击界当中的十大独门绝技。那么，我们现在想要提出的要求就是，托尼·派克先生，请您以尽量简洁而直接的方式来告诉我们大家，在当今这个地球上的所有现役选手们里面，到底谁才是您个人最为喜爱与推崇的那位女子自由搏击运动员。”

“费奥娜·哈德森，排名第二的是隋清。”

……

“需要我就这个题目再多聊点什么吗，杰里米？”

“呃……是的，派克先生，我们……在等着。”

“嗯……这么说吧杰里米，如果你问到的是‘女子运动员’而不是‘女子自由搏击运动员’，那么在我应答中所出现的这两个名字的顺序是会调转过来的。知道为什么吗，因为我自从三年前在香港见到了哈德森小姐的第一眼起便深信不疑地认定，她就是一个为了从事自由搏击运动而生的女人。而对于隋清，我心中同样惊艳的第一感觉则是，她也许就是一个为了快乐地活着而生的女人，不论是从事体育运动还是任何什么别的工作。

还记得我曾在那年‘香港之战’的赛前媒体见面会上，问过其时才是刚刚初登上了国际舞台的中国女子自由搏击队一个问题，当时坐在丁建秋和张雨心身边的隋清非常精彩地回答了我。我那时问她们，你们知不知道自己是为了什么而来到了这里，而隋清则就极为坦诚且又自信地回答我说，她不知道，她来到这里就是为了寻找答案的。

而时至今日，我相信隋清小姐和哈德森小姐一定都属于是已经拥有到了这一份珍贵答案的那类人了。虽然，她们将其付诸于到现实生活中去时的原则及态度并不尽相同。

事实上，如果只是纯粹地以作为一名职业自由搏击运动员的标准去进行衡量的话，费奥娜·哈德森小姐与绝对完美之间的差距显然早已经是无限微小的了。她一直都在胜利，也在盈利，她正在取得着自己的成功，同时也极尽慷慨地将成功同样馈赠给了那些围绕在其身边的也许对此会更加需要的人们。而且最为难得的是，善良宽容的她还做到了一件几乎是不可能做到的事情，那便是让所有的人都满意。是的，我们还有什么理由再去从她的身上挑剔出一丝一毫的美中瑕疵呢，尤其是在她已是将心中的很多坚持都为了她那个最为令人喜爱的女子自由搏击运动员的身份头衔而给牺牲掉了以后。

那么再来反观隋清呢，我只想说，她是我在这次前来参加世锦赛的一百多名各国运动员们当中，唯一一位敢于明确地断定，不论其取得了何样的成绩都一定可以得到她自己所想要得到的东西的那个人。而之所以会这么讲，是因为我始终都在坚信着，隋清她本就是一个在运用着比较与众不同的逻辑和哲学去定义成败与胜负这种事的人。换句话说，她或许就是一名在现今世界的顶级体育赛场上面已经是很难再一见风景了的真正的运动员。一位因天赋的智慧憬悟而懂得亦把握住了自己活着的本来价值和意义的，永远都不会失败的运动员。

好吧，也许这样抽象的解释还并不足以使观众朋友们能够完全了解我的意思，那就再做出一个更为直观一点的比喻吧。像是费奥娜·哈德森，她就始终都在做着自己最应该去做的事，而隋清呢，则是始终都在做着她自己最喜欢的事。当然了，这样的生活选择本身也并没有什么绝对的孰高孰下，关键也还是要看你最应该去做的事情到底有多喜欢，而最喜欢去做的事情又是否有足够的应该吧。

这么说来，想一想三年前的香港之夜，姑娘们稚嫩而青涩的面庞还仿佛就呈现在我们的眼前。人生总是这样地难料曲转却又弹指即逝，在经历着那一战时，这些女孩子们中的谁又能够猜到自己今天的模样呢？无论是费奥娜与诗梅丽，抑或是张雨心和丁建秋。

不过，不管怎样，共同走过了青春岁月的风雨洗礼的她们，在今日终还是一起站在了这块因心的坚毅与梦的执着而注定将会为自己去书写下那一篇生命之传奇的地方。而至于那一个究竟是为了什么而来到了这里的老问题，我相信属于她们每个人各自的答案也一定是会在未来那很多场全情拼搏的比赛当中，去由这些姑娘们来亲口告诉我们大家的。

……

就是这样。杰里米？”

“哦，好的，呃，的确是这样，关于这方面……我也有同感。呃，接下来，看样子距离中国队走出航班到达口还会有一点的时间，或许我们还来得及去向广闻博学的大专家再多请教上一个话题。那么，今天的第三个问题派克先生，你对自由搏击运动未来的发展前景怎么看，它会成为一项世界体坛上的主流运动吗，它有可能进入奥运会吗？”

“噢，亲爱的朋友们，这已经是我在本周以来的第五次被媒体邀请就这个题目去发表看法了，还不算上此前早就刊登在了《黑带》杂志上的那篇专门对此进行了探讨的五千多字的主题文章。好吧，就让我再一次明确地宣扬出自己的观点，我认为自由搏击在不久的将来是一定会成为一项在人类体育世界中占据到极为重要的位置，并且像是足球篮球一样广受欢迎而又长盛不衰的伟大运动项目的。

想想看，自由搏击运动涵盖了当代竞技体育之中的基本体能、技巧战术以及思想意志等复杂的、多层次的竞争维度，是一种非常丰满与高阶的综合型个人项目，同时也更加充分地契合了人们于心理的深层意识当中那种对于战斗制胜这一生物性本能追求的永恒情感。从理论上来讲，其大众观赛的趣味感、演化创新的生命力还有运营包装的可塑性，都是要显著地强过某些目前在民众认知度上还是要远远地高过于它的，相对单调乏味的基础速度力量型项目和近代所人为偶然创造出来的游戏小球项目的。它的训练成本和场地器材需求都不算高，对于从事运动员在体型体格上的选材范围也没有过于苛刻的特别要求，而且还非常的具备在校园、业余、举国以及职业等多种形态的体育制度之间的统合兼容特质，另外对于很多其他业已成熟了的搏击类项目的存量人才资源的吸收与同化能力也是足够地强。以此种种，从大面积普及推广的具体操作角度上来讲，目前看不存在着任何难以克服的重大阻碍。最后，还有尤为关键的一点是，这个新兴的体育项目当前还已经被我们异常应景地赋予上了一种民族与世界、传统与现代的大包容、大融合的全球化、时代化的极妙概念，如此合乎历史潮流的政治正确对于其未来的长远发展之路而言，想必也定然不会是个什么消极负面的因素吧。

当然了，在这个星球上从没有一件事物是毫无缺憾的，作为一种体育项目，还仅是处在了成长发育的初期的自由搏击运动，也自然亦是有着不少急待着其自身去努力弥补的先天不足的。而在这其中最为核心及敏感的一个方面，应该就是很多人们对于它看起来过于尖锐和直白了的暴力搏斗属性与当今世界上讲求文明、重视健康的社会人文理念还是否可以共生相容的严重怀疑了。坦白来说，那确实是个问题，我们谁也不希望参与和观赏体育比赛的时候还要像是去看电影一样被采取分级制度吧。而这，也便成为了与缺乏统一规则问题相并列着的，又一个一直在制约着这项运动无法于快速传播当中去进一步地走向普众化与低龄化的至关重要的深层次原因了。不过，相对比较乐观一点的消息是，我们感觉到，目前一些真正有志于将自由搏击运动去经营推广上更高平台的相关从业人士们，已经开始共同着手去调整与改良这些固有的难题了。从本次世锦赛上所公布的试行规则来看，严格控制比赛烈度和保护运动员身体的整体思路得到了前所未有的重视与贯彻，这是一个非常积极的信号，我个人也是完全赞成的。而其具体执行以后的实际效果又将会是怎样的呢，这一点就还是让我们从即将就要到来的赛场之上的大量实战当中，去再细细地体会与感受吧。

而至于说那个关于自由搏击运动最终是否能够进入奥运会的疑问，我则是可以完全大胆且又负责任地来告诉大家，这真的就只是个时间的问题。从历史的经验上看，跆拳道运动从首届世界锦标赛举行到被列为奥运会的正式比赛项目共耗时了二十七年，而柔道则只用了八年。总体上讲，一个在全球范围内正逐渐兴起着的运动项目，如果……”

“哦，天哪，对不起派克先生，万分抱歉，我必须要迫不得已地打断您了，因为……哦，我的天，现场有些躁乱，所有的人都在向前涌动着，那是因为……是的，没有错，我看见他们了，他们出现了，前来泰国曼谷参加首届世界女子自由搏击锦标赛的中国代表队，已经走出了素万那普机场的国际航班到达出口了！”

沸腾的人潮、震耳的尖叫，被狂热挥舞着的海报展板和签名本、被强行挡在了面前的长短话筒与摄像机，还有那些超级刺眼地闪烁在了这一切其间的自始至终都没有停歇下过半秒的爆眩白光。这种交织着剧烈的兴奋与空前压迫感的扑面灼炽，就是中国女子自由搏击队在踏上了泰国的土地之后对这里所永久留存下来了的第一印象。

在尽己所能地为封锁线后不断争取着的各国拳迷们签上了几个花哨的名字，并依照着赛会媒体官的要求接受了官方电视台的短暂访问之后，来自中国北京的女明星们在工作人员和现场保安的奋力护送之下顺利地登上了组委会早已准备好了的豪华大客车。然后，便是借由着全程的警车开道，一路绿灯地驶往了市中心的帕颂旺公主酒店。

如此，属于这些传奇的主角们的最后故事高潮、这趟必将会是永载于史册的首届世界女子自由搏击锦标赛的雄伟征程，就这样在那一片猛然的火热之中正式开始了！

而他们和我们也早就都已经等不及了！

谁还会有心思再去描述在此后四五天中的那些诸如场地适应、赛前训练，以及称重仪式和例行新闻发布会等这些无关紧要且是一切正常的繁碎过场，就让我们对它们统统都一笔带过，去直接快进着来到那万事俱备了的开战前夜吧！

彼时，泰国国家体育馆内声光虹彩、歌舞欢盈，第一届世界女子自由搏击锦标赛之开幕仪式隆重举行。在泰国公主宣布了大赛开启之后，来自寰球各国的运动员们俱是在舞台特效的尽情烘托之下，劲酷闪亮地依次获介登场。

一时间，真可谓是群星云集，百舸争流，天下英雄，尽在彀中！

而于此最后的一晚里，所有这些怀揣着梦想、代表着国家而来的姑娘们，以及强有力地支撑在了她们身后的各家教练团队的精英成员们，又有哪营哪帐的人马不是在厉兵秣骑，鼓角相闻，和盔卧甲，枕戈待旦！

因为，当到了明天的太阳再次升起的时候，便将会是每个人都已经期盼久矣了的……

开打！！！

2007 年 11 月 20 日，第一轮！

在中国队所有选手里面率先出场的王迎，其第一个对手便是一位小有名气的来自于东道主阵营当中的曼谷本地运动员。在满场观众们异常高亢的锣鼓声威之中，裁判员的“开始”指令才刚一脱口，就只见了……一道白色的光。KO！（男女子）自由搏击运动有记录以来在正式国际比赛中的最快开场击倒时间：0.8 秒！确认获胜后，王迎向着音息顿失的主场观众们有节地行了一礼，然后依照着赛前的计划，振奋地扬起了一面骄傲的五星红旗。请记住我的拳与名，我就是中国什刹海的新“闪光”！

夺冠大热门丁建秋首轮所面对的是一位还不满十八周岁的年轻业余选手。这名稚气未脱的学生小将初登国际大赛擂台，还没有做好任何的心理准备，就已是悲惨地遭遇到了那位凶狠昭著、霸名远播的女子自由搏击世界中的头号强硬派。望着中国女人颊上那道邪恶脸谱一般的骇人疤痕，可怜的小选手还未开赛便已是虚汗沥沥、心慌腿软，待登上了台面之后，就只瞧她在不断回头哀求着恼怒的教练，看样子居然像是因自认实力悬殊，想要就此便直接投降、弃权认输了。而这时的建秋见了此景，则是不禁以一位成名运动员的气场与自信，用英语凛然威严地向她斥出了一句：“你的祖国是派你来这里发抖的吗！”……比赛结束后，建秋主动上前搀扶起了虽经过了拼尽全力地顽强抵抗，但最终还是被其凶猛地快速击倒了的这位敌人，并把她的拳头和自己的一起举上了天空。而这一刻的场景，也无疑会是一份只有那些真正的运动员们才可配得上来共同分享的至高荣耀。

而郭雯雯、张雨心、隋清、张欢迎等亦同样是相继轻松获胜。中国女子自由搏击队取得了开门大捷，其主力六人组尽数过关、挺进下轮……

2007 年 11 月 21 日，第二轮！

郭雯雯遇到了一个有些难缠的敌手。说她难缠，倒也并不是指其拥有着多么强大的绝对实力，而是因为这名老练的运动员在比赛中使出了一种会令人感到非常烦厌的特殊战术——她试图去激怒郭雯雯。从言语中的滋扰，再到动作上的挑衅，还有不断地在反而向裁判进行着的故意无理诬告，能去如此迭出这般无所不用其极的盘外招数，如若不是这位选手的教练团队在赛前就已对郭氏的性格特点加以了细致入微地研究，那么便一定是他们的赛风拳品本就存在着很大的问题。不过，冷静的小雯儿终是没有落入这个圈套，直至了整场比赛结束，她也没有发出丁点的怒气，擂台上的战斗就是要凭真功夫去说话，而且完胜后的北京姑娘还无比大方地又主动向落败了的对手致以上了礼节性的慰问。这就是中国国家队现任队长的风采与气度，被淘汰的一方输得心服口服。

张雨心这边的对阵也一样没有多大的困难。来自北欧的对手力量占优，但在速度、灵敏以及技术的缜密性上则就完全是和中国选手不属于同一个量级。战到中局起始，雨心随意觅个空当，连续几记精准到位的硬拳上手，对方旋即就被打破了薄脆防线，斜晃着露出了大片的开门头面，望似取来就如囊中之物。于是，雨心便是由着身形劲道，顺势飞起了其右脚长鞭，直欲就此来一举结束比赛了。但是突然，她改变了主意，或是看到敌人已然溃败，自觉没有必要再下重腿伤人，抑或是因为自己在这一刹间里，又忽而想起了实是还有着更佳的招法该去选用，总之，“仙女”收回了她的右脚，而是转为采取一种相对和缓的方式，去施出了一套背摔连接的无害固技，并以此显见有所保留地收下了胜利。为这，当天的众多媒体战报中还都对其大肆褒扬赞美了一番，猛夸她是保护对手、风尚洁高。

这一日战罢，中国队仍是未遇明显挑战，各线主将再次全员通关，携手进入到了本级别的八强赛圈之内……

2007 年 11 月 22 日，第三轮！

终于和强手相碰了，本轮伊始，王迎便承受到了由一位法国选手所带来的紧迫压力。虽然对方的水平很有可能确实是要高过自己，但在小迎儿的脸上没有现出半分的惧色，勇敢的对攻与机智的进退，勉力应战的中国队员在开局阶段倒也未落下风。可是，进入到第二节的战斗中后，法国选手突然抓住机会，成功地施展出了一招势在必得的强悍固技。而王迎在危急之际也并未轻言放弃，她咬紧牙关，以舍车保帅的决心去进行了强行地逆关节挣脱。结果，这一个回合下来，虽是避免了速溃，但却把右手中间的三根手指全部都给扭伤了。局间，察看了弟子伤势后的孟大海强烈要求王迎立刻退出比赛，但坚强的姑娘却是断然地加以拒绝了。在之后的比赛时间里，渐感不支的小迎儿为了挽回劣势，一次次强忍着手上的剧痛去殊死地反复发动着“闪光拳”，不过，却是终也未能再去实现反败为胜了。赛后，伤重力竭的王迎享受到了其应得的尊重与掌声，在这一刻，她原是本有环境也有资格去纵情地淌下几行那真心无悔的感动泪水的，可她却并没有那样去做，快乐而满足的她还是像此前的头两场胜局结束之后一样，笑着，扬起了一面骄傲的五星红旗。

铁血的丁建秋依然还是像一艘超重型的钢甲战舰那般，在其昂首挺进的直线道路上不会容得任何羸弱的小小阻碍多停留在眼前一分一秒。这一轮中她所对上的加拿大运动员按说也是一位胜率不可小觑的知名人物，但却看来仍旧还是难以给她造成丝毫的实质性威胁。只见两边稍一接手，便已是高下立现，战至了四五合后，建秋看准局面，迎着来拳硬顶而上，抢前近体肘击过后，一个拦腰翻抱，直就将对手脆脆地摔在了地上。而随后，其险恶的连接招法可是让好些熟悉她的老观众们在心中都是“咯噔”地惊颤一跳。残暴的对地攻杀，铁臂断头铡·踝缄一字固！寝技成后，看那位吃了大招的加国选手只在瞬息间就已是斗志全碎、痛不欲生，而心知厉害的场上裁判甚至都等不及她去猛拍着台面认负，就紧不迭地赶忙提前宣布了丁氏降服获胜，且同时，就连对方的本角教练员竟也都是为此急得一下失去了分寸，眼看着惊忙地扒开了围绳，连人带着白毛巾地就要闯进了场地里来……于是，丁建秋适时轻缓地松开了手臂，然后慢慢站起，在满天的喝彩声中旁若无人地走回到了属于自己的台角，就像是刚刚又在对练中完成了一次收放自如的动作温习。

而在晚些时候所进行的另一场52公斤级的较量当中，中国队的郭雯雯在时隔数月之后再次不敌俄罗斯选手佩尔库奇耶娃，遗憾惜败，无缘晋级。

第三天，中国军团喜忧参半，出战轻量级别的两名选手已是双双止步于了八强，而余下的四人则是依旧高歌猛进……

2007年11月23日，第四轮，半决赛！

张雨心遭遇到了美国选手“食人花”凯蒂·莱斯利的奋勇冲击。这位黑人姑娘的身体素质劲爆，出拳移动快而有力，技术战术也是全面细腻，同时亦还兼具了良好的气质心态和丰富的大赛经验，没话说，是把好手。双方你来我往了三节激战后，理论上实力略优的张雨心自感也是并未取得足以能保证她赢下整场比拼的压倒点数。看台上懂行的观众们开始渐而鼓噪起来了，因为他们知道，来自中国的明星运动员如果想要在已然余下不多了的比赛时间之内更为稳定保险地夺下这场绝对不容有失的准决赛，就必须要去尽快地祭出自己的全部看家本领了，而这也正是他们自开赛以来就一直都在热烈地期盼着可以能欣赏得到的。果然，在就要接近了全场完赛鸣钟之时，张雨心趁着凯蒂的体能下降、精神一分，在霎时之间倏然发力！于是，便出现了！那是一组迅猛无隙的超快速拳雨，每一记落点都是异常精确的连环痛击，看那“食人花”在如此凛冽的强攻之下再难支撑，只两三秒间便已是结结实实地挨中了十好几拳！但是……就在美国人即刻便要全线溃退的当口，那套梦幻的拳雨却是在全无征兆之中又同样出人意表地戛然顿止了。这是为什么？观众席上很快就传出了一大阵意犹未尽的叹息之声，独门神技的持有者又一次让急欲一饱眼福的他们大失所望了。看来，这是心知突击奏效、自己已经胜券在握了的张雨心，出于不想给对方选手再送去更多不必要的身体和自尊心伤害的目的，而主动有意识地收住了那套本来一经启动就注定将要鬼泣神哭的盖世绝招。为自己和对手都多留下了一些余地的赛场尺度，以愈发驾控自由的身体天赋和成熟心智来作为了能量之源的技术改良，犹如洞透了“亢龙有悔”之哲学一般随心所动、任意而生的招法创新——“浅·雨梦拳心”！

紧接着，另一场拼夺最终决赛权的热点重头戏又旋即便上演了。65 公斤以上级，张欢迎 VS. 诗梅丽！女人，如果想让肌体坚硬，在经过了最为极限的锻炼后，至强可以达到什么样的程度？进攻或是防守。如果说在这个世界上面还存在着某种能够比“钻石”这一称谓更足以来表现出极致硬度的形容方式的话，那么相信我们也一定会是同样毫不吝惜地去将其冠以到这位堪比无冕之王般超强的泰国女子自由搏击运动员旺恰克·诗梅丽的身上的。可是今天，就在她的对面，居然出现了又一名竟敢于用其自身血肉所铸成的移动铠甲来与之以硬碰硬、矛盾一搏的世所罕见的女性。由中国国家女子自由搏击队主力队员、神州正派什刹海之嫡传名将张欢迎所突破性继承的中国武坛现存最强静态综合防御技术“盘龙披甲”，在举世聚焦的世界锦标赛赛场之上一战名扬！当然，这也许并不是去对抗在击打技术强度层面上已经近乎无敌了的“真·美丽拳王”的最为事半功倍的办法，甚至还可能有些过于地诚实与拙钝了。但这样去做却正是那位生就憨厚隐忍、从来都只有懂得去埋头苦练、逢上场比赛便就定是要先向对手去鞠躬行礼的中国姑娘所能够想得出来的最好的办法了，而且也极有可能就是在这个天地之间的那个真的最好的办法了。所以，就让这一副豪迈挺拔的胸膛与臂膀去英勇地承接那金刚之石的至坚至锐吧，即使，肌肤的纤维被重锤粉碎、血脉的管路被击凿断流、筋骨的连接被生生折裂，张欢迎也依旧还是不惧不退，不动如山！并且，还依靠着犀利的还击先后两次以直拳有力地命中了对手的面门。乃至于在比赛末节开始之前的稍事休息的时间里面，诗梅丽竟然是在擂台之上盘腿打坐，默起了心经。事后，很多不明就里的西方记者去追问泰国人，当时是不是在祈求着可以赢下胜利，但其实，虔诚的佛教徒在那一刻里是在忏悔着自己于接下来即将要去造出的恶业。最后，在钻石女拳王于第四节中尽出的最强全力攻打之下，张欢迎的凡人之躯被彻底地摧毁了，她的整个头颈和上肢浓青血肿、皮开肉绽、失形变色、几欲废瘫，以至于在比赛结束的钟声响过之后，被冲上台来对其施以抢救的自家教练和赛场医生们直接就用急救车给送去了医院。而这位勇敢的女斗士就此便也毫无遗憾地以微弱的劣势输掉了完全值得她在将来去讲给儿孙们听的这一战了。当晚，中国代表团通过官方渠道宣布，由于本国选手张欢迎的伤势比较严重，短时间内难以复原，因此决定放弃隔日上午还将进行的65公斤以上级铜牌争夺战。

至此，中国女子自由搏击队经过了连日的多轮鏖战，共有三名选手打入了……

哦，对了，等等，还有隋清。为什么我们这么多年以来都总是几乎要把她给忘记，就连在如此重要的世锦赛上也不能例外。

好吧，总的来说，隋清的比赛……没有出现什么明显的意外，但也没有产生任何明显的亮点。每一轮，她都皆是以看上去并不很大的优势，极为平稳而又隐无声息地取下了正常的胜绩，且这种本已低调的前进，还好像是继而又被她有意无意地掩藏进了那几位超级大明星们的绚烂光彩之后。就好似是这位运动员生来就不希望人们注意到她，而她也早已然习惯与练就了在他人的疏失忽略当中去创造出额外的惊奇。

至此，中国女子自由搏击队经过了连日的多轮鏖战，共有丁建秋、张雨心及隋清等三名选手打入了最终的决赛日！

为了青春梦想的拼搏，为了心中所求的奋进！决绝而战吧，冲上天穹吧！汗水在飞扬，中国女子自由搏击国家队的美丽姑娘们！

她们来到了这里，每一记的出击都是力的放纵，每一次的防守都是美的宣泄。她们来到了这里，并在为之而走过的路上，重新找回了很多人生中曾不慎被遗失掉了的纯美、喜乐、亲情、理想、良知、信念、心，和梦。她们来到了这里，就是为了要去亲口告诉所有在见证着这一切发生的人们，还有她们自己……

这就是由我们所写下的……传奇！

为此，就请让那一幅幅至美无瑕的战斗画面在这块由心和梦想所构筑而成的宏伟舞台上面再多停留一会儿吧。希望它们可以曼妙地凝固，恒久地定格，并且，深长地化入进我们和你们因曾共同幸运地置身于在了这一部史诗的传奇故事当中而才所欣然拥有了的，那些只愿此生都永不褪色的隽彩回忆之中……

……

女孩，你的青春为你留下了多少，它们还都会重现在你闭上了眼睛的这几秒钟里面吗。而张雨心，你的这个几秒钟又有多重。

对生命如感悟般的美好回味是苦涩还是甘甜，这些早就都已不再重要。因为走过了人生的瞬逝与温冷，此刻的我正站在了梦成真的地方。

“Seven（七）！ Eight（八）！……”

黑暗中，那一抹光亮隐约而来，一只只浅白的六边色块也在这渐清的模糊之中重又变回了馆顶上面的耀目炽灯。还有，就是不安的裁判那张焦急观望着的脸。

2007 年 11 月 24 日，第一届世界女子自由搏击锦标赛，58 公斤级，决赛。

被丁建秋重腿压踢所击倒的张雨心，在场上裁判的残酷读秒声中睁开了眼睛。

雨心仍然还是仰面躺在擂台之上，适才凌乱急促的呼吸已经平抑了许多，只是有一点微弱。此时的她是多么地希望当前眼中这些虽显得刺目乏味，但却又是无比地简单与安全的景象再多留存些时间啊。可是，那些就在其耳边始终轰响着的急切、燥热甚至是有些癫狂的海啸山呼却又无时不在紧迫地提醒着她，这样是不行的。

而且，现在的她也比以往的任何时刻都更加清楚地知道，自己接下来该怎么去做。

“Nine（九）！……”

雨心扬起了手，她向裁判明确地示意自己没有问题，可以继续比赛。之后女孩迅即一个翻身，伏在地板上面，并用双臂撑起了身子。

就在肢体翻转的时候，一链晶亮的饰物自姑娘的颈上坠了下来，摇摆着垂吊在了她的身下。这是……它们，张雨心今生的真爱，永远都不会离她而去的那两把小钥匙。

而也就在与此同时，一大珠鲜红的血滴亦是由她的鼻中滑落了下来，拍打在白净的台面之上溅了开，绘成了一朵明艳的花。

这会是一种怎样奇妙的视觉与心理感受……

张雨心是在笑吗？远远地，大家都看不分明，就只见了她紧力地握住了胸前的饰坠，然后在满场的欢声雷动当中站了起来。

于是，便有了下面的这个瞬间……

这是一幅值得每个人都永久刻入进心底的绝美视像、即使进入了下一个时代也依然还会炫耀着生命辉光的不灭经典，无论是在体育史上还是文学史上。

在有如灿星繁空的闪光灯雨之下，静立于舞台中央的张雨心祥和地看着她的对手丁建秋。雨心并没有笑，但她的神情却是给所有在为此刻感到着紧张的人们都送去了如碧海般晶澈的清与淡，以及似春风般绵柔的温和暖。而且，还是那样地美。

这时，又一缕涌出的鲜血从雨心的鼻下溜至了唇角，而姑娘则是随意用手去草草地抹了一下。结果，那殷红的痕迹便也由此与她洁白的脸庞融成了一体。

女孩，这迷人的印记是一面由上天所奖赐的光荣纹章，还是，你于遥远的儿时就曾在那份血红的契约之上所签下了的命运约定。

此一刻，支持着张雨心幸福地站在了这里的并不是曾对于胜利的渴求，也不是有关于成功的愿望，甚至都不是在她生命里面的那些所谓的执着、责任与信念等大道理之中的任何一样。那纯纯朴朴的真正的原因，其实就是……

她做到了生而为人该去做的事。那些所有爱着别人及被别人爱着的，怀抱着心和梦想的凡人们都在努力去做着的事。

对面的丁建秋笑了。

是的，她真的笑了，以至不惜让全球的观众们在电视直播当中看到了她还从未被媒体镜头所捕获下来过的笑容的模样。

没有错，雨心，我的朋友。你的回答就该是这个样子！

五年前，我们都还少不更事，两年前，我们皆又误入迷途，而今天，在我们已经一起找回了自己的今天……

我想，我们终于再也不会错失些什么了。

“医疗暂停！申请医疗暂停！”这是孟大海的高声叫喊。心焦如焚的蓝角主教练已是被急热的汗水湿透了衣衫，他此时正把自备的医药箱举过头顶拼命地摇晃甩动着，像是生怕自己的合理请求不能立即获得到技术台的赞同允许。

但事实上，这当然是会被立刻批准的，因为已经可以确认到台上有运动员出血了。

“好的，我们看到……对，暂停了！医疗暂停，没有问题，这是为了处理选手出血而临时启动的医疗短暂停！”尽责的杨健依然在忠实地履行着自己身为电视直播解说员的工作义务。在与全球的广大观众们一同于瞬时之间体会过了惊愕、急迫以及心悬一线的超级刺激的赛场感受之后，他的情绪目前也已是稍稍地稳住了一些。“先是一次漂亮的腿攻击倒，而后是未达效果的寝技尝试，再接下来就是裁判的强制读秒，并直到了当前的医疗暂停。在不到一分钟的时间里，丁建秋和张雨心这场精彩对决的突转急下可真是让我们看得……就连血液的流动都快要停止下来了，呵。那么……现在场上的状况已经是相对平静了不少，组委会的医务人员们正在给张雨心处置着受伤的鼻子，而擂台另一边的丁建秋则是安稳地坐在了自己的台角上等待着比赛的重新开始。嗯……看样子，同样也是处于在这种缄默的状态之中的还有她身后面的本角教练员成金龙指导。说到成指导，我觉得他可真不愧是经历过无数大场面的中国队总教头啊，之前面对着场上这一连串的变化凶险，就坐在了台下最近处的他几乎是连眼皮都没有眨动过一下。他难道就一点也不在意这场战斗的结果输赢吗，虽说两边都是咱们中国队自己的运动员。哦对了何指导，就这一方面，您此刻又是一种怎样的心态呢？”

这是一道让何耀强很有些不愿意回答的题目，不论是出于问题本身的难度，还是被提问者此时的个人心情。

“呃……我想……我们都知道，建秋和雨心能够站上今天的这块闪亮的舞台，各自都是为此付出了许多，也……曾经走过不少的弯路。不过，相信她俩在此时此刻又一定都已会是非常释怀地认定了，之前所历经过的那一切的曲折艰辛全是值得的。因为她们拥有了这样的一个时刻，一个或许是很多人倾尽了一生都没有资格去染指到的时刻。而这个时刻所馈予了她们的生命所得，也显然是要比她们曾不慎失去过的那些要多得多的。是的，她们……是幸运的，她们就这样圆满地获得了人生之中的至珍至贵，而与如此引人垂涎的宝藏相比起来，这区区一场比赛的胜负输赢又算得了什么呢……”为什么何耀强言谈的声调会有些颤抖，是由于观赛的过分激动，还是已被此情此景触到了心底某根脆弱的丝弦。

杨健很可能也已是注意到了这个细节，不过身为外人的他又怎会晓得“铁骨耀强”的深沉心事呢，而且这时赛场上的状态也又有了新的变化，于是，他便赶忙紧随着实况进程播报了起来：“哦，那是……医生在向技术台后的裁判长通报情况了，而裁判长……他对场上裁判打出了一个可以继续的手势，看来张雨心的鼻出血已经止住了，医疗暂停结束，这场被意外中断了的比赛马上就要鸣锣再战了！”……

塞紧了鼻孔的棉团让雨心有些呼吸不畅，而且也很不舒服。但女孩这会儿还不敢去贸然地把它取下，因为如果由此而再度引起了血液流出的话，她就将会被立即判为故意拖延比赛时间而因此遭到获记失点的无情处罚。

现在，预备着要重新投入比赛的她被场上裁判召唤着，又一次郑重地站上了擂台中央的那一点蓝方运动员起始位置。

这和刚才差不多。与建秋之间仍然是只有一臂的距离，而挨在旁边的裁判也还是在用英文喋喋不休地告诫着规则要点和注意事项。或许稍有点区别的，就是那些来自于广大看台上面的喝彩与掌声的比之此前要升高了许多倍的音量分贝了吧。

这些……应该是送给我的……

对面的建秋在用眼睛直视着我，而我……是因为早已适应了她目光的寒冷吗，还是此刻她的目光本已就不再寒冷……其实，如这般的眼神我曾经在几年以前也见到过一次，而那次的那个人在心意之中对我所说过的话，我也仍旧还能记得。当时她说：来吧，我们打拳，仅此而已，就像我们在小时候常做的那样！

没错，这也一定就是建秋她此时所正在对我说着的话。

既然这样，那好吧！

雨心在最后的时刻又扭头扫视了一眼广袤的观众席和身边摄像机的跟拍镜头。

因为我知道，你们都在看着我！

2007 年 11 月 24 日；泰国，曼谷；第一届世界女子自由搏击锦标赛，58 公斤级，决赛。

张雨心（中国）VS. 丁建秋（中国）

“Box！”

燃点起引擎吧，提升到最大的压缩比例，获取得最强的输出功率！还有什么牵强的理由可再让我们去保留下微毫的能量。彻底地喷发出来吧，将那些灼烧着的勇气与决心全部都化作团团蹿涌的火焰，今刻，正当其时！

双方再一次相接！

极速的拳，甚至快过了被它带来的声音！张雨心的击打织天罗地，羽毛步下，强弩万箭齐发！告诉你们，只有我才是曾经与现在的中国女子搏击第一人！

超韧的硬，甚至可以反伤刺过来的武器！丁建秋的战盔攻防一身，冰封除后，钢甲更现神威！开什么玩笑，想要重回宝座，有没有先来问过正坐在上面的我！

摒弃掉无聊的礼让，施展出最强的绝学，我们早已经签下了生死状！就算是再平添出一道深刻的伤痕，就算是再折断掉一条难复的足筋，我们也都定要决出个胜负！

就现在！

张雨心的立体攻袭天底无人可以幸免，全功力出招之下，她已经打中了对手十记重击以上。可是，会感到疼痛的为什么是她自己！

丁建秋的身体从来不惧肉拳，可却只对一人甘愿如此屈膝。你大可打中我百记千记，但在那之后，只要我尚存一息不倒，就必将后发夺命之技！

这就是在中国乃至世界武林的传说当中，迄今也只有可能仅会适用于在这两个特异的女人之间的无二战法吗！“仙女”对“狮子”！纵是一方拳无虚发、手到必中，纵是一方刀枪不入、铁铠钢魂，竟也仍是一时僵持、争斗不下！

又起风了。

近几天来，这种神奇的气象已不是第一次出现在泰国国家体育馆里了，但今次却是最能够让满台的现场观众们都感受到了极致的撼动与心跳的一次。因为这一刻，就在那扣人脉搏的气场盘转之下，这些人们已再也不仅仅只是端坐于上的普通看客，而是被牵引与煽动成了在亲身参与着这场宏大战斗的梦中一员。

交错愈烈、往来无空，那两人在电闪之中已又是实打实地对过了十数个回合！

本场比赛这等绝顶强度的长时间连续攻防，对于任何一位已然在此前经历过了四天四战的女性运动员来说都无疑会是一番耐力与毅力的严酷考验，不论是在体能还是心理上面。而张雨心和丁建秋也是必然要去遵循于这个硬性的客观规律的，即便她们在前期的备战当中还特别为此进行过数次的极限模拟演练。

弹开了！

二人拳锋一对，各自退后几步，且亦都停在了原地，未再进前相攻。这是……双方体能有所不济了吗？还是代表着她们就要……

是时候了，开始吧！

我们已没有必要也没有余力再去浪费时间了！此刻不决，更待何时！

只见两人似是无动无息地相视而立，然接着，就在这颇为宁静的一秒钟后……

整个体育馆内的空气在刹那时间被分作了两极！而界线就是她们所间距的正心中点！

归属于张雨心的一边，气温倏然间升高了几度！

光芒闪耀！无需一动，无需一言，心自凝眉，天人若轻！清香之气、仙女之“心”！

归属于丁建秋的一边，气温瞬时里降低了几度！

光芒闪耀！我自真心，胜败由定，宠辱不惊，邪魔不入！霸道之气、王者之“心”！

启动！天衣无缝的拳脚配合，每一击都是最佳可攻落点的超快速、无间隙、饱和式的忘我攻击状态！任何对手一旦陷入其中都再也绝无幸存机会的……

如梦如雨，“心”拳合一，之，雨梦拳心！

启动！一种有机生命体的极端状态！可使其痛感被意念封闭、皮肉呈现为赤红、拳锋能够凿击出金黄火星的超级态度！

铁骨更韧，唯称之钢，的，钢之态度！

这是多么值得庆幸的一件事情啊，在我们本并不繁长的有生之年里，居然可以有机会去再次地见证到了此人类搏击历史上的壮丽奇景！

又一次的……万中无一 VS. 万中无一！

那就犹如天体的裂变、宇宙的创生！但见了是，两束炙眼的强光爆开了天地，撞入了一圈，进而又相挟相裹、融结为合，而再随后便是……化身无限，成为了一切！

为了你们的心和梦想而去战斗吧。这样子的所为实就是我们生而为人这件事情本身所赋予给了每一个人的普世之愿，亦是本能之愿。而那些因此被耗磨去了的岁月，也就正是你们为自己和自己所爱的人们所书写下了的，一部永远也不会失败的……传奇。

好一场收服了寰宇众生的封神之役，这才配是世界锦标赛上的终极决战！

中心擂台上的赛事惊心动魄，而坐在观众席上和电视机前的所有人们也都已俱是为之同迷共醉、如痴如狂了。他们或是激昂，或是沉湎，或是参悟，或是神伤，或是亢奋地抓紧了五星红旗的两角在竭尽全力地舞动着双臂，并为此嘶吼着就连自己也都听不清楚的威壮豪言，又或是静默安然地平视着所见的精彩，且将那些于恍惚之中竟是似曾相识的情意全部深深地埋入了自己长远沉邃的心间……

体育馆里的风越旋越大了，而汇聚于这其中的无数股肆意扩张着的冲击气流，也正在把它们所携带着的产出自那飓风之眼中的核心能量，那些足以为人们涤净灵魂、赎救身心的浩荡能量，滚滚不断地外溢输出着。

或许，在这样一个如坠梦境的时刻里，那些被幸运之至地邀请来了一起分享和品味着这番普世真义及生命精华的平凡人们所真正在感慨与喟叹着的，其实并不止是这一场单纯的体育比赛，而实则上就是……他们自己的生活与故事吧……

成金龙为何依旧没有做出任何的反应与动作。

到了这样的时候，身为着中国代表队总教练的他其实是满可以也站起来去握紧双拳痛快地呼喝上几句振奋的号子，或是再靠近台边两步，从围绳的下面向自己正奋战中的队员们去叫喊上一些必要的提点的，无论是给予丁建秋还是张雨心，就像是对面的孟大海和全场的热情观众们一直都在不遗余力地做着的那样。

可是，他却始终没有，而且就连一丁点的考虑如此去做的想法也都没有。

从本场比赛开始至今，他一直都是这么低沉地坐在了椅子上，就好像是自己已经彻底地忘记了这一副泥塑的身体还可以去自由地行动以及发出些声音一样。而抑或者，便是他已然真的发现，这场战斗的走向跟味道确实就是和促使着自己在赛前做出了那个绝对不去说话的承诺的预想和判断是一模一样的，而使得他也的确是找不出来什么可支持着其去改变当初这个决定的理由与借口了。

或许确是如此吧，如果成金龙当真是在开赛之前就已提早洞悉了注定会在这里所发生的一切，那么他就也当然不应去画蛇添足地为这幕伟大传奇的上演，再人为地混入进那些来自于他的可有可无的戏份和喧宾夺主的干扰了。

而是就该像是现在的这个样子，去在超脱的平淡与坦然之间，静静地欣赏和享受着其一生的至爱所回馈给他的梦之安乐……

他看到了一个万夫不当、拳下无人的“披甲金龙”正在擂台上面豪放地挥劈着坚硬的臂膀，并以微末的一身之力将那些来自五湖四海的各路强敌逐一扫灭，而最终在睥睨天地之间又一次高高地捧起了那顶只会授冕于人中王者的黄金桂冠……他看到了一些从来并也永远都不会离他而去的亲人们，父母、师父、弟妹，还有好一群在闹哄哄地嬉打说笑着的“烈马狂鬃”和“八臂猴子”们……当然，他也还看到了那位曾陪伴着他走过了从前的路的温柔的女人，以及或许会再陪伴着他去走过以后的路的另一位女人……

而这些，其实也就正是成金龙的生命的全部了。

是什么样的力量为他送来了这般福美神妙的幻觉，难道就仅仅是由于近距离地接受到了因台上那两颗“心”的狂烈碰撞而涌射出来的精神光波吗？不，肯定不只是这样。成指导知道，那两个被他看着长大的孩子之间的一场即使是如此般全情投入的比赛，也还依然不至于就能够如此强力地引导到自己的心灵。

因为可以做到这样的……只有他自己。

是的，对于这些令人无限动容而感喟的思绪共鸣的袭来在真正起到着决定性的主导作用的，其实只能还是我们自己。因为，那些梦中所映的珍藏便正是我们每一个人自己的生命和岁月为我们所留下了的东西……

“这……这……天啊，在对擂台上面的战斗形势发表出恰当的描述与评论之前，请先让我来喘一口气吧！”杨健怎么讲也是从事各类体育赛事的电视直播工作多年，但是像今天这样竟然会被一场比赛的激烈程度而致了如此语塞心悸的情况，自诩也曾见过些世面的他还真的是头一次遇到。此刻，他是多么地期望能够立即获得来自那位向来都是从容镇静的解说搭档何耀强指导的救助与分担啊。“现在可以看到，这场中国德比大战已然是完全进入到了白热……哦不不，白热化这个词语都已经不足以再来形容目前发生在了我们面前的这幅奇绝的景象了！何指导，您会怎么来定义这样的场面！……当然了，这一切的登峰造极与……空前绝伦，其实也就正是所有的观众朋友们自世锦赛开锣的第一天以来，便一直都在盼望着能够有幸去亲身地经历与感受到的。而站在这个角度上来讲，今时的此情此景也绝对称得上是不负众望且完美无缺的了！何指导，您是不是也这么觉得呢？……何指导，您认为这样的对攻还会延续多长的时间，胜负的悬念是否会很快便将得以分明了呢？……何指导？……”

但是，他却始终也没有得到一直所急需的回应。

怎么回事？杨健只好有些不情愿地将视线暂时移开了赛场，转头看向了身边的同事。鉴于本场比赛的强大吸引力，目不转睛的解说员已经有很长时间都没有这样去做了。

然后，他便惊呆了。

担任着中国国家级官方电视台现场直播评论嘉宾的中国女子自由搏击队副总教练何耀强指导，推开了话筒，摘掉了耳机，正在痛极难抑地以手掩面，哀嚎而泣。

是什么样的情由才会致来了此般离奇崩溃的失态，直到医疗暂停之时的刚才，人不都还是好好的吗！杨健的惊异也是自然应该，想这天下之人又有几个能够知晓，在那何耀强的恸哭当中到底深含了多少这十几年来任其超然的理智所压抑埋藏，而至今天又终是在此忍无可忍、控无可控的悲情过激之下被突而尽数爆出了的前世忧伤与生死情愁。

一周前的一个晚上，一位男士曾独自来敲响过中国队何副总教练的酒店房门。就像是当年被寻遍了全美的哥哥们猛然唤起了想要回家的情感一样，这一场毫无准备的故人相见，再一次让那个原本以为自己已经可以完全忘记掉过去了的“铁骨耀强”，如虚弱无助地落回进了昔日迷梦中一般地失去了心力。

来访者是美国资深的华裔武术家与自由搏击教练、本次世锦赛 ESPN 电视台现场转播的特邀评论顾问之一，“英雄书豪”华书豪。

那一晚书豪所说过的话，一直都处在昏沉之中的耀强几乎没有留下任何的记忆，不论是叙旧谈笑还是专业探讨。因为就在交流才刚开始后的不久，来客就低声地讲出了一句令接听者再也无法控制住自己不去在心中流下眼泪的无意或是故作无意之言。

“书香这些年了，也一直还没有成家……”

此一刻，就在整个世界都眼见着张雨心和丁建秋在这演绎出了我们的传奇的中心舞台之上放情尽享着那万众感同的生命一战的时候，何耀强独自低下了头去，痛苦地抓紧了自己的胸口，抓得心肝撕裂，抓得情崩欲绝。

哭吧男人，命运的捉弄何曾又是你的罪，就让这从未涌下过的泪水倾泻，去抚平你的哀痛，去纪念你的蹉跎……一如那段你至死也不会离弃的浮生凄缘……

被何耀强紧紧抓住的，是一只沾满了自己的鲜血，并在这十三年来始终都是由他心口上的珍存余热所矢志守护着的手工缝制护身符……

陈光荣伏在桌上的双手有些颤抖，他试着去拿起了一瓶矿泉水，想要通过饮用来缓解这种糟糕的症状。但是，因为发现在握住了瓶子之后竟会造成那里面的液体出现极为剧烈的晃动，所以，为了不让更多的旁人留意到自己的异样，他只得放弃了这个念头。

此刻，从主席台上向下望去，陈光荣在那一整张辉煌绚丽的图景之中所最会注目到的其实是并不起眼的孟大海。犹如是在一场成功的大戏里面始终都处在了光鲜舞台的边缘，却无日无夜不在尽职尽责地欢呼跳跃着的群戏配角们那样的，一枚永远的绿叶、一位永远的老好人。是啊，身为主角的大明星们终归只是极少数，而像这个样子在故事当中平实而简单地生活着的普通人们，或许才是这部传奇之所以会存在着的真正意义吧。

就像是自己一样，一个执着地相信着梦想可以实现，而因此用心去不断地追逐着它的最最平凡的普通行路人。陈光荣不会忘记他曾为自我设下的定义，就算是在已然大事告成、功成名就的今天也依旧未有丝毫的改变。

看看这里吧！陈主席独静其身地将背部靠回了座椅上，而目光也随之移向了天空。今天这里的一切，恢弘、震撼与极尽荣华的一切，这些竟全部都是出自了那个曾经瘦弱、曾经迷惘、曾经心烦意乱地站在了即将毕业的母校大门之前和心灰意冷地立于了革新遇阻的全面败退之地而不知该要何去何从的我之手吗？

事实上，这确实是。

也许，在这些荣幸地沐浴在了体坛巨星们夺目光辉中的世人里面，只有少之又少的寥寥几人还会想得起来，过后也该去平等地关心与感谢一下，某个为了创造出今日的盛景而已经默默地奉献出了十几年光阴的体育行政官员。也许，就像是在一部口碑电影已然播放到了片尾字幕的开灯散场之时，即使是再为热爱与尊敬艺术的优秀观众们，也懒得去记下排在了联合制片名栏或是演员表最末段的那些位陌生人士一样，在这届世锦赛圆满闭幕了以后，于全球范围内能够叫得出陈光荣或是孟大海这类生僻名字的搏击爱好者们，也依旧不会超过其全部人数的千分之一……

但是，那又怎样呢？

我不会去在乎这些，因为在我的梦里本就没有包含着这一并不重要的部分。

陈光荣的手不再抖了，适才激荡难平的心情也静下了许多。他直回了身体，重又将那满场沸动的全景收入了眼帘。

没有错，现在的我正是在自己的梦中。只不过，和一年前的相比，显得有点太倾向于商业感了，而与三年前的相比，则又要更加吵闹了一些……

会同样产生出了自己此刻正处在往时之梦中的差错知觉的，或许还有坐在了往东边些看台上的张国柱与黄雅英夫妇俩。而稍有些不同的可能是，作为一对已经结合了二十余载的中年夫妻，这两个人的梦一定会是一个休戚与共并也唇齿相依着的生命整体。

现在，他们的独生女儿张雨心就奋战在了台下的擂台之上，没有一分的柔细纤弱，也没有片刻的犹疑惧失。有的，只是任其滚热的鲜血飞扬在空中的飒爽无畏，和去坚忍地承下对手那刚硬之铁拳的果敢勇决。是的，这就是他们的女儿，被全世界的人们所认识、喜爱与钦佩，且在这一刻正于亿万瞩目之中占有着大家的全部精神的他们的女儿。

然而，在这两个人的目光里，在紧拥妻子的张国柱和热泪满颊的黄雅英的共同的无限怜爱的目光里面，那个叫作张雨心的女孩，此时却是……

一个在蹒跚学步中险些跌倒，而被爸爸一把扶住后听从了妈妈的建议，在怀抱着自己的父亲脸上香香地亲上了一口的，女儿；一个在初谙世理之后乖巧懂事，于生活学习和散打训练间的勤苦奔波当中多年一日地不娇不怨、独立独行的，女儿；一个自迈入了青春之花如约绽放的季节之后，便如是承了上天的眷顾一般出落得那样美玉不琢、姝好可人，而招着左邻右舍的小伙子们总是会借故来上门套近寻扰的，女儿；一个已经可以完全称得上就是这对含辛茹苦的父母的梦之真义、支柱与本身的，女儿……

而这个梦他们已是做了半生，并且还将会再永恒地给坚守延续下去。

其实，或也可以这样去理解吧，正是因为生而为人的我们无上幸福地拥有了家，拥有了爱，拥有了血脉与生命的不息传承的权利和义务，所以，在我们每一个人的梦里才会出现了他们，而且，也都会去到了他们的梦中……

南面看台，各国选手及代表团成员们的观赛区域。

郭雯雯在纵声地高呼、狂放地呐喊，她攥紧的双拳由于连续不自主地捶打在了头排座席前的金属栏杆之上，而已经是浑然不觉地红肿了起来。同时，由这样剧烈的肢体动作所带来的珠珠热汗，也早已是让她湿透了掌心、粘住了衣恤。

张欢迎板板正正地端坐在了座位上面，且她的眼神也还是那样经久不变地凝滞和平直。如果不是全部绑满了绷带的两臂还是特别酸麻生疼得不便行动，她是一定也会跟随小雯儿一道去尽上一份身为着队友助威团员的火热职责的。不过，现在这个样子也挺好的，因为憨厚低调的姑娘从来也没有觉得其所特有的面对生活与体会感动的方式有什么不妥，尤其是在最近她对自己又增添上了更强的信心以后。

隋清舒展而慵适地倚靠在座椅上，笑眯眯地观赏着台下那罕得一遇的热闹场面，就好像是美美地斜躺于了阳光海滩上的竹床与篷伞之间，而伸手可及之处还摆满了新鲜的椰汁、水果和巧克力。她此刻的心情真的是足够好，好到了不仅彻底忘却了自己腮上才刚刚肿起的伤痛，就连头脑中那很多的陈年烦恼与难题不顺，在这一时竟也都已是如魔法消除般地全不记得了。对于这位向来务繁身累的女孩来说，她的心事与难处比较同龄之人可能确实是一直都要多出了不少的，而其今天所以能够在青年时代的人生旅程当中，得以享受到了像这样极致喜乐的成功快感，或许就也正是老天对她自小的那种积极求取、多线上进的生命态度所给予了的一次最好的精神奖励吧。

王迎当然是在默契卖力而又紧随节奏地配合着拉拉队长郭雯雯的兴奋状态。小雯儿叫嚷，她就跟腔，小雯儿捶胸，她便顿足，可真是好一副辅佐着带头大姐的得心应手。而在这对活跃显眼的加油二人组中，两个人唯一的区别则就在于，小迎儿她还是哭了……

这会是自这些本也平凡的姑娘们选择了散打去作为人生的梦与一部分了之后，所经历过的最快乐的一天了吗？即便是若以现在的标准回过头去看的话，在那次选择以后的每一天里，她们其实都很快乐。

生命进程之中的因与果历来就都是这个样子。你永远也不知道在遥远的未来是否会真的貌似幸运而又实则公平地获得到你本就应该拥有的这样一天。但是，由这个美丽的希望所带来给你的，愿意充满着期待与快乐地去迎接着一个又一个明天的大好心情，却又是一种甚至会超越过了那个结果本身的更大的幸福。而同时，你自身可以体触和感知得到这种幸福的切实存在的程度，则又是决定着你能否终至可以得偿所愿的最大原因。

这说来复杂，但归根结底，那些因或果、易或难、哀或乐、福或灾的主观感受本就是寄存在了人心的无形幻化之中，当你真正做到了悟由心生的时候，便是空色回转，万物为无，而人之一生一梦也就概是如此了……

所以，就让这些悟已心生了的女孩子们去永远地活在她们自己的这一天里吧……

在中国队所坐区块的右上一点便是俄罗斯代表团的成员们聚集的位置了，那里的人并不多，因为这一支参赛队伍的规模本来也不大。不过就在这稀稀落落的七八人中间，却是也有着一位无可争议且又名归实至的本次世锦赛的金牌获得者。

叶卡捷琳娜·佩尔库奇耶娃（Ekaterina Peilcorkieva）小姐是一名有着金黄色的长发、雪白的肌肤和一副总是习惯性地涂得明艳嫣红的小嘴唇的十七岁高中生。当然，如果你觉得她的俄语名字太过拗口，也可以选择去使用她的另一个新称呼，那是一位英国文字记者在此前的轻量级决赛进行完毕了之后在自己发出的现场快报中为她所起的，一声或许是可以陪伴着才刚刚迈出了第一步的年轻姑娘去共同度过她的整个职业生涯的响亮亮的名号。

“决赛中的玫瑰”（The final rose）！

据这位记者在日后略带自嘲地解释，他之所以会给这名运动员起上了这样一个名字，其实是因为在此之前，他除了在几次对其而言只是聊胜于无的勉强值得一看的低级别赛事的决赛当中才偶然注意到过这位来自于俄罗斯斯摩棱斯克州（Smolenskaya）的女孩以外，就再也未来得及在本次世锦赛的决赛日以前对这个孩子留有下过些什么其他的印象了。

因此，在以后的人们心中，她便也好像是成为了一位生来就是为了要去出现在并且也只曾出现过在决赛之中的，令人惊羡而又震叹的传奇性运动员了。

不过现在，叶卡捷琳娜正把手臂架在了前排座席的椅背上，然后支撑着自己的下颌，如是懵懵懂懂一般地充满好奇地观看着这场别人的决赛。

把比赛打成了这个样子……台上的她们会是一种何样的感受呢……

这位感觉好像是在夺冠之路上面全然没有耗费任何力气的世界女子搏击擂台上的天才美少女超新星，此时在心中默默地对自己提出了这样的问题。

不用着急，青稚的玫瑰，未来当然会是属于你的。总有一天，当你得到了足够多，也失去了足够多，走过了足够多，亦是找回了足够多的时候，你就一定会惊喜地发现……

这个答案，其实……

诗梅丽缓缓地闭上了眼睛，凭借着一股宁邃的心灵之力，她在一个自己感到已经足以了的时刻，让疲劳的身体和精神重新回到了一种幽谧禅静的清修之界。

虽然在东道主代表团的全队之中犹是众星捧月一般地被奉若神明，但这位业已参透了偈佗的素食女子却总是淡如闲云地把那与世无争的谦和与逊让，当作了自己在必须获得胜利这件事情以外的唯一一项绝对特权。是什么使她成为了这样的魁奇之人，难道就仅仅只是缘于那时刻都会在其手上念转着的一串竹木持珠？

美丽拳王没有辜负祖国的重托，但是在今天早些时候所进行的那场 65 公斤以上级（重量级）的决赛当中，她赢得并不轻松。

比赛进行到第三回合时，她不慎陷入了卡洛琳·琼斯的最强必杀绝技“卡洛琳绞杀”的致命羁固之中。那是一招运用擒摔后的背向连续翻滚而甚可去拧下对手脑袋的无解锁颈绞技，在世界女子自由搏击正式比赛的历史当中，还从来没有一名选手可在“女条顿骑士”的技成之下得以逃生，即使是当年的那个内华达农场女孩也不例外。

当时，诗梅丽被牢牢地钳制在了地板上面，每一次的挣扎都会再招致来更紧一分的窒息痛苦，而直至了，她的意识逐渐迷失……

但最终她还是挣脱了宿命，重新又站立了起来，并且，以至纯至洁之“钻石”的闪耀光辉，拿下了这一场对于她的国与家都极为重要的决胜之胜。

可实际上，就她自己而言，却并不一定会有那么地在乎。

就好比是现在吧，不论面前那幅奢绮灿烂的盛世是虚无缥缈的幻象还是返璞归真的平实，也不论在心中所淀下的这一往情深是得失无谓的过场还是冷暖自知的珍惜，总之，诗梅丽觉得自己已经真的没有必要再去过多地介意和究诘些什么了。

她就是有点累了，想去休息一下了……

费奥娜·哈德森终于在尝试着去移动一下自己了。她从久坐的席位上起了身，不声不语地向着这片看台的出口方向走了去，由于此举并未造出任何的响动，加之其本就独处在了最高的一排，所以这座场馆之中确也无暇他顾的所有人们便都没有注意到她的隐蔽行动。

这可不像是早已习惯了被前呼后拥的超级明星在往日里所受到的待遇。

眼前的这场巅峰之战还远没有分出胜负，而费奥娜为何要在此时就选择离去，难道她已然至此便提前看透了最终的结果，还是那个所谓的最终结果对她而言早已经是一点都不重要。当然，也很有可能两者皆是。

“费奥娜，你要去哪儿？”一名离着姑娘最近的黑人青年发现了情况，回过身关切地询问道。他是美国队中的工作人员，也是费奥娜的私人助理兼保镖，显然，这样的关系使他相较于别人会更先地留意到需要去照顾对象的一举一动。

“我要回家了，‘钢镚儿’。”费奥娜摘下了墨镜，平静地对青年轻声答道，“很久了，我们也该一起回去看看‘酒鬼’了……”

远方巍峨的群山绵延环绕，山顶覆盖着终年白皑的积雪，待到夏天，消融的冰水挟裹着大虹鳟鱼川流而下，聚成为峦间的平湖，也浇灌了山脚下的丰饶牧场。每当这个时候，总是会有一名顽劣的少女跳进人们的记忆。她和哥哥疯狂地追捕着走鹃和臭鼬，她狡猾地逃脱了外婆抓她去瀑布下跪立扳腿的痛苦修行，她和男孩子们一起在谷仓里与小牛摔跤，也偶尔相互打上一架，她想要做一个牛仔，因为这里是牛仔的圣地，她的脸上，满是雀斑……

伟大的费奥娜·哈德森啊，在此被你君临足下的泱泱凡世之间，还会有着什么是你竟不能尊享，抑或是在无意当中又得而复失了的宝贵之物。

一定便是那些从来也不曾被忘却的自由与真我，以及，就由它们在那宁愿永生都不会醒来的梦中所勾绘而成的……

此生此战……一生一战……

“雨梦拳心”之下的张雨心被击中了！

丁建秋锲而不舍的铁拳终于突破了这位毕生对手的那包括了感知预判和主动迎击在内的所有防御底线，如是划时代一般地重重轰在了张雨心的鼻梁左上。

惊叫四起！雨心的身体登时一震，两脚如踏空似的向后栽了去，勉力支撑着退了几步未倒，侥幸地仰在了台柱之上。

这等大好机会，建秋还不乘胜！可……却怎见着这出了拳的人反倒是比那中了拳的人还要先一步地倒向了地面！只看建秋还未及迈步追击，自己竟已是脚腿一软，两三晃下便显见不支地跪倒在了人前。

神技护体的格斗机器居然也会如此！那威震天下的“钢之态度”难是已被这连番狂骤的流星拳雨给打透刺穿了不成！

全场看客为之一乱，普天观者顿而心惊！造成这种情况的原因是双方都已体力透支，还是彼此俱超耐受极限？那么接下来，这比赛会不会即将便可……

愈加猛烈的对撞！由炸心以光速而爆出的原子射线已焚焦了所有的存在！

张雨心和丁建秋同时奋起身躯，再又杀回了擂台中央！这场战斗还在延续，它根本就没有中断，而只是被烧得更红、更热了！

这两名中国女人在前一刻不是明明都已经看似力竭伤重、无以为继了吗！可为什么就才只在一眨眼间，便竟又是还冲而上、再对针锋了呢！到底是什么带给了本也和我们一无二致的她们这样的超自然力量！

是来自这篇注定就要这么去讲才够火爆精彩的故事，还是，于这故事的内外，始终都在用自己的心和梦想在赋予着她们这些无限之可能的我们……

素朴的校园里和训练场上，立志体育的孩子们穿着在经年的跑跳滚打当中磨蹭得有些灰旧了的统一运动服，于教练老师的组织之下挤聚在了电视机前。刚开始的时候，早已习惯了艰苦枯燥的日常生活的大家还在为能够参与上这少有的集体娱乐活动而倍感着稀罕的新鲜与兴奋，个别情性有些活跃淘气的男生还由于不断地推搡打闹或是高声喧哗而遭到了老师们的批评训斥，可现在……

没有人再会去造出一丝多余的声响了，整个空间中除去电视机上的音画之外皆已是肃然凝固，而所有孩子们的幼小心灵，此刻也已然是被完全地融入进了那来于万里以外的英雄璀璨之光。因为，这或许就是他们有生以来的第一次在如此真实地触摸着梦的模样。

这些充满了无可限量的希望的孩子们，正是源于了在中国大地乃至全世界上的千千万万个柳荫街小学、崇文区业余体校以及阳高县青少年散打队之中，而今后将要引领着他们去踏上此生之寻梦征程的启蒙导师们，则也就是那千千万万个于此同时自己也一样是在逐梦而行着的秦勇、孔令刚和王劲松们……

海南三亚，湿净的空气与暖柔的海风会让人们在这里的每一次呼吸都变成一种享受，水岸边清静的疗养院房间里，建秋的妈妈李桂芝安详地坐在沙发上打着毛衣。她并没有去对刚巧进来分送药品的护理人员自豪地介绍一下自己的女儿，即便是这位早已熟络了的青年护士望着屋里的电视向她好奇地问道："呦，阿姨，您怎么也爱看这种拳击的比赛呀。"她也仅仅就是笑着应回了一句："是啊，你瞧她们多棒啊……"

北京新街口的居民楼里，叶蓉蓉还在不亦乐乎地接听着亲友们的轮番来电。虽然隋家女儿的那场比赛已经结束了有一阵子，但世界亚军的母亲在这些三分惋惜、七分贺喜的致电里面所获得到的成就快感却还在不断地累加当中。"是啊是啊，谁说不是呢，当初要不是我这个当妈的力排众议送她过去，还这么多年以来一直都坚定地给她鼓励、替她减压，又经常帮她做心理辅导……""蓉蓉，这边儿还有一场决赛正打着呢，你也过来再看看吧。"直到坐在客厅里的老公隋峰无可奈何地提醒了她。

老地方，"花果山·名味楼"。火灶上的煮锅已热汤沸滚，但为何一旁待下的食材却始终无人理睬，餐桌上丰盛的佳肴就在盘中，可怎么一双双的筷子竟又都是举而不落。是什么造成了这里的运转失灵与时空停滞，难道就是因自那一台台吊装在了餐馆柱顶上的全部都被调到了同一频道的大屏电视吗？应该是的，因为我们看到了自感收视角度不佳的食客们主动凑去了邻台，而刀勺都还没有离手的众师傅们竟也皆是擅离职守，相唤着溜出了后厨，只为了一睹为快地涌入到了外堂当中。当然，其中也有几位资格老的直接便泡进了同样也装有电视的郭氏夫妇的办公室里，今晚就压根没有出工。

夕照寺街的老楼房中。"啊，啊！又打着啦！"大迎儿妈手指着电视屏幕，惊得几乎就要从小板凳上跳了起来，刚才在比赛医疗暂停的时候，摄像镜头所扫到了的观众席上的大迎儿的特写还叫她好是美美地乐上了一会儿，可现在，丁建秋猛一记凶险的快拳却又是立马便让她再度吓出了浑身的冷汗。大迎儿爸还是盘坐在了自己的床上，此时他探出手去拍了拍妻子的肩膀，示意她不要太过激动，因为他俩的大女儿庆祝今晚也在屋中，而且还在一边看着电视，一边绘着手板上的彩色素描。也不知这幅画是种何样的内容，会是战斗之美吗，还是梦想的形？张爸为此俯下身体去偷偷地瞅了一眼。

那是……

在一片无垠无际的蓝天当中，两双展振高飞、翱翔直上的美丽翅膀……

北京市芍药居社区的另一处普通住宅楼里。陈微的宝贝女儿小白兔这几天由于气温骤降而患上了可恶的感冒发烧，在被父母抱着连跑了两趟医院以后还是有点晕乎乎的。这会儿，额头上还粘着退烧贴的她正偎在爸爸的怀里全神贯注地看着电视。若在往常，如果赶上了像是这样一家三口于荧光幕前共度美好夜晚的时候，在多个少儿频道间不断搜索着熟悉的动画片会是因小女儿的强烈要求而必须要去执行的选项。不过今天，他们却是在少有的和谐安宁之下一同观赏起了由女主人所选定的体育比赛直播。小心肝这一整晚怎么都不再闹着要去寻找"福娃漫游"和"喜羊羊"了呢，是因为身体上的感觉还依然不太舒服吗？不禁忧心的爸爸低下了头，关怀地向女儿问道："乖乖，这个电视你爱看吗，你看台上那个穿蓝衣服的阿姨多厉害啊，还记得她吗，她是谁啊？"而小白兔专注地盯着眼前的如幻新奇，有些朦胧又似是错觉地小声答道："妈妈……"

快来分享我们的梦吧，因为这些正在被铸造成传奇的时刻，本来就是因于和为了你们而才会由此诞生的。当然，我们亦是同样在殷切地期盼着可以在下一个并不意外的明天或是后天，也能够去更加快意地分享到由你们所带来的那个梦。

这将必定不会遥远……

我们的父母亲人、兄弟姐妹们……

什刹海的"搏击二馆"里。

往日喧嚣嘈杂的加练场上今天异常的冷清，被因此而只是有限地保留下来了的昏暗灯光中，也仅是唯有一台力量器械还在孤单地发出着规律的"当……当"声。看起来，好像今晚这座学校里面的所有人们全部都挤进了那些装有着电视机的房间，而这独自在此留下的一人则又是为何如此甘愿寂寞。

暗影下，一位高壮魁梧的中年汉子慢步走了进来。他是中国国家女子柔道队的重点选手专责教练洪庆丰指导。

男人停在器械之前，静了几秒，然后劝道："大春儿，大家都在看电视直播呢，你也先歇歇吧，不差这一会儿半会儿的。"

厚得惊人的那摞负重铁片在一次次猛力拉放的碰撞当中所磕出的“当……当”之响并未停下，但也没有因此而加快或是减慢，直到如数完成了当前的这一组，练习者才是带有着一些呼喘地低声回应了教练。

“您去吧……不用管我……过会儿我自己回去……”这位是……本年度国际女子柔坛最重量级别世界排名第一的邓春妹。

她的发角湿光漉漉，她的肌骨钢锻铁打，她的春季风雨磐陀，她的梦想天空宏大。若有心意相连，又何介天涯咫尺……

洪指导闻言也没有再说什么，转身便就离去了。而在他的背后，那浸透了千辛万苦、凝集了汗血豪情的“当……当”声响，在这旷空之中久而……不落……

英国，曼彻斯特。

正午的骄烈阳光穿过玻璃幕墙映射在了罗科·福尔蒂劳里酒店（Rocco Forte Lowry Hotel）的会议厅中。在这里，虽然提问的环节按理已是早该结束，但看得出来，那些与数不清的摄像镜头一起挤满在了会场之中的中国与欧美各占了一半的体育记者们，此时还是完全没有就此便愿尽兴而归的意思。

“拳的较量，王的争夺！”

时间：2007 年 12 月 24 日；地点：曼彻斯特 MEN 体育中心（MEN Arena）。WBC（世界拳击理事会，The Word Boxing Council）超中量级（76 公斤级）拳王争霸（卫冕）战，彭冲（中国）VS. Geovanni Sanchez（吉奥瓦尼·桑切斯，墨西哥），中方新闻发布会！

现在，发布会比预计的十二点钟结束已是拖延了一些时候，接下来的午餐会那边早已开好了香槟，而酒店的经理也过来委婉地催促了。见此情景，一位身宽气粗的白人大亨，也就是彭冲的签约推广人和本次活动的组织策划者，向主持人打出了一个“OK”的手势：可以结束了。于是，主持人便用英文向大家宣布道：“好了，非常感谢朋友们的关注与光临，今天的发布会就此结束，请大家前往隔壁厅……”

“彭冲，彭冲，我还有一个问题！此时此刻，首届世界女子自由搏击锦标赛上，张雨心和丁建秋之间的决赛正在曼谷进行着，而国内体育圈中有很多的传闻都在指证，你和张雨心曾经是一对恋人的关系，这些年来你对此一直都在回避或否认着，但是今天，你是否会想为了她而说上点什么！”这是一位中国记者又强行提出来的问题，那甚至也或可算作是一种忍无可忍后的公然叫嚷，在已经举了一整场手的他被主办方的刻意无视所彻底逼急了以后。

“对不起这位先生，我说过了，发布会已经结束了，而且你的这个问题显然也与我们今天所讨论的内容是完全无关的，所以请你……”这是主持人必然会有的反应。

“这个问题我可以回答。”但这时，已然从桌后站起了身的彭冲突然冒出了这样一言，而后便又坐回到了位置上，重新拉过了麦克风。

一晃四年多过去了，来自中国北京的拳击明星自加入进世界职业拳坛以来，已是取得了十五胜一负的骄人战绩。这样巨大的成功自然使他改变了很多，比如新留下在了眉角上的那道清晰的疤痕，但当然，没有改变的也一定同样很多。

“我和张雨心小姐曾是在中国北京什刹海体育运动学校里面的同学，也是非常要好的朋友。什刹海，那是一座很美的校园，当中汇聚了许许多多的像是我们这样充满了天赋也怀抱着梦想的青年人。丁建秋小姐也是这其中的一员，但她入校的时间相对晚一点，我们之间并没有太多的交集和往来。不过，我与另一位同样也是极为优秀的柔道女运动员倒是很熟，跟她的友情也和跟雨心的一样，是特别令人怀念的。她叫邓春妹，相信你们肯定也都认识，她现在应该正在全力地备战着明年的……明年的北京奥运会。

那些年，我们都还很年轻，生命的责任、生活的未来，以及自己心中所真正想要得到的东西，这些极其抽象的概念对于懵然的少男少女而言，还全部都是在那遥远的人生前路之上看也看不清、摸也摸不着的混沌未知。但是，我们却又是幸运的，因为我们每天都在努力，即使在有些时候我们甚至都不知道自己到底是为了什么而必须要那么去做。可是我们真的就是很努力，而且还在始终为之无比地快乐着。

所以……如果你问起我在今天想要对张雨心小姐，想要对包括了她在内的我曾经都很熟识的他们去说上点什么，我会说，我感谢他们。感谢他们与我在最纯美的那时一道筑起了我们梦的起点，也感谢他们曾一同来到过我的人生当中，从而……使我们大家已无可更改地构成了彼此的生命本身。”

说完这些，彭冲便停了下来，并就势把身体向后靠了靠，以便在深呼吸之时不要离得话筒太近。而那位依旧坐在其旁边的推广经纪人则是适时地用手在他背上轻轻地拍了两下，这并不代表着隐晦的警告或是不满，而纯粹就是过来人对于旗下爱将的一种赞赏与慰问。

彭冲此刻的表情平淡简单，这说明他根本没有因为讲出了以上的这番话语，而给自己带来了强烈的感慨、激动或是任何有别于平常的异样情绪。或许，这就像是一位终日在奔波辛劳着的成年男人，凑巧于某个极其偶然的机会之下坦率且毫无修饰地道出了内心当中久已存在了的平凡观点一般吧，没有什么可值得去额外感动的。

然后，小做了些思考的拳王在离席之前又再补充了一句。

“我想我这一次的回答应该已经足够让你们满意了，今后这个话题就请到此为止，希望你们不要以此再去向张雨心小姐提问，而我，也将永远不再回应了。”……

中国，承德，丽正门前搏击大舞台的后台之中。

黄佰仟给自己买了两只酱猪蹄、一包花生米，现在独自坐在了空无一人的小更衣室里看着电视，喝着小酒。身后面一幕之隔的表演场上，“峨眉山武术表演团”最受追捧的保留节目“小丑互动搏击”正在观众们热闹的哄笑声中欢快地上演着。今天买了票想要上台去逐个一试身手的好像是一群来自特殊（残障）教育学校的小旅游团员们，老板娘也没多问，照数收足了钞票便是一切好说。

黄佰仟今晚没有吃上团里面做的大锅饭，倒不是因为有何忙事耽误了时间，实是由于他跟自己的老婆为了一个重要决定的意见向左而互不相让地大吵了一架，结果导致了他一时赌气，就连已经盛好的饭菜都一把推开不吃了。

“……不声不响，说走就走……还不是让你给偷偷放走的！你们师徒两个有理想、有追求，这一大窝子都不用吃饭了嘛！四宝这两年自己演节目、编节目，教小的们练功，还帮着管账，还要开大卡车！这下可好，一大根顶梁柱就这么一哈儿倒下，连个动静儿都没得听到！……你个瓜师父，平时看着油济济，有事就变矿西西（四川方言，油济济此处意为貌似油滑，矿西西意为非常糊涂），是不是脑壳儿当年被人家打坏了撒！到现在，你还要让四宝娃儿再去走你的老路！你……”

泼辣女人这历历在耳的连声责骂就好似句句都刺透了黄佰仟的脆弱心腔，令他无以反驳而又无处可躲。于是终而，他也只得是用出了一记全无道理且也显见虚亏的歇斯底里式的怒吼，去作为了可以借机拂袖而去的最后一招。

黄妻口中所说的“四宝”，就是在去年正月间里于成金龙搭救大迎儿之战中曾有过登场的那位“精壮青年”。

二十个小时以前，黄佰仟与四宝两人乘着一辆叫来的小摩托三轮车，冒着北方初冬深夜里干冷的寒风赶到了承德火车站。连夜坐车先去北京，然后转车再直奔故乡成都，四宝捏着这张早已被师父订好的车票，在内心的极度矛盾之间默不作声。直到等在站台上的两人已看到了远处火车隆隆驶来的光亮，而黄佰仟又从随身的挎包里面掏出了小心积攒了多年的一万块私房钱：“四宝，师父就只有这么多，你以后……”

“师父！”四宝终是再也无法控住心中的悲情，泪崩之下，双膝伏跪，在冰硬的水泥站台上将响头一个个地磕得“砰砰”大声。“师父，四宝自小受您大恩，养育提携、授业铺路，今生定要混回个出人头地，等来日为您膝下孝顺、做牛做马，若有食言，愿天打雷劈、不得好死！……师父，我这一去，您……多保重……”

四川省武术运动管理中心接受眉山市散打队教练员推荐，破格征调该队优秀青年散打运动员闫金宝正式加入四川省男子散打队，备战 2009 年第十一届（山东）全运会……

不知是因自廉价酒精的持续刺激，还是这电视上面所转播的女子搏击比赛实在是太过引人神思，此刻再回想起昨晚那别离时分的声声泪泪，黄佰仟竟是迷混似幻地犹是坠回了那少年往昔之间的陈年旧梦……

“师父，我就是不服，凭啥子他江涧就老是万事都压着您一头！这次全运会，我就是专门冲着那成金龙去的，不拿下金牌儿，我就不回来见您！”

岁岁雪雪风吹剑，生生灭灭荣辱痕。

这世功名尘归土，何欢何苦向南柯。

前台传来的欢闹声此起彼伏，看来今日“小丑互动”的表演效果又是相当地不错，这使得黄老板不得已地抄起了遥控将电视机的音量又再调大了一些。而偏巧就在这时，中国国家女子自由搏击队成总教练的面部特写被切换到了屏幕之上。

黄佰仟盯着电视画面先是茫茫地愣了一会儿，而后，他猛然“啪”的一声将遥控器狠力地拍在了桌上，一跳而起，直指着仇敌的鼻子，运上了全身之气地大喊大叫道：“你个成金龙，你神气个啥子，等你一回了国……不，老子明天就去北京，就在你家什刹海的大门口守着！定是要再去与你……大战个三百回合！”……

继续出拳！继续出拳！

感觉不到疼痛，是因为已经进入了另一个空间，接受不了后退，是因为我们谁都再也不愿留下此生的遗憾。张雨心和丁建秋继续出拳！

她们已是各自被击中了多少次，又是再度站起了多少次！而那些在两人每一次的肢体碰撞之后被抛洒向了天空的弥漫水雾与晶花血红，则又究竟是种何样的物质。会是你们青春体内的能量之泉吗，还是……那就是生命。

满场的观众们全都站起来了！而且可能再也不会坐下。

他们看到了唯有神才可能创造出来的景象。

在这两名正用生命战斗着的女孩周围的那一圈由一粒粒闪烁出荧辉的晶体飘浮所融结而成的半球形雾网光晕之内，到底在演映着些什么！

为何我们即便在眼里正所见着比赛，而心中却又都是读到了别样的故事，并且还俱是那些迥然千面亦又不为人知的只归于自己的过去与未来。

在这座体育馆里，人们触到的分明是同样的场景、同样的光线和同样的风，且适才曾略有差异的温度，现在也都变得完全一样了……那么，所以造成了这般甚至就连电视机前的观众们也都一起感受到了的迷离绮幻之觉的真正原因又是……

等等，难道……

难道她们通过这场神启的相斗，不仅是彼此融合了对方的“心”，而且，还已然是将那些欣然投入、如感己身的追随者们的“心”，也都通过这人类社会里面那至善、至美、至真的天人之道，给全部融聚汇集并引导统领在一起了吗！

那这么说来，眼前这些浩如天河繁星之数的晶莹明亮的光光点点，岂不就是始源于我们每一个世上平常之人的……心和梦想了吗……

我们的亿万人心……和普世之梦……

“老刘，老刘……哦，周老师、袁总监，不好意思啊，我叫泽平出来有点事儿。”这是北京城东一家品味高雅的慢摇夜店，豪气十足的顶级包厢里，著名模特经纪公司“星触感”的当家刘总正在与两位圈内声名同样显赫的合作伙伴商议着要事大计，而推门前来呼唤的则是公司的首席名模兼隐形副总，他的未婚妻纪娜。

向客人们告了假，刘泽平与纪娜一起走出了包房。一关上门，女人便拉着未婚夫加快了脚步：“跟你说了今天是雨心的决赛，电视上已经打得昏天黑地了，恬恬和艾丝看得又哭又叫，你也不赶紧过来，再耽误一会儿就连最后见个输赢都赶不上了！”

“嗯，是吧，那快去。”老刘边紧跟着纪娜的脚步，边习惯性地向另一半转述起了刚才与人洽谈的大致内容。在三位女士借故出去找电视了以后，他就一直在房里独自担当着这份职责。“周老师的意思还是建议大赛从根本上去设定一个与往不同的独到主题，小姑娘儿们观众现在见得太多了，已经没什么新鲜卖点了，操作起来事倍功半。他提了个想法，就是大幅度地去放宽参赛选手的年龄与婚育限制，以‘有故事的女人’这个命题来作为策划和炒作的中心，我觉得这个创意倒还是有点搞头。”

“是吗，那袁总的意思呢？如果这么弄，重点人和前三名的安排还是照原先商量好的办法来吗？”纪娜听着老刘的讲述，脑子便也转了进去，不自觉地放慢了步子。

“他的追求当然是噱头儿越大越好了，播完了要是整体收视率够理想，广告赞助也跟得上的话，估计一高兴就直接从咱公司里挑走三五个再开一台偶像剧了。反正照现在的方案构想看，十强里边儿一半儿肯定是咱们的人，另外一半儿在网上报名截止了以后就直接先跟有潜力的签一年短约，表现好又听话的就再长签。而至于……赞助商方面保送的人，或者是本身就带着别家儿合同的那种，我倒是还没想好，到时候儿再谈呗。总之这事儿弄好了，咱们的利益是有保障的，弄不好，风险也不大。”

刘泽平的商业算盘近年来可是打得愈发精到了，还有谁能记得起来他竟曾是一名职业摄影师的出身呢？

“有故事的女人……”纪娜有点想入了神，渐渐地站住了，但随即，“哎呀，回头再琢磨这些吧，先去看雨心的比赛。”便又拽着老刘继续向前走去了。

可是，也许只该去怪这家店外场吧台上方的那台液晶大屏幕与地处于最深处的一号包厢之间的距离实在是远了一点吧，女人走着走着就又是不知不觉地停了下来。“有故事的女人……说着简单，但要实际运作起来难度也不小。你想，这终归是模特大赛，不是什么情感访谈，即使是把允许参赛年龄的上限有所提高，又能高到哪儿去？二十五、二十七？官龄二十七岁的女模特，这种女人的身上又能有着多少感天动地的故事，就算是真有，人家愿不愿意给讲出来，讲出来后的效果又好不好，这些都是问题。”

关于这方面，老刘倒也是已有了考虑。“说的是啊，我当时也指出了这个难点。不过按照周老师的设想，如果最终确定了这套主题思路的话，导演组届时就会引入一个专业的项目团队，依据每名重点选手的性格、家世和自身特点等素材，去对她们以往的生活经历进行一些适度的题材加工与艺术发挥，以此来辅助构建出观众们最有可能会买账，并且也还能尽量避免开重复雷同的个人专属背景故事。他创意草案上的原文儿就是这么写的，而且还说自己有好多这样的资源，我觉得……应该就是指那些职业写手啊小编剧们什么的吧。”

“但是即便这样，那出镜率最高的前几名，尤其是冠军，故事也不能给编得太过。否则到时候真炒起来了，万一有哪些没照顾到的多事记者把人家的身世老底全给挖出来了一曝光，所有人一看，根本就不是那么回事儿，那不就更麻烦了……所以，这还真是挺难把握好分寸的很关键的一环啊……”纪娜头脑的缜密与细腻程度从来也不输给老刘的。

“这些自然呀，所以这个想法还是需要再从长计议吧。哎，走啊。”此时的刘泽平对于去看电视这件事倒是变得比叫出了自己的那个人还要更加积极一点了。

“因此，最理想的人选应该就是……”全心投入了思维的纪娜定在原地未动，更像是在自言自语似的轻声念道，“本身作为模特的条件就足够优秀，并且还确实是真的很有故事的女人。这样的人到哪儿去找呢……必须要尽早把核心的元素都先给确定下来，包括了选拔范围、包装流程……而最主要的还是三甲的种子备选人……”

“那……怎么着？”老刘见此情景，只好调转了方向对她问道。

“唉，算了，雨心的比赛以后再看重播吧，眼前的大事重要，也别把人两个就晾在屋里不管啊，要不咱俩现在就回去，先抓紧着跟他们继续往下谈吧。”说完，纪娜便又是拉着刘泽平，顺着来时的原路快步地往回赶了去……

纽约，曼哈顿。

董薇想哭，但是经过艰难的努力还是忍住了，因为她无论如何也不可以在这会儿把脸上已是化了一个多小时的浓妆再给弄花了。

手中的那支香烟已经被她揉捏得皱巴巴的了，于是，把玩者将其抓做了一团，丢进了脚下的垃圾桶里。然后，又一次拿起了桌上的烟盒……但是，就在另一边的手指即将要触及到烟盒盖口的时候，女孩却是在蓦然之间似感迷沉地停住了。

慢着，我这是要干什么……

董薇知道，如果自己没有感知错误的话，这个下意识的习惯动作的目的性应该是想要从盒中再抽取出一支新的香烟，去用以在掌指间继续地要弄翻转。

可是……我为什么要一直这样地做下去呢……

少女把目光又移回到了平板电脑的屏幕之上，在那上面，张雨心和这场属于着所有人的比赛美丽依然……之后，她便笑了。

并笑着把那整只的烟盒也一同扔进了垃圾桶里。

好啦，就只当是……为了让自己可以产生一点小小的改变吧……

“姑娘们，姑娘们，打起你们十二万分的精神来吧！都请跟着我走，去一起流汗的时间又到啦！”就在这时，女更衣室的门被一位白人男士推开了，他穿着紧包身体的绸制粉红衬衫和绿色的弹力长裤，满头的发油闪闪发光。这人一边用力鼓劲地拍着掌，一边极尽激励地大声吆喝道：“最后一次彩排，正式首演前的最后一次彩排！在这之后，今晚，就是我们已经等待了两百多天的那个令人兴奋得颤抖的时刻了！还等什么，去跳起来、唱起来吧！去让那些一定会在十个小时以后都偷偷地摸进剧院二楼包厢里面的，自认为可以用手中的选票和名气地位来决定着一切的老家伙们，都去见识见识什么才是配得上今年托尼奖的顶级歌舞剧！没错，就算是安德鲁·韦伯（Andrew Lloyd Webber，英国著名舞台剧作家）来了也一样会为你们折服！而事实上我听说他很有可能会来，所以……噢，天哪，索菲亚，我跟你说过多少次了，在演出排练之前你不能喝啤酒……”

托尼奖（Tony Award），美国最权威的舞台戏剧评奖，百老汇人毕生追求的最高荣耀。

接到号令，早已做好了准备的女孩们纷纷起身，向着门口涌了过去，而坐在最里面屋角处的董薇也深深地吸了一口气，站了起来。

褪下用来保暖的皮草短大衣，来自中国的舞蹈演员所身着的戏服行头表露出了她在剧中所饰角色的造型样貌。那是一只通体纯红色的、要去以一刻不停地跑跳和跃动来点亮起整个黑暗舞台的，希望之火焰精灵……

在即将要走出房间之前，也已无需再有什么不舍了的董薇，最后回头看了一眼桌上那块仍旧在放送着战斗的电脑屏幕……

对不起了雨心，我不能亲眼看到你比赛的结果了。但是，我向你保证，我的今晚，还有我的这一生……也一定是不会输与你所能够拥有的那般精彩……

因为，我也就快要……回家了……

北京的大商场里。

电视机展台前的人丛已几乎完全拥堵住了道路，商家的保安接到命令，急忙是组队赶来维持起了秩序。不过，原是处在了最前一排的赵亚伟现在却是反道而行，只见他拎起了脚下的购物袋，顺着左手边一条细小的夹缝，礼貌地挤出了人群。

并随即便正好在女洗手间的门口，迎上了那个他一直都在挂记的人。

刚才观看比赛的时候，男人其实是在心间默默地许下了一个誓言的，而这个誓言的承诺对象就正是此刻站在了他面前的她们。

赵夫人的行动略显得迟缓与笨拙了些，因为高高隆起的腹部已是将怀胎七月的不便满满的带给了这个女人，即使是心中那无限的欣喜与期待也不能消抵。此时，她一手搭住老公的肩膀，一手从后面轻扶着自己的腰。“哎哟，这商场里可真是的，大晚上的去个厕所也得排队，站得我腰都酸了……”

而赵亚伟就是温柔地笑看着她。

“欸，老公，那边儿怎么那么多人啊，是聚在一块儿看电视呢吗？”

“是啊，有体育比赛的直播，大家都在看呢。”

“哦，你看了吗？有什么那么好看啊，这么多人看。”

“也看了一会儿，是女子自由搏击的国际比赛，两位中国的运动员在争夺金牌呢……她们都是大明星，所以大家会比较关注。”

“噢，这样啊，人们就是都喜欢去看大明星，是不是。”

“是啊，呵呵，可是甭管多激烈好看的比赛，看完了不也一样还是得回家洗衣做饭吗。大明星们有他们的追求，而我们也有我们自己的日子要过，对吧。快走吧，就两个小时的免费停车，再晚可就得交钱了。”……

我发誓，要让我的妻子和女儿过上在我力所能及范围之内的最好生活，不论是物质层面还是精神层面上。我发誓，为了这个家庭的幸福与完整，在宁可用生命去保护她们的前提之下，我也要好好地来保护我自己。我发誓，在我的一生即将就要结束的那一天，或是当她们也走到了这样一刻的那个时候，我们要紧紧地握住彼此的手，直到永远……

这，就是我的梦。

而我，也将为此去像你一样地拼尽全力……

雨心……

这些就是在这一整部的传奇故事当中，我们都已经熟悉了的命运本就注定要与这一天兜转丝连地交织在一起的人们。而当然了，在这些平凡的人们中间，肯定还有一位也自然是要在这大结局即将来临之前的华彩篇章里面再次返场登台的。只不过，就对于那位女主角的人生重要性以及整体戏剧情节的文艺魅力而言，他确是必须要被放在……

最后的最后……

北京，西二环上。

低调而沉稳的商务轿车匀速地行驶在周末晚间的城市车流当中，司机和秘书小韩坐在前排，而沈铭鸣与杜小鹿则是分别于后座上面读着文件和操作着笔记本电脑。

“你一点都不关心她的比赛吗？”低头浏览着网络页面的杜小鹿忽然问道。

这一句提问之后，车里面无声地沉静了足有一分钟的时间。

“小韩，让大家准备到会议室集合吧，咱们一会儿到了立刻就开会。”沈铭鸣同样没有抬头，只是平淡地将手中的文本又向后翻动了一页……

2007 年 10 月 16 日，中国股票市场在经过了两年多来的连续上涨之后，上证指数于当日盘中创下了6124.04 点的历史最高点位，其后一个月里，逐级调整，有所回落。同年 10 月 18 日，“华素创生”成功登陆 A 股市场中小板，新股上市交易首日即遭遇资金爆炒，至当天收盘，录得涨幅 126.33%，市盈率达到了同行业中较高的 76 倍，而其理论上的原始风险投资的纸面收益亦是超过了 25 倍……

挤下了“卓融募投”全体员工的会议室里显得格外高压燥热，大家七嘴八舌地讨论着周一大盘的可能走势和公司今晚会突然召开全员大会的原因与目的。直到最高层一行快步抵达落了座，而沈总经理也站到了演讲发言者的位置上。

“诸位同仁们，今天我要向大家宣布一项公司的重大决定……”沈铭鸣坦诚而平静地开启了他已经酝酿与推敲了很长时间的这段坚定的措辞，“……到今天为止，除去创投项目的部分，‘沈阳九号’的自主投资股票仓位已然降至了三年以来最低的 47%，也就是说，连同在最近几周里适度抄底的少量买入，自第二季度以来，我们净抛出的股票持仓已经超过了总市值的一半。根据近来的最新判断，在未来一两个月的时间里面，市场很有可能会产生出一定程度的复合头肩顶式反弹，而相应地，我所做出的决策是……清仓。是的，100% 地完全清仓。之后，将所持有的全部‘华素创生’小非（流通）股份以现金折价的形式私间转让给‘远程投资’，结束‘沈阳九号’的资金管理期，进行基金清盘决算。而再之后……便是无限期地终止运转‘卓融募投’，就此……关闭公司。”

什么！

所有在场的老员工们此刻都是难以相信自己的耳朵，不过大家倒也并未因此而爆出任何的骚动，常年的金融投资工作养成了这些人冷静而理智的共同性格，他们知道，就今时而言，去认真地听着总经理把话讲完，应该才是最好的选择。

见到大家如此安静的反应，铭鸣会心而笑了，他坐回到椅上，捧起了茶杯，慢慢地接着言道：“坦白讲，在五年前我刚刚接替生病的父亲来掌管这家公司的时候，是肯定无法想到自己将来竟是会有一天要面对着你们来说出这样的话的。可是，生活与岁月却就是这般一步一步地，让我们不知不觉地走到了这一天。

在客观层面上，大家也都知道，A 股市场的现在以及在其可预见的未来中的很长一段时间里面，都已经不再适合像我们这样的私募基金公司再去投资了。而在已经将它淹没于了其中的那个被疯狂与贪婪所堆砌起来的令人恐惧的巨大泡沫缓慢地消退之前，我们所能够做出的最佳应对可能也就只有是去彻底地休息一下了。

而在主观上，我只想说……这五年来，人生的磨砺让我懂得了许多许多，其中也包括了不少我在更年轻一点的时候曾经以为自己早都已经懂得了的东西。比如说像是在对于生命而言同是极为重要的几样不可或缺之间该如何或是依靠什么去加以选择的问题。当然，我也一样感谢那些无奈的失去，因为它们亦同样是带给了我很多的去重新珍惜过往之拥有的理由和自信，并且，也成为了使我终而没有堕落为一个畸形偏执的事业狂的痛苦清醒剂。而这种于孤独的愧负感中在焦急地渴望着去寻找回些什么的感觉，相信在共同奋斗了多年的我们中间也一定不会是只就我一个人才有的。

所以现在就是一次最好的机会。我们已经因为过去一段日子里的超额付出与牺牲而收获到了生活所应有的回报，那么接下来，不就是该到了要去好好地利用这些公平的回报来补偿一下我们自己和那些自己所爱着的人们的时候了吗……”

讲到这儿，沈铭鸣站起了身，手掌撑在桌上，有些不舍地环视了会议室中的每一个人。“公司解散后，所有员工一次性发放两年的全额工资奖金，个人社会保险关系由原代理机构继续托管，直至各位再次就业。同时，在座的任何一位如果不愿休假，希望继续从事相关工作的话，即日起亦将回归‘远程投资’总经理位置的杜小姐会全员接收，并在今后的一个时期里面，领导着旗下的精英团队去将主要的投资方向转至房地产市场。”

说完，便走出了房间……

亮彩的灯海衬着邃远的星空，都市的繁虹汇作脚下的荣华。

如之宏美而绮丽的窗外声色，是此间气派办公室的成功主人在这五年以来的每一个晚上都会透过玻璃墙面所见到的熟悉景象。此时，许是多少有些留恋的他又一次端着茶杯站在了这幅迷人的夜光之画面前。

“就此便离开这一切，确实是需要着莫大的勇气与决心啊。对于你来说，想要去休息休息或是再读读书什么的，真的就是那个足以支撑着自己来做出这个人生重大选择的充分理由了吗？”沈铭鸣的身后，杜小鹿坐在沙发上喝着咖啡。如此执杯相背的独处谈话，感觉像极了他们初次见面的那个上午，虽然，这在今天早已成为了两位亲密无猜的合作伙伴间最为习惯平常的交流状态了。

铭鸣回过身来，踱着慢步，就如是没有听到女人的话语一般低着头自言道：“最难办的还是这架琴，明天我就先叫琴行派人来给拆了包好，然后找车运回到家里去。但是重新组装起来以后，就也不知道还要再调试多久才能找回从前的那种带有着亲情的音感了……也很有可能……永远都回不来了……”

“在你的眼里，那几样生命之中的不可或缺都是什么，父母、事业、这架琴？没准儿再算上那凸显出了华而不实的曾经的座驾和女朋友？”这话听来怎是如此地耳熟与可乐。杜小鹿的目的是什么，对适才所闻的随性探讨、向怀念往事的幽默告别，还是仅仅就是出于一个想要引起男人注意的女人去无理挑起事端的情感本能。

听了这话，铭鸣微叹着来到小鹿的面前，半蹲下身，贴近了两人面颊间的距离，小声地问道：“你今天怎么了，干吗老是提她，而且这和那辆车又有什么关系？”

那辆豪华跑车自去年的雨夜遇险事件后，铭鸣就再也没有开过了。在警方的调查与鉴定全部结束之后，它被送去修理，恢复了洁净与崭新，但是从此便也永久性地被陈列在了自家别墅的车库里面，至今都没有再次上过路了。当然，它受到了如此冷遇的真实原因肯定不会是主人在驾驶其进行过了撞击之后所产生出的心理忌讳，而恰恰相反，对于这位陪伴着自己走过了初入社会的那几年，并且还在生死时刻中救下了爱人性命的老朋友，沈铭鸣是无比地珍爱与感激的。只不过，现今的成熟男士或许更愿意将其当成是一件值得去一生留念的纯私人收藏品，而不再是一身需日日随伴而行的招摇靓装了。

见小鹿没有吭声，铭鸣保持着两人间的距离，继续说道：“小鹿，天下没有不散的宴席。我知道，这段时间以来你一直都不开心，可是我也知道，杜小鹿，她是我这辈子所见过的最聪明、最进取，同时也是最具有理性的女孩子。我就不相信她还必须要去依靠别人的帮助，才能够处理好自己的那么一点点的糟糕小心情。”

此言确也中听，小鹿受了安慰开解后喃喃地低念道：“其实我也就是觉得可惜罢了，为你，也为我。在旅途之中，你才刚刚开始认识并接受了一个人，却又是这么快地就到了不得不去说再见的时候了……”

然后，杜小鹿抬起头，望向了近在眼前的那双眼睛，真真的、实实的，就这么望着。好像是满怀心愿的小女孩在仰视着天上的月亮。

“呵……”铭鸣知道自己在此种情况之下已经不适宜再继续维持着当前这副略感暧昧的姿势了。于是，他轻笑着直起了身体，并像是在此前所遇到过的数次类似情境发生之时所做出的那样，掉头走开了几步。

随后，他提议……

“不如我们再最后一次一起弹会儿琴吧……”……

泰国国家体育馆内，就连火焰都要被熔化了！

……雨心的直拳打中了建秋的下唇，而与此同时，建秋的斜摆拳也同样击中了雨心的肩膀。雨心没有退却，她继续出拳，并用下一记直刺拳又打中了建秋的额头，但是建秋的身体毫不动摇，抢身之间，抬上的肘击再次剐到了雨心的腋窝，接着便是连接擒抱，另一侧的手臂已近勾住了雨心的腰身。就如是惯性反射一般，雨心的脚步先是急退三分，而后又迅疾返回，一举扭住了建秋泄力之后的胳膊，翻身就欲施展反擒拿投摔，可建秋旋即就再度用她的绝对力量挣脱了拉制，且顺势发出了提膝腿攻。然而雨心还是依靠着步伐又一次将将地闪开了招式，之后立刻转守为攻，送出直拳打中了建秋的下唇，而与此同时，建秋的斜摆拳也同样击中了雨心的肩膀……

雨心，建秋，雨心，建秋……雨心，建秋……

还有谁能够分得清楚这到底是现实还是梦境。如果这是场梦，那为何生活里面的一切所有全部都是这般地不变与真实。而如果这是现实，那些一直都于心底深处所挚爱着的生命之中最为重要的人们，又怎会就在身边。

就连此刻正在读着故事的我们不也一样吗……

好吧，我们该说的都已经说完了，而人们该做的也都已经做到了，那么剩下的，就只是这书中的两个女人她们自己的事情了。

因为，即使是再不情愿，这场终章的战斗也将必须要有完结的一刻。

就在又一次已无限接近于极限了的奋力挥拳之后，碰撞的反弹与衰竭的虚弱所带来的共同作用，终于使得雨心和建秋再度分开了接触。

建秋趔趄着快步后退，直到她咬牙运上的通体平衡之力终于勉强地抵消掉了几乎让其直接仰面倒下了的疲软和剧痛。虽然竭力站定后，小腿和髋股上的剧烈抖动让她看起来依然还像是马上就要再栽倒下去一样，但是尊严至上的狮子拒绝用自己躯体之上的任何部位去接触就在身后不到半尺处的擂台围绳，即使那难抑的急乱嘘喘也同时在造成着她的重伤之身于心肺胸腔的极跳欲裂之间无法自制地四向摇晃着。

雨心没有这么好运，最新一次反向冲击的强大力道让其痛苦地跌坐在了地板上，不过还好，她很快便又是踉跄颤巍着手脚并用地爬了起来。现在，已是极尽孱弱的仙女将两手杵在酸胀的膝盖上面，半弯着腰，任那滴沥而下的水点从苍白的鼻尖与颌底处洒落，坠入进了擂台地面上那层薄薄的尘埃当中，纷碎四溅。那些都是粉红色的花儿，也不知究竟是血，还是汗，反正双目视觉早已是飘散模糊了的雨心，自己是分辨不出来的。

两个人就这样停了下来。

该去做上些什么吗，比如询问一下双方还是否可以继续，或是按照规则去施以进行催促的口令，如果那位始终距离辐射核心最近的场上裁判此时还能够发得出声音的话。

全世界似乎都为此陷入了焦灼的等待当中，旁观的人们无法给出可行的答案，因为在这样的情况之下，有权做出决定的只有她们自己。

距离全场比赛结束还剩下半分钟的时间。

相峙中，张雨心的目光并没有离开对手的双瞳，而丁建秋也同样如此。这已经成为了她们说话的方式，在这场战斗之中任何被认为需要的时候。

所以现在……雨心顽强地直起了腰身，并且再次微微地探出了半臂的前手拳起势，虽然于这个过程之中伴随着好几声骨骼关节处的伤痛脆响，但在她的脸上挂着笑意。

你还可以吗……

而建秋则也是挺起了胸膛。她的气息不再凌乱是因为已经狠狠地咬住了嘴唇，她的双腿坚毅扎实是因为力量重又灌满了周身。看，那决意的眼神。

这也正是我想要问你的……

向着终点飞翔起来吧！一个普通的女孩和另一个普通的女孩。即使生命所赐予你们的恩赏只余下了那最后的一秒，也去让它继续燃烧吧！

如果似“照亮”或是“光芒”这一类的，我们经常会用以去强烈地渲染与烘托人类行为当中那些至为纯正圣洁的心灵或场面的崇美高尚的比喻，竟也都不再足以相配这一时刻的伟大与传奇……那么，也就唯有烟花……

是的，就是烟花，漫天绽射而开的璀璨烟花。

当那些美奂绝伦的精工水花已经流满了湄南水岸，当那些和风婆娑的清雅明灯全部飘上了云月之间，当那些热望着与子共度的亲人爱侣拥在了烛光星下，当那些期盼能永不分离的团聚一家相守于床畔窗前……

泰国年度佳期“水灯节”的销魂夜晚里，人们所久已恭候了的曼谷城邑上空的七彩花色……终而如约盛放！

先是来自城市北方上空的几点闪亮，而后是东面和西边。待传入耳中的“隆隆”之密集闷响过后，见的便是那满天无缺的绚烂跃动与蓝绿红橙。

还有什么样子的仙色美景能比上这一瞬之间的焰火繁花。只为了那一霎而逝的今生今世，只为了那我心痴迷的梦想成真。

此时此刻，雨心、建秋和所有的人们全都为之仰起了头吗？去让这些天地的明暗与光亮的闪影统统映在他们的脸上，然后，便把自己也化入了其中……

正就一如于那优美传说之中的夙愿以偿……这是万花的夺目和光彩的辉腾，更是命中的幸运与生来的所求……

因此，来吧，我们打拳，仅此而已，就像我们在小时候常做的那样！

于是……张雨心遍体伤弱的经络血管，重又贯通了光速的电流！丁建秋周身垂死的骨肉细胞，再次噬下了意志的能量！

我们想要的战斗怎么可能就这样结束！

她们……

人，生而为人最大的幸福就是可以与他的心和梦想一起去迎接一个又一个的明天。

尽管谁也无法知晓自己的明天究竟会是个什么模样，但是，只要这种坚守着自我的信念没有失去，那旅程之中与生俱来的喜乐就会永远和我们同在。

没有人有权利能告诉你该怎么去做，但是他们会把自己的故事来讲给你听。所以，就请让听过了这篇故事之后的每一个人，都以梦为纸、用心做笔，也同样地写下一部可以在将来去讲给儿孙们听的……我们那些传奇吧……

她们……发出了最终宣告的嘶竭怒吼，并于每一只毛孔中都正在勃发喷溢着的烈火或是比它更烫更热的什么东西所提供的超级动能的强劲助推之下，奋而冲向了一处。然后，又是同时高高地凌空一跃……

一起将自己生命与青春的所有所有，皆化作了那副闪耀着辉光万丈的美丽翅膀……

迎着长风，飞翔，飞翔……

飞向了那，天空……之城……

……

X. 故事的结尾

THE LEGEND
OF HEART AND DREAMS

2008 年，深秋

大上午的日光透过木条栏式的玻璃窗，把一块块方格状的明亮打在了老房子的瓷砖地面和堆满了书书本本的旧写字台上。院落里，清爽的秋风会偶尔给这里送来“沙沙”的声响，而每到那时也就意味着又有三五或是七八片思乡的坠叶可以回家了。

老槐树下的葡萄架旁，那几盆貌不惊人的“串儿红”又开花了，而院墙上疯长了一个夏天的“爬墙虎儿”近来则是停下了手脚，只在几夜之间便化成了如火的金黄。还有李奶奶家的那位大白猫，它也会变得更加慵懒了，日渐膨起的满身长毛会让其从远处看起来就像是一只圆滚滚的大绒团球。

对于张雨心来说，这个季节的丰盛胡同自她从小到大就都是这副样子的。

现在，她就坐在了窗下的那张写字台前，让明亮的温暖把自己舒服地裹在了其中。

到今天，那场曼谷的传奇决赛已经过去有将近一年的时间了……

这是一册女孩最新的年度之留藏回忆，里面所字字记载下来的，便是雨心即将就要走过了的二十三岁这一年中的人人与事事了。它的硬质封面是五彩颜色的，水纹锦鲤之蓝、莲瓷祥物之黑、圣火欢腾之红、大地灵跃之黄与矫风雨燕之绿，这五种颜彩相融相汇，绘就了一幅云纹饱满的卷首心情图色。

雨心她为什么会选了这样风格的一只日记本呢?

可能是因为，就连这一整年来的北京也都是由这些种鲜艳的颜色纹理所涂画构成的吧。

而现在，显然是又处于了悠然愉悦的松弛好情绪之下的张雨心，正在一边享受着安逸的秋日阳光，一边惬意地翻动着这刚刚过去了的三百多天……

2008 年 9 月 26 日，星期五，晴

“哇，那块就像是圣碑一样雄伟崇高的世界冠军墙，在今天，我的大头照片竟也终于是如奇迹一般地被挂在了上面了。棒!

虽然说和紧挨着的人家大春儿相比起来，我的这点小小的成就简直就是不值一提，不过呢，如果今晚必须要去诚实地记录下我现时的内心所感的话，我也只能是在此写下：这件事情可实在是棒！棒！棒！太棒了！

这么说吧，整个体育生涯到了（指到结束之时）能拥有上了这样的一份无上荣誉，我这前半辈子的运动员当得也就算是值了！”……

本子里，在以上这段文字的下面还贴上了一张相配的照片，这是雨心从今年初开始尝试的新做法，把更为直观的影像留念也一同添加进了日记当中。

这幅照片是一张大合影，于第一排的椅上就座的是北京市体育局和什刹海体校的各级领导们，还有多位资深的主（总）教练，像是成金龙和柔道队的洪指导等。而在第二排的正中也就是整幅构图的最核心点上，是穿着中国国家队奥运统一红色领奖服的邓春妹，还有她颈上的那块集着万千瞩目与艳羡的“金镶玉璧”。在她的右边紧挨着的就是雨心和建秋，左手的一侧也还有两位同样亦是身为着合照主角的男运动员，这四位选手的胸前也都是佩着各自的闪亮奖牌。再外围的则就应该是很多他们的队友以及其他教练员了，而照片的整体大背景便是那面什刹海里最为著名的世界冠军墙。

是的，就是如你们所想到的那样！邓春妹，2008 年北京第二十九届夏季奥林匹克运动会，柔道项目女子 78 公斤以上级……冠军！

北京什刹海体育运动学校主楼大厅的东墙上，近四十位获得过世界冠军（奥运会、单项世界锦标赛、世界杯等）的老校友们（包括数位现役在校运动员）的照片显赫罗列，而这一天正是为在此前的一年当中新进获得了位列资格的五名本校运动员所举办的登榜仪式。

实际上，就在（现实中的）两天之后的 9 月 28 日，什刹海体校还迎来了自己的建校五十周年华诞。那一天，之前曾获得过奥运会冠军的乒乓球运动员王涛、张怡宁（北京奥运再夺两金），体操运动员滕海滨，跆拳道运动员罗微和排球运动员冯坤等六百多位各运动项目的前辈校友们，都赶来参与了热烈而隆重的系列庆祝活动。

而说到雨心和建秋这次能够同时荣获资格的原因，其中倒也还是经历了一番很具有建设意义的讨论过程的。本来，按照冠军墙以往的入选标准，是唯有在世界大赛上获得了金牌的那一名选手才可以身列榜中的。但是，鉴于在这次首届世界女子自由搏击锦标赛上，58 公斤级决赛的中国（北京、什刹海）德比大战确是有着不可多得的精彩与激烈程度、超出了该运动项目本身范畴的在全世界范围之内的重大影响力，以及国内举国上下一致空前的火热关注和如潮好评，所以便也刚好是给了一些早已希望去对“唯金牌论”的体育审美观进行下某种微调了的相关人士们，一次最好的争取改变的机会。

故此，经过群议，从今以后，什刹海世界冠军墙的入围门槛调整为了在世界三大赛上获得了冠军的本校运动员，以及在二进一制的决赛当中经全力拼搏负于了中国队队友而最终获得了亚军的本校运动员。

因此这样一来，张雨心和丁建秋的照片就也终而是得以万分幸运且又不失公平地一起登上了那面荣耀的高墙了。当然，对于这样的新政策最为大力支持的，可能还是要属学校乒乓球队和羽毛球队里的那些同学们了吧……

将日记本再向前翻过几篇，又看到了粘在同一页上的另四张尺寸各异的照片，它们所组合拼接出来的是一趟紧凑充实而又令人难忘的美国之行。

第一幅照片又是一张群体大合影，照中的三十多人里面有成金龙、何耀强，以及雨心、建秋、隋清、小雯儿和大小迎儿等全部参加了这次泰国世锦赛的中国女子自由搏击队的主力成员们。会相对引起些注目的是在成金龙身边亲昵地挽着他的臂膀的江荷子，而何耀强的左近也站着一位四十岁左右的华人女士，还有一个看上去像是她的女儿模样的十五六岁的年轻女孩。第二幅照片是一张小合影，镜头当中只收入了四个女人，她们是雨心、建秋、隋清和费奥娜·哈德森。哦，对了，还有一匹雪白色的健美骏马。第三和第四幅照片都是特写的单人照，更确切一点地说都是自拍照，自拍人当然就是雨心，而在她身后面的远方背景则分别是万里晴空的巍峨群山与光影火热的搏击赛场。

2008 年 7 月 29 日（美国时间），星期二，多云

“好累呀，刚洗完澡。今天和建秋去比试着攀登惠特尼峰，可真是一次全没有必要的自讨苦吃啊。我也真是的，怎么就受了她的蛊惑了，谁还不知道她是什么人哪。唉……

这是我跟大家来到了美国以后第一次有空坐下来写日记。本来，旧金山华人武术协会给安排的前期日程还不是这么紧张的，可是就在隋清也不知道怎么地便突然联系上了费奥娜以后，我们三个就一下子变成了现在这样每天晚上都是火车飞机的赶着夜路的奔忙状态了。不过，这次可以见到了费奥娜，能够跟她在私下里去交交朋友，也还真是很不错的，这也是我多年以来所一直都在盼望着的。

明天，我们就要坐车去维加斯与大部队会合了。算起来，从旧金山的统一参观访问结束之后，我们三个去费奥娜家的农场里住了一宿，又一起爬了这趟的惠特尼峰，再加上明天几个小时路程的话，应该就已经是有整整三天的时间完全处在了自由活

动之中了。那……成老大跟荷子师伯他们估计也是一样的吧，他俩在西雅图的二人世界也不知道过得好不好啊，呵呵。还有去了好莱坞和迪士尼的小雯儿她们，肯定也是会很尽兴的吧，总之，一定都要比非得一个人在旧金山再多留上几天的何小强会有意思得多了。

现在，这趟来美国所剩下的最后一项节目就是去赌城亲身地感受一下 WAFC 的现场氛围了。以前在录像和网络上也看过不少她们的比赛，还是真心希望咱们中国自己也能够尽快一点地建立起这样成熟规范的职业联赛啊。

届时费奥娜也会去参战的，并且这还成了本次分站赛的一大稀罕卖点了。谁让这位大明星在世锦赛结束之后的这半年多来，就只才出门参加过区区的两场比赛，而其余的大把时间都闲在家里去骑马钓鱼了呢？而且还听说，这场赛后她又要再休战至少十个月，去准备着征服珠穆朗玛峰呢。瞧瞧，人家美国人就是敢冒险、会生活！……”

窗前日光的轮廓又稍稍向左移动了一点，雨心抬头看了眼墙上的挂钟，然后端着面前的茶杯，起身来到了屋里的餐桌前。此时的桌上还放着两杯早已沏好的茶水，她用手背去试了试杯温，已是有些凉了。

女孩似乎本想为之去做上点什么，不过在考虑了一下后还是放弃了。

续好了自己的那杯茶，雨心又回到了刚才的座位上，接着回味起了她这一年的所记。

本子上再往前的一部分显得相当热闹，照片很多，所附上的文字也都是非常的轻松活跃，有好些地方还开心地用手绘图案来直接作为了情绪表达的简易办法。

这是张雨心和她的老队友们一同度过的一个快乐而又收获颇丰的夏天。

就先说这一张吧，照片中的背景是著名的北京大学老西门，而和雨心亲热合影的隋清同学，穿戴着配有粉色垂布和深蓝色流苏的毕业帽袍。

圆满学成者在这一天所拥有到的喜乐，想来也必定不会亚于她在七个多月前曾经历过的那个曼谷决战之日吧，对于这位体学兼优的新科国际商法法学硕士来说。

事实上，就在拍下了这张毕业纪念照片的那天下午，隋清还和雨心一起再次回访了作为自己两所小学母校之一的柳荫街小学。而她俩最近的前一次回去是在去年世锦赛结束，自泰国返回了北京之后的第二天。

这一回，已是明显发福、肚腩比起前次相见时又宽了一大圈的秦勇，拉住雨心道了好半天的谢。原因是自打雨心和队友们在某次电视访谈节目中抱怨到了，她们从小就很难买到合适尺码的少儿拳击手套后，已经有多家运动用品的大厂商陆续推出了好几款面向低龄初学者们的超小号护具装备与成套器材，甚至就连露指样式的自由搏击专用拳套也都有了，这让身为教练的他、队里的孩子和孩子的父母们都感觉方便了很多。

其实雨心本想告诉他，人家企业会愿意设计投放出新的产品，唯一的理由就是因项目的火热发展与广泛普及而带来的日渐高涨的市场消费需求，这和所谓的明星们的几句随口倡议应该是关系不大的。不过，在见到隋清向秦勇一本正经地说道“我们那次接受访问，我还特地聊了好半天的必须要尽快地规范细化基层教练员的资格准入和水平分级工作，并且急需大幅度地提高他们的薪酬待遇和社会保障的问题呢，但是后来都没有播，我以后遇着了机会还得再说、多说”以后，她欣慰地含着笑，也就没有再多言其他了……

再来看看下面的这一张。雨心、建秋和大迎儿一字排开，每个人手中都展示着一张放大了之后的支票板，上面分别写着“奖励我省优秀自由搏击运动员丁建秋个人 50 万元”、“奖励及赞助北京什刹海女子自由搏击俱乐部 100 万元”和“捐助我省大同市阳高县青少年基层体育事业发展基金 300 万元”的用途与金额。而在照片的最边缘处，还有着我们的老朋友吴德埔处长（科级）想要拼命挤进来抢到镜头的那半张滑稽的脸。

相片上的事情发生在今年的六月份，山西省内一家知名的大型国企兑现了在出征世锦赛之前给予过建秋的承诺，拨付资金用于了对她个人和队伍的奖励赞助，以及对（大同市及）阳高县基层体育事业发展的经济扶持。而作为相关运作的配合活动，成指导也偕同上述的三名队员一道赴大同出席了正式的捐赠仪式。

之后，他们又前往了阳高县城，去参观访问了在吴处长的大力推动之下新进改建落成了的县少儿体育运动学校，也拜会到了业已带领着散打队入驻进了其中的已是多年未见了的王劲松主教练。王教练和建秋自然早已是冰释前嫌，而这次通过与北京客人们的热情交流亦是能够看出，他对于现在的条件改善以及队伍发展都还是感到非常满意的。虽然，针对校长在吴处长的反复提议下把学校的整条临街围墙全部改造成了商铺去对外出租这件事，包括了他在内的很多人都还是颇为反感的……

再接下来，就是雨心在这整本的记忆之中最为喜爱的一张合影了。一张真正的全家福，一桌在每一位的到场人心中都永远也不会散去的宴席。

照片上，在这次宴请中出现的是故事里所有的什刹海女子散打 / 自由搏击队中的主要成员们，包括了孟大海和陈光荣。

在此需要坦然说明的是，2008 年春节过后，北京什刹海女子自由搏击俱乐部中的六名老队员们（包括了后来补签的雨心）于两年前所签订下来的职业运动员合同就又到期了。这一次，雨心、隋清、小雯儿和小迎儿就都没有再去续签了，而建秋和大迎儿则还是做下决定，再次续约了两年。客观来讲，这其实也很有可能就是姑娘们各自的最佳选择了。

竞技体育的新陈代谢本也就是运动者们的人生里面最为基本与简单的必经之事。对于那几位已然在世界大赛上实现了儿时梦想，并同时亦也通过对其自身情况的综合考虑而确定了今后生活的其他方向的二十三四岁的女孩子们来讲，就此退出必须要全精力投入的专业 / 职业选手的现役身份，转而去尝试一些就现在的她们而言会更加喜欢，抑或是更加应该去做的事情，并且由此把有限的进取机会慷慨地留给等在了后面的年轻队员们，在已是功德圆满了的此时也确实正是一个最好的时机。

当然了，她们肯定谁也不会就真的这么完全地舍弃掉了搏击这个毕生所热爱着的运动项目。从此以后，以一名业余爱好者的兴趣和坚持去终身练习参赛，也同样是在她们那份曾经的血红契约当中所必须要去严格恪守的永久誓言。

而建秋和大迎儿则应该已是再次笃定了，自己在未来的几年时间里面仍还是更为适合去作为一名一线的专职运动员，并将以此身份定位来继续努力地拼搏奋斗，以期待可以收获到人生之中的下一次成功。

她们六个人这一次凸显出愈加理性与成熟了的前路抉择，都是正确的。

雨心也许会在休息一段时日以后去复出接着从事职业模特的工作吧，又或者还会再有一些什么新的追求吗？隋清毫无疑问将要首先去收尾自己的硕士毕业论文，而在那之后，尽快步入社会去学以致用地拓展事业，是众所周知的她的家人多年以来一直都在苦苦期盼着的不二选项。郭雯雯对“花果山·典味楼”的行政总厨这一职位，应该是已不存有着还能促使其再去予以推脱抗拒的任何对于旧日的牵挂与不甘了，而如此一来，王迎便也终是可以顺理成章地去当上她那个梦寐以求的行政总厨助理了。

而这一天的全家宴也正是小雯儿在实地到职了的两个月之后，请来了什刹海里的所有故人们感怀畅所一叙的别后相聚之会。

宴叙中，同样也已是再度退下了职务，终于可以彻底安心地回家去照看小外孙了的孟大海，几乎就没有跟别人谈论起过其他的话题，开口闭口的每一句话所围绕着的全部都是他的心肝宝贝，而且还极为时尚地捧着女儿新买给他的智能手机，逢人就要先来展示一下自己亲手给家中小明星所拍摄下来的影像视频。而即将就要再次升迁的传闻已又是人尽皆知了的陈光荣，也在饭桌上向大家小声地透露出了他的下一个落脚点，据说在奥运会结束后他便会暂别总局武管中心，被借调到中超（足球）联赛股份公司任职，而管辖他的直属领导则是中纪委驻国家体育总局纪检组组长。

2008年5月31日，星期六，小雨

“……陈大荣说出了他的新岗位后，又和身边的成老大偷偷摸摸地低声嘀咕了好一阵子，就好像是还生怕被旁人听去了一样。切，其实这种上层政治方面的事，就算是明着仔细地讲给我们听，我们也都不会想去听的，而且也确实是听不懂……除了隋清。

不过啊，接下来小迎儿趁着小雯儿出去盯菜的空，给我们讲的一个纯韩剧范儿的偶像派爱情故事可真是太有意思啦！所以我现在先得把它给记下来，免得将来再想拿出来逗小雯儿玩的时候把细节都给忘了。

就说小雯儿去到她家通州分店当上了总厨以后，遇见了一个在厨艺上怎么也不肯服她的南方男孩，是这家店里的一位副厨师长。要说二十六七岁就在大酒楼里做上了副厨师长，也算很是年少有为的了，可是同样的年轻气盛和对于厨技的过分痴迷与自信，却是让这个男孩和那位确实也无法摆脱掉依靠家里嫌疑的更为年少的女性总厨上司之间，怎么着也都是相互地看不顺眼。于是，小雯儿就开始成心地刁难起了他，从什么挑剔菜品的颜色啊，到规定上盘时的绝对温度等等的，全不放过。而人家呢，居然还就真勇敢地应战了。那男孩不仅依仗着过硬的手艺全部化解掉了难题，还通过成功地私自改动固定菜单组合与辅料调味的配比，去有意地显示出了自己的更加正确，对小雯儿进行了无言地有力回击。结果可想而知，小雯儿很快就被其彻底地激怒了，她向对方正式宣战，要求单挑决斗！哈哈，这指的可不是比拼拳脚功夫的擂台决斗啊，那样斯文的男青年哪能是刚退役的职业运动员的对手呢，她所提出来的自然就是厨艺技术的对决！所以，在接下来的许多许多天里，他俩就只要一等到饭店打烊便进入到厨房里去展开一对一的单独角斗，每天都是较量到很晚，甚至还经常会为了一道菜品的软硬甜咸而不眠不休地实验争执到天亮……

呵，再往下我就不用去写出来了吧，小迎儿在讲的时候也没有直接点破，但总之呢，就是谁都能看得出来的那么回事呗。啊，想想，小雯儿居然也……嘿嘿，实在是太好玩了，我现在就去发个短信，故意问问她这会儿正在干吗呢，跟谁在一块儿呢，哈哈哈……”

在这一大段喜悦的文字之上，雨心还特别用红色的水笔勾出了一只大大的桃心，即使是于今天再看起来也还是会让心里面感到甜甜乐乐的。

当空的日头渐渐地快与窗子垂直了，雨心再瞄了一下墙上的时钟，此刻已经到了临近正午的十一点四十五分。女孩似有些不愿地站了起来，准备去拿衣架上的运动外套，同时为了确认有无短信或是来电而检查了一下自己的手机，然后……她又改变了主意。

许是尚未到来的通信催促让她觉得还不必就这样着急，又许是那本逆着读到了一半的日记使她实是不想把这引人入胜的乐趣再拆分到下午，反正，在是否就此离开这间屋子的思考中犹豫了几步以后，她还是选择回到了桌前。

雨心决定抓紧时间在中午之前将这本心情的日志看完，因为她记得，那上面再往前的部分所记载下来的内容是更加令人欢喜与感动的。

2008年4月20日，星期日，晴，有风

“冠军！冠军！相信吗，我的好姐妹里又有人获得了冠军，而且还不是在体育的领域当中，是在一个……怎么说呢，一个从前的我们既没有客观的条件和资本也没有主观的欲望与必要去进行争夺的，重量级的电视模特大赛上面，当然，如果是单论绝对实力的话，我们之中也未必有人会配不上能取得这样的成功。

‘有故事的女人’就像是为纪娜量身打造出来的标准一样啊，不过即便如此，直面着那么多的观众与评委，去坦言自己的过去、去坦言自己还有一个女儿，这对于一位在参加着电视直播大赛的女模特来说，也都是一次需要着多么大勇气的自我突破啊！不论是在虚拟的舞台之上，还是现实的生命当中。

但是，她做到了，完全做到了，并且也真的因为如此而变得更美了。在最后一次亮相中去向着全场的来宾和摄像镜头表明出自己心声的时候，我竟仿佛是看到了在我认识她的第一天时所见过的那个纪娜。没错，她在发光！为这，我刚才还特意去查了那年的日记，就和那时在摄影棚中被我偷看到的现象一样，她当时的确是在闪闪地发光。后来，我又问了那天一起坐在台下观赛的艾丝和恬恬，她们也都说看见了……

其实话说回来，以纪娜今天的年纪和资历再去参加这种辛苦的赛事，多少还是让我们都吃了一惊呢。或许，她就是想要了却掉心愿，给自己的梦想和青春一个完满的交代吧，不过又或许，也可能确实就是像有些人们所说的那样，她是靠着自己家公司的幕后运作，为了生意而去拿回了一个早已内定了的冠军，并且还顺便炒作卖弄了一下。

对此，作为一名很有发言权的身边知情人，我想要说的是，就算是为了生意、就算是提前内定，这些不也都是因为‘星触感’的日渐强大吗？而‘星触感’的强大难道又还不是源于了纪娜和刘泽平他们夫妇俩在这么多年以来的勤勤恳恳的艰难创业与苦心经营吗？从这个角度上去看，收获到这个冠军，真正用自己的人生去奋斗、去争取过的纪娜，难道不会比一名完全就仅仅是由于运气好，而就被一群争着抢着地想要从她身上捞取到利益的人所一手推上了领奖台的懵懂小姑娘更具有资格吗！起码我个人是这么认为的。”……

这是一张多么感人的照片啊，励志之中又带着浓浓的温馨。礼花已落尽的舞台上，丽妆华服的纪娜顶戴晶钻后冠、持着证书与奖杯站在正中，左面是老刘、雨心，右面是艾丝、恬恬，而在身前依着她与旁边的男人的还有他们的两个孩子，刘翔和纪哲。记得在年初举办婚礼的时候，这个大家庭的合影好像也是这样站序的。

顺便再说一句，于恬恬后来终于还是和她的那个男朋友小崔彻底分手了……

另外，在这整个本子里面最让雨心所珍视的情谊留影当中，还有一张也是附在了今年春天的这一部分里边的。

那是一幅和董薇在一起的亲密合拍。

一晃近五年，赴美归来的舞蹈家洗尽铅华。她实际上并不需要再去饱含内疚地向好朋友托造出任何的曾致使其无奈地与国内一时中断了联系的合理因由了，因为早已也是历经了世事的雨心懂得薇薇的艰难之处，而当然，这也同时更是增加了所有人对于她得以取得了今日之梦中成就的最为由衷的喜庆与钦佩。

不过稍有点遗憾的是，久别归家的女儿只拥有着不到半个月的探亲休假，因为在未来的一两年时间里，等待着董薇他们去精心地尽责与纵情地享受的，将会是一轮目前排期已多达了上百场的大奖剧目全球巡演……

日记本的翻阅进入到非常靠近封面的最前边几页了。或许也正是由于作为着这一年图文并茂之记事风格的奠基起点吧，在这一部分的字里行间中堆积了大量的照片，而且于整整两周时光里的所感所记也全部都是环绕着同一个主题。

在一片广阔无垠的碧海蓝天之间……

2008 年 2 月 2 日，星期六，中雪（北京），晴（普吉岛）

“哈哈，我们又来到泰国了！时隔了两个多月，还是一家三口，这回可终于能够同吃同住在一起了，而且还是在这如天堂一般的度假胜地当中，想着都美！十五天的超长假期，没有商业活动、没有电视采访，有的只是爸爸妈妈全程陪着我的吃喝玩乐和钓鱼潜水，唉……这可真是近来只曾在梦里面才出现过的神仙日子啊。

说实话，这一段可真是够累人的了，自从队伍回了国以后，大家就基本上都没有闲下来过，而本来早就已经定下了的要抽出时间去好好地补偿爸妈的计划也是被一拖再拖的。不过还好，现在总算是赶上了春节，再加上还有他们的一周年假，于是，我们就直接干脆地杀了它个回马枪，谁也不告诉，就一家子秘密地飞到普吉岛来了。这一下，倒是要看看你们还有谁能再找得到我。耶！”

2008 年 2 月 6 日，星期三，阴晴不定

“新春快乐！今天是除夕夜啊，恭喜发财、万事如意！祝爸爸妈妈身体健康，祝兄弟姐妹大赛夺冠，祝我自己继续开心！哈哈哈！

话说这海岛上的天可真是一日三变哪，早上还能感到空气里湿湿的像是有点毛毛雨的样子，到了上午就万里无云的气温超过了三十度，但是中午一过马上便又阴了下来，而至了傍晚时分，天上却又一次晴晴的只剩下了太阳，还把西边的那片海面都给映了个通红，可好看了。说起来，我们上次……去海岛上住的时候，天气一直都是……那里是地中海式气候，和这里的热带季风性气候……不一样……

上午，我们去钓了鱼，老爸钓上来一条……大的，午餐时我们就给吃了，然后……下午我们去玩飞翔伞……就是那种前面有快艇拉，人在后面背着张开的降落伞，快艇一开起来……人就……今天有点累，先不写了。”

2008 年 2 月 10 日，星期日，暴雨

“嗯……不高兴了，不是说在这个季节里这边都不会下大雨的吗，结果还刮起了什么热带气旋，原定今天是要去看‘通赛瀑布’的，也被迫取消了，跟爸妈在酒店里待了一天。

唉，其实我也该知足了，悠然地坐在房间里面，不急不累、不冷不热的，还有爸妈始终都陪伴在了身边，这样的一天按说也应该是足够幸福的了。而且想起来，在我现在的人生当中，衣食无忧、梦想有成、亲朋融洽、合家团圆，一切看上去都已然是非常的完美了。换句话说，我还有什么可再去埋怨的呢，我难道不是早就已经什么都不缺了吗。

没错，我就是已经什么……都不缺了……

除了……他……”

2008 年 2 月 14 日，星期四，多云渐晴

“坦白讲，这趟来普吉岛本来是为了休假放松的，可没想到……不知为什么却产生出了很多正好相反的情绪，让整个人都……变得低落了。

也许是在之前训练比赛都很紧张的日夜里一直都顾不上去想这些吧，也包括了从世锦赛回来后的这两个多月，忙碌的事务始终都把生活塞得满满的。可是，当这几天彻底地闲了下来、静了下来，开始有时间也有心情去思考和记起了很多事情以后，我却发现自己……再也回避不开也逃脱不了了……

好吧，也没有必要再去闪烁其词了，我必须要对自己承认，其实我从来都没有将他忘记过。一天也没有，一刻也没有，更何况是在像今天这样的日子里。

铭鸣……

我有多久都没有写下过这个名字了，应该有一年多了吧。我还记得跟他说过的那最后一句话是讲，我会离开一年左右的时间。那么，一年之后呢，当初的决定到底有没有约下这时至今日的如何是好呢？铭鸣，他如果想要有所关注的话，是应该能够知道我的近况的，而我在财经网站上也看到过有关于他的新闻，上面说他关闭了公司，要去上学了……

所以，对我而言，对我们而言，或许……”

此时又再度忆起了自己在八个多月前时所面对过的这些犹疑与失落，雨心不禁还是在这几页消沉的文字面前自怜自叹地唏嘘了几声。

她合上读完的日记，把其放回了原先所在的抽屉里面。

人的一生实然是会经常充满了像这种庆幸自己走过了曾时的艰难，并也感恩上天赐予了后来的改变的欣慰满足之情的，当处在了今天的你还会有时间与心情去思考和记起了很多昨天的时候。而这也会让你在几乎是不可避免地又烦恼于了可能会不太容易的明天或是后天的那些日子里面，会越来越明显地感觉到，很多事情其实真的也没有什么大不了的……

手机的来电铃声终是响起了，那是雨心新给自己下载的音乐，一曲在平淡之中融炼着空远与厚重的大提琴独奏——《Memory》（《回忆》）。

注：电影《入殓师》（《おくりびと / Okuribito》）插曲。日本，2008 年出品，导演：泷田洋二郎，音乐：久石让。该片获得 2009 年第 81 届奥斯卡金像奖最佳外语片奖。

雨心接起了电话。“喂，妈……嗯……好，我知道了。”

接毕手机，女孩都等不及再去穿衣出门了，为了尽快地转达讯息，她直接便往前探出了身体，由里向外推开了房间的窗户。

“哎，妈说午饭都做好了，要不你们先歇会儿，咱们一块儿回楼上吃饭去吧！”

窗外的院里，两个男人正在忙活着翻建张家那间早就该有所改良了的小厨房。年轻的那个和拌着水泥沙子，而年老的那位正在砌着方砖。

他们是张国柱和沈铭鸣。

听到呼唤，两人同时回过了头，往传来了声音的方向望了去……

只见，雨心把肘拄在了窗台上，用手托着腮，将迷人的笑意和那指间与颈上的共同亮闪一起送给了我们，暖融融的正阳里，好像一朵开自幸福尘埃中的花儿……

……

记得那一天……

在世锦赛决战后的颁奖仪式上，雨心对一同站在了领奖台上的身边的建秋坏坏地小声问道："建秋儿，你说咱们的人生在今天是不是已经攀上巅峰了。"而建秋没有偏头，只是朗笑着爽气地答道："傻瓜，咱们的人生在今天才刚刚开始呢！"

……

最后一个镜头。

一群稚幼的孩子戴着大号的拳套，在一起奋力地击打着沙包……

……

全书终

图书在版编目（CIP）数据

我们那些传奇 / 柳晓楠著. -- 北京 : 北京燕山出版社, 2015.11

ISBN 978-7-5402-3981-7

Ⅰ. ①我… Ⅱ. ①柳… Ⅲ. ①长篇小说－中国－当代 Ⅳ. ① I247.5

中国版本图书馆 CIP 数据核字 (2015) 第 239358 号

我们那些传奇

作　　者：柳晓楠
责任编辑：金贝伦
装帧设计：柳晓楠
排　　版：仙境设计
封面摄影：郑　泓（泓映像摄影）
封面模特：王　威
出版发行：北京燕山出版社出版发行
社　　址：北京市西城区陶然亭路 53 号
印　　刷：三河市灵山红旗印刷厂
开　　本：710mm×1000mm 1/16
字　　数：750 千字
印　　张：42.5
版　　次：2015 年 11 月第 1 版
印　　次：2015 年 11 月第 1 次印刷
定　　价：68.00 元